中西诗学源流

从现代主义到后现代主义

马永波 著

中国出版集团 东方出版中心

图书在版编目(CIP)数据

中西诗学源流：从现代主义到后现代主义 / 马永波
著. -- 上海：东方出版中心, 2024. 9. -- ISBN 978-7-
5473-2495-0

Ⅰ. I207. 2; I106. 2

中国国家版本馆 CIP 数据核字第 2024YL0285 号

中西诗学源流：从现代主义到后现代主义

著　　者	马永波
出版统筹	潘灵剑
责任编辑	刘玉伟
封面设计	钟　颖

出 版 人	陈义望
出版发行	东方出版中心
地　　址	上海市仙霞路 345 号
邮政编码	200336
电　　话	021-62417400
印 刷 者	上海盛通时代印刷有限公司

开　　本	890mm×1240mm　1/32
印　　张	23
字　　数	550 千字
版　　次	2024 年 10 月第 1 版
印　　次	2024 年 10 月第 1 次印刷
定　　价	99.00 元

目　　录

第一篇　当代汉诗的文化诗学视野

第三篇　西方诗学论衡

第一篇
当代汉诗的文化诗学视野

第一章　现代性与后现代性

第一节　漫游与归家的辩证法

自从人类的始祖被赶出乐园之后,人类就和自然失去了联系,失去了与整体、和谐、统一的关联。当天使的火焰之剑在通往生命树的路上转动,亚当和夏娃必须以挥洒汗水的耕作来活命,这也就是人类对自然进行利用与开发的开始,而亚当和夏娃置身于乐园的时候,他们本是不需要劳动的。劳动,同时意味着异化。我们知道,现代社会人性异化的一个根本特征,就在于工具理性和实用智慧的畸形发达,把一切都纳入了数字化、符码化的运作范畴,不能以数字规范统一编码的事物已经逐渐被迫消失。仿佛,原先生长在大地上的事物都在一瞬间被拔出了根,孤零零地漂浮在稀薄的空气中。人和事物的无根性造成了内心灵性生活的萎缩,人的价值态度日益丧失,人和自己的灵魂就像身体和衣服一样以不同的速度奔跑,永远追赶不上彼此。

海德格尔曾经就我们所处的这个科学实证阶段进行过系统的反思。他认为,科学技术绝不只是一种历史的社会的现象,它首先是一种世界观,即把人抽象出来作为一个能思维的主体,而把世界理解成这个思维主体的认识对象,理解为与人相对立的对象性实在。这种对象性的世界观使人们把自己的生活世界变成了意欲探究、利用、占有的图景。当人与世界分离之后，所有属于人与世界统一体的东西，都成了研究、计算的对象。而当主体的思维纯然指向外部世界的时候，他自身必然处于幽冥晦暗之中，这也就是海德格尔所谓的"世界之夜将达夜半"。

那么，是反抗人性的异化，力求赋予事物以完整的秩序；还是承认异化是必然的过程，认同碎片化的能指游戏？这两种不同的态度成了现代主义与后现代主义诗歌的分野。在城市文明日益显露出致命缺陷，宁静田园被轰隆隆的大工业所夷平的时候，人类和自然母亲的关系已经不再和谐统一，而是充满了实用理性所导致的冲突与矛盾；遭到严重破坏的自然，开始以各种灾难来显示她对人类的愤怒与惩罚。当征服自然、支配自然的普遍冲动使人们日益以数学式的、定量的、对象化的方式看待一切，将一切打上机械的烙印，不断扩大的工业便像乌云笼罩了往日清新的田野——自然已经终结，人类已经按照自己的需要将自然完全重新塑造，我们已然置身于一个后自然的世界里。梭罗曾经说："如果走上半个小时，就可以在这个地球表面发现一处从来没有人在那里住上一年的地方，那里自然也没有政治，因为政治只不过是抽雪茄的人吐出的烟雾。"可是，现在，即使你走上半年，也不可能找到这样的地方了。我们至少在现代社会里已经终结了为我们所界定的自然——与人类社会相区别的自然。正如美国学者比尔·麦克基本在《自然的终结》一书中说："风的意义、太阳的意义、雨的意义，以至于自然的意义都已经与以往不同。是的，风还在吹，但是它将不再生自另一个与人世隔离的、非人格化的地方。"

随着自然被过度人化，对上帝与天堂的想象也随之破碎，神性和人的灵性也一并被放逐，人的创造物高居于宝座，成为人的主人。卢梭说："科学甚至文明不会给人类带来幸福，只会带来灾难。"席勒则看到，"工业文明把人类束缚在孤零零的断片上，机器的轮盘使人失去生存的和谐与想象的激情"。费希特觉得自己简直无法在这样的世界里安置自己的灵魂。就在这样的处境中，丧失家园的人类开始在城市的钢筋水泥迷宫中迷失，同时也无法再度返回以前与人相互依存、融合统一的自然本原，成为无根之树，从而把欲望当成了生存唯一的动力，将精神还原为简单的心理学；从而丧失了与整体（神圣）的有机联系，使人的存在成为没有参照的孤零零的"定在"，再也返回不到天、地、人、神四维结构的诗意空间。面对物质剧增而人的精神愈发萎缩和茫然无依的生存现实，面对神灵隐遁之后让人眩晕的巨大空白，面对道德失范、价值迷失的时代氛围，一个严肃的诗人，要么是为时代唱一曲挽歌，哀悼那逝去的美与和谐；要么是为这个"中心在持续崩溃和重构"的时代唱出一曲未来主义式的赞歌。

现代社会人性异化的一个根本特征，就在于这种工具理性和实用智慧的畸形发达。在对象化思维的统摄下，所有一切都将背离自身，甚至包括以抵抗这种背离为旨归的诗歌写作，也就是说，写作对写作者的异化开始了。当诗歌成了一种可操作的对象时，诗与诗人的性质就已经在暗中同步蜕变了。从这种背景来考察，我们不难看出当前的汉诗写作已经远远背离了初衷，演变成了"欲望的能指"游戏。毫不夸张地说，目前汉诗存在的一个亟待清理的问题，就是人本与文本的脱节。诗人历来是知识分子中最具先锋性、最敏感的群体，说他们是民族的良知并不为过。整个社会和历史中所发生的苦难，首先是被诗人先天的敏锐所感受到，因此，在健康的社会中，诗人具有预警器的作用，和先知、巫师属于同一系列。诗人对苦难与精神的担承往往不仅仅是其个人的事情。虽然说在生活真实向文本真实的转换中，由于个人性情、视野及转换机制的差异，诗人所抵达的方位会稍有不同，并且这两种真实的转换是在没有见证者的情况下暗中发生的。这就决定了人本和文本并非单纯的一一对应关系，两者之间的关系要相对复杂得多。但文本中弥漫着的尖锐的疼痛、精神的呼吸和情感的纹脉，其真伪凭直觉就可以分辨得出(当然需要具备专业的直觉)。当人人都在把行为和信仰拉开距离,甚至文过饰非的时候,如果一个诗人能表里如一地实践自己信仰,将对词语、精神、形式的迷恋强调到极端,本身就无异于一种信仰了,我们当对其予以足够的尊重,而不能笑其痴愚。因此,诗人的人格力量,是保证文本真实性的一个依据,尽管不是唯一的依据。

因此,当代汉诗中的"回归"主题便在几组相对的关键词或场域之间展开,它们是家园和异乡、文本和人本、爱情和死亡,等等。这几组相关场域实际上是建立在微妙的自否基础上的。它们不仅仅是对立的,也是可以互相取代的。正如只有在地狱的最底层,我们才能找到通往炼狱的通道一样。在深入后的超越中,这几组对立的事物将合而为一。这样的辩证思维,能使诗人免于落入对象化思维的陷阱,从而为我们开辟了独有的风景——家园与异乡潜在的悖论关系,在感情回归和精神放逐之间存在的永远的敌意。

家园的丧失当然不仅仅是指物理意义上的家和故乡,而是人的心灵归宿的问题。在主体将生活世界对象化之前,人与万物是共生的,是和谐的一体,那时的世界可以称之为伊甸园。而当人与万物分离,成为孤零零的此在后,灵魂也就变得无所归依了。这里的丧失家园也可以说是人和"整体"(神)的分离。人不再和万物处于同一层面上,人开始盘剥事物,并在这过程中迅速失去自身的依托。一种普遍的无根性,导致现代人是"在家中流浪的人",他们永远在路上,永远需要在此处与彼处、丧失与获得之间不断地实现动态平衡。

家园意识在汉诗中曾是一个普泛化的主题,很多诗人将情思定点集中于此,无疑是和其生存背景及知识型构有着深刻关联的。比如,有着乡村生活经历的诗人,置身于城市的浮华与喧嚣之中,远离乡村朴素宁静的事物,为生计而苦苦挣扎,当然会生出如许的乡愁。这种具体的生存处境决定了其诗歌不可能是凌虚高蹈的学院式咏唱,也不可能是简单认同异化的后现代式的欲望书写。生活真实的残酷、凌厉与粗糙在严重挤压诗人的心灵,在使其几欲窒息的同时,也保证了其文本的可靠性。也许,人一经出离母体,就是家园丧失的开始。所以,对于诗人来说,世界"遍地阳关"。流浪是一生的,是没有尽头的漂泊。从人生本质上看,这也是近乎真理的。有大哲说过,人生就像烧红的环形跑道,没有出口也没有暂时的歇脚处,你得不停地跑才能忍受那灼人的痛苦。对于诗人这种自觉流放的人来说,诗歌也许就是那灼热跑道上空暂时的凉荫,虽可解一时之痛,终究改变不了命运封闭的圆圈。欢乐与安慰只是在脚与脚之间,只是一场流水带来又带走的梦。永远回不去的家并没有构成诗人内心的安慰,反而成了大地上的另一个异乡,一片形同虚设的风景。对于作为流浪者的诗人,除了黑夜一无所有,除了歌唱一无所为。在黑夜中浮现的点点灯光,那只是别人的生活,是诗人所不曾经历也无法进入的生活,因此黑夜更显得一无所有,只有风和潦倒的酒杯陪伴在身边。由乡村流落到城市的诗人便如叶赛宁一般,逐渐体会到成长意味着不断的丧失,逐渐明白了一个残忍的事实:并不存在"另外的生活"——从旁观者到置身其中,从一个人的天真到另一个人的天真,仍是空虚与共的旅途,仍是一个人在城市的阴影坐着。诗人也在不断的自我放逐中领悟了,人的本质并不是规定性的,而只是一种可能性。因此,在很多诗中我们常会读出一种失去时间和方向的恍惚感。前路是漫漫风雪和黑暗,是伤痛与徘徊,而家在身后已成为不可回归的风景,仅仅是虚无中的一道微弱的光芒,一点尘封的记忆而已。正所谓,回不去的地方才是家园。

往往,冲淡平易的语言难以掩盖诗人内心的凄凉和空茫,从实写到虚化的不动声色的转换,更有利于烘托出诗人游移的情绪——看似不经意,实则是有意为之,把情绪轻轻挽留在文本中,避免了直接抒发容易产生的松懈之感。笔者自己也曾写到还乡的复杂感受，即那种物是人非的感慨，甚至是惶恐，如《我回到自己的城市》：

> 我回到自己的城市
> 如冰冷的包裹
> 投递到无人经过的后楼梯
> 请快些饮下这黑暗
> 你就能被恋爱的人看见
> 如路灯里的残酒
> 白昼迅速注入午后的昏黄
> 而黄昏认出了你
> 认出了远天之上那不祥的云象
> 一场将落未落的雪
> 还可以唤起白色的回声
> 你还没有资格去死
> 还来得及按响黄铜的门铃
> 如头痛，如去而复返的客人
> 为了遗落在地板上的
> 一句含义模糊的话语
> 为了那整夜拖曳着脚步的
> 胆怯而固执的记忆

2015 年 2 月

这首短章显得异常沉重与决绝，这种决绝几乎已成了情绪上的一种特征，干脆与尖锐背后，是骨子里的凄凉与迷茫。世事如流，无常本是常，诗人深谙此中况味。人，什么都无法真正拥有，甚至自己。可贵的是，诗人认识到人生在世的"被抛"状态，仍能保持一颗勇敢的心。正是怀着一颗把牢底坐穿的勇士之心,诗人方不至于走向虚无。同时因为有了对人生透彻的认识,才能在入世和出世之间取得一个恰当的平衡,方能不黏滞于物。对人生虚无的本质性认识,不但没有使诗人消沉颓唐,有时反倒有叶芝式的"那又如何"的洒脱。这种洒脱在诗歌的声音中获得了表现。在笔者的诗歌中,始终存在着两种甚至多种不同的声音或说是语调,一种是缠绵悠长的,近乎回忆的温和;一种是短促尖锐的,有决绝孤立的撕裂感。这些不同的声音往往共存于同一文本中,构成文本内在的张力——在执着与放弃之间,始终是选择的两难。这种语调上的对立与共存,是诗人在具体生存中的两难困境在语言上的微观体现,也是诗人个性的双重性的体现。

流浪者的生活是临时的,以车站和道路组成。万物的暂时性从时间中取消了事物的尊严和伟大,日常生活不再具有神秘性,而是充满了琐屑的闹剧。而事物的短暂性实则源于生命的短暂性,生命不长久,艺术也不长久。永恒是一座没有人烟的村庄。这种对暂时性、临时性的认知,使得诗人能在日常氛围中透露出高贵的漫游气息,这实在是超出一般人的地方。诗人往往直接说出内心的真理,而面对这样的迫切言说,我们往往无言以对,唯有聆听诗人的断言。

现代人的无根状态,有时会以迷途的方式呈现出来。近年,我以诗歌的形式记录了自己一百多个真实的梦,没有用文学手段去修饰,其中最大的一个主题就是迷失。仅仅开列题目便可一目了然:

> 不知身在何处的梦/入夜时梦见空无一人的家/迷失/孤岛游乐场/小镇迷局/小镇迷失/寻找父亲/无尽的工厂/鞋丢了/大水/拆迁/无限工厂/迷失在开心馆中的 k/黄昏空无一人

这里的 k 当然是来自卡夫卡所书写的异化状态的卑微者的象征。
再比如这首写于 1990 年的《错误的旅行》，其主题也是迷失。可以
说，迷失在我的诗歌中是一个一以贯之的关键线索：

　　　　那一年我们去结婚旅行
　　　　因为这世界再不新鲜
　　　　那一年天亮得古怪
　　　　车行古道，一篷热风过后
　　　　田里已不见那瞭望的村女
　　　　金色的灰尘满天游弋
　　　　又在大陆上聚成人形
　　　　经过村庄，听见小鸟在歌唱平凡之喜
　　　　古旧的容颜，水及阳光
　　　　可旅行刚刚开始，目的已然失去
　　　　人多得认不出我的爱人
　　　　慌乱中偏又下错了车
　　　　误入村庄，只能手搭屋顶
　　　　看远处亮闪闪的火车载着人群继续旅行
　　　　同样的错误各处出现
　　　　随季节改变颜色
　　　　再不去想一座城里
　　　　还有一个冒名顶替的人

1990 年 3 月 10 日

　　成长本身意味着不断的丧失。美国女诗人毕肖普在《一种艺
术》诗中写道：

　　　　丧失的艺术不难掌握；

这么多似乎充满意味的事物
丧失了，并非不幸。

每天都在丧失。接受了
丢了门钥匙的慌乱，糟糕的时光度过了。
丧失的艺术不难掌握。

而后习惯了丧失得更快，更快：
地点，名字，你要去旅行的
地方。这些都不能带来不幸。

我丢了我母亲的表。瞧！我失去了我最后的
或倒数第二的，三座喜爱的房子。
丧失的艺术并不难掌握。

我丢了两座可爱的城。还有，更大的，
我拥有的一些王国，两条河，一块大陆。
我想念它们，但那并不是不幸。

——甚至失去了你(愉快的嗓音，我喜欢的
一种表情)我没有撒谎。很显然
丧失的艺术并不太难掌握
尽管它看上去可能(写下它!)像灾难。

　　当然，毕肖普没有直截了当和不容置疑的绝对，她始终保持了
她达观的幽默感。
　　既然现实是无法改变的，那么，超脱现实的出路自然就转向了
自然、爱情和死亡。这是中西文人的一贯传统，他们或是隐逸山

林，或是沉迷爱情，或是求助死亡。然而，现代人已经很难重返林泉，像陶潜、高更那样彻底地退出文明生活；人们只能"坐在家里想家"，在家园中放逐自己，继续精神上的流浪。既然前文化阶段的家园已不能回返，诗人只好求助于家的代用品，这个代用品可以是语言。然而，语言与实在、能指与所指之间的关系却是随意的，是一种习惯的约定。这种人为系统一旦通过学习所掌握，就变成了一种先在于人的东西，因此，我们可以说，人学会了使用语言，也就是异化的开始——整个社会关系和意识形态通过语言强加给每个人。传统诗歌往往把语言直接指认为真实，实在是把人置于了危险的语言幻觉之中。因此，语言既是存在之家，又是对存在本身的遮蔽。所以，无言才成为中国智慧的最高形式。只有在无言中，灵魂和事物才会裸露出真相。在这种观念的引导下，诗歌写作的不及物性质开始出现。诗歌成了言语互为指涉的无穷的能指链运动，诗歌开始拒绝解释，变成语言的一种体验和历险。词语奇观由对词语的耽迷或"游戏"所创造，在浪漫主义的自我陶醉和现代主义的深度探寻之处，突然盛开的往往不是象征的玫瑰，而只是被抽空的词语本身。这种不及物的零度写作曾经为诗歌清理了过于沉重的文化积淀的负累，但同时也在日益复杂的现实变革面前显露出无力应付的尴尬，因此从 20 世纪 90 年代后期开始，更多的诗人开始把目光从纯粹转向涵容，从语境的透明过渡到语境的不纯。

　　笔者的诗歌先天就避开了不及物写作的诸多缺陷，而始终坚持把极为天然的抒情气质和现实忧患意识融会贯通。我没有把语言作为家园的替代品，而选取了对人类整体处境与个体命运的专注，以及对死亡的沉思。既然隐遁山林是不切实际的幻想，那么唯有在对人性情感的依恋和死亡的追问中来解脱现实的畏与烦，从而在一种原始意义上重新实现与大化的合一，重归"整体"。爱情和死亡本就是互为表里的东西，在爱情中更容易体会到生命的丰盈与空虚，人世的无常，乃至死亡。将爱与死、爱与超越的旨归联系在一起,已经具有了某种宗教的意味。索洛维约夫在《爱的意义》中曾言及,只有和他人一起,才能成为"一切人",才能实现自己的绝对意义——成为宇宙整体的不可分割、不可替代的部分。是爱使我们恢复了人的本质的完整性,在与另一个人的结合中找到自己的无限性。然而这样的真爱,又是多么难以实现啊!真正的爱情能提高爱者的精神境界,正如同但丁之被贝雅特里齐所指引,不断升华自己的思想。

因此,在诗人涉及情爱的篇章里,既充分清醒地认识到人类爱情充满着苦痛、隔膜与迷茫,如笔者大学时代的《情诗》;也充满着一种超越性的对更高之爱的诉求。因此,在具体描写中往往具有强烈的哲思轨迹,这种知性品质很好地平衡了其诗歌天然的抒情气质,节制了情感的泛滥,避免了诗对生活平面的模拟复制,从而使读者置身于比爱情更为广阔的生存场景和历史暗示之中,使文本有了根基。这同时也显示出诗人不拘泥、迷恋于细节的洒脱情怀。

对深度探究的维系与持守,在笔者身上融合了浪漫主义情怀和现代主义精神,其情感类型是古典的,而其对事物的认识又是现代的。这两种不同传统的交汇自然会产生张力,可这恰恰就是生机所在。在这点上,我和艾略特相似,手段上是现代主义的,骨子里是古典主义的。

高尔基曾经这样评价过叶赛宁:"谢尔盖·叶赛宁与其说是人,还不如说是器官,是自然界为了诗歌,为了表达无穷无尽的'田野的悲哀',表达对世界上一切生物的热爱,以及表达人首先所应得的仁慈而特地创造出来的器官。"通常而言,当代诗人对自然都有着天然的迷恋和敏感,并且多是诉诸形象体系和抒情情调,弥散淡淡的哀愁和忧郁的气氛。在他们的笔下,青石板的小巷、平原老屋后的风铃、雁影飘过的寒塘、芳香麦草上一个个难忘的爱情之夜、虫鸣唧唧晚风吹拂的田畴、香椿树上的喜鹊巢,都成了心灵所寄寓和游戏其中的居所。而其可贵之处在于，他们不仅仅揭示了人与自然的同源关系，而且在亲切的、充满伤感情愫的怀念与回忆中，在语言中重新恢复了人与本真事物的和谐统一，在语言中重造了一座乐园。换一个角度来看，这种可贵的固执同时也展现了诗人灵魂上的单纯，固执地重复着早已被淡忘的天真游戏——把石子投入水中，看着涟漪一圈圈地扩散，在温暖的干草垛旁等待新月升起，去重新寻回田野里那一顶金黄的草帽……与叶赛宁一样，他们把风景作为内容，把心灵作为形式，他们的"风花雪月"没有脱离时代，而是同时代保持着微妙的联系，"像地震仪一样记录了时代的震动"。如果说有区别的话，应该说叶赛宁心灵化的风景抒情诗，是有着宇宙般宏阔的生态关怀在内的，是对遭受严重破坏的自然的一种忧虑和唤醒。因此，他笔下的家园同时也是异乡。作为典型的挽歌作者，他是站在怀念的立场上看待这个时代的，因此他诗歌中的语调始终是温暖、低回、缓慢的，如小提琴幽幽的祈祷，如黄昏炊烟中若有若无的呼唤。

家园即异乡。只有饱尝流浪的艰辛，才能认清自己真正的家乡。海德格尔曾这样评价过荷尔德林："唯有这样的人方可还乡，他早已而且许久以来一直在他乡流浪，备尝漫游的艰辛，现在又归根返本。因为他在异地已经领悟到求索之物的本性，因而还乡时得以有足够丰富的阅历。"荷尔德林曾经预感到，技术功利的扩展，将会抽掉人的整个生存根基、人赖以安身立命的精神根据，人不但会成为无家可归的浪子，流落异乡，而且会因为精神上的虚无而结束自己。在这样的苦境中，诗歌成了诗人自我救赎的唯一手段，是他持存灵性以对抗物质压迫的唯一依托。就像奥登所言，诗歌成了抵抗混乱的临时堡垒。对人的价值生存与技术文明的两重对立的思考，是此类风景抒情诗的一个重点。

有些当代诗人（如黑大春）很少直接处理和时代密切相关的题材，似乎是一种刻意的回避或者说是遁世。这看似是对当下生活的"失语",实际上却是对当下生活的反向介入。诗人经常把自己的诗歌安放在自然背景中,以期揭示生命生生不息的创造奥秘,同时触及人无法从根本上返回家园的隐痛。也许,人所能面对的自然必须是经过人化的自然,在完全的荒野中,人会恐惧得抽身返回。丧失了和本源的联系,人类便被放逐到语言和物质的双重荒野。人的内心对存在的精确意识受到了严重的干扰。在这样的时刻,作为存在追问者的诗人,或者是采取启示录式的垂直上天梯的方式,从语言内部进行超越,结果却因缺乏大地的支撑而坠落,留下的只是词语易碎的玻璃大厦;或者是遁世隐居,在闲适自得中恍兮惚兮,玩味状态和绝望。在黑大春早期的《家园歌者》系列中浮现的,多是沉湎于旧日书信与醇酒的隐者形象,在对自然物象的描摹中传达出一丝丝欲辩忘言的"真意"。那时,他还在坚信重构家园(起码在语言中)的可能性,还是那么从容、镇定,即便在"尘霾的现实生活中混得不济/可回到这午色澄黄的梦景,我转忧为喜"(《家园歌者·秋》)。但在更近一些的《老家》中,他已成了一个跌跌撞撞、只能不断上路的漫游者,他所迷恋的一切,正在闪电照亮旷野的一瞬,如屋后的雪堆悄悄融化。这种个体精神的变迁,在家园中发现异化和危险的不安,修正了他早期家园主题的单向度思维,呈现出"隐蔽的繁复"。

总体而言,机械论的文明将人类世界重新变成了荒原,人类存在已经到了无家可归的状态,诗则是为人类寻找精神家园的一种探索。我曾在2018年世界诗人大会上作过题为"懂得倾听诗人的民族有福了"的主题发言,现摘录于此:

> 诗人都是"内在的流亡者"。作为与工具理性相抗衡的审美现代性的最重要表现形式,诗歌的根本力量就在于价值的建设。在混沌无形的现实之上,是诗歌为其投上明光,以彰显

现实存在的本质。如果诗歌没有能力为现实赋予形式，如果诗人没有勇气在魔鬼面前弹奏七弦琴，如果批评家没有力量树立起标准和典范，现实只能再次被符码化，不是被艺术的本质力量所符码化，而是被各种意识形态所塑造，并以甜蜜的毒药渗透进我们的血液。

诗人是仰望着天空在大地上漫游的异乡人，诗人的原乡就是语言本身。谢默斯·希尼称诗学是"非人的诗学"，精神的高度、经验的宽度、道德的担承、语言技艺的千锤百炼，都使得诗歌写作成为一件不可为而为之的事情。诗歌写作对人的整体素质的要求是所有人类创造性劳动中最高的，也是最为苛刻的。诗人要面临艺术与政治、私人与公共、有意识的控制与直觉的灵感之间的矛盾关系。诗人被迫使用被各种意识形态污染的语言，使用我们普通人同样使用的语言，而他要表达的却远远超出语言之上、文化之上、社会之上。正是诗人，在捍卫语言的纯洁性，在以自己生命的移注来保持语言原初的生动和直接。哲学家告诫我们，小心地对待语言，在它下面便是幽秘的存在本身；而诗人则说，纯净部落的方言。

诗歌所传播的真理和价值观，是和大众所习惯的主流社会的价值观相对的。中国社会，乃至所有的人类社会都是建立在功利关系之上的，而诗歌宣扬的是人与人之间审美的非功利的关系，它必然会让习惯了功利性地看待人和事物的人很不习惯，甚至对他们庸俗的价值观构成冒犯，这也是诗人的文化形象被大面积抹黑的一个重要原因。因为诗人及其所代表的生活方式的存在，本身就是对环境的清洁，它逼迫人们反思自己的人生和生命价值，甚至会让人发觉自己的生命没有什么价值，因为人的终极价值在于精神，而不是物欲的满足。所以，诗人在社会上遭受普遍的误解甚至嘲笑，这是很正常的。

　　诗歌承担着民族的良知、人类生存预警器的作用，它是人类的神经和良心，正好像高空中的旗帜，最先感受到将来的风暴。诗人替普通人思考人类整体的生存困境，思考人类文明的内在危机，关注个体灵魂的真实处境，民生疾苦，自然万象，无不被诗人海纳百川的胸怀所涵容，并冶炼出纯净的光明。在这个意义上说，诗人是在替整个人类承担苦难。我们应该感谢诗人，有他们的存在，人类不至于迷途，心灵不至于枯槁，灵性得以持存，语言得以净化。一个民族，如果善于倾听诗人的心声，必有福分！

第二节　自发性后现代

　　真正的诗人先天具有对语言的敏感，长于以玄学象征将完全不同的主题糅合在一起，将玄学的雄辩与叙述的精确有效结合。这种雄辩带有些许语言表演的姿态，它刻意制造阅读兴奋点和似是而非的修辞（同样也可以表征为似非而是）——更重要的是，在这种美妙的饶舌中，诗人似乎已在语言层面上解决了生存层面的问题。这并不是说诗人不忠实于自己的生活，恰恰相反，诗人完全从自身经验出发提炼出形式，其可贵之处在于，诗中的玄学可以一一还原为经验，在发生学上找到根源。这种经验占有的本真性，赋予诗歌以稳定可靠的质量。经过复杂的多重语符转换，普通读者已难以辨识他们面前的诗文本的原始材料构成——经验已经被形式所吸收，这是成就艺术的最高途径和结果。这种由具体到抽象的自下而上的运动，和以观念统摄事物的自上而下的方式，有着本质上的区别。

　　对语言自身的重视，是所有真正诗人的责任所在。正是对语言自身的热爱，才区分开了诗人与散文作家（广义的）；也区分开了依附性的小市民式传统写作和具有独立品格的现代写作。前者依赖于对时代普遍黑暗的习惯性寄生（正向或反向），而后者则体现了真正诗人对技艺的热爱，以及实现其自身道义使命时的悲剧处境。诗人直觉到，通过语言的组合游戏，阴影也可以转化为光明；更深刻的是，诗人已不自觉地依靠语言自身的运动来达成诗意（即让语言自己去言说）。对生存经验的尊重与对语言自身的热爱的合一，使得诗歌避免了对身边事物中所蕴含的大量生存信息进行处理时的乏力，又没有在个人语境向普遍理解转换时失去其珍贵的个性化特征。绵长繁复的句式，赋格曲式的旋律，并不能淹没言辞和无所谓的姿态（这一点概由语言的表演性所促成）背后的那种宿命的悲哀。

诗人对事实的尊重，不仅显示出其人格意义上的真诚，在文本构成中，这种真诚还保证了文本的可靠性。我之所以强调玄学的可还原性质，便是重申这样一种观念——写作的道德意识。只要看看当代汉诗中普遍存在的虚饰与伪善便不难理解我的良苦用心以及诗歌的真实价值所在。我所置身其中的一代诗人，正在以本真的写作，使汉语诗学发生着根本性的变化——一种源于生活又取消了生活的诗，与生活等价的诗，既不苍白无力地拼凑和拔高，抽象一番，形容一番；又不刻意将人性压扁。这预示着这样一种诗学态度——事物本身便是诗意的。这里的事物本身是指呈本真状态的事物，也就是去除了人为遮蔽（文化的偏见和惯规加给事物的诸多"意义"）的事物。诗人以玄学方式将雄辩与经验冶于一炉，对趋近事物的本真状态具有较大的势能，对语言的热爱没有压倒诗人对真实的热爱。经验被零散化了，像一具尸体被抛散在言辞的花园里，以至于必须经过复杂、艰巨的归化过程，方能辨识事实的原貌，以破解"存在之谜"。

汉语写作中普遍存在对修辞的迷恋，而过度的修辞会妨碍对真实的切入。于是，装饰性的修辞减少了，或者发生了质的变化，由装饰变为词根意义上的运用。某些出现频率较高、与诗人生命结构有深在关联的意象，经过残酷、长期的肉体和精神折磨，已经浓缩为大质量的硬核，会像树叶吸收灰尘一样聚拢（照亮）其所处的短语、诗行，甚或句群。换句话说，个别性的比喻已经成为整体性的象征。在这种状态下使用词语，必然具有本体意味。另外一个发展是语言中去除了过于华丽的成分，而机智又不致使语言陷入直白和淡化。诗人善于发现日常事物中微妙的、有时是反讽的含义，并能自如地出入其间。在一个自然和潜意识都已完全被文化所渗透、控制的世界，心灵向世界（自然）开敞的"诗意栖居"，终归只是在语言之中才会想象性地实现，前符号状态的人类生活是不可想象也不可能回溯的（"拜占庭是个回不去的地方，我们的祖先也不是鲑鱼"，《散失的笔记》）。当激情也变成表演的时候，我们必然走向语言的表演。而诗歌的修辞化和知识化必然会对事物的本真构成新一轮的遮蔽，这是需要警惕的。在泛知识分子写作中，就存在这种迷恋和把玩辞藻的普遍性弊端和迷误。

诗人似乎总是在嘲讽着什么，他们对日常生活中被习见与规约所束缚和遮蔽的事物进行的罗兰·巴特式的解构与嘲弄，显示出透彻的理解力与高度发达的智性。诗人像抽线头一样从文化的破绽处开始将人类强加给事物的各种意义一一清除：如对浪漫爱情之旅的消解；对作为普遍流行的时尚的政治幻觉的消解；对文化中心之虚幻性质和部分人自作多情的嘲弄（如《致历史中的你们》着力刻画"北京的厕所与别处也没有什么两样"）；对年轻时代愚蠢、狂热而"美好"的爱情的无情反思，将贫穷与爱情的关系作深入的剖示；对所谓"世纪末情绪"的做作进行节制而有力的戏讽……在各种意义之间自由嬉戏，机智而不流于油滑（因为这种语言上的机智是经过精神痛苦的检验和压榨的），因而具有大质量的下沉感，而非一只气球飘向天花板的轻浮——这种轻浮的洋溢几乎在所有的口语诗人中都有不同程度的表现。

　　以笔者自己为抽样的一代诗歌写作体现出了汉诗若干具有普遍性的特征，从上文所述，我们可以看出写作中所发生的语符转换，即由传统意义上的诗语向介于日常口语和书面语之间的一种中间语言的过渡。这种中间语言在使用上具有较大的灵活性和开放性，在对意义进行错置、自悖、翻转、呼应、混淆等人为的精心设计上，可以同时处理经验与玄学两个完全不同的领域。这种中间语言对外来语可以进行整体上的归化与吸收，使词本身的性质发生变化；而外来语又对现存语境起到激活与调节的作用，亦即构成与原有语境之间的矛盾张力，两者之间有时会统一与和解，有时则完全不能整合而各自分裂。充满智性的语言游戏和剧烈倾斜的对集体认同的幻觉的解构，在工程师式的精确组合过程之中得以实现。诗人善于以意想不到的方式使用借自某些专业领域的"术语"，利用词义的空隙，使它们在新的上下文关系中产生变形效果。这说明，当代汉语诗人普遍在追求一种"混合"的语言效果，而对一直占据评价标准的"纯粹"有了不同的理解。这种追求促成了想象力、心智、意识疆界的拓宽，这便是写作的活力之所在。开放的、容留的诗歌比拒绝的、纯粹的诗歌更能引起当代诗人的兴趣。

　　当代汉诗写作始终在两种欲望之间摇摆，一极是受海德格尔后期诗学的蛊惑，在命名冲动的鞭策之下，企图对语言内部的语义污染进行清理，结果却丧失了对个人生存有着切肤之痛关联的具在经验的处理能力，不可避免地堕入了能指增殖的游戏；另一极是急于将个人处境上升为普遍的理解，其面向文学史的写作（另一花哨的名称是"经典写作"）以及强化所谓本土特征以对抗全球文化语境（实质上是表演给外国人看的反向寄生与利益诉求）的功利性写作，已经使诗和人的精神品质受到双重伤害。笔者的写作则有意避开了这两种倾向所固有的局限，其所凭借的方法之一便是较为明显的经验诗学。正如里尔克所言，"诗是经验"，经验是诗的本体，诗的终极实在。杜威则断言，"艺术即经验"，艺术与经验的同一。笔者一再强调的"呈本真状态的事物就是诗",也是要在本体论层面上确立经验的重要性。经验论具有挑战、颠覆传统的超验论和先验论、再现论和表现论的诗学意义。由此,开启了从宏大叙述向微小叙述的后现代转折,这也许是里尔克作为现代主义诗人所始料不及的,正如杜威同样启发了威廉斯的"事物之外别无思想"的后现代思路。可以说,经验论既影响到里尔克、艾略特这样的现代主义者,又启发了威廉斯、朱可夫斯基这样"客观派"的现代主义者。

经验写作除了具有本真特性之外,另一个重要组成部分便是大量的文体实验(其中包括各种诗体的训练),戏仿、互文、拼贴等后现代倾向是显而易见的。早在20世纪80年代中前期,笔者便已经开始尝试当时诗界所陌生的技法,如组诗《城市感觉》。有的诗篇则证实了写作由隐喻向换喻的转变、意义和事物的可置换性、可复写的诗、形式的开放性。这些诗拆解了文化惯规(尤其是以往诗歌)赋予事物的普遍意义,巧妙地在语义误置中达到了证伪的效果。

在当代中国,始终存在着两种不同的后现代主义,一种是"存在论"意义上的后现代写作,这是指诗人的存在主义生存态度,其后现代觉悟是由生存经验中顿悟而出的;另外一种则是自觉的(如来自翻译与阅读的)后现代写作。前者在写作态度上有其可贵的真诚,但往往在风格上会失去必要的控制;而后者则可能存在经验滞后而意识超前的特点,显得过于"聪明"。只有意识与经验同步,一种真正成熟的后现代写作才能成为可能。诗歌需要的是智慧,一时的聪明只是现代人的机巧。

与现代主义化腐朽为神奇的形式追求不同,求助于过去文学宝库的互文写作,与其说是一种"枯竭的文学",不如说是"补充的文学"。文学本身已经成为文学的对象。这种自我指涉的极端方式,可以表现在诗歌对自身表达媒介的意识(不信任)上,文本的互文性以及滑稽戏仿等。戏仿的目的并不仅仅在于讽刺和嘲弄、对文化传统和经典的颠覆，其独特之处还在于它与戏拟对象依赖又背离的这一悖论，这种两者的共谋关系。对经典的戏仿可以使模仿者还原到被模仿者父亲的位置上去。艾柯在《诠释与过度诠释》中说过，在解释两个已知本文的相似性上，可以假定存在一个共同的原型本文。布鲁姆在《影响的焦虑》中也有过类似的提法：模仿者创造了他的前驱，因为在前驱那里也许隐而不显的特征，经过模仿而明显、集中起来，反过来可以引起人们"倒果为因"的逆向追溯。可以说，文学自身的历史就是这种"批判性继承"的家族浪漫史。而林达·哈琴则认为，像狂欢一样，文本互文性的策略是一种被认可了的侵越形式，从悖论的角度看，这种侵越形式既是对所刻画的东西的刻画，又是对所刻画的东西的毁坏。戏仿和互文是肯定传统连续性的一种方法，又是向这种连续性挑战的一种方法，是用已经发明出来的东西去进行发明创造的那种需要。比如，笔者的百行系列诗《庞德诗章》在记录了庞德一生经历的同时，也充满了大量的互文材料，并且不对这些材料的出处予以交代和说明，其用意显然是在考验汉语心智的成熟度。姑引其中《庞德的旅行》的片段：

> 希腊隽语的蔚蓝出于敬意而压低波浪
> 女人却成了一种至高的狂怒
> 你的厌女症的根源来自斯坦的自以为是
> 艾米这老处女的精力过剩和财大气粗
> 还有希尔达的"背叛"，尽管她缠绵病榻时
> 为你写下了不乏深情的《折磨结束了》
> 在肉身死亡之前我们都会先死上两次
> ——不再爱和不愿被人爱
>
> 青春的绿色蔓延在山楂树下

在塔楼守夜人忠诚的警告声中

鸟儿唱起了晨歌,卡图卢斯和普罗佩提乌斯

庄严就是庄严,不是当代文件庄严的荒谬

在但丁和卡瓦尔坎蒂的轻舟上

我们可以只歌唱爱情本身

不需要我们的爱人陪在身边

(她们总喜欢大惊小怪)

　　这里涉及诸多的文化资源,不熟悉西方文化和庞德生平与创作的读者,自然会摸不着头脑。

　　当代汉语诗人有个越来越明显的做法,便是今天一个、明天一个地不断从西方诗歌中发掘出大师,并以此为写作范本和隐秘传统,甚至生活方式上的向往(这在中国的人文和物质生活环境下几乎是幻想)。典型的,如里尔克、叶芝、博尔赫斯、曼杰施坦姆等。在某些诗人那里,你不难发现他们共同的寄生和高级模仿性质(有人故作神秘地称之为灵魂转世)。于是,直接消解到模仿者所模仿的对象上去,不失为一个明智而有效的策略。大致上可以这样说,当代诗歌依然处在模仿西方的阶段,本土汉语诗学的建设还在展开之中,充满了维多利亚式的空乏和游移。比如,口语诗歌显然受到笔者 20 世纪 90 年代初期翻译的美国后现代中平面化写作的影响,女性(或女权)诗歌脱不开自白派的影响,知识分子写作则与俄罗斯白银时代诗歌、东欧诗歌有关,不一而足。

　　解构经典还往往将经典中的原型意象移植到一个完全不同甚至相反的当代语境中,从而改变了"原作"的存在形态。这和上文提到过的当前写作中的语符转换亦有所关联。比如《哈尔滨十二月》,其实是一次"意义置换"的过程,罗马的国际含义被本土化了,由全称知识还原成具体知识。这种在普遍性中寻找特殊性的努力,在汉语写作中是不多见的。它混淆了远的和近的、文本的和现

实的双重世界，同时也在自嘲中将自身与他人（如布罗茨基、恺撒）
的灵魂相混淆（一种新型的"灵魂转世"？）。

再如，汉语写作中受到阿什贝利《在黄昏弥漫的天空中》和特
德·贝里根"列清单"方式的影响，具体例子有笔者的《死去的人
们》等：

父亲，马显恒，1990 年，膀胱结石术后综合征。昏迷。
　　1 米 80。军人。使双枪。善游泳、篮球。这些，
　　我一概不会。小时受欺负，开始教我们三个男孩打拳。
　　一书包沾满新鲜泥土的子弹壳和一前襟的功章。没用。
母亲，高淑珍，1997 年春，脑出血。爱干净，
　　擦了一上午玻璃。点上烟想到炕上歇一会儿，
　　却坐到了地上。有一年在哈尔滨我们上商店，在自动
　　扶梯上她向后仰倒，我险些没有扶住她，"这是怎么了？"
　　她说。我终于没有扶住她。"这是怎么了？"我说。
小慧，崔先慧，比女孩子还好看。初中同学。摔跤的对手。
　　卒年不详。死因：骨头都黑了。我帮他写过情书。
　　我用《小慧》摆脱了小慧的纠缠，我要活下去，虽然我爱他。
麦可，刘永权，1997 年，马凡氏综合征。1 米 97。需要仰视。
　　在他面前我觉得自己是个小孩。我们五个诗歌兄弟
　　常常鱼贯走入饭店，他总是最后一个，常惹人惊叹，
　　"越来越高！"是啊，他真是越来越高了。
韦尔乔，2008 年夏死于肺癌。画家，医生。
　　我们去看他，他躺在轮床上吃萝卜，家里人说萝卜抗癌，
　　他那时已经高位截瘫，仍开玩笑地说，把他炼了他都不知道。
　　那时我正考虑去南京工作，这是他最喜欢的城市，
　　在他病中用软玉温香美馔佳肴收留过他的那些金陵美妹，
　　我总想知道她们现在哪里，在什么所在调弄素琴。

马永波,卒年不详,死因不详。巨蟹座。该星座还有普鲁斯特
　　和蓬皮杜(蓬皮肚哈哈)。世上有人远远地爱他。
　　爱恨都只能触及复数的一个他。"我爱你。"
　　"等我成为我之后再说。"他的命运就这样定了。

　　有人在死亡中怀念着你们大家。

　　这种"列清单"的方法是针对权力机制对文化选择的操纵以及
"有组织遗忘"的控诉与驳斥。在这方面进行过出色实验的还有美
国诗人大卫·特里尼达德(参见《1970 年后的美国诗歌》)。
　　又如《深夜读古希腊挽歌》,大量省略号显明了时间的销蚀性
以及完整历史与意义的还原在某种程度上的不可能性:

　　……褐色的帆船运载星星的灰烬
　　桨上模糊的水手的名字……甜蜜的家乡
　　刚刚刮过的狂风……浪头扑向我们……
　　……谁在云中等候时间……藏好波塞冬可怕的礼物
　　……尽快加固……虚弱的恐惧……啊耻辱
　　个个都如此……你还要躺多久……
　　让我们别接受……我将忍受……祸患……
　　雄健的胸脯,高耸的城塔……我们在中间
　　倒下……沉没……一排排桨座
　　争夺……祖国的石头……那银白的
　　……将战果……如同来自灰色大海的雪
　　告别了黝黑的女神……终于来到宽阔的半岛

　　以上所述主要集中于我自己的解构性后现代实验,没有涉及
其他更新的进展,如客观化和难度写作。仅仅是想说明,我的后现

代写作具有自发性和自觉性兼容的特征，毕竟，在写作的同时，我翻译和引进到汉语中大量的后现代诗歌文本，生存状态和诗学理念的遇合实际上意味着经验与意识的同一。

话说回来，区分开大诗人与小诗人的标志，不在于技巧与形式，也许只在于文本世界与现实世界转译过程中所保留的那么一点珍贵的品质，即精神的深度与对宿命的关怀。形式是内容的延伸。笔者虽一直在进行语言、形式上不乏"极端"的实验，但对"内容"或曰"意义与价值"的重视始终是我写作的底色。在这一点上，我将自己与其他汉语中的后现代写作者区分开来，骨子里，我依然是一个古典主义者。

第三节 重新整体化："难度写作"

2002 年 4 月，我在撰写年刊《难度写作》发刊词时，曾开列了刊物的大致"方向"，共有四条：

1. 在平面化写作日益泛滥的今天，保持写作的深度和难度是对写作者起码的道德要求。

2. 难度既是思想上的深刻、体验上的切实，也是技艺上的深入。

3. "难度写作"拒绝无痛呻吟、玩弄技巧、没有人性关怀（或者说没人味儿）、逃避现实、丧失精神力量的口水化叙述，故作高深的玄学以及"啊啊啊"的空泛抒情。

4. "难度写作"倡导大气、高贵、心灵，欢迎具有平衡素质与整合能力的独立品格的诗人。

近乎二十年前的主张，现在看来，不但没有过时，反而显得更为必要。而且，难度写作的明确提出，要早于这个时间，应该是在

20世纪90年代初期我翻译约翰·阿什贝利诗歌的时候就倡导和实践的,是内在于1994年我开始推动的"伪叙述"诗学理念的。

我曾经和诗友马知遥讨论过这样的话题——在目前的中国诗歌界,读者并没有因为网络带给诗歌的繁荣而更加亲近和热爱诗歌;写诗的人比读诗的人多,这样的现象并没有改变;报纸刊物和网络充斥着平庸的、简单化的、无深度的诗歌,这些诗歌大多都呈现以下几种面貌:感受肤浅、情感平淡、深度不足。

毋庸讳言,当代诗歌充斥着对个人化小情感的描述,这样的诗歌没有撼动人心的力量,只看到了诗人在温室中自叹身世的"私心",诗歌缺失了大的现实关怀和人类永恒的主题。这个问题牵涉两个方面,一个是题材问题,一个是自我与他者的关系问题。在当代诗歌中,从90年代中期以降,确实没有出现过大题材的作品,也就是有整全框架的、为全社会所普遍关注的题材,这是汉语诗歌回归个人化写作所必然带来的结果。诗人多是习惯将以往的"逻各斯"分散在日常生活的点滴细节之中,在碎片中透露出若干生存信息。这么做,固然有让诗歌卸下过重的意识形态负担的好处,能让诗人集中注意力于自己生活中的经验与体验,但也同时带来了诗歌琐碎化和私己化的倾向。人的思维是从具体到抽象,再从抽象到具体的循环往复的运动,只剩下单一方向的运动,势必将是不完整的。从抽象到具体,我们可以解释为早些年的"主题先行"式;从具体到抽象,或可对应于现代诗相对发达的言外结构,这是从经验到形式升华的过程,最终使经验实情"结构化"。回归个人生活的实况,可能是汉语诗歌不可逆转的一个取向。但是,这样的过程中是否会同时丧失了诗歌触及"永恒主题"的一些能力? 其实这样的问题,我们固然可以用以前讨论过的"写什么"和"怎么写"来应对,但也可以从其他传统的资源得到启示。

主体的普遍退隐成为90年代之后的一个总体趋势,到了21世纪的网络写作阶段,这种趋势愈演愈烈。琐碎化的主体自然使得诗歌丧失了与时代对诘的批判力度。可以说，朦胧诗在新时期开始通过艰苦卓绝的努力确立起来的个体主体性，这笔宝贵遗产我们没有继承下来。朦胧诗作为新时期诗歌的第一枝，它最大的功绩在于接续了"五四"一代人未完成的启蒙叙事，在主体性的确立上是不可或缺的一环。从食指开始，诗歌中的人不再必然是类型化的，而是一个个具体的独特个体，人的尊严从此在诗歌中被逐渐凸显。"人"不再是时代或群体的工具，而是有内在价值的自我，是会思考、会怀疑的独立存在。朦胧诗的主体性意识包蕴着深厚的人本主义精神，主体总是承载着一定历史的、实践的使命感和社会意识，隐现着一代人的代言人形象。因此，朦胧诗中的主体摆脱了以往汉语诗歌中的可置换性，而更加带有经验的特殊性质，正如蒙田所言："每个人都携有人类的全部形式。"就是从这一点出发，我们理解了食指诗歌中的宣谕式语调，那种急迫的倾诉。这样的主体正是通过自己的特殊性来感知自己为普遍性的代表。在朦胧诗人那里，敞开的是知识的一般性和经验的特殊性这两极之间的主体性场域。从食指开始，整整一代人猛然发觉，诗歌还可以如此书写，还可以如此真切，切近自身的喜怒哀乐、情思绪绪。然而，应该说，朦胧诗中的人之主体性的确立，是以与意识形态的对峙来确立自身的，还不是真正的基于公民社会的自由的个体主体性。反对意味着已经承认了对象的力量，因此也限制了自身的可能性空间。现代主体的特质具有双重自我关涉的本性，它既是一切可能的认知依据，又对自我设立的依据之不可靠性始终存有某种恐惧。这种反观自身，在北岛、食指和多多的晚近诗歌中也有所表现，尤其是表现在早年宣言式的全称知识判断已经被一种内敛、缓慢的陈述所代替，与意识形态的刚性对峙已经被一种更具有包容性的交往对话所代替，这也同时释放出更大的经验吸纳的空间。

　　当然，我相信，每个诗人在解决自我与他者（这个他者可以是集体、社群，抑或现实）的关系方面都会有自己的途径。诗歌如何在忠实于诗人自己的生活、在诉说自我的同时,通达一个更为广阔的历史与现实的空间,这是诗学上的一个大问题,也似乎是许多大师思考过而未能找出最终解答的问题。比较而言,我更欣赏东欧诗人的态度,他们对于捕捉真实的律令回应以既投入又超出的态度。米沃什的这段话或可暂时作为代表:"真实要求一个名称,要求话语,但它又是不可忍受的。如果它被接触到,如果它离得很近,诗人的嘴巴甚至不能发出一声约伯式的喟叹:所有艺术证明都不能同行动相比。但是,要以这种方式来拥抱真实,使它保存在它的古老的善与恶、绝望与希望的纷纭之中,只有通过一种距离,只有翱翔在它上面,才是可能的——但这反过来又似乎是一种道义上的背信弃义。"而就我个人的写作来说,我更希望将所有主题同等看待。在某些阶段,我曾有过《炼金术士》那样结构完整、主题重大的作品;在另一些阶段,我则看重从个人经验中提炼出形式(哲学甚至宗教的领悟)。各种不同的美学立场都可以加以尝试。

当下诗歌最突出的问题是缺乏精神的力量,过于陷入"抽象"之中。我用"抽象"这个词来指涉与现实脱节、心灵苍白等现象。就我所阅读的范围(网络、个人诗集、官办与民办刊物、选集)而言,诗歌缺乏坚实的内涵,流于一种液态的、难于把捉的情绪,这是最大的一个弊病。如果不是心灵本身缺乏深度和敏感度的话,那可能就是积淀不够,不够踏实,有一点感觉就赶紧写成诗,所以诗歌不能像雕塑一样立起来,而是像泼在地上的水一样渐渐流失。这里我想到叶芝的一首诗——《泼了的牛奶》:"我们曾经做过的和想过的,曾经想过和做过的,必然漫开,渐渐地淡了,像泼在石头上的牛奶。"而我们比之更逊,我们是将水泼在沙地上。现在我们不缺乏优美的诗歌,但缺乏"重要"的诗篇。许多作品,技巧也很娴熟,词句也很优美,但就是没"劲",可有可无。我们知道,诗歌写作其实不是分行的写字,它是比写作更广阔的境界的流露,它对诗人的要求是所有创造性劳动中最高的,语言的敏感、生活的历练、智慧的获得、持久的耐心等,缺一不可。可以说,真正的好诗一生中难得一遇,大部分要仰承天意,要学会"削尖了铅笔等待"。当下诗歌中普遍存在的空泛,也许有生活节奏过快的原因,诗歌不再是需要艰苦劳作才能获得的狂喜,而更像是一种唾手可得的愉悦游戏。这种游戏固然使滞重的生活得以获得某种平衡和纾解,但是对于诗艺,却也是一种轻慢和稀释。

1994年我曾明确提出,诗在现时代最重要的任务和责任是触及真实,它涉及"记录"这样一种写作策略,认为"呈本真状态的事物都是诗",我们只须记录下来即可。当时的想法自然和现象学的还原有关,与解构主义的去弊有关,思考的是如何透过权力和语言的虚构而照见真实。这真实包括物的真实、事的真实,更是心的真实,因为,在这一切之后,起统摄作用的,是神的真实,是依照神口授于我们心中的方式记录而成的。这种记录不是照相写实主义,也不是后现代的抄写大脑,而是超越了主客对立的互摄。

20世纪90年代的所谓个人化写作,对于消解宏大叙事当然有其贡献,它使得写作真正回到个体性自我(而非代言人式的集体性自我)日常的所思所感,将写作的本然还给自身应在的位置。这是对朦胧诗写作范式的重大反拨和纠偏,但它同时也带来了一种危险的趋势。诗写者(用这个词语来指称是因为大多数诗歌工作者只是分行者而不是诗人)往往流于一己的情致、小情小绪,丧失了对人类普遍处境的关怀和道德担当,沉迷于对琐碎之物的把玩和迷恋;同时,80年代生机勃发的探索精神似乎也失去了动力,普遍陷于庸常,语言形式和更重要的诗歌精神两方面都没有大的进展。

到了21世纪网络时代,先锋诗歌进一步后卫化,成名者故步自封,能原地踏步而不被地球旋转甩在后头,已经是不错的了,鲜有在精神和技艺方面持续掘进的勇者。他们或是继续修辞性、玄学性(实际是一知半解的玩玄)静态书写,和时代脱节或平行;或是以庸俗的小市民意识形态为乐,在泥坑里打滚,泼溅杂色的浪花;或是在根本没有对古典诗学的前提和存在的自然与社会文化条件进行谨慎反思的情况下,便消化不良地化用(误用)明清时代笔记小品的语汇,来将自己并不典雅的自我装修得飞檐走壁,做出一副看透世事、风轻云淡的高境界姿态,实则令人作呕;或是对诗进行对象化的、有距离的书写,没有个人生命体验的渗透和彻骨之痛,看似高扬批判现实、满口仁义道德,实则只是词语层面的姿态,只是用道德来攻击别人而同时将自己置于不容置疑的道德优势之上,甚至以表面的反抗来暗中献媚,这种写作之于前述种种表面形态不同但内里均为玩弄辞藻之把戏,更有危害,基本可以判定为伪君子之行径,比真小人还具有欺骗性。

在此,根本无须再继续进行类型学的梳理,只要还有起码的审美判断力,放眼望去,当代汉语诗歌尽是一片荒芜又狂欢的景象。大音希声,黄钟毁弃。个体心灵的大面积荒芜而不自知,自我的普遍异化、腐化和主动犬儒化,对现实苦难的视而不见,甚至以小布尔乔亚的廉价温情来涂抹和遮挡苦难之实存,对人类共同体何去何从的命运漠然无知,对无处不在的、渗透到毛细血管的恐惧和谎言知而不言……凡此种种皆为诗的耻辱,外在的苦难和内在的真实在能指滑动的书写中均告遗忘和消失,代之以歌舞升平的颂歌和不疼不痒的自我抚摸。

在这种形势下,我呼吁真正有骨气、有勇气的诗人,回到诗歌最基本的功能上来,那就是杜甫的以诗为史的传统,将这个时代的真相记录下来,留给后世。不要再发出自得其乐的哼哼唧唧,玩弄毫无意义的词语游戏,维持故作高深的虚伪粉饰,做出看似慷慨热血的反向趋附;不要再以苍蝇般的众声喧哗,再度将早就被割断了喉咙的可怜缪斯那微弱的、痛楚难当的颤抖之音,彻底淹没在这"嗡嗡嗡嗡"的、打着诗歌旗号的赞美与感恩的齐唱声中。午夜梦回,要扪心自问：你到底写了些什么？你到底感受和思考了些什么？我相信,即便是苍蝇,也还是有一颗小小的心脏的。如果经过彻底的反思,你还是觉得自己的诗果真有价值,那我只能遗憾地告诉你,你已经提前进入了死者的行列,而且绝不会在最后审判中站立得住,绝不会有机会让身体复活,你的永恒将是永远的公义之刑罚。正如但丁所言,在重大道德危机的时刻,只顾自己的人,地狱中火焰最为炽烈的地方就是为其准备的。

记录,这就是目前诗歌的首要方针。记录下一切,即便置身事实之中,我们作为有限个体因无法具有上帝的全知视角而难明究竟,但依然要凭借你在具体事物上的谨慎把捉、凭借你的良知和理性逻辑、凭借你的创造性直觉,将一切记录下来。这记录可以不美,可以没有传统的诗意,但其忠实于人性、常识和道德底线,忠实于天国理想的唯一盼望,终将会在后世成为一份时代的证据,让后人能够从中破译出我们当下到底发生了什么。这价值远远大于所谓的艺术之诗,所谓的超脱利害的美学之诗,所谓的怡情悦性和调剂生活的诗……

微博时代我曾言及,当代汉诗的阅读经验仍然是令人不快的,既缺乏精神的高度,也缺乏经验的宽度和思想的深度,属于"三无产品",多是词语和词语做鬼脸。由此我倡导以三度论为基础的难度写作,然而应者寥寥。二十年过去,浅表性、浮泛化、无病呻吟的书写愈演愈烈,巨量词语生产对现实真相构成了又一轮遮蔽,心灵被窒息,苦难被遗忘,甚至积极认可没有苦难、没有异化、没有暴力、没有虚构……这样的"诗"是对诗的背叛,终将被钉上历史的耻辱柱。

重回"记录诗学"！

让真理之光透过词语照亮我们生兹在兹的大地。

让心灵自觉不自觉的腐败赤裸裸地呈现。

让信仰者的牺牲为世人所明了而不是遭到嘲笑。

让世界的真实、自我的真相和生命的真理大白于天下。

当下诗歌第二个最突出的问题是，众多诗人追风似的使用口语写作。口语不是不好，是口语化容易降低情感的表达浓度，这是个如何写的问题。在解决了如何写的问题后，关键看诗人自身对情感的积淀和抒发。所以起决定作用的还是诗人自身对感受力和想象力的培养。20 世纪 90 年代之后，许多诗人采取相对口语化的语言写作的原因在于口语的直接和简单，有利于快速捕捉对象。实际上，诗歌中所使用的口语，无论程度如何，都是经过转化和修正的。口语和隐喻，并不是决然对立的两端。博尔赫斯曾提到，每一个字都是死去的隐喻。语言本身就是由隐喻构成的。从词源学上来考察，每一个词确实都来自隐喻，只不过在多年的使用中它们的隐喻词根已经被忘记，否则人就无法思考了。口语与事物之间的关系，是一种平面的位移；而使用隐喻，则使语言与事物之间的关系多出一重垂直的运动。口语的意义单一而确定，按照形式主义的理论，是不适合诗歌写作的，因为诗歌追求的是意义的不纯，是意义的多重化与陌生化；而按照存在主义的原则，口语的简单平实也难以使事物回复其本真，口语恰恰是事物被遮蔽状态时的剩余，是要被去弊的对象。因此，我以为，口语的使用必须经过修正和提纯，甚至要刻意采取一些技术来消除其单一与平面化的特质，而构成语境的多重与丰富。口语化在占有经验、即时呈现生存现场方面有作用，难的是如何从中提炼出"形式"，如何挥发出"意味"和抵达"深度"，在陈述中体现不可陈述的东西。也许诗歌的诉求就是这样的悖论。从 80 年代前期，我的诗歌中就开始引入口语的因素，但只能说是因素之一。我使用的是综合语言，或曰中间语言。我没有放弃隐喻。这样的语言有优势，它既可以迅捷把握生存的巨量信息，又可以承接来自高处的形而上压力。《小慧》《电影院》等一批作品都是如此。

当代写作的另一个特征是表面化倾向，它和流行的后现代的平面化是一致的。这种浅表性与平淡性，并不是来自对后现代资源的自觉汲取，而多是由其生存和个性本身所决定的。也就是说，诗人和后现代的相遇，是一种巧合，而非刻意为之。这种平淡的表面化，不去探究事物的本质、肌理、理念，对事物没有寄寓，这依然是一种无所谓的姿态和假象。平面化诗歌中，很少能看到隐喻的建设、象征的架构、玄学的组织，而多的是一个手工劳动者耐心的原地拆解，乃至使文本成了一个工场，幽暗凌乱，遍地零件和废料，成品不见踪影。众所周知，隐喻是带有创世性质的，"言"首先是隐喻，口语实乃磨损殆尽的隐喻，如"桌子腿"等。离开了隐喻，语言不成立，语言与事物的对应关系也会崩溃。隐喻的成立，来自超验所指的存在；超验所指（"上帝"）的丧失，使得能指只能自我循环，不指向任何超越自身之外的领域。隐喻建设的失败意味着诗人创世能力的衰退，即便有时我们看到一些隐喻，也仅仅是隐喻工地的废墟，近乎一种可有可无的装饰或者起兴，没有进一步展开其可能性的空间，更没有构成文本的骨架。

平面化诗歌的一个显著特征，是对感受力的崇拜。实际上，对感性的迷恋，是隐喻失效之后必然的一个步骤。感受力的恢复，是对理性的简化的一种补充，是对"概念的暴力"的一种抵消。它恢复了自我同一性中身体的重要地位，本是无可厚非的。然而，需要清醒认识的是，更多的对感受力的追求恰恰是价值之虚无化和生活世界碎片化之后的代用品，在此，自我也将成为暂时的、不稳定的、可以遵从无限多规约的一个过程。对感受力的崇拜实际上是现代性文化的主要动力。但是，诗歌中的感受性的张扬，应该是一种广泛意义上的，而不应仅仅局限于肉身。在潜意识都已经被符码化的今天，我们的身体不可能是"赤裸的肉体"，它是和文化、伦理等复杂地融合在一起的。身体之作为自我的含义在于，人是设计存在的存在者。对存在的设计是生存实践的最根本规定性。人是自我设计着的身体,组建着以身体为中心的世界;亦即人不仅仅是感受力,人也是意义(世界)的建构者。从这点上说,意义(隐喻)建设的失败,就不再是一件微不足道的小事或者个人写作的路向问题了。人是同时活在此岸与彼岸的,取消了任何一个维度,人都不复为完整的人。平面化诗歌中对自然与人的双重"祛魅",自有一定的建设性的意义,但这绝非终局。如果那样,无话可说的自我取消将成为诗歌的命运。而我们往往更愿意相信,我们无往而不生活在大神秘之中,只是这种神秘需要我们学会从永恒的方向去看。

因此,在碎片化、肤浅化的欲望书写充斥诗坛的时候,我们有必要重新提倡元现代主义式的深度写作,以抵制消费性的写作。诗歌写作与大众文化的联姻,自然带来了诗歌在传播学上的某种自认的成功,但同时,其浅薄和浮泛也是有目共睹的,这是让具有严肃精神与思考力的诗人和批评家深感忧虑的现象。有了网络之后,诗歌的门槛似乎变低了,低过了所有文类。没有什么准备的人,也可以分行写上几句,你也不能就判断人家写的就不是诗。甚至关于诗歌的定义,也在暗中转换了,也就是说,先确定诗人身份,然后其写下的分行的东西就是诗了。这和杜尚的想法有些一致,他认为艺术家所做出的任何东西都是艺术品。诗歌消费品对应于消费时代无止境的消耗与循环,其间心灵的位置在哪里?对于普通的诗歌大众而言,我觉得消费性的诗歌写作也是有益的,起码它能缓解人们生存的焦虑和紧张,获得类似于审美的愉悦(虽然并不是"心灵的狂喜")。对于业余写作而言,这样就足够了,这样没有野心也没有负担的写作,也是很好的调剂。但是,对于专业写作(也就是不仅仅满足于表达自我,而是对自己在诗学金链的环节占有上具有清醒意识的写作),这种自我的抒发就远远不够了。如果写作只对自己有意义,它的意义是要大打折扣的。我们很难保证自己的一己之私能通达他者,通达更广阔的历史文化空间。真正能在诉说自己的同时减轻一个时代的痛苦的人，才是大诗人。

写作的难度大抵和深度有关，有深度的写作是现代主义的追求，而后现代主义要抵消的就是深度的思维模式。对于后现代的民主化，我是持赞同态度的，但我同时也倾心于现代主义的深度追求和担承精神。难度可能在不同向度的诗歌中也是不同的，对于口语化比较重的诗歌，我以为难度在于如何从平实中见出奇崛，从平凡的细节中透露出不平凡的信息，从个人抵达非个人，以及如何体现出思想的、体验的深度和广度等。但如果人家就是要追求平淡和简单，谁又能拿他怎么办呢？深度来自阐释，或者说是吁请人来阐释，在诗人的言说后面，藏着的是一整套的世界观，需要哲学乃至宗教的大背景来支撑。好的诗人，着重于将个人经验升华为普遍觉悟，在写下自己生活的同时写下了永恒。这里的难度就不仅仅在于语言功夫、技巧手段的锤炼，而是整个的精神修为。如何获得那个诗歌后面的大背景，当是诗人首先需要考虑的问题。

而要抵达深度和实现难度，必然要注重诗歌技法的锤炼。这里必须注意的一点是，诗歌技艺是和语言同时出现的，技艺是心、脑、手的和谐一致。技巧是事后的归纳和追溯。诗歌技艺当然是必要的功课，但将其与表达分离开来，就不那么合适了。正所谓"直觉即表象"。我认为技巧方面更为重要的恰恰不是什么格律，那是外在的东西，可有可无，最重要的技巧在于内在方面。现代诗以情韵节奏取代声韵节奏，似乎是一个不可逆转的过程，再强行为它套上枷锁，实在没有什么必要。我们知道，新月派的格律探索，主要针对的是新诗初期读者的阅读不适，是一种往回走走的折中，最终结果大家也都看到了。没有什么人一直遵循格律化的路子，戴望舒自己也否定了《雨巷》那一类的格律化探索，他如果不是这样，就绝不会成为拥有现在地位的大诗人了，而仅仅是翻版"丁香空结雨中愁"的弱者诗人了。格律作为诗学的标准之一，是古典诗学的范畴，而不属于现代诗学的范畴。真实地再现情绪的流动、生灭、变化,不是更难于"节的匀称和句的均齐"嘛!作为一种理论上的探索,作为关于诗歌知识的积累,格律化的倡导有其合理、可贵之处,但实在是离汉语写作的现场太远,也离现时代诗歌所更应关注的其他品质太远,这些品质就包括上面所提到的写作的泛化和难度等问题。

难度写作作为诗歌审美价值的评判标准,不仅仅是个人化的,而是具有普适性,只是对于诗歌难度的理解,每个人有所差异。有的诗人认为"口语诗"难写,因为要从凡俗中见出诗意;而知识分子以修辞杂耍为主的书写没有难度,至多是书本知识的堆砌加上来自奥登的语言机智。如果从各自立场上看,都有一定的合理性,但不具备普适性。所以,这里略微谈一下诗歌标准问题,尤其是其中的文化指向方面。

诗歌需不需要标准,有没有标准,这个问题极其难以回答,而又必须回答。但凡牵涉审美判断,我们都知道"趣味无争辩"这句老话,不同的人、不同的时代,对同一件艺术作品的判断会存在极大的差异,甚至有着极其戏剧性的效果。就连康德老先生,在这个问题上,最后也是归结到"人同此心"的人类感受的同一性上来。就创作的具体实践来看,每一个强力诗人,都会做到"平时有古人,下笔无古人",也就是在意识当中保留对传统的清醒认识,尊重诗歌美学的流变规律,而又能以自己写作的具体情形先行进入,为诗歌美学增添新的生长因子。比如说,在惠特曼起步的时候,他甚至觉得,草坪上已经种满了草,似乎所有的品种都已齐全,所有的空间和风景都已被预定,但是经过这个强力诗人先行进入写作的不懈努力,终于又在美国诗歌的草坪上滋养出一枚硕大的草叶,且生命力的繁盛远远超过既有的文本,这一枚草叶本身就是一片辽阔的大草原。从这一点上来说,每一个真正的诗人都会或隐或显地拥有自己的诗歌标准,并以文本为其具体显现,在他们的风格、语言、意识范围等方面的圈定中,其实已经暗含着自己独有的价值认定。所以,确立诗歌标准的愿望,在某种程度上,是对公认的诗歌大师的呼唤。而大师,在当代中国,似乎仅仅是朋友间随便开开玩笑的一种说法。

现代汉语诗歌当中,其实也一直存在着或隐或显的有关诗歌标准的求索,有的诉诸较为系统化的理论表述,有的隐含在具体诗歌写作之中。而在诗歌史的编写当中,对具体诗人、流派、诗歌理念的选择与取舍上面,则更加鲜明地体现出标准的驱动和制约力量。意义来自选择,意义本身绝不是客观事物自身具备的,它往往是主观的建构,甚或是以先验模式观照表象之后才能够清晰起来的东西。从胡适借鉴意象派原则而提出的"八不主义"这样比较显在的诗歌标准,到袁可嘉新诗现代化的本体论研究,再到20世纪90年代以个人化写作制衡国家美学规约,在中国诗歌历史上,虽然诗歌标准难以统一化、系统化和本体化,却一直没有离开诗人与研究者的意识背景。比如,正是诗歌标准的不同,导致了90年代末知识分子写作与民间写作的近乎火并的大冲突。从90年代中后期到网络诗歌崛起,乃至与传统媒体所载诗歌平分秋色甚至有所胜出的21世纪,汉语诗歌的诸多乱象,究其实际,往往是诗歌标准的缺失暗中支配的。某些总体上比较平庸的诗歌,之所以被网民"恶搞",其中也离不开对诗歌标准也就是"什么是诗歌"的判断。网民们觉得,如果说像这样将机智掩饰下的平常句子分行就是诗了,这谁不会啊!敲敲回车键不就行了吗?没有受过审美训练的普通读者,居然一下子认识到,诗歌的门槛原来是如此之低,掌握几百个汉字的人就完全可以操作了。从中我们是不是要仔细体会,我们的诗歌标准是不是太不严肃、太不专业了,以至于给了网民诋毁诗歌的借口?而中国诗歌写作现场特有的个人情感因素、圈子意识对诗歌优劣判断上不动声色的侵蚀和牵制;中国文化在现代性远远还未完成的情况下,就急于向"反权威""去中心"的后现代转移,其所造成的价值判断悬置、精神深度消解的相对主义思潮,对汉语诗歌标准的确立更是带来了毁灭性的打击。如果说后现代主义的另一种说法是"金钱现实主义",那么,汉语诗歌的一个怪异现象,也许就是只看重写作的所谓"有效性",而对诗歌美学本体论的追寻则被彻底视作乌托邦而遭到放逐和嘲弄。后现代主义的相对论,其实是极端和绝对的另一副面孔。在一个任何事物都没有一个可公度的标准,没有一个平台可以讨论基本共识的世界上,每一个孤绝个体只能走向彻底的极端——或者一切以个人的感觉为依托,或者一切以社会学意义的成功为期许。

众语喧哗,到最后往往是大家都成为自言自语者,所有的耳朵都兑换成嘴巴。这让我想起奥登曾经说过的一句话:如果他们是兄弟,他们就会合唱,而不是齐唱。标准的缺失表面上似乎为写作提供了自由的空间,但这种伪民主,只能让人们对诗歌的忠诚迅速兑换成培根所言的市场幻象,文学的尊严只能遭到市场机制的严酷嘲笑,那些沉潜者的沉潜则仅仅成了抱着石头沉到了海底再也浮不起来的无奈,而泡沫将因为浮浅而上升到表面,在阳光中肆意嘲弄着那些"居于幽暗而努力"的真正的诗人。因此,诗歌标准的确立,意味着恢复诗歌作为技艺含量最高的艺术的尊严,恢复对广大高深的难度探寻的尊重,恢复诗歌不为任何外在目的所决定的独立的内在美学价值的尊荣。奥登曾经对数学家羡慕不已,因为数学的标准是客观的,能够对话的只能是认识层次相当的内行,而诗人要不幸得多。因此,重建诗歌标准是我们的当务之急。标准的树立虽然不可能先于写作实践,但它对写作实践却有着不可或缺的指导作用,对诗歌的接受、诗歌优劣的判别、诗歌史的梳理等方面,更是不可或缺的尺度和原则。诗歌标准的相对性,绝不是我们回避它的借口,而恰恰应该成为我们不断趋近的地平线。

中国新诗从其发端开始,就一直企图建立自律的诗歌标准,但是由于中国文化、历史、现实语境的特点和其制约作用,这种自律的努力一直处于无法展开和获得充分认可的晦暗不明状态。国家美学对诗歌的判定，基本上是依据外在标准而来的，往往和意识形态的规约达成某种暧昧的合谋。换句话说，国家评价体系所持的标准，一直是和对诗歌的功能方面的考虑分不开的。汉语诗人有一个很奇怪的情结，那就是现实情结，他们骨子里依然是和现实黏滞不清的，现实对诗歌技艺的拷问往往使得诗人丧失本体论探寻的勇气。表现论和反映论，基本上是汉语新诗的两种范式，这固然使得汉语诗歌呈现出可贵的道德承担的勇气，但也因为与现实过于紧密的纠缠，而使得诗歌仅仅局限在"生存之诗"的层面，而难以抵达"存在之诗"的超越之境。而在此之外，就诗歌的接受一端来看，对于在审美教育基本失败的教育体制中熏陶出来的读者而言，诗歌标准则更加局限于诗歌的功能性方面。在这点上，陈仲义先生所提出的以"感动"为基础的诗歌标准，内里便透露出向读者的业余标准屈就的嫌疑。如果单论效果，大街上粗人骂街要比任何"生猛"的"口语"诗歌效果更为强烈。感动的前提在于理解，"同情的理解"，我们能为之感动的往往是我们心理结构中已有的东西，诗歌只不过激活了它们，认同和强化了它们。感动有一种麻痹的作用，它使我们安于现状，它安慰我们，使我们懒惰。这倒和亚里士多德的"净化"有相似之处。由于感动，我们就不去谋求现实的改变。因此，我认为，感动仅仅是诗歌成其为诗歌的前提，把前提当作标准，实在是一种概念的悄然移位。陈先生从接受美学角度来谈论诗歌标准，当然是一种十分慎重的考虑，他从情感、精神、思维、语言四个层面展开，是很稳妥的。作为我敬重的诗学专家，他的文章所论及的"四动"标准，我所看重的是思维和语言这两个偏重技术层面的指标。之所以排除了情感和精神这两个因素，是因为我认为，这仅仅是诗歌不可缺少的材料，属于内容方面。如果将诗歌的本质基本等同于情感＋精神，那正好和艾略特的新批评所提倡的诗歌不是情感本身，而是"结构化的情感"相违背。早在20

世纪 40 年代,袁可嘉就接受了新批评派的影响,认为诗的本质在于传达人生经验,诗篇的优劣纯粹以它所能引致的经验价值的高度、深度和广度而定。诗歌的价值不依赖于其所表现的内容的价值,而应寄托于作品内生而外现的综合效果。艾略特大致说过这样的话,文学作品的伟大与否非纯粹的文学标准所可决定,但它是否为文学作品则可诉之于纯粹的文学标准。情感的独特和精神的高远,仅仅是诗歌成其为诗歌的必要前提,而非充分根据。如果内容没有抵达形式,没有被形式所吸收,则我们完全可以将其判断为非诗或坏诗,哪怕其情感再怎么充沛感人,精神再怎么伟大崇高。

因此,我个人认为,汉语诗歌标准的建立,当侧重于其技艺维度的考虑。庞德有言:"日日新"(make it new),"革新它",他为诗歌设立的标准在于创制新格。我大体上赞同这样的诗歌标准。这种思路,其实就是我一直在提倡的专业精神的一个方面,那就是说,一个好的诗人,绝不仅仅是急于表达小小的自我,更不是让集体主义的时代列车插入自己的喉咙,而是超越自我表达之上,对诗歌美学有着清醒的认识,对这条链环上自身的位置进行极为准确的标定。也就是说,面对诗歌的草坪,像惠特曼那样,考虑再滋养出怎样的一片草叶。这样的诗人,他所面对的受众可能只是同样写作着的诗人;他作品的意义,则是摆脱了对读者体重总和的某种焦虑,从而面向诗歌本身,像深处的矿工一样掘进,因此我们看不见他寂寞劳动的身姿,但我们都将受益于他。要更为具体化地讨论诗歌标准的审美质素,是一项相当艰难的课题,需要随着时间和写作实践来渐次展开。就我个人而言,在我所强调的技艺为基本标准之外,诗歌怎样超出文体的局限,而获致与文化对话的能力,是一个需要努力为之的方向。

现在,我仅就"难度写作"提出一个可供思考的提纲,这是所有严肃诗人都在共同关注或将会关注到的。

1．"难度写作"的精神维度

（1）反对碎片化、欲望化、消费性书写，倡导兼具健康向上的精神高度与经验深度的整体性写作，其建构性是对当下诗写病症的强力纠正。

（2）道德担承与美学愉悦之间的平衡，超越自我与穿越时代的关系，以非二元对立方式将时代律令与个人理解相结合。

（3）精神立场的独立性，精神的整肃与人文生态的关系。

2．"难度写作"的技艺自觉

（1）专业写作与业余写作。

（2）从表达自我情感与体验的生存之诗到呈现事物本然的存在之诗。

（3）先锋性的特征及其美学哲学资源。

（4）语言的自觉。

（5）汉语诗歌的本土性，亦即中国经验的建构。

3．"难度写作"的核心价值理念

（1）宽度——超越自我表达的及物写作，对现实苦难的关注。

（2）深度——哲思与诗情的关系。

（3）高度——信仰与诗的关系。

（4）生命——个体化的语境。

（5）和谐——生态整体主义品格。

最后，我们要谨慎辨析两个容易弄混的概念："整体性"和"总体性"。

总体性（totality）在哲学里就是绝对性，黑格尔、列维纳斯和卢卡奇都有自己的总体性论述。马克思主义反对黑格尔的抽象同一，我比较赞同马克思。德里达的《书写与延异》中批判了总体性，总体性和历史暴力（如大屠杀）有内在关联。列维纳斯的总体性来自对他的老师胡塞尔与海德格尔的回应，遭到后现代的解构。阿多诺的"否定的辩证法"也是激烈反对总体性。

而我所提倡的则是整体性（holism）或整体主义，它的基础是主体间性。它与生态有关，如生态整体主义。我特别喜欢整体性思想，我的客观化诗学就从中汲取了部分营养。万物各在其位，互相效力，成就一个因缘整体。

做人为文，也当如是。

有感于当下汉语诗歌生态的恶化，我认为倡导整体性更有必要，同时要警惕总体性的死灰复燃，除非它指向的是超验所指。

第二章　经验与超验

第一节　诗歌中的救赎及其可能的限度

在机器文明的荒原上，诗人的神圣使命就是呼求人之本真生存和终极关怀，绝对真理的显现保证了诗歌刻画人类此在诸现身情态的深度和广度。本节将探讨诗歌中的时间救赎主题、孤绝个体在交往世界中向个体的人之生成，以及汉语诗歌中重经验而轻超验的终极维度之缺失现象。在一个信仰缺失的时代，诗歌的动力就是通过神话的创造给日常生活的混乱赋予一种象征性秩序，抵制理性主义和科学主义所导致的人的异化，为迷失于物质主义荒原的现代人提供终极意义和价值旨归。这种有关现代文明的危机意识，便是现代主义的一个出发点，即悲观主义世界观。在日益恶化的状况中，悔恨化为绝望，最终变成危机和天启。具体地说，就是深刻意识到在人与社会、人与人、人与自然（包括大自然、人性和物质世界）和人与自我这四层关系上的尖锐矛盾和畸形脱节，以及由之产生的精神创伤和变态心理、悲观绝望的情绪和虚无主义的思想。因此，现代主义文学"表现出全面否定的态度"。

现代主义文学这种"全面否定的态度"是和现代性内部的二元分裂密切相关的。现代性是欧洲启蒙学者有关未来社会的一套哲理设计，它许诺理性的解放能够把人类带入一个自由境界。启蒙运动的最重要成果是打碎了中世纪宗教神学的束缚,理性和知识得以广泛传播。启蒙现代性的最典型方式是数学,启蒙的基本精神就是思维和数学的统一,在"理性"的统一度量下,并非由规则图形组成的世界驯服为几何学的整齐划一。启蒙现代性追求统一和一致、绝对与确定,它相信"本质""永恒""普遍真理"这些终极实在的存在。然而,启蒙理性在对绝对的追求中不断背离自身,有关人类社会进化、进步等观念逐渐幻灭,理性蜕变成工具理性;其极度扩张引起传统崩溃,技术上升为统治原则,机器时代的文化生产导致艺术"脱去灵韵",随之带来战争、污染、异化和沉沦。人们越来越趋于非精神化并服从于先进技术和机器的统治,被抛入漂流不定的状态中,失去了对于历史延续性的一切感觉,只生活在孤零零的当下。在这个过程中,以艺术为代表的文化(审美)现代性则成为与启蒙现代性相抗衡的对立面,拒绝为一种没有精神的生活秩序所吞没,转而追求非线性、混杂、零散化和多元化的美学指向。对社会进化论的文明乌托邦的批判成为审美现代性的共同出发点,尼采攻击现代性是权力意志,海德格尔批评它是"现代迷误",福柯指证它为话语权力机构,利奥塔干脆嘲笑它是一套崩溃的宏伟叙事。现代主义所代表的审美现代性,本质上是一种否定性,它不但否定了源于希腊和希伯来的西方传统文化,更激进地否定了现代资本主义社会的价值观。艺术总是站在社会的对立面,是对一切都依赖于"他为"的社会的偏离。

在当代诗歌的创作实践中,也体现出对文明社会的堕落与虚伪的揭露和批判,以及觉醒个体无路突围的孤绝。只有首先认识到以习惯和常识为避难所的常人社会中个体命运的悲剧性,才是寻求拯救的开始。希望必定是绝望后的希望,如此,才不是无力的自我欺瞒和在习俗轨道上的被动等待。克尔凯郭尔认为,人是精神,精神是自我。人是有限与无限、暂时与永恒、自由与必然的综合。而作为"致死的疾病"的绝望就发生在个人与自身关联的失衡所导致的矛盾和冲突上，绝望似乎暴露出人的有限性，但也正是绝望说明人性之中具有永恒性。如果一个人的内在没有永恒性，他就不会绝望。

一、逝性世界中的终极救赎

有多少苦难，就有多少获救的机会。深渊同时也可能正是颠倒的光明。人类始祖因原罪被赶出乐园之后，他们面对的就是这一片时间的荒原。时间开始了，"万事有定时"，所有造物均终有一死，人类的终极桎梏就是时间。人之存在的时间性就是生命中难以拔除的罪的毒钩，是上帝的惩罚。因此，荒原并不是一时一地的现实，而是和人类生存伴随始终的存在问题的先验地平线。在万物皆流中，生命的气息无时无刻不在蒸腾、衰竭和消逝。物质性生命的损耗和经验世界的空虚，是失去宗教信仰支撑后的人类所要承担的现实。战胜时间无所不在的流逝，把握住哪怕最为微小的意义，便成为所有伟大艺术家的共同追求，是人类力图超越有限性的勇敢梦想所在。艾略特后期的杰作《四个四重奏》就是围绕着"时间"这个主题展开的，是一个皈依宗教的人在"二战"的荒原中对永恒真理的寻求。在对时间与永恒的探索中，诗人追问着人生的目的，人类如何在有限之生中达到无限。这种现实与永恒的连接点在艾略特那里表述为"旋转世界的静点"，对这种状态的描绘是：不生不灭，无来无去；静中有动，动中有静。矛盾的对立面在此和解，达到一种精神和谐寂静的状态。时间的意义与方向也就在暂时与永恒、现实与历史的统一中得以确立。只有通过时间，才能拯救时间。

从亚里士多德开始，传统的物理学时间观认为，时间是客观的，可以分为"过去""现在"与"未来"这样的线性序列。时间是一个现成的自在之流，它自在地流失着。因此，才有"人不能两次踏进同一条河流"之说。物理学时间动摇了希腊人的整个现象世界，也动摇了上帝这一绝对的自由意志。时间作为自在之流,是运动和静止的尺度,一切运动和静止都存在于时间之中。而万能的上帝无论是运动的还是静止的,都存在于时间之中,受时间的支配。为了解决物理学时间观给信仰带来的困境和恐惧,奥古斯丁提出了主观时间说——时间存在于人类的心灵中,是心灵或思想的延伸;过去、将来统一于现在,通过现在而存在。时间不是自在之流,纯粹的过去和将来都并不存在,至多只能说时间分过去的现在、现在的现在和将来的现在,而这些又都仅仅是我们的理智观念——过去事物的现在便是记忆,现在事物的现在便是直接感觉,将来事物的现在便是期望。艾略特认为所有时间都是永恒的现在,时间的价值与目的就在于指向永恒的现在。这与奥古斯丁有着某种相似之处。艾略特的时间观受到柏格森直觉论的影响,柏格森认为人们的意识状态是一种纯粹的绵延,人的意识不愿将它的目前状态与过去状态分开,它将过去与现在组成一个有机整体。在这种纯粹绵延中,过去蕴含着全新的当前,人的意志努力将正在流逝的过去全部把握住,并投掷到当前之中。打破了时间过去、现在、未来的客观性划分,过去和未来就作为回忆和预感而进入了当下的生存之中。希勒格尔在《文学史讲演》中曾说:"从严格的哲学意义上说,永恒不是空无所有,不是时间的徒然否定,而是时间的全部的、未被分割的整体,在这整体中,所有时间的因素并不是被撕得粉碎,而是被亲密地糅合起来,于是就有这么一种情况,过去的爱,在一个永在的回溯所形成的永不消失的真实中,重新开花,而现在的生命也就挟有未来希望和踵事增华的幼芽了。"[1]时间是与人的生命及其价值相关的,离开了主体的体验,单纯谈论物理世界的时间是毫无意义的。时间是一个不停的流,在其中,人的瞬间体验总是由对过去的回忆和对未来的期待所充实。传统哲学中指向

---

[1] 伍蠡甫编:《西方文论选(下卷)》,上海译文出版社,1979 年,第 326 页。

客体的时间观念是一种"空间化时间"，是对象化思维方式的结果，其特点在于无限流逝着的时间与客体的运动紧密关联，并且已先行区别出现在、过去与未来。因此，克尔凯郭尔提出批评，他认为，人们把时间定义为无限的连续相继时，把它划分为现在、过去和未来，貌似合理；然而，这种划分并不是基于时间本身所蕴含的。要将时间进行这样的划分就需要在无限相继的时间中找到一个作为分别点的支点，也就是现在。但实际上，每一个时刻都像其他时刻一样，是一个相继的过程，没有一个时刻是现在，在同样的意义上也没有过去和未来。这个作为支点的"现在"，只能是一个阿基米德点，是在整个事件序列之外的"旁观者"才能提供的。

在所有的在者之中，人的优先地位就在于他能够体验到实存是成问题的，而人的"属人存在"则依赖于这种本体论的追问。时间的永恒现在就是基督精神的体现，是万有流逝中的一个静止点，在这里，各种矛盾对立达到了平衡。上帝那边没有属地的有先后之分的时间，而是永恒当下。海德格尔认为，时间性是人的生存、人的在世存在的先验结构，是人的生存诸状态的地平线。个人的时间体验是有限的，感性个体的终止也就是时间的终止，没有外在于人的永恒的客观时间。而时间的有限性又将感性个体的将来提前暴露出来。人不是到了将来才意识到将来，而是在很早的过去就意识到将来，因为将来即意味着生命的有终，所以，人最先是在将来中存在的，人必须事先来设定自己。此在的时间性使得死亡具有了无可超越性，但只有直面这种无可超越性，才能使人以筹划的方式向死而生。

在时间中获得拯救，就是获得对绝对真理的认识。布拉德雷认为，普通经验和知识是破碎的、分裂的，但是人们只能通过"表象"经验来认识绝对真理，因此，接近绝对真理的唯一途径就是不断扩大自己的知识，使之达到统一和协调，由此获得人生的终极意义。而这种终极实在是与神圣存在的意志密切相关的，其基础就是"信仰行为"，如果信仰没有了，理性认识与知觉的构架也就成了无本之木，剩下的只是一些零碎的有限经验。信仰这一尺度的丧失，也使得人们的认识失去了可公度性，因为这些经验的个人性是无法交流的。奥古斯丁将时间定义为"心灵的伸展"，他将流逝的事物留给心灵的印象之持续作为现在时间的度量，将知觉的持续称之为现在。"现在"不只是时间的一部分，而是全部。过去和将来都从属于"现在"的时间范畴，它们并没有现实性，只是知觉现在的一种方式，只存在于心灵之中。他进而将这种活动视为接近和理解上帝的捷径之一。心灵伸展自身、考虑过去和将来的无长度的"现在"，可以成为我们暂时的存在与上帝永恒、无时间的存在的交汇点。一个能够足够地伸展自己、照亮所有过去和将来的心灵，会拥有所有时间的知识，这虽然不是永恒的知识，却是人类所能达到的最接近上帝的知识。"心灵的伸展"使得过去的现在、现在的现在和将来的现在都是"现在"，而没有过去和将来的上帝则是永恒的"现在"。"心灵的伸展"虽然有限且总有时间先后之分，但多少可以看作对上帝永恒"现在"的一种模拟，或有类似之处。

既然时间是在现在中得到体现的，把握住当下此刻在永恒流动中的位置与价值，就是把握住了永恒，永恒的意义就显示在过去、将来在当下的融会之中。因此，鲁西西说："从母腹里生出，到七十，或八十岁，/给我们带来愁烦的不过是时间，/它这么无情，这么慢，/直到使一棵嫩草发芽，生长，变枯干。"然而，诗人在意识到时间对人的在世生存的限定性之后，并没有陷入对时间无情的线性流逝的绝望和焦虑，而是相信："有一天时间也会消失。/我们继续活下去，/脚变为翅膀，床变为另外的一种形式。"（《有一天这一切全都会消失》）

在匆忙的依靠惯性滑行的日常生活中，人们遗忘了自身存在的时间性，每时每刻都无望地汇入永恒流变的现象世界之中，人们不知道其意义与价值何在，现在无法凝定为体现着人性经验的形象。许多经验只有在回忆中才能真正认清它们的意义。而如果每一个当下此刻被忽视，人就只能痛苦地活在过去之中，而过去又是永远无法抵达的。除非所有的过去都反映在现在之中，成为现在的一个组成部分，并包蕴于将来，现在才能从永恒流逝中得到拯救。这种时间的审判似乎是无可消除的，它从根本上界定了人的存在的有限性，人被一个个孤零零的时刻所分割，并被捆缚在这些时间碎片上一去不返。然而，消解物理学上的线性时间对人的束缚，正是所有伟大灵魂的终极渴求。人的伟大正在于其在暂时性之中获得与无时间性的永恒的同一。于是，这种对时间的思考便和救赎思想结合起来，基督精神正体现在有限与无限的交叉点上。世界是一家医院，人们的精神健康就是对今世厌弃；人们要恢复健康，必定要加剧病势，必定要依赖蕴藏强烈怜悯心的外科大夫（指基督）的拯救。正如北村在《医治》一诗中所写，在世界的伤害面前，停止仰望上主的脸，只能流下屈辱的泪水，而懂得将心灵重负交托者，却会得到医治，以至"在地上捡起一根草都是美的"。

二、超越之爱

在一个主张日日新的时代，能够迷恋于短暂易逝的事物，并能以爱为出发点，为美在机器时代的命运而哀惋、咏叹的人，必定是了悟了这样的真理——只有在爱中，人和人才能真正相遇。

在灵魂图景大面积荒芜的时代，也许，只有爱才是唯一的获救之途。而没有更伟大的爱，没有把爱当作超越相爱者个人之上的客观之物，爱也只是欲望方程式的一个解而已，是我们短暂的尘世存在不可挽回的消亡中绝望的游戏。玫瑰开了又谢了，玫瑰自己也不知道它的开放和凋谢都是在一个永恒的本源中发生的，不知道一切其实都不会消逝，消逝只是在人的眼睛中开始的。正如云层上的月亮其实一直在那里闪亮着，是云层遮住了人的视线。我们往往习惯于从理性、逻辑、经验的角度去看待事物，把我们的感官所无法触及的领域视为虚无的黑暗。真的是这样吗？那个经验领域之外的存在与其说是一个本体论问题，毋宁说是个方法论问题，是你以何种观念去观照的问题。人心里必须有一个先在的图式，然后才能看见事物。有什么样的观念就对世界有什么样的认识。世界也许并不是我们看见的那样。世界存在着，树木、花朵和太阳存在着，但它们是何以存在的，它们存在的根源在哪里？当事物的存在不再是惯性的自然而然，而是成为一个问题和恩赐时，我们便知道，此世界也是彼世界，此处消亡的，在彼处必获永生。消亡的只是事物在现象界的虚幻投影，任何事物都是永恒存在的一部分，因此，生生灭灭也只是这永恒本源的创造涌动。在这种光照下，事物的消逝所带来的不是绝望的悲伤，而是一种欣喜。我们便会以感恩的心情对待任何磨难，知道自己也像树木、花朵和太阳一样，是向着彼世界而生的，消亡其实是新生，是以永恒存在的恩赐拂去我们在世时的短暂蒙尘。我们不再为事物的消亡而悲叹，因为我们明白，在此世界分离的，在彼世界会合而为一，在大自在的生命环舞中联结在一起，在永恒的怀抱中嬉戏。因此基督说，你必先放弃你的生命，才能获得生命。

真正的爱情不仅仅局限于男女之情，而是更具超越和本体性质的大爱。有欲无情的时代，诗歌是对日益丧失的美和价值的维系。诗人不屑于鲜花包裹着的肉欲，而向往能够引人超越日常沉沦状态的真爱。爱情在诗人那里已经远远超越了自身，成为一种美与真的象征，成为生活神秘而强大的力量。这种力量能够使人从包围着他们的欲望的沮丧中解脱出来，把他们从低处带往明亮的高处，置身于崇高精神的晶莹稀薄的空气中。当然，这空气会使人更加孤独，但透过它可以更清晰、更真切地看见世界。爱没有成为遁世的逃避和短暂的安慰，通过爱，个人的痛苦得以与一个更伟大的源泉接通，既超越于人世轮回的沉沦，又没有因蔑视肉体而遭到现实的惩罚。正如鸟只有挣脱云层才能返回大地。这样既超越又深入的爱，具有对现实和精神的更大包容性。爱情和诗歌都有这种功用——把人从短暂的个体存在中提升出去，加入人类生活的无穷。

爱情诗写作的意义在于，在表达个体情感经验的同时，能够透过爱情展开对现实和自身存在的追问，把写作与人格磨炼和信仰的最终确立结合起来。这正是诗人的严肃精神之所在。里尔克便曾告诫青年诗人不要过早地写作爱情诗，他是担心青年诗人会把诗歌当作浪漫伤感的游戏。诗歌是和真理、境界，甚至苦难联系在一起的，选择了诗歌无异于选择了荆冠和十字架。

当诗人能够从事物（也包括爱）的短暂中看到永恒隐现的真容，他心中所留下的就不仅仅是对消逝的悲叹，而是一种油然而生的近乎宗教般的情怀："在远离人群的地方/这结草为庐的居所与天空多么接近/……高过秋天的/就是我独自存在的家园/它藏在无数的高山流水之后。"（江南梅诗句）这种几乎已臻化境的内外合一，我想绝不仅仅是瞬间的状态而已。在这里，我们可以得出这样一个答案：在一个没有爱的世界如何生存、保守性灵。这样的智慧就存在于诗人的诗歌之中。

当代诗歌的另一个重要主题是现代人在沟通理解上的障碍，所谓人际的"不可通约性"和"不可公度性"。从极端上讲，诗歌已经不是人们沟通和理解的一个有效媒介，甚至由于其过于个人化和主观化，造成了更多的人际的隔膜。诗歌已经不再是一个有大家都能遵守的客观原则的、超越我们个人见解之上的世界。叶夫多基莫夫告诉我们，只有分享了上帝的血和肉，我们人类才能真正彼此理解和相爱。这也就是用规定着"共同事业"的"人与上帝的亲缘"来超越人与人之间的"非亲缘"关系的普遍协调。而诗歌不是上帝，它只是物质状态的文化创造。如果单靠人的创造力，而不是认识上帝，进入实在的精神领域，找到"神显的位置"，那它仍旧克服不了文化的在世性质，仍是巴别塔的一个扭曲的层次而已。

　　在提醒青年诗人不要过早写作爱情诗的同时,里尔克呼唤诗人们深入发掘自己的童年经验。因为童年经验对一个人感受世界的方式、性格乃至人格内核等方面都有着决定性的影响。童年是一个回不去的乐园,那时的天更蓝,水更清,鸟的羽毛更斑斓,人与人之间的关系更本真、更温暖、更具人性。成人的世界却粗糙生硬,连风都是带锋刃的,连目光都可以杀人,而语言则是伤人最狠的。耶稣说,凡是进口的都是好的;而从人口中出来的,脏恶居多。发掘童年经验中的诗性矿藏,是许多大诗人都曾经尝试过的。每个儿童都是一个刚刚被创造出来的亚当,他睁开好奇的眼睛,以永远清新的心情看待事物,他看到的是事物本身。诗人在这点上永远是孩童,他的纯真不染让他能透过文化、习俗、惯规对事物的涂抹而直逼事物本身。按照俄国形式主义的陌生化原则,诗歌就是将熟悉的事物陌生化,以增加感受的难度和时延,使我们按照事物的本原来体验它、感受它。艺术的目的是使我们对事物的感觉如同所见的视像那样,而不是如同我们所认知的那样。因此,童年经验是最为本真的经验,也是最具有诗意的经验。里尔克在《给一个青年诗人的十封信》中的第一封中曾经说道:"如果你觉得你的日常生活很贫乏,你不要抱怨它;还是怨你自己吧,怨你还不够做一个诗人来呼唤生活的宝藏;因为对于创造者没有贫乏,也没有贫瘠不关痛痒的地方。即使你自己是在一座监狱里,狱墙使人世间的喧嚣和你的官感隔离——你不还永远据有你的童年吗,这贵重的富丽的宝藏,回忆的宝库?你望那方面多多用心吧!试行拾捡起过去久已消沉了的动人的往事;你的个性将渐渐固定,你的寂寞将渐渐扩大,成为一所朦胧的住室,别人的喧扰只远远地从旁走过。"

　　诗性思维是比工具化的理性思维更为本源性的人类思维模式。维柯在《新科学》中曾系统论述到这点。柏拉图从其理念论出发,认为诗达不到概念,达不到逻辑的真实,因而不属于心灵中崇高的和理性的部分,而只属于低级的感官感受部分,无非是感官和情欲的宣泄而已，只能败坏人的心智和德性。而维柯则认为，诗性高于知性，诗的产生先于知性。哲学智慧和科学智慧是从诗性智慧中衍生出来的，并没有优先性，哲学的时代远远晚于诗的时代。诗人是人类的感官，哲学家则是人类的理智。诗性与知性之间存在一种互为消长的关系。语言就是原始诗人们凭着诗性智慧创造出来的，语言源于隐喻。原始诗人强旺的感觉力和想象力使他们把一般物体人格化，由此形成了隐喻。追溯诗性智慧的本源性，是为了说明每个人在灵魂深处都有诗性的种子，这种子有的终生沉睡，有的却由于某种机缘而发芽生长起来。我们人类虽然是短暂的受造之物，却被先天地在灵魂中安置了渴望永恒的种子。这种对终极的渴慕，就是诗性智慧所要处理和展开的。诗歌和生活中的浪漫无关，而仅仅是彻入骨髓的现实的写照。可以说，是生存之痛和超越存在有限性的渴望，使得诗人找到了诗，或者毋宁说是诗找到了诗人。诗人一直有别于文人，诗人写作是为了解决自己内部的问题，而不是为了外在目的，比如社会层面的建功立业，比如进入文学史、名垂于世。为了写诗而写诗，是我一直在强调的本真写作，写诗不是为他物（比如他者、历史、文化、社会等）。当然，这种本真的写作在我看来也是有其局限性的，所以我也在强调写作本真性的同时，提请注意写作的专业性，也就是说，在保持写作的本真态度的前提下，要适当考虑自己的写作在诗学谱系上所能占据的环节，能为诗美学做出怎样的奉献，而不仅仅是表达自己。如果单纯局限于本真性的书写，而忽视写作的专业性，那么，往往会使写作只对自己有用，而与他人或更伟大的事物失去关联。究其实，我们的一己之私与别人又有什么相干呢？我们的经验如果不通向更为广阔的普遍性，我们的经验也将仅仅是私人的、破碎的、不可交流的。按照布拉德雷的说法，要把握绝对知识，依赖相对经验是行不通的，因为在认识的有限性与实在的无限性之间横亘着无法逾越的鸿沟。作为认识主体的自我属于相对经验阶段，自我必是有限的，自我所要认识的对象却属于无所不包的绝对、整体中的一个片段，这个片段同整体有着内在联系，不可分割。然而人的概念、判断、推理等理性思维形式总是把这个片段同整体分割开，这样势必既歪曲了部分，又歪曲了整体，因而这种认识并不能给人提供关于实在的知识。换句话说，真正的诗人是在表达自己的同时，减轻了一个时代的痛苦。

诗歌凭的是人生经验和智慧，是直觉和想象力，某种程度上和文化关系并不很大。读别人的诗与诗歌理论，充其量是一种交流，看看别人觉悟到什么程度，回过头来你还是得从自身的生命、内在出发，每一首诗都是从头开始。这样的写作，也正如里尔克所言，是不需要外在评价的。在给青年诗人十封信的第一封中，他在回答对方问他自己的诗好不好的问题时，曾明确地说过："没有人能给你出主意，没有人能够帮助你。只有一个唯一的方法。请你走向内心。探索那叫你写的缘由，考察它的根是不是盘在你心的深处；你要坦白承认，万一你写不出来，是不是必得因此而死去……你要在自身内挖掘一个深的答复。"诗歌的基础是一种经验分享，只要"表达"，就有希望，就有生命。看似无用的分行文字，却能让我们滞重的存在得有片刻的轻盈，这也不失为一种救赎之道。

第二节　进入经验的超验

人不能直视太阳，同样人也不能直接面对神灵。在他们那过于强大的存在面前，人，会像一道光线一样消失。与神的沟通，必须借助于某种中介——飞鸟、野兽、学语前的孩童。在天空与大地之间，鸟是飞翔的花，是种子。神下降到飞鸟身上，穿上鸟的羽衣，向人讲话。所以，神的话语往往是难解的，有着致命的矛盾，其内在统一性是难以证明的。而大地上毛发披拂的野兽，在我们与神秘世界的中间地带游荡，混合了天堂和地狱的双重属性，负有使命而不自知。如果说飞鸟更多具有神的轻盈，则野兽更多的是血肉之躯的沉重。在这两者之间，则是还未学会人类语言的婴儿赤子，与之相类的还有纯洁的疯子、巫师和诗人。据说在古老的世纪，人能够直接看见幻象，比如荷马和但丁。人先在的神性在现代已逐渐退化，再不能踏上彩虹的故乡。而飞鸟、野兽、心灵无染的孩童与诗人，则保留了部分的神性。他们是不可或缺的。丧失了与另一个维度存在的交流，人类的生存便会贫乏，不再具有深度。生存，需要神灵的注视，否则，一切的任意妄为便是被许可的。神是人的尺度。因此，宇宙间通灵的序列应该是这样：神、飞鸟、孩子、野兽，最后是成人。而世间万物不过是"象征的森林"，我们穿过它，到达那绝对的统一，那没有面目的寂静。

中国新诗从其诞生起，就脱离不了传统文化资源的牵缠，中庸、平衡的个性使得诗人难以彻底摆脱"诗言志"的他律意志，难以彻底否定现实的相对性价值而奔向无涘无涯的存在本身。也正是这种对绝对升华的警惕，使得汉语诗人对诗学本体论思考的侧重点不同于西方现代主义诗人。后者往往集中在其宗教与哲学层面上，而前者则注重其美学层面和实践层面，这必然带来诗歌向超越境界突破上的局限。中国本土文化环境和后现代语境对超验维度的过滤和排斥，加之中国文化传统历来追求的天人合一观念，都在无形中制约着汉语诗人向广大高深的宗教境界的冲刺。归隐田园、啸傲林泉、泛舟五湖是中国文人的通行理想，尤其是在社会现实的尘网中失意之后，他们更加向往"乘桴浮于海"、纵浪大化、俯仰自在的生活。超越性的天堂隐然被自然所暗中替换。朱光潜先生在比较中西诗人的自然观时明确地指出，诗人对自然的热爱有三个不同的层次："最粗浅的是'感官主义'，爱微风以其凉爽，爱花以其气香色美，爱鸟声泉水声以其对于听官愉快，爱青山碧水以其对于视官愉快……诗人对于自然爱好的第二种起于情趣的默契欣合。'相看两不厌,唯有静亭山。'……这是多数中国诗人对于自然的态度。第三种是泛神主义,把大自然全体看作神灵的表现,在其中看出不可思议的妙谛,觉到超于人而时时在支配人的力量……这是多数西方诗人对于自然的态度,中国诗人很少有达到这种境界的。"①西方诗人面对自然时力求参透造化机运的彻悟,窥见神秘的巨大力量;而中国诗人多安于与自然的默契,停留在见山仅仅是山、见水仅仅是水的阶段,于是,有意无意地忽略了人的主观与超验世界的相互感应,停留在物我之间同跳着一个脉搏、同击着一个节奏的刹那间的"互相点头,默契和微笑"②。

其中,除了来自历史的暗示,还有汉语诗歌与现实的纠缠过于紧密的原因,使得诗歌还仅仅局限在"生存之诗"的层面,而难以抵达"存在之诗"的胜境。诗人们较少从超越旨归上反思人的存在本身,或上帝隐退后灵魂无所依傍的恐惧,更没有完整的宗教精神作为拯救的支撑。他们的痛苦是在现实中失去了精神归属的迷茫,是想改变什么而不能的沮丧的忧伤,是从恶浊尘嚣抽身而退后离群的落寞。既然这些林林总总的痛苦、失落、孤寂很少是由形而上的关怀与追问所致,就不是与生俱来的,也不会相伴终身。一旦现实的天气好转,沮丧得发芽的自我就会重新蓬勃起来,心灵的晦暗就会如墙角的潮湿慢慢自动消散。正是因为中国诗人的精神困境多是现实原因所引发的肉身的绝望,他们尽管对某些西方诗人极为推崇和仿效,却一直没有达到像波特莱尔、艾略特、瓦雷里、里尔克那样伟大的绝对。切近人事及社会的自我思考固然可贵,但也难免落入现实的圈套,过于发达的实践理性弱化了对宇宙、人生本质作深刻洞察的意识和动力。朱光潜先生曾鞭辟入里地分析了"中国诗人何以在爱情中只能见到爱情,在自然中只能见到自然,而不能有深一层的彻悟"的原因,那就是"哲学思想的平易和宗教

---

① 朱光潜:《诗论》,北京出版社,2005 年,第 90 页。
② 梁宗岱:《诗与真・诗与真二集》,外国文学出版社,1984 年,第 81 页。

情操的淡薄"，因此，中国诗歌在神韵微妙方面见长，但在深广伟大方面，往往远不及西方诗歌。①

诗歌离不开信仰，没有信仰的诗人是可疑的。然而，在中国传统的沿袭中，信仰问题始终是个悬而未决的事情。诗人多是将诗歌当作一种准宗教来信仰，却缺乏真正严格意义上的宗教信仰。这往往使得诗人短视地抓住一些暂时的替代品，把道路当成了磐石，而难有灵魂的真实归宿。在他们看来，自我和心灵就是诗歌的全部范围，而只能在宗教背景中获得意义和独立形态的灵魂，则被约略等同于心灵情感和自我实现。其实，这三个概念是既互相联系又大有区别的，是一个从低到高的上升序列。这使得汉语诗人的痛苦局限在现实问题的纠缠上，而一旦现实处境有所改善，他们就会显露出天真的乐观来，对现实、群体和制度抱有可贵但幼稚的幻想；他们依然企望在社会进化论中获得安慰和拯救，而缺乏本质上对灵魂的认识。与最终皈依宗教的艾略特、奥登相比，中国知识分子要不幸得多，在传统价值体系已经全面失效的现代中国，他们并没有一个强大的传统来支撑自己的废墟，也没有一个可以皈依的真正属于自己的宗教，他们对自身困境的解脱势必只能依赖外在现实状况的改善。然而，残酷的事实证明，历史进化论的期望早已落空。文化背景与现实语境的双重制约，决定了汉语诗人不可能像艾略特那样坚信基督教秩序是文明荒原上的拯救之途，大多数汉语诗人的宗教诉求仅仅是一个权宜之计和文学手段，是一种修辞学练习，或者是为了重获语言、语调上的权威感。

在这里，我们便来到一个充满悖论又展开着无限丰富的可能性的边疆——在诗歌言说与布道式宣告之间的界限。而模糊这个界限，对于诗歌言说作为神性奥义的触摸，会不会构成一种双向的伤害和剥离？最可能的情况也许就是，诗歌重新沦为神学的婢女，

---

① 朱光潜：《诗论》，生活·读书·新知三联书店，1984年，第76页。

从而将人性的无限丰富性削缩为一种过于大胆和极端的抽象，同时也使得信仰成为没有血肉的枯骨，而不再是骨中之骨、肉中之肉。或者还有另一种可能，将信仰内容作为绝对性凌驾于自足的审美价值的相对性之上，是否也会导致自义的骄傲之罪？

瓦尔特·延斯在论及格吕菲乌斯时，曾盛赞这位诗人"将圣经的选读文本转换成了对时代状况的呈现：他不仅沿循福音书原本的故事模式，同时又通过释义、改写和反复的变形，表达出与时代和个人际遇密切相关的旨趣和理解，从而把这些故事变成了自己的故事"①，盛赞诗人将虔诚的激情与比喻的艺术、朴素的祈祷与细致的描写融合交织在一起。而让人难以苟同的是，瓦尔特·延斯为此所举的诗例，却恰恰处于个人内在经验与信仰意义这两者并未有机融合的状态。诗的前半部分的表达尚有具体形象可循，而后半部分"笔锋突然一转，进入寓言的宗教意义的阐释"，就变成了居高临下的简单宣示，成了"直言"。这与诗美学注重"曲言"的主张完全相悖。

而在当下的汉语灵性诗歌写作中，我们也能触目惊心地看到同样的失衡和越界。我不否认这些诗歌作者在文本中体现出的虔诚，对教义理解的一定程度的准确性，但是很多诗作也的确存在着上面所述的"虔诚的激情与比喻的艺术"并未有机融合的现象，而倒向了对信仰内容的图解，这在某种程度上削弱了其中所传达神谕的确定性和有效性。艾略特曾经说过，文学的伟大绝不只在于文学，但评论文学必须以文学的标准。对表达信念确然性的急切，也许使得我们的诗人忘记了奥登所推举的"限界"意识，也忽略了20世纪40年代九叶诗派"平行"诗学带给我们的警醒和启示。我们知道，现代主义审美乌托邦精神的本质在于艺术自律，也就是将艺术看成自在自为的独立领域，从他为的存在（Being-for-Other）

① 汉斯·昆著，李永平译：《诗与宗教》，生活·读书·新知三联书店，2005年，第70页。

向自为的存在（Being-for-Self）转变。这种自律中所包含的社会批判力量，决定了艺术不受社会的他律的支配。诗歌有其独立的内在美学价值，它本身就是有价值的，它的价值不是任何外在的相对目的所决定的。诗首先必须是诗，这是谈及诗的其他功能的前提。这种文学本位的含义包括：文学活动有别于其他活动，它必须遵守文学先天被赋予的特性及其约束；文学活动与其他活动（如政治活动、科学活动等）的关系是平行关系，密切相关，但无隶属关系，同属于生命整体的一部分；文学要发挥其独特的作用，是以保证其艺术品质的完备性为前提的。因此，袁可嘉明确反对艺术为政治斗争工具的说法，他强调在艺术与宗教、道德、科学、政治之间的平行关系，两者密切相关，但绝对没有任何的主从关系。

从这个角度去考量当代诗歌中信仰与诗学的关系，便会不无遗憾地发现，所谓纯正信仰之诗的动人之处往往不在诗本身，而在于其所传达的内容（信息、信仰的坚定和游移、信仰者自身的痛苦等）。这无形中暗合了袁可嘉在40年代就已经批判过的诗歌的两种"感伤化"弊端。袁可嘉将文学的感伤定义为："一切虚伪、肤浅、幼稚的感情，没有经过周密思索和感觉而表达为诗文。"这不是拒绝情感、情绪因素进入诗歌，而是强调情感必须经过转化，经过理性的调和，与其他因素形成协调统一的结构。对感觉的过度沉迷，过于夸大情感在文学中的作用，直接将未经沉淀转化的情感等同于诗意本身，导致了诗人"常常有意地造成一种情绪的气氛，让自己浸淫其中，从假想的自我怜悯及对于旁观者同情的预期取得满足，觉得过瘾"，忽略了诗艺作为生活实情转化为诗情的不可或缺的环节的重要性。情绪感伤性的弊端在于对诗人主体的过于执迷，对于激情的过于热衷，"深信诗是热情的产物，有热情足以产生诗篇"，因而使诗歌到处呈现"一样的泛滥、瘫痪、伤感、乏味"。而另一种感伤性则是"政治感伤性"，它是一种观念感伤，它迷信"诗是真理""诗是性的升华，革命的武器"，从而将诗歌过窄地限制为某个意识形态集团或某种立场持有者手中的宣传工具。对这两种感伤性的反思,表明九叶诗人已经自觉地思考诗的本质属性以及功能。袁可嘉认为,评价文学作品的最后标准正是艾略特所说的:"文学作品的伟大与否非纯粹的文学标准所可决定,但它是否为文学作品则可诉之于纯粹的文学标准。"袁可嘉受新批评派的影响,认为诗的本质在于传达人生经验,"诗篇的优劣的鉴别纯粹以它所能引致的经验价值的高度、深度、广度而定"。诗歌的价值不依赖于其所表现的内容的价值,因为这样的价值是外在的,诗歌的价值应寄托于作品内生而外现的综合效果,是浑然一片的和谐协调,择其要端,也就是"意境创造、意象形成、辞藻锤炼、节奏呼应等极度复杂奥妙的有机综合"。

诗歌标准绝不能仅仅依赖于诗歌所表现的内容的价值,因为这种价值是外在的。虔诚者如果在言行中尽量避免用一些过于显在的有色彩的词汇,而将之化入平凡的无形之中,境界应该是更高的。我曾对当代某些诗中嵌入的"黑度母白度母"和过多佛教语汇表示不赞同,我当然不怀疑写作者信仰的真诚,但是真诚如果仅仅是挂在嘴上和诉诸文字表面的东西,我依然以为这是不完全的表征。诗学毕竟是诗学,信仰终归是信仰,将两者融合无间当是诗歌的根本前程所在,不可偏废。

如果诗不仅限于自以为自主的审美愉悦,而是在通向原初之真的过程中所展开的心魂搏斗的壮丽风景,那么,我们就没有理由像克尔凯郭尔那样,仅将其视为信仰的工具,认为"诗作为潜移默化的艺术,在与那些需要拯救的人的'关联'中,能够通过证明这个世界的感官幻觉以否定的方式增强信仰……尽管无法传达真理,却有助于以对待世界的魔术方式将人诱入真理之中……"①。如果真是这样,汉语诗歌亦将重复克尔凯郭尔的失败,使得伟大的宗

---

① 汉斯·昆著,李永平译:《诗与宗教》,生活·读书·新知三联书店,2005 年,第 231 页。

教诗歌以往所具有的对在上帝面前怀疑的、迷途的、傲慢的、忏悔的人的描写，最终变成了说教的演讲。表明自己并不拥有最后的确定性，反而会使诗歌更具有摄人心魄的说服力。因为，得救并非像成佛那样是一个可以预约的结果，而永远是在路上的可能性与确定性俱在的冒险。

在现时代，谈论诗神何为，恐怕并不那么轻松，它至少涉及这样几个互相缠绕的问题：首先，是诗人的身份问题。如果说在古典时代，诗人和先知、祭司处于同一系列，作为缪斯的学徒，他理所当然是神人之中介，亦即无限与有限之间的斡旋力量。诗人在诗中首先吁请诗神降临是一件非常自然的事情，如荷马在《伊利亚特》开篇的呼语，吁请缪斯女神来歌唱阿喀琉斯致命的愤怒，这种姿态本身就赋予了诗篇以某种合法性的权威，因为它不是或不仅仅是作为一个人的荷马的大脑分泌物，而是秉承诗神的意志和启示，甚至就是诗神附体才有了灵感的迷狂。萨福也是如此，她说，"就是现在，缪斯女神们，离开你们金色的大厅吧"，她吁请的也是作为灵感之源的诗神的临在。但丁在"最后的幻象"中向圣母和上帝祷告，让他的眼光超乎言语而望到光明的深处。这个时候，我们也可以把这种祷告之力归之于缪斯，尽管按照普罗提诺的系统，希腊众神仅仅被安排在天体这种次等存在之上，与理性一神完全不在一个等级上面。我们这里暂时的比附，可也并非不敬。

那么，诗人身份以及随之而来的诗文本的合法性，到了现当代，却成了一个大问题。诗仅仅成了个人情志、经验的产物，成了文化的组成部分，丧失了其超越性的一面。诗歌神授传统的不断沦丧和其中的沿递，可以从历史上一系列的诗歌之辩中见出。亚里士多德曾成功驳斥了他的老师柏拉图对诗人的放逐，柏拉图认为诗是对理念的模仿的模仿，不真实，理应将诗人驱逐出理想国；而亚里士多德认为，诗对自然和人生现象的模仿不是机械复制，诗更能揭示事物的可然律和必然律的普遍性,因而更接近真理。这是第一次的诗辩,是诗与哲学的对抗。再之后是锡德尼的《为诗辩护》,主要是回应宗教对诗人的攻击。锡德尼认为,诗是人类最原始古老的学问,以迷人的甜蜜引诱粗犷的头脑,激发人们的求知渴望,甚至哲学家和历史学家也必须先取得"诗的伟大护照"才能进入辉煌的历史之门;诗性即创造性,诗性本质在于超越规范约束,产生崭新形象,与自然携手,与神圣媲美,从而获得创造的自由;诗的目的在于弘扬德性,发挥教化功能——因而,希腊和罗马人分别给了"诗"以圣名,希腊人称之为"创造",罗马人称之为"预言"。其后,又有雪莱的《诗辩》,主要起因于诗与理性的交锋。雪莱清醒地指出,诗的衰落不应归咎于诗本身,而是源于现代人灵性的衰竭和功利主义至上的思维。整个浪漫派美学,面对着现代文明的崩溃,传统宗教已无力提供人生意义和价值的终极保障(或只是一部分人认为它已失效)的情况下,提出以审美替代宗教,从"经济的人"走向人性的自由与完满。

就我个人来说,我相信诗与信仰有关。诗虽然不仅仅是信仰的附属品,但它有助于信仰的践履。我甚至曾不无极端地提出,诗是觉悟者的自然流露;而反过来,信仰则擢升了诗的位置,使得它有别于任何其他的文艺形式,而单独成为人与无限之间的一个通道。例如,狄金森就是如此,她认为每一句诗都是祈祷,在空中停留上片刻。在无神论背景下,人们口中的诗神不过是文化英雄而已,和我说的诗神完全不是一回事。对于除了权力,什么都不相信的民族,神只是一个顺口说说的词语,只是在他们觉得不公又无处可诉时的一个悲凉绝望的感叹。诗神也是如此。如果非得让我把诗神人格化,我宁可固执地把缪斯想象成那位累斯博斯岛上热爱自由、蹈海而死的女子形象,她是信心和勇气的激励,真实、可爱又只能仰视。庞德曾在他的诗《再一次》中说,诗人和缪斯女神们一起坐在赫利孔山的花岗岩峭壁上,身披褴褛的阳光,和这些"有着精致小腿和美妙膝关节的女神们"以清澈诗泉的水花互相泼溅。

当代汉语诗歌中无神，更何况诗神。这似乎也是中国诗歌历来的传统，无外乎抒情言志，无论是个人的情思意绪，还是所谓普遍性的"集体无意识"，也都仅仅局限于人的层面。我们拿波德莱尔的契合论来对比，就会得到清楚的认识。法国象征派认为契合有两种层次，一个是垂直向的，也就是人神之间的呼应，诗人是人世这个"象征丛林"的密码破译者；另一个是平面的位移，亦即人的心灵与外物的感应。象征派最伟大的地方在于其垂直向的契合，称为"超验的象征主义"，而水平的契合则是较为低级的"人事的象征主义"。中国文化语境所决定的接受视野，注定会将最有价值的超验维度过滤和屏蔽掉，比如 20 世纪 40 年代的"九叶诗派"就失败在这个节点上。

那么，具体到我个人的情况，可能是由于信仰的关系，我对诗的理解和上述的西方传统更为贴近。当然，我也深知审美替代宗教也会有其局限甚至很不妙的后果，这在整个一代现代主义者的实践中已经见出端倪，也可以说这种探索已经失败了。叶芝的双旋锥、艾略特的荒原和庞德的碎片天堂，都不足以拯救一个崩溃或正在崩溃的文明。从根底上说，我坚信只有信仰能够拯救人类。那么，诗在其中究竟能起到什么作用呢？下边是我用普罗提诺的"流溢说"整理的一个大致的思路。

诗本体只能以否定诗学来说。你不能说诗是什么，只能说诗不是什么。它类似于否定神学。诗是以此岸看彼岸，我们所能想到的东西都属于此岸世界，所以对于诗本体来说都是否定性的。把"诗"当作一个肯定性的术语，会遮蔽诗，而非揭示诗。

既谈论它，又没有谈论它，才能拥有诗。现在的诗都仅仅是关于诗的种种言说，说不出诗的本体，但为什么诗文本还有必要存在，是因为它们把我们引向诗。

　　写诗是一种悖论行为，一方面，"诗"充盈于诗人而诗人得以完善，必然导致创造，满则溢，孕则生；另一方面，充盈者之完善又不应当有向外的运动和需求，不应当有创造次等于"诗"本体的诗文本的"目标"。诗本体作为完善者宁静自存，不求不动，作为其映像的具体的诗文本仅仅是从其本质中漫渗出来，环围在自己周围。如雪生冷，冷不仅仅储存在雪自身里面，同时也向外弥漫。诗与诗文本的生育关系，一方面使得诗潜涵于诗文本，此其连续性；但诗并不存在于任何诗文本之中，它超越于具体的诗之外，此其断裂性之所在，如太阳与阳光的关系。

　　所有的诗都是对那唯一的诗的沉思与回转。

　　神不需要自己的派生物，而人却极其依赖自己的派生物，这是人的悲惨之一。诗人也是如此，故而最高的诗人不写诗，写意味着诗人自身分裂为主客体二元，这依然是次等存在。思与思的对象合一，才是最高的存在。

　　创造本身是善的，因为它分有本体；但创造也能变得腐坏，固执于创造物，沉迷于创造物，比如固执于诗文本，而不回转和凝神于诗本体。

　　人的本性在于灵魂，灵魂分有创造者的神性，所以人才有可能与神合一而得救。人的灵魂有双重任务：沉思神本身，照顾身体。如果灵魂被身体拖累，势必陷于沉重的物质王国而不得解脱。诗乃灵魂向神的祈祷，既是吁请神的临在，又是让自身超拔于必然王国，是神的下降和人的上升合一的运动。在诗的祈祷中，祈祷者与作为对象的神合一。这样的时刻是超然于知识之外的，因为知识的前提是追求者和目标的主客对立，诗之祈祷以克服这对立为基础。我们在现代主义者的文本中不时能见识到这种"灵视"的时刻，比如艾略特《四个四重奏》中，"沿着我们没有走过的那条走廊／朝着我们从未打开过的那扇门／进入玫瑰园"。只不过这样的时刻可遇而不可求，类似于天启。

简言之，诗与信仰合一，帮助信仰，但不是以信徒的那种纯然赞美和感恩的姿态，而是充分在人性、文化与社会的复杂语境中敞开一个可能性的场域，诗人持守并在生活中予以践行，哪怕最后必须以"诗"的消失为代价，只要能换来灵魂的救赎，就是胜利。在这个意义上，诗不属于文学，不属于文学史，而属于灵魂回转和凝注于"太一"的回溯的历程。诗如果能在这个过程中帮助诗人坚定信念，它的功用即已完满，便与其他无涉了。这个思路，也许有助于我们破除诗的异化，也就是说，写诗本来是抵抗异化，结果因为诗人要"依赖自己的派生物"而反过来被写诗给异化了。正如叶芝所言，生活和文学都是英雄的梦一场，我们凡人，还是老老实实地把写诗当作个人修炼的一种手段，追求个体灵魂与宇宙灵魂复合与同在，这才是人生的最高目标，也是诗真正的意义之所在。

第三节　象征秩序缺失后的价值视阈

人过中年，在浮士德之梦中醒来，对自己的拷问变得格外严厉，对生命意义的追寻似乎陷入了昏暗的森林。比照起来，浮士德博士精通了中世纪的四大学问，而兀然惊觉，这些知识反倒成了生命的障碍，隔在自己与自然之间，隔在自己与勃勃生命之间。浮士德的得救，在于自强不息，从小我的世界走向大我的天地，在有为中实现了生命的价值。同样人过中年，我还没有打开自我的隔墙，像打开瓦雷里的石榴。知识悲剧、人间之爱的失效，这些我都已经历，不再作高骛之想；至于政治实践，本就是避之而唯恐不及的事。而浮士德博士将古典美与现实结合的追求，颇类似于上帝的超验所指隐退后，艺术家以创造性劳动作为替代物，比如叶芝的拜占庭，比如普鲁斯特的记忆绵延。四十岁之前，我曾坚定地相信，艺术可以成为艺术家的私人宗教，是信仰空缺后的一种有效的弥补；

而近年,对审美救赎的有效性,我越来越疑虑重重。既失去了宗教之依托,又失去了古典时代的天人合一,人生过程本身的种种欲求与意志,又不足以提供充分可靠的意义,中国知识分子解决精神困境的途径之匮乏,可想而知。

20世纪90年代迄今,对汉语诗歌持续不断的观察并没有让我发现,有什么诗人入骨地表达了自己精神上的困境,更没有什么人能就此困境给出能让我信服的解脱途径。后现代式的意义悬置和词语狂欢,并不能真正让这种不可回避的近乎肉身疼痛的精神困境自行消退,洋洋自得的庸俗的幸福感也仅仅只是掩盖而已,或者干脆就是愚蠢到感觉不到问题,因此也就谈不上解决。

一、在可见与不可见之间:阅读远人

带着这种困惑所致的剧烈头痛,阅读远人近年的诗歌,我逐渐得出这样的一个结论:这是一位深信写作本身的救赎功用的诗人。我想,远人终究是幸福的,写作之于他,依然是一个温暖的缪斯,可以相对无厌。我们知道,在当代汉语诗人中,远人是少有的具有大精神场域的诗人,那就是他明确的基督教信仰;但是,在他的诗歌中,目前还无法清晰地辨认这种信仰到底在他的生活和写作中起到了怎样的作用,因为他的文本中,鲜有其他信仰基督教的诗人的那种圣经的权威语境。这里至少有两种可能,一是他已将信仰与写作融合无形,而不需要词语系统本身的圣化作为支撑;另一种可能,我认为,他是将信仰保留给了一个更高远的领地,而不用写作去轻易地触动,那往往是最为寒凉之时内心如置身密室般的祈祷,是只说给上帝一个人听的。如果是后一种情形,我想,他的文本对于他者(此刻也就是我)的精神困境的帮助,就有可能是更为入于人情的,更可以把捉和参照。认定远人抱持写作本身作为救赎力量的信心的依据,来自他最近的一首诗歌《不要轻易写下孤寂》:

不要轻易写下孤寂——你一旦写下
就是写下一堵墙，房间里的灯光
把你紧紧裹成一张失血的脸

不要轻易写下孤寂——你一旦写下
就是写下一把雨伞，好像永远不停的雨
都在猛烈地击打你的伞面

不要轻易写下孤寂——你一旦写下
就是写下一片汪洋，它从地球的四面八方扑来
大陆的每个板块，好像突然间全部消失

不要轻易写下孤寂——你一旦写下
就是写下一个企图，但地球上五十亿双眼睛
没有一双投向你身在的角落

2012 年 12 月 12 日夜

　　诗人虽然告诫我们，"不要轻易写下孤寂"，字面上似乎否定了
写作和"孤寂"这种精神状态之间的本质性的关联；但是诗人对不
要"轻易写下孤寂"的强调本身，就显露出对于词语创世力量的信
任。那是伊甸园里的语言，词语不是任意的符号，而是对事物本质
的揭示，而我们已经堕落的、开始自我指涉的语言已"无法指涉救
赎的上帝（像鲁滨逊·克鲁索那样）、救赎的历史（像黑格尔那样）、
救赎的自然（像华兹华斯那样），或者救赎的艺术（像亨利·詹姆斯
那样）"①。写作加深了心灵的孤寂，孤寂的呐喊无人听闻。这固
然是源于现时代普遍存在的人际的不可通约性，但我们更要透过

---

① 理查德·利罕著，吴子枫译：《文学中的城市》，上海人民出版社，2009 年，
第 265 页。

这种常规的理解,接收诗人独有的隐秘信息,那就是,身处巨大孤寂中的诗人,其写作行为本身就显明:写下什么,就是战胜什么。否则,这首诗不可能存之于世。

诗人相信写作具有释放心灵自由的作用,但对于诗歌抵达他者时是否依然具有这种作用保留某种审慎的怀疑,更多时候,他似乎认为表达是没有用的,从自我囚笼中发出的呐喊只在墙壁之间激起短暂而微弱的回声,世界依然如故地在无垠而岑寂的空间旋转。于是,我们看到,诗人开始探寻使歌唱持续的力量到底来自哪里:

> 深夜,不知是谁唱起在孤寂里隐身的歌
> 好像有很多树在空旷里移动,树上的鸟巢
> 空空如也。我不知道一只鸟怎样在雨中栖息、熟睡
> 很可能,它们比人更加懂得,世界从来就是这个样子
> 很可能,它们拥有比人更多的知识。但它们理解的方式
> 却从不让人知道。它们一律喜欢安静的地方,这使它们
> 几乎都像智者,而我现在,确认它们就是智者。它们
> 做到人所做不到的事情——一生都用来歌唱。没有人
> 能说出它们热情持续的秘密,没有人把折磨自己的问题
> 拿出来请教任意一只鸟。在那些属于永恒的声音里
> 只有人的语言,笨拙而愚蠢,既看不出启示的力量
> 也谈不上对本原真正的表达。创世时的宝藏
> 人都已忘记——那些树叶、石头、流水
> 但每一次天黑之前,鸟都从这上面飞过,像轻盈的上帝
>
> 　　　　　　　　　　　　　　　(《鸟的十四行》)

诗人显然得出了人不如鸟儿有智慧的结论,因为人已经遗忘了创世时的语言,因而,人的歌唱既难以持续一生,也时常破

碎走音，已经难以触及存在的奥秘——那种对万物原初性的命名。无疑，这里有远人对当代汉诗写作普遍存在的痼疾的批判，那就是大多数人的写作已经成为一种词语滑动，不指向任何意义，反而任由这种不停的快速滑动所形成的表面性遮蔽掉客体，同时也使主体符号化，成为不在场的虚指。这里，我们窥见了诗人面对内心困境的力量源泉——信仰。正是真理（上帝）这一超验所指保证了写作的有效性。这一终极根据的获得，使得远人的诗成为值得信任的诗；因此我们也有理由认定，作为个体，他表现在诗中的个人的精神困境也可以是现时代知识分子普遍的心灵处境。

这种心灵困境的具体体现分散在文本之中，自然会有诸多侧面和变种，前文提到的"孤寂"即是其中之一。而孤寂在远人那里更是某种生活的常态，是启示降临的必要前提。当然，没有人愿意刻意保持这种孤寂，它常常是诗人不得已的选择，是个性使然，更是当下的人际交通障碍所致。而且，这里我可以认定，生活中缺乏精神质素对等的朋友，迫使诗人更深地返回自己的内心。正如狄金森所言，"心灵选择自己的伴侣，然后关上门"。悖论的是，围绕着丰富、高贵而痛苦的心灵的，往往是陌生、误解和无言的孤独。灵魂相遇的那种狂喜多么珍贵而罕见。诗人不愿意退而求其次，宁可抱守孤寂，独自担当起存在的重负，这是勇气，也是作为存在奥秘的发现者和守护者施行责任所必须付出的代价。生活和艺术之间存在着永恒而古老的敌意，先知被大风拔出众生，独自如婴儿沉睡于深渊的顶端，危险而安然。

既然交流的乐趣荡然无存，诗人自然转向了人之外的"物"。作为人性容器的本真之物，对于远人，也就如同对于里尔克那样，成为和存在整体那幽暗而温暖的怀腹的象征性关联，物总不会背叛人。因此，诗人欣喜地发现，"早上和傍晚的草坪"上的两只鸟儿，它们对着诗人鸣叫，让诗人一整天都心情愉快。诗人有时也会

"在深草里坐着",在一切都在随水流逝的日子,"把自己留下来"。对于时间中到来的救赎,到底是以怎样的形态出现,诗人没有把握,能够确定的是,"时间没有尽头,时间里什么也没有。只有黑暗/只有每个人的孤独"(《凌晨的月亮》)。能够有这样的确定本身就需要莫大的勇气了。

很少有诗人能将生活和诗歌都实现得完美,诗人有时为了传达"紧迫的信息",常常要做出很多的牺牲。写作,如果是解脱困境的一个途径,那么,写作本身,有时恰恰更加深了心灵的困苦。远人对此有着清醒的认识。请看《转变》一诗:

> 不知这雨何时开始落下。
> 我们围在餐桌旁谈论诗歌。
> 好像诗歌有股温暖,从我们脸上
> 和书稿上,热热地抚摸而过。
>
> 其实我们都在肯定,关于诗歌,
> 没有必要谈论,语言和思想,
> 都在架空着生活,降临到命运里的
> 或许就只有外面这场大雨。
>
> 我们不知道它何时落下,就像寒冷
> 不知何时就晃动在我们脸上。
> 出门时雨越下越大,世界随之变得
> 越来越黑。雨和黑暗,是全部的真实。
>
> 2012年4月13日凌晨

艺术是一种幻象,在将有着持久快感的审美承诺转化为短暂满足的体验时,它平息了反抗体制性束缚等对人性压抑的力量,亦即削弱了投身实践的动力。而且，审美经验作为个体的体验，会使个体更加孤独、更加无力。远人对于诗人的共同命运有着清晰的预见："雨和黑暗，是全部的真实。"既然认识到了写作对于生活的伤害，却又继续写作的行为，其中的力量则不是来自惯性，而是应该有一个更深在的源泉。如果不是写作的迫切性和重要性压倒了写作的附带性伤害，写作是无法持续的。作为一种补偿，写作过程符合人类自由游戏的天性，自能给诗人带来一定程度的快乐，使滞重的生存暂时轻盈起来。如果写作成为纯然的苦役，那也是不可想象的。哪怕再严肃不过的写作，其中也带有游戏的成分。语言内部的灵光一现，意象的不期而遇，写作欲望萌发时的恋爱般的感觉，熟悉事物的陌生化，艺术难度的克服，这些都是写作本身提供给诗人的补偿。当然，也有主张将游戏放大到语言狂欢以反抗意识形态板结的，那要另当别论。要批判现实，就要和现实拉开一个批判的距离。两者之间的空间，是写作发挥力量的场域。这里又出现了一重悖论：观察者和沉思者看清了世界，却被剥夺了实践者介入的体验。写作将世界推远了，依靠写作建立起来的主体和世界的关联并不那么"保险"，虽然有可能他者会因为这种奇异的关联而更加清晰地看见世界，并在一个语言共同体中结盟和共在。无论如何，远人都经常能体会到锥心的、被剥夺了实实在在生活的痛楚：

> 依靠语言，我和世界保持着联系。
> 但没有人证明语言就足够保险，
> 因为它本来是人的创造，它本来不属于我。
> 难道世界本来和我就没任何瓜葛？
> 想到这里，我不由感到一丝畏惧。
> 有时我会长时间打量语言，我发现语言
> 属于沉默，而这个世界属于喧响。

难道每个人是用沉默和世界保持联系?

太晚了! 到今天我才懂得,我从没有

介入这个世界,到今天我才懂得

风走过树叶,人才听见最本原的声音,

就像河水在悬崖下奔腾,鸟在石头上面鸣叫,

世界庇护它们的明确,而我的语言,

至今不过是沉默,不过是徒劳的探索。

2012 年 2 月 28 日夜

显然,诗人在这里明确地对语言再现事物的能力有所警觉,这无疑是一种现代的语言意识。正如前文说过的,我们现在的语言系统是堕落的,不再是伊甸园的状态,所以,它不能有一个超乎其本身的"许诺"——真理。

这些困境构成了远人心灵状态的一大部分,而在他 2008 年的诗歌中,更加突出的一个困境或者说主题,是不确定性或不可知——世界、他人、自我皆不可知。这个主题在 2012 年的写作中再次出现,比如这首《脸》:

我拍打着你的脸

但你隔着玻璃,有很多

看不清的东西

我听不到你说话

尽管你嘴唇在动

或者我以为你的嘴唇在动

很难找到一种感觉

它没有顾忌地出现

像你的手，曾经在我肩头

我抚摸你的手，不管
你的手是冷是热，我都知道
你没说的一切

一切在今天，也在明天
或许明天到来，一切又重新
变成它自己的现实

我是否需要辨认？
那是什么现实？明亮的
还是晦暗的？一块玻璃

隔开你的脸，好像那是
最远的脸，最模糊的脸
或许它就是玻璃做成的

2012 年 1 月 9 日

仅仅是隔着一层玻璃，往日熟悉的脸就那么陌生，沟通的介质
不再透明，甚至有可能"脸"本身就是玻璃。仅仅一层玻璃，就能将
事物如此剧烈地改变，何况其他。事物的不可知和诗人对真相的
探索形成了张力。复现同一主题的还有《冬夜》《入睡了我也很难
得到休息》《自我的十四行》等。在 2008 年的诗集《树下》的诗篇
中，诗人大量使用疑问句，就是这种张力存在的证明。明喻的效果
与通常情况下运用它的初衷——追求描述的清晰和准确——背道
而驰，造成了不稳定和模糊感，比如在《抒情》一诗中。在《灰尘在
这里落下》中，与世界的不可把捉相对的，是诗，是诗使晃动的世界

清晰起来，"于是你在看不见的灰尘里/不断地凝视自己，直到一首诗歌/在惊讶里出来，犹如灰尘掩盖的光/晃动着它的清晰，你刹那间感到/茫然而喜悦，像看到一双眼睛醒来"。语言建造了秩序，整理了混乱。《反抗》也是相同的主题，亦即世界之不可知，以及诗人提出的诗式解决。《在我沉默之时……》里有这样的句子："整个夜晚的灯/雾一样瞒过你的身体和脸庞。"光的照亮与雾的遮暗，也就是真实之退隐和显露真实的欲望之间的矛盾。世界之不可把捉，导致了主体能够抓住的东西少之又少，如《冬天》一诗，"灯光在楼上亮着/仿佛是这世界唯一的光，在女人的脸上/摇晃出一点一点温暖的气息"。在《在深草里坐着》一诗中，世界之不可知表现在草在风吹过去时，沙沙作响，像要说些什么，诗人没有给出答案。此诗结尾再次点明，"我不知道这水要流到哪里/仿佛一切都要随它离开，仿佛/一切都在这时，忽然变得遥远"，连续两个"仿佛"，强调了认知的不可靠。当然，存在的奥秘本质上确实也是人的语言所难以确切言说的，宇宙并不为机械的规律所支配，事物缄默在一个大神秘中。《车厢内》，"车窗外的风景越来越快/快得让人抓不住一个细节"。《响叶声》再次强调了事物的不可知，或者说是自然启示的晦涩难解。依传统而言，诗人正是宇宙这"象征的森林"的回声的解析者。远人近年的诗歌中有很多涉及"倾听的智慧"，这种倾听，也就是对存在奥秘的倾听；"倾听"方使人摆脱纯然观察所导致的主客分离，使万物归家。在《巷子·蝙蝠》中，涉及童年经验时，诗人的表述极为确定，采取了肯定与判断的语气，没有了犹疑；童年经验的确定性和成人世界的不可知，构成了一个对立。世界的不可知带来了恐惧。"而我什么时候开始害怕那些/看不清又说不出名字的东西呢?"(《窗外的黄昏》)诗人沉浸在对事物的体认中，"不知道/在沉寂和暗淡中还能站上多久"。《坐火车经过一个未停的小站》也是同样的主题，写的是事物的无名状态。远人是个沉默少言的观察者，在他的观察中，两条废弃的铁轨甚至让他感到

"一切是如此孤单"，事物本身无所谓孤单与否，关键是它引起了主体的孤单，因此，观察事物同时也是在观察自己。《傍晚的广场》表达了他者的异在性，"你不可能看清楚别人"，他者的模糊造成了自我的迷失和自我的单子化。而越是想认清事物的真相，事物越是含糊不明，如《秋天的第一首诗》。与世界的不可知同步的是自我的不确定，因此也造成了个体重新植入宇宙的不可能性，如《他们的房子依山而筑》。单子化的自我试图与世界重新嵌合，但世界荒凉无情，自我仍然无法与之建立本质性的关联（《远方是不能治愈的疾病》）。由此，写作便成了认识自我的一个过程（《虚构》），将自己投影成镜像。不竭地渴望获知事物的真相，同时又对真相是否存在、获知真相是否有意义，持怀疑态度，如《下午的雪》。

济慈相信，鸟鸣的纯音乐艺术能使他得以飞离垂死的青年、麻痹的老人、消逝的美和无信的爱的世界；相信艺术能"欺骗"狄多，安慰她的悲哀，诗能让人变得温柔，扩大想象的可能性。这些自不必多言。但是，诗人的主要目标是将自然变形成象征秩序，是幻觉和真实之间的讽喻性关联。这些说的是诗对于读者的功用，而我更想探究的是诗对于作者本人的功用，亦即诗和诗人心灵困境之间的关系。这种探究始源于一种长期的困惑：写作，真的能祛魔吗？把内在的困境表达出来，是否就会通向这困境的消除？在这个过程中，写作是否会增加内心困境的严重性？

也许，个人的困境在想象和语言的共同体中能得到某种程度的缓解，乃至消除。远人可能是相信这一点的，因为他在诗中这样说道："来到这些诗句顶峰，我感受到的/是我用最彻底的方式，终于抵达到你。"（《会有什么人读到这些诗歌？》）自我囚笼中的呐喊破壁而出，被人听闻，仅仅是被人听闻，就是一种救赎，正如观照即是道德。我相信，依然秉持这种信念的诗人是有福的，因为灵魂的呐喊也是对那未知神秘的超越性存在的祈祷，它将久久地停留在空中，像轻盈的鸟儿一样。那时，个体灵魂将像叶芝所坚信的那样，重归世界灵魂,而所有个体灵魂在世界灵魂中的汇聚,就是天堂。

正是这种对终极归宿的绝对信心,使得远人的诗歌具有了某种"源于自信的单纯"——对智慧的自信,对语言的信心。伟大的诗人到终极处,都是极其单纯的,博尔赫斯曾明确区分过"单纯的复杂"和"复杂的单纯",他的境界在于后者。弗罗斯特固然单纯,威廉斯也是,甚至艾略特,如果看穿他的语言表象和文化万花筒,他骨子里也是澄澈的。再如史蒂文斯、惠特曼和狄金森,他们各自不同,但其本质都是极其单纯的。单纯并不等于不晦涩,史蒂文斯就很晦涩,但是他同时也单纯至极。他的主题无外乎两个,一是真实与想象的关系;另一个是在后宗教氛围中审美的位置,审美在对秩序与意义的追寻中的重要性。

我相信,在语言的衍生物日趋淹没事物本相,进而使人的大脑和心灵困惑混乱的时候,如果我们没有核心的单纯,或核心的复杂,无论我们用什么样的语言来结构,我们都仅仅是欺人(用眼花缭乱的技术实验掩盖内心的无能)或者自欺(内里空空却希望能停留在语言光秃秃的玻璃上,像昆虫一样打滑,以为借此可以瞥见大厦内的壮丽陈设)。欺人和自欺,在这一点上遇合了,结为一体了。判断诗歌的标准,永远不可能仅仅用语言本身;诗歌之伟大,依然依赖于语言之外的诸多因素。而当代诗歌日趋白矮星式的向内坍塌,带来的是语言转义性的过度使用乃至泛滥,它既遮蔽了事物本身,又蒙蔽了诗人的心灵本身。破除遮蔽,才见真实。一般人不敢面对真实。宁可在语言迷宫中团团乱转。那些在语言迷宫中乱转的人似乎忘记了,语言单纯,是很高的技巧。人们往往分不开单纯与单调,区分不开,也就无法按照自己的天性写作。从这点来看,远人是按照自己天性写作的诗人。远人是幸福的,这幸福也是一种勇气。

远人在诗中探索那暗中使自己改变的莫名力量,我们可以笼统地说,这是时间和命运的力量;但这种说法又未免有些过于笼统,远人不满足于此。他力图探究具体的使自己生命悄悄改变的力量,认识了这些力量或因素,似乎就能解开很多谜团。

远人诗中始终有一种要看清世界和自我真相的动力,认识论的要求有时占据他的思维,而世界往往又是不可知的,于是,这两者之间的张力造成了远人诗歌中既清晰又晦涩的特征,或者是有时清晰,有时晦涩。世界之不可认知,难明究竟,促使诗人时常使用商榷的语调,比如《秋天的比喻》,里边一连串的"好像"表达的仅仅是一种不确定之感,而不再将比喻用于更精确地描述事物。恍惚当然大部分来自时间流逝的感觉,尤其是秋天。作为季节,它把丰收和丰收内部的衰败与荒凉结为一体。作为现代人,诗人似乎再难以像济慈的《秋颂》那样歌颂秋天的丰实,而是有了更加复杂的一言难尽的感觉,一系列的明喻正适合表达这种欲说还休、模糊又强烈的感觉。

为了捕捉住事物的真相,语言就像是一架摄像机。在事物清晰的时候,摄像机的机位基本是固定的,透视也是稳定的;而在事物本身晦涩的时候,我们就会感觉到摄像机本身的晃动,从固定机位一变而为手持式拍摄。视角开始多重化,透视不再是单纯的深度定点透视,而是呈回环动态化。事物的晦涩导致摄像机的晃动,导致我们关注到摄像机的运动本身。摄像机不再是一个客观的、透明的眼球,而是具有了某种主体性,有了自己的见解和主张。这时,我们会强烈感觉到摄像机是一个和影片中其他主体一样的一个主体,处于跟踪、窥视的位置,这时你会产生某种恐惧之感。

这样的时刻,相对性思维就会占据上风。诗人总是企图从自我中分裂出去,以他者的视角观察事物,也观察自身。这时候,媒介(摄像机和语言)本身开始突现出来,迫使我们把注意力更多地放在诗的语言运动,而不是其所捕捉的对象上面。什么时候诗的语言本身比它所表现的事物更加吸引我们,迫使我们把诗本身当作一个自足的存在和有机体来看待，我们就知道，诗成了一个自我相关缠绕的自噬蛇，它不再指向自身结构之外的所指；能指像一根原来指向月亮的手指，现在指向了自身。所有好诗都不同程度地吸引我们注意到语言本身，但能做到使我们不再透过它去看世界，而是看"诗"本身者不多，或为纯诗，或为元诗。

相对性透视法在远人诗中可以找到不少的例证，比如《我喜欢漫长的阅读》中，阅读最终成了对自我的考察，"我将在漫长里来到我的尽头"。《雪国列车》也是用相对性视角来展开，人们坐着呼啸的火车去往并不存在的"雪国"，诗人则步行前往。他看不见火车上的人，火车上的乘客看他也只是雪地里的一个黑点。《冬札》里贯穿着世界真相之不可知的体悟，"大地和死亡，都不可思议"，尤其最后一节，更是直接点明了世界本身就是一个没有答案的问题，自我也同样如此。世界的存在需要一部分的荒谬。世界之不可入性，正像该诗第十五节所写，"越到远处／两旁的树木／就把路捆得越紧／直到把最远处／捆成我无法进去的消失点"。这里主要写的还是物的封闭性，物保守着自己的秘密，是人类语言所无法完全穿透的，但这一节诗中"消失点"一词的使用，使得诗中多了一层微妙隐晦的意味。消失点就是美术透视中的灭点，属于西洋绘画的定点透视，这标示着诗人的固定位置。事物并未消失，只是人看不见而已，这是不是在告诉我们定点透视的有限性？如果我们保持行走，事物是不是会清晰起来？在这一点上，我们重新遇见了艾略特式的乐观，"我们不会停止我们的探索"，尽管我们难以确定，随着我们抬起的脚步，远方是消失还是出现。

相对性思维使得所有的旅行不是抵达一个外在的目标，而是更深地回到自我。远人近期诗中有不少关于旅行的篇什，《一无所思的长途旅行》实际上可以看作一次静止的旅行，一次反旅行。通常的旅行总是伴随着与存在的遭遇，对陌生的发现，但在这首诗里，我们看到的是对一些平凡的、没有诗意的事物的描述。事物不再具有陌生的另一个维度，事物是扁平状态的，仅仅是一些表面，没有背面，也没有深度，也不再是一个远方、一种未知、一种未曾经历过的生活的象征，它们仅仅是和诗人偶遇又消失。在这首诗里，事物不是出现或被发现，而是消失，并且诗人愉悦于这种消失。《在高铁上读弗罗斯特》，写的是书中的旅行和现实中的旅行，同样是没有可以抵达的地方，诗歌和相关的想象的作用是让自己的消失慢下来。《明天我将去更远的地方》里表达的是诗人渴望在陌生的地方遇见陌生的自己，离开是为了能全新地归来。

《我走过一条隐秘的小径》当然可以读成是人生之旅的象征，但是我认为这首诗更多呈现的是不经意中的发现的惊喜。散漫无目的的诗人发现了同样散漫无目的的一条小路，它人迹罕至，弯弯曲曲，很久都没人走过了。这条小路似乎满足于自己的无目的，满足于不通向任何"地方"。路的无目的甚至让诗人自己也忘记了是何时踏上了这么一条小径。无目的充满了诗意和神秘，或者说目的只在过程中。所以诗人不急于把它走完，而是走得很慢很慢。在一个目的和手段扭结成一个无穷无尽因果链条的世界上，为了目的，其他如其本然的目的也不得不成为手段，脱出自身，成为被役使之物。在这样一个环环相扣的世界中，散漫的无目的，以自身为目的，就显得格外珍贵。诗从总体上，也就是这样无目的的合目的性，无用之用是为大用。

《下午的峡谷》也是旅行的主题，深入事物神秘的寂静。这种探寻可以看作对于自然之启示与生活方向的探寻的象征。自然作为神的创造法则的副本，本应该反映出上帝创世的光辉，但在诗人这里，探寻这种启示的努力得到的只是一片寂静，他虽然确信石头一直在呼吸，在秘密地生长，但是这种呼吸生长的奥秘到底是什么，依然不得索解。在此，诗人将永恒的秘密作为近乎"物自体"的东西予以保留，他承认自己"既不寻找什么，也不期待什么"。如果说浪漫主义者对意义的探索是凭借理想的引导，那么远人对意义的探寻却满足于从寂静到寂静。这首诗也完全可以读解成无路可走的僵局，诗人似乎在暗示我们，浪漫主义的价值观在现代社会已经失去了可靠性。不但物的神秘无法穿透，人的主体性在物的沉默王国中也无法确立，所以诗人最后说"此刻我坐在房间，凝视着／给它们拍下的一张张照片／没有哪张照片里有我／于是我知道我只是经过峡谷／像冒险经过天荒地老的永恒"。事物保持着神秘，而只要事物对主体保持封闭，主体也就因为无法参与造化的大神秘中而受挫，甚至无法确立自身。因为自我无法仅仅依靠自身得以确立，自我的确立需要他者的参与，这他者可以是他人，也可以是事物。事物的秘密不可穿透，必然促使诗人反思诗作为媒介的有效性；对诗本身功用的反思，使得诗指向自身，而展开了对自身的探索。与其说是用诗去表达和表现现成的含义确定的对象，不如说诗歌写作的过程是探索一首诗自身是如何生成的。对世界、自我和诗本身的探索，成为新的三位一体。

《我想躺在无人的旷野》中，诗人渴望避开人的世界，只是单纯地躺在一个地方，没有任何人事干扰地独处。诗人也不作过多思考，只是感受身下的茅草和砾石始终给予自己的奇异的温暖和支撑。相比于人和社会上的一切，这些简单的事物给予诗人的安慰是更大也更深入的。从自然中获取慰藉历来是诗人的一个特殊能力，尤其在浪漫主义时代，回归自然成了抵抗现代性侵蚀的一个重要途径。在人间事务的不确定性让人厌倦之时，自然的确定性就像一种原始的契约，有条不紊，让人安心。因此，诗人放弃了对自然作为整体之神秘性的科学式探索，而甘心居于自然之幽暗的怀腹，不去探究一阵阵虫鸣从何而来，月亮何时升起，而是以纯然无染的身心去感受自然的律动。在这首诗中，自然之奥秘的封闭性，在诗人那里暂时不再激起一种焦虑和受排斥之感，反而成为一种福音。不以主体意志去涵盖自然，而是看似无知地内在于自然的永恒规律，实际上成为一种有效的智慧。

《他们看银杏树去了》有大致相同的主题。"看"的行为往往意味着将物按照主观的需要摆置在面前，甚至削缩它以适应主观；意味着给事物贴上人为的标签，就以为占有了物本身，而实际上却掏空了物的存在之丰盈，使物丧失物性。诗人在众人去"看"银杏的时候，找了一个没人的地方坐了下来，坐了很久，一无所想。这种一无所想和一无所见，是保证诗人用内在之眼"看见"银杏的条件。不用人的语言去强行侵入物的世界，不用人的语言去干扰物的自在的呼吸，只是把自己也当作一个存在者，与物共在，共命运，共呼吸，才能真正与物合一。在诗的结尾，诗人欣喜地发现，去"看"（把握、认识）银杏的人们也都在银杏树下坐着，坐在深黄色的落叶堆上。

世界和自我都不可知，这种不可知的原因到底何在？是语言作为认知工具本身就有限制，还是世界和作为世界一部分的自我本身具有某种人类永远也穿不透的奥秘？人类智慧之有限和造化神奇之无限，永远是一对互相追逐的恋人。语言本身及物功能的有限性，上帝创世奥秘之不可穷竭的伟大，这两者也许共同形成了远人诗歌中认识论上的某种不确定性。他宁可安于这种不确定性，因为在大多数情况下，让事物保持其神秘对人更有益处。

对充分逻辑化了的那部分世界的拒绝，对世界隐晦不明的部分的持久凝视，构成了远人诗歌诗意的支撑。越是不可知，越是想要探究。《面对的》一诗，就摆出了这样的价值追问。诗人夜深人静之时，总想知道那些操纵人的事物究竟来自哪里，他总是分外鲜明地感受到心里的那块西西弗斯的石头的存在。这块巨石不能单纯地视为诗人的个人命运，它同时也应该是世界的命运，抑或说，某种普遍性的人性处境。在远人近期的诗歌中，我们看到对时间流逝的强烈感受和对物是人非的思考，而对这种时间主题的反思，往往发生在深夜和旅行当中。我们看到午夜不眠的诗人常常像一个宇宙守护者一样在观察、倾听和记录，如《夜里》《傍晚的图书馆》

《斑马湖》《深夜的鸟》《雨夜孤灯》《凌晨，雨中的鸟》，诗中选取的时刻或是在深夜，或是半明半暗时分。这样的时刻，理性的哨兵松懈下来，创造性的直觉开始活跃。诗人反复强调，有些事物仅有诗人才能听得见，似乎这种听见至为重大，甚至性命攸关。凌晨固执地透过雨声传进来的鸟鸣，似乎不是鸟鸣，而是万物的呼求，对存在的渴望的呼求，似乎只要诗人听见了，万物就会得救。诗人的确是某种记忆的保存者，他用诗与时间对抗，打捞起那些被时光裹挟着不断消逝的事物。《机场的落日》就是一例。消逝，在物呈现为美感，在人呈现为伤感。作为生命之先验地平线的死亡，规定了存在物有死的本质，同时也使得存在的过程本身具有了某种庄严和价值。诗人的责任之一恰恰是使一次普通的日落成为不可遗忘的"这一次的日落"。每一次的日落从物理学上来讲都是一样的，但它对具体的人却具有不同的意义，日落绝不仅仅是日落本身那么简单，它也许就是人类历史上所有的日落，是叶芝式的历史循环的又一个螺旋顶点。诗的作用就在于提醒被物欲追逐蒙蔽了双眼的人们，要学会看到事物本身，如同此生第一次看见一般清新。

诗歌言述的对象如果都能被合法地翻译为各种观念，诗歌就会等同于教条和哲学，而世间始终存在的无形力量的黑暗奥秘，除了诗人的想象力，其他途径是接近不了的。浪漫主义诗歌的一个有力信念就在于此。在远人对事物具体细微的描述和观察中，总有一些模糊难辨的东西在隐现；他的诗由可见抵达了不可见，总能在具体现实之外，开启一个不可见的神秘空间。这个空间不是由一些所谓观念和哲理构成的，而是由一些人类智慧无法穿透的形象、气氛、光线和声音构成的。它们并不是柏拉图的理想国，它们就存在于具体实在之中，并构成了这些具体实在之存在的深层原因。这个世界无法走进，只能不断地趋近。它似乎是万物的始基，有时它仅仅是一种恍惚的情调。它无法系统化，只能以持续的想象活动来趋近。因此，我们在远人的诗中，总能在他不厌其烦、细致入微的具象刻画的尽头，抵达一个"灵视"时刻。这样的时刻，具体的事物开始融化而为一种模糊微妙的气氛，难以描摹。它似乎是空无，又似乎充盈着、流溢着。在那里，事物的边界是模糊不清的，现实在那里得以修正以实现一个更伟大的现实，这个境界促使有限的人类向无限的意识提升。在这一点上看，远人的诗学立场既不是经验写作，也不是玄学写作，而是居于中间，在必然王国和自由王国之间。存在的非存在的一面更加吸引他的注意力，远人诗中多次写到倾听鸟鸣，却看不到鸟本身，这和雪莱的《致云雀》和济慈的《夜莺颂》有类似的体验的基础。这三位诗人同样都只是听见而不是看见那些"神鸟"。从可见到不可见，中间是一个冥王般的鸿沟，只能靠"信仰黑暗中的踊身一跃"。渴望看见不可见的，同时又意识到愿望之不可能圆满达成，这种矛盾心态必然诉诸反讽和怀疑主义。这种反讽本应促使诗歌的结构形式出现断裂和不均衡，然而奇妙的是，远人的诗歌形式又往往十分整饬有序，形式的确定性和内容的不确定性之间的张力，构成了更高一轮的反讽，这是其诗艺的一个高妙之处。远人在幻象的伟大时刻所看见的精灵，很可能是一个无名的精灵，尚未命名，也无法命名。他在组诗《街：虚构的十四行》中探索了语言和物的关系，他说"所有的追踪，都只是使万物更加沉默"，诗人痛苦地追问写作的有效性和可能性的边界，这组诗集中了几乎此小节前面触及的诗人所关注的所有问题。诗和世界的争执永远是情人般无止无休的，它既是哲学问题，又是经验的问题；既是认识论的问题，也是本体论的问题。世界真相是否存在，语言是否可以抵达，两者都难以确定。

远人诗歌从主题上看，自然是十分丰富的，我在此仅只触及了一个侧面。他对事物心怀感恩的赞美令人动容，如《阳光明媚的下午》《年夜饭》《中秋日的金婚》《杜康酒》《除夕日》等。在这一类的诗中，诗人似乎暂时收回了凝视幻象的目光，开始关注眼前的人和事，就像一个从沉思出神状态恍然而醒的人，发现世界依然坚实地存在着。这时,他不由得发出了放心的微笑,他又从想象力危险的大海回到人类的边岸;这时,任何坚实普通的事物都可能是他要牢牢抓住的一块石头,并为此心怀感恩,因为存在本身就是奇迹。

二、虚静而充满情义的世界:阅读萧英杰

就一般性的浪漫主义和现代主义而言,它们大致相同的一点就是以自然疗伤,认为文明给人性带来了严重的伤害,而重归自然的原始和谐,是对自身感情和思想的充实。甚而至于,在现代主义中还存在着一种向原始主义复归的倾向,通过对古典文化甚至前文化的追慕,以期恢复人的纯真本性和与自然的统一。

萧英杰的诗中便可见出这种原始主义倾向。他的诗里没有激烈的人性异化的观察,没有严重的人与物违的表现,而是弥漫着一种喜悦的,甚至近乎享乐主义的氛围。在具体诗歌的结构上,英杰喜欢将作为现代人的诗中人置于一种古典情境中,甚至"穿越"回古老的世代,真可谓不囿于世俗的凡近,而游心于虚旷放达之场。比如可以作为诗人自况的《残页》,他的复数自我的诸多前世都是在遥远的古代。《修炼》更是将时长设定为漫长的两千年,诗人在两千年后的今天回忆前世的一次约会。《南方会》中开篇便声明,"置身被风吹过几生的场景";当下与往昔的置换和重叠所构成的古今并置和对照,自然有加大历史透视深度的作用,但诗人的主要意图并不在于依靠这种古今并置来声讨当下,他只是说在彼处人"活得正好",我们看不到明显的对现时代的否定和批判。《记忆》采取的依然是同一种策略,将现在推远,以前世的角度去体验当下,将当下的种种现实缺憾安置在古昔的氛围中,使当下得以暂时地获得"救赎"。这种幻想中的角色扮演带来的是体验的沧桑之感,同时也因为观照距离的剧增,使得主体能够在一个更大的时空尺度上看待当下的自己和自己的种种经验。这种远距离观照法有助于对痛苦进行"抽象",这过程本身便是一种"疗救"。也许,萧英

杰秉持的是和艾略特相似的信念，将历史时间置于和永恒生命的关联中，能够使时间获得拯救与宽恕。当然，这种"追忆"本身就是对现时代之残缺的某种批判了。

不过，我们还是会时常诧异，在一个普遍被指认为堕落的世界中，人何以能有安适恬淡的心境；事物如何依然像在前现代一样是其所是，和人保持着亲密的因缘整体的关系？在人性普遍异化的处境中，如何对事物唱出单纯的赞美诗？作为具有现代敏感性和深度体验的诗人，对人类整体命运的悲哀处境，萧英杰自然有其强烈的感受和体认，但在他的写作中，总体而言，人与他者剧烈的脱节状况并没有得到十分充分的关注或者表现。哪怕他在写那些"幽暗"的事物时（如《沉水》），也依然没有痛入骨髓的感受，也依然散发出某种"甜蜜"气息。看来，英杰深得"养心术"之精髓，与世相与、游心于物却不为物所伤。

我由此想到，在一个诗人普遍呈悲苦神色的时代，或者说诗人历来如此，苦难出诗人是一个悠久传统，英杰却反其道而行之，成了一个快乐的诗人，其中究竟有着怎样的心智？它有没有可能是一种古已有之的高级智慧，一种穿过地狱而不为地狱所伤的智慧？诗之于诗人，是不是构成了一种正向的循环，真正像史蒂文斯所说，诗帮助我们生活，而不是让我们由于正向面对生活之恶而遭受比普通人更大的伤害？

这样的疑问将我引上了老庄的思想，尤其是庄子的逍遥游或者说是瑰丽的想象。我甚至不无主观地判断，萧英杰这位浸淫于传统文化多年的诗人，有可能正是承袭了庄子的某些思路。

徐复观在《中国艺术精神》一书中曾论及，老庄虚静无为之体道，落实在现实人生层面，究其实是一种艺术化的人生境界，也就是自身人格超功利无对待的艺术化。庄子不是有意为之，他的目的在于精神上的自由解放，本无心于艺术，却不期然而然地与今日所谓艺术精神有所会通了。一旦把"道"当作人生的体验而得到了悟时,自然便合于纯粹的艺术精神。

知识培养分别心,由此而生是非;欲望则带来利害关系的计较,同时摆脱两者则成就虚、静。虚静来自现象学式的中止判断。摆脱了由万物而来的是非好恶,便自然是静的状态。在虚静的状态中,知觉的直观活动便是离形去知的心斋与坐忘。知觉不用于客观认识和行为之指导,而只满足于自身,脱开理论与实践的关联,而达成其孤立。此物化后的知觉,把自己与对象都从时间与空间中切断了。自己与对象自然冥合而成为主客合一。

只有与对象合一才能认识到对象的本质,因此,虚静中所呈现的"心与物冥",把握到的是物的本质。对象之成为美的对象正是来自观照时的主客合一,在此合一中,对象拟人化,人则拟物化。由虚静而生明,水静则明,明乃是洞彻宇宙万物的本质。圣人之心静,故可为天地之鉴,万物之镜。在日常生活中,事物的生命本体多半被掩盖起来了,而被还原为"虚静"的主体能以最自然、最真实的眼光来看事物,脱略缠绕在事物上的滞碍,洗尽掩盖在事物上的尘滓,从而使事物显现出其本源的生命。

黑格尔在论述泛神主义艺术时也曾言及,"由于诗人要在一切事物中见出神性,而且也确实见到了,他也忘去了他的自我,同时也体会到神性内在于他自己的被解放和扩张的内心世界;这就在他心里产生了东方人所特有的那种心情开朗,那种自由幸福,那种游魂大悦;他从自己的特殊存在中解放出来,把自己沉没到永恒绝对里,在一切事物中认识到而且感觉到神的存在和神的形象"[①]。诗人能够在抛舍自我的同时保持自由的实体性,在他那里,玫瑰不只是爱情的象征,玫瑰有灵,诗人的灵魂就沉浸在玫瑰之灵中。在美的观照中,人得以超脱日常的计较牵缠,同时也超脱于死生,由此便有了盛行一时的以审美代宗教的进路。崇高之美的震撼能够

---

① 黑格尔著,朱光潜译:《美学》第2卷,商务印书馆,1979年,第85—86页。

让人放弃了解和控制世界的企图，获得关于自然的先验性根源的暗示。因此，审美总是会通向康德所谓世界的合目的性，亦即宇宙之被创造的真正目的，这个目的是所有真正道德的源泉。

以虚静为根源的知觉不同于一般性的感性，而是有洞彻力的知觉。它洞察本质，通乎物之所造，扩大自我以解放向无限，通向未受人的主观好恶及知识离析和干扰过的万物原有的具体之姿。超脱之心的直接作用便是与天地万物相通。精神处于彻底解放状态下的艺术观照中，天地万物尽皆是有情的天地万物。宗白华在论述"空灵"时曾说，"静照的起点在于空诸一切，心无挂碍，和世务暂时绝缘。这时一点觉心，静观万象，万象如在镜中，光明莹洁，而各得其所，呈现着它们各自充实的、内在的、自由的生命，所谓万物静观皆自得"①。

因而，看似无情的虚静之心对万物的观照实则使万物有情。这情是丰实，是充满，是无仁之大仁，由虚入满，由亏返盈。此有情是万物的人格化形态，是经由想象力之创造而将对象的价值和意味逗引出来。不遣是非，涵融万有，由虚静之心而体认万物的自用自成。

萧英杰的诗歌便在总体的虚静氛围中盈满了万物有情的感悟，一事一物，一时的心境，一瞬的念头，无不充盈着可堪化育万有的活泼生机。这便是《山中》所写的"雨一滴一滴下/花一瓣一瓣落/路一寸一寸湿"，这也便是《重复帖》中的树、山、桥、水和人，自然因为与人亲和无间而充满了情义，人因为从自然可见的形姿中看出不可见的神姿而心怀感恩，人与物、物与人，契合相应，互相生发，正所谓"圣泉涤心"，"你便是一个刚刚出生的人"。人随物化，便呈现为"房子与雨水开花，/树与人开花，/花与花/开得满是别离"（《听鸟》）。

---

① 宗白华：《艺境》，北京大学出版社，1987年，第176页。

"空故纳万物",虚静之心才能涵纳万有,体会自然之生机和永恒,并让心灵得以安顿。正所谓寄托于人,不如忘情于山水。落日余晖,大雪初霁,秋水长天,新桐初引,都可以给人以可靠的慰藉,无怪乎中国古典美学将自然视为艺术的最高境界。这样的艺术旨趣在萧英杰的具体语言风格上也留下了鲜明印迹。他擅长以极少主义风格来描摹事象,以少数具有原型意味的意象的不断重复来积累意义和结构。比如《山水课》,基本上建立在"白色"一个词语之上,通过白色的诸般具体化和情境化来敷衍成诗。《白衣人》《看云》《水物语》也是如此,在结构原则上有一致之处。英杰所使用的语言有别于现代口语,多有雅言成分在里面,但又不是生涩古板的纯书面语。我认为,这种类似于明清性灵笔记小品的语言,极大地保持了汉语温润的质地和弹性,有利于增强语言的表现力。英杰诗中弥漫的享乐主义氛围,也和他的这种独特的语言方式有关。钟灵神秀,雅逸平和,完全可以用来概括萧英杰的语言风格。

英杰对传统山水画颇有研究,无形中有些诗篇的布局也颇有画意,尤其在透视法则的运用上面,在时空关系上面,都可以见出古典绘画的影响,即不黏滞于物,也不以过度的主观意志去干扰物的秩序。如《夜过雪镇》,通篇都是客观化的描述,基本没有主体情志的投射。《水上》一诗更是极端化地使用了客观化手段,通篇是两条路线上要经过的地名的罗列,这种"列清单"的方法完全去除了主观性。将画境与诗境统一的例子,还有《对饮》和《岁朝清集》。《对饮》充分体现出诗人"以物观物"的古典主义理想。空灵之美在于和物象的距离,使自己不黏不滞,物象能得其所是,自成境界。英杰深谙此理,所以他在《对饮》中让人、亭子、山体俱湮没于淡雾中,雾气迷离是造成与物的距离感的绝佳条件。诗中人约人去米芾《春山瑞松图》里对饮,却奇妙地宣称,受邀者"认识与否并不重要",重要的是"有几棵树走得比路要远"。这里的意思似乎是说,人的意志并不重要,路作为人的创造物,没有树来得重要。树总在

"我们"向前的时候匆匆后退，似乎还是在说自然与人需要一定的间隔才能形成美感。高远的水面颜色不固定，由目光所吸收的成色杂合而成，与鸟体和光影存在暗合。这一句似乎在说主客统一的问题，水面的颜色既非客观，亦非主观，而是两者交互作用而生成。甚至诗中人在亭子里说的话，也是重构事实与模仿内心的统一，又是在强调主客统一的问题。到了诗的末尾，醉中醒来的"你我，已是画里那对青峰"，至此，主体便彻底地忘我而随物而化了。

再如《岁朝清集》，完全没有现代生活的物象，诗中的时代感也很淡，几近于无，甚至可以挪到任何过去的时代，明清、唐宋、魏晋，甚至更为久远的年代。诗中的透视关系也甚为独特，目光是从室内向室外，铁壶上摇曳升起的气流，"给窗外清冷，一种视觉的抚慰"。此处的气流的作用，类似于古诗词中的画堂帘幕，有利于造成意境的深静。第一节的描述具有现实感，第二节则开始出现幻境，"每扇窗外，站立／一个待雪之人"，这样的描写既是现实又是幻觉。雪落的时间是透明的，存在也是透明的，这既是雪光的掩映，又是主体心境的清明所致。此诗如果到此结束，自然也不失为一首佳作，然作者不满足于此，进而催生出下一个意象，"走失多时的船从无际中回到原处。／黑与白，更加分明。船中人围坐，／谈笑声，打乱雪，预定的寂静"。物我两忘的空明心境，竟然有如此大的魔法般的力量，能让时间中消失的事物重新生机盎然地回来！看来，诗歌"玄远"的意境能把可见与不可见统一起来，由形质而通向超越之无。这无不是空无，而是宇宙根源的生机、生意。这种生机甚至有战胜死亡的力量。

英杰的诗歌给我的另一点启发在于，诗歌从可见中见出不可见，是谓超越；而从不可见中返回到可见的形相之中，是谓当下的安顿。自然山水的形相必有可供人心安顿的有情之处，这种有情实际上就是人与自然的两情相洽。山水有可行者，有可望者，都不如可居、可游之为得。林泉之心，烟霞之侣，自然山水慰藉心灵，高蹈远引，离世绝俗，尘虑顿消，此人情所常愿也。复杂的经验用复杂的形式去表现，这是顺势的写作；纷纭的乱象以简静化之，这是逆向的表达。两者一个更多地面向对象，一个更多地归于内心，都各有说法可依。英杰的诗不同于艾略特式的复杂的经验写作，而大有化繁为简（大道至简？）之势，我想，这更多是出于诗人安顿内心的需要，其志恐不在体现时代精神。所以，其诗中人物面目清净，意境淡雅，大多数篇章合于"冲淡"之品，萧疏清幽，淡泊简古。

北宋郭熙在《林泉高致》中曾论述过精神上的"远"的追求如何与山水的形相取得统一，他说："山有三远。自山下而仰山巅，谓之高远；自山前而窥山后，谓之深远；自近山而望远山，谓之平远。高远之色清明，深远之色重晦，平远之色有明有晦。高远之势突兀，深远之意重叠，平远之意冲融而缥缥缈缈。其人物之在三远也，高远者明瞭，深远者细碎，平远者冲淡。"

郭熙的"远"是山水形质的延伸，是一个人视觉的延伸，到极处自然转为想象。"远"可见灵，这一转移便使自然有限的形质直接通向永恒无限之虚无，视觉和想象、可见物不可见由此统一，使人把握到从现实中超越而去的玄远意境。郭熙的实践中偏重以阴柔性的平远为变化的基底，而获致冲融、冲淡的精神，咫尺之间，夺千里之趣，这也正是庄子和魏晋玄学所追求的自由解脱的状态。诗画同源，我想，英杰诗歌的语言、境界、结构，也许都可以和郭熙的追求发生或多或少的关联，即便是我强作解人，那也至少提供了一个解读其诗的思路，未尝全无意义。

英杰的诗题材丰富，具有多向度的实验色彩，我上文述及的仅仅是其诗歌的一个侧面。除了面目高古的那些篇什，他对现代人生之复杂经验和丰富的存在之思，也多有触及，我们完全可以解读出他的另一个同样丰满清晰的形象。在处理这些日常事物时，他的语言也依然能保持具有相当稳定性的风格，依然润泽典雅。我认为这既来自修养功夫，又是由性格所决定的，诗的语言风格和作者性格有相当的一致性。英杰诗歌中对禅意的重新塑造，我未及考察，这个方面应该也是他诗歌中不可或缺的组成部分，因为从老庄的精神气脉自然延伸下来的，恐怕禅意、禅境是一个必然结果。

第四节　潮流之外的光照

　　一个人的写作，往往会成为其自我认识的一个过程。文字将写作者的自我外化和塑形，从自己的创造物中体现出个我的本质力量，因此，通过一个诗人的诗，也许能最为清晰准确地看见诗人的内心风景、生活历程，尤其是诗人独有的个性和对存在的态度。梅尔的诗歌也是如此，它们最为真切地体现了梅尔的内在个性。她诗中的自我形象，既是现实的存在，也是一种理想的投射。因此，我们便可以在诗中看到一个既熟悉又陌生的女性形象。当然，诗人的自我塑形，有时清晰而直接，有时则朦胧而曲折，就在这种显隐之间，诗人的自我创造展示着方向的确定性和丰富的过程性。也许，任何人的自我塑造都可能是一生的事情，是不断延展的过程，不可能确定完成的时刻。

　　梅尔诗歌中的自我形象，呈现给我的，便有了某种多重性，体现出一个渐进变化的过程；而其中始终能够隐约窥见的，是一种独立的精神姿态，对事物，对写作本身，都把持着某种独立的尺度和态度。由此，她诗歌中的主体形象便顺势而生，而敏锐的感性、富有力度的理性思考、奇崛的想象力、跳脱的形而上抽象、对宏观的总体性意象的善用等，这些素质合力构成了其诗歌独有的意味和风格。我们知道，诗人的主要母题反映着诗人心怀之所萦系，给人印象较深的是梅尔对于田园故乡的怀念。从总体上说，所有现代人都是无家可归的失根者。由于现代性残酷而不可抗拒的进程，人失去了以往天人合一的家园依托，而成为机械文明轰鸣机器上的零件,失去人性的完整,这是人类的普遍命运。而作为预言者的诗人会敏锐地感知到人类集体面临的危险处境,进而在诗歌语言中透露出预警信息。梅尔早年有过乡村生活经验,对自然风景和农事劳作并不陌生,而对农耕文化背景下淳朴的人际关系怀有美好而深刻的记忆。多年在异乡都市的生活经历,又自然带给她更深的乡愁。这种乡愁,实际上已经超越了狭隘具体的故乡风物与人事,而在更高的层次,亦即人类命运的高度展开。当然,梅尔擅长从个体经验的具体中将这种人类整体的"漂泊"状态反映出来。例如,《沉沉的家书》中,诗人声称要把自己的"整个屋子邮给"父母,因为她还握不住城市的繁华霓虹,而"像一片无家可归的云/瘫在都市的空中"。这首诗从独异的角度书写了诗人早年在外创业的艰辛。其实,这些特点在梅尔的诗歌中也是一以贯之的。诗人惦记着故乡瓦蓝的天空和屋后纯净的小葱,金针菜夏日的艳黄,也回顾了当初如何因为理想而违背母亲对自己的人生规划,离乡远引。在拉开时间距离的回忆中,诗人依然没有忘记以具体可感的意象和场景来予以复现,如"在河滩与深夜对峙的油灯中/我怀揣理想听不进您的唠叨"。诗中的用语有着明显的 20 世纪 80 年代写作的色彩,如"理想""油灯",读来给人恍如隔世的感觉;然而年轻时的热血和冲动,对远方的向往和激情,这些都在诗句中生动地复活了。我相信,这些也是人生中最为珍贵的一部分。

永恒的乡愁、对自然的热爱和对往事深情的怀念,它们都指向同一个向度,那就是心灵的自由完满与涵容人性温暖的经验。在这样充盈的时刻,主体与万物才在"天地人神"的自由创建中,实现本原性的自由关联,一种非强制的各成其是的关联。置身其中的人和物都将获得各自的尊严,不再是互相占有或支配的关系;置身其中的人,就是"在家"的人。从这一角度出发,我们可以更全面地理解梅尔诗歌中所常触及的这三个方面,它们内里是一致的。比如,《人以外的世界》高屋建瓴式地全景展现了自然界中残酷的生存法则,处于此般法则之下的事物(人类也不例外),便是与诗人所尊崇的"本原性关联"相悖的;人世间的诸种束缚,也正是这种非本真的关联所致。也许,正是对现时代万物普遍置身于非本质性关联的现状的清醒认识,梅尔甚至在对故乡的怀念中,也透出某种理性的距离和沉重之感。比如《故乡》一首,没有了通常的田园颂歌的明快,而是闪动着恍惚,乃至忧郁的感觉。可以说,现实仍然像无处不在的噪声,时时渗透进来,使得对故乡的想象也难以遵循习惯的路线;故乡不再仅仅是美和归宿的象征,故乡成了一个回不去的地方。因此,我们才读到了这样颇为出人意料甚至有些费解的诗句:"争吵了一夜的青蛙与蛤蟆/白天结成了同盟/你背着手/让露珠洗刷黑夜的肮脏/阳光下的秩序/像你的左肩右肩一样正常//你不能骄傲地吹着口哨/你说,得学会沉默/沉默是金/生孩子的女人狼嚎一般/你只当是流水/从脚边淌过。"梅尔对异乡生活的记录,也可以看作乡愁的一个反向的补充。她没有过于个人化地记录其间的艰辛与喜悦,而是时常从中升华出非个人化的玄学思考,因而使个人经验被赋予了某种普遍性。

梅尔也擅长奇崛意象的营造,常给人耳目一新的感觉,如《2012,雨夜北京》中,"似乎等了你二十年/南上北下的我/穿着一双干裂的鞋/往返于十里长街",干裂的鞋,一个简单的意象就激活了整个诗节。同样的凝重情绪和意象策略,也体现在《再度创业》这样的诗中,"无数骡子闯进我的田野/土地被碾得又薄又硬/我的心在草根之下隐隐作痛//一只大大的跳蚤踩着高跷/唱着社戏/从村东到村西/搜刮我留存的种子和农具",现实之残酷,从几个意象中生动地透射出来。虽然诗中难以交代经验的具体细节,而是经过了抽象和概括,我们依然能感受到凛冽的气息。从这些大胆、有效的意象构建中,我们往往能发现诗人的真正性格,那就是,既有江南女子的温婉,又有一种直率的勇气,绝不含糊。这种性格本身,就是有诗意的,也是我非常珍视的品质。在关键的时候,诗人会有明确的态度,这种态度(或者说价值判断)也同样会在语言方式上反映出来,使得梅尔的诗歌往往会在温情中闪现出凛冽与决绝。这一点,在那些回顾往事的篇章中体现得更为鲜明。"我不懂思念/在一个拐弯抹角的小旅馆里/平静入眠"(《关于往事之一》),这里,"拐弯抹角"一词的运用极为得当,诗意油然而生。再如,"金融危机像一只破灭的蛾子/躺在华尔街的金牛旁"(《飞往美国》)。我更倾向于认为,这是梅尔诗意性格中与生俱来的体现。

作为事业有成的女性,梅尔的人生阅历极其丰富,其间心灵感受的丰富与复杂,也可想而知。无论作为一个现代女性,还是作为一个诗人,她都是非常幸运的。这种幸运就体现在她将事业与诗歌摆正了位置,使两者互相生发,构成了良性的循环,而没有偏废。诗歌使一个原本就内心优美的人,成为一个更加美好的人。我们知道,诗歌历来有"祛魔"之用,它是诗人自我疗法的一部分,然而不幸的是,事实上,很多诗人,却由于写作诗歌而更深地陷入魔障,不能自拔,从抵抗异化出发的写作,结果被写作反过来异化了。梅尔幸运地避开了这个死循环。我认为,这一点要得力于她的写作理念,那就是持守本真。她的写作不是面向文学史的功利书写,而是面向自己的生活、内心和对象,面向比文学史更大的目标——时间、人性,乃至神圣。本真的写作使诗人得以透过纷纭事象,体认到本质和真实,也使诗人自觉避免了技术上对新奇的追逐,而沉潜于事物的底层,作深度的发掘。在现时代,也许避开潮流,才能真正有所成就。只是这种方式的写作需要极大的勇气、自信和独立性;在某种程度上,也需要承担由此而带来的较为深沉的寂寞。这样的写作,与目标定位在社会层面的文学成就的普通写作相比,有着更为伟大的目标,那就是面向对象本身。所以,梅尔的写作中没有令人眼花缭乱的技巧的展示,也没有 80 年代以降的女性写作对女性意识的刻意张扬,没有染上流派和集群色彩。她就像滚滚河流边的一棵树,自在而天然,放射出叶片,承接着来自高处的信息。

梅尔对事物、人、诗歌的信心，我认为源于她拥有一个许多诗人不可能拥有的精神背景，那就是她成熟的信仰。这种信仰也造就了她诗歌中那种宽容而严肃的意味，甚至决定了她在语言上常有的那种简洁与直率。她没有过度使用女性经验，这本来是女性诗人的一个优势，所以她的诗歌中鲜有普拉斯式的自白独语，而多采取"对话"的方式。这种对话，当然也可以看作与神的一种交往方式，一种祈祷。《索德格朗》《波德莱尔》《阿喀琉斯》这些篇什，可作为代表。对话的姿态体现出诗人的"他者"意识。"对话"涉及自我与他人之间的关系，而这也是存在主义现象学所关注的。胡塞尔认为，同一个世界对于不同的主体来说是不同的。在我的世界里存在的客体也存在于你的世界里。我（自我）认为展现在我面前的客体与展现在你（他人）面前的客体一样，但事实上，对同一客体我们有不同的看法，不仅因为我们观照客体的角度不同，也因为我们各自有不同的历史，因此我们会对同一个客体赋予不同的意义。他人用唯我论威胁"我"，因为我们的世界永远不能完全一致，但是他人也是检验我是否拥有"现实"的手段，因为"现实"在很大程度上来说，是观察者之间的一致。而减少自我与他人之间的不透明性，缩小距离的最大可能性就是"对话"，在公共领域中通过主体间的交往、讨论，在相互理解的基础上形成非强迫性的共识，而真正的"共识"只能从比所讨论的问题更高的层面来寻找。这个更高的层面绝不在知识话语之中，而只能诉诸神性领域。梅尔的诗歌中弥漫着信仰的力量，及其带来的对事物清醒的认知，但也往往是弥散着的。这一点又使她和单纯信仰者的仰望与祷告的写作不同，因此也极大地保留了经验的复杂性。她的诗不是信仰的注解，这种信仰与审美的平衡，是非常关键的。这种平衡观念，也能使我们较为恰切地理解梅尔诗歌里总体的清晰与细节的朦胧之间的关系。人生历练带来的透彻认知，没有使诗人忘记世界的神秘混沌，简单与复杂，往往合而为一。因此，我们才能读到"钥匙在回家的途中生锈"(《兰花的意志》)这样彻入骨髓的诗句,同时也能在《高空颠簸》《混沌生活》和《江边的蜘蛛》中领略到生活的复杂性。在梅尔那里,诗歌与生命、语言技巧与经验,已经凝铸为一体,是同时形成和呈现的。所以,她的诗绝不炫目,而是深沉自在,别有天地。

我们惊喜地发现,就诗人梅尔在其诗歌创作的整体上而言,她基本上在审美和信仰两者之间保持了迷人而危险的平衡。现代主义以降,诗歌中的声音已经不再是单向度的倾诉和独白,而更多地呈"对话"状态。这种对话,可以在自我与他人之间展开,也可以是主体与自然,甚至超自然的上帝的对话。比如,开篇的《我与你》,便可作为代表。"对话"所涉及的自我与他者之间的关系是呈序列递增的,自我与自我、自我与他人、自我与社会、自我与自然、自我与上帝。只有摆正了自我与上帝的关系,其他各种衍生的关系才会正常和健康。在诗集第一辑中她写到了诸多历史人物,实际上是借着这些人物的精神传记,与其展开隔时空的灵魂对话,既是致敬,又是自况。她的诗不是对信条的图解,而是从具体的个人经验和感受中透出来自高处的光照;而且她所使用的语言修辞和技巧是非常具有现代性的,如《鸡叫以前》,"那天的耶路撒冷是漆黑的石头",避免了抽象观念的演绎,而将思想知觉化。

梅尔是大气的,在生活中和诗歌中都是如此。只有大气的人才能写出这样的诗句来,"旷野,一条长啸的河流/从受伤的马背上滚过"(《旷野》)。这旷野是亚伯拉罕的旷野,是摩西的旷野,也是身处现代文明荒原的诗人梅尔的旷野。她和那些采集野蜜的先知一样,给我们带来磐石般沉重而贵重的启示和信息。这强大的气质,促使她像那头波西米亚的狮子一样,做出一些无须解释的事情,"然后,提着苍茫的鞋/一路喝到罗马"(《中秋·自画像》)。这种大气跳脱又和女性天然的柔婉温雅并行不悖,任何人只要在她身边,就会自然地安静下来,便会觉得世间本无大事,一切都是举重若轻的。她身上的这种气息格外迷人,让人不自觉地产生恍惚之感，又偶尔会为这种恍惚之感所震惊。我想，我和梅尔之间天然的信任更多是来自一个共同的超验旨归，那便是对灵魂终极归宿的强烈而坚定的信念，因为，有这般信仰的人，不但置身于人类历史之中，同时也置身于与宇宙的关联之中。

梅尔的诗歌题材广泛，经验吸纳的范围很宽，除了上面粗略谈到的信仰色彩比较鲜明的部分，还有其他体现了诗人生活、情感、思考丰富性的篇什。让我们转回开头所提到的诗人与自然的关系这个问题上来。在中国文化传统中，对超验的追慕往往会和对自然的热爱结成一体，甚至泛神论地合而为一。这是天人合一传统的自然结果，使得华夏民族成为一个最为重视人与环境和谐的民族。所谓"相看两不厌，唯有敬亭山"，在拈花微笑的电光石火的刹那，将主体化为客体，成为万物共和国之一员，体会大道周行的伟力，在静穆的独在中将生命的真意与宇宙间的沛然之气融会贯通。

梅尔在贵州双河溶洞发现了一个"风景帝国"，除了沙漠和大海，这里应有尽有。梅尔自己曾说过："我对这片山水倾注的心血超过了我的想象，同时'十二背后'也成了我的诗歌地理标志，石头、水、光阴和穿越几亿年的情感寄托。"她解释，这个"十"与"二"加起来乃一"王"字，这既可以理解成世俗社会之君王，也可以理解成天国之王，即上帝本身。她将一片荒莽自然称作"风景"，反映出这样一个信念，自然界绝不是大量惰性物体的堆积，而是有其美的形式的；自然演变成风景的人化过程，也就是在自然景象中寻找意义的过程，而不仅仅是寻找事实或感觉。宇宙自然体现着上帝创世的最高理性，自然风景的语言本身就是圣经。自然相对于人类生活的永恒性，是灵魂相对于尘世生活的永恒性的一个象征。爱默生对这种象征的不变性有过生动的阐释："自然怎样用很少很廉价的元素来把我们神化呀！只要给我健康和一个日子，我将让帝王们的浮华变得荒谬。黎明是我的亚述；日出和月升是我的帕福斯，是无法想象的仙女们的领地；晴朗的中午将是我的感觉和理解的英格兰；夜晚将是我神秘的哲学和梦的德意志。"①因此，对自然的观察和沉思往往就是对神的仰望和赞美。风景是神的寓言，是普遍的启示。尤其在梅尔这个"风景帝国"里，崇高和美结成了不可分离的链条，诗人和我们在凝视它的时候，自己心中的一个巨大空虚便被填满了，于是，我们和诗人一道，扩大了我们的自我，成了我们所见之物的一部分，亦即重归伟大的存在整体。

正如托马斯·阿奎那所认为的，上帝作为世间一切现实美的创造者，是根据秩序和光辉来创造的；存在的一切现实形式，无不归结于美的力量，美因此成为世界的一种范例因，其在创世过程中的地位和作用，一如那个至高无上的善；存在之万物皆源出于美和善，也就是出自上帝，属于一个因果原则。万物因此而趋向美善，欲求美善，以为目的。万事万物皆因美善而得其形，它们观望美善，仿佛观望一个范例因，以此范例因为尺度来统辖自己的行为。美事实上是一切超验之物放在一起发出的光辉。

从这一点出发，我们才可以理解，为什么在梅尔诗集的其他部分，尤其在涉及世间百态的篇什中，诗人的主体形象是知性的，对世相的认识与把捉是冷静的，往往含有反思与批判的意味；而在诗集最后一辑中，诗人从语调内敛的智性叙说一变而为昂扬、热切、急促的单向度抒发，有如热恋中的女子，诗的调子完全不一样了，诗的意象也从充满智慧的简洁而变为激情饱满的繁茂丰润。诗人不惜动用 20 世纪 80 年代汉语诗歌中常用的象征手段，大面积铺排根性的原型意象，这些元素性意象形成一个创生的序列，火焰、石头、尘土、水、花朵、盐、金属、沙子、水晶、光……这种文化史诗的冲动，其整体化思维，在诉诸碎片化游戏的后现代语境中显得有些突兀和不合时宜，而正是这种不合时宜才是梅尔诗歌的价值所在。我们不难看出，梅尔这个向度的诗歌受到了惠特曼和聂鲁达的影

① 马永波编译：《诗人眼中的画家》，江西美术出版社，2015 年，第 150 页。

响，或者说她是在无意中接续了一个已经中断的诗学脉络，那就是重新以整全视域来观照上帝的产业，以虔诚的守护之心礼赞上帝创造之神秘和伟大。自然给诗人以安慰，是因为自然是上帝存在的见证，对自然的爱与臣服就是对上帝的顺服。在此，超验信仰与经验感知遇合融会了，这不再是中国传统哲学的天人合一，而是人与超凡神圣相遇相合的十字架。"我融化在石头里，像上帝承诺的，归于尘土，归于虚无的时间。"时间之虚无，指的是现代性的线性时间的终结。这不是四大皆空的虚无，而是圣光永照的充盈，是获救的开始。

梅尔是幸运的，她在经历过人生之百转千回，遍历世间百态、人情冷暖之后，适时找到、遇见或者说被赐予了一片"自己的风景"，这是她人生的一个重大转折，也势必对她的诗歌创作产生关键性的影响。即便将神圣景色视为崇高存在的象征依然很难占据这个民族想象力的核心，至少在梅尔这里，她已经全身心地与这片七亿年前的风景融为一体，自然、信仰、诗歌，将成为她个人化的新的"三位一体"。

第三章 客观化诗学

第一节 叙述诗学：超离与深入

一、从垂直的歌唱到横向的叙说

写作的神秘性(尤其是诗歌写作)有时迫使写作者保持沉默。那既是对感觉丰富性的尊重,也是对读者理解力的充分信任。常是在不得已的情况下,诗人才去愚蠢地解释自己的诗。从发生学的角度谈论自己的诗常使我窘迫。起初,总是会有一些零散的经验片段在头脑中闪烁,固执地发出一种萦绕不去的旋律,也许只是一些词语本身在吸引我,在强调被我注意。我想这种固执里面一定有着内在的原因,那就是一些经验、感觉总在滋扰着你,就像一些尚未具备外表的事物,迫使你为它们的存在找到形式和借口。从极端的意义上说,不是你在写作,而是语言自身在通过你说话,是语言在要求显现自身。你所能说出的一切都是由语言所决定的,你只是个工具而已。语言(或者意象?)突现的时刻是一些陌生化的时刻,你感觉生存变得轻盈,出现了一些"空"的时刻,清新、超越而又充实的"空"。在那样一种微微警觉的瞬间,你似乎和万物和谐地共处于同一房间,你开始注意到日常被忽略的东西,而每一件东西都因存在而显得庄严,那是你的自我与物的存在与世界相遇的时刻:于是,诗由此产生了。这种状态中成就的诗歌,在我的写作初期是占大多数的。实在地说，大部分写下的诗句我自己也不能确切地解释，但确能表达一种原初的感觉。有人称之为迷狂。比如我的《希腊喷泉》，那种梦想与超越，写作过程中我仿佛直接看到了那明澈的水流，流经历史、现实和神的花园，而绝未考虑到那些意象的意义。如果我对意义考虑得过多，我便什么都写不出来。《希腊喷泉》实际上表达的就是存在的和谐与丰满，我一直崇尚的那样一种生活，所谓本真的生存状态。不无悲哀的是我们只能用语言达到这一境界了。

　　而进入 20 世纪 90 年代，怀旧与伤感的情绪时常让人有些惊异，我认识到，成长必然伴随着消亡，这是令人恐惧的。我们必须丧失掉许多东西才能成为一个成人，比如纯真，比如真诚，甚至爱情。在这种怀旧的氛围中，我写下了不少有关早年经历的诗歌。如果说它们有什么集中的意义，那就是它们是我对时间线性统治的反抗，对时间造成的生命大面积浪费和遗忘所做出的控诉和驳斥。这一类作品中我所偏爱的是《小慧》和《电影院》。文本本身是单纯的，我不想也不能多说什么。那些字句已经在那里了，它们也许有着众多不同的含义，也许只有一种。让一切都停留在感觉之中也许最好。时光的灰尘掩埋了许多闪光珍贵的事物，使我们渐渐地只习惯于生活在当下此在这一单调的维度；而如何与另一维度重新取得联系，使存在增殖，则是一个重要的严肃课题。这些回忆打破了日常的庸常沉沦状态，使我从琐碎的事物中抬头，重新看到蔚蓝的宇宙。奇异的是，我完全地复活了往昔，我在纸上描下它们的轮廓，我便再也不会梦到它们。在这一点上讲，诗歌是减法，你写下什么，你的生命中就消失了什么。在有关童年和亲人的亲切伤感的回忆中，仿佛我已不再是单纯的我，一个叙述者，而是时间的一个洞察者，他曾经是一切人，是神，是荷马，是博尔赫斯，同时也是众生。在他的面前展开的不仅仅是个人的历史，也是时间的历史，人类的历史。显然，这里面隐藏着现实和过去的和解，是虚无和语言的和解。

从 1994 年起,占据我注意力的主要是真实的问题。当代汉诗的繁荣是不可否认的,但泛抒情的写作显然也在败坏人们的胃口。我越来越对那些抽象的情绪感到厌倦,我渴望触摸到真实的存在,也就是减少抒情而加重叙述的因素。我的这些作品明显都不是那种以往我们所习惯的抒情诗,而是对经验片段的整合处理;而这些有序的经验本身的诗意特征,便可以使人感受到一种绵绵不绝的悲哀和纯正。正如四川诗人哑石所指出的,《电影院》里童年那纯洁的"色情",使我们不能单纯地将其看作回忆的符号,而是开放的、生长的一副社会器官。在里面,欲望、回忆、现实、过去,主体的尴尬与心灵敏感的丧失,都在暗中混合在一起。可以说,电影院就是生活,在里面我们既在观望又置身其中,既在台上又在台下,既在遗忘又在唤醒。上述提到的这两首诗,达到了我一直想要的这样一种效果:诗给人的感觉仿如坐在行驶的车中,周围景物的消逝和回忆犹如一幅幅画面,叠印在玻璃上,随着刮雨器的摆动而翻动、刷新,也就是现实和过去奇妙的交织、对比、混淆。我想这就是艺术的难度。

对生活的恐惧使我们像那只老鼹鼠一样拼命向深处挖掘。我的所有作品都是建立在与现实的对话和冲突之上的,80 年代是以喷涌的激情为出口,90 年代则是以冷静、坚实的叙述为形式。这里面显然牵涉工作方式的转变问题,那就是不依赖易逝的灵感和对真实有着遮蔽作用的所谓激情,而代之以一种"工作"的态度。所以我近年的写作呈现出对细节的重视,精确、客观的观察,冷静的叙述等特征。那种一己之私的痛苦是微不足道的,如何让物通过我们的身体说话和显现,则是更值得从事的事业。如何去除自我和文化的双重遮蔽,让物敞开自身,需要的不仅是观察和经验,更是一种对物所采取的"看护"态度。有时我甚至认为,呈本真状态的任何事物都是诗意的,我们只须抓住经过我们身边的任何东西，记录下它们，便是诗歌。若一个诗人达此境界，则他无须所谓创造，他只须倾听、观看、记录，将自己降为物的一员，与物平等相处，具有谦卑的智慧，则他的诗歌源泉便是不可穷尽的。

真正的诗总是在有形与无形、具体与抽象、意念与事物之间构架一座桥梁，我们无须分析、辨认，便可以立即置身于彼"世界"，一个浑圆自足的世界。我想诗也正提供了这样的一个空间，以容纳在现实生存中无所依归的灵魂，也就是与一个"古老的星辰"重新取得联系。我有的诗想要达到的目的是极为单纯的，比如《从今天起》，便是要予人一种空旷的感觉，而《永生者言》则着力于那种恍惚感的表达；而有的则纯粹是为了传达给人们一种节奏，词的节奏、事物的节奏。我渴望的是，人们在读了我的作品之后，忘记我所使用的词语，只剩下纯然的感觉，好像诗是透明的，人们可以直接感受到我所感受到的感觉。可惜，我们经常见到的仍是一页页词语构成的文本，而不是活生生的感觉。

当代汉语诗歌从 80 年代到 90 年代再到今天，许多重要诗人都不约而同地经历了从凌空蹈虚的诉诸想象力的写作向日常关怀的诉诸当下此在的写作的转变。这个过程也暗合了从理想到现实、从天堂到人间的视角和理解上的转换，诗人们不再精心构筑野心勃勃的形而上体系，追寻那在现象界后面捉摸不定却又主宰一切的本质和"逻各斯"，而是在具体细致的生活经验中发现美的形式，将内心的激情体现在对事象的描摹中，以求最大限度地榨取日常生活中所蕴含的生存信息，在时代生活和个人信念之间求取不稳定而又迷人的平衡。浪漫的抒情咏叹转化为平静的宣叙描述，张扬的自我消弭于与物齐观的谦卑、守护与倾听。作为主观艺术的诗却日益呈现出整体上的客观化倾向。诗人们不再相信人为强加在事物之上的价值与意义框架，不再晕眩于文化意识形态对事物本身的符码化所造成的光轮。他们宁可认为物是无深度、无厚度、无本质、无内里的，宁可相信在一个冷漠的物化世界中，物不再是人的主观的外化,人只是人,物只是物而已,在人与物之间永远是一道分裂的鸿沟。

对当下生存现场的极端关注,与诗人所置身的窘迫的生活环境的逼迫有关。生存几无回环余地的严酷使诗人始终保有直面人生的勇气,尤其是对日常生活中的悲剧性的敏感,使得诗人始终不能忘怀以个人化的话语方式进行非个人化的审美,在深入自我的同时又努力超越自我,实现内部想象和外部真实之间的统一。诗人似乎已变成了一个媒介,不再迷恋浪漫主义的自我表现,也不再迷恋象征主义以客观对应物来实现的对内心感知的契合。因此,主体的情感和外在秩序就成了一张纸的两面,对主体的挖掘和对自然的呈现实现了同步与同构。从这个角度出发,我们有理由相信,在诗人的嗓子里发声的是真实本身。当然,这里面不可能是纯然的天籁,而是加入了诗人独特音色的浸染。

返回当下生活的现场,首先意味着诗人主体上的自我开敞,意味着对存在所采取的看护、尊重的态度。在这种光照下,诗人不再仅仅通过自我的针孔去窥视世界,而是像河流一般将自我消融在大海的蔚蓝之中,加入人类生活的伟大循环。一己的情志不再重要,重要的是让事物通过自己而显现。美国诗人伯莱就此有过精辟的见解,他在《生命的两个阶段》中说:"在生命的第一阶段,直到三十五岁或四十岁,他将他的能量用于强化他的自我。在四十岁上下,一个人会有很大的变化,他开始往回走,而且将他其余的生命主要用来使自我的围墙变得更富有渗透性。他现在想走出自我,到青草和树木中去,到别人中去,进入黑暗,进入'宇宙'。"实现了这种生命阶段的飞跃的诗人是有福的,在他眼里,万物不再是他的喜怒哀乐的载体,他自己在万物中已还原为和谐的一员,和青草、树木、石头一样在大道周行中激荡不息,参与造化的轮回,成为永恒力量的一部分。这样的诗人就如同返回安静内室祈祷的信者,懂得在万物的源头重新汲取勇气与清新,恢复活力。他开始以一双谦卑而宁静的眼睛注视天空，而天空不再仅仅是空气，而是天空本身。他偶尔将他的观察所得低声告诉我们，让我们与他一起分享万物创生与毁灭的永恒奥秘。有这样的诗人在身边，我们已无须再多想什么，我们只需要清除自己内心骄傲的迷障，在他的指引下学会观看与倾听的智慧。在他的声音中我们可以听到山风的呼啸，鸟雀的歌吟，种子在地下的行走，落叶在空中的片刻停留……

当代汉诗中曾出现过里尔克式的"事物诗"风潮，众多诗人凭借细致入微的观察与刻画来彰显事物自身存在的庄严。这种返回真实的方法，我将其命名为"还原性写作"。当诗人观察世界时，他就像一个守夜人，既无太多的记忆，也无太多的希望。在时间的夹缝中，担承现在是对现代人生存勇气的一种严厉考验。彼岸的光芒逐渐暗淡，在异化的物质碎片中，人当如何自处，如何在确知没有神明的情况下，恢复某种信念？我不知道普通人是如何应付这种内心危机的。可我知道诗人的武器就是利用语言和虚无对抗，用语言的狂欢填补存在的匮乏。因此，我们才可以理解，为什么真正的诗人在处理最为噬心的主题时，仍能保持一种近乎孩童游戏般的对美的细节的天真迷恋；在直面人生苦难的同时，能保持一份坦然的对美的欣赏。这已不仅仅是诗人的风度所在，而是对语言本体功能的无上尊重。丘科夫斯卡娅在《诗的隐居》中记载过阿赫玛托娃在颠沛流离中仍能敏锐地注意到"莫斯科地铁那浅蓝色车厢上覆盖着积雪"，这是所有真诗人的共同特征。在这里，语言不再被消耗性地使用，而是如同在源头被清洗过一般，恢复了弹性、丰富、柔软。好的诗人能更新"爱"这样被用滥的词，把能量、清晰和丰富归还给它，使之重新变得可用。

二、还原与超越

"还原型写作"带来的是对事物原生态的描摹，主体是退隐在幕后的,这近乎中国古典诗歌所标举的"无我之境"。实际上,无论是"以我观物"的"有我之境"还是"以物观物"的"无我之境",我始终是存在的,只不过在"有我"的时候,主体与我是有距离的和分立的;而"无我"则意味着主体与物相谐,因而物我不分。例如我的《在初秋的阴影中》:

> 阳光陡峭。一个父亲
> 背着两只孩子的书包
> 两手还拎得满满
> 黑色白色的塑料袋
> 从后面看去
> 他应该和我同龄
> 或者更小。他的双胞胎女儿
> 一个在他前面,从一个阴凉跳到另一个阴凉
> 一个懒懒地落在后面,踢着树叶
> 那父亲始终没有看她们
> 他走在中间,始终没有说话
> 他们就那样走在楼群和阳光之间
> 一会儿明一会儿暗

我们在以往诗歌中常见的"意义"似乎消失于无形了,留下的只是一个单纯的场景。

而更具原创性意义和价值的另一种"客观化诗歌"当是"超载型写作",亦即凭借对意识形态语义积淀的消解,而使事物自身得到本原性的开敞和浮现。其主要路向就是我所倡导的复调写作,它的关键技术为"散点透视"和"伪叙述"。

对尚处于杂语共生状态的汉诗写作进行某种类型化的归纳与梳理,尤其是那种将写作的某种属性(仅仅是某种)进行提炼,将其

本体化，并以偏概全或一厢情愿地夸大为当下写作的主流特征和美学倾向，由己及人地"推广"为某种普遍风格的做法，其危害是大于贡献的。比如叙述，作为写作手段之一，它与抒情、论理、戏剧化等技术一样，永远只是手段之一，并非诗的本体属性，只不过在汉诗从 20 世纪 80 年代单一的歌唱转向复杂述说的过程中，发生了方法论上的突显。它自身对于当代复杂现实的触及远远是不够的，它只有与前述的各种手段配合使用，方可造就真正对称于时代要求的诗歌。实际上，从我们熟悉的英语诗歌（尤其是美国诗歌）来看，其主要变化，便是减少了抒情因素，而加重了叙述、反讽、戏剧化、小说化等因素，这几乎已是常识和常态。也许中国诗歌抽象的传统，使诗人们普遍沉浸在玄奥的形而上中不能自拔，常识反而成了少数人的秘密知识。当代若干诗人死抓住叙述不放，并高声宣布专利权，显然是权力话语的操作。这和 80 年代另一些诗人将"麦子""金子""玫瑰""光芒"等词乃至恨不能将汉语词典都据为己有的"语言霸占"是多么惊人地相似，也是极为可笑的。所以，我所称谓的近年写作的若干特征，将首先是对自己写作的某种回顾性抽样研究，因为它们首先发生在我的写作之中；然后，我以这种视角去观察其他诗人的写作，发现了某种逐渐的不约而同。这不排除我也是以自己的尺子（也许同样是一把生锈的尺子）去量别人的可能性，所以，我不将它们作为整个汉诗写作的总体倾向，它们只是我自己、我所熟悉的少数几位诗人身上的某些共同气质和姿态，别人完全可以将之当作一个手艺人的自说自话。

当我写下"复调"一词时，我发觉自己其实是在谈论一个非常古老甚至陈旧的话题。先不提西洋复调音乐中习以为常的对位法（我所提出的词的对位法即与之相似），就拿小说来讲，巴赫金早已在对陀思妥耶夫斯基的研究中全面阐释了复调、多声部性、对话等理论和术语。因此我直接引述巴赫金的定义，也许更有说服力。他这样谈到复调小说，如果过去的小说是一种受到作者统一意识支配的独白小说,则复调小说是"有着众多的各自独立而不相融合的声音和意识,由具有充分价值的不同声音组成的真正的复调。不是众多性格和命运构成一个统一的客观世界,在作者统一的意识支配下层层展开,而恰恰是众多的、地位平等的意识连同它们各自的世界,结合在某个统一的文件之中,而相互间不发生融合"①。

　　这至少表述了这样几层意思:一、复调写作中的主体意识不再具有以往文学中神视(即无所不知)的特异功能,它只是众多意识之一,既不高于也不低于其他意识。这里显然关涉与物平等的看世界的态度。二、众多意识(在诗歌写作中即是多重语境)呈不相融合态,即未经一个元意识的整合。各意识(语境)以对话方式存在,它们不围绕一个统一的单向度的主题,而是彼此对抗、互悖、呼应、争吵、转化。

　　在《散失的笔记》和《哈尔滨十二月》中,远的和近的、文本的和现实的两个世界被同步处理,从而完成了一次"意义置换"过程。希腊所象征的国际化含义被解构式地本土化了,也就是由全称知识向具体经验还原,是在普遍性中寻找特殊性的努力,正好与汉诗普遍的升华传统相反。这里面也暗含着对那种出于功利目的与"世界"虚妄对接的批判,也有对本土化同样是对国际化的反向趋媚的警觉。在时代生活与个人语境之间并不存在谁承担谁或者谁归拢谁的问题,它们只是各自存在着。这种双向分离状态,避免了在个人语境向集体神话的升华中狭隘的野心和功利性造成的特殊性的丧失。在似是而非和似非而是的(充满自省的)玄学雄辩之中,往往会突然出现不和谐的引语,像靡非斯特在白昼出现。比如,我常常将街谈巷议结合进诗中,将儿子马原的"智慧之语"直接写进去。如《以两种速度播放的音乐》中之《两种卡通片的夏天》,在讨论了远方、天堂、前生等玄妙主题之后,突然转入对马原生活

---

① 巴赫金著,白春仁、顾亚铃译:《陀思妥耶夫斯基诗学问题》,生活·读书·新知三联书店,1988年,第29页。

中原话的记录："我有一个危险的家。我是在警察局里。我白天一夜都没睡。明天我不高兴。我戴上帽子整天喝酒。"就如同一幅关于水果的油画直接用胶粘上了半只苹果。于是在知识的和经验的两个不同层面上，便产生了对话、彼此的颠覆和摩擦。在对意识形态神话有距离的"悬疑"中，反讽得到强调的同时，表明了这样一种对存在的态度——世界并不统一于整体，诸多因素互相对峙却不能归结为一个公分母：

> 我熟悉这种生活。揭去伪装的绿色
> 露出：货车编组场。黑色的烟和白色的蒸汽
> 交叉挥动。巨大的车头把领袖的铁制像章
> 推向风景的深处，像勇士擎着盾牌向未来冲击
> 而面色苍白的司机，双眼紧闭，浑身僵直
> 正午的一次散步，我和一个旧世界擦肩而过
> 那是用汽笛抒情的时代，艺术家都来自附近的农村

世界已经破碎的时代，主体的破碎是必然的。各要素的不相融合，实际上不单是存在的真实状态，也是人类认识世界时唯一真实的状态。从当代摄影理论中我们得知，人观察事物时目光并不存在所谓固定的透视，人眼总是不断从一个视点跳移到另一个视点（眼球颤动），看一下，移开，再回来，那种扫描式的目光。而如果加入时间流逝这一因素，我们看见的事物必然是许多次不同印象的叠加，因为在你两次扫描之间，时间已悄悄改变了事物本身。这催生出大卫·霍克尼的拼贴照片。这里便转入了另一个对于复调写作颇为关键的技术：散点透视。我考虑这一新的观察事物的方法时尚未接触到霍克尼。我的散点透视来自中国传统卷轴画的启示，它不同于西洋绘画中单视角的深度透视，而是回环的动点透视，即视点不固定在一点上，而是按一定规律作各种方向和线路的移动，

这样能把多个视点有机组合在一个画面上。远山小径上的人和画面下端的人物几乎有着同样的体积,几个在时间中线性展开的事件往往被并置在一个画面上。从西方现代绘画中,我们也可以看到这种一幅画中存在诸多视点的技法,如基里柯的《一条街的忧郁和神秘》,其古怪的不稳定感造成的危险气氛,便来自这种多重透视。实际上,街角的不祥阴影、滚铁环的小女孩和几乎只是拱洞的建筑,并不在一个透视之中。

任何技术,在艺术中并不单单是技术,它是和艺术家的世界观,即对真实的态度、艺术家认识世界的方式、艺术家的道德意识分不开的。我20世纪90年代中后期的诗学追求,便是建立在真实、客观这个基础之上的。它首先是一种认识真实、说真话的道德意识,然后过渡到美学立场,最后诉诸语言方式。在80年代初即已完成其使命的朦胧诗,实际上其写作仍是在古典的语言规约中进行的,即认为仍有一个可以用语言去把握的清晰透明的世界存在,仍是在用语言去和存在的事物搏斗,尤其是与意识形态的对峙。而随着文化的超储积累以及语言哲学影响的日益扩大,语言已从认识世界的工具变成了唯一亲在的事实。对语言的态度便是对世界的态度。显然,朦胧诗没能完成这一语言目的性在诗学上的转变,因此它提供给我们的仍有可能是完全属于传统的东西,如诗言志,这个"志"可以是个人的道德情操,也可以是集体无意识。这是另一种遮蔽。对于我们认识置身其中的世界是没有什么帮助的,也许正起了反作用。作为一名诗人,在这个剧烈变革的时代,如果还有起码的写作道德的话,就应该意识到,达于真实是诗人现阶段的首要责任。因此,散点透视(动态视点)作为人类观察事物的本真方式,不是技巧和技巧之一,而关乎诗人的艺术良知。

三、从独白到对话和杂语

从20世纪90年代前期开始,我的写作接通了一个新的资源——一种基于日常谈话（talk）的诗歌，语调不再是 80 年代自负的雄辩，而代之以闲谈式的漫不经心。在题材上则直接取材于生活中的交谈，发掘其中蕴含的大量生存信息，将谈话与对自我和知识的冥思、对物象场景的描述错位地互相嫁接或者并置（异质共生），意念不断地被修正和颠覆，或嬗变、偷换、过渡成另一个意念，而非凝固成孤零零的"定在"。这种诗歌突出了对话内里多声部的互相盘诘、斗争和此消彼长（小说化的诗）。诗歌要承担起当代生存的复杂性，必然借助于小说对经验占有的本真性和话语方式的此在性。谈话既有在个人空间中进行的，也有在公共场域进行的。公共场域的集体限定性和个人隐秘的自律的尴尬，产生了对质和相互的悬疑，如《眼科医院：谈话》。而在《春天谈话》中，两个主体"看着电视谈话，不看对方"，也透射出现实的声音无孔不入，以及现代社会人际交往的不可通约性。《秋湖谈话》则是将玄学交谈的做作与修辞性质与自然物象的随意和本真加以并置，在内心世界与外部世界之间进行了置换，突出了意识形态瓦解后内心生活的不可能（内心生活——各种信仰、观念和价值）。人的内心生活是无所谓高尚卑贱的，不外是一些欲望、冲动、"古老信仰的残片"的春水流冰。克拉考尔在《电影的本性》一书中说："如果意识形态正在分崩离析，内心生活就没有什么真正的内容可言了；瓦雷里的内心生活第一的主张也相应地显得空无内容……意识形态的衰落使我们所生活的世界处处布满了碎片，而一切进行新的综合的尝试也都归于无效。在这个世界里，不存在任何完整的东西，这个世界毋宁说是由零碎的偶然事件组成的，它们的流动代替了有意义的连续。因此，个人的意识必须被认为是信仰的断片和形形色色的活动的一种聚合物。"①普鲁斯特也认为，没有一个人是完整的，而了解一个人则是不可能的，因为就在我们试图澄清我们对他的最

---

① 克拉考尔著，邵牧君译：《电影的本性》，中国电影出版社，1981 年，第 363—377 页。

初印象的同时，他的自我便又发生了变化。在《秋湖谈话》一诗中，我曾这样说道："为什么你把这些：秋湖，叶子，我们/皱巴巴的耳朵，呼吸和风之间的思想/称作你的内心世界……"所谓自我也等同于"石头，草，水中的鱼"，或者"棍棒，数字，岛屿"。于是，我们有理由认为任何整一、连续的内心（精神）活动，都是虚构的"全能状态"，一切并不在"掌握"之中。因此，诗歌乃"客观对应物"的说法就显得十分可疑。当前诗歌的片段性，其表面上的人为与主观色彩，实际上是对人类意识活动的碎片化、非连续性、流动性的一种客观对应，是对"大脑电路图的吻合"。人类所能处理的现实是他可以把握的现实，是他头脑中的现实，语言中的现实。语言是现实的唯一在场。所以，与意识活动实况的对应也就是对客观真实的尊重。表面上非常主观的诗有可能是非常客观的。德国心理学家恩斯特·波佩尔在《意识的限度》一书中说："对于身心问题的解答，不论是采用一元论的方式，还是采用二元论的方式，由知觉类别所构成的周围世界的图像都只不过是一个建筑（创造物）而已。我们只能够感受到一些非常特定的刺激形式，而对世界的判断自然而然地就是一种'先入之见'。我们所能有的对世界的认识（经验），只能是那些通过自身与大自然相适应的类别而强加于这个世界的那些东西。我们所看到的现实，是由我们自己所决定的关于现实的创造物。我们感觉与生俱来的条件（包括所有感官条件）为我们对世界的认识死死地套上了框框。"①对"谈话"的引入，增强了诗的现场感。对现实的切入不是面对面去描绘它，因为我们自身就是现实的一部分，部分是观照不到整体的，所以，从谈话入手这样一种语言学方法，相当于社会学中对社会本体（它是否存在？）的研究转向对人们对社会的各种反应（说法）的研究。切入现实和生存，仍只能从切入言语（而非语言）入手。在此，碎片和整体（如

---

① 恩斯特·波佩尔著，李百涵、韩力译：《意识的限度》，北京大学出版社，1995年，第123页。

冰和解冻之水）、凝固和流动、个人的和公共的，便杂糅在一起。单一的美学已不能满足当下各种社会话语剧烈冲突的现实。

单一透视法形成了所谓深度，它导向二元对立的思维模式，如本质与现象的辩证模式、潜与显的弗洛伊德模式、内与外的阐释模式、真实与不真实的存在模式、能指与所指的符号模式，等等。对这些主观的、固执的思维模式的消除，除了上述的散点透视之外，还有一项重要的技术——伪叙述。它区别于传统叙述之处，在于它重在揭露叙述过程的人为性与虚构性以及叙述的不可能性，它是自否的、自我设置障碍的，重在过程的叙述，它将对写作本身的意识纳入了写作过程之中。凭借揭示出诗是一种发明，将注意力引向文本的技术和自治，或者将注意力引到理解的问题上来，如读者经常被引见给一般被认为是基本信息的未完成或被否定的故事，读者被迫经常发问："谁在说话？""他们的环境和动机是什么？""他们是可信的吗？"伊哈布·哈桑将这种"无以言表"和"自我质疑"的特性定义为"不确定的内向性"，即文本的自我指涉。文本的意义并不通向外部的客观世界，而只是存在于文本自身，只是揭示文本形成的过程。

暴露文本的构成性、语言的生成性和文本的修辞性质，是和对意识形态话语的解构相呼应的。所有意识形态话语都力图使自己的日常行为看上去就和自然的事实一样，以使自己成为"第二自然"，使某种行为准则成为一种自然秩序的自明的规律。其实对世界最自然的评价也有赖于其集团文化的种种习俗准则。因此，暴露本文的符号性质、任意性和历史性，便产生了一种"互文"的写作。"一个本文并不是流露出单独的一种'神学的'一行词语，而是一个多维的空间，在这个空间里，各种各样的作品——它们都不是原文——搅和在一起。"①大量对文本的戏仿、引用、策略性误读已

---

① 乔纳森·卡勒著，孙乃修译：《巴尔特》，中国社会科学出版社，1992年，第4页。

经出现在当下汉诗写作之中。《简历：阿赫玛托娃》揭示了历史的文本性，并揉进了作者个人的声音，你会发现有两种不同的声音在互相盘诘。《本地现实：必要的虚构》则演示了文本自身的生成过程，大量的生存信息对形而上思辨进行挤压，以保证文本的可靠性。对文本构成的人为性的持续暴露，在当下的时代历史语境中仍是必要的。但问题是文学（尤其诗歌）已经被人们习惯性地默认为虚构，人们读文学和读其他文本时所采用的阅读态度是截然不同的，也就是说，人们是把文学文本和其他文化文本相区别开的，所以，存在着诗歌文本暴露自身虚构性的同时，人们仍在相信其他非文学文本的自然性。近年写作的跨文类现象，表明诗人们已经认识到文学必须变成非文学、诗必须变成非诗，才有可能将文学与现实混同处理，达到彼此不分、彼此颠覆的效果。诗人从关心诗歌的封闭、自足、纯粹，转向到开放、吸收、丰富上来，转到词与物、文本与语境、个人与历史等关联域上来，这无疑是诗歌自我更新的要求。

第二节 伪叙述诗学：写作的自反意识

一、倡导元文学意识的必要性与迫切性

文学对自身的反思（如及物功能）如果表现在文本的构成过程中，就会形成一种关于其本身的文学，亦即元文学。而元文学概念的创生，其动力源自对文学对真实的"附魅"的消解，只有解构掉文学意识形态，事物本然才能从文字场域之外浮现出来。因此，元文学可以归之于后现代"走向沉寂的文学"，亦即有取消自身冲动的文学。它吁请读者脱出文本空间，重回生活世界，亦即从原子化主体建构的小世界重新嵌合到无物无我的世界整体之中。因为人为的东西已经成了隔在人的感官感觉与活生生的生活之间的障碍。

正如我在诗中所形容的：

> 从混乱大脑中流出的诗
> 清澈，寒冷，拖在大脑的石头上
> 冷却着历史的热度
> 于是有人开始泛舟垂钓
> 于是有村庄和车站
> 褐色蘑菇一样沿岸冒出来
> 于是我承认，虚构才是现实的起源
> 于是白花花的大脑一般的石头越来越多
> 它们将水流分散，让我们
> 再不能把水聚拢在一块石头周围

因此，读者如果被文学的致幻作用所迷惑，从而将文学中的世界观照搬到生活世界之中，其危害自不必言。因此，具有自反意识的诗歌吁请读者阅读的同时，又排斥读者，驱赶读者，嘲弄读者的轻信。它鼓动读者仅仅将文学作为维特根斯坦式的"综观"，要为人生而阅读，也就是说，在承认文学乃虚构之词语圣灵的同时，在其身上看到我们表达的基准（standards），看到那些叙述，通过这些叙述，我们能够叙述我们自己存在于我们世界中的方式。无条件信任文学所提供的世界观的"形而上学"疾病，理应由文学对自身的策反所治愈。于是，文学为我们提供的就仅仅是一个中间环节，正如我在《隔夜的雨》中所触及的那样，写作主体与写作对象的性质都由阅读所决定和改变：

> 风吹树叶如翻动书页
> 风吹落树叶上的雨水
> 风也把我吹斜——

> 我是雨水、书,还是树叶
> 这个,由你,亲爱的读者来定

　　这就意味着,在诗所提供的这个"综观"中,我们看到一幅人类活动的图画呈现于其中,这种活动与曾经似乎成问题的实践有点相似;只有现在才没有日常生活中对事物的那种如影随形的惊讶感,也只有现在才没有事物需要解释的感觉。因此,我们从一种综观式表现中看到一种可能性,从而思考该如何用一种类似的眼光去看待我们自己的实践,如何回到它们并清楚地看待它们。文本期待读者最终摆脱这个"中间环节",看到用相似的形式可以大致解释我们的表达实践,它期待我们在文本之外继续下去,并考虑我们的标准原器,或者我们的公共世界中等同于文学的那些特征,期待我们去寻找我们贮藏我们的表达工具的真实地点。①

　　正是这样,我才在《有关重新恢复诗歌与生活关联的尝试》一诗中,吁请读者要摆脱词语的迷宫,重新回到迷宫外面的广大的现实世界:

> 这是一首诗
> 它的内容由你阅读这首诗时
> 头脑中出现的所有事物
> 和你的周边环境构成
> 包括你的疑惑、愤怒、身体和性别
> 对,这首诗是有性别的
> 它由你,亲爱的读者
> 亲爱的同谋
> 决定

---

① 吉布森著,休默编,袁继红等译:《文人维特根斯坦》,吉林出版集团有限责任公司,2008 年,第 162—163 页。

在对存在真相的不倦追问中，事物如同散落在舞台上的道具，被一束光圈笼罩，而其周围的黑暗似乎不是在消散，而是更加凝重。这反倒使我们发觉，事物明亮的部分其实是暗的，是与人性的黑暗胶着在一起的。这种对事物幽暗背面的追问，是以阳光的运动影响、改变事物内部质地的分析开始的，可以说，正是这运动和事物本身的时差错位，导致了光与影、明与暗、虚与实之间的"分别"。在此期间，观察者的观察势必始终在参与着对事物的影响。从此，我们对存在的追问势必仍然是反观自身，一切终究不过是人的目光使然。这似乎也印证了这样一句话：事物周围隐秘的热度使得事物并非仅仅是其自身。人性对物的改造，已经是不可避免的过程，而能意识到这种人化的过程，并对其抱有警惕，当是接近觉悟的智慧。事物与人性相互改变的必然性，使得诗人采取了悲悼的挽歌形式，着迷于短暂易逝的事物。死亡始终是现在进行时。而面对一切的消逝，没人能停下奔跑的脚步，没有哪一个秋天不是匆忙坠落。可是，我们"回到词的根源"，却发现，事物的消失仅仅是我们自身消逝的幻觉，包括时间。这是词语的秘密魔法。太初有言，是这"言"如一只大手，在坠落的最深处把我们接住。

从这个前提出发，汉语文学中，尤其是诗歌，从 20 世纪 90 年代中期开始，逐渐产生出对自身的强烈反思，这种新类型的写作已逐渐发展出相对成熟完善的形态，有诸多代表性文本出现。作为汉语诗歌中元文学性（元诗歌）的最初倡导者和积极实践者，我在 1994 年的大批作品中，即已鲜明地呈现出诗歌的元意识探索；其后不久，在我的重要诗学论文《谈近年诗歌的客观化倾向——复调、散点透视、伪叙述》中，我系统阐述了我的元诗歌实践，明确地将具有自反意识的诗歌写作纳入"客观化诗学"范畴。我在这一方面的代表性作品《伪叙述：镜中的谋杀或其故事》《简历：阿赫玛托娃》《默林传奇》《奇妙的收藏》《眼科医院：谈话》《本地现实：必要的虚构》等都从各个方面印证了元诗歌写作的现实存在及其重大影响。

我们可以将元小说定义为"一种有意识地强调小说虚构性及技巧的小说。它通常包含有反讽和自我反思。元小说不让读者忘记他们是在阅读一部小说。元小说本质上是与后现代文学相关联的"。同样，我们可以将"元诗歌"界定为关于诗歌的诗歌。"元"的本义是本体，始源的意思。"元，始也。"（许慎《说文》）元者为万物之本。"元"的英文"meta"是"超越""后设"之意，但一般译作"元"。"元语言"（metalanguage）就是"关于语言的语言"，即用来涉及或描述另一种语言的语言；"元批评"（metacriticism）是"关于批评的批评"，即试图对批评实践进行分类、剖析，为之建立普适原则的文学理论；"元小说"（metafiction），即"关于小说的小说"。"元诗歌"是一种突出诗歌文本构成过程及技巧的诗歌，它不会让读者忘记自己是在读诗。

元诗歌的主要技巧可以归纳为这些：关于一个人在写一首的诗；关于一个人在读一首诗的诗；突显诗歌的特定惯例的诗；非线性的诗，各个诗节的阅读顺序可以打乱的诗；元语言评说的诗，即一边写诗一边对该诗进行评论，评论也是诗的正文的一部分；作者意识只是诗中众多意识之一的诗；预测读者对诗歌有何反应的诗；诗中人物表现出他们意识到自己是在一首诗中……

以下拟就元诗歌的缘起及其在诗歌中的主要表现形态（"关于诗歌的诗歌""元语言评说"）作一番概括的考察。

二、元叙述的消解与伪叙述的由来

元文学意识是随着对元叙述（metanarratives）的怀疑而产生的。"元叙述"是批评理论中使用的一个术语，尤其在后现代主义中，它是一个核心的概念。它是一种宏大叙事（grand narratives），一种包罗万象的虚构，这种虚构试图给历史记录赋予秩序。这个术语因利奥塔在其《后现代状态》中的使用而闻名，他说："简化到极点,我们可以把对元叙事的怀疑看作'后现代'。"①元叙述是现代性的根本特征,它的典型特点是以"超越、普遍的真理"为形式的,此外还抱有对人类存在的进化论信念——一个有头、身、尾的虚构。例如,许多基督徒相信人类天生是有罪的,尽管能够在天堂中得到拯救和永恒的宁静。对于启蒙理论家来说,理性思维与科学推理结合能促使人类取得不可避免的进步。马克思主义者认为异化的人类能够通过集体的、民主的组织化来实现其充分的潜能。任何构造宏大理论的企图都必须忽略宇宙天然存在的混乱和无序。"元叙述"忽略了人类存在的多样性、异质性,它包含了历史发展观,认为历史是朝着一个特定目标进步的。在"后现代时代",元叙述已经丧失了其令人信服的力量——它们是虚构,目的在于使各种版本的"真理"合法化。因此,后现代主义者企图将元叙述代之以所有多样性的共存和局部合法化。

在 20 世纪 90 年代的汉语诗歌中,面对日益复杂的社会现实,为了加强诗歌对现实的触及能力,增强现场感,许多重要诗人不约而同地在诗写中强化了叙述因素,注重诗歌话语对经验占有的本真性和此在性。诗歌从向读者和物垂直发言的"舞台式"抒情向与物平等共生的"实况式"述说转变。然而,和 80 年代热病般流行以"光芒""水""麦地"等国产意象为主导的农耕庆典诗歌一样,泛叙述诗歌迅速得到了普及,诗人们不再弯身挥镰收割乡村意象,而是陷入了近乎私语的个人经验的饶舌叙说。诗歌中的主体虽然不再是集体的人,自我似乎从国家美学的夹缝中安全撤退回私有空间,诗人们幻觉地以为,依靠叙述,就可以重新返回词语及物的领域,但究其实质,自我依然是被文化浸透和改造过的自我,已远非本真的自我。这样,诗歌对事象的描述就只能停留在事物光滑的表面。如果不在叙述(某物)的过程中对词语再现功能保持审慎和怀疑,

---

① 让-弗朗索瓦·利奥塔尔著,车槿山译:《后现代状态》,生活·读书·新知三联书店,1997 年,第 2 页。

这样的叙述也就同样落入了"元叙述"的势力范围。"元叙述"试图赋予现实的混乱以统一的结构；而 90 年代的泛叙述诗歌，则是以个人眼光来判断事物，对之进行取舍的私人化的"元叙述"。两者在本质上没有什么区别。

我早在 20 世纪 80 年代中期读大学期间，就有意识地开始了以叙述来抒情的实践。在我的诗歌中始终存在着两个向度，一直企图在相对独立的各自发展之上，寻求某种融合：一种是以修正过的口语和叙述来抒情的"事态文本"（罗振亚语），一种是以密集意象为主导的意态文本。在以美和意象为主流的写作中，叙述这个向度的实验开始悄悄涌动，显示出坚实、细腻、冷静的美学倾向，手法以描述和内省相结合为主，并在 90 年代中期成为我写作的主导倾向——叙述和伪叙述，仅在有影响的重要刊物上发表的主要采取"叙述"手段的长诗就有十六篇之多：

献给父亲（《诗林》1991 年第 2 期）

新生（《诗林》1992 年第 3 期）

亡灵的散步（《诗刊》1993 年第 12 期）

夏日的躯体（《鸭绿江》1995 年第 1 期）

夏日的知识（《诗潮》1995 年第 3—4 期）

散失的笔记（《厦门文学》1996 年第 2 期）

散步（《作家》1996 年第 7 期）

小慧（《青年文学》1996 年第 9 期）

哈尔滨十二月（《诗刊》1997 年第 3 期）

以两种速度播放的音乐（《诗神》1997 年第 10—11 期）

眼科医院：谈话（《湖南文学》1998 年第 1 期）

寒冷的午餐（《长江文艺》1998 年第 2 期）

1993：挽歌之夏（《西藏文学》1998 年第 2 期）

本地现实：必要的虚构（《山花》1998 年第 8 期）

　　　伪叙述：镜中的谋杀或其故事（《今天》1999年第3期）

　　　响水村信札（发表时更名为《书信片段》，《山花》1999年第4期）

　　诗人汤养宗认为，"马永波20世纪90年代在诗歌中所倡导的散点透视、伪叙述、复调三种语言态度，已成为当今多维诗歌写作的重要依据。这也是他对汉语诗歌文本空间建设的一个贡献，其后汉诗中后现代手段的种种繁衍多与此有关。马永波自己的诗歌文本也与他的理论主张相统一，往往具有多重的时间感与空间感，多重性的错位叙述使内在含义在自我的智性盘诘中延宕开来，致使诗意扩大了自身意会的地盘，也给阅读提供了第二次建筑的再造性。这种外在形体不断模糊的逻辑结构，在为诗人提供越来越大的叙述空间的同时，也为诗歌叙述的可能提供了更多自由探险的途径。所以，他应该是当今汉语诗歌中少有的真正具有凛冽写作精神的持有者。他近年的文字气息越趋于内敛与冷静，反映了世界物象与叙述关系在他心中所达到的自由与自信的程度"。诗人赵泽汀则认为："客观化、伪叙述、元诗概念的提出解决了90年代中后期以来中国先锋诗学内部很多核心的问题。对当代特别是近年来诗坛较为流行的叙述手段无疑有着重大的指导意义。"

　　作为汉语诗歌中叙述诗学的主要开创者之一，正是在意识到叙述的普及化和被若干诗人私有化的危险，意识到叙说一己之私既无法触及存在的真相，也使主体的精神力量急剧弱化的危险，笔者才明确提出了伪叙述诗学，以对叙述诗学进行修正和平衡。

　　话语的及物性是个不定数，几乎是幻想，话语是无法完全透明的。我们无法像透过玻璃一样透过它去看见"什么"，正像冬天趴在窗户上看外面，我们的呼吸会使玻璃模糊。叙述诗学的基础就是这种对语言及物的幻想。从根本上讲，事物是内在于语言的，自我所能认识的现实是从自我本身分离出去、投影出去的现实，仍然是语言中的现实。语言和现实是互相"胶着"的,谁离开了谁都无法独立存在。因此,考察现实的唯一途径是考察语言。事物只是文本之网的网眼中漏下的鳞片和黑暗虚无。网本身既是工具也是对象。这种二而一的自我相关缠绕,使欲望成了只有能指的能指,施动对象则成了漏网之鱼。那么,在这种语言观的观照下,所谓主体精神也只不过是词语错动时造成的虚幻闪光,词语指向的仍是无尽的其他词语,所有意义只是在一本词典中反复循环,"自证其罪"。这样,真实本身和词语伪装出的真实便混在了一起。托多罗夫曾说:"我们的话语构成法则迫使我们屈服。我一说话,我的陈述就服从于某项法则,被纳入某种逼真性范围,而我唯有用另一种其法则是暗含的陈述才能阐明(和否定)该逼真性……唯有破坏话语,才能破坏话语的逼真性……逼真性并不是一种与实在的关系,而是与大多数人认为是实在的东西的关系,换句话说,是与公论的关系。"①

而诗歌中的叙述一旦被泛化,除了因其拘泥于一己之私的絮叨而弱化了主体精神力量之外,它最大的缺陷,便是以貌似真实取代了真实本身,从而构成了对事物的又一轮遮蔽。也就是认识到这种"叙述"有将真实重新符码化的危险,我在 1994 年明确提出了"伪叙述"这个具有本体论意义的诗学命题:

> 伪叙述区别于传统叙述之处,在于它重在揭露叙述过程的人为性与虚构性以及叙述的不可能性,它是自否的、自我设置障碍的、重在过程的叙述,它将对写作本身的意识纳入了写作过程之中。凭借揭示出诗是一种发明,将注意力引向文本的技术和自治,或者将注意力引向理解的问题上来。这种"无以言表"和"自我质疑"的特性可以定义为"不确定的内向性",即文本的自我指涉,文本的意义并不通向外部的客观世界,而

---

① 托多罗夫著,蒋子华、张萍译:《巴赫金、对话理论及其他》,百花文艺出版社,2001年,第77—83页。

只是存在于文本自身，只是揭示文本形成的过程。①

三、元语言评说

诗人异于常人的一个地方，就在于他是在对语言的怀疑中使用语言的人。消除再现幻想的方法有很多，其中之一可以称之为"元语言评说"。有时诗中的说话人会出面点醒读者他仅仅是在读一首"诗"而已，而不是在读"真实"。元语言评说的出现意味着汉语文学中开始出现了他者话语——当我们在叙说所谓的"真理"时，在我们表达所谓的"自我"时，往往同时有一个超自我在进行实时监控，诗歌不再是事物的痕迹，而是一边写下事物的痕迹，一边将其擦除。德里达曾提出著名的"延异"说，延异是差异和延宕的综合，意义永远屈从于差异，永远被符号本身的差异所推延，能指和所指绝不可能同时发生——此即摹仿的终结和自我指涉的开始。语言既反映他物又反映自身、既呈现存在又遮蔽存在的性质，决定了诗歌始终在指涉他物和反观自身之间徘徊不已。

这意味着现代的怀疑精神已经超越了对事物本身的反思，而进入了对作为"事物的摹仿"的文本自身的批判，由此，意象的修饰的诗性话语和事态的原发的现实话语就同时出现在文本之中，产生了语境之间的对诘和辩难。诗歌不再是作者思想感情的直接流露，或者对于现实的同质性再现。

在《寒冷的午餐》中，我们看到这样的句子："四年，太多的事发生/我却总是记起我们一起吃快餐/戴着塑料手套，捏着刀，像两个凶手/（我在给你的挽歌中写过了/近来我总是重复。是衰老的征兆?）。"此处，对写作的清醒意识一再闪现，并被直接写入诗中，成为诗的有机部分（也可以是无机的）。再比如，"一首诗总得有个结

① 马永波：《谈近年写作的客观化倾向——复调、散点透视、伪叙述》，《山花》1998年第8期。

束"(《11/20/1994》);"最后留下的只是词语,让你完成一个可疑的
文本"(《词语中的旅行》);"必须有一个开始,无论在泥泞中能走出
多远/最终是回到光线已经改变的屋子/还是在落叶纷纷的道路上
消失"(《断章》),这里的"必须有一个开始"其实不是指一次散步的
开始,而是一首诗的开始。这就暴露出了文本的生成性,产生"间
离"效果。正如布莱希特在《论叙事剧》中所说,"甚至演员也不完
全变成角色,而是与自己所扮演的角色要保持一定距离,从而要求
人们去进行批判"①,这样,就使读者能对文本进行理性的批判而
不是被动地让作者牵着鼻子跑,从而在作者、文本、读者三者间建
立一种相互依存又彼此间离的辩证关系。

在我的《简历:阿赫玛托娃》中。我以阿赫玛托娃的口吻叙写
了自己的生活和创作经历,就和阿赫玛托娃自己写的简历一样,但
是诗中除了阿赫玛托娃的声音,还潜藏着另一个声音,即写作者穿
插在文本中对其进行评说的声音。如:

> ……《念珠集》出版,它的生命只有六周
> 人们纷纷离开彼得堡,好像一下子
> 进入了二十世纪——看来
> 时代另有安排:被淹没是理所当然的
> (在这句话中活着海伦、叶芝和埃利蒂斯
> 还有尘土做成的上帝)
> 夏天我在距城市十五里处避暑
> 那里并不美,丘陵被开垦成方整的田地
> 磨房、泥坑、干涸的沼泽、闸门
> 臭烘烘的庄稼。我在那里写就了《白鸟集》
> (它和泰戈尔的《飞鸟集》仅差一字)

---

① 伍蠡甫等编:《西方文艺理论名著选编》,北京大学出版社,1987 年,第 318 页。

正文中以括号括出的句子实际上是我的议论之语，这些话旨在暴露文本的虚构性。我曾写作了一批以"简历：某某某"为题的诗，它们和另一组"历史片段"，以及近年所作的"非诗"系列的用意都是一致的，那就是揭露历史的文本性和虚构性。

正如阿兰·罗伯-葛利叶在《未来小说的道路》中所说的："甚至最没有'定见'的观察者也不能用毫无偏见的眼光去看他周围的世界……每时每刻，种种文化的外围（心理学、伦理学、形而上学等）自行强加于事物，掩饰着它们真正的陌生性质，使它们更可理解、更迎合人心……我们必须制造出一个更实体、更直观的世界，以代替现有的这种充满心理的、社会的和功能意义的世界。让物件和姿态首先以它们的存在去发生作用，让它们的存在驾临于企图把它们归入任何体系的理论阐述之上，不管是感伤的、社会学、弗洛伊德主义，还是形而上学的体系。"①

四、关于诗歌的诗歌

美国著名批评家海伦·文德勒在论述纽约派诗人约翰·阿什贝利的论文中说："不可能说出阿什贝利的诗是'关于'什么的。另一种观点认为他的每一首诗都是关于诗歌的，是文学化的自我观照，比如他的《凸面镜中的自画像》。请注意，在批评的语言代码中，当一首诗被说成是关于诗歌的诗时，'诗歌'一词往往指涉着很多东西——人们如何从自己经验的随机性中结构出可以理解的事物；人们如何选择他们喜爱的东西；人们如何整合丧失与痛苦；人们如何用希望和梦想将经验变形；人们如何感知并强化和谐的瞬间；人们如何实现济慈所称的'灵魂或智力命定拥有的同一性的感觉'……阿什贝利将他的目光从环境转移到塑造同一性的考验、转

---

① 柳鸣九编选：《新小说派研究》，中国社会科学出版社，1986 年，第 62—63 页。

变和训练上来——转向过程本身。"①

因此,诗歌不再是对经验的摹仿,而是经验的"经验",它感兴趣的是经验是如何渗透入人的意识并组织起结构、获得意义的。

《伪叙述:镜中的谋杀或其故事》集中展示了诗歌是如何建立起自身的,它揭露了诗歌的结构原则——词语的生成性。此诗的题目就点明了文本中将要出现的若干话语层次是可以互相拆解的,戏里/戏外、现实/虚构是互为前提、可以双向翻转的。在诗中,我们起码可以发现这样的几个结构层次。

第一级结构是以一次发生在古代的谋杀为题材的戏剧,类似于《哈姆雷特》。

第二级结构是一次在戏剧演出进行过程中"假戏真做"的谋杀,凶手、演员和叙述者为同一个人,类似于戏剧中的"戏中戏",演员(谋杀者和被谋杀者)都时时意识到自己是在演戏——"'我要杀了你!'几页剧本飘落在他脸上/他叠成纸飞机掷下舞台。它飞过黑暗时是白的/经过光则是黑的。(扮演谋杀者的演员的意识)'我早有预料,在各个朝代和场合都难免一死'。(扮演被谋杀者的演员的意识)"

第三级结构是在戏剧框架之外还存在着一个演剧、观剧的结构,将现时与过去相并置,进一步暴露了文本的虚构性——"我们摸黑来到座位上,依靠传呼机的荧光/刚好听到,'那迟到的不是时尚的奴隶就是文盲'/那是去年,我们去看歌剧,在雨天里吃小鱼/小丑在过道上爬来爬去,嘴里不时吐出/一两只癞蛤蟆——智慧的有毒形式。"

第四级结构是作者现身所作的元语言评说,这种元语言评说的时时穿插,打断和阻止了文本将自身建构成"真实"的过

---

① Helen Vendler: *The Music of What Happens*, Cambridge: Harvard University Press, 1988, p.224.

程——"必要的耐心以及一个人的死,是写下这首诗的保证""现在我是谁、干了什么/已无关紧要。神或小丑？现在是一个词在讲话。"

诗中的情节不再是完整的,而是破碎的,到处散布着不可索解的"随机"细节,事件的偶然性和无关联性得到了突出。诗中人称指代的故意混淆和人物身份的暗中置换,在长诗《默林传奇》①中成了文本的结构原则。第一章中身居现代生活与工作场景的"她"仿佛是化身为凡人的永生女神(或者女巫),她通过电脑键盘控制人的命运,她目睹过人世的种种变迁,"一切都可以在神奇的科学魔法中得以实现",而唯一不再出现的是那个"少年"——即亚瑟。那么,这个神秘的女子到底是谁呢？第二章叙述亚瑟王厌倦了王国,抛弃王位,做了一名吟游诗人,去寻找在他梦中奇怪地反复出现的神秘女子,他也同样遍历了人世的种种变迁,他的生命也是永恒的。他开始厌倦了这种永生,怀疑是否这一切只是幻影,词语造成的幻影,是另一个永生的生命在梦中创造了他。这时,他了悟到他其实就是默林,亚瑟就是默林,是他的另一个自我,正如潘丘就是堂吉诃德的另一个自我一样。在本章末尾,出现了作为诗人身份的"我"——"这些字句到底是出自我手,还是另一个人/在漫游中的自言自语？"对诗歌的自反意识出现了。第三章则开始叙述这个"我"在海岛上的漫游和历险,读者一开始会以为这仍是亚瑟的漫游,但从下文中的"我"回忆起"仿佛也是在这样的一个地方/有一个女人在织一块毯子/但织完了又拆"这个细节中,读者不难分辨,这个"我"已经幻化成了奥德修斯。第四章又回头来叙述第一章中出现的少年(亚瑟)的漫游,只不过经过无数个轮回,他已经不是单纯的亚瑟,而是和写作此诗的诗人重合为一人了,他找到了第一章中的那个神秘女子——魔法解除了,亚瑟的漫游结束了。这

---

① 马永波:《中间代诗全集》,海峡文艺出版社,2004年,第1156页。

个魔法的解除同时也是诗歌"祛魅"的过程——原来，整首诗叙述的其实是一个人玩电脑游戏的过程。他可以是亚瑟，也可以是所有其他的角色；最后，他也是写作此诗的元叙述者，可以让"同样的故事一次次重复"。

关于诗歌的诗歌的另一种极端形式是"诗中有诗"，它是指关于一个人在写一首的诗，关于一个人在读一首诗的诗。这种无限回归的悖论，使文本取得了"套盒"（Chinese boxes）效应：它能在一部虚构作品中无限制地嵌入现实的不同层面。如美国诗人马克·斯特兰德的《我们的生活故事》和《各就各位的读法》。

文学作品具有特殊的指涉性——当一部作品表面上指涉一个世界时，它实际上是在评论其他文本，并把实际指涉推延到另一时刻或另一层面，因而造成了一个无休止的意指过程。后现代转向的一个明显标志就是从对"实在"的关注转向了对实在间"关系"的关注。因此，当代诗人不可避免地加强了对关联域的关注，比如词与物的关系问题。例如，《纯粹的工作》一诗就演示了一首诗产生的过程，并探索了这首"诗中之诗"（正文中引号里的内容为其片段）的写作所带来的困惑和虚幻感，在虚构中又嵌入了现实的碎片：

用一个上午，写下一个句子——
"夏天的亲人步步紧逼
在每一寸泥土，洒下热泪。"
第二天又把它划去
这些日子我写得少多了
我决心多写一些

"我看见夏天的亲人
像镜子互相梦见。"

或者"我想起去年你在希腊
在采石场沉思的表情。晚霞和牛奶……"
夏天的精力在分散——
云层上灰色的闪光，玻璃上的污渍，蝴蝶
燕翅上的水滴，高塔，海中消失的脚印
看起来事物之间没有太多关联
其间的空隙，完全可以自由穿行

又有一日我写下：事物
只是用虚词松松地连接着
在棋子码成的堡垒后
有人在不断转动纸折的大炮
"夏天的亲人步步紧逼
渐渐露出微笑和牙齿。"
是否我修改了字句，事情就会改变
甚至会推迟时间和命运
可我更关心天气，许多老人在酷热中死去
或者为自己准备一份午餐

于是一整天我都在河上漂流
或者在流沙上散步，踢着石子
仰望"云彩"，"云彩水中的倒影"
和"白色的大桥"，可我依然感到虚幻
似乎我依然在词语中穿行
依然是在一首诗中，消磨

而在《奇妙的收藏》中，诗人探索了词与物的转化问题。物转化为
词语也就是真实被符码化的过程：

每天我都希望能为我的收藏

增加些什么：硬币，揉皱的纸币，一瓶子空气

一些词语和一些破碎的句子

事物和事物的名称

杂乱地堆放在一起

有时它们会互相混淆

一些纸币失踪了，你能在纸上找到

"一些纸币被抚平后买了冰冻天使"

那是一种冰淇淋的名字

词语的增多则对应着外在事物的减少——"大地上的事物越来越少"；劳动的工人"已变成了动词/一直把名词们搬来搬去/他们已不能拿到可以流通的货币"——事物转化为词语之后，人便失去了与事物真实接触的机会，人开始在词语构筑的世界中生活。词语这种既敞开又遮蔽的双重特性使得诗人对词语的使用万分小心，也使存在几乎成了噩梦。词语的增殖并未能使存在增殖，反而模糊了存在的本来面目。词语像沙子一样越来越多：

我每天都梦见沙子又多了一粒

要慢慢把我埋住

从那样的梦中惊醒，我决定

让一些词语再转化成事物：

让诗变成铅字和纸币

让电报追回正在变成风景的人

把瓶子和沙子分头抛进江心

一切停止，我发现

我也是寂静收藏的一个词语

可是让词语重新变成事物这个逆向过程从根本上讲是不可能的，因此，此诗才会有"当一切停止，我发现/我也是寂静收藏的一个词语"这种元语言体认的无奈结尾。

有时，在一首诗中，比喻（词语）转化成换喻（物），并且不再回到词语本身，这正如元小说中用注解一边评论故事，一边将故事延续一样。例如《满地的黑蟋蟀是活棺材在爬》一诗：

> ···········
>
> 去年我就想写一首关于蟋蟀的诗
> 可到了现在还只是一个标题
> 而蟋蟀还在继续爬动
> 爬满了站台，继续胆怯地抽泣
> 继续消失。我为什么没写呢
>
> 秋天更深了，蟋蟀早已消失
> 车站上一片空荡
> 我也很久没去那个小站了
> 文字爬满纸页，每一个都是一具
> 漆黑的小棺材。一切到此为止

而在《词语中的旅行》中，诗人触及词语意义的不确定性问题，"何处存在那意义确定的词，对应着/触手可及的事物：杯子、铅笔、光滑的腿弯/你遇到的每一个词都像一个人，透明/在车灯和纷纷雪片中/似曾相识的表情开始出现"；探索了词语对物所能发生的虽缓慢间接却具有关键性的影响，"随手改动一些词语，就有一些事情发生"，"词语带着我们向不可知的结论滑行：/一块已出售的空地，抛弃着废轮胎/棉纱，拉直的弹簧，和油污的手套"。语言与存在的界限被刻意模糊。

20世纪90年代中前期出现的元诗歌,其宗旨在于：在制造幻觉的同时又消除这种幻觉。它标示着诗歌的重心从其所表现的事物向词语本身转移。诗评家苍耳在《中国二十年先锋诗片论》中曾这样说道："马永波1994年以后的大部分诗作都带有强烈的元文学色彩,诗人明确地把它作为自己的诗学追求之一。可以说,90年代的主要诗人都具有这种元文学色彩,这意味着从现代汉诗中找到反对、质辨和更新它自身的东西。这正是现代汉诗趋于成熟的标志。"正如能够反省自身的人才是成熟的人一样,能够反思自身的文学方是真正成熟的文学。元诗歌意识可以在诗歌中的瞬间出现,也可以成为一首诗的核心。元诗歌的目的是对虚构和真实之间的关系进行质疑。元诗歌给读者机会来了解诗歌是怎样被创作出来的,了解诗歌的结构。元诗歌不是与抒情诗、叙事诗同等地位的诗歌类型,而应被看作诗歌中或多或少普遍存在的一种表现形式。通过对以"伪叙述"为核心的元诗歌意识的辨析,我们可以为20世纪90年代至今的诗歌梳理出另一条道路,和利用"叙述"为线索对当代汉语诗歌进行考察相比,这种迥然不同的思维路向应该更为切合实际。

第三节 真实与虚构

一、对语言及物性的反思

在儿童尚未掌握我们人类的语言之前,他的存在是依然沉浸在一种朦胧的神秘之中的。他与他所来自的那个大自在、大生命仍有着息息相通的关联,他仍能时时地回去,借助睡眠、凝神、记忆或遗忘。我们看见他在音乐和光亮中睡去,听见他在梦中的呢喃,我们听不懂那另一个世界的语言,我们被排斥在他的梦境之外。我们甚至会嫉妒,他在那睡眠的小门内在和谁如此亲密地絮语。孩子是天使，可他带来的福音我们凡人的耳朵是无法承接的。慢慢地他开始熟悉我们尘世的规则，光环在消散，幽冥中的小门在渐渐合拢。随他到来的鹳鸟都已离去。他的眼睛四下转动，开始试着理解和接纳一个陌生、粗暴、充满危险和敌意的世界。

在生命的过程之中有两个阶段人几乎仅仅是灵魂：学语前的孩童和渐落形骸的老人。在孩子，他的自我尚未完全形成，因此在他与世界之间尚不存在自我这一中介，而这中介恰恰是造成隔膜、偏差、误解乃至矛盾纷争的根源。他分不清自身和他物、生命和非生命的区别。在老人，欲望消除、身体衰颓之后，他将获得清明的智慧，一生的经验使他的自我不致成为与大化合一的障碍。生命与自然的分离，就是异化的开端，而学习语言则是其具体的实行过程。这期间生命遭遇到的是撕裂般的痛苦折磨。儿童远比成人痛苦得多，但一切都是在暗中进行。异化是必需的，生活在语言的大气层包裹之下，所有来自外界的灾难经过这一大气层的减压，到达人的灵魂那里都变成了一阵骚乱，变得可以承受。而给未知事物命名之后，人类便获得了一种自欺欺人的安全感，坐在词语的堡垒后，仿佛就能躲过大自然的风暴和闪电的打击。人类在日常的沉沦状态中已接触不到真实，只有词语、词语、词语，语言、语言、语言。语言规范并限制了人对真实的感觉。同一事物在操纵不同语言的人们那里得到的反应是迥然相异的。对人类而言，一切都是在语言层面上发生的，一切并不是真的。一次刺激在人那里最终只是引起了一次词的重新排列组合，就像海浪抚过沙丘，沙丘只是换了一个形状，仍然还是寂静和沙子。

在今天的后现代语境中，外界已经不是作为一个独立的单位而存在，在一定意义上，人成了自己的语言和文化的囚徒，在自己制造的世界里转圈，唯我论将人的王国的意识形态绝对化了。正如有的学者所指出的：

丰富的和复杂的大自然王国——有生命的和没有生命的——是自然科学的对象,但在精神科学、人类科学或文化科学中,大自然只起很小的作用,或者完全不起作用。传统人类科学面向对历史、文化、语言、符号和文章的研究,也就是说面向含义、价值和解释的领域。当它们谈到大自然时,它们总是给它加上"……的图像""……的意识"那样的规定,因此也就是说那个大自然是作为一种思想、象征和符号,一种想象在一个阶级、一个社会、一个时代中发挥作用的大自然。此时,大自然始终就是人们想象的那个样子的大自然,因此是通过象征的和社会的体系的媒介被认识的大自然,由文化和历史过滤的大自然,所以似乎是被人类王国吸收的大自然。[1]

确实,要判断人为建构的世界与大自然本身的明确界限是非常困难的,甚至是不可能的。即便在实证的科学研究中,我们最终遭遇的往往也还是我们自己。物理学家海森堡就认为,起初我们认为是最终极的客观现实的物质构成部分,已根本不可能从"自身"去观察,它们摆脱了时空内的任何一种客观确定。他曾言:"古代的人与自然界相对;为各种生物所居住的大自然是一个按自身规律而存在的王国,人须以某种方式使自己的生活在其中适应。如今我们却生活在一个完全被人所改变的世界上,凡所经历的种种,无论与日常生活的用具打交道,还是以机器配制的食物用餐,或穿过因人而变样的风景,始终碰到人为的结构,因而在一定程度上我们总是与自己相遇。地球上肯定还有此过程远未结束的地方,但在这方面迟早人会完全掌权。"[2]

极端地讲,利用语言认识不到真实,能发现的只是人造的词

---

[1] 托恩·勒迈尔著,施辉业译:《以敞开的感官享受世界》,广西师范大学出版社,2009年,第128页。

[2] 狄特富尔特等编:《人与自然》,生活·读书·新知三联书店,1993年,第235页。

语，而为了在人造的社会中生存，为了那种基于自欺的安全感，人又不得不使用现成的语言。语言是先于个人的认识范式，它意味着规约、习惯、积淀……要打破语言的陈腐束缚，使语言之网透过新生之物，使人的感官接触到客观实在，这将是一切从事创造性行为的艺术家的工作——更新语言。正是诗人，在捍卫语言的纯洁性，在以自己生命的移注来保持语言原初的生动和直接。在语言发轫的初始，符号、声音、含义、物自体是合而为一的；而在现代社会，交际与广告已使词语的含义稀薄乃至消失，只成了抽象的纯粹符号，抽空了血肉的空壳，丑陋、干瘪，再也揭示不了存在的奥秘。拉康认为用任何符号（例如语词、图像）去捕捉意义，意义永远会滑开去。实际上，我们"说出"一个意义，就取消了这个意义。这与禅宗的"说一物即非一物"是一样的，禅强调真理的不可言说，传达只可能是迂回的旁敲侧击。

于是哲学家告诫我们：小心地对待语言，在它下面便是幽秘的存在本身；诗人则说，纯净部落的方言。

纵观当代诗人的创作，我们往往能够发现，很多诗人在集中探讨一个问题，那就是人和语言关系的问题。这个问题是个历久弥新的恒在话题，是诗学要解决但永远也解决不了的"宏大叙述"。在后现代主义之前，诗人与语言的问题并没有变得像如今这么复杂难解，那个时段，支配性的观念是工具论，亦即语言为诗人所支配和掌控，用来表达诗人内心的情思意绪，或者用来表现外在事物。两个向度，决定了两种主要的写作范式，浪漫主义和现实主义。总体上来看，人类的书写无外乎这两种内外模式，从中再分化出更细的各种主义。而到了 20 世纪，从西方哲学中传过来所谓"语言学"转向，由此，语言从能指与所指的合一，逐渐变成了两者的脱节和各行其是。语言由此从工具转化为本体，包括"人""历史""自我""真理"都成了语言的虚构，似乎只要考察明白语言，就理解了人类社会的种种。这种转向不无益处，比如，解构主义据此可以断言,反正人类文明都是语言的建构,一旦它成了人类生存的障碍,就可以破除重建。这在清理各种意识形态语义积淀、扭转固化象征导致的思维和行为惯性上面,当然有莫大贡献。因为人类正如同浮士德博士那样,正在经历知识悲剧,知识(广义的以符号获致和传递象征)成了活泼的生命与自然之间呼应的障碍。

我的理解是,这种解构立场的信心来自那个"超验"所指的空缺和失落。这个终极所指,也就是道、逻各斯、太一、上帝。因为正是它,保证着人类象征符号的建构具有意义,它是一切意义的源泉。既然上帝已死,人类的语言自然失去了意义的保障,成了巴别塔的语言或者巴尔干化了。这同时带来的后果是,人与事物共生共在的存在论关系完全失效了,人和事物开始互不相干,失去了与万物活泼生动的有机关联,人作为主体自在又自为的特质,也变得不再可能。人或者成为纯然的"自在",孤零零自外于万物整体;或者作为纯然的"自为"者,为所欲为,从而使得人与物的疏离更加严重,这直接导致了全球性的生态灾难。

这样,诗便不仅仅是呈现物象和表达心志,不是将语言当作材料,来为事物塑像或者为内心无形的力量塑形。我更倾向于认为,诗歌同时呈现了这种造像的过程,也就是说,诗人对语言的使用不仅仅是工具论层面上的,同时也注意到了语言转化为物的过程之中,所带出来的非常丰富的语义漂移、语言对事物的追摹之难、语言对自身惯性运动的抵抗,这些既使得我们在阅读时经常感受到某种阻力,又带来了很多回味。在诗歌文本中,词语和物是混生在一起的,有的词语已经转化成了物。这样的时刻,我们的阅读会比较顺畅,因为你可以把捉到事物被转化为隐喻乃至象征之后,进入一个更大的意义系统时,触发的一系列意义链条;你可以理解,可以有所思,可以共鸣,甚至感动。但在更频繁的情况下,词语仅仅是部分转化为物,物在成为词语隐喻的过程中,仿佛某种创造的冲动在中途突然转向或者垂落,以至于出现了从不会存在的一些词语和物混生而成的怪物，词语成了进化不彻底的尾巴。物在没能顺利归化到一个意义系统的时候，词和物便像海难后的碎片，在逐渐扩大下沉的漩涡中，呈离心状，向海洋的幽暗扩散、消失。造成这种现象的关键之处在于，诗人在从一种相对传统的语言观念向一种相对现代的语言观念转型时产生了一种游移，如果他不是刻意呈现词与物互相转化的过程，那便是两种语言观的交织造成了诗歌文本的"晕轮效应"。

阅读诗歌的过程，也是观察物转化为隐喻的过程，其中有惊喜，也有担忧。很多诗篇，更应该看作表达了这种转化之艰难和某种程度上的不可为而为之的勇气。新批评认为，现代诗的本质就是寻找隐喻，变形和隐喻将本来很简单、很朴素、很动人的场景，描摹得十分复杂，对于没有耐心的读者而言，很可能错失一个灵魂接触的良机。如果通篇都是以隐喻与事物同构，密集的意念嬗变和代替，只能给人带来晕眩，而使最应该脱颖而出的动人细节被淹没在词语的漩涡中。那些花团锦簇的隐喻，那些对词语迷宫的迷恋，对事物进行多重转换以组织起来的复杂句群，甚至还有对可视语象的追求的刻意终止，这些美妙而时时让人驻足回味的姿态，来自汉语写作普遍存在的不及物特性。走到极端，把玩词语便会成为不自觉的习惯，甚而会因此遗忘心灵与现实的真实处境。这样说，并不是在判断诗人技巧上的失误，而仅仅是想说明，当代诗歌对于词物关系，肯定是经过深思熟虑的。之所以时有上述情况发生，一是诗人所处理的对象本身就有难度，比如如何在日常平凡事物中汲取诗意、日常经验如何从本然结构升华为形式，这是所有严肃诗人必须面对的；二就是我上面提到的，事物与隐喻之间的关系并不总是情人一般热烈，有些事物抗拒被隐喻化，抗拒进入人类的意义系统，从经验到抽象的路径不一定随时可以任性地打开和关闭，事物有其自身的奥秘和使命。这使命也许并不能为人类的思维所把握。因此，意义建构的艰难，在当代诗歌中便成为一个比较明显的主题。

其实,这样的晕眩,所有大诗人都会遭遇到,并且可以说,是终身要与之纠缠的一个庞然大物。只有在天赐的偶然时刻,词与物,或者说主体与客体,才能进入放松的游戏状态;这样的情景下,才会有一种物我两忘氤氲升腾起来,凝定为一两行饱蓄能量的句子。这种困难的终极原因,便在于那个超验所指的缺失。我们更愿意看到的便是这种人与物的伊甸园状态,人不再是主宰,人成为无限深远的背景中的一个物,物不再仅仅为人所存在,它也为自身而在。在人的此在和非在之间,展开的是一个无穷广阔的空间,人与物将携手环舞。这种状态,我们可以将其定义为天堂的团契。

人是语言动物或曰符号动物,人是靠象征符号的获致与构建来自我塑造的。语言和自我的关系应该是二而一的关系,有不同的语言,人看到的世界乃至世界观是非常不同的。于是,自我转型与语言规约之间矛盾重重的关系便突显出来,方言便是身份证。这是一个具有普适性的判断。而从更具体的一个角度来看,诗人所操持的便是一种方言,一种只有诗人之间或有觉悟的读者才能够心领神会的方言。于是,诗人置身于人类社会,便像是"特务"置身于人群:他倾听,他记录,他秘密传递一些心领神会的言语,这心领神会涉及命运、生命与此在。方言与方言的互相打量,既有尴尬又有乐趣,更有不适甚至愤怒。也许,方言意味着流亡,意味着永远回不去的地方才是故乡。

二、作为最高虚构的真实

1973 年,本雅明·利伯特(Benjamin Libert)等人首次公布了一组突破性的实验,结果表明:人对一个感官刺激最早的经验知觉(experiential awareness),在时间上,比这个刺激本身至少延迟500 毫秒(0.5 秒)。这意味着,我们的一切感知经验都不是即时的,而是比实际事件延迟了大约半秒。这种时延是人的神经电势(neurological electrical potential)达至经验知觉要求的水平所需要的时间。这个实验指明了一个普遍观念——无论多么细微的思想，只要出现了，就一定是有根据的。也就是说，所有发生的一切必然在我们对它知觉之前就发生了。因为，在任何神经的或感官的过程与任何我们关于这些过程的思想、情绪、感觉或行为的知觉之间都有一个时延。只要存在这种时延，无论大小，无论是一小时还是一微秒，那么我们对客观现在（objective present）的体验则必然来自之前的客观过去（objective past）——这个客观过去呈现于主观现在（subjective present）。也就是说，主观现在总是滞后于客观现在（the subjective present always lags the objective present）。这个领悟具有非同寻常的、革命性的和广泛深远的意义。它意味着，任何思想、情绪、感觉或行为总是在我们主观上知觉它们之前已经客观发生了，因此，我们不可能避免这些思想、情绪、感觉或行为——也包括我们做出的任何选择与决定。我们注定活在客观过去（objective past），客观现在与将来（objective present and future）完全在我们的控制之外。这也就是说，我们对现在的感觉仅仅是对过去的回忆。我们所拥有的只能是过去，现在和未来一样是一种虚设，是无法抵达的。这从根本上决定了人的自由意志是一种幻觉。我们的一切都是由过去决定好了的。我们的任何选择与决定都是在我们感觉到它之前便发生了的。现在似乎只是过去与未来的分界线，而无法被如实地（as such）体验。

华莱士·史蒂文斯亦曾说过："按照传统的感知观念来说，我们是不能立即看见世界的，我们看见的世界只是一个观看的过程的结果，且只能在这个过程完成之后，亦即，我们永远看不见世界，除非在那个瞬间过去之后。于是，我们总是在观察着过去。"①世界只有在变成我们头脑里的形象之后，才能为我们所感知。我们看见的不是外部世界本身，而是它的一个形象，并且仅仅存在于我

---

① Wallace Stevens: *Collected Poetry and Prose*, New York: Literary Classics of United States, Inc., 1997. p.857.

们的内在世界之中。

　　因此,世界客观之中必然有着人的主观的建构成分。人能看见什么是由他的先验认知范式决定的,这决定了人类视而不见的天性,除非他想发疯。卡尔维诺和博尔赫斯都写过能同时看见事物所有细节的人,他们不能行动,事物的不断变幻和流动压倒了他们。人眼看见什么也是有选择的——人只看到他感兴趣的东西。而人对什么感兴趣是由他所置身的文化(语言)所决定的。曾有一个导演在非洲某土著部落拍一部片子,令人惊讶的是,在给这些土著人看完片子之后,片中主要表现的人与事他们似乎毫不在意,却为一只觅食的鸡而争吵起来;而那只鸡连摄影师都未注意到,它只在一个镜头的一角闪了那么一瞬。所以,不同的人看同一样东西,得到的印象和结论往往是截然不同的。这并非意指客观的物并不存在,而是人类是否有能力看到的问题。事物依然存在,只是我们在自欺欺人。真实是头大象,当你仔细地研究它时,它便消失,它就变成了它自身的一种描述。量子力学把人的意识作为一个关键要素纳入进来。结果,量子力学成了最成功的科学,它承认没有办法把观察者与实验分离开来。某些现象除非被观察,否则它们绝不会发生。有某种意识一样的东西渗透在宇宙中,希腊人把它称为"意志"或"精神"。它存在的性质完全不同于物质和能量,而它的作用就像一种"原物质",它是许多现象的基础。与之相应,这种总体意识遍及万物,在我们每个人内部都有它的一个小片段,在我们还不知道的时候,现象就已经被真实所遍及,我们甚至必须甘心接受我们其实一无所知。在人的意识与终极真实之间,垂挂着一道"量子帷幕",那后面的东西是人的智慧所不可企及的。这个帷幕由基本粒子本质上随机的行为组成,原则上,它们的行为是不可预测的。但在帷幕后面可能存在着什么,是它决定了我们不能预测的量子事件。也许,在量子帷幕后面潜藏着的就是总体意识,如果整体确实存在的话,它就在那里。也就是说,真实是一种人的主观参与其中的建构。华莱士·史蒂文斯毕生思考的就是真实与想象的关系这一根本性问题，他说："我们的眼睛所看见的也许是生活的文本，但是一个人对这文本的沉思，对这些沉思的揭示竟然是真实的结构的一部分。"①

在生活实存已经逐渐被仿像与符号抽空代替的时代，现象恰恰构成了对真实的一种遮蔽，因此，分辨真实已经成为最迫切的任务。从 20 世纪 90 年代中期开始，我的诗学基本上就是建立在"真实"这一基础上的。如何在诗歌中抵达真实，而不是表现个人的所谓境界？这是一个问题。真实不单单指真情实感，甚至也不是对外在现实的近乎客观的描述。"现实"和"真实"是两个概念，"现实"是人为可以制造的假象，而"真实"则是由更高的存在来主宰的。对真实的态度把诗歌划分为不同的阵营。比如"口语"诗，是希望用还原来达到真实，但殊不知，你说出什么就是丧失什么。从这个根本意义上讲，人是无法认识真实的。人所能认识的只是所谓"现实"而已，而现实又往往是文化和权力的虚构，是语言中的现实。口语诗歌大多从一己的主观出发，写作者和写作的对象是分离的。可以说，这个对象是从写作者本身投射出去的，仍是主观的、强加给读者的现实。所以仍然抵达不了真实。任何单向度的线性诗歌都会构成对本真事物的遮蔽。也就是认识到这一点，我明确提出了复调、散点和伪叙述等诗学主张，以期依靠这些技术来趋近"物本身"。

在当代汉语诗歌中，现实再次成为一个不可回避的问题，对现实的态度决定着一个诗人的语言态度和审美取向，反过来也可以说，对语言的态度也就是对现实的态度。在一端，是以"最高虚构"来建筑一个超验性的乌托邦，与现实平行的世界，以此与现实抗衡，在物欲主义和国家美学的夹缝中保留一点点精神品质，呈现出

---

① Wallace Stevens: *Collected Poetry and Prose*, New York: Literary Classics of United States, Inc., 1997. p.689.

悲壮甚至惨烈的精神抗争；在另一端，是尽量与日常现实贴合，以日常非诗性事物入诗，诗中主体的面目混同于屑小的事物，以求揭示出日常生活的"非人"状态。在文本形态上，前者是隐喻的、深度的写作，其构词法的侧重点在于词语的相似性。他们往往对语言采用暴力扭结的手段，在词语的基本义和引申义之间做手脚，使词语在新的语境中获得新生，注重词语的多义性和诗意的模糊。而后者是换喻的、平面的写作，其构词法的重心在于词语的毗邻性。他们往往有意清理词语内部的语义积淀和意识形态残余，注重词语的单义性和诗意的明晰。在精神向度上，前者是高蹈的、担承的，对意义的建设和体系的维护有着特别的偏爱，他们往往喜欢用玄学象征把不相干的事物黏合在一起，对秩序的整合有所诉求；而后者则游戏于事物的碎片和缝隙之间，他们坦然于物质对人性的异化，在精神上和普通人无甚差别，对事物的真实性和状态的原生性更感兴趣。

每件艺术作品，无论以何种方式，都必须对现实做出反应，也一定有或隐或显导源于现实的主题。这个现实就是诗歌所指称的一切，它不仅包括客观的物质世界，也包括人的主观心理世界。按照传统的反映论来说，艺术作品是对现实的反映，只不过比现实更为典型和集中。这种观点的前提是语言的"及物"性，即相信语言可以把握住世界，语言是一种人可以操纵的工具。可以说，当下的"日常诗学"在语言上的依托，仍然是这种传统的语言观。与传统现实主义不同的是，他们不再去反映外在的宏大事物，比如国家意识形态主题，而多是描述自己生活中的琐碎经验，在看似无意义的平凡叙述中透露出人本的渺小与自虐，在绝望的异化中游戏，抓住碎片，像抓住一根救命稻草。他们的诗歌大多属于消费主义范畴，读得轻松，忘得容易。原因在于他们极少进行形式上的建设工作，缺乏语言的支撑，使作品成为没有容器的水，诗意必须依赖于他们所反映的对象而存在。结果，诗歌鲜有超越的旨归，由此也导致精神的疲软与萎靡。

以"最高虚构"为真实的诗学，就是在这种语言观的支配下展开的。它对西方当代语言学最新成果的迫不及待的认同，势必造成诗歌文本的另一种意义上的平面化——所有意义都落在语言层面上，文本与人本无法互相印证，使精神又丧失了肉体的依托，归于真正的虚构。这种危险在今天的解构性后现代主义中已充分显露出来，它极端地全然拆除了客观性，使得主体成为没有对象和环境的孤零零的单子，强行造成了"真实"的隐退。解构性的或消除性的后现代主义在逻辑上承袭的其实是现代性的否定的意识形态，因此它充其量只能在消解主体某些顽固信念方面发挥作用，是纯粹的破坏，是本质上极端至极的相对主义，凭借它是不可能彻底克服现代性的分离意识的。因为解构主义"把目光从人类计划的层次降到了'语言游戏'（概念的建构）的层次。他们坚持现代的身—心分离，断言在社会建构的这一内在样式里，文化（心灵）把种种假设和其他概念投射在无声的物质（身体）上，根据笛卡尔和解构主义的思想，这通常是意义的单向建构。缺乏自主性的个体陷在了他们文化的语言游戏和权力剧中，他此时的感受甚至比自我与世界中其他存在物的彻底分离更加严重"①。

这两种语言观看似截然不同，实则殊途同归，在某种程度上都导致了精神力量的缺失。"日常"派强调真实，却在对语言的消费的、实用性使用中磨损了语言，让语言被物给消耗掉了。他们的诗是从主体到物一去不复还的单程车票，无奈地流于琐碎和平庸，并有意无意地和消费时代的小市民意识形态联姻了。"虚构"派强调语言对真实的互文关系，却容易迷失在知识的迷宫中，只见一堆堆的词语在互相做鬼脸，同样看不到人本的闪光，最终归于能指游戏，企图在能指链的无穷滑动中漏下些意义的碎渣却终成幻想。

———————————————

① 查伦·斯普瑞特奈克著，张妮妮译：《真实之复兴》，中央编译出版社，2001年，第78页。

他们改变的只是词语的组合方式,并且安于改变词语就是改变世界的虚妄信念,对世界难有切实的疼痛触及,在某种程度上维护了文化意识形态的持续。因为既然人类经验中只存在着概念的社会建构,诸如语言、知识体系和文化,人势必在自己所接受的文化结构之外无法认识自然或我们的身体,乃至任何对象。知识和"真理"的相对化使得真实完全成了无根基的东西,因此任何意义上的"真实"都成了解构的后现代主义所要反对的核心。

然而,诗歌既不是能指也不是所指。在前者,诗将成为纯粹符号的组合,成为声音的象形,变得抽象和不及物;在后者,诗将被物(对象)消费掉。诗歌也不是能指和所指的合一。不仅仅因为合一是一种空想。在口语中能指和所指确实有合一的趋势,因为口语较少多义的含混,但口语基本是用来传递信息的,信息交流的功能执行完毕,词语也就成了空壳,它只是载体。这样,口语诗歌就和别的文体(科学文献、散文等以传递信息为目标的使用语言的方式)混为一谈了。从这一点上讲,口语诗不是诗。诗歌是能指链的滑动,这种滑动织成的网,无论多么密实,都会有人性的光和物的黑暗漏下。诗歌也是能指海洋中一场海难后漂浮在海面上的船壳、货物、人的残肢等,它们将逐渐消融在能指的海洋中;它们暂时的漂浮运动则呈现出向四周扩散的趋势,没有边界,也不可能成为另外船只的指路灯塔。

因此,在词与物或者语言与意义的关系上面,我们既要抵制客观主义的观点,又要避免滑向解构主义极端的相对主义。客观主义认为,由诸各具性质的对象组成的世界外在于人类理解,它具有合理的结构;正确的理性映现了这种结构,词语是通过指称世界中的事物而获得意义的符号,理性是其操作规则。与之相反的则是解构主义的主张。它以一种反世界观的方法战胜了现代世界观;它取消或消除了世界观中不可或缺的成分,如上帝、自我、目的、意义、真实世界以及作为与客观相符合的真理,因此导致了相对主义甚至虚无主义。① 这种解构性的后现代主义认为，语言仅仅是武断的符号自我相关的系统，由这些符号构成的所有概念只是特殊文化武断的社会建构，意义与真实完全是相对的。在这两者之间，我认为经验主义的见解最为恰切。它发现，通常我们以为，隐喻是与概念或抽象的思想相对的，其实几乎所有概念的和抽象的思想都是隐喻性地构成的，大部分隐喻不是武断的，而是从身体在世界中的体验得来的。隐喻（富有想象力的投射）是精神具体化的结果，是对真实的具体化的理解；在与我们自己经验程度相当的概念体系的创造性发展过程中，这种理解共同承担着建立意义的任务。语言是与活生生的世界交互作用的过程中出现的，它出现后为了自己的符合性仍旧要依靠那个世界，也就是说，客观性必须与人的"经验信念"相适应。这将使我们回复到对存在的全方位的感性把握上去，并由此发现，"我们的感性知觉是一个更大的感觉和知觉之网中的一部分，那个网还包含了数不清的身心。生物圈不是从科学中借来的一个抽象而客观的概念，而是其中由理智的身体去体验和居住的真实"②。

三、大众媒介与真实

20 世纪 90 年代后期，以互联网为代表的新兴媒介的迅速扩张开启了大众传播媒介的划时代革命，在传统的大众传播媒介，即报纸、杂志、广播、电视、电影和书籍之外，为人们打开了一个新的空间，但同时也打开了一个难以预测究竟的潘多拉之盒。借助于电子信息技术，大众传媒深刻影响着话语生产和精神生产；而以语言为媒介、与精神生产密切相关的文学生产也受到了巨大影响。

① 大卫·雷·格里芬编，马季方译：《后现代科学》，中央编译出版社，2004 年，第 21 页。
② 查伦·斯普瑞特奈克著，张妮妮译：《真实之复兴》，中央编译出版社，2001 年，第 89 页。

大众媒介的平面化、虚拟化使得话语生产消费化、幻象化,文学也概莫能外,变得娱乐化和市场化。在这样的时代,充斥人们耳目的是大众文化所制造的超级"仿像",艺术与现实之间的界限彻底瓦解了,再现与现实之间的区别业已崩溃,要从大众媒介的巨量信息中分辨出真实,已经是难上加难。

鲍德里亚曾经分析过再现符号如何如近亲交配般互相滋养而不指涉任何现实或意义——符号从对一个基本现实的反映,变成了对现实的蒙蔽和扭曲。接着,符号开始标志着现实的"缺席",最后与任何所指都没有关系,成为自己纯粹的模拟虚像。① 而这种虚像,无疑是对现实的又一轮涂抹,鲜活的生命成了被建构出来的无限退远的模糊影像。在对电子媒介文化的分析中,阿多诺这一类的知识分子对大众媒介采取拒斥、否定的态度,在他看来,电子媒介将导致个性的泯灭并可能造成民主的消失。而对机械复制怀着乐观态度的本雅明,最终也没有想到,艺术作品的"脱去灵韵"带来的非但不是艺术的民主,而是艺术的无深度化和神圣的解体。大众文化暗中控制了大众,使其沉迷在媒介所制造的幻觉中,丧失了触及砭心之痛的耐心和能力。因为在后现代社会,人和对象的关系发生了深刻的变化,主体越来越失去了对对象的控制和驾驭力量,对象越来越趋于自律的发展,在主体的制约力量之外不断增殖、扩张。也就是说,非现实的符号取代了现实,导致了人们认识和判断现实的逻辑的混乱,人们对现实的理解更多是通过各种非现实的符号来进行的。② 应该说,文学的娱乐化畸形发展使得文学已经失去了往日的辉煌,不再能够行使再现真实、承担苦难、教化人灵的使命。公众话语渐渐以娱乐的方式,无声无息地完成了对文化精神的置换与阉割,"文化"成了并不指涉现实的影像的无限生产和增殖,人类则成了一个娱乐至死的物种。超量的无意义

① Richard Appignanesi 著,黄训庆译:《后现代主义》,广州出版社,1998 年,第 53 页。
② 周宪:《20 世纪西方美学》,南京大学出版社,1999 年,第 205 页。

信息泛滥充塞在表现的空间，结果使得大众丧失了建基在主体性上的判断力。

　　大众媒介的普遍使用，表面上使文学的传播变得容易和轻率，写作本身的门槛也在日益降低。尤其是博客和微信的出现，更使得写作成了一种近乎卡拉 OK 的自娱自乐。缺少了传统媒体的"编辑"这一环节，表面上看，大众获得了某种民主和自由，实际上却失去了对文学来说非常重要的"他者"这一约束性存在。技术工具理性全面主宰了主体，主体性非但没有勃兴，反而日渐萎缩。如果对当代文学进行一下总体的把握，就不难发现，随着大众传媒的发展而出现的表面繁荣背后，隐藏的是委顿与荒凉。出版物数量的增多并不能代表文学精神的复兴，反倒是一种浅薄浮躁、近乎自说自话的"表达欲"的泛滥。我们看不到多少能振聋发聩的力作，对于当代生活剧变噬心主题的触及也鲜有跳出以往藩篱的范例。文学社会功能的衰微已经成为作家的难言之隐，文学不但在处理"重大主题"时显得苍白无力，在面对日常生活的琐碎细节时也陷入了一个怪圈，成了欲望符号的能指游戏。一方面，作家们在涉及重大题材时往往被潜意识中渗透的意识形态恐惧所左右，不自觉地将思想批判的锋芒磨钝，甚至自觉不自觉地蜕化为"主题先行"式的写作，成为国家美学的附庸；另一方面，有些作家有意识地避开了"配合宣传"式的写作，却陷入了个人化写作的泥淖，以玩味一己之私为乐，在一地鸡毛中搜寻些鸡零狗碎的断片。他们从以往文学惯性的表现虚假的集体性"大我"，一下子滑向了表现同样虚假的私密性"小我"，从一个极端到另一个极端，从对"宏大叙事"的规避转向了自我迷恋和自慰。而与"宏大叙事"相对的表现个人欲望、情感、精神状态等的"微小叙事"，究其实质，依然是对现实的回避。因为对一种意识形态的反动的结果，往往是另一种意识形态。从以"重大主题"为规范的题材决定论，到以日常生活为尊崇的小市民意识形态，当代文学几乎毫不费力地就完成了角色转换，其中丧失的势必是文学的担承见证与精神平衡功用。因此,在大众媒介时代,对于当代汉语文学来说,现实再次成为一个不可回避的问题。

在这种情况下,大量通俗文学作品对阅读的覆盖,就成为横亘在真实与主体之间的又一重障碍。文学生产的"快餐化"使文学作品成了一次性消费的无深度、无意义的非审美活动,从而影响到文学意象的深度理解和社会功能的充分发挥。在这种情况下,文学是否有机会和有能力实现自身的突围,而重新向时代境遇和人类命运敞开自身,使语言和事物相互打量?作为语言艺术,文学内部对技艺标准的坚守,不但反映了绵延至今的文学自律化的诉求,也同样和文学对真实的抵达密切相关。因为技艺并不仅仅是技艺,它是作者的道德旨归、美学立场的出发点,也是两者得以圆满呈现的不可或缺的保证。

面对噬骨的生存艰辛及时代焦虑,仍能在保留感受原生性的同时,不失其优美的对语言的"迷恋",这一点,是区分只是表达一己之私的"业余写作"与"专业写作"的关键。这里所提倡的"专业写作",最根本的是认识到,文学不再是自我表达的工具,而是有本体意义的存在。而写作态度则从主动的操纵过渡为被动的倾听,倾听语言自身的言说与运动,克服自我中心造成的遮蔽,不是表现自我,而是发现存在。在具有专业精神的作家那里,个人经验与集体经验之间是互为表里的关系。如果过于偏重集体经验,势必又再次退回到国家美学的老路;而过于偏重个人经验,也会中了小市民意识形态的圈套。在文学的美学要求和道德要求之间,始终存在着一种迫切的张力。爱尔兰诗人希尼在评论曼德尔施塔姆时,称这位俄罗斯诗人"以服务于语言的方式服务于人民",他如此巧妙地回答了美学释放和道德关注的关系。真正的作家对现实的担承只能是内在的、语言层面的,跨越了这个界限,文本就会变得可疑。在对技艺的专注中,对个人想象力和自由的释放,与对时代的外在要求，将合而为一。

在大众文化推崇的平民视角的观照下，文学已经真伪难辨，边疆不复存在。但是这种不复存在仅仅是大众（奥尔加特所谓的"平均的人"，亦即只有平均一律、千人一面的共同属性的模糊群体）这一边的单向指认，而在文学的内部，本质的力量一直或隐或显地存在，文学自身所建立的伟大传统，绝非任何个人或时代的消极力量所能涂抹。后现代文学利用通俗材料，仅仅是对其解构嘲弄性地"利用"，其目的依然隐含着高级与低级、真与伪的分别，而并不是将自身等同于大众文化。但是，对大众文化的利用却忽视了大众文化普遍具有的"扯后腿"的特点，它把一切和它有染的高级形式都拉到视线之下。低级形式利用对高级形式中低级因素的模仿顺便狡猾地对高级形式本身实现了解构。如此一来，高级形式与低级形式均变得面目模糊，无分高低。最终，后现代文学的胜利是低级形式的胜利。后现代文学在无意中实现了对自身的消解，这应该是始料未及的。易模仿性使文学丧失了尊严，同时也使模仿者穿上了皇帝的新装。哪种形式被模仿得越多越快，它就越是丧失现代文艺的"否定的力量"，而同化于大众随波逐流、麻木沉沦的异化状态。在这样的时候，严肃的作家势必唯有"独善其身"——退出大众文化的包围圈，回到自己孤寂而安宁的工作室，重新使自己的存在和创造符码化，来保持精神的纯粹和高度。

另一方面，乐观地来看，大众媒介有利于文学意象的扩大再生产，为文学自我更新提供了一个广阔的再造空间，它对文学有着既限制又解放的作用。虽然当代文学要提高介入现实的能力，还只有在写作的具体展开中才能找到相对有效的方法；但有一点是可以肯定的，当代中国的现实主义写作已经基本失效。现实主义是一种背叛了小说美学原则和想象力的创作手法。叙述和语言本来是小说用来探索和揭示真实的，而不是掩饰或改变真实；现实主义创作手法却与此相反,它们利用叙述和语言隐藏了真实,结果对现实残酷真相的揭示演变成了对苦难的温情脉脉的抚摸。因此,作家要对语言既呈现又置障的双重性保有清醒的警觉,词语并不是物本身,词语转化成物的可能性永远是一个值得怀疑的事情。从传统现实主义对语言再现能力的确信,过渡到努力取消语言对行为冲动的弱化和致幻作用,颠覆艺术与生活的分野,暴露文本的符号性质、任意性和历史性,这种后现代主义的"元文学"努力也许是一个值得期待的突破口。

这种对文本空间的脱出,实际上是吁请人们回到与世界活生生的关联之中去,是苏珊·桑塔格"抵抗释义"中所暗含的对恢复人的感受性的倡导。只有在这个意义上,我们才能理解后现代主义为什么是自反的文学,是自我取消的文学,因为文学如果不指向行动,仅仅停留在语言符号的自我循环之中,就难以起到为人类的历史实践开路的伟大作用。现时代,我们需要的可能不仅仅是文学在意识理念上的引领,更需要的是真正走出户外,投身于大自然的呼吸与色彩之中。荷兰哲学家托恩·勒迈尔认为,对自己进行思考的"自我"既没有味道也没有气味,既没有颜色也没有语调,它在原则上牺牲了感官的世界。理智的认识正像康德所讲的那样,也是一种满足与快乐的源泉,但同时,它也带来了一种危险,那就是思想者有可能被孤立在一种没有宇宙的内心世界之中,觉得有了自己就够了。他以优美的语言说道:"人体和感官参与的体验更生动和深刻。在我拥有的回忆中,印象最深刻的还是那些感官素质内容很高、由感觉陪伴的那些回忆:我在孩提时代第一次看到的松树林的气味;冲击阳光照射、没有人的海滩的海浪的声音;在硕大宁静的月亮上升时吹到我皮肤上的凉飕飕的夜晚空气;我曾经看到的第一个死人的苍白和安详的面孔。我们也知道,尤其是感官体验到的感觉——意外的一种气味、一次触摸、一种味道——才具有这样的能力,即突然地把看起来已经被遗忘很久的体验重新恢复起来，使它重新变得充分活跃起来，并且由此使时间暂时停顿下来（普鲁斯特在他的小说里以不可比拟的方式描述和利用了这一点）。"①

---

① 托恩·勒迈尔著，施辉业译：《以敞开的感官享受世界》，广西师范大学出版社，2009 年，第 130 页。

第四章　中国当代生态诗学的建构

20 世纪 90 年代，汉语诗歌界发生了一次重要的转型，那就是由单纯解构的后现代主义向建设性的后现代主义的"因缘之诗"的过渡，其理论自觉即为我所提出的"客观化诗学"。这种转型暗合了世界范围内文化范式从机械论向有机论的转型，它是少数有觉悟的汉语诗人的独立创造，与其具体的写作实践与人生信念密切相关。因此，这种转型正如著名学者王晓华所指出的："如果非要在西方找出与它对应的思潮的话，那么，我将说它与美国建设性后现代主义所提倡的过程哲学有相似之处。由此我们可以判定因缘之诗在世界文化版图上的先锋地位。"[①]继西方文化与哲学中的语言论转向、后现代转向之后，生态转向从 20 世纪 90 年代前期开始，日益成为众多思想家、学者和诗人共同关注的焦点，而 90 年代汉语诗学中的类似转折，则是第一次呈现出汉语学者对中国经验的注重；在学术的中国话语的建构上面，第一次显示出自足的转化与创造性潜能。需要注意的是，客观化诗学的视野远远大于生态诗学，它不仅要探索生态诗学所关注的人与自然的关系，更为重要的是，它致力于探索人与社会、人与人、人与自我诸层面的关系，力求为人的生命的整全提供观念先行的保障。

作为对现代性的某种抵抗和否定，现代主义文艺"尽管对辨识

---

① 王晓华：《在现代和后现代之间》，黑龙江人民出版社，2006 年，第 57 页。

现代否定性的意识形态有所帮助，但并未在匡正后者方面取得成功。当今通行的政治与哲学上的批判性分析也是如此。之所以这样，是因为现代信仰体系及其概念已然能够对所有挑战它的行为进行过滤、塑造和转向了"①。同样，解构性的后现代主义也陷入了类似的悖论，它认为"真实"是不存在的，"真实"仅仅是语言和概念上的社会建构，而语言和概念是对人的所有经验的建构。因此它将对现代性的进攻仅仅框定在一个向度上，却遗忘了此间最为核心的问题——对真实的压迫。我们知道，现代性是人与自然、自我与他者、心灵与身体之间的破坏性断裂的根源，它所造就的现代世界观的抽象，强行造成了心灵对身体的"强制"计划、技术"进步"对无声自然的设计、全球性强权对"落后的"地方的规划。而"极端破坏"运动中的解构主义的后现代主义，延续的依然是现代性问题的信念和假设，比如与自然分离的二元论、对人类"语言游戏"能力的唯我论、毫无责任感的极端的主体性、对灵性的轻蔑和生命内在统一性的否定，等等。总而言之，现代主义的否定性美学与解构性后现代主义的能指游戏均告失败，因此，从现代的权力话语向后现代的机缘话语的转向，将生态学的视野纳入文艺学、诗学的体系建构，就是不可回避的艰难而光荣的责任。

谢默斯·希尼在重估文学的社会功能时，不是将诗歌当作有助于压迫的东西，而是当作一种平衡的行动，一种矫正的形式，一种补偿的状态。② 他思考的是，在生态危机时代，语言和文学能否起到调节人与自然的紧张关系的作用。希尼得出的结论是肯定的。因为，与以往将人类主观秩序强加给自然的"差的文学"不同，好的文学不但要叙述自然，而且要提及——至少要暗示——自然

---

① 查伦·斯普瑞特奈克著，张妮妮译：《真实之复兴》，中央编译出版社，2001 年，第 15 页。

② Beyond Nature Writing: *Expanding the Boundaries of Ecocriticism*, Edited by Karla Armbruster and Kathleen R. Wallace, Charlottesville: University Press of Virginia, 2001, p.249.

的抵抗。在其中，自然不仅仅扮演符号或隐喻的角色，更是在抵抗、质疑、逃避我们试图强加给它的意义。① 汉语生态诗学的建设便是对文学功能的这种新的理解的一种呼应，一种乐观和急迫交织在一起的吁求。

纵观中西诗歌的历史流变，可以得出这样一个大致不差的结论，那就是诗歌的日益客观化。这种现象与创作缘于主观的习见看似矛盾和悖反，但从现代主义者艾略特的"客观对应物"开始，里尔克的"事物诗"，一直到后现代主义者威廉斯的"除了事物别无思想"，朱可夫斯基的"客体主义"，阿什贝利的"尊重事物本身"，都在在反映出西方诗学中对还原事物本真面貌的诉求日益成为主导。而在汉语诗歌之中，尤其是朦胧诗之后，从第三代、20 世纪 90 年代前期的个人化写作、90 年代后期的客观化复调写作，到"70 后"一代对异化事态的默默认同、21 世纪网络诗歌的语言狂欢，诗人们不约而同地对意识形态所塑造的"第二自然"实施了大面积大规模的"祛魅"。汉语诗歌从过去依附于"宏大叙述"逐渐过渡到游戏于"微小叙述"，回到生存现场、个人处境、身体、语言，汉语诗歌似乎有望回到"事物本身"。

第一节　返回无名与倾听存在

在现代性诞生之后，人的平凡品格被抬升到万物灵长的高贵地位，人超出了万物。文艺复兴时期的大师级人物皮科就曾经断言，上帝决定了人是本性不定的生物，并赐给他一个位居宇宙中央的位置，"亚当，我们既不曾给你固定的居所，亦不曾给你独有的形

---

① Beyond Nature Writing: *Expanding the Boundaries of Ecocriticism*, Edited by Karla Armbruster and Kathleen R. Wallace, Charlottesville: University Press of Virginia, 2001, p.252.

式或特有的功能，为的是让你可以按照自己的愿望、按自己的判断取得你所渴望的住所、形式和功能。其他一切生灵的本性，都被限制和约束在我们规定的法则的范围之内，但是我们交与你的是一个自由意志，你不为任何限制所束缚，可凭自己的自由意志决定你本性的界限"①。人类从此衍生出有关自身主体特权的信念，那就是人类是上帝特别眷顾的受造物，人类优越于动物、植物、矿物质，并且从上帝那里取得了统治自然和自己身体的特权。人忘记了自己和其他生命形式一样，仅仅是整个生态系统的一分子，而绝不是其统治者。万物与人一起构成的是一张复杂而生动的、充满了交互作用的生命之网："每个生物种群也与很多其他的种群发生着联系。这些联系的多样性使人眼花缭乱，它们错综复杂的细则又使人感到奇妙。一个动物，如一只鹿，可能是依靠植物得到食物的，而植物又是从土壤细菌的活动那里获得营养的，反过来这些细菌又是靠生活在土壤上的动物所排泄出来的有机粪便生存的。同时，鹿又是山狮的食物；昆虫可能以植物的汁液为生，或者从植物的花那里收集花粉为食；另外一些昆虫则吸吮动物的血液，细菌可能靠动物和植物的内部组织生存；真菌腐蚀着死亡的植物和动物的机体。所有这些，都是多次重复着，种群之间彼此建立起复杂而严格的关系，从而组成了地球上的巨大的生命之网。"②

　　追求万物与我齐一需要的是谦卑，其前提在于对我执的破除。在佛教中，"自我"为主宰的意思。众生虽都有一个心身，但那是由五蕴凑泊而成，离开了五蕴，根本就没有我的存在，没有实在常一的我体。蕴，译自梵语 Skandha，意为"积聚""类别"。五蕴是指物质世界（色蕴）和精神世界（受、想、行、识四蕴）的总和。色蕴指构

---

① 周辅成编：《从文艺复兴到十九世纪资产阶级哲学家政治思想家有关人道主义人性论言论选辑》，商务印书馆，1966 年，第 33—34 页。
② 巴里·康芒纳著，侯文蕙译：《封闭的循环——自然、人和技术》，吉林人民出版社，1997 年，第 24—25 页。

成身体和世界的物质,是地、水、火、风四大种所造。受就是感受;想就是想象;行就是行为,由意念而行动去造作种种的善恶业;识就是精神作用的主体,了别的意思,由它去辨别所缘所对的境界。同样,在佛教中,"性"为天然的本质。一切现象的本体或一切心相的体性叫作"自性"。"性空"亦称"自性空"。佛教认为一切事物与现象都是因缘和合所生,其性本空,没有真实的自体可得,也就是没有自己固有的性质。佛教中对"自我"的阐释是比较简单清晰的,它的最终目的是破解掉自我之虚妄,使人不起执着。破除对自我的实体性理解,转向过程化的自我,从封闭的单子化自我朝向对他者开放的自我,才能真正地确立起我们的主体性。德日进有一段话说得很好:"个人或种族的自我主义都是由一些人所激引,他们把忠诚的对象从生命转移到一些不可交通的极端或排外性上面去。他们自以为是。他们的过错就是把个体性和位格性混淆了,而这是致命的错误。他们要把自己和别人区别出来,结果是把自己个体化了;这是他自甘堕落,还要拖人下水,把世界打成粉碎,还原成物质。说来可笑,他不仅消灭自己,而且失落了自己。实际上,若想实现真正的自我,那么就要走相反的方向,走在与他人共同汇聚的方向,以便奔向'别人'。"①

　　然而,启蒙理性所培养出来的现代人已忘记了谦卑。殊不知,人往往把自己放到最低,才最有力量,最强大。正如真正强大者在最低潮的时候,往往更坚强。更为恰当的"自我实现"有别于个体主义的理解,而强调整体与联系性的观点,在自我与他者之间本无固定的本体论划分,而是将自我实现视为自我省悟,以理解自己是更大整体的一部分,是与自然界相联系的自我。正如德维和塞申斯所总结的:

---

① 德日进著,李弘祺译:《人的现象》,新星出版社,2006 年,第 186 页。

在保持世上宗教的精神传统方面，自我实现的深生态学准则远超过现代西方思想中自我的定义。现代西方定义的自我主要是力争享乐主义满足的孤立的自我，这是一个社会程序意义上狭义的自我。社会程序意义上狭义的自我或社会性自我脱离了我们原本应定的自我，它让我们追随时尚。只有当我们不再将自己理解为孤立的和狭义的相互竞争的个体自我，并开始把自己融入家人、朋友、其他人最终到我们这个物种时，精神上的升华或展现才会开始……自我的深生态学意义需要进一步成熟和发展，要认识到除人类之外还有非人类的世界。①

因此，返回无名就意味着返回存在的本源，返回存在整体，从我们长久以来形成的二元分立的思维惯性中解放出来，从孤立的自我和片段中解放出来，感受与整个宇宙的休戚相关。从强调孤立的自我到知道整体；从强调个人英雄主义地与世界斗争，到协同进化与合作；从视自然为孤立个体的集合，到感知我们是自然组织的重要方面；从观察者与对象的分离，到意识到观察者总是观察对象的一部分；从专门强调逻辑、分析，到审美式的推理，不放弃分析但承认分析的局限；从执着于控制和预测，到对事物的涌现和变易变得敏感。利用我们微妙的影响力，成为地球这个蓝色星球的参与者而不是管理者。这样，我们就可以不摒弃文艺复兴以来对个体的认识以及随之而来的知识和技术的进步，而且使每个个体形成的集合具有崭新的意义，用混沌理论的术语来说，那就是成为"表述整体的隐喻和分形"②。

---

① 戴斯·贾丁斯著，林官明、杨爱民译：《环境伦理学》，北京大学出版社，2002 年，第 253 页。

② 约翰·布里格斯等著，陈忠、金纬译：《混沌七鉴》，上海科技教育出版社，2008 年，第 156 页。

那么,写作,作为将理性审美化的必要方面之一,就逻辑地导向这样一个觉知:谁写下了诗歌并不重要,重要的是写出"诗歌"。一个无名的文本摆脱了过多的主观性,从而进入了一个现实的空间。即使不是荷马,也总会有一个人来写下奥德修斯的流亡;即使但丁不曾生活过,地狱也同样存在。一个唯名是尊的时代也就是以自我为中心的时代。可悲的是,还是有太多的人把写作当作自我表现的工具,而不是通过写作将自身纳入更广阔的人类历史与生活中,从而与其所写下的事物同在,从而和宇宙的沛然之气贯通。对于体察了写作奥秘的人来说,恰恰是通过对自我地狱般的深入,在地狱最底端找到通往炼狱的出口,这也就是对自我的深入和超越。诗歌最终只能是忘我。博尔赫斯有言:"一首诗是不是出自名家之手,这个问题只对文学史家显得重要而已……一旦我写下了这一行诗,这一行诗对我来说就一点也不重要了,因为,正如我所说过的,这一行诗是经由圣灵传到我身上的,从我的潜意识自我中浮现,或许是来自其他的作家也不一定。我常常会觉得,我只不过是在引用一些我很久以前读过的东西而已,写下这些东西不过只是重新发掘。也许诗人都寂寂无名的话,这样子还会好一点。"①

同样,里尔克曾明确表示,面对存在隐匿的贫乏时代,诗人唯有应和存在的召唤,赞美一切卑微无名的事物:

啊,诗人,你说,你做什么? ——我赞美。
但是那死亡和奇诡
你怎样担当,怎样承受? ——我赞美。
但是那无名的、失名的事物,
诗人,你到底怎样呼唤? ——我赞美。

① 博尔赫斯著,陈重仁译:《博尔赫斯谈诗论艺》,上海译文出版社,2002年,第16页。

你何处得的权力，在每样衣冠内，

在每个面具下都是真实？——我赞美。

怎么狂暴和寂静都像风雷

与星光似的认识你？——因为我赞美。①

对无名的渴望要求我们在倾听自己内心的同时，倾听到天籁或神启，换句话说，便是倾听自然和世界之声。里尔克在其著名的十四行诗的一开始便确立了这种"倾听"对于万物归家不可或缺的作用：

那儿立着一棵树。哦纯粹的超越！

哦俄尔甫斯在歌唱！哦耳朵里的大树！

于是一切沉默下来。但即使沉默

其中仍有新的发端、暗示和变化现出。

对于动物来说，俄尔甫斯的歌是"树"，是它们的家，是它们的存身之所，它们的归宿。这个家不再是物理意义上的巢穴，而是精神。同时，这种"倾听"使得诗人在对自我和世界的双重超越中完成语言的转化，在语言中变形成"另一个"，和他所赞美的万物一样回到了真正意义上的家园。倾听大地不但让我们作为人与自己的根系关联起来，帮助我们在这个星球上生存下去，也有助于让我们明白，其他物种也是要在这个星球上与我们共同生存的。倾听不但为我们提供了对身体、大脑和灵魂的治疗，也有益于我们自身和周围一切。这种倾听事物之声的能力在当代土著部落中依然存续着，我们的祖先也曾经拥有过，而我们大多数人在现代文化的进展中已经丧失殆尽，仅仅将注意力集中在了人类世界之上，自然的声

---

① 里尔克著，臧棣编：《里尔克诗选》，中国文学出版社，1996年，第69页。

音被淹没和遗忘了。而实践这种谦卑、耐心、虚己的倾听，将使我
们与更伟大的源泉接通，重新思考我们自身在自然与宇宙中应有
的位置，进而改变我们的生命和未来。正如远人在其组诗《山居或
想象的情诗》中之第八首所写到的那样，这种倾听能让人重新参与
到自然的伟大进程之中，亦即看到"太阳强硬的光正在把每一片树
叶锻打成黄金"：

> 在林子里走过之时，我们同时听到
> 一阵时断时续的声音传来。我觉得
> 那是一个伐木人在里面伐木；不对
> 你说，那是啄木鸟在啄树木的声音
>
> 我们一直穿过林子，路上没看见伐木人
> 也没有在那棵树上，看到一只站着的啄木鸟
> 我们回过头看见，太阳强硬的光，正捶打
> 树叶，它要把每一枚树叶，都锻打成黄金

　　这就要求我们放下己执，认识到伟大诗歌产生的必然前提是
其作者的消失，只有这样，它才具备和万物一样自在具足的客观本
性。这里的"作者之死"和解构主义者的含义不同，它不是在文本
互文性的背景中产生的。它要求诗人从舞台式的垂直姿态下降为
一个普通观众，要求去除个人的骄傲和执着。这正如一个好演员，
其塑造角色的成功在于让我们忘记其现实生活中的身份和名姓，
其已被角色本身所抽空和占有。伟大诗歌的客观属性容许我们这
些平日充满令人头痛的自我意识的人通过它进行真正平等的交
流，因为我们面对的是一个共同的对象，它是超乎我们的观念差异
之上的整体，一个中介。
　　我来南京后写下的《早晨和夜晚的鸣鸟》《白色鸟矢》《八哥你

好》《像鸟儿原谅了冬天荒凉的打谷场》《今天早上我是一只鸟》《晨鸟鸣叫》《玄武湖遇春鸟》《为鸟声驻足》《一只黑鸟引导我》等一系列"鸟鸣"诗，就集中体现出这种意识。宋立民教授在他的评论文章《晨曦中关于鸟鸣的写意》中这样阐释道：

> 如同鲁枢元先生从文艺心理学转向生态美学——他用洋洋数万言的关于"水"的阐释描摹了更多的人，写鸟鸣的马永波同样有着划时代的意义：让诗歌回到清晨高高低低的鸟鸣中，没有"枪口与血淋淋的朝霞"，没有"地狱们正排队"，没有田纳西的馅饼，同时又无不包括……马永波的鸟不是比喻，不是象征，他已经走过了朦胧的与直白的岁月，他笔下的鸟儿仅仅是在冬天荒凉的打谷场上"从树丛里跳到路上，或者相反"的精粹而普通的飞禽，他的鸟不会飞入月光，不会"习习衔幽而去"，而是常常"在黑暗中落下半流质的固体"即白色的鸟屎，"洒在低处的叶子上，甚至连人的肩膀上"的飞禽——那是真实的鸟，脊背上托着晶莹的雪花蹦蹦跳跳的鸟……"新新闻主义"用小说与戏剧的手法写新闻，而马永波则是使用新闻的客观性理念写诗。他尊重鸟儿的"原生态"和飞禽界的游戏规则，还原着普通的、细小的生命。①

当代社会生态灾难的出现，使得人们开始借助东方美学和现代生态学理论重估自然的价值。宋立民接着在文章中梳理了新诗的百年历程，敏锐地指出，诗人们还没有学会聆听"鸟鸣"，或者是绝大部分时间听而不闻。人的存在本源被遗忘了。他认为，新诗第一个十年，是在"狂飙突进"的启蒙精神中行进，间奏以"沙扬娜拉"的浪漫主义柔波。其后的三个十年，虽然在时代的呐喊中出现了现

---

① 《中西诗歌》，2009 年第 3 期，第 99—101 页。

代派的鸟鸣,但又被掩盖于连天烽火。第五、第六个十年的"大跃进"民歌,仅仅为审丑提供了史料。第七个十年,归来者与朦胧诗历尽艰难改变了新时期的诗美学观念,可忙于拨乱反正的人们依然无心谛听鸟鸣。第八个十年,朦胧诗后先锋诗歌展示了崇高与世俗的种种情态,可惜还没有真真切切的"鸟鸣"的园地和地位。而在马永波的客观化写作中,存在的本真才被恢复到万有一体的因缘关联之中。因此,在玉龙雪山几乎看不到雪地的时候,在人们的肺部日渐变黑的时候,诗歌将用鸟鸣面对疾病、污染和其他一切社会生态的灾难,诗歌进入记录鸟鸣的时代,有识者已然窥见了生态美学原则的崛起。

诚如帕斯所言,现代性使永恒失去了价值,完美转移到未来,变化与革命成了人类向未来和他们的天堂运动的体现。① 在这里,帕斯明确地将现代社会的制度性危机与基督教的线性时间关联起来。其实,类似的指控尚为不少。比如,莱恩·怀特就认为"基督教对于生态危机承担着无限的罪责"②。甚至有的学者将创世说视为人类中心主义的思想根源而加以诟病。这其实是对圣经一小段经文的狭隘理解。怀特认为,《创世记》是关于人是万物管理者的训诫,但是,该经文的每一个段落都在劝告人们要节制、热爱大地,要小心翼翼地"管理"这颗行星,而不是漫不经心地征服。在给予人类在地球上的主权以后,上帝立即命令人类必须养育和保持它。尽管亚当不是万物的创造者,他却要对万物负责,为上帝的造物命名并为世界的完善负责。比如,在《约伯记》中,上帝虽然没有直接解答约伯的不平,却告诉我们,人类不能从自己的观点出发去对待任何事物,自然处于人类的控制之外,并不是我们的征服物。只有始终清醒地认识到人类整体与个体自我的渺小和有限,

<hr>

① 帕斯著,赵振江译:《帕斯选集》,作家出版社,2006年,第498页。
② 比尔·麦克基本著,孙晓春等译:《自然的终结》,吉林人民出版社,2000年,第71页。

才能保持对存在奥秘的谦卑，才有可能破除一己的执着，把自己降低到万物一员的状态，倾听到"天籁"。在与世界的搏斗中，诗人必须以个人的失败来成就诗歌的伟大；必须学会让沉默发言，让诗歌自己去言说，而不是为诗歌代言；必须像但丁那样，在看见炼狱山更高的景象之前，用灯芯草系住自己的腰。在《炼狱篇》第二十七歌中，维吉尔在引导了但丁的游历之后，曾如此感人地说道：

> 我儿，短暂之火和永恒之火，
> 你已看过了，现在你来到的地方
> 我的目力再也无法分辨。
> 我凭借智力和技艺把你带到这里；
> 从今以后，以你自己的快乐为向导；
> 你已走出了陡峭和狭隘的路径。①

能够意识到自我的有限性，乃是智慧的开端。果能如此，我们惯常所持的诗歌乃自我表达的观念，就变得非常愚蠢和渺小了。就是在这样的启示中，博尔赫斯的《界限》显得如此动人：

> 有一句魏尔兰的诗我已回忆不起，
> 有一条就近的街道却是我的禁区，
> 有一面镜子最后一次照见过我，
> 有一扇大门已经被我永远地关闭。
> 我的藏书（我正望着它们）当中，
> 有的我再也不会翻开。
> 今年夏天我将年近五旬，
> 死亡正在不停地将我消磨。

---

① 转译自朗费罗英译本。

　　也许,正是人的有限,才促使渺小的人以诗歌的无限来达至存在的增殖和圆满。荷马在《伊利亚特》里说:"世代如落叶,我们也是如此。"博尔赫斯则说:"我也会像玫瑰和亚里士多德一样难免一死。"这似乎是常识,而在日常生活中因为使用而被遗忘和磨损的常识,却往往有着难以测度的裂缝。能够对习见之物保持警觉的人,必定是有所觉悟之人。可以说,博尔赫斯和艾略特式的谦卑,正是当下汉诗所缺乏的必要品质,是当代诗人还没有培育出来的成熟心智之一。正因为我们不懂得谦卑地尊重存在,我们才有了诗歌语言中的暴力情结,才发生了诗之外的种种令读者不齿的争端,才有了抢夺权力话语的急迫野心,造成了当下诗坛乃至整个人文生态环境的急剧恶化。因为我们还没有像博尔赫斯那样,学会把我们的自我隐去,甘心做存在的"耳垂和喉咙"(希尼语);还没有学会沉默,让事物自己言说。

　　诗人的这种倾听万物言说的深刻特征之一便是敏感性,保持这种敏感无异于保持心灵的活力与纯洁。诗歌写作既是这种纯洁与敏锐的结果,更是它们的保证。正是诗歌,使写作者持存了内在的灵性,不被物质的黑暗所压垮,而堕落成耳聋目盲的贪婪之徒。而保持这种敏感的心理代价之一,便是孤独,彻底的孤独。同类的理解并不能使诗人的孤独有所减弱,也许恰恰相反。此处,孤独不再是纯然的一种心理状态,而成为一种境界和信仰,甚至成为诗的构架之一。为了看到凡人所不能目睹的可怕的美,孤独是必需的修炼。与其说它是社会问题的曲折反映,或是通过交流可以祛除的心理疾病,不如说是对神的供奉,是对自身的净化,也是独自担当使命并经历永恒之火和暂时之火的信心。唯有在孤独中,万物才向他汇聚,并被赋予意义。正是在这种本质性的孤独中,诗人在守护自身灵性的同时,也成了"存在"的看护者。

　　在孤独中,诗人更加清楚地看到了他人的孤独:

真是奇怪，人在屋里想去外面

回来又透过玻璃看外面

似乎外面真的存在

其实外面什么都没有

午夜的街头空荡荡的

只有一辆自行车

后架上夹着冰冷的饭盒

慢慢行驶在溜滑的路上

这个没有性别的人

似乎是整个冬天贡献出的一个形象

——《夜晚被雪映得通亮》

  因而，以主观的聒噪扰乱物之本性的人的言说，恰恰是我们所要警惕和加以限制的。要学会"单纯地聆听，不掺进任何过去的成分，不让过去的记忆干扰你，试着做到在聆听的时候不寻求解释、不相互比较、不妄加判断、不进行任何评估"[1]。这种倾听的态度来自自我的暂时搁置，济慈所提出的"消极能力"（nagative capability）中就包含同样的意思，这种感受力是一种物我合一的能力，既没有自我，又必须有自我意识，亦即"能够处于含糊不定、神秘疑问之中，而没有必要追寻事实和道理的急躁心情"[2]。在济慈看来，自我的旁位就是诗人的非个性化，他不赞成华兹华斯式的崇高或自私的自我，认为那样的自我是孤立的东西并孤立地存在着。诗人为了纳万物于自身，为了体察世间诸般情感状态与事物，就需要使自我不成其为本身，而是要无自我。他说："它是一切事物，又

---

[1] 克里希那穆提著，凯锋译：《自然与生态》，学林出版社，2007年，第72页。

[2] 伍蠡甫主编：《西方古今文论选》，复旦大学出版社，1984年，第141页。

什么都不是——它没有性格——它既欣赏光明,又欣赏阴影,它尽情地享受生活,无论清浊、高低、贫富、贵贱——它以同样的兴致塑造一个伊阿古与塑造一个伊摩琴。令道德高尚的哲学家瞠目结舌的,正是令变化万端的诗人所欣喜的。它既喜好事物的阴暗面,也欣赏事物光明的一面,二者对于它都没有什么害处,因为它们都以思考而告终;诗人是所有存在物中最没有诗意的,因为诗人没有个性——诗人在不断地(带来信息)供给其他主体——太阳、月亮、大海、男人和女人,这些都是冲动的造物,都具有诗意,他们周围都有一种不可改变的特质——诗人却没有;他没有个性……"①济慈的"消极能力"和诗人无个性的说法,直接导向了艾略特的"非个性化原则"。其重要意义在于,我们完全可以一反文学是人之内心表现的主观化文学观,而建设一种新型的客观化的文学。我们完全能够按照"世界的尺寸"创造那样的诗歌,条件是,我们必须善于感觉到处于其"另一个存在"即陌生状态之中,因而摆脱了人的意图和需求的外部世界,亦即不是仅仅生活在自己内心的另一个世界里,而是让另一个世界作为他者自由呈现自身;需要既强化我们自己在事物中的存在,同时又要消除它,要好像没有感觉它似的感觉世界;要为大自然表面上的无目的性感到高兴;要为缓慢流动的河水、从远处传来的孤独的鸟鸣,甚至为没有被人的眼睛看见过的花的美丽而高兴。②

　　在这方面,在自己所臆造的言辞世界打转的所谓诗人们,反不及梅特林克反复赞美过的那些安静的"无名者":"在星期日不去酒店喝个醉,却安静地待在他的苹果树下读书的农民;厌弃跑马场的纷扰喧嚣,却去看一场高尚的戏或者只度过一个宁静午后的小市

---

① 拉曼·塞尔登编,刘象愚、陈永国等译:《文学批评理论——从柏拉图到现在》,北京大学出版社,2003年,第307页。
② 托恩·勒迈尔著,施辉业译:《以敞开的感官享受世界》,广西师范大学出版社,2009年,第189页。

民；不去街上唱粗俗的歌或者哼些无聊的曲子，却走向田间或者到城墙上看日落的工人。他们全都把一块无名的、无意识的，可是绝不是不重要的柴薪投进人类的大火之中。"①所以，这种"无名者"对存在的安静"倾听"，更胜于人类言辞的喧嚷聒噪，尤其是那些喃喃于自我欲望的所谓"诗的言说"。这个星球并不属于我们，并不仅仅属于我们人类，相反，我们属于这片土地，这个星球，这个宇宙。正如下面这个有趣的故事中所表明的那样：

有一天，一个地主把田地留给一个男人去照看。这个男人把地照看得很好，耕耘、播种、种植、收获。地主回来，他对这个帮他照看土地的男人说："现在把地还给我。土地属于我。"

另一个男人说："不，我不干。土地属于我。你是地主，可这段时间是我一直在照看土地。土地是我的。"

他们开始争执起来，最后邻居出面，把他们带到法官那里去解决争端。两个人都坚持土地是自己的，土地属于自己。

法官走到那片地里，躺下来，把耳朵靠近土地。"你在做什么，法官？"两个人问。

"我在倾听。"

"你在听什么？"

"倾听土地。"

两个人嘲笑起法官来："倾听土地？倾听土地？土地有什么要说的呢？"

法官抬起头说道："土地说，你们都属于它。"②

---

① 转引自里尔克著，绿原、张黎、钱春绮译：《里尔克散文选》，百花文艺出版社，2002年，第155—156页。

② Mark Brady：*The Wisdom of Listening*，Boston：Wisdom Publications，2003，p.257.

第二节 复杂性理论与当代诗歌中的不确定性

"复杂性范式"是法国哲学家埃德加·莫兰在 1973 年发表的《迷失的范式：人性研究》中首先提出的概念。1979 年,比利时科学家、诺贝尔奖得主普利高津也提出了"复杂性科学"的口号。莫兰认为,复杂的东西不能被概括为一个主导词,不能被归结为一条定律,不能被化归为一个简单的观念。[①] 复杂性认识在承认对象的多样性因素之后,还看到对象的统一性因素,即把对象看成多样性与统一性的统一,而且还是有序性和无序性的统一。有序性和无序性的共存使得事物和主体本身常常面临多种可能性的选择,而主体的目的就存在于客观世界的因果链条的缺口中。关于复杂系统,南非学者保罗·西利亚斯在《复杂性与后现代主义》一书中较为清晰地为我们梳理了它的十项本质特征：

1. 复杂系统由大量要素构成。当要素数目相对较小时,要素的行为往往能够以常规的术语赋予正式描述。不过,当要素数目变得充分大时,常规的手段(例如某个微分方程组)不仅变得不现实,而且也无助于对系统的任何理解。

2. 大量要素是必要条件,但非充分条件。我们并没有兴趣将沙滩上的沙粒当作复杂系统(来研究)。要构成一个复杂系统,要素之间必须相互作用,而且这种相互作用必定是动力学的。一个复杂系统,会随时间而变化。这种相互作用,不一定必须是物理的,也可以设想成信息的转移。

---

① 埃德加·莫兰著,陈一壮译：《复杂性思想导论》前言,华东师范大学出版社,2008年,第 1 页。

3. 相互作用是相当丰富的，即系统中的任何要素都在影响若干其他要素，并受到其他要素的影响。不过，系统的行为，并不是由与特定要素相联系的相互作用的精确数量所决定。如果系统中有足够的要素（其中一定有些冗余），若干稀疏关联的要素也能够发挥与丰富关联的要素相同的功能。

4. 相互作用自身具有若干重要的特征。首先，相互作用是非线性的。线性要素的大系统通常会崩溃成小许多的与之相当的系统。非线性也保证了小原因可能导致大结果，反之亦然。这是复杂性的一个先决条件。

5. 相互作用常常是作用于某个相对小的短程范围，即主要是从直接相邻接收信息。长程相互作用并非不可能，而是实践上的制约迫使我们只能作这种考虑。这并不预先排除大范围的影响——因为相互作用是丰富的，从一个要素到任何另一个要素的途径通常包含着若干步骤。结果是，相应的影响也按此方式进行了调整。这可以通过若干方式得以增强、抑制或转换。

6. 相互作用之间形成回路。任何活动的效应都可以反馈到其自身，有时是直接的，有时要经过一些干预阶段（intervening stages）。这样的反馈可以是正反馈（加强，激发），也可以是负反馈（减低，抑制）。两种反馈都是必要的。在复杂系统中相应的术语叫作归复（recurrence）。

7. 复杂系统通常是开放系统，即它们与环境发生相互作用。事实上，要界定复杂系统的边界往往是困难的。系统的范围并非系统自身的特征，而常常由对系统的描述目标所决定，因而往往受到观察者位置的影响。这个过程被称作构架（framing）。封闭系统通常都只是复合的。

8. 复杂系统在远离平衡态的条件下运行。因此必须有连续不断的能量流保持系统的组织，并保证其存活。平衡不过是死亡的另一种说法。

9. 复杂系统具有历史,它们不仅随着时间而演化,而且过去的行为会对现在产生影响。任何对于复杂系统的分析,如果忽视了时间维度就是不完整的,或者至多是对历时过程的共时快照。

10. 系统中的每一要素对于作为整体系统的行为是无知的,它仅仅对于其可以获得的局域信息作出响应。这一点极其重要。如果每一要素对于作为整体的系统将要发生什么都"知道",那么所有的复杂性都必定出现在那一要素中,这会导致,在单个要素并不具有必要能力意义上的物理上的不可能性;或者在某一特定单元中整体的"意识"的意义上,构成了一种形而上学的冲动。复杂性是简单要素的丰富相互作用的结果,这种简单要素仅仅对呈现给它的有限的信息作出响应。当观察作为整体的复杂系统的行为时,我们的注意力就从系统的个别要素转移到了系统的复杂结构。复杂性是作为要素之间的相互作用模式的结果而涌现出来。①

混沌理论证明,在宇宙的任何地方,有序都会出现在一小块区域,而这总是借着在其他区域产生更多的无序来达成的。生命系统的特征就是给系统带来局部有序,依靠外来能量使熵衰减。熵是用来测量系统中有序的量,其增加表示混乱度的增加。在真实世界中,封闭系统的混乱度随时间而递增,事物会衰败,因此,封闭系统将走向"热寂"(heat death),那么,所有太空都是"热寂"平衡中一个小小的起伏,是更大宇宙中一个短暂、局部的起伏,我们所置身的这个宇宙也只是在可能热力平衡的、平淡一致的更大宇宙中众多扩张的泡泡之一。星系(如银河)是利用流入能量、经由反

① 保罗·西利亚斯著,曾国屏译:《复杂性与后现代主义:理解复杂系统》,上海科技教育出版社,2006年,第4—6页。

馈来维持平衡状态的自组织系统,起初的简单系统自行组织成位于混沌边缘的网络,就好像撒在地板上的众多纽扣,起先是两粒纽扣被线串连起来,然后越串越多,直到形成一个牵一发而动全身的网络,一个整体的架构。这时,生命从"温暖的小池塘"中出现就是很自然的,是大体上连续的而非跳跃式的过程。这就意味着,创造性的力量是在混沌边缘涌现的。

惠特曼在 1855 年版《草叶集》的序文里曾经写道:"在所有人类之中,伟大的诗人是心气平和的人。"这种心气平和有利于摆正人与环境(与他者、社会、自然)的关系,使人获得"天地与我并生,万物与我为一"的谦卑态度,从而将佛教中的因陀罗网予以肉身化。万物有如宝珠结成的网,一颗一颗互相辉映,重重叠叠,无穷无尽,组成一个整体,人作为整体的一个环节也都被包含在因陀罗网中,人与万物是互相依存、互相作用的。然而,在文艺创作中,这种"心平气和"容易被错误地消解到心满意足、安于现状、见惯不惊、心态平衡、自身具足乃至自给自足等庸俗层面。这种自身具足实质上不但对创造性行为不利,也是不符合生态文化的根本思想的。普里戈津的耗散结构理论认为,系统存在着一种自组织原理,世界万物都是系统的存在,每一存在都是相对稳定的开放系统,一方面它存在于一定的环境中,与其他事物相互作用,从环境中获得物质、能量、信息,维护自身的生存和发展;另一方面,系统又有自身的内在结构,是由不同要素相互关联、相互作用构成的有机整体。在稳定的封闭系统和接近平衡的系统中,小的输入产生小的结果;而在非线性关系占支配地位的非平衡系统中,小的输入却有可能产生大的结果。"在远离平衡的状态下,非常小的扰动或涨落,可以被放大成巨大的破坏结构的波澜。而这就带来了一切种类的本质的变化过程或革命的变化过程。"①从此,我们可以总结

① 伊·普里戈津著,曾庆宏、沈小峰译:《从混沌到有序》,上海译文出版社,1987 年,第 13 页。

出复杂系统的一些特征：所谓复杂系统，也就是由大量要素之间丰富的非线性的相互作用所组成的长程关联回路系统，它具有开放性、远离平衡性、历史性和混沌性等本质特征。因而，富有创造力的人往往极能容忍模棱两可、常处于矛盾之中、有逆向思维倾向，他们为了获得创造性的时刻，往往要让自己体会种种感觉："知不知"、匮乏、不确定、笨拙、敬畏、欢愉、恐惧、失控，以及对非线性的赏识，悟出实在的特征和自己的思维过程——创造性混沌的方方面面。① 复杂系统理论告诉我们，组织必须介入混沌的边缘（edge of chaos）——一个非平衡的窄带界面，这时，微小的涨落才会导致系统发生戏剧化的重大变革；而在混沌的边缘，系统与系统之间强加于系统的选择将产生系统的进化。

在维系与他者、社会的关系方面看，尤其在涉及自身利益的时候，平和的心态是值得提倡的，遏制过度膨胀的自我私己的欲望，能对系统的整体性目的和个体的主体性目的的协调有益。但是，这样的心态对文艺创作却无疑是一种动因上的剥夺。弗洛伊德早就将人的创造能力与心理能量（力比多）联系在一起。而卡夫卡如果不是因为早年被父亲忽略造成的心理紧张到了成年乃至临终也难以消除，他不可能一生都保持那么清醒敏锐的洞察力，他不可能以其全部的写作来寻求那把砍断世界之根的斧子。同样置身于巨大矛盾冲突中的兰波，在致保尔·德梅尼的信中强调"诗人要长期地、广泛地、有意识地使自己的全部官能处于反常的状态，以培养自己的幻觉能力，各种形式的爱情、痛苦和疯狂；寻找他自己，在自身耗尽一切毒物，以求吸取它们的精华"，这样才能获得超常的感觉能力，看到常人感觉不到的事物，从而为"未知的发现宣告新的形式"②。这种"新的形式"也就是上文提到的"革命的变化"。就

---

① 约翰·布里格斯著，陈忠、金纬译：《混沌七鉴》，上海科技教育出版社，2008 年，第 23 页。
② 兰波著，葛雷、梁栋译：《兰波诗全集》，浙江文艺出版社，1996 年，第 279—282 页。

拿惠特曼本人来说，他如果没有经过早年坎坷的经历，没有克服晚年瘫痪折磨的痛苦，他也不可能达到真正的"心平气和"。正如没有经过异化的美不是真正的美一样，没有经过苦难磨砺的人生，也不是真正的人生。经历过矛盾斗争之后达到的统一和谐，方能造就伟大的人格和伟大的艺术。当歌德在《流浪者之夜歌》中说"一切的峰顶／沉静"的时候，他已经是完成了这种"伟大的调和"。

复杂系统是到处存在的，并不是只有社会是复杂的，人类社会的每个原子也是复杂的。这种复杂表现在陀思妥耶夫斯基小说中的"与他人的双义的关系、真正的人格的突变"，表现在司汤达小说中的被历史裹挟而去却无法意识到一切是怎样发生的人物身上；表现为普鲁斯特《追忆逝水流年》中的同一个人在时代中的演变①……而诗歌也可以看作一个复杂系统，每一首也是如此。大致而言，汉语诗歌可以分为激情型和智慧型两种路向，如果说激情型写作突出了主体内心脆弱、裂变的一面，智慧型写作则更注重对内部秩序的整理，没有屈服于内心的混沌，而是试图以词语的秩序来取代事物的秩序。智慧型诗歌的节制使其更为有力、客观地意识到自我不仅仅是自我，而是永恒的一部分。因为偏重沉思和节制，智慧型诗歌难以像激情型那样撞击读者的心鼓（诗人如同手持一把明晃晃的刀子在读者面前晃来晃去），而是以静水流深的缓慢渗透来浸润人灵。在此，我无意于对智慧型写作做出危险的总体性评价，而仅仅从一个透视点出发，尝试触及这个时代往往为一般写作者所忽略，而在对于文化与诗歌之间关系具有深度思维能力的诗人那里得到了很好的"辩证性"展开的问题。

智慧型写作中，存在着平静中的不平静，超离与深入的辩证关系。比如"70 后"代表性诗人育邦和远人，他们的诗歌往往具有整饬的形式，而其下隐含的却是对秩序化生存的某种颠覆和蔑视，形

① 埃德加·莫兰著，陈一壮译：《复杂性思想导论》前言，华东师范大学出版社，2008年，第 58 页。

式与内容之间的这种对立所构成的诗歌的张力，反映出在激情与责任之间的动态平衡中，诗人所体现出的美之救赎功能的诗歌诉求。这种通过审美走向感性解放，并将感性解放视为普遍解放的起点和基础的认识，显然没有超出西方马克思主义的理论范畴。然而，这种思考在诗歌中的表现，却逼迫我们重新认识审美自律在当代语境中的重要性。审美救赎在后现代的开放语境中，业已被证明为某种虚妄，因为审美的现实化和现实的审美化完全是两个不同的过程。我们所应把持的是审美的实践性和历史作用，而现实的审美化在汉语环境中往往已经暗中偷换成对现实的虚饰。马尔库赛和本雅明在这一点上达成了共识。这已经是常识，我们无须展开论述。现在，吸引我们的是，在诗歌的形式与内容之间的张力所带来的启示。就我的理解，这种张力体现了诗人要重新弥合从 17 世纪玄学诗开始已经呈对立分裂状态的诸种关联域，比如感受力与智慧、审美与现实、有限与无限、本能与理性、游戏与规训，等等。而我最为看重的，就是既能将诗歌当成诗歌本身，又不仅仅当成诗歌，这种能力在汉语诗歌中是极其缺乏的。如果诗歌仅仅是个人倾诉，那么否定它总比肯定它的理由更为充分，比如目前流行的小布尔乔亚诗歌，就是触目惊心的例子；而如果诗歌无限升华，从而脱离了具体和此在，而成为集体的面目和嗓音，那么它将重新回到亚里士多德压迫诗学的老路上去，失去同不合理现实作抗争的欲望。不同于观念先行的国家美学所特批的那类以对苦难脉脉温情的抚慰来麻木对异化与苦难之敏感的诗歌，小布尔乔亚诗歌仅仅在于它是从个体内部自觉认同现实的合理性，而不知道自己真正的需要也是被文化意识形态虚构出来的。一个是"大我"的主动虚构，一个是"小我"的被动虚构，这两者都曲解了"艺术作为现实的形式"这一命题。其中的主体均不具有独立的、个人的意义，本身已经物化以至于消亡了。诚然，向内心的逃亡和对私人范围的坚持很可以用作堡垒来对抗支配人类生存的所有方面的总体性，但是我们需要详加考察和甄别的是，在一个潜意识都已经被意识形态化的时代，"内心"到底存不存在。

也许，从普泛的意义上说，任何写作都可以归之为福柯所谓的"自我的技术"，是对自己的某种关怀，在现代性尚未确立起来的当代中国，这种对主体性的辩难，实际上更加具有建设意义。在前期，福柯认为主体是被权力构建的"被动的主体"，《规劝与惩罚》描绘的全景敞视监狱里单人牢房中的囚徒就是这种主体的典型写照。他坚持认为个人在权力面前是被动的，主体不过是被权力所影响、改变和"培养"的"臣民"，个体并不是给定的实体，而是权力运作的俘虏。个体，包括他的认同和品质，都是权力关系作用于他的身体、多样性、变化、欲望和力量的结果。而到了后期，福柯转而关心自我塑造的主体，他通过对主体与权力关系的重新思考，提醒我们注重个人对于自己生命的筹划。哈贝马斯认为，存在三种形式的技术，即生产的技术、交流的技术、控制的技术。福柯则认为在此之外，还存在着一种"自我的技术"：这种技术允许个体以自己独特的方式和一系列操作办法对自己的身体、灵魂、思想和行为施加影响，从而改变、完善他们自己，以达到某种完美、幸福、纯洁或者无上力量的状态。福柯由此开启了其生存美学的新维度，鼓吹艺术走出象牙塔，作为具体历史实践中的积极力量来为个体创造同一性。他看重"聆听""阅读""写作""回忆""沉思"等更具"精神性"的修养方式，其中言语表达又是主体地位实现的关键所在。所以，以言语表达作为主体的证明途径，在诗人中间就是顺理成章的事情。但是，与依然确信实体化主体的诗人不同，在当代汉诗中，我们可以发现一些诗人对主体性的指认包含着自我解构的倾向，就像禅宗中指向月亮的那根手指。他们对主体的构成始终保持着警觉——我们的主体是不是文化意识形态或者权力的虚构？主体是不是仅仅是一个动态生成的过程，而不是凝固的定在？而如果主体确实如福柯所言那般，那么，对于出自这种虚构主体的确证的言语表达,诗人势必要保持警惕,与之拉开批判的距离。对于现时代条件下的主体,"我们是谁"或"我们是什么",这样的追问都是无效的,对真实自我的确立只能从否定的意义上进行,拒绝"我们是什么",才能把自己从现代权力结构的整体化模式中解放出来。换句话说,就是在普遍主义话语中寻找差异性的自我伦理。而在这种重新的建构中,在主体性远未完成的当代中国,对体制化压力下个体精神的无力感缺乏感受,那将是诗人的不幸和悲哀。可以说,远人与育邦诗歌中充满着的自我指涉式的怀疑,在表达了这种无力感的同时,却获得了一种明亮的肯定性力量,这也许是其诗歌魅力的一个秘密。

因此,对幸福(此处可以具体落实为"宁静"心态)的肯定可能导致的结果,就难以逃脱用不存在的自由隐匿现实的压抑境况的罪名,诗歌中的升华则以超脱的姿态肯定了现实中的异化。这样的诗歌执行的是伪饰的功能,美成了避难所,苦难甚至也具有了形而上的形式,从而使诗歌成为现状的帮凶,平和了反叛的欲望。因此,在貌似宁静有序的诗歌中,我们看到诗人的意识内部是充满了紧张的,因此也充满了变革的动力,这种清醒堪称可贵。我们再联系到海德格尔对日常的焦虑体验,逼近的死亡罪愆感作为本真生存之筹划条件的论述,就能更为清晰地看见智慧型写作的诗学重心之所在,也就真正地理解其独立于"肯定性诗歌"而独自成全自我决断的本质力量之所在。这种力量的取得,不但要归之于形式与内容之间的张力,在具体表现手段上,则至少在于其平静超然中所隐含的某种微妙的反讽所显示出的智慧。而这种智慧没有脱离感性体验的具体存在,没有无限地升华为唯一的天际线,而是始终保持着某种微妙的对限界的意识,这就使得他们的诗在对真理的启示、对真相的触及、对真实的捕捉的同时,没有失去其批判性的观照距离。可以说,诗意阐释的再造空间,就存在于这个批判性的距离。这种距离感引出的是当下诗歌中普遍存在的那种欲言又止、如临深渊的犹豫，这种犹豫体现出诗人本己思考的力量和对词语难控性的清醒意识。这也就是阿什贝利所写到的那种"把铅笔伸向自画像"前的犹豫：

> 你将不安地停留，安于
> 你既非拥抱又非警告的姿势
> 而同时抓住某个东西
> 在那不肯定任何东西的纯粹肯定中。
>
> ——《凸面镜中的自画像》

正是这种自我反观的犹豫，使得诗中充盈着一种让人感动的明亮又隐晦的力量，也使得诗人获得了一种谦卑的品格，亦即能够在面对传统的伟大时继续保持书写的动力，而同时意识到要对这种"继续涂鸦"略带羞耻之心。这种游移，我将其归结为对形式自律的审美救赎的可能性既确信又有所保留的思考和态度所带来的。

诗歌的社会意味是形式本身所存在的批判能量，而不应是任何外在于这个形式客体的主体所赋予或强加的某种观念。因此，诗歌对现实的"介入"只能是"否定的"、疏隔的、自律的。距离感的建立是批判意识的前提，也就是对依顺性的审美情感的弃绝。这种弃绝所可依凭的手段中就有反讽。此处的反讽着重其限制过程，即对某一断言的内容进行限制。这种限定带来一种我所称谓的"游移的力量"，也就是诗人并不总是确定地宣称占有了某种真理，而是在表述这种"真理"的同时有所保留。这种游移则进一步赋予诗歌以更大的可能性空间。此间所涉及的，显然与后现代状况中主体的破碎与隐退有关。诗人交给我们的阿基米德点由此变成不断移动的怀疑与不确定性。而诗歌则成为互为主体间不断的对话与互相学习，而不是对绝对的乞求。正如法兰克福学派所认为的，审美和谐，如果不是短暂的平衡的话，一定是肤浅的伪饰。

因此,现代主义"分离性反语"让位于后现代主义"延迟性反语",后者对矛盾和异化的最糟糕方面有着清醒的现实认识,同时又对两者持温和适度的宽容态度。正如阿兰·怀尔德在其 1981 年的《赞同的范围:现代主义、后现代主义和讽刺性想象》一书中所言:"人们对意义和事物的关系采取一种非决定的态度,伴之以愿意与不确定性共存,愿意忍受并且在有些情况下欢迎一个视为是任意的、多样的,有时甚至是荒谬的世界。"①

智慧型写作并没有完全诉诸分裂的、不协和的、零散化的形式,以实行其对现实的批判和否定,而是让诗歌的结构形式依然保持着整饬有度。其诗歌语言规范有序,其情绪类型平和超脱,但是,我们对这类诗歌的读解却不可停留在这个层面上,而应看到其由结构性反讽所带来的张力效果以及其中所透露出的诸般复杂有趣的与当下文化语境的互动。也许如此,我们才可以理解智慧型诗歌中的平静与淡然,那正应验了这样的认知:在这个丧失一切可公度标准的混乱世界中,思索异化、体验恐惧、拒绝虚假的主客体同一也许是一种希望之所在。

好的艺术作品,不但能提供对某一时代现实的观察,同时也能提供独特的观察现实的方式,亦即"认识论的隐喻形式"。诗人面对事象的游移,既可以理解为源于主体的暂时悬置,主体在面对"过度意义化"的世界时的无所适从;也可以甚至更应该理解为主体悬置后接续而来的一种开放状态,努力将异质事物统一在经验连续统中的那种状态。犹豫不决地拖延而不是匆忙采取行动,是诗人面对现实的主要方式之一。这种"优雅转身"的游移姿态,有如暴雨如注的夜晚,一个人穿过街道前的那种犹豫,却让我们在密集的时间之矢石交攻中感动不已。在线性法则支配的变动不居的世界里,这种犹豫所构成的试图包容一切短暂与矛盾的圆形,是不

① 史蒂文·康纳著,严忠志译:《后现代主义文化》,商务印书馆,2002 年,第 170 页。

是暗藏着对某种从现代性启蒙之日起就统驭了人类生活的强直症原则的反抗？暂时悬置对现实的判断，用停留代替行动的一往无前，是不是为物的敞开勾画了更为广阔的地平线？

这种犹豫，我们可以从两个方面来理解，一方面是意识形态神话崩解之后内心生活的不可能所导致的主体的分解，自我主体不再是可靠的、统一的、连续的，而是呈复眼状态，呈博尔赫斯式的恍惚。以往"被认为是清晰地呈现给有意识的心灵的真理，到被设想为决定着他或她自己命运的自由体的个人——都否定了存在的物质性与偶然性，而存在实际上是以运动、变化和多样性，而不是以逻辑、规律与统一性为特征的"[1]。因此，同一的偶然性、意义的非决定性和世界的不确定性，就成为问题的焦点。于是，我们就站到了事情的对面，就仿佛站在一幅斑斓的阿拉伯挂毯的背后，我们突然发现，从正面看规整有序平滑的图案，却在背面还原为凌乱粗糙的针脚，除此之外，我们没有什么可以信靠。而这样的世界，无疑不再是有"意义"的，而是像克鲁索在荒岛上所看见的那样，仅仅是气味、声音、色彩与惰性物质的重复与堆积。我有两首诗涉及这种思想：

> 黄昏时我靠着窗口读一本
> 厚厚的书，书很重，压得手腕发酸
> 我读它已经有些日子了
> 它会告诉我，我该说的，该做的
> 窗口是一个界限，一个精神的悬崖
> 高过楼顶的梧桐几乎遮住了道路
> 同时过滤掉一些声音
> 黄昏中的人声仿佛是一个故事的片段
> 隐隐约约，它们揭示出一个巨大织物

---

[1] 迈克尔·莱恩著，赵炎秋译：《文学作品的多重解读》，北京大学出版社，2006年，第83页。

背面杂乱的针脚,但它们构成的
将是一个绚烂而有序的画面
我的那枚小小的针则来自这本书
我用看不见的手努力引导着思想的线条
对于这幅巨大织物的完成
我的设计似乎必不可少
但我看不清自己正在为哪条线索着色
它以不属于我的意志消失在迷乱之中
窗口的光线暗淡下去,像花瓶中
枯萎的花束,一只更为巨大的手犹豫着
伸向我那超越了对与错的轮廓

　　　　　　　　　　——《巨大的织物》

距离的芳香,浸透了可以预知的旅程
越来越快地,收缩成画中的透视点
那画就反着挂在那个点上
它背面无尽的空间大海一般
在漏斗中旋转着消失
你必须停止等待,从卷边的画前
转过身来,发现站台上的潮水已经退去
露出硫磺弥漫的深坑,和黄花的微笑
在反面读画的人无奈地死去
除了粗糙的线脚,他还能相信什么
不断推迟的时辰像不甘心的自杀者
在车站卫生间尿渍斑斑的白瓷砖墙前
徘徊低语,仿佛在等待什么
你必须停止等待,每一个人都在变老
只有你才能让火车停下来

停在那幅从天穹一直垂到地面的画前
毕竟你是永恒的。你始终没有看清
那幅翻转的画上没有明天的风景
——那生活，那漫长的生活
隔在你和你所要成为的中间

——《命定的旅程》

那么，此间就涉及一个重要的诗学问题，在以往那种"确凿不疑"的对现实的经验确证之中，主体的立场到底站在了挂毯的哪一边？这种对现实判断的确切性来自文艺复兴的单点透视法，这种以科学抽象为基础的观察方式相信，一旦构造透视镜像的构图已知，就可以在一张平面的白纸上表现事物了，好像它们是在空间里，有正确的尺寸，占据正确的位置。但是，这种透视是一种理想的抽象形式，它简化了眼、脑和物体之间的关系，把观察者凭空想象成了一个一动不动的单眼失明者。这个观察者超然于所见物之外，是一个神人，一个全世界都汇聚于其一身的人，一个无动于衷的旁观者。透视是把事实聚合在一起，加以稳定，成为一个统一的视野；而实际上，对经验的这种笼统的概括，并不代表着我们观察事物的真实方式。那么，作为复眼里不断分裂的镜像，现实的不确定性就与主体的分裂同步增长，两者是互相馈给的关系。在谈到所谓的现实时，纳博科夫曾有一个经典说法，他举了乡村景色里的树为例。对于来旅游的城里人，这个现实就是树好不好看，树与其他元素构成的风景美不美的问题；对于植物学家来说，这些树所构成的现实就是它们属于什么科，属于生态关系；而对于生活在当地的村民来说，对于每个人每一棵树可能都有不同的含义，比如说一个小伙子他可能在某一棵树下面第一次吻了一个姑娘，或者某一个人习惯在某棵树上拴牲口……同样一片景色，但是对于不同的人来讲，完全是不一样的现实。

　　从这样的现实概念出发,我们唯一能够确定的是,人之在世存在的"被抛入"是不可避免的。因此,生活成了一种被迫的义务和重复的劳作,所有的日子都成为一种"淹留",既不可能抽身离去,也不可能深入其中——世界与命运的不确定性导致了面对存在的犹豫,这种犹豫也是源于一种根本上的失败感,无能为力的焦虑,一种自我难以成型的沮丧。叶芝有言,生活和文学都是英雄的梦一场,而对于当下汉语诗人而言,也许生活和文学都是一场彻底的失败,没有胜利可言。世界的不确定性使主体产生晕眩,但是,面对存在深渊与裂罅的茫然无措却悖论地与追求存在真相的可贵勇气交缠在一起,对事物的"无名"状态的本体论恐惧,驱使诗人成为命名者。这种命名是海德格尔式或里尔克式的对事物的本真命名,亦即对物的存在的言说,既不是抽象的概念性的言说,也不是日常的功利性言说,而是深入词语的内在本质,吁请物本身的到场,让物的存在敞开,使物成其为物,使人与物的关系从认识论转移到共生关系上面。

　　万物本得名于人类的始祖亚当,现在,为迅速消失的物或迅速转化为表象符号、象征、词语的物重新命名的任务,落在了诗人身上。但是,甚至连这种命名的激情也仅仅是指向自身的,其中充满了疑虑,而不再具有古典式的自信。本真言说之不可能,源于"意义"系统的崩解,超验所指的消失。超验所指即"通过意志和观念化,通过给世界分配一个控制着它的运转的'神',通过向它注入精神的意义,将诸如衰朽和死亡这样的物理过程从无意义中拯救出来……将生活的这种纯粹随意的重复转变为充满希望的叙述,这种叙述提供了外于或超越了这种指向某一目标的有秩序的进程的意识,这种进程是无尽的,同样重复的……意义就这样通过使生活变得似乎是由必然性引导着的,而把握了生活偶然随意的特性"①。

_____

① 迈克尔·莱恩著,赵炎秋译:《文学作品的多重解读》,北京大学出版社,2006年,第112页。

超验所指的存在保证了种种由对立组成的范畴的存在，如真理与虚假、话语与书写、忠诚与背叛、内在的高尚与外在的展示，它保证了这些区分的合法性。有了超验所指，世界总是要表现出某些意义的，正是它保证着观念与材料、精神与物质、真理与符号的区别，它的失效与缺失则使能指变幻出现实，而不再是表现或描述它们，现实与现实的能指之间也会丧失掉区别。在形而上学地用名称来代替事物的知识的稳定性受到干扰的时候，事物与事物之间的关系就从隐喻的垂直运动转换为偶然的转喻的平面运动，事物用"和"与"或"在仅存的水平轴上连接起来，就如十字架失去了立木，只剩下横杆，事物只能无尽地纵向组合和堆积。客体和对客体的体验可以互换，而不可能有超越，客体也不再转化为精神存在的意义符号。在这样的世界中，人们只能沿着相互联系的事物或在这些事物之中横向地移动。同样，在这样的世界，词语和物将可以互换，人与其镜像可以互换，甚至镜像反倒更为真实，成了主体渴慕的对象。世界的毁灭不再是艾略特所言的"一声唏嘘"，而是悄无声息地消失在镜中，消失在有深度的"平面"里。如此，尽管诗人时时还试图恢复对超验所指的关怀与追索，但是任何神圣事物在他的接近中都一再远离，不可把捉。主体陷入的是一种黏滞、胶着、不会有最终胜利的尴尬状态。这种窒息状态，被福楼拜称为"现代的厌倦"，它"形成于这样的一个社会：在这个社会中，既没有共同的宗教信仰将个体相互联系到一起，也没有可以真实经验到的集体认同，只有由通过各种手段来满足的不同需要间的相互联系。厌倦不是某个特定个体的特别痛苦（虽然这一痛苦只能通过个体来感知），而是作为现代主体直面自身处境时的内心状态"①。福楼拜应付这种无趣状态的方法是写作。那么，对于当代汉语诗人来说，写作的有效性似乎不仅于此，写作也可以成为一面镜子，以

---

① 彼得·毕尔格著，夏清译：《主体的退隐》，南京大学出版社，2004年，第120页。

映照出自我确实的清晰形象。这方面的探索,在臧棣的"心理分析"诗中取得了较大成就。而对于另一些有着更为隐秘需要的诗人,可以用法国摄影家布莱松的一句话来作类比说明,他曾经说过:"不是我们看见了什么才拍下了什么,而是拍下了什么我们才看见了什么。"于是,诗歌写作甚至更广泛意义上的书写,也可以理解成为看见什么的写作,事物只有在转化为符号或影像的时候才能出现和被理解,甚至才能"存在"。阿托·汉佩拉说:"作家和画家常常是解释自然的先行者,通过这种解释,他们以新奇的方式为其余的我们打开了自然。"[①]是从事创造性劳作的人教会了常人看事物的新方式,同时也为人们呈示了新的"自然"。从这个思路,我们才能理解王尔德颠倒再现理论的逻辑,他认为不是艺术模仿生活,而是生活模仿艺术:

> 如果不是从印象派那里,我们从哪儿得到那些奇妙的灰雾?它们沿着我们的街道蔓延过来,把煤气街灯渲染得朦朦胧胧,使一栋栋房屋变成了怪异的影子。如果不是从他们和他们的那位大师那里,我们从谁那儿得到了那些笼罩着我们河流的可爱的银色薄雾?它们为曲折的桥梁和颤摇的驳船赋予了消失中的优美所具有的黯淡形式……请问什么是自然?自然不是生养我们的伟大母亲,她是我们的创造物。[②]

对这种使事物显像的"工作",诗人无疑是时时抱有一种感恩的心境的。这种心境集中表现在远人的组诗《山居或想象的情诗》之中。在与词语搏斗的精疲力竭的幸福感和晕眩之外,诗人更多

---

① 阿诺德·伯林特主编,刘悦笛等译:《环境与艺术:环境美学的多维视角》,重庆出版社,2007年,第70页。
② 王尔德著,萧易译:《谎言的衰落——王尔德艺术批评文选》,江苏教育出版社,2004年,第36—37页。

了一份对事物本然的尊重：

> 到我们离去的时候了，我们什么也不要
> 从这里带走——让每一块石头都留在原处
> 每一只鸟都站在树上，但有一些鸟仍在天空
> 伸开着翅膀，像风在它们腹部剖出一丛羽毛

> 我们什么也不要带走，路上这些或白或紫的野花
> 仍一年年投向山谷的怀抱；这整片整片草坡
> 也一年年变黄，再由黄变绿，只有这流水像极了
> 我们——它流出去了，仍把干净的源头留在这里

　　混沌理论告诉我们，生活中人们所遇到的困境来自不确定性和偶然性。在古代，人们通过与众神和无形的自然力之间的对话来解决他们的不确定性，现代工业文明则竭力通过政府和控制大自然来消除不确定性，我们痴迷于对控制权的掌握。但是，混沌理论说明，这种对自然（他者）的完全的控制实际上是一种幻想。"混沌系统（chaotic systems）是我们无论如何也无法预测、操纵并控制的。混沌意味着，我们与其抵制生活中的不确定性，还不如包容它……如果能与混沌契合，我们就不必强求自身成为大自然的控制者，而可以作为创造性参与者（creative participators）的身份去生存。放弃控制并创造性地生活，需要我们对周围任何细微差别（subtle nuances）和不规则秩序（irregular orders）多加关注。"①为了生存之需，我们避免不了要对事物进行分类和抽象，但是这种分类却往往使我们忽略了人类处境中微妙的、无法归类的内在本质，而放弃控制式的思维惯性，放弃限制实在的奢望，我们将会向一个

---

① 约翰·布里格斯等著，陈忠、金纬译：《混沌七鉴》，上海科技教育出版社，2008年，第8页。

广阔的、无限微妙的、模糊的王国开放,使我们的生活变得更为深刻与和谐。

因此,在诗歌中,我们所认同的绝非那些所谓的"真理性"断言,而更加看重那种对多种可能的本源性开敞。因为人类也仅仅是生态系统结构中的一个要素,当人类从自己的意识出发去认识乃至决定整个系统的行为时,其所具有的形而上学的冲动便是一个破坏复杂系统结构的负面因素。这种形而上学冲动就是以往我们所熟悉的作者的"全知视角"。确定性是不确定性的特例,每一首诗作为一个复杂系统,它所关注的是在不确定性的现象中不断涌现的脱散和选择,这种脱散机制使得某种树状结构得以形成。这种结构类似于博尔赫斯"小径分岔的花园",每一分岔处,都有相互排斥的可供选择的历史,并继续不断分岔。

因此,在对"否定的辩证法"的思考中,当代汉语诗歌所呈现出的精神姿态上的游移和对直言的紧张,其中虽然存在缺乏信仰支撑所带来的怯弱和相对性,但是,与法兰克福学派对自足的作品对庞大的、企业化现实的对抗力量寄予全然信任相比,身处主体破碎的后现代时代中的部分汉语诗人,则以其诗歌中微妙而迷人的"犹豫",对启蒙理性与审美现代性之间的张力进行了不乏深刻的沉思与表现。这在普遍陷于自我表达的私人象征的当代诗写状况中预示了另一种可能,亦即迂回地接近事物本身,在复杂的充满悖论的当下文化语境之中,探索与事物对话或禅悟式的或现象学式的"自由嬉戏"的可能性,这种对话能力的大小,无疑将成为衡量诗歌重要性的一个必要尺度。

第三节　重返自然的悖论

诗人莫有不喜欢自然的,永恒清新的大自然可以使诗人超越自我，进入一个更为广阔的空间，这也是中国文人的一大传统。旧时文人，在厌倦尘网、仕途失意之时，所选择的慰藉心灵的方式不外乎泛舟五湖，啸傲林泉，寄情于山水；或者沉醉于美酒与爱情，乐而忘忧。诗歌以持存灵性为要，通过审美以保全人性的完整。因此，诗人在面临物质与内心的双重困境时，也必然在思想资源上自觉接通中国古代诗人所一贯秉持的立场和姿态。自然作为对象的呈现，其目的就不再如萨特所说的是让"世界与物进入非本质状态，成为行动的借口，而行动变成它自身的目的。花瓶在那里是为了让少女用优雅的姿态往里插满鲜花；特洛伊战争之所以发生是为了赫克托尔和阿喀琉斯能奋勇作战"。诗人不是用自己的主观去湮没客观，让自然处处都成为"我"的体现，成为主体力量的符号表征；而是将主体如自然之碎片一般，播散在自然之中。自然的大道周行、默然独化，便与主体心境的转换取得了某种一致。因此，自然便从单单为我而在的自然，转化为既向"我"汇聚又寂然自在的一个场域。

人生的稳定性源于自然的可靠性，自然界一直是人类有关稳定性的想象的主要来源。它像一份古老的契约，先于人类社会而存在，包容并支撑着人类社会。农业文明的人类对自然的依赖自不待言，即便在这个后工业社会，星移斗转，四季轮回，种子发芽，这样的恒定感与节律，依然在心理和生理诸层面与人类的身心健康有着割不断的关联。伤春悲秋固然只能体现古典诗学的境界，但其内里的支撑，就是这种近乎血脉的天人应和。季节的循环，不仅是一种有趣的现象，让我们快乐地记录，而且也标志着宇宙的完整，意味着我们存在于某种比我们自己"短命的激情"更加广大、更加可靠的事物之中。而人与自然的和谐，直接对应于人与社会、人与他人、人与自己的和谐。这四个层面的应和，现在已经全部遭到扭曲，甚至我们的潜意识也已经被符码化了。比尔·麦克基本在其《自然的终结》中曾说，许多人在他们生活的某一时刻，都被自然之美引领到了一个高尚的精神境界。在这种意识里，每一片草叶看起来都有着强烈的意义。这全部的意义是什么？这个意义就是上帝用来表达思想的语言。梭罗也曾说过，通过我们周围真实的自然持续不断的灌输和浸润，我们就能够完全理解庄严与崇高的意义。

但是，原初的生命之源的自然，或存在本源，已经被人类的工业文明迅速终结。

人类创造了这个世界，其活动影响到了它的每一个方面，只有很少一部分除外，例如白昼与黑夜的转换，地球的旋转与运行轨道和大部分的地质过程。甚至降雨也不再是一种独立和神秘的存在，而是人类行为的一个子集。可以说，整个世界除去人以外已经别无他物。自然不再是完整的、独立的，而是呈碎片化的状态，是和人的主观混杂在一起的。那么，这种同样处于消逝中的自然，是否能给诗人带来真正的慰藉？山水清音，可以开解一时之窒闷，而追奔中的诗人，依然只能"与另一个自己相遇"。自然的彻底人化，是我们普遍要面对的一个问题。我们已无法回到古代明净的山水，我们在自然中见到的，依然处处是人的化身。梭罗只身来到瓦尔登湖畔，试图证明一个人最低的生活消费是多少。包括房租在内，他8个月只用了61.99美元。但是，在梭罗那个时代，他去湖畔隐居劳动，更多的是一种审美的选择，而到了我们这里已经变成了实际的选择——是继续傲慢自大的人类中心主义，还是选择一种更加谦卑的生活方式？

在当代汉诗实践中，哑石的《青城诗章》、远人的《山居或想象的情诗》、刘洁岷的《显山露水》、雷平阳的《云南书》和我的《凉水诗章》，在人与自然关系方面，进行了多角度多侧面的立体探索，从中我们能感受到置身自然之中的那种自由与欢乐，同时也能意识到自然与诗人之间的距离。这种距离产生出一种新的给人带来痛苦的关系，类似于里尔克所体验到的，人在童年时终究要经历的一个意识成熟的时刻。那时，他发现事物不再与自己发生亲密的关联，他会感到被从整体上撕裂的痛苦与不可名状的孤寂。他站出了万物之外。人终其一生就是要返回物我不分的混沌整体，那幽暗而温暖的"怀腹"。有些人是通过置身人群，以平均数的常人状态承担起自己的劳动和命运；而另一些人则不想放弃失落的自然，而是设法有意识地和全力以赴地再度接近它、把握它，像童年时代一样深入自然的伟大联系中去。这后者就是诗人与艺术家。

家园与异乡、栖居与浪游这一对反题是诗歌中不可拆分的绳索，它将城市中异化之人的无根性生存悖论呈示出来。这样的写作我将之归结为狭义的自然书写，而广义的生态诗歌则不是直接书写自然，而是从诗歌精神和技艺本身体现出生态关怀。例如回归事物本源的客观化写作。有些自然题材的书写恰恰并不具备实质上的生态意识，比如渔猎、旅游之类的文字。因此，在此我不拟对汉语诗歌中的狭义生态诗歌进行具体广泛的文本分析，而仅以少数优秀诗人为例，概括地考察家园与异在世界的复杂关联及其隐微的价值意涵。

某种程度上说，我的大部分诗是内省的。可当我带着一种内在的热情去忍受外部世界时，一种意想不到的力量清晰尖锐地从流行的迷雾中冲出。我的诗不是到达词语后便静止了，而是将事物重新生成一遍，也就是说，词语在我的诗中不是事物凝固后的剩余符号，而是处于不断的生成转化之中。我诗中隐喻的大量使用不仅仅是装饰，而是与表达的精确有关。诗歌的直接性也与精确有关。我和我的诗始终生活在怀疑与黑暗的边缘，是带着爱进入黑暗，重新在最凄凉的时刻和最难以预期之处发现我的世界。我所激活的黑暗围绕着我，我必须尝试性地移动来探索光明，所以，诗的形式必然是直接性与探索性两者的结合，必然同时是平凡的外部世界的细节，和试图用一些清晰分明的瞬间来表达的内在声音的结合。而形式必定反映出这种两分处境。《凉水诗章》中便体现出这种两难所造成的形式上的"摇晃感"。它来自这样一种企图,即寻找一个既适合于当代环境又适合于个人的诗的声音。它间接反映在诗的建行方式上的某种武断,尽管大多数情况下,介词和助词在行末的悬挂并不总是随意的。

现代诗中一个最重要的技术问题就是行(Line),它通常被认为是造句的主要单元。许多诗人试验过以行长作为神秘的声音个性的度量。与此相伴,诗人们也使用断行去反对流动——通过使一行句子自我包容来把这行的意思堵塞住——并且,断行前的最后一个词的语法功能经常是可以把读者推到下一行上去,但不那么快地从词语移向现实世界。诗行末的间断代表阅读中的停顿,因此形成了句法结构上的模棱两可:读者试图把停顿前的语序构成一个整体,然而停顿之后,却又发现方才的结构实际上并不完整,于是,停顿前的语言成分在新的完整结构中必须重新赋予功能。例如:

> 每隔很长一段路才能采到一枝
> 这样的蓝花,不知不觉
> 我们已经收集起一束
> 足以插在花瓶中,或者对着镜头微笑
> 无疑,它们将在比山谷更大的
> 雕刻着褐色山水和隐士的花瓶中
> 留下淡淡的芬芳,就像每一个灵魂
> 都混合在一个大的灵魂中,悬挂在云中
> 我们把这些花暂时插在皮包里
> 把拉链拉上一半,倾听大风
> 让更多的野花投向山谷的怀抱
> 明年,它们的寂寞依然会摇曳在路边
> 明年,我们却不会再经过那里

《凉水诗章·龙胆花》

　　这里的效果大部分来自行结束——使用动词来使诗保持运动，每一行基本上又是自足的。诗行并不总是朝这个方向伸展，诗行的长度要比惯常的稍长，而且也不过分专注于断行以突破语法。尽管如此，还是可以看出建行方面的相似企图。比如，后七行没有生硬的断行，每一行都拥有它们自己的意思，但仍能把读者向下推送。"悬挂在云中"和"倾听大风"，除了提供内在节奏以外，还与别的词组成了局部语义网。为消解沉重的单音节词，还有两个明显突兀的"明年"。在其他诗中，行长在一种反运动的方式中使用以对抗意念，尽管这种运动也可视为诗的前进的一部分，行结束处的介词、形容词和所有格代词的悬挂，对控制意念的强调仍是明显的。

　　也许有人会认为对诗的效果进行这样精细到词的量子化分析是过于牵强了，也有人会认为诗在不该换气的地方中断了，而在该换气的地方又没有断行。对于这种疑问，此处需要强调的是，每一行都是一个独立的观念，并被每一个后继行所扩充，从而使整个诗节呈现增殖的趋势。断行有时用于表现幽默，有时也用来控制重读。而我的建行方式最重要的特点是沿着诗行向回推送与向下移动之间的张力，即行节运动之间的张力。每一行都有自己的意思并拒绝发展、过渡到下一行，而整体上又要达到一个内容。这之间的张力是我的诗歌中的一个基本成分。在我的诗中，寻求安慰和精神的净化，已与寻找个人身份之根，并试图通过诗来使之修复的努力合为一体。我的诗精确记录了丧失的感觉，并试图恢复那些天真无邪的特质。诗在形式上的摇摆运动，便指明了对丧失的感知和寻求修复之间的矛盾。

　　对于所有真正的诗人来说，过去经验的绿色世界都会在其灵魂中长驻。在一个日益危险和不负责任的世界上，诗人要歌唱人的想象的自由。诗人既是一个幸存者，同时也是一个探险者，其武器是智慧和勇气，其主题是丧失的爱的拯救。诗，不单单是失去的幸福的挽歌，也是对终极纯粹的快乐承认。这种终极纯粹的快乐

就是人与自然的再度和谐。《凉水诗章》便表达了这种人的灵魂与
自然界的旋律相融合的感觉。在走出童年的荫庇后，我们发现了
许多新的力量在增长，这些力量使得童年的庇护成为幻想。可是
仍然需要继续探求并发问："何处为家？"探求的不仅仅是作为物理
居所的家，也是精神之家。随着岁月的增长，童年时代置身事物内
部的那种充满色彩的兴奋感和思想，时时被成长所带来的失败、梦
的破碎和悲哀意识所减弱，我们在绝望地长大，可是依然能够凭借
记录这些丧失、记忆和获得拯救的梦幻作为支撑。因此，在寻求自
我与他人和自然界融合的感觉时，文本中便不可避免地会出现矛
盾的语调。在外部世界中寻找一处可以接受的地方，也就是寻找
其中的和平，一种在动荡不宁的世界中祈求的和平与宁静。尤其
是从自然界得到的宁静，尽管人与自然的融合是一个幻觉：山楂
树"火红而不安"，而忍冬花簌簌浅唱自己的歌，它们只能给人类以
有条件的回答。只有"树放弃他们无词的疗法"，我们才能达到那
种自然的宁静状态。自然拥有自己的秘密，而人常常被拒绝在自
然中拥有一席之地。《林中小溪》便表达了这种认识与体验：

> 忽远忽近的水声把我们诱到
> 这一片闷热的林中，一座腐烂的木桥
> 把我们从白昼渡到野花的膝头
> 枝叶掩藏的小溪清澈见底
> 从容地流过我的脚面。"刺骨的冷
> 将变成火焰一样的烧灼……"
> 我只能尝试着走出五步
> 时高时低的水声测试着溪床的坎坷曲直
> 水底游动细小如针的黑影
> 溪水在转弯处冲激出一个小潭
> 就在我们打算沿溪走上一里的时候

潭水上一阵嗡嗡的黄蜂让人却步

它们围绕水中一根断桩不停聚散

仿佛在争吵。这时，最好从上游

漂下来一件村女杏黄的衣裳

和一顶插满野花的草帽

对于溪水通向哪里，我们一无所知

正如我们对事物的爱，只是冰冷的火焰

    人类渴望回归自然，而自然又是非人性的、荒蛮的。荒野是一种威胁的力量，向中心紧缩的危险，它使人的脆弱生命暴露无遗，使人的存在处于非保护状态。在那种艰奥的壮美之中，人往往会感到恐惧和孤独，于是人立即掉头回到他的人化世界中去，回到人群中去。也许人类所能接受的大自然，也只是那种人化了的自然，即从中随处可见人性外化的自然，是人的镜子和回声，是温柔、温馨、安全、甜美。这也许是现代诗歌不能达到伟大崇高的原因之一。在歌德、荷尔德林、波德莱尔以及感伤主义、唯美主义诗人的一些诗中，人面对无言独化的纯粹自然时的那些恐惧、无助与孤独，恰恰展示出人与自然不可分离的共在关系。正如勃兰兑斯所说："他们发现在自然蛮荒状态中，或者当它在他们身上引起模糊的恐惧感的时候，才是最美的。黑暗和峡谷的幽暗，使心灵为之毛骨悚然、惊慌失措的孤寂，正是浪漫主义的爱好所在。"①自然变成了与人陌生的东西，茂盛的树木、湍急的溪水、不规则的高山，这一切似乎都有着自己的秘密。这种神秘甚至比死亡更甚，因为这种生命，正如里尔克早就体会到的："既不是我们的生命，又与我们无关，仿佛不顾我们而径自庆祝自己的节日，我们则怀着某种尴尬的

---

① 何怀宏主编：《生态伦理——精神资源与哲学基础》，河北大学出版社，2002 年，第 205 页。

心情注视着它的节日,像操着别种语言的不速之客一样。"①萨特
在其小说《恶心》(1938 年)中则进一步描绘了人类中心主义对事
物本质的抽空所导致的无聊与孤独之感,小说主人公在看板栗树
时产生的就是一种类似"恶心"的感觉,树的不可穿透性和把人排
斥在外的生存方式,似乎使其存在对于主体而言,成了某种"外面
的粗野"。因为当主体把自己的独立和自由确立为最高价值时,外
界就被简化为人类自我发展的原料,因而使没有被主体控制的一
切都变得干枯了。

　　在当代诗歌中,我们也时时感受到同样的人和自然的相互疏
离。树木守护着自己的秘密和大自然永恒创造力的神秘入口,低
头沉思,而人无法分享那种宁静和神秘。因为人不是树,也不是青
草和鱼。九叶诗人郑敏曾写到她"无法进入树的浑圆的身体"。再
如我的《树与信》,其中的"信"指的是上帝通过自然与人类立下的
圣约依然在如实地践行,而结尾处则强调了树作为这约言的象征
之外,其本身依然具有某种人类不可穿透的神秘自足,这种事物本
身的持存和人类欲使其成为某种信念的象征之间的张力,是这首
诗所展开的智力空间:

　　　　　整个冬天,香樟树将香气收拢在腋下
　　　　　蒙尘的桂花也憋住自己的绿
　　　　　等到光秃的梧桐萌发出黄色的嫩芽
　　　　　掩住枯萎的褐色球果
　　　　　它们才在暗绿色的围裙上擦净自己的无数手掌
　　　　　在发间点缀上红色新芽,等着鸟来啄
　　　　　鸟越是啄,叶子长得越快
　　　　　这些树依照遥远的星星的指令

---

① 里尔克著,张黎译:《艺术家画像》,花城出版社,1999 年,第 5 页。

按时长叶子，按时枯萎

它们相信风还在吹着大地

巨轮回转，主的约还在践行

因此梅花过后，总是连翘黄色的小铃铛

白玉兰，夜晚的幽灵高过头顶

等她们硕大的白色花瓣在树身周围撒出一个圆

广玉兰还在睥睨着她的邻居

摆弄着青铜般叶子背面的阴暗

海棠露出了粉色内衣的一角

合欢的金色睫毛还没有长出来

她们还是处女，樱花上一片粉白的雪

推迟着某些事物的到来

让麻雀的羽毛变得蓬松

斑鸠的花纹日益清晰

到了晚上，那些树仿佛僧侣陷入了沉思

一动不动，它们已经来到了另一个门口

那时，树身内会闪现出火光

在这样的日子，夜里总有人在树下叫我

看不清他的脸

美国女诗人丹尼丝·莱夫托芙（Denise Levertov）的《惊觉》一诗，为我们还原了自然（外界）与人类世界的神秘距离，她笔下的自然似乎总是在闪避人的目光的穿透：

我找到门

我发现葡萄叶子

在乱哄哄地

低语。

我的出现让它们

绿色的呼吸变得急促,

尴尬,就像人

站起来,扣紧夹克,

仿佛它们正要离开,仿佛

谈话已经结束

就在你到来之前。

我喜欢

窥视它们,尽管,

它们的姿势

含糊难解。我喜欢这样

隐秘的声音。下一次

我将像谨慎的阳光一样移动,

一点一点地打开门,安静地

窃听。

　　还有一首名为《花园》的诗歌,几乎提供了同样的见解,作者为
维鲁缪斯·布宁,我愿意引在这里:

在一个早晨我起得很早

看到花朵、麦秆、百草

站在如此明亮奇特的光线下

好像它们不是早就这样独自站在那

而是刚刚有一个人离开了它们那,

这是如同你加入一个聚会时

静悄悄地,你知道曾有人相聊

但无人肯说那是什么事情。

好像有一个天使在这草坪

来踏步过，然后又刚刚消失掉

以至一切事物还在听他的步调

而麦秆、百草却都还在做祷告。①

　　对于诗人来说，世界不是要看的东西，而是要在其中存在的东西。虽然有时"看"也是一种"在"的方式，这种方式把一个人变成一双"走着的眼睛"，走在"看"带去的任何地方，但是像爱默生式的那种人（尤其是诗人）的"看"能穿透事物幽暗光滑的外表，而照见美本身的自信和乐观，在当代诗歌中已然不复存在。事物对人的闪避，有一个最为深在的原因，那就是科学主义的观照方式，它所坚持的二元论，会将自然不断推向更远的地平线。要融入自然，仅仅有对自然的熟悉还不够，仅仅有理性的把握还不够，仅仅通过词语更是一种虚妄。对自然的融入需要的是切身的体验和感觉，而非审美观照的距离。就是这一点，使得当代汉诗中的自然写作与美国生态文学写作的现场性形成了对比和差距。这与当代汉语诗歌中身体的缺席有关。荷兰哲学家托恩·勒迈尔对此有着清醒的认识，他说：

　　　　为了能够与大自然建立更其秘密的关系，要求人们具备比起兴趣和知识更多的东西。我觉得那"更多的东西"是在初级层次上，即在肉体上对成为大自然的一部分的体验。我们的身体是我们自身所构成的大自然，我们正是通过它与体外包罗万象的大自然不停地交流。我们对自己与大自然的统一的深刻体验总是肉体性和感性的，我们在其中具体地——也

---

① 托恩·勒迈尔著，施辉业译：《以敞开的感官享受世界》，广西师范大学出版社，2009 年，第 6 页。

就是说通过感觉和感官——体验自己与自然的关系。①

　　梅洛-庞蒂认为，人在思考之前总是已经与事物接触，这种接触是感官感觉的，并且被肉体所承载。当我们思考事物时，就假定了这种与世界的原始接触是不言而喻的。因为我们的存在总是已经被定位在一个社会和历史时期之中，它被先在地赋予了语言，"化身"在一个身体里。身体是能够思维的自我的前身和基本的主观素质，只不过它常常被思维所忽略。因此，感觉这个介于主客观之间的模糊的中间领域，就成为人与世界、意识与存在相遇的原型。经由感觉，身体与世界之间发生共鸣关系，因为肉身与精神都是由与世界一样的同一种物质所造就的，所以才能认识那个"外面的"世界。

　　那么，与自然的重新融合因为身体层次的感觉的匮乏或者被过度知识化而成为一种想象，这种对回归的渴望和不得实现之间，就产生了某种张力。笔者诗歌建行方式的心理能源，大抵在此。正如前文所说，我的诗往往在介词和动词处断行，而每一行基本上是自足的、回溯性的，整个诗节又必须发展成一个本文，这种相对的运动，形成了某种"摇摆"的形式。这种矛盾是与作者力图回到童年（自然），而现实中生命却在无可挽回地滑向死亡和虚无相对应的。

　　人类究竟能否在艺术中找到通往自然的入口？雷平阳的诗集《云南记》中就充满了这种辨析的思考。雷平阳曾经于 2008 年出版过《我的云南血统》一书，但是，跟以往不同，《云南记》中的诗歌的"书写指向已经从过去文人化抒情视野中的云南本土生活经验，转向了全球化背景下的云南生态现场"，突出了"草木极命，原本山川"的主题，大量的日常生活细节以半冥想半叙事的言语方式呈现

① 托恩·勒迈尔著，施辉业译：《以敞开的感官享受世界》，广西师范大学出版社，2009 年，第 17 页。

出来,无情地抵达了时代生存的真相。在他笔下,传统意义上的
"故乡"已经不复存在,几乎全部的表达都用来述说还乡之旅是一
次永远无法抵达目标的途程。① 比如,在《狮子山的桃花》一诗中,
我们看到了自然的自在自为,自然并不那么需要我们,也不关心我
们"是否来过",没有人的观照,桃花依然开得自在,谢得自然。诗
人如是说:

> 先看见的是一个薄雾中的水库
>
> 再看见的是桃花
>
> 狮子山站在最后一排
>
> 前面的水已经被太阳照亮
>
> 后面的山,清凉而庄严
>
> 太阳的光,起自平注,并没有
>
> 急着向上。山与水
>
> 都不关心我来过几次了
>
> 只有居中的桃花
>
> 去年开了,今年又接着开
>
> 也不关心太阳,什么时候才会照亮它②

　　自然的无言独化、大道周行,构成了一个比人类社会的时间更
大的时间节律,内在于这个节律,就意味着与物相谐,亦即所谓接
通了宇宙间的沛然之气。雷平阳此诗不动声色的白描,有效地将
主体客体化,虽是"有我之境",但这个"我"的心平气和,颇有与大
自然伟大的静息自由嬉戏的意味,也可以说,主体对客体的干预被
减低,有诗歌中的极少主义倾向。既然物独立于人,当如何重新与
物共在,而使双方同时进入这种自由嬉戏的美妙境界? 我的回答

---

① 参见《文学界》,2010 年 3 月号,第 37 页。
② 雷平阳:《云南书》,长江文艺出版社,2009 年,第 34 页。

是借助艺术的超越和变形的力量,发现"变形的爱人那永恒的特征"(奥维德)。而此间的关键,是爱的转化力量的参与。在《凉水诗章》等诗篇中,我便着力揭示了如果没有"爱"的转化,自然终究是形状、颜色的聚合物而已:

> 没有爱,这一切仅仅是孤独,甚至恐惧
> 墙上的石头回到了呼啸的山中
> 增加着仰望的高度,而山体中金黄的矿脉
> 正在黑暗中辗转,力图摆脱流水的纠缠
> 柴门半倒,几乎已开始变白
> 而草丛中的枯井里突然闪耀起星光
> 晚年的隐居高得不可想象,你独自下山
> 必须有另外一种风声充溢在胸中
> 你必须能对黑暗和灯火同时说出
> 仅仅有爱是不够的。于是
> 我们从松树下起身,整理好衣衫
> 针叶堆中一双空洞的眼窝在把我们注视
> 一只野兔或松鼠的颅骨,灌满了晶亮的流沙
> ——《凉水诗章·恍惚》

而如果能重新回到大自然温暖的怀腹,人类生命与其母体割裂的恐惧与无助之感将会消弭于无形:

> 这个瞬间如一粒沙子落入水中
> 消失在其他的沙子中间
> 你先是看见水面和水底的双重波纹
> 然后是树木的倒影渐渐清晰
> 黄昏辽阔起来。在你之前它一直如此

天空缓缓旋转粗糙的群星

你还要恐惧什么，你就是沙粒

风和星空，你一直是部分

也是那永恒存在的整体

水声使黄昏的山谷向明月之杯倾斜

你可以听见沙子渗出石头的声音

人世的灯亮了起来。生命孤零零的

我们离开后，黄昏将继续

我们从永恒中抽取的这一束湿润的枝叶

沉甸甸的，带着树脂的芳香

——《凉水诗章·瞬间》

因此，追踪自然固有的秘密并梦想收获成熟，不管它们是艺术品还是真正的植物和果实，始终贯串于这部当代汉诗最重要的自然颂歌之中。向大自然学习，这是人所能获得的真正谦卑明澈的智慧。而通过诗，通过把关注集中到生活的秘密之上，集中到在痛苦、损失、悲哀的中心寻求解答之上，诗人在自然中发现了一些安慰，一些揭示自己或拥抱了诗人的辐射中心。这些瞬间会在不期的时刻到来。在这样的时刻，甚至最世俗的事物也突然有了色彩和幸福的荣光。尽管世界的外在真实可能会被黑暗和衰败压倒，可从黑暗外面传来的迅捷的闪光，依然能放松一个精悍的灵魂。

这些诗明显显示了一种可以称为"建设性"的诗学态度，即以一种明朗而非病态的接受来面对主题。诗人要像树一样，在"它们垂直的寂静中"依然保持着绿色之光，从一个巨大的爱之杯中，斟满太阳的汁液，递给人们。在一个"每一边都有坏消息"的世界中，每个人都处于他不能控制的外部事件的操纵之下，在这些外部力量的统治下，诗人，依然要歌唱生命的光荣与高贵，依然要努力持续与存在整体的对话与交流：

清风徐徐吹开了晨雾,这是又一日

我试着和你们交谈,试着

把自己想象成你们的一员

我的语言犹豫、生疏,如花粉

粘在鸟舌上,如颤音从石缝中传来

我必须找到它,找到它吐露的金砂

在一场雨后,我必须把路上的石头

放回原处,或是一脚踢下山谷

这是简单的,但无法重复

一种无法找到动作的心情

与未来保持了一致。如何能复活

早已失传的语言。当晨雾散去

昨天又是一天,是无言也无心跳的七千年

——《凉水诗章·交谈》

　　在诗人的世界中,自我始终携带着与世界其余部分联合的思想。这可以通过把自己写到纸上,或以写作的行为把自我传送给他人来得到表达。写作就是通讯,既是与他人的通讯,也是作家与纸(介质)之间的主观经历。这样,纯然主观的个人的东西就能在这种内省的秘密超越行为中被超越。诗人可能不懂得信息自身的性质,可他能听见魔鬼般的笔移动过纸页,能听到它在唱歌。在这种光照下,写作的进程变得比要写作的内容更加重要。作家召唤他自己的"痛苦"或"光芒",记录它们,表达它们,同时超越经验并表达自我。诗人试图从自我的具体经验出发,并在一种几乎是神启的写作状态中,凭自身的能力进行超越,最终达到类的高度。因此,他们的诗是努力要重新创造心灵曾经居住的孤独,恢复童年的所有细节,尽管其余的一切早已改变。时光变迁所不曾改变的一些特质,也是诗人始终携带着的童年圣像,是他以之对抗死亡和爱的丧失的武器和堡垒。

　　荷兰哲学家托恩·勒迈尔总结出人类对大自然有着两种完全不同的观察方式。一种情况下，大自然是由整个的人体验的，因此也包括人的情感和情绪；在另一种情况下，观察的目的是获得能够被量化的和最后可以用一定形式归纳起来的知识，因此要尽可能抛弃第一种情况下所倚重的那种情绪和体验。前者得到的是体验，后者得到的是知识：要么是一首诗，一个公式；要么是美学，科学；要么是美，真理。"这样，我们在生活中对大自然采取的态度是分裂的：一方面我们以严格的科学态度对待它，致力于获得'客观的'知识，以便能够操纵和控制它；另一方面大自然是我们发挥主观感觉和感情的地方，是我们有很多亲密回忆的地方，我们能够与它建立共生的关系，当它的美丽和伟大有时使我们感到兴奋时，我们觉得自己被它融合了。"①很显然，此间我们更需要的是诗，或者更为准确地说，是对待自然的诗性智慧，而不是将人与自然疏离起来的人类中心主义的狂妄扩张，其真实写照正如霍尔巴赫所言："人必然地把自己作为整个自然的中心；结果他只能根据自己的感触去判断事物。他只能爱那些他觉得对自己生存有利的东西；而必然要憎恨和畏惧使他感受到痛苦的一切。"②

　　在当代汉诗中，对待自然与对待动物的非对象化态度，也在一些有觉悟的诗人的作品中反映出来，比如远人的《山居或想象的情诗》。既然人离人很远，人就只能转向物，转向其他的生命形式，以互相印证。"想象"的性质可以让我们认识到，人与自然或情人的和谐，也许仅仅是一种幻觉，但是这种幻觉或努力对于人之生存又极其必要。这组诗的第六首如是说：

---

① 托恩·勒迈尔著，施辉业译：《以敞开的感官享受世界》，广西师范大学出版社，2009 年，第 128 页。
② 霍尔巴赫著，管士滨译：《自然的体系(下卷)》，商务印书馆，1977 年，第 19 页。

有时候动物会来看看我们的生活
譬如那只松鼠,它从一棵树上
跳到另一棵树上。哪怕最晴朗的日子
它也只是跳来跳去,从不说些什么

后来它不来了,我们就在窗子前等候
不知不觉中,我们会忘记为什么坐在窗前
好像我们等待的不是松鼠,而是在我们的
凝视里,会看见那些人所没有的善良与温存

　　而在马永平的《乌鸦与我》中,生态关怀的思想奇妙地与美国桂冠诗人奈莫洛夫的一首诗异曲同工。一个中国诗人通过生活的观察所发现的,和一个美国学者型诗人的发现,所具有的这种神秘的同一性再次折射出人类共同的生态思想的勃发。因此,我愿意将这两个文本在此展示出来:

它是一只黑色的鸟
像乌鸦,但体形比乌鸦小
我从它身旁走过,它看到了我
并迅速地躲进芭蕉树后
将身子隐藏在树的阴影里
我尝试着接近它,但是不能太近
它没有飞走,而是绕着树转着圈躲避我
我走到树的这一边,它便躲到树的另一边
我们就像两个孩子围着树玩藏猫猫的游戏
你藏好了吗?还没有呢!现在藏好吗?
藏好了,你开始找我吧!
这是我小时候玩的小把戏。今夜明月高悬

我在芭蕉树旁,悄然无声地站着
想瞧瞧它到底能在树后躲藏多久
我耐心地等待,今夜我有的是时间等待
人生有许多美好的事物值得我等待
今夜,月光如水,四周一片宁静
时间像一个无所事事的人,不急不躁地走着
它,也许以为我早已经走远了
便从另一边绕了出来,它突然看到我
它有点吃惊,并短暂地停住脚步
然后,又迅速转身躲进树后的阴影里
我站在月光中,看着它从树的这一边
又躲进树的另一边,仿佛看见我自己
在每一个日子里躲来躲去

——《乌鸫与我》(马永平)

它们总是和我们在一起,但是它们往往
聪明地躲开我们。我们穿过树林时
一丛灌木突然爆炸成惊飞的麻雀,它们
没有任何想与我们做朋友的愿望。
收割过的庄稼地上,脚边的野鸡
也是一样;还有懒洋洋的田兔飞起来
慢悠悠地表达它们一致的意见:
它们不想与我们为伍,谁敢说
由于我们帽子上的羽毛
它们和我们保持距离就是错误。
然而,我的心仍与它们连在一起,连在一起,
但现在这样也许更好。让它们
留在我们负责不了的那个世界里,

它们可能死于人类的聪明和仇恨，

但是，羞怯却足以让它们免遭我们爱的祸害。

——《它们保持的距离》（霍华德·奈莫洛夫）

　　在前者中，"乌鸫"不仅是人际关系异化的一种象征，人与人之间难以建立超越功利关系的本质性关联，更重要的是直陈了人与动物之间关系的腐化。大自然并不需要我们人类这种过分的"爱"，这种爱就是那种功利化、对象化的对自然的盘剥，正是这种"爱"造成了生态浩劫。人类能不能在这个全球性浩劫中生存下去，还是个未知数。诗歌所要关注的就是这些"严重的时刻"，而不应该是个人一己的小感觉、小情调。在这点上，作者的意识已经远远走在了汉语诗歌的精神谱系的前列，因为当下诗歌所倾力关注的范围依然局限在人类的利益之中，正好比在即将沉没的船上人们还在争执舱位的分配一样那么盲目和短视。马永平的白描手法可以归之为现象学的"还原"，奈莫洛夫则更具有书卷气的沉思意味。两者从不同的手段实现了同样的目的。

　　也许只有在诗性智慧的引领下，我们才能超越功利性的实用理性，重新实现人与自然的统一与和谐。正如卡西尔所言："艺术教会我们将事物形象化，而不是仅仅将它概念化或功利化。艺术给予我们以实在的更丰富更生动的五彩缤纷的形象，也使我们更深刻地洞见了实在的形式结构。"[1]而在日常经验中，我们是根据因果关系或决定关系的范畴来联结诸般现象，按照我们的相应兴趣把事物看作原因或是手段，久而久之，事物的直接外观就会被我们视而不见。刘洁岷的《白鹭》一诗就鲜明体现出对事物的守护态度：

---

① 　卡西尔著，甘阳译：《人论》，上海译文出版社，1985年，第216页。

一只白鹭飞来
滑入附近的杉林
这事，我对二三人
提到过

一行白鹭回翔着
在一小片杉林上
那天，我开始写信

我说：那是真的

被一场暴雨惊醒
我起身奔向那座林子
林间黑糊糊的，而幼鸟
白花花铺了一地①

同样，在我作于 1994 年的《夏天最后的蚊子》中，体现出的是对所
有造物的敬畏之情，因为它们是上帝神性的符号和象征：

夏天最后的蚊子
保存了时间的毒血
它来自窗外那广大的黑暗
却不知道，不是寒冷
而是灯光使它体内的意志
更加盲目。它迂回地接近我
红外线探测系统

---

① 刘洁岷：《刘洁岷诗选》，长江文艺出版社，2007 年，第 146 页。

因电视的热度而紊乱

无力，苍白。这夏天最后的蚊子

已被疲倦拉松了关节

再发不出螺旋桨的嗡声

但我仍是敬畏

这卑微的造物

它与一个夏天的消逝有关

它要拯救的不是自己，是时间

和它体内饥饿的上帝

使它的行动显出庄严

　　一般认为，持续进步的理论源于犹太-基督教，"上帝按照自己的形象创造人，人分享着上帝的超越性。与古老的多神教和东方宗教(拜火教除外)形成了鲜明对照的是，基督教不仅建立了人与自然的二元论，而且强调人为自己的恰当目的剥削自然乃上帝的意志"①。由于上帝创造了自然，自然同样必须显示神性。为了更好地理解上帝而对自然所进行的研究，就有了自然神学。在早期教会和希腊正教中，自然首要地被理解为上帝向人说话的符号体系：蚂蚁是有关懒惰的布道，上升的火焰是灵魂渴望的符号。万物不是自因和自决的主体，其运行与行为并非仅仅出于自身的欲求，而是与神圣意向有关。因此，对圣经的正确理解应该将所有事物置于神圣意义之网。

　　诗或者广义的文艺，就是要寻找到一种新的话语体系，在其中，"蚂蚁不再是懒惰的安眠，火焰亦非仅仅是灵魂向往天堂的象

---

① *The Ecocriticism Reader*，Athens and London：The University of Georgia Press，1996，p.10.

征,而是蚂蚁哥哥和火焰妹妹,他们与其人类兄弟一样赞美造物主"①。但是,应该注意到这样的常识,诗只是作为生态危机的一个预警,不可过高估计它的效力,它在实践环节的作用,因为从观念到行为总是需要一个时延的。面对目前的人类困境,诗人不但要在语言之内承担起清洁的责任,也要积极地成为一个实践者,我所说的这种实践,更近乎一种榜样的力量,诗人必须将其非功利化的诗性原则与生活实践结合起来,以其精神清洁的存在傲立于功利化社会。环境危机需要的是一种以美学价值观为主角的"新伦理",是对世界的感性上的认识,因为"一个更感性的社会从不愿看到荒芜的城镇、阴郁肮脏的房屋,而极其丑陋的教堂、渣堆、污秽的河流、荒草场等构成了工业化西方社会的景象……只有当人们能首先学会感性地看待这个世界时,他们才会照顾它"②。这种对世界的感性态度其实就是非功利的审美的态度。

当然,人类想要最终脱出生态灾难的困境,还是得依靠比诗更为广大的东西。现在任何人都还难以给出解救生态危机的具体现实对策,但是就诗学范围而言,通过诗的提示和引领,通过观念和生活方式的更新,我们有可能从思想意识方面先行一步,找到重塑人类文明的有机范式的途径,使人与物互相开敞,共同走向"澄明之境"。那样,被我们的技术理性剥夺得光秃秃的自然万物,将像创世之初的清晨那样清新永恒,那便是海德格尔所言的"澄明之境":

> 自然是力量源泉本身……自然似乎沉睡却又没有沉睡。自然是清醒的,但它是以悲哀的方式清醒的。这种悲哀退隐于万物而进入对整一(des Eine)的怀念……"自然"是最古老

① *The Ecocriticism Reader*, Athens and London: The University of Georgia Press, 1996, p.16.
② 戴斯·贾丁斯著,毛兴贵译:《环境伦理学》,北京大学出版社,2002 年,第 110 页。

的时间,但绝不是形而上学所说的"超时间",更不是基督教所认为的"永恒"。自然比"季节"更早,因为作为令人惊叹的无所不在者,自然先就赋予一切现实事物以澄明,而只有进入澄明之敞开域中,万物才能显现,才能显现为现实事物之所是。①

第四节　自我中的他者

克尔凯郭尔认为,人是精神,精神是自我。人是有限与无限、暂时与永恒、自由与必然的综合。而作为"致死的疾病"的绝望就发生在个人与自身关联的失衡所导致的综合体关系的矛盾和冲突上,绝望似乎暴露出人的有限性,但也正是绝望说明人之中具有永恒性,"如果一个人里面没有永恒性,他就不会绝望"②。人的真正存在是"孤独个体",这种对个人主观心理体验的强调,就是要使每一个人都肯定自己的存在,自觉自己的存在,不在群众、时代和世俗中丧失个性。他的"孤独个体"是和超验存在相关联的,他认为唯有在孤独中人才能与上帝默然相对,与之发生有意义的关联,达到对永恒真理的认识。他甚至提出,死后如果有墓碑的话,只要刻上"那个孤独者"(den Enkelte, the single individual)就行了。孤独对于个体的精神独立有着至为重要的作用,它是自由的前提和土壤。因此,在这种意义上,孤独并不纯然为一种个体的受伤害状态,而是一种个体通达真理的肯定性因素。海德格尔认为此在的在世是"被抛入状态",即是说此在毫无理由、毫无原因地已经在"此",且不得不"在此",这是上帝缺席之后人的直接体验,是体验

---

① 海德格尔著,孙周兴译:《荷尔德林诗的阐释》,商务印书馆,2000 年,第 61—68 页。
② 克尔凯郭尔著,张祥龙、王建军译:《致死的疾病》,中国工人出版社,1997 年,第 9 页。

个人价值的情感方式，强调孤独就是人自己选择自己的存在。

对孤独的体验也是追问存在本真状态的展开过程，正所谓灵魂未来的自由度取决于现时的认识努力。上帝隐退之后，事物因失去可公度性而分崩离析，人与物的疏离使人不可能重新回到前机械时代天人合一的乐园，而人与人之间也有如巴别塔建造者失去了统一的语言，个体日益沉陷入孤单无助的境地。而诗人对孤独的思考往往具有本体论色彩，他们将孤独理解为事物的本质，是人的具有本体意义的存在方式，孤独作为维持自我的必要条件，从一种普通的情绪体验上升到形而上的意义高度。人从世界的喧嚣中剥离出来，回到自身，其必定知道自己是单独面对着世界。而当诗人觉悟到孤独是自我的本质时，又会将孤独当成一个最忠实的伴侣，作为自由的保证，正是孤独使诗人更加清晰地洞见了存在的本质。为了认识生命与自由的真相，诗人甚至呼唤："我在世上太孤单但孤单得还不够，/好使每小时变得神圣。"（里尔克，《定时祈祷文》第八首）

人作为个体，孤独是一种绝对化的状态，但是离开了他者，人的自我也将不再成立。弗罗斯特在诗中曾言：

> "人们是在一起工作的，"我发自内心地告诉他，
> "不管他们是集体劳动还是分开干。"
>
> ——《花束》

印度诗哲泰戈尔亦曾论及人与他者（人或物）的关系，"其他万物的存在这一事实，证明了我们存在这个事实。我中的'我是'只有深刻地在'你是'之中体现自己，它才能超越自己的局限"[1]。这也就是说，只要自我真正认识了自我之外的事物，那

---

[1] 泰戈尔著，唐绍邦译：《一个艺术家的宗教观》，上海三联书店，1989年，第18页。

么,在我之内的"我是",亦即我之存在的本质,才能实现其扩展与无限。因此,孤独既是克尔凯郭尔所认为的个体与上帝发生本质性关联的先决条件,又是雅斯贝尔斯所坚持的与人交往的出发点。雅斯贝尔斯的哲学是反对孤独的哲学,他将"交往"设定为自己哲学思想的关键词之一,在关于与人共在方面,他曾经这样强调:"如果我只是我自己,我就得荒芜。"他还说:"真理是把我们联系起来的东西。"他认为,个别在不可替代的意义上虽然是唯一的,但是在个别化和封闭的孤独化的意义上却不是唯一的;相反,在同他人的交往中,人才是个别的人。从最广泛的意义上来看,交往即通过信息流通而形成的有意识成为理解的共同体。交往以可理解的语言为前提,因此"只有在人之间"才有交往。"自我交往"是臆想的,不着边际的东西,在人之外的交往无异于寓言。①

交往是人成为自身的根本所在。因此,雅斯贝尔斯把人规定为"交往内存在"。在他看来,与人共在方面,克尔凯郭尔意义上赤裸裸的自身存在(孤独个体)是毫无意义的。因为个人不能依靠其本身而成为人。自身存在只有在同另一个自身存在相交往时才是实在的人;只有与他人相处时,"自我"才能在相互发现的活动中被显露出来。因此,存在即是与人共在,如果没有他人、没有与人的交往,"我"就不能存在。交往是人的普遍条件。生存只有在交往中才能现实化,但是这并不意味着丧失生存的个别性,沦为海德格尔所描述过的"一般人"。相反,人只有以自身生存的历史一次性进入交往,才能起到互相唤醒、互相创造的作用。作为自身存在的人不得不首先孤独,孤独遂成为人与人之间交往的唯一根源。不发生交往,自我就不能成为自身存在;不保持孤独,自我就不能进入交往。真正的交往正是这种寓孤独于交往的生存交往,它展示了黑格尔意义上的超越辩证法:生存孤独(正题)—生存交往(反

① 萨尼尔:《雅思贝尔斯》,生活·读书·新知三联书店,1988年,第159页。

题)—超越(消解)。生存是绝对个体性的,因此绝不可能有两个或两个以上的生存的相互融合。所以,交往是两个生存以各自不可混淆的自我存在相互介入的过程。这种交往处于自我存在与奉献之间的紧张对峙。它以孤独为前提,其目标虽然仍旧在于单独的存在,然而结果却引出了双方的存在。交往是"爱的斗争",是为了使他人能够开放而进行的斗争,也是为了他人自由的斗争。交往是存在之路。通向存在的道路在交往中即通向与他人共在的道路;通向与他人共在的道路即通向自身以及在自身之中通向超越的道路。云格尔也认为,人的有限生命时间是上帝与所有人的历史因素之一,因为人改造过去,设计未来,将自己的历史汇集在现时之中。在这个过程中,人与他人进行交往,他人也有自己的生命时间,他人的生命时间也包含自己的过去和自己的未来。没有交往,人就没有历史,也就没有时间。只有在历史交往的基础之上,人才有自己的历史;只有在集体之中,人才能作为个体生存。

在人与人之间的关系中暂时摆脱与生俱来的孤独,是有着中国传统文化的强大支撑的。在儒家文化看来,超越于人际之上的本体是不存在的,人与人之间的交往、联系、关系就是本体,就是实在,就是真理。正如李泽厚所归纳的:"自觉意识到自己属于人的族类,在这个人类本体中就可以获有自己的真实的'此在',不舍弃、不离开伦常日用的人际有生和经验生活去追求超越、先验、无限和本体。本体、道、无限、超越即在此当下的现实生活和人际关系之中。"①但是,由于实用智慧和工具理性的过度发达,汉民族这种着眼于人际关系的"交往"往往退化为互相利用的利益关系,因此人与人之间充满了矛盾、冲突和对立。正如我在《对话》一诗中所写的那样:

　　一朵云在你脸上飘来飘去

---

① 李泽厚:《中国古代思想史论》,天津社会科学院出版社,2004年,第293页。

我们在和一个不存在的第三者说话
你说的是德语,它把虚无翻译成命运

那朵云毛茸茸的

一定是它!是它在作怪
我们的声音陷在里面,或变成牛哞,或变成蜂鸣
无头的鸟,我们必须应付它胡乱的飞翔

让云自己去说吧:和,与,或,但是,也许
我们被虚词连在一起
像两个面具被唾沫粘住
我和你,你和云,云和日子

外面下雪了
今年的第一场雪
天,就要冷了

最好是沉默,或者疯狂地做爱
我们的头,藏在云里

"是下雪了吗?"

(1993 年 10 月 29 日)

　　如果脱离开共同的信仰背景,现代人与人之间很难达到本质性的关联,从而也难以相互主体化,因此,单独主体之间必然充满了二元性的斗争。与此相反,马塞尔主张我们同他人的关系应是一种"你—我"关系,不应把他人看成一个客体的"他",而应看成正

在与自己进行对话交流的"你"。这种人之间的互为主体的关系，实际上反映着人与上帝的"你—我"关系，因为上帝是一个绝对、最高、最完善的"你"，上帝不是"他"。如果把上帝看成"他"，就使上帝处于一个客体的地位，成为可以旁观、思考和论证的万物中之一物了。互为主体性优先于主体性，不仅在马塞尔和马丁·布伯这里成为其思想的逻辑起点，巴赫金的对话理论也强调应确立他人意识作为平等关系的主体而非客体的观念。他在评价陀思妥耶夫斯基的作品时指出："悲剧性惨变的基础，向来是主人公意识上唯我主义的孤僻性，是他闭锁在个人天地中的孤独。"①人与人之间关系的异化，正是无视自己与他者的互为主体性关系，而将对方置于客体地位的对象化思维所致。并且，自我一旦绝对地将自己设定为价值，定为一切价值的标准，它也会对自己构成威胁。马丁·布伯有两段话说得精彩，他说，确实，在书与人之间，真正令人振奋的书要多于真正令人振奋的人。但是与人交往的糟糕经验培育了我生命的牧场，这是最高贵的书都不曾给予我的，而与人交往的好的经验则使尘世成了我的花园。他还说："我从母亲的子宫里呱呱落地时，我对书一无所知，并且我将不带着什么书，而是握着另一个人的手而死去。确实，我时常关上门，全神贯注地看书，但这只是因为我再次把门打开时能看到有人正注视着我。"②亦即在原子化自我的孤独沉思和与他人发生活生生的相互关系之间，马丁·布伯更倾向于后者，因为只有这样，我与他人才能共同完成彼此的存在，才能同时使对方在场。他认为，成为人，意味着成为相互关系中的那个存在，重要的是"相互性"(over-againstness)。他在自述中这样说道：

---

① 巴赫金著，白春仁、顾亚铃译：《陀思妥耶夫斯基诗学问题》，生活·读书·新知三联书店，1988年，第34页。

② 大卫·斯笛尔编，田毅松等译：《20世纪七大思想家自述》，上海人民出版社，2004年，第106—107页。

所有的存在者本质上都处在与其他存在者的关系中,而且,每一个活生生的存在者都在对他者进行感知和采取行为时进入这种关系。但是人的特殊性在于,一个人能够反复意识到他者是与他发生相互关系的存在,而他自身的存在也在与这个他者的相互关系中。他逐渐意识到,他者在他的自我之外与他相联系,而他自己也在他的自我之外与这个他者相联系。由于人的这种特性,人不仅仅作为诸多物种中的一个——只是有更多的天赋而已——而且是作为一个特殊的领域进入存在的。因为在这儿,也仅仅在我们称为世界的这里,一个人与另一个人的相遇才能彻彻底底地发生。①

也就是说,每一个个体都要指向和诉诸他者,这种人与人之间相互性关系的转化,实现于人之相遇。在这种相遇中,一个人与他的他者因相互关联而存在,这个他者作为他的共在,当然同时能够反对他和肯定他。但是,人类意味着潜在于世界存在中的相遇的反复发生,一个人的自我存在只有转向相互关系中的另一方,才能实现人类总体的共在,不存在自我封闭的精神的统一。例如语言,正是人与人之间存在着相互性的明确体现。真正的思想总是与具体体验分不开的,马丁·布伯的理论思考来自他人生经验中的几次奇特"启示"。童年时,他跟随父亲一起站在壮观的牧群中间,看到父亲用一种不仅友善而且相当亲密的方式一个接一个地向动物们致意。他与父亲一起驾车穿过正在成熟的庄稼地,父亲会停车下去,一再地向麦穗俯下腰,剥开一株来仔细地尝尝麦粒。在这样的时刻,他真切体会到全然不易动情的父亲真正关心的是一种与自然的真正人性化的交流,一种生动的、可信赖的交流。十一岁那年,马丁·布伯在父亲的庄园度夏,经常偷偷溜进马房,轻轻抚摸

---

① 大卫·斯笛尔编,田毅松等译:《20 世纪七大思想家自述》,上海人民出版社,2004年,第 104 页。

他心爱的大灰斑马的脖子。那不是一时的快乐，而是一种奇妙无比、充满友善的事情，它同时也极尽了内心深处的情感。双手鲜活的记忆告诉他，在触摸这个动物时他所体验到的乃是他者（Other），是他者巨大的他性（Otherness）。他抚摸那时而如梳理过一般异常平整、时而又异常狂野的有力的马鬃，他感觉生命力的元素在他皮肤上扩展开来。那东西不是他，当然也不是他的同类，甚至不是另一个他者，而是他者本身。它却让他接近，信任他，将自己与他的联系根本地置于"你"（Thou）与"你"的联系之中。这匹马，甚至在他还没把燕麦倒进马槽就轻轻抬起巨大的头，耳朵轻颤，鼓着鼻息，仿佛一个伙伴发出了只有另一个伙伴才能辨认和接收的信号。但是，有一次，马丁·布伯开始注意自己的手，将注意力转移到了这种极富乐趣的抚摸本身上面，于是，事情发生了变化。第二天，他给马倒了很多饲料，并抚摸马头，马却没有抬起头来。马丁·布伯当时觉得自己遭受了审判。因为，他们的关系再次从亲密的"我—你"退化成异化的"我—它"，本然的纽带由于"我"仅仅关注自身（他抚摸中的手）而断裂了。这也就是说，双方要发生真正本质性的关联，就必须"我"在我之外，"你"在你之外，只有这样，两者才能真正"相遇"。"我"向内退缩成孤绝主体的同时，"你"也就会退化成为同样孤绝的"它"。马丁·布伯还有一次神奇的与他者的"相遇"：

　　　　借着即将消逝的一天中最后的光亮，马不停蹄赶了一段下坡路之后，我站在一个牧场的边上，当时已摸清了路，也就任凭天色慢慢变黑。我不需要什么支撑，不过还是愿意在一个固定场所信步闲逛，于是我用我的手杖抵住一棵橡树的树干。我随即感觉到了我与存在的某种双重联结：在这儿，我握着手杖，在那儿，手杖接触着树皮。不过显然，只是在我所在之处，我在发现树的地方也发现了我自己。

就在那时,对话向我展现了。因为人的言说只要是真正的言说,就会像那根手杖,那意味着:真正有指向的表达。在这里,我所在之处,说话的神经中枢和器官帮助我形成和发出字句的地方,这里我"意指"(mean)着他,我把话传达给的那个人,我意向着(intend)他,这一个不可替换的人。但在那里,他所在之处,我的某种东西也得到了表达,某种在本质上根本不像在这里那样是实质性的东西,而毋宁是纯粹的颤动和无从理解的东西;那种东西保留在了那里,和我所意指的那个人一起,接受我的话。我环绕着我所诉诸的他。①

人类态度具有双重本质,亦即将他者客体化的"定位"(orienting)和使他者在场的"实现"(realizing)。对这两种基本观点的区分,在本质上对应于马丁·布伯在《我与你》中的"我—它"关系和"我—你"关系,"我—你"关系的根基不再是主观性领域,而是存在者之间的领域,也就是说,"我"与"他者"的关系,不是主客观的认识论的关系,而是共在的存在论关系。在整个世界内部绝没有一种自我封闭的统一,同样也没有自我封闭的精神的统一。相反,每一个个体都要指向和诉诸他者。只有在人这里,这种相互关系才发生转化,并导向相遇的现实;在这种相遇中,一个人与他的他者相互关联而存在,这个他者作为他的共在,同时能够反对他和肯定他,能够给予和索取。只要人的这个自我存在还没有转向相互关系中的另一方,人类的这个领域就依然没有实现。人类意味着潜在于世界存在中的相遇的反复发生。只有通过进入开放性当中,降临于人类世界的精神才能在活动中赢得一贯性,精神活动只能发生在活生生的相互关系中,而不是一个基本上无法穿透的自我存在之渊中的那些观念和意象。回应生命的相互关系是一个

---

① 大卫·斯笛尔编,田毅松等译:《20 世纪七大思想家自述》,上海人民出版社,2004年,第 88—89 页。

严格的责任，在它面前，沉静的灵思退避而入的那座堡垒只是一个华丽的布景。

我们欣喜地看见，在汉语诗歌中，也存在着这种主体间性意识。卞之琳的《断章》《圆宝盒》与《距离的组织》等就包含着这样的思想，诗人强调的是相对性意识，体现了诗人对世界之诸般相对性关系的把握。牛顿倡导的是质点或分子的概念（the concept of particles of matter），他认为质点根据自己的内在特性，存在于某种特定的时空之中，因而才有了自然的存在。而怀特海不同意他的这种自然存在学说，他认为，宇宙万有的存在是事象的联系（the nexus of events），一个事象是否有意义，完全取决于和其他事象的关系。存在即为呈现（To exist is to occur），没有呈现的机会和环境，便没有存在。整个世界是彼此关联的，无你亦即无我，反过来也是如此。怀特海还反驳了牛顿关于感性在本体论（ontological status of sense qualities）上地位的观点。根据牛顿的质点说，一切都是已经完成的和固定了的，自然界各种事物势必放弃了自己的感性。但事实上，感性是伴随着事象的，其存亡随着事象本身而消长。所以我们不应该问："吹皱一池春水，干卿底事？"正如张大千诗中所言，"雾里花枝看有情"，因为是"雾里"，是"花枝"，所以看来才"有情"。这里的"看"是"互看"的，你和"雾里花枝"互相造成了对方的"事象"，于是，情才从中而来。若从"情"字着眼，我们也可以说情景互相生长，重要之处在于"变"的上面，"交流"上面。有"交流"，有"变"，才有"情"，才有"生命"。卞之琳的《断章》也可以作此理解。"你站在桥上看风景/看风景的人在楼上看你//明月装饰了你的窗子/你装饰了别人的梦"，这里就是互为主体，是"互看"，是互相成全。

这种马丁·布伯式的人与人、人与物、人与宇宙整体之间的"我—你"关系，在当代汉语诗写之中也有越来越多的表现，如施玮以人间情爱来喻示超越之爱的《初熟之祭》《垂钓一首歌中之歌》，北村的《爱人》《泪水》。在一个人际不可通约的时代，我们至少还可以独自与上帝交往，以眼泪、祈祷和感恩吁请永恒对短暂的临在。而更具文学本体论意义的是，写作也从此成为一种超越传统人际、社会的功能性诉求与约束而直接面向存在本身。史铁生在其随笔《病隙碎笔（五）》中，曾以基督教精神中的原罪意识、忏悔精神、爱的救赎等观念，将"文学"阐释成"写作"。他将我们习见中系于"他为"的"文学"描述为"只凭着大脑操作的，唯跟随着某种传统，跟随着那些已经被确定为文学的东西"。而从信仰出发又归之于信仰的"写作"，"则是跟随着灵魂，跟随着灵魂于固有的文学之外所遭遇的迷茫"。"文学"常会在部分的知识中沾沾自喜。"写作"则原是由于那辽阔的神秘之呼唤与折磨，所以用笔、用思、用悟去寻找存在的真相。但这样的寻找孰料竟然没有尽头，所以它没有理由洋洋自得，其归处唯有谦恭与敬畏，唯有对无边的困境说"是"，并以爱的祈祷把灵魂解救出肉身的限定。正是仰望神圣，才能使得写作者知道自己并不是仅仅活在与人类历史的关联中，而更是活在与宇宙的原初关联中，也才能够恍然了悟自己的写作是向永恒的祈祷。

今天，机械观似乎已经根深蒂固，但实际上它形成于八百年前。在随后的几个世纪中，这种思维方式将自然逐渐客体化、外在化，而与之相伴随的则是人类逐渐演变为与自身的热望和内在生命相脱离的个体。在此，我们需要再次简单回溯一下自我观的演化过程。这种演化从"意识"（consciousness）一词的意义变迁上就能见出。我们通常把意识理解为个体性（individuality）的本质，但是，直到 15 世纪文艺复兴时期，意识才被认为是个体的专有属性，"人"成了衡量万物的尺度。"意识"这个词的拉丁词根是"con"，意为"与、共"；"science"意为"知识"。文艺复兴之前，"意识"指的是人的集体意识，而不是个人的领悟。[1] 现代的早期阶段（16 世纪至

<hr>

[1]　约翰·布里格斯等著，陈忠、金纬译：《混沌七鉴》，上海科技教育出版社，2008 年，第 142 页。

18 世纪），现代意义上的自我观开始出现，自我的内在属性开始被现代心理学当作公理，但实际上它在 16 世纪末才成为人们的共识。自此以后，隐私遂成了一个个体问题。在 18 世纪晚期和 19 世纪初期的罗曼蒂克时代，实现自我成为人们的终身追求，创造力或者浪漫激情成了实现自我的主要途径。此时，个体与社会呈对立状态。20 世纪，弗洛伊德的理论认为，自我知识在直观上是不可能的，自我越发被看作与社会相隔离的。如今，自我观得到进一步发展，人们对个人独特性的信念被强化，追求名望中的自我实现，用人格、社会经济状况或成就来定义自己。而到了后现代阶段，对自我观的扭曲越发严重，人们将自我当作一种建构，比如福柯就将人文主义者信心十足地谈论的那个"人"看成话语方式或某种规范及其根源的突变产物，是任意的，同所有的词语搭配一样，"只是词语的误用"。与此不同，混沌理论支持的有机自我观则正确地表明，个体是共在的一种表现形式，所谓单子式的自我仅仅是个幻觉。诗人奥登在诗中就曾说过："我们所触到的总是／一个'他者'：我可以抚摸／我的腿，但不是'我'。"他还说："如果是真正的兄弟，／人就不会齐唱／而是合唱。"①

第五节　精神生态与自然生态

　　前文曾谈及当代汉诗客观化写作中的"回到事物本身"，它意味着将对生存经验的尊重与对语言自身的热爱统一，既避免了对生存信息进行处理时的乏力，又没有在个人语境向普遍理解转换时失去其珍贵的个性化品质。也许，正是这种在关联域（如真实与审美、词与物、生活的完美与艺术的完美）之间凝神的平衡力量，才

---

① *W. H. Auden Collected Poems*, Edited by Edward Mendelson, New York: Vinrage Books, 1991, p.885.

能使诗人写出美与真并重的诗歌,并使诗人成为一个真实而美好的人。个人自律虽非解决生态危机的直接途径,却是它必不可少的前提。因为,在人的创造与自然环境之间,始终存在着交互的作用与渗透。两者绝不是纯然各自封闭的系统,而是向彼此打开、交织互动的。

　　人的建构对自然秩序的改变或重新安排,会形成复杂奇妙而预想不到的变化,其效应如同多米诺骨牌一样,牵一发而动全身。"荒野从来不是一种具有同样来源和构造的原材料。它是极其多样的。因而,由它而产生的最后成品也是多种多样的。这些最后产品的不同被理解为文化。世界文化的丰富多样性反映出了产生它们的荒野的相应多样性。"①来自荒野的呼唤就像来自上帝的启示一样,是人类文化多样性的保证,是文化的始基。而人类文化与"荒野"自然存在着开放系统之间的交互作用和交互塑造,它们是彼此建构的。美国诗人华莱士·史蒂文斯曾写过一首诗《坛子轶事》,来说明人对自然秩序的影响:

> 我在田纳西的一座山上
> 放了一只坛子,坛子是圆的。
> 它使得凌乱的荒野
> 向山围拢过来
>
> 荒野向它升起,
> 在四周蔓延,不再荒凉。
> 坛子在地上是圆的
> 高高的,一座空中港口。

---

① 奥尔多·利奥波德著,侯文蕙译:《沙乡年鉴》,吉林人民出版社,1997年,第178页。

它支配各界。

坛子灰暗而光秃。

它没有贡献出鸟雀或灌木，

不像任何田纳西别的事物。①

迈克尔·波伦曾经这样谈道："仅仅是一个坛子，摆在田纳西的一个走廊上，就使得四周的森林都改变了。他描绘了这样一个人类非常平常的制作如何'支配了每一处地方'，使得它周围'懒散的荒野'有了秩序，就像黑暗里的一丝光亮。我在想，如果一棵野树种在了一片有秩序的土地的中间，则可以导致相反的一面发生，可以松弛这个整洁紧张的园子；我的意思是，它可以让围绕着它的所有那些栽培出来的植物唱一唱它们自己天生野性的清晰音符，这些音符现在是被压抑下去了。没有野性就不会有文明，这样的一棵树将会提醒我们：如果它那苦涩的反面缺席的话，甜也就没有了。"②因此，在精神生态与自然生态之间存在着复杂的对应关系，人的创造物作为整个生态圈这个复杂系统的一部分，会引发系统不可预期的涨落。雷毅对深层生态学曾经有过这样一个总结："深层生态学从整体论立场出发，把整个生物圈乃至宇宙看成一个生态系统，认为生态系统中的一切事物都是相互关系、相互作用的，人类只是这一系统中的一部分，人既不在自然之上，也不在自然之下，而在自然之中。"③人类系统和自然系统是互相依存和作用的，自然生态与人的精神生态、文化生态之间存在着难以割离的纽带关系。

在自然界享有最大自由的人类社会以对自然界的多种依

①　华莱士·史蒂文斯著，马永波译：《我可以触摸的事物：史蒂文斯诗文录》，商务印书馆，2018年，第29页。

②　迈克尔·波伦著，王毅译：《植物的欲望——植物眼中的世界》，上海人民出版社，2005年，第74页。

③　雷毅：《深层生态学思想研究》，清华大学出版社，2001年，第28页。

存性来滋养它的自主。而生态系统的复杂程度愈大,它愈是能够以极其丰富和多样的食品和产物来滋养人类社会,愈是能够促成社会秩序的丰富和多样化,亦即复杂性。人类个体,这个复杂性的最后果实,他本身也一样,对人类社会既享有最大的自由,又具有最大的依赖性。他的自主性的维持和发展与在教育(很长的上学时间,很长的融入社会的过程)、文化方面和技术方面的对于社会的大量依赖性是分不开的。这表明人类的生态学的依存——独立的关系是在两个重叠的层次上展开的,而这两个层次又是相互依存的:它们一个是社会环境系统,一个是自然环境系统。①

所以,我们必须重视诗(乃至广义的文艺)对人的精神生态的作用,作为诗获至可靠性的元点,诗中的超验维度对精神生态的不可忽视的影响,汉语诗学传统中重经验而轻超验的弊端与危害,以及这种缺失要对自然生态破坏所负的责任。

在这种情况下,重建信仰成为诗歌精神确立的当务之急,借用马丁·布伯的话说,"如果两个或者三个人真正融合了,他们是因上帝之名而融合的。"②没有人与人之间的融合,也就不会有人类集体主体与自然的融合。从汉语灵性文学中,我们可以约略捕捉到这种福音,虽然还没有成为主流。那么,在信仰资源相对缺乏的当代文化语境中,更为普遍有效的则是生态诗学的建构。因此,本书从现代主义审美救赎的失效,谈到解构式后现代对主体性的消解的局限,最终的落脚点,则逻辑上地落在了生态关怀上面,主体客体化成为有觉悟的诗人的共识。经过以上的梳理,我们不难发

---

① 埃德加·莫兰著,陈一壮译:《迷失的范式——人性研究》,北京大学出版社,1999年,第14页。
② 大卫·斯笛尔编,田毅松等译:《20世纪七大思想家自述》,上海人民出版社,2004年,第98页。

现，客观化诗学的思路与西方哲学的前沿进展是同步一致的。对自我的解构的目标在于主客二元对立的重新弥合。现代主义没能有效实现这种弥合。艾略特源自济慈的"消极感受力"而发展出来的"非个性化"诗学，没能使诗人在精神荒原上找到归宿，却在传统的宗教信仰中得以获得最终的慰藉。奥登也是如此。叶芝试图以艺术创造的伟大来抗衡时间的侵蚀，也终归于虚妄，人工之物在宇宙的生态系统中可谓脆弱不堪。与西方诗人相比，汉语诗人没有艾略特、奥登那样的幸运，有一个足够强大的宗教传统可以作为最后的依托，这便导致了汉语诗人总体上偏重经验而轻于超验，重视在人与人之间达到平衡，而超乎人际、人与社会、人与自然之上的超越维度，基本付诸阙如；得救被悄悄转化为在社会层面上的建功立业，而丧失了浮士德式的永恒追问的勇气。这种超越意识的淡薄或超验维度的缺失，也是中国现代性固有的特性之一。学者杨春时曾令人信服地分析过现代性的三个层面及其固有危机：在感性层面上，存在着对人欲的释放，以感性、自然反抗宗教禁欲主义，其基本动力是物质消费和感官享受，这是社会发展的动力，也是一种感性异化；在理性层面，现代性以理性取代神性的权威，是对神圣的世俗化"祛魅"过程，其相应的理性异化则体现为科学主义导致的技术对人的统治和生产环境的恶化，世俗化的自由导致精神的空虚和生存意义的虚无化；而反思—超越层面，则是指神性丧失所必然导致的存在的终极根据的丧失，而人作为超越性的存在，具有神性，因而在追求现代性的同时，也必然进行自我反省和自我批判，并追求终极的意义与价值，这个层面就包括哲学现代性、审美和艺术现代性等，它们制约着感性—理性层面的现代性。中国的现代性在具有现代性的一般性质的同时又带有自己的特殊性。西方现代性是"脱神入俗"，而中国现代性则是"脱圣入俗"，中国传统精神和文化的圣化是以道德理想主义构建终极价值，强调天人合一，形而上领域与形而下领域没有分离。儒教本身既是一种道德体系,又具有形而上的意义(宗教和哲学)。中国的启蒙运动引进了西方现代性,瓦解了这种圣俗一体的文化结构,对西方文化的引进却并不全面,仅限于科学和民主,而科学与民主都是形而下层面的文化,西方的宗教和哲学以及审美文化等形而上层面的文化则被忽略甚至被拒斥。①

就诗歌创作而言,诗人需要的是多么少啊! 奥登说诗人"把诅咒变成葡萄园",阿赫玛托娃则是"以何等巨大的力量,把生活向他投掷的碎瓦片变成纯金",正如她在诗中所言,"诗不知羞耻,从怎样的垃圾里生长出来"。在生活的不公强加给诗人的荒芜和贫寒中,生长起的却是崇高的精神。应该说,作为"祛魔"手段之一的诗歌写作,从更大的视野来看,既是保持开放的敏感性,又是个人精神整肃的一部分。在作于 1994 年的《以两种速度播放的音乐》一诗中,我曾经写下这样的句子:

> 每十年便要清理一堆怎样的垃圾:草堆,半沉的
> 檀木箱子,扁平的马。洗发剂的波浪
> 从上游涌来,在岩石上爆开……

这里的含义更多的是精神秩序对广义的生态环境(物质的和人文的)的整理,十年象征着历史循环论的阴影始终盘旋在我们头上,所以这里的清理是灾难还是拯救,其性质模糊难辨。当然,从作为信息传达者的作者本身的意识来看,对环境的清理是极其必要的,是乐观的、善的、批判的。十年一个小循环,三十年一个大循环,这在中国,已经几乎成了一个公式。与叶芝以"旋梯"来象征的历史循环论不同,在他那里,历史的开端和结束是以神话中男性神强行与凡人女性的结合为分界点的。他认为人类历史是从野蛮到

---

① 杨春时:《现代性与中国文学思潮》,生活·读书·新知三联书店,2009 年,第 2—8 页。

文明，又从文明到野蛮的循环性的而非线性的发展过程。每一个循环周的期限是两千年。从希腊神话到希腊文化的衰落为一个基本循环周，由此一直到耶稣的降生才引发出一个对立循环周。到文艺复兴时期，第二个循环周发展到极致，这是历史螺旋形扩展到近乎圈子最大的时期，一切都处于失去中心、离心解体的状态当中，而与此相映照的便是西方文明的濒临末日，个人的生命在数次再现中一遍接一遍地重演。每一循环都是由一个处女和一只鸟儿的交媾开始的，这使得神的智慧和人的美得以结合，造成人类历史的开端。纪元前的那一次循环是由丽达与天鹅产生的，创造了希腊文明。而公元后的两千年则是由玛丽和白鸽（即圣灵受孕说）引出，产生了基督教文明。

新历史主义认为，历史只不过是一堆文本，一堆死人故事，没有真相；历史是建构出来的，事实是叙述出来的，这种人为的选择决定了历史的意义，同时也决定了历史本身是反历史、反真实的，甚至仅仅是对真实的遮蔽。所以，美国后现代诗人安德烈·考德拉斯库明确反对审美标准对定量化"美丽"的恳求，他认为真正的行动只能从未经遴选的现场中反映出来。由此，历史的整肃力量与现场的无界限狂欢、与生命个体的具体化存在的尊严便始终处于纠葛之中。我更愿意相信历史与公正没有必然的关联，时间是灰尘，只能使事实真相变得更加模糊。"此情可待成追忆，只是当时已惘然。"那么，是否事实一经语言的整理就会完全失去其本来面目呢，从极端上说，语言对事物的变形、语言的不及物、语言的滥用、个人掌握和运用语言上的有限性，等等，都使得我们难以简单地将语言事实等同于事实本身。尼采曾提出无穷视角的方法来形成事实的近于立体的影像，但其实这在实践上是不可能的，总有一种或数种（不会太多）视角优先于其他视角，而为大多数人所"认可"，这又牵扯到哈贝马斯知识合法性问题。可见，事实离我们是太远了，谁也不敢说谁就摸到了事实。事实大致可以等同于虚构，它是虚构的开始和结果。哥德尔的不完全性定理和海森堡的测不准原理,在这里发挥了其威力。而量子力学中的量子帷幕,现代物理学对时间非连续性的研究,都在在向我们表明,人类的认识能力和事实之间,有着一海的距离。人类能够认识的东西仅仅局限在他的大脑结构所提供的范围,或如康德所说的时空结构。我则认为人类的认识能力局限于语言。

　　个人的清理大致可以分为物质与精神两个领域,物质领域可以以打扫卫生为例,精神清理可以以祈祷为例。而对物质的清理往往反映或联系着对精神的清理。《1940年后的美国诗歌》里,有一首题为《脏地板》的诗,作者为爱德华·菲尔德,他说:

> 地板是脏的:
> 不仅来自城市空气中的煤灰
> 还有多得惊人的头发丢在屋中。
> 很难保持。甚至
> 在屋子扫完之前就又脏了。

　　确实如此。在承认了地板边扫边脏的事实后,诗人幽默地夸张道:

> 我们蜕落的比认识到的更多。
> 我至今脱落的头发
> 能够做六十个大地毯

　　诗人认识到时间不会为任何人停留,甚至在擦地板的时候。当然,在政治谋杀的时候,在权力交媾的时候,在密室祈祷的时候,时间冷酷坚定的滴答声都不会停止。头发在继续脱落,地板片刻都不能完全干净。诗人继续写道:

在多年的排泄和脱落之后我们还剩下什么？
我们是母亲厌烦的人，或者现在有着
儿子名字的陌生人，仅仅无可名状地，
不断地重新学习同样的词语
那意味着，随每一次重述而减少。

你认识的他是一条环绕世界的遗留物的诡计。
更新是一个谎：不再有人吻我。
芭芭拉愤怒的眼睛很久以前便从她的地板上扫走了。
一个陌生人以玛丽安妮的名字经过；那不是她，
我也不是因为名字才认识了玛丽安妮

　　诗人的敏感使之从扫地板这样普通的日常行为中想到一大堆东西，他把一切以前看似没有关联的东西全都联系起来，用词语强行扭结到一起，儿子与母亲、我与情人、我自己、词语，都是处在不断丧失自身的变异中。无法保持在原处，无法保持其原样，无法抵达其自身。一切都脱节了，异化了，分崩离析了。他实际想告诉我们，我们无法清洁自身。在此，诗人基本得出了一个悲观的结论。那么怎么办呢？无法清理自己，更无法清理外在环境（无论是物质的还是精神的），在这种情况下，一个向往纯洁精神的人当如何自处，这是一个问题。诗人在最后给出了这样的一个"答案"：

地板积累着我自己的微粒
我说它脏；脏，街道死者密布；
脏，我习惯呼吸的稠密的空气。
至少我活着。快，谁那样说？
把扫帚给我。留下的人扫走了剩余物。

这里面隐然显示出后现代对异化的认同和忍受。一切都早已习惯,既然反抗已经没有效果,只能是自取灭亡,那只有认同于黑暗。英雄主义蜕变而为犬儒主义。"留下的人"是什么人呢,又是什么力量选择了谁去谁留? 留下的人扫走了消失的人的"剩余物",那也许正是消失者的尸体。人是人的剩余物,物是物的废墟。谁去谁留,其实也是个伪问题。留在名利场,已经无异于死人一个,而如果能从乱哄哄中抽身而出,去独自承担存在,在那些所谓"在场"的热闹者看来他是消失了,但其实他是返回到存在之源,汲取智慧,探寻真知。

如果对历史的虚构性和文本性没有认识,如果对人生的虚无和死亡的威力没有体会,我们所谓的真相将仅仅是自欺欺人,我们所谓的胜利将仅仅是社会层面的小小功利罢了。在历史循环的暴力面前,尽管个人的精神自律永远是渺小的,不会有任何显在的行动效果,但是,我更愿意保有叶芝式的信念,我们个人的每一句话,每一次行为,都保存在世界灵魂的"大记忆"中,正如枯萎的鲜花的芳香保存在有希腊纹饰的古瓶中。我们的一切都将影响到宇宙的秩序,尽管我们看不到,也认识不到。但是,个人清洁的必要及其伟大作用是不可否认的,它是内在于人类整个生态系统之中的,每个个体如果都能清洁自己的精神,人文生态环境会好转很多。而诗或广义的文学艺术的创造,其意义最终即在于此。事物互相关联,结成一个有机整体。正如混沌理论所描述的,安第斯山脉的蝴蝶拍动一下翅膀,孟买就会起龙卷风。几乎注意不到的微小事件的组合,甚至可以导致一场巨变。"在疾病的世界,任何微小的、随机的、分子级的病菌基因改变,都相当于蝴蝶翅膀的一次拍动,它所引起的传染病便是能摧毁生命、使社会陷入极大混乱的龙卷风。生态学家和环境保护主义者很久以来就在劝说我们,要以同样的方式看待自己与自然界的关系。甚至对动植物和人类之间无限复杂的关系网的最微小的触动都可能产生不可预见甚或灾难性的后果。我们故意冒险地干预自然界：我们不仅会目睹直接可见的后果——例如物种的灭绝——而且我们也将承受更加不可捉摸的力量对我们生存与健康的影响。"①我们个人的精神生态，与更大范围的生态平衡是息息相关的。

威廉·鲁克特在《文学与生态学——一个生态批评的实验》中谈道：

> 一首诗是储存的能量、一个形式的风景、一个活的事物、一个潮流中的漩涡。
>
> 诗是维持生命的能量通道的一部分。
>
> 诗是石油的有声对等物，但它是可更新的能源。这种再生的力量源于语言与想象的孪生的子宫。
>
> 有些诗歌似乎自身就是永生的不可穷尽的能源。它们的关联不仅仅源于它们的意义，而且源于它们在任何语言中维持活力的能力，源于它们在更广泛意义上的能量转换，源于它们维持生命和人类共同体能量通道的功能。②

与石油不同，诗是不会被耗尽的。而文学阅读、教学和批评都能释放诗中的能量，使之畅流于人类社会。这些活动是诗的演出，将诗中的能量释放出来，以便它流向读者，有时这种能量的强度能让人感觉到一种实际的流动；或者感受到储藏的能量在共同体中的流动，感受到对它的"反馈"，不管是肯定的，还是否定的。在文学中，所有能量源于创造性想象。它不来自语言，因为语言仅仅是一种储存创造性能量的工具。一幅画和一首交响乐同样储存能

---

① 皮特·布鲁克史密斯著，马永波译：《未来的灾难》，海南出版社，1999 年，第 187 页。

② *The Ecocriticism Readers*，Athens and London：The University of Georgia Press，1996，p.108.

量。而且,很明显,这些储存的能量并非被一次用光,之后就不再存在于人类社会中。或许人类共同体的生命依赖于创造性想象和智力的创造性能量的持续涌流,恰如人类社会依赖来自太阳的能量一样。与自然界不同,人类社会中有许多太阳和资源。文学和个体的著作,就是许多人类太阳中的一种。能量从诗人的语言中心和创造性想象中流向诗,而后从诗流向读者。阅读是一种能量转化过程。储存于诗中的能量在阅读中被释放,返流到读者的语言中心和创造性想象中。如果说绿色植物是地球上最有创造性的机体之一,它们是自然的诗人,那么,诗就是我们中间的绿色植物,它们截断了能量流向熵的道路,将其捕获,使之从低级走向高级,有助于创造出自我更新和进化的系统。因此,对文学的阅读、写作、教授可以在生物圈中创造性地发挥作用,促进生物圈的进化和健康。作为读者、教师、文学批评家,我们怎样才能成为负责任的星球乘务员? 答案在于:首先成为诗人,而后成为生态学家。① 关于这种"能量循环"的思考,诗人加里·斯奈德曾有过非常清晰而形象的论述,他在诗与科学生态学的核心观念之间以"高潮"一词作过这样的类比:

> 森林、池塘、海洋或草地中的生物社群似乎倾向于一种叫作高潮的状态,即"处女林"——许多树种、老骨头、大量腐叶、复杂的能量通道、住在残桩里的啄木鸟,以及贮存小草堆的穴兔。这种状态具有相当的稳定性,在其网络中保存了很多能量——这些能量在较为简单的系统中(例如推土机刚刚铲平的一片杂草地)会丧失在天空或排水沟中。所有的进化都可能是由这种朝向高潮的牵引所形成的,正如同个体或物种之

---

① *The Ecocriticism Readers*, Athens and London: The University of Georgia Press, 1996, p.114.

间的单纯竞争一样。①

在一个生态系统中，很大一部分能量来自死亡生物的释放，例如落叶、死动物、真菌和大量昆虫等。真菌之于能量循环，正如同"觉悟的灵魂"之于日常的自我，艺术之于被忽略的内在潜能的激发。我们深化和丰富我们的自我，内视并理解我们的自我，我们就更接近一个趋向高潮的生态系统，就能重新释放我们感官碎屑中的能量。文艺是全社会的未感知的经验、感觉和记忆的同化器。所有感觉与思考的混合物返还给我们，它不是作为一朵花，而是作为一只蘑菇而返还的——被埋葬的菌丝果实累累，在土壤中大范围地蔓延伸展，与所有树木的根系错综复杂地交织在一起。"结出果实"就是诗人工作的完成，那时，他所做的一切作为营养、孢子和种子传播着"觉悟的思想"，抵达个体深处寻求隐藏的滋养，然后又返回到社群。社群和它的诗歌是合一的。诗歌由于其节奏和易于记忆的特点，在回收利用社群最为丰富的思想和感觉方面是尤其有效的。每当我们阅读或讨论一首诗时，我们就是在将其能量再循环进我们的文化环境之中。如果我们相信隐喻是理解事物隐蔽的普遍关联的一种方式，是重新整合被科学思维分解的世界的一种途径，那么，相信隐喻力量的诗人就绝对是至为重要和不可或缺的。

混沌理论告诉我们，大多数混乱源于我们顽固地用非此即彼的二元论来看待世界。人脑有一种很糟糕的习惯，就是坚持用某种简化了的模式来描述事物，久而久之，这种模式就取代了实在本身。"从有文字记载的最早时代，我们就以分岔方式分割世界，以冀发现知识和信仰的根基。对一些哲学家而言，宇宙是实体；而对另一些哲学家来说，宇宙是真空。对一些人而言，实在是无休止变

① Jonathan Bate, *The song of the Earth*, London：Picador, 2000, p.246.

换的永恒流；而对另一些人而言，实在则是打不烂、拆不开的原子。我们被告知，我们必须在自由意志与决定论、心与身、持续创生与一次大爆炸、有序与混沌中作出选择。"①要逃脱这种二元论，可以依靠反讽、隐喻和幽默；艺术、宗教仪式中丰富含混的手法都有助于我们从二元论的陷阱中逃脱，引导我们在忽略细节所致过度简单化选择与过度复杂化所致放弃直接决策与行动之间走钢丝。按照怀特海的过程哲学，世界上真正实在的东西是"现实实有"，而不是柏拉图的理念、笛卡尔的心灵或莱布尼茨的单子。构成世界的终极实在的事物是"现实实有"。"现实世界是一个过程，该过程就是诸现实实有生成的过程。因此现实实有便是创造物；它们也被称为'现实事态'。"②这种过程化思维有效避免了传统的心物二元论。这种事态的生成过程是事物从潜能成长为现实甚至实现永恒的事件，不是一般的主体作用于客体的事件过程。现实实有是宇宙的"细胞"，是有机的整体。它之成为现实的实有，全系于相当于柏拉图"理念"的永恒客体作为"纯潜能"对它所进行的特殊规定，是永恒客体的实现，而未实现的永恒客体只能是诸如"圆形""红色性""勇敢"这样一些抽象的东西。永恒客体不是"理念"那样高于现象世界的东西，而是一种潜在的可能性。"暂时事物之所以出现是因为它加入了永恒的事物。一种将暂时事物的现实性与潜在事物的永恒性结合在一起的东西把这二者调和了。这一终极的实有便是世上的神圣要素，通过这一要素，抽象潜能的贫乏无效的分离从根本上变成了完美实现的有效联合。"③这种有效联合其实就是万物互为因果的因缘整体，宇宙中的每一项，包括所有其他现实实体，都是任何一个现实实体的一个组成要素。"现存事物由它们与

---

① 约翰·布里格斯等著，陈忠、金纬译：《混沌七鉴》，上海世纪出版集团，2008年，第93页。
② 怀特海著，周邦宪译：《过程与实在》，贵州人民出版社，2006年，第29页。
③ 怀特海著，周邦宪译：《过程与实在》，贵州人民出版社，2006年，第54页。

其他现存事物的关系构成。这里不存在任何享有特权的非关系性观点或参照，不存在任何非关系性实体或根据。相反，存在着无限多样的关系中心。一切事物都相对于一切其他事物，因而必须根据其相应的前后联系加以理解。"[1]

客观化诗学所推举的重视系统和关联的思想原则，内在地蕴含着生态思考，它和建设性的后现代主义也有着某种相似性。生态整体主义认为，生态圈中的所有个体，都彼此关联。而建设性后现代主义也强调人与他者的关系，认为人（乃至万物）都是关系性的存在。大卫·格里芬曾言："个体与躯体的关系、他（她）与较广阔的自然环境的关系、与其家庭的关系、与文化的关系等，都是个人身份的构成性的东西。"[2]这种建设性后现代理论的目标，也是试图重新弥合人与自然的割裂，其精神实质与生态整体主义的追求发生了内在契合。因此，大卫·格里芬才说，后现代思想是彻底的生态主义的，它为生态学运动提供了哲学和意识形态方面的根据。这种持久的见识将成为新文化范式的基础，后世公民将会成长为具有生态意识的人。在这种意识中，一切事物的价值都将得到尊重，一切事物的相互关系都将受到重视。我们必须轻轻地走过这个世界，仅仅使用我们必须使用的东西，为我们的邻居和后代保持生态的平衡，这些意识将成为"常识"。[3]

因而，尊崇万物一体的客观化诗学，其目标就是要脱出人类顽固的二元论思维的惯性，它开启的是一个万物互相成全、互相生发的辽阔的诗歌境界，它所带来的致思方式的革命性变化，不仅仅局限于诗，而是成为人类真正延续生命的前提。在这种意义上，其使命已经超越文艺文化领域，而直指岌岌可危的人类生存本身。

---

① 菲利浦·罗斯著，李超杰译：《怀特海》，中华书局，2002年，第23页。
② 大卫·雷·格里芬编，王成兵译：《后现代精神》，中央编译出版社，1998年，第22页。
③ 大卫·雷·格里芬编，王成兵译：《后现代精神》，中央编译出版社，1998年，第227页。

第二篇
生态诗学引论

现代社会对自然造成的人为破坏,已经成为举世关注的问题。大自然正在降级为我们的环境。现实已经不再表现为海德格尔所说的持存(standing reserve),而展示为已被耗尽(Already used-up)的废物王国。据统计,在 1972 年到 1999 年间,英国云雀的数量减少了 60%,树雀的数量减少了 87%。[①] 人作为废物制造者使废物进入人的自我,成为人的一部分。格伦·A·洛夫在《重估自然——走向生态批评》中开列了可能的和实际的灾难目录:

> 核战争的威胁、慢性辐射的毒害、化学或生物战争、世界人口的可怕增长、全球变暖、臭氧层的破坏、酸雨加剧、对硕果仅存的热带雨林的过度砍伐、表层土壤和地表水的急剧丧失、过度捕捞和海洋污染、垃圾泛滥、植物和动物不断增快的灭绝速度。[②]

"生态"已成为 21 世纪的核心话题。在现代文明世界里,生态危机日益严重,与此相伴的则是信仰缺失、欲望泛滥、自我原子化、生存意义平面化等人类精神方面的危机。自然生态的危机和人的精神生态的危机密不可分,人怎么对待自然,就怎么对待社会和他人。现代性所标举的二元对立的思维方式和理性中心主义既是导致自然生态失衡的根源,也对人的精神生态失衡与人文生态环境恶化负有不可推卸的责任。仅仅通过生态科学发展提高环保技

---

① The Green Studies Reader: *From Romanticism to Ecocriticism*, Edited by Laurence Coupe, London and New York: Routledge, 2000, p.3.
② *The Ecocriticism Readers*, Athens and London: The University of Georgia Press, 1996, p.226.

术、完善环保政策还不足以从根本上解决人和自然的矛盾，关键是要通过思维方式和文化意识的变革来培育一种新的生活世界观和生态文化。舍勒曾将现代性的问题简括为社会秩序和人心秩序之正当性基础的重新论证，他认为人心秩序（心态气质）是世界的价值秩序的主体之维，心态气质（体验结构）的现代转型比社会政治经济制度的历史转型更为关键。一旦体验结构的品质发生转变，对世界之客观的价值秩序的理解必然产生根本性的变化。在现代的体验结构的转型中，工商精神战胜并取代了神学—形而上学的精神气质，在主体心态中，使用价值与生命价值的结构性位置发生了根本转换。这种伦理意识结构正是每一时代和民族赖以做出具体价值评价的基础。① 因此，对自然的歌颂与描写、对保持我们脚下一片净土的向往与追求，已经跨越了国界，具有一种普遍意义，也正是舍勒所言之"同情共感"，它是明显分化和有差异的价值感的共同体基础。

这就是本篇的展开背景。其基本思路为，从对现代性的考察入手，探察现代性内部的危机所在，亦即现代性所鼓吹的人对自然的征服已经使得自然生态受到难以复原的破坏，从而危及人类生存本身。现代主义文学试图在此普遍困境中以审美现代性代替启蒙现代性，以期在文明荒原上寻觅到出路，虽则勇毅，却也难逃注定失败的命运。后现代主义则从解构的角度，消解人类中心主义对自然所设定的等级制，试图重归事物本身。而以深层生态学为助的生态文学，推动了从主体性向主体间性的过渡，强调万物共生、互相效力的因缘整体，因此构成当代文学乃至文明的又一个新的转型。消除人类中心主义并不意味着蔑视人类或者反人类，而是恰恰相反，生态灾难的恶果和生态危机的现实逼迫我们认识到，只有把生态系统的整体利益作为根本前提和最高价值，人类才有

---

① 参见刘小枫选编：《舍勒选集》编者导言，上海三联书店，1999年，第10页。

可能真正有效地消除生态危机,对生态系统整体利益的贡献,最终一定也关系到人类生存的长远利益。

生态关怀已经不囿于文学,而是真正走上了伟大文学不仅仅存在于与历史的关联之中,也同时置身于与宇宙的关联之中这个终极梦想之旅。在国外,生态文明的研究在当代文化中已经成为一种显学,在文学出版界也形成了一种气候。比如说,美国文学的活力、生机,甚至美国精神都是与其自然环境密切相连的,要把握美国文学乃至世界文学的最新趋势与内涵,就必须把握住人与自然、环境的关系。而进入 21 世纪以来,国内学界也开始高度重视生态主义这一新的文化思潮。作为英美后现代诗歌在中国的主要翻译者和研究者,从 20 世纪 90 年代前期起,我逐渐意识到,现代性危机的应对之策,从现代主义的对抗到后现代主义的解构,其策略中均存在着难以化解的悖论。就在这时,随着我个人在汉语诗歌写作中所实践的"客观化"诗学的逐渐完善,我梳理出了一条汉语写作的新的路向,也可以说,我的思路与生态整体主义不谋而合。尤其进入 21 世纪以来,我开始有意识地策划主编生态文学的译丛,并对生态批评及其理论来源有了较多的了解。但是我发现,这个新兴的潮流还不很成熟,还需要从各种资源中提炼出自己的思想营养,以形成体系化的话语。于是,我决定在译介相关资料的同时,更要参与其理论建构,从生态学视角出发探索文学的功用,将深层生态学思想与文艺美学融合起来,对当代文艺新的转型进行理论的抽象与概括。

本篇的一个重要理路是不仅仅将生态环境局限于人与自然,而是扩展到一切人工造物,直到宇宙整体。环境不一定非得意指"自然的"或"荒野"领域,它同样包括被耕作和建筑的风景,这些风景的自然元素和侧面,以及其文化元素和自然元素的相互作用。在如此扩展边界时,生态批评可以应对最重要的挑战——将自然与文化理解为交织在一起的存在而非分离的二元论建构的两个侧面。要超越自然/文化的二分法，生态批评就不能仅仅聚焦于自然写作，而必须研究自然在文化中所扮演的角色和文化在自然中所扮演的角色，像导向以自然为中心的文本一样导向文化—文学文本。① 因此，"生态文学"这个限定词的主要含义并不仅仅是指描写生态或探索人与自然关系的作品，而是指这类文学是"生态的"，是具备生态思想和生态视角的。生态思想的核心是生态系统观、整体观和联系观，它以生态系统的平衡、稳定和整体利益为出发点和终极标准，而不是以人类或任何一个物种、任何一种局部利益为价值判断的最高尺度。这样，本篇就不仅仅将目光局限在以自然为对象的传统的自然文学书写，而是超越题材对生态关怀的牵制，而将关注面扩大到人与自然、人与社会、人与人、人与自我等诸多层面，考察生态意识在这个整全视域中所起的作用，力图在机械文明向有机文明的转向上做出自己独到的理解与贡献。人与自然、人类的身体与心灵、自我与他者、世俗生存与精神信仰的和谐是生态文化的核心精神，生态文明的理想境界就包含在自然、世俗生存活动、超越性精神信仰这三者的动态平衡关系里。生态文明的理想境界同时也是一种高迈的存在论美学境界，而艺术与审美活动则在实现人与自然和谐、身心和谐、感性与理性和谐的过程中发挥着重要作用，因为文艺是人对世界的体验之表达的强化形式。

本篇从二元论（dualism）发生、发展及演变轨迹的考察入手，既涵盖文化/自然、语言/物、事实/价值等二元性对立，又涉及人自身内的二元性分裂，亦即主观/客观、理性/感性、生命/精神等领域，为文学中的生态关怀整合多种思想资源，从而重新界定文学的起源、功能、主体。主体的危机是与世界的危机一起发生的。从反对二元论出发，中西方的文学与文化批评逐渐走向生态批评。二

---

① *Beyond Nature Writing: Expanding the Boundaries of Ecocriticism*, Edited by Karla Armbruster and Kathleen R. Wallace, Charlottesville: University Press of Virginia, 2001, p.4.

元论并非仅仅强调差异,相反,它建立了一系列等级结构,因而是差异的异化模式。① 本篇系统考察机械文明之后人类生存困境在文学中的体现,并试图从深层生态学的理论视野出发,对主客观二元关系从对立到弥合,最后到超越的过程予以高屋建瓴的梳理,将宏观的理论概括与微观的文本分析相结合,突显历史与美学相结合的综合努力。本篇以时代划分为纵坐标,以每个时代不同的代表人物为横坐标,以不同时代的文化背景为烘托,清理相关思想的渊源、发展及其艺术表现。全篇以三章组成,第五章论述现代性的内在矛盾所导致的心物二元性,以及其对当代文明与生态所造成的灾难性影响;考察现代主义文学的审美救赎及其失效,涉及狄金森、叶芝、梅特林克、里尔克、奥登等文学大师对如何克服主客观对立的深度思考。第六章考察解构的后现代主义,分别论述去绝对中心主义、元意识的解构、对自我的终极消除、多元并存的复调性等文艺学关键问题。涉及约翰·阿什贝利、马克·斯特兰德、大卫·安汀等主要的后现代诗人与作家。第七章探讨超越主体论的生态整体观的建设及其深远的历史与现实意义。集中论述美国生态文学中的经典作家,如瓦尔特·惠特曼、约翰·缪尔、约翰·巴勒斯、玛丽·奥斯汀等。

本篇产生于严格的逻辑推演。读者要领受其要旨,须掌握下面的关键词并发现其中的内在关联:过程、生态、信仰。在以转述西方文论为普遍目的的当代中国文艺学学科之中,本篇避免了被貌似客观的知识分解所淹没,而突显面对中国经验时中国知识话语的建构能力。尤其是客观化诗学体系的创建,从 20 世纪 90 年代前期即已开始,并结合了汉语写作的最新实践成果,因此,本篇建构不是基于方法论层面,而是从本体论角度进行的,是笔者多年思考、探索的心得,得到了汉语学界和诗歌界的普遍关注,对于当

① *The Green Studies Reader: From Romanticism to Ecocriticism*, Edited by Laurence Coupe, London and New York: Routledge, 2000, p.119.

代汉语写作有着一定的启示意义。

中西现代主义、后现代主义文艺的终极旨归，就在于通过各自的渠道，从不同层面上将已经分裂的人的自我重新带回存在的整体，亦即那"无价的平等、神圣、原初的具体之中"。至今，分离的范式依然统治着我们的思维和世界。从笛卡尔开始，主体的领域和具有广延性的事物的领域就分离了，前者被留给哲学和内心的沉思，后者属于科学认识的、测量的和精确化的领域。建立在反思基础上的人文主义的文化不再能够用客观知识的源泉滋养自己；同样，建立在知识的专门化的基础上的科学的文化则不能够反思和设想自身。主体的向内塌陷，同时带来了客体的异在化，也就是与人疏离和被掩去踪迹。如果说现代主义文学的中心意象仍然是人，而物则处于失踪状态，其他物种几乎没有在文学中显现为其本身的机会，只是被当作资源库和工具，那么，在一部分后现代文学和生态文学中，文学的功能已然发生了转变，它的目的不再如萨特所说的，"让世界与物进入非本质状态，成为行动的借口，而行动变成它自身的目的。花瓶在那里是为了让少女用优雅的姿态往里插满鲜花；特洛伊战争之所以发生是为了赫克托尔和阿喀琉斯能奋勇作战"①，而是通过尊重物本身，让独立的具有主体性的物作为本身来显现，使主体的心意状态与客体的现身情态合一相契，从而使所有生命个体获得最大限度的实现自我主体性权利的可能空间。

---

① 萨特：《萨特精选集》，北京燕山出版社，2005 年，第 1285 页。

第五章 现代主义：审美救赎的企望

第一节 现代性的后果

　　"现代性"（modernity）是指启蒙时代以来的"新的"世界体系生成的时代，一种持续进步的、合目的性的、不可逆转的发展的时间观念。但是，现代性不仅仅是一种历史分期，按照福柯的说法，现代性更应该被理解为一种态度："我所说的态度是指对于现时性的一种关系方式：一些人所作的自愿选择，一种思考和感觉的方式，一种行动、行为的方式。它既标志着属性也表现为一种使命，当然，它也有一点像希腊人叫作 ethos（气质）的东西。"①它推进了民族国家的形成，建立了高效的社会组织机制，创建了以人的价值为本位的自由、民主、平等、正义等观念。但是，"现代性"又具有内在致命的矛盾，"说它好，因为它是欧洲启蒙学者有关未来社会的一套哲理设计。在此前提下，现代性就是理性，是黑格尔的时代精神，它代表人类历史上空前伟大的变革逻辑；说它不好，是由于它不断给我们带来剧变，并把精神焦虑植入人类生活各个层面，包括文学、艺术和理论。在此前提下，现代性就变成了'危机和困惑'的

---

① 福柯著，杜小真译：《福柯集》，上海远东出版社，2003年，第534页。

代名词"①。艾森斯塔特在《反思现代性》中对野蛮主义与现代性的破坏因素进行了深入分析，他宣称，野蛮主义不是前现代的遗迹和"黑暗时代"的残余，而是现代性的内在品质，体现了现代性的阴暗面。现代性不仅预示了形形色色宏伟的解放景观，不仅带有不断自我纠正和扩张的伟大许诺，而且还包含着各种毁灭的可能性：暴力、侵略、战争和种族灭绝。尽管种族灭绝和战争的野蛮主义至少潜在地存在于一切人类社会中，但是，它在现代性的条件下却呈现出一些独特的——也许是最可怕的——发展态势。纳粹大屠杀恰恰发生在现代性的中心，成为现代性的负面毁灭潜能的极端表现和象征，显明了潜藏于现代性核心的野蛮主义。②

而葛兰西、韦伯、卢卡奇都认为，现代性产生了一种新的意识形态霸权的形式——技术理性，它对文化和社会生活整体有巨大的作用。技术理性所支配的主客二元对立思维模式和人类社会不断进步的线性观念相契合。这种二元分立的对象化思维决定了人对自然采取的是剥夺、利用的经济学模式，而不再把它当作养育人类和万有的母亲。自然已经死亡。20世纪五六十年代，环境污染开始成为西方工业化国家普遍面临的社会问题，这就是第一次人类环境危机，其主要表现为大气、水、土壤、固体废弃物、有毒化学物品以及噪声、电磁波等物理性污染。对此，西方工业化国家采用环境保护措施基本予以控制或解决。但是，到了20世纪七八十年代，人类开始面临第二次环境危机，它已经不局限于西方发达国家，而是全球性困境。资源短缺问题开始出现，加上人口的暴增，地球作为孤独人类在茫茫宇宙中唯一的家园，唯一可以依靠的生命支持系统，已经脆弱不堪。曾经丰满的母亲的乳房，干瘪塌陷了，呈现出荒漠的可怕枯黄。臭氧层泄漏、二氧化碳增多、酸雨肆

① 赵一凡等主编：《西方文论关键词》，外语教学与研究出版社，2006年，第641页。
② 艾森斯塔特著，旷新平、王爱松译：《反思现代性》，生活·读书·新知三联书店，2006年，第67页。

虐,扰乱了地球母亲该娅的呼吸,阻塞了她的毛孔和肺。有毒的废弃物、杀虫剂和除草剂,渗透到地下水、沼泽地、港湾和海洋里,污染着该娅的循环系统。伐木者剪去该娅的头发,热带雨林和古老的原始森林以惊人的速度被皆伐而消失,每天都有物种在灭绝。[①]失去森林的护卫,河流上游的水土开始大量流失,河流携带的泥沙淤积起来,使河床越来越浅,地下水位升高,地下水中的盐分就随水上升到表层土壤,结果就是土质盐碱化。

　　新的机械主义秩序,以及与之相联系的权力和控制的价值,将自然母亲交给了死亡。日益扩张的城市在大地和山脉原来所在之处生长出高楼大厦,城市已成了自然的墓地。城市中的花草树木不过是类似于家畜的东西。而农村,生长的植物已不再是纯正的自然之子,而是化学和工业的后代,是工业链条中的一个环节,为欲望强盛的城市提供消费原料的场所。海洋不过是人类的污水池,地球上最大的废品仓库,水生动物的受难之所,战争的广场。地球上能找到自然的地方只剩下那些数量有限的自然保护区了,它们仅仅是自然界仅存的避难所,有的还是以收容所名义出现的监狱和集中营。[②]回归自然已经成为一个自欺欺人的幻觉,到仅存的自然的碎片中旅游漫步,勾起的仅仅是痛苦的乡愁与回忆,甚至这种所谓的旅游有可能带来进一步的污染。在这种情况下,自然作为书写的对象已经基本消失,传统的以自然之美、以天人关系为主体的自然文学书写,也陷入了一个虚无困境,就像一个爱人已逝的钟情者对着虚空之墙独自抒情。而如何在技术理性统治下的时代语境中,为自然书写找到充足的理由;从现代性危机的根源处发掘,找到人与自然、人与社会、人与他者、人与自我这四个层面上的新的和谐关系,才是生态文学研究所要真正面对的对象。对待

---

① 卡洛琳·麦茜特著,吴国盛译:《前言:1990》,《自然之死》,吉林人民出版社,1999年,第1页。

② 王晓华:《在现代和后现代之间》,黑龙江人民出版社,2006年,第227—228页。

自然与对待他人之间有着内在的对应关系，它们是受同一思维模式的左右的。自然生态环境的恶化，其内在原因在于人文生态环境的恶化。正如同一个不孝敬父母的人，不可能对朋友真正友善；一个连神灵都不敬畏的人，如何能指望他对他人保有尊重？"生态学家和环境保护主义者很久以来就在劝服我们，要以同样的方式看待自己与自然界的关系。甚至对动植物和人类之间无限复杂的关系网的最微小的触动都可能产生不可预见的甚或灾难性的后果。我们故意冒险地干预自然界：我们不仅会目睹直接可见的后果——例如，物种的灭绝——而且我们也将承受更加不可捉摸的力量对我们生存与健康的影响。"①与我们存在的源头隔离的后果就在我们身边：世界上四分之一的哺乳动物面临灭绝的威胁；每秒有一英亩半的热带雨林被砍伐；75％的鱼类种群正处于崩溃的边缘……

著名学者王晓华曾言："所谓现代性是相对于前现代性而言的，前现代性将人性置于对自然性和神性的从属地位，而源于文艺复兴时期的现代性则使人从世界体系中凸现出来，把人当作征服—认知—观照着的主体，所以，现代性的核心是人的主体性，弘扬人的主体性乃是现代性理论家的共同特征。"②这种主体性包括个人中心主义和人类中心主义，它们是传统人文主义的核心。而主体性所带来的二元对立的思维模式，不但培养了人对自然的征服利用的意志和态度，也构成了现代性内部的二元紧张关系，其危机于是生发出了它自己的对立面，那就是以"否定的美学"为主导的现代主义文艺。它试图以批判来抵抗技术理性的宰制，抵抗工业文明对自然与人的双重异化，企盼重新找回内在与外在的和谐关联，弥合主客对立所带来的一系列可怕后果。卡林内斯库曾指

---

① 皮特·布鲁克史密斯著，马永波译：《未来的灾难》，海南出版社，1999年，第187页。

② 王晓华：《在现代和后现代之间》，黑龙江人民出版社，2006年，第202页。

出存在着两种截然不同却又剧烈冲突的现代性，他说："可以肯定的是，在 19 世纪前半期的某个时刻，在作为西方文明史一个阶段的现代性同作为美学概念的现代性之间发生了无法弥合的分裂。（作为文明史阶段的现代性是科学技术进步、工业革命和资本主义带来的全面经济社会变化的产物。）从此以后，两种现代性之间一直充满不可化解的敌意……"①资产阶级现代性延续的是进步的学说，相信科学技术造福人类的可能性，关切可测度的、具有可计算价格的时间，崇拜理性、行动与成功。而审美现代性自其浪漫派的开端即倾向于激进的反抗与厌恶的"否定"态度。标举艺术自律的"为艺术而艺术"便是审美现代性反抗市侩现代性的第一个宁馨儿。在失去信仰支撑的当代，文艺的动力就是通过创造给日常生活的混乱状态赋予一种象征性秩序，抵制理性主义和科学主义所导致的人的异化，为迷失于物质主义荒原的现代人提供终极意义和价值旨归。这种有关现代文明的危机意识，便是现代主义的一个出发点，即"悲观主义世界观，在日益恶化的状况中，悔恨化为绝望，最终变成危机和天启"。具体地说，就是深刻意识到在"人与社会、人与人、人与自然（包括大自然、人性和物质世界）和人与自我这四种关系上的尖锐矛盾和畸形脱节，以及由之产生的精神创伤和变态心理、悲观绝望的情绪和虚无主义的思想"。因此，现代主义文学"表现出全面否定的态度"②。

　　这种否定性来自现代主义文化的自我意识对经验的侵袭，也就是说，现代主义文艺发现，经验与认识之间具有巨大的鸿沟，人们对生活的感觉方式与用来表达那一感觉的形式之间存在着一种似乎无法改变的张力，"现代感受性的特征是一种急迫而痛苦的差距感，该差距存在于经验与意识及用经验的强烈感受来补充理性

---

① 马泰·卡林内斯库著，顾爱彬、李瑞华译：《现代性的五副面孔》，商务印书馆，2002年，第 48 页。
② 袁可嘉：《现代派论·英美诗论》，中国社会科学出版社，1985 年，第 5—8 页。

意识的欲望之间，那么，这本身就标明了经验对意识必要而无法逃避的依赖。而且，反之也是如此。经验与自我认识之间每一分裂本身都产生于认识或自我认识的形式中"①。波德莱尔倡导一种能够记录短暂瞬间而不损害其流变暂时性的诗学，沃尔特·佩特号召我们从流动之中抓住强烈的瞬间，亨利·柏格森相信意识的纯粹时间之流的空间化是不会有差错的，弗吉尼亚·伍尔芙则寻求一种能够以独特的方式记录强烈内心经历的艺术，普鲁斯特对过去时间进行放大规模的想象性考古，艾略特将物理时间分裂为神话时间碎片，乔伊斯和庞德将当代时间与历史时间相互合并，叶芝则表现出对周期性或宇宙时间的灵视……因此，人们普遍认识到，现代主义（或曰审美现代性）对启蒙现代性的抵抗，诉诸的是将时间空间化，以挫败时间的暂时性。这种对空间化时间的追求内在于现代主义美学的自治要求，因为，"如果时间的推移是威胁静态平衡效果的东西，那么，从不断变动中得到的每个意义瞬间、对时间的否定看来是可能保证艺术品坚固不变永恒性的因素"②。

现代主义文学这种"全面否定的态度"是和现代性内部的二元分裂密切相关的。现代性是欧洲启蒙学者有关未来社会的一套哲理设计，它许诺理性的解决能够把人类带入一个自由境界。启蒙运动的最重要成果是打碎了中世纪宗教神学的束缚，理性和知识得到了广泛传播。启蒙现代性的最典型方式是数学，启蒙的基本精神就是思维和数学的统一，在"理性"的统一度量下，并非由规则图形组成的世界被驯服为几何学的整齐划一。启蒙现代性追求统一和一致、绝对与确定，它相信"本质""永恒""普遍真理"这些终极实在的存在。然而，启蒙理性在对绝对的追求中不断背离自身，有关人类社会进化、进步等观念逐渐幻灭，理性蜕变成工具理性，其极度扩张引起传统崩溃，技术上升为统治原则，机器时代的文化生

① 史蒂文·康纳著，严忠志译：《后现代主义文化》，商务印书馆，2002年，第10页。
② 史蒂文·康纳著，严忠志译：《后现代主义文化》，商务印书馆，2002年，第173页。

产导致艺术"脱去灵韵"，随之带来战争、污染、异化和沉沦。人们越来越趋于非精神化并服从于先进技术和机器的统治，被抛入漂流不定的状态中，失去了对于历史延续性的一切感觉，只生活在孤零零的当下。诗人米沃什曾生动地描述过人的"平均化"与"符号化"的可怕状况："我为集体的浓密物质，那晦涩的、执拗的、坚持的另一个自然所包围，但我至少被分配了一个区域，可以自由活动，关心我的身心健康，享受一个运转正常的有机体的幸福，在活物中间生气勃勃。不过，当我不得不成为我自己的避难所，躲避文明的压力时，那个为我们大家(包括我自己)所藏匿的世界，那另一个自然就慢慢爬到我的身上来，不断提醒我，我的独特性不过是个幻觉，即使在这里，在我自己的圈子里，我也化成了一个数码。"①工业文明的崛起将人性中的这种本质性异化强化到了极端的程度。印度思想家萨瓦帕利·拉达克里希南曾说：

> 在高度工业化的国家中，我们拥有庞大的权力系统来处置大量的男男女女和物质财富。人们离开了原来的生活环境，辗转漂泊，被带到了一个完全不同的生活系统。他们不再是人，不再是拥有内在生命与个人选择的主体；他们已经变成了对象、事物与工具。人需要深深地植根于他的居所、传统与习惯当中。这些机器的孩子已经被连根拔除，成为居无定所的游民。一个有机社会，经过了大规模的工业化之后，变成了一个无定型的无机物堆积，这是对正常的人类基本生活条件的彻底扭曲。人被送到了一个视效率为最高目标的组织当中。在一个民主社会下，对无效率的惩罚是失业；而在非民主社会下，对无效率的惩罚则是更为严重的奴役或"清洗"。②

---

① 米沃什著，绿原译：《拆散的笔记簿》，漓江出版社，1989年，第169页。
② 斯笛尔编，田毅松等译：《20世纪七大思想家自述》，上海人民出版社，2004年，第129页。

当然，错的不是科学技术，而是随着科学技术而形成的人的对象化思维方式；错的是人的社会和文化生活，在于人类对生活多抱有的单纯的工业与功利观点，在于人们对权力与享乐的崇拜。现代性本质上是对线性发展的尊崇，它只有在不可逆的时间观念中才会出现。诗人帕斯敏锐地体察到现代性与基督教线性时间观念的内在关联。上帝之死的神话实际上不过是基督教否定循环时间而赞成一种线性不可逆时间的结果，作为历史的轴心，这种线性时间导向的是永恒性。他说："古代人知道诸神是会死的，他们是循环时间的表现形式，因而会再次降生并再次死亡……但基督来到尘世仅此一遭，因为在基督教神圣的历史上，每一事件都是独一无二的、不可重复的。"① 文化与自然的关系一直存在有两种模式。第一种模式认为，文化的角色是反映、完成或实现自然的真理，根据这一模式进行再生产的文化求助于自然来获得有效性，它依赖自然与文化的相互证实的同一性；另一种模式是将文化和自然视为对手，它的观点为，文化是一种源于自然、带有一定程度创伤性的自我提取的产物，亦即文化出自原始的物质无意识的意识构造或主观性的构造，文化可能仍被用来实现自然的真理，不过却仅仅是作为擅用、斗争和改造的结果。在第一种模式中，自然与文化互相补偿；在第二种模式中，自然的意义、价值和存在被文化强制使用。第一种相互关系模式在古代社会和前现代社会中占据主导地位，第二种对立模式则是现代社会的特征。在自然和文化对称地、充分地存在的社会或时代中，时间是循环的、非渐进性的。只有在物质存在与文化存在两者之间产生分裂之后，记忆和人类创新的可能性才会出现。事实上，只有在自然的自明状态与未完成可能性的倾向（亦即文化）之间的这种分裂过程中，历史才能产生。②

---

① 马泰·卡林内斯库著，顾爱彬、李瑞华译：《现代性的五副面孔》，商务印书馆，2002年，第 69 页。
② 史蒂文·康纳著，严忠志译：《后现代主义文化》，商务印书馆，2002 年，第 382 页。

　　而以艺术为代表的文化（审美）现代性则成为与启蒙现代性相抗衡的对立面，拒绝为一种没有精神的线性生活秩序所吞没，转而追求非线性、混杂、零散化和多元化的美学指向。对社会进化论的文明乌托邦的批判成为审美现代性的共同出发点，尼采攻击现代性是权力意志，海德格尔批评它是"现代迷误"，福柯指证它为话语权力机构，利奥塔干脆笑它是一套崩溃的宏大叙事。现代主义所代表的审美现代性，本质上是一种否定性，它不但否定了源于希腊和希伯来的西方传统文化，更激进地否定了现代资本主义社会的价值观。艺术站在了社会的对立面，是对一切都依赖于"他为"的社会的偏离。

　　现代性危机将诸般二元对立摆在我们面前：主观与客观、感性与理性、自我与他者、内在与外在、词与物、真实与虚构，等等。而诸多现代主义大师，都对这些关联有过深入广泛的思考。例如，在弥合感性与理性这一方面，艾略特与荷尔德林都坚持"理性和心灵的一神论"，将"感性的宗教、理性的神话、作为人类教师的诗"整合成一个新的"三位一体"[1]。在荷尔德林看来，以自然主义方式处理单纯的事件和事实，以唯心主义的方式处理纯粹的理念、概念和品德，都不是诗人真正的工作。诗人的目标是在诗歌中调和两者，那就是使永恒和持久成为现在，重新建立业已失落的人与超越精神的关联，重新找回希腊人那种与自然和神灵的无拘无束的关系。这也就是重归存在整体，重新作为万物一员置身于"天地与我并生，万物与我为一"的境界。或如里尔克在《论"山水"》中所言："人不再是在他的同类中保持平衡的伙伴，也不再是那样的人，为了他而有晨昏和远近。他有如一个物置身于万物之中，无限地单独，一切物与人的结合都退至共同的深处，那里浸润着一切

---

① 汉斯·昆，瓦尔特·延斯著，李永平译：《诗与宗教》，生活·读书·新知三联书店，2005年，第123页。

生长者的根。"①

作为工具现代性所孕生的但又批判和反思其内在危险的文化现象，现代主义的动力来自正题与反题两个向度。正题是借助语言的梦想回到自然并重构人与存在整体的和谐关系；反题是对现代性的批判和生态危机的预警。从这两个侧面，我们可以更为全面地观照到现代主义文艺的本然面貌。"人与自然之间无所谓什么正确的关系，有的只是对两者关系的正确理解。"②印度哲学家克里希那穆提曾经这样说过。那么，文学艺术在正确理解人与自然关系方面，所起的作用将是不可或缺的。我们要在全球性生态危机的背景下重新思考文学的功能与意义问题。约瑟夫·米克(Joseph Meeker)说："人是地球上唯一的文学生物……如果对文学的创造是人类作为物种的重要特征的话，那么，就应该仔细地检验和诚实地发见它对人类行为和自然环境的影响——决定它在人类的福祉和幸存中扮演何种角色，决定它将何种见解带入与其他物种、与周围世界的关系中。它是一种使我们更好地适应世界的行为，还是令我们与之疏远的行为？从无情的进化和自然选择的角度看，文学究竟有助于我们的幸存，还是加快了我们的灭绝？"③

其中最为根本的一点在于，要想了解人与自然的真正关系，必须恢复对周遭事物的敏感，必须抛开人世间的功利心，才会让自己敏感起来。文艺正是对世界的非功利性的观照与理解，使物恢复为物本身，使人得以从超利害的观点去看待自然与他者。这种超功利、非分析、非知识的"观照"，要求人们心里预先不能有成见，不能有任何既定的公式。如果你心里有了定式，就看不到鸟儿，看不到蓝天下的鹦鹉，更欣赏不到它的美。你可能会惊讶地问：这只

---

① 里尔克著，冯至译：《给一个青年诗人的十封信·附录一》，生活·读书·新知三联书店，1994年，第72页。
② 克里希那穆提著，凯锋译：《自然与生态》，学林出版社，2007年，第1页。
③ *The Ecocriticism Readers*，Athens and London：The University of Georgia Press，1996，p.228.

鹦鹉属于哪一类？那根枯萎的树枝属于哪一类？是因为阳光的缘故，蓝天才看起来那么美吗？其实，此刻你看不清事物的整体，要想感受到事物整体性的美，首先必须抛开这些。我们的行为总是受到公式、概念和理想等因素的干扰，所以才会出现实然和应然不相符合的情况，两者出现了对立，进而产生了冲突，这就是二元分立的由来。固定的程式、过去的形象、从前的概念，会扭曲我们观察事物的眼光，在一定程度上曲解事实。混沌理论证实，思维定式使我们对世界的"看法"带上了某种预期的确定性，于是常常引起对现实的曲解和欺骗。更为严重的是，调教我们的是是非非可能会妨碍我们更深地领悟人生的真实和"真理"。这里的"真理"一词既不是绝对的客观的真理，也不是相对的真理，即所谓"你有你的理，我有我的理"；相反，真理存在于某一时刻，反映出个体与整体间的关联。真理是与一切事物相关联的潜在感觉，一种将无数孤独的心紧密结合的细微而又不可抗拒的信念。真理不是可以获得的概念，而是进入混沌，沉浸于"怀疑和不确定性"之中，将此视为扩大自己自由度的一种方式。[1] 随着我们对事物的抽象和习惯的精神结构的消亡或改变，我们会发现许多意想不到的真相和本质，这样的时刻，就是发现"真理"、与存在整体重新获得关联的时刻。

第二节 狄金森：为美而死

毋庸置疑，艾米莉·狄金森是美国最伟大的诗人之一。作为20世纪现代主义文学的先驱，她的地位甚至已凌驾于瓦尔特·惠特曼之上；就驾驭英语的能力来说，有人把她和莎士比亚相提并

---

[1] 约翰·布里格斯著，陈忠、金纬译：《混沌七鉴》，上海科技教育出版社，2008年，第20—22页。

论；甚至还有人断言，她是公元前 7 世纪古希腊萨福以来西方最伟大的女诗人。批评家们指出，20 世纪的众多大诗人，如艾略特、罗伯特·弗罗斯特、奥登、威廉斯、哈特·克兰等无一不受到她的影响。而玛丽安妮·摩尔、伊丽莎白·毕肖普和阿德里安娜·里奇等一系列女诗人更是将她奉为圭臬。美国人献给狄金森的铭文则是："啊，杰出的艾米莉·狄金森！"

狄金森生前发表作品很少，而且大部分是匿名和未经她许可而发表的。她曾写道："发表，是拍卖/人的心灵——/……切不可使人的精神/蒙受价格的羞辱。"狄金森喜欢词语游戏和谜语，她自己也成了一个谜语和一个神秘人物。她的生活大部分是后人的推测和猜想，是传奇和神话，因为人们对此所知甚少。她唯一留存下来的照片是她在十七岁时拍的。她的接近1 800 首的诗仿佛天造地设一般，看不出任何模仿的原型或者进展。它们仿佛一写下时就是如此，也没有任何标题和写作日期。这份巨大的文学遗产使她和瓦尔特·惠特曼一样，成了 19 世纪美国最伟大的两位诗人之一。不过，在许多方面他们是相反的：惠特曼的长句、社会包容性和民主乐观主义，都和她浓缩而省略的结构、独特的观念和对人类孤独与脆弱的寒入骨髓的评价形成了尖锐的对比。但是，以各自不同的方式，他们都是主题与技术方面勇敢的革新者，他们不仅描述新事物，而且发明了新的描述方法。狄金森的作品出现的历史时刻恰当无比，那时，伟大的 19 世纪诗人的事业已告结束，他们所代表的传统已经枯竭，正是需要某种新方向的时候——这位艾默斯特顽强、孤绝、辉煌的诗人，她在声音和感性上激动人心的实验，正是开辟了这样的方向。自白派诗人罗伯特·洛厄尔在给约翰·贝里曼的一首诗中曾这样说道："约翰，我们像创造语言一样地使用语言。"这种说法其实对狄金森远比对贝里曼和洛厄尔更为适用。

艾米莉有"艾默斯特的修女"之称，她对精神高洁的渴望压倒了一切。她归隐后的客观环境促使她步步深入内在的自我世界，她开始把诗歌当成个人隐秘的宗教，寻求生活的意义。在漫长而寂寞的日日夜夜，除了用大量的书信和外界保持着接触，她开始大量写起诗来。已知她最早的诗创作于 1850 年 3 月 4 日，发表于1852 年的《斯普林菲尔德共和国报》上。她初期的风格比较传统，但在几年的实践之后，她开始多方面实验。她经常采用圣歌的韵律，她的诗歌不仅涉及了死亡、信念和永恒的问题，而且也处理了自然、家居生活、语言的力量和界限等广泛的主题。

恢复事物原初的神秘，这种努力的源头可以追溯到酷爱自然的女诗人，她写自然的诗多达 245 首。大海汹涌、高山日落的壮美，花开花谢、蝶舞蜂鸣的秀丽，万物在她的笔下都充溢着活力，栩栩如生。她的自然诗不仅清新隽永，富于细节观察，更为独特的是时常显现出来的幽默风趣，如《一只小鸟沿小径走来》：

> 一只小鸟沿小径走来：
> 它不知道我看见了它；
> 它把一条蚯蚓啄成两段
> 接着把这家伙活活吃掉。
>
> 然后它喝了一滴露水
> 从一片就近的草叶上，
> 又侧身跳到路边的墙下
> 让一只甲虫通过。
>
> 它用滴溜溜乱转的眼睛
> 迅速地环视了左右，
> 它们就像受惊吓的珠子，
> 它抖了抖紫红色的头

像遇险者一样小心翼翼，
我给了它一点面包屑，
它却展开翅膀
划了回去，轻快

胜过分开海洋的船桨，
比缝隙更显银白，
胜过蝴蝶从午时的岸边跃起
游泳，却没有激起一丝浪花。

这位生活经历如谜一般神秘的诗人，在写诗时也喜欢设置谜语，有时整首诗不直接点明所写对象究竟为何物，而是通过具体可感的形象来暗指，到最后让人恍然大悟，耐人寻味。这方面最典型的要数《草丛中一个细长的家伙》。这首写蛇的诗中却不见一个"蛇"字，说话者从来没有把这个"家伙"指称为一条蛇，而是把它指称为"它""家伙"和一个"自然的居民"。这些指称因为都不是具体的，便造成了一种既熟悉（朋友之间不用道明名字）又疑惧（没有名字暗示着陌生）的感觉。说话者也通过细节的积累来隐喻地和换喻地识别这个"家伙"的出现和环境："草丛像被梳子分开"和"它喜欢沼泽地"。绕过不提一个生物的名字（或者目标、现象）能使被描述的事物"陌生化"，激发起对事物更为直接的经验或直觉。这种陌生化的目的是消解体验的自动化，使所描写的事物以迥异于我们通常所接受的形象出现在作品中。

草丛中一个细长的家伙
偶尔滑过去；
你也许遇见过——难道没有？
它的通报往往很突然。

草丛像被梳子分开，
一根带斑点的箭杆出现；
等草丛在你的脚边合拢
更远处的草丛又分开。

它喜欢沼泽地，
那里冷得不生谷物。
当我还是个孩子，光着脚，
不止一次，在拂晓

与之相遇，我以为是鞭梢
散开在阳光下，
我正要弯腰拾起，
它却皱起身子，离开。

我熟悉几种自然的居民
它们和我也十分要好；
我常常因为它们
感受到友好热情；

但每逢遇见这个家伙，
无论是有伴，还是独自一人，
我总是立刻呼吸发紧，
骨头冷到零度。①

　　长年沉浸在孤独沉思中的诗人更能体察到万物的细微之处，

---

① 艾米莉·狄金森著，马永波译：《为美而死》，哈尔滨出版社，2005 年，第 57 页。

因此，狄金森能够把最为平凡的事物写得不平凡。她总是以一种新生婴儿未经污染的眼光去看待事物，在她的目光抚摸下，万物因其自身的存在而庄严。比如，"风"这种人们已习以为常、不再感到新鲜的事物，在她写来却显得格外新鲜，具有了一种陌生的"现代"感：

> 风像一个疲倦的人在拍门，
> 像一个主人，"进来。"
> 我勇敢地回答；随后
> 一个无脚的客人
>
> 敏捷地来到我的居所，
> 给它端一把椅子
> 如同把沙发
> 递给空气一样不可能。
>
> 没有骨头把它捆扎起来，
> 它的话就像大群的蜂鸟
> 同时拥拥挤挤
>
> 它的容貌是一阵巨浪，
> 它的手指，如果经过，
> 会释放出一曲音乐，那曲调
> 仿佛从玻璃中颤抖地吹出。
>
> 它拜访过了，然后飞走；
> 然后，像一个胆怯的人，
> 又去——慌乱地拍门

　　而我变得孤独了。

　　文明的发展让我们以为自己已经掌控了自然，已经将我们人类的意志彻底地渗透了自然的帷幕，其实人类还仅仅是被自己的目光所迷惑。自然是一个未知领域，也是万物融洽共存的天堂，但人类就像一个不速之客，在这个万物狂欢的天堂宴席旁边，时时感到旁观者的尴尬。正如狄金森在诗中所言：

　　　　自然是我们之所见，
　　　　山冈，下午——
　　　　松鼠，日食，熊蜂，
　　　　不——自然是天堂。

　　　　自然是我们之所闻，
　　　　食米鸟，大海——
　　　　霹雳，蟋蟀——
　　　　不——自然是和谐。

　　　　自然是我们之所知
　　　　但是却无法说出，
　　　　对于她的单纯
　　　　我们的智慧如此无能。①

超验主义哲学的代表人物爱默生与狄金森同是生活于 19 世纪的新英格兰，但他们从未有过任何的交往。然而，爱默生对处于隐居状态的狄金森却有着无可否认的影响，她不但从前者那里学到了

---

① 艾米莉·狄金森著，马永波译：《为美而死》，哈尔滨出版社，2005 年，第 159 页。

一些诗歌创作的方法,风格与内容也有相似之处。但是,我们要强调的是,爱默生关于自然的思想与狄金森的认识有所区别。爱默生认为"自然"是指人无法改变的本质——空间、空气、河流、树叶,等等,人是自然的一部分,自然是人类之家。当人接受了自然的联系时,人就内在于自然之中。"我变成了一个透明的眼球;我是虚无;我看见一切;宇宙本体之流在我体内循环;我是神的一部分或一片段。"①他认为真正的诗人能够读懂大自然,与之无障碍地交流,并从中找到象征人类特征的喻体。大自然中的一草一木都传达着美的信息,正所谓"青青翠竹,总是法身;郁郁黄花,无非般若"。而诗人正是美的发现者,原初与本真意义上的万物的命名者和语言的创造者。人人都能感受到自然,但是普通人的感受太微弱了,无法表达出自己曾与自然进行的交流。而诗人就是那些使自然的能量在体内得到平衡的人,"就是那些没有障碍的人,他看到并处理了别人梦中才能做到的事,他超越了整个经验范围而成为人的代表,因为他有最大的力量来接受和传达"②。爱默生认为诗人一类的天才人物遵从自身的规律,知道如何对待自然。"天才人物会对随意一闪的想法进行深入的研究,而且他会追溯到事物的萌发时期。他能够看见从星空中射出的光芒,散向四面八方,又照射到地球的各个角落。天才可以撕去事物表面的层层伪装,直达内在的统一性。他可以通过苍蝇、毛虫、虫卵,看见那亘古不变的生命本质。窥一斑而知全豹,通过生命个体,可以知晓这个种属的种种类型。一句话,在生命的王国里,存在着一个永恒的统一。"③

对于爱默生的这种观点,狄金森并非抱以完全的赞同,她没有爱默生那么乐观。诗人曾经这样说过:"我们用花园塑造我们的自然,可是如果自然不同意我们的计划,它就让鸟群与军队来改变

① 爱默生著,孙宜学译:《美国的文明》,广西师范大学出版社,2002年,第4页。
② 爱默生著,孙宜学译:《美国的文明》,广西师范大学出版社,2002年,第324页。
③ 爱默生著,孙宜学译:《心灵的感悟》,当代世界出版社,2002年,第53页。

它。它不说会成功或是会失败，因为两者对它都一样，而它也无视于我们的努力。是我们将自己放在它的中心，将我们当成它最甜美的果实。这个夏天，它让我们的花开得很好，这让我的感情都回来了。被这样的美丽所围绕，让我遗忘这隐藏的暴力。自然提供我们万物，但是它会在任何时候收回。"①这里明显含有非人类中心的意识。大自然尽管时时向我们透露其中的一些奥秘，人类却永远不可能完全读懂这部神圣的教科书。一方面，人的认识范式本身就限制了对自然奥秘的体认；另一方面，自然一直笼罩在一层神秘帷幕之内。不管人类如何努力去读解，它始终隐匿着自己的真容。自然常常是麻木不仁、残酷暴力、变幻无常的。自然也并非始终是秩序和永恒的象征，而时时处于混乱的生成状态：

> 天空低矮，云层暗淡，
> 一片飘舞的雪花
> 内心正在争辩
> 是越过谷仓还是飘过车辙。
>
> 狭隘的风筝在抱怨
> 有人如何将它对待；
> 自然，和我们一样，有时也会被人看见
> 她不戴王冠的模样。②

这种混乱自然会引发人们的敬畏之心，狄金森曾经描述过日食给人们带来的这种感受：

> 听起来就像街道在奔跑，

---

① 艾米莉·狄金森著，吴玲译：《孤独是迷人的》，百花文艺出版社，2000年，第91页。
② 艾米莉·狄金森著，马永波译：《为美而死》，哈尔滨出版社，2005年，第85页。

随后又静静站住。

我们从窗中只看见了日食，

而敬畏是我们全部的感受。

不久，最勇敢的人从藏身处悄悄出来，

看时间是否还存在。

自然穿着她浅蓝的围裙，

正在搅拌更清新的空气。①

　　既然自然界不是人类可以轻易进入的自在领域，它的教化作用、对人类心灵的安慰和道德启示、人与自然的相似之处，等等，这些人与自然的神秘交会更多的要依靠诗人天然的想象力的穿透与浸染，是人们的倾听方式，把金黄鹂的歌"装饰成单调或美丽"。既然如此，对死亡的沉思就顺势进入了狄金森的精神世界，成为抵达理想的存在整体的一个途径。没有对死亡的深入思考和体会，就绝不会有对生活真正的热爱可言。中国文化历来缺乏对死亡的形而上终极追问，大智慧者如孔子，也称"未知生，焉知死"。死亡问题就这样被轻轻悬置起来，即使是涉及这个主题，也往往是把死亡描绘成狰狞可怕的形象，或者是需要极力回避的可憎之物。而狄金森对死亡的态度具有真正视死如归的洒脱，1886 年初夏她弥留之际的遗书仅有一个"归"字；她留下的 70 多首关于"死亡与永恒"的诗，一直为评论界所瞩目。正因为对死亡所持有的达观态度，诗人对死亡的描写往往少了那种恐惧感，而多了一分亲切和慰藉。面对死亡，她的幽默和诙谐往往盖过了恐惧与悲伤。正是敢于正视死亡，把死亡当作生命朝向更广阔境界的一个出口，才能更深切地体悟生的珍贵，才能不为世俗之物的短暂所牵累，把每一个渺小

---

① 艾米莉·狄金森著，马永波译：《为美而死》，哈尔滨出版社，2005 年，第 59 页。

的日子当成伟大之路上的一步。正是死亡赋予了生命以意义：

> 死亡让一件东西重要起来
> 眼睛会将其匆匆略过，
> 除非一个被毁灭的生灵
> 温柔地恳求我们
>
> 沉思一下彩笔画
> 或绒线中包含的技艺，
> "这是她手中最后的作品"，
> 勤劳忙碌的手指，直到
>
> 顶针变得过于沉重，
> 缝线自行停顿，
> 然后被放在尘埃之中
> 在壁橱的架子上。
>
> 我有一本，朋友送的书，
> 他的铅笔，这里，那里，
> 在他喜欢的地方留下了痕迹——
> 他的手指已经安歇。
>
> 现在，我拿起书，却不能读，
> 因为模糊视线的眼泪
> 会使珍贵的笔迹
> 消除，无法修复。①

---

① 艾米莉·狄金森著，马永波译：《为美而死》，哈尔滨出版社，2005年，第203页。

　　狄金森以幽默的笔触写到日常生活中人们对死亡的刻意遗忘，以及这种遗忘所导致的对存在的遮蔽：

　　　　我们从来不知道我们走了——
　　　　当我们走时，我们说笑着关上门；
　　　　命运跟在我们后面，把门闩上，
　　　　而我们不再向人搭话。

　　她也以同样幽默的笔触写到弥留之际对死亡与生活的神秘了悟，还原生命的真实意义：

　　　　我见过一只垂死的眼睛
　　　　在房间里四处扫视
　　　　好像在寻找什么东西，
　　　　然后渐渐模糊；
　　　　然后，蒙上灰雾，
　　　　然后，焊接到一起，
　　　　终于没有透露
　　　　有幸看见了什么。①

　　对死亡真正意义的信任和怀疑常常交织在她的诗歌之中：

　　　　我死时听见一只苍蝇嗡嗡；
　　　　房间里一片寂静
　　　　仿佛暴风雨之间
　　　　空气中的气氛。

---

① 艾米莉·狄金森著，马永波译：《为美而死》，哈尔滨出版社，2005年，第183页。

周围的眼睛，泪已哭干，
人们正在屏住呼吸
等待最后的一击，
见证那国王的力量。

我遗赠我的纪念品，签字
送走我能够转让的
东西——就在那时
一只苍蝇插了进来

发蓝，飘忽，跌跌撞撞地嗡鸣，
在光与我之间；
然后窗户消失——然后
我想看也看不见。①

　　但是，和所有大诗人一样，在历经怀疑、冥思与确信的复杂过程之后，狄金森终于真正地把死亡当成了回归，与大化合一的渴望战胜了对生命物质有终性的指认：

在宁静的西方
许多帆船在休息，
牢牢地碇泊；
我引你去那里——
登陆吧！永恒！
嚯，终于靠岸！

---

① 艾米莉·狄金森著，马永波译：《为美而死》，哈尔滨出版社，2005 年，第 223 页。

　　狄金森没有因为其主动采取的隐居的生活方式，而妨碍了她对社会现实的广泛关注。她的诗歌充满了对火山、船难、葬礼和其他自然和人为暴力事件的思考。然而，痛苦和极度的内心挣扎始终是她的核心主题。在给希金森的一封信中，她写道："自九月以来，我有一种恐惧/我无法诉说/于是我歌唱，就像孩子在墓地旁走过时一样/因为我恐惧。"据统计，狄金森在诗中141次提到灵魂。对于她来说，灵魂是一只迷失的船，一盏内在的灯，一场风暴，一个帝王。"灵魂对于它自己/是一个威严的朋友，/是敌人所能派遣的/最让人不安的间谍。"萧瑟荒凉的秋天降临，诗人在诗中祈请灵魂内在的力量：

> 诗人歌咏的秋天之外，
> 还有几个散文体的日子
> 略微在白雪的这一侧
> 在薄雾的那边。
>
> 几个锋利的早晨，
> 几个苦行的黄昏，
> 别了，布莱恩特先生的"黄花"，
> 别了，汤姆逊先生的"麦捆"。
>
> 静下来的是溪流的奔忙，
> 密封的是辛辣的阀门；
> 催眠的手指轻轻地触摸
> 众多小精灵的眼睛。
>
> 也许会有一只松鼠留下，
> 留下，分享我的悲伤。

哦上帝,给我一颗明朗的心,
去承受你狂风般的意志!①

　　她的诗中充满了对灵魂交融瞬间的亲密回忆,也同样反映了
她的孤独,诗中的说话者通常生活在一种匮乏的状态之中。如《我
这些年一直在挨饿》：

我这些年一直在挨饿;
进餐的中午终于来到;
我,颤抖着,靠近桌子,
触摸那奇异的酒杯。

这就是我看见的一切,
我转身,又饿又孤独,
我从窗户里望见
我无希望拥有的丰盛。

我不知道足够的面包,
它和我经常与鸟儿
在自然餐厅里分享的
面包屑截然不同。

这丰富伤害了我,它如此新鲜,
我感到不适和异常,
就像山间灌木上的浆果
被移植到了大路上。

---

①　艾米莉·狄金森著,马永波译:《为美而死》,哈尔滨出版社,2005 年,第 63 页。

> 我不再饥饿；于是我发现
>
> 饥饿是窗外人的感觉，
>
> 一旦入室，
>
> 即告消除。①

　　对于她来说，在"自然餐厅里与鸟儿分享面包屑"远不如灵魂之间的契合更令人狂喜。这也透露出自然在诗人眼中，有时并不是传统浪漫主义者，如华兹华斯所认为的心灵归宿。这一点，使其在与浪漫主义者同行了一段路程之后，独自拐上了现代主义的前程。

　　自然往往是外在于人的存在，它的和谐的统一性往往是人所难以融入的。因为作为意识最为发达的生物，人与自然的连续性已然中断。既然重归自然的怀抱似乎已不现实，于是，诗人转向了对爱情这个永恒主题的探讨。她一生写的爱情诗约有 123 首。缘起时的心灵脉动，缘灭时的云淡风轻，相聚时的喜悦，分离后的沉痛，都被她纳入笔端，但她对痛苦的表达绝不是呼天抢地的，而是常以调侃的淡笔出之。她这样思考爱情古老的意义："爱，先于生命，/后于死亡，/是创造的开端/和呼吸的原型。"她这样写爱情的矜持，在爱的奉献中应该保留的自尊："风信子会向她的蜜蜂情人/解开腰带吗，/蜜蜂会和以前一样/尊重风信子吗？//被说服的乐园，/交出她珍珠的城池，/伊甸还会是伊甸，/亚当还会是亚当吗？"在狄金森的一生中，爱的满足和艺术自由之间都始终是无法调和的冲突，她恐惧爱的崇拜会损伤她诗人的人格。为了艺术而舍弃凡俗的爱情生活，这在历史上是有着诸多实例的。里尔克曾说，"在生活和诗歌之间存在着一种古老的敌意"。叶芝也曾在诗中发出疑问，"是选择生活的完美，还是艺术的完美"。苏联作家巴乌斯

---

① 艾米莉·狄金森著，马永波译：《为美而死》，哈尔滨出版社，2005 年，第 235 页。

托夫斯基在《金蔷薇》中写道，安徒生为他的童话所付出的巨大代价，正是他不肯让他光辉的想象让位给现实，因此才错过了幸福的机会。而卡夫卡一生中爱过四个女人，但都没有让爱情走向婚姻，他二度订婚又二度解除婚约，其中最深层的原因并不是他所谓的"体弱多病"，而是他无法割舍写作。狄金森也难逃这种诗人的宿命，诗人更像是献给神圣的祭品：

> 我与他同住，我看见他的脸；
> 我不再离开
> 为了会客，或者日落：
> 死亡唯一的秘密，
>
> 阻止我拥有自己的隐私，
> 凭借自己的权利
> 他提出一个无形的要求，
> 我无权享受的婚姻生活。
>
> 我与他同住，我听见他的声音，
> 今天我活着站立
> 是为了见证
> 永恒确属必然①

　　这里的"他"，与其按照通常的理解，看作一份无希望、无结果的爱恋的对象，不如看作诗神来得妥帖；看作上帝，也不如看作诗人的个人宗教为好，因为狄金森的宗教信仰始终是非常模糊的。这种个人宗教，在很多大诗人那里，只能是诗歌本身。诗神把诗人

---

① 艾米莉·狄金森著，马永波译：《为美而死》，哈尔滨出版社，2005年，第125页。

从芸芸众生中平地拔出，剥夺了他们作为凡人理应享有的生活，把孤独、贫困和屈辱加诸其身，这种代价是常人难以承受的，而这也正是他们的伟大之处。

狄金森善于将明朗直率和含蓄委婉融为一体，她诗歌中的许多意象都具有多重的含义，从不同的角度去理解，会发现不同的意蕴。这在某种程度上也是她矛盾复杂心态的体现，那就是既渴望与世界沟通，又渴望保持精神的隐秘和独立性。这种公开与隐私的结合便形成了其诗既直白又晦涩的品质。而其诗歌的浓缩形式、各部分之间的大幅度跳跃、她常用的欲言又止的省略，都对读者的阅读构成了挑战。狄金森作品之难以归类，大部分原因在于其神秘莫测的思想深度和风格上的复杂。例如，尽管她经常将普通民歌的节奏与赞美诗体相结合，但她的诗歌又绝不局限于那种形式；她更多是像爵士音乐家一样使用韵律和节奏来变革读者对这些结构的感知。她对文学和社会权威激烈的蔑视和挑战长期以来得到了女权主义批评家的赞同，她们一致把狄金森和安妮·布拉德斯特里特、伊丽莎白·巴雷特·布朗宁、西尔维亚·普拉斯和阿德里安娜·里奇这样的重要作家放在一起。她的诗歌以其强大的情感与智力能量、高度的凝练、模棱两可的态度、风格化的个人气质引人注目。在形式上，相关的一切因素都是紧密压缩的。词语和短语经常被破折号分开，诗节简短，最长的诗不超过两页，不时将名词大写。在主题和音调上，她的诗歌因大胆表达了灵魂的绝境而获得庄严气度。在风格倾向上，她倾向于使用有象征意义的词语（如"圆周"），她的富有讽刺意味的机智，她对人格面具的采纳（其诗中的声音是多种多样的，有儿童、新娘、绅士、疯女人，甚至尸体），她对矛盾形容法的偏爱（"奢侈——绝望——"；"神圣的创伤"），她拒绝传统句法约束的标点符号，她对标题的省略，她以用词和诗节不同的多种版本记录诗歌，她自愿让诗歌保持未完成态，这种种一切都排除了确定性的阅读，促使读者直接参与诗歌的"最终完成"之中，鼓励读者和诗人达到特殊的"一对一"的亲密。

狄金森的诗歌除了少数几首外都没有标题。既然没有标题来使某种空间或暂时的语境合法化，也没有为读者提供一个可以把诗歌固定住的概括的概念、象征，读者就必须自己构造诗的语境，或者是调动起约翰·济慈所谓的"消极能力"，停留在"不确定、什么、怀疑"之中。这种"消极能力"是指诗人首先须没有个人的本性，没有自我，那么其想象力才不受任何制约，可以渗透事物的本质；也就是要安于一种含糊的、不确定的、怀疑的、神秘的境界中，不急着追求事实和原因。因为诗人的个性和自我会由于渴望表达自己而忽略了对物自身言说的倾听。把心中的一切掏空，越是被动地对待自然，对自然的感受便越加丰富，存在向此在的开敞就越是完全。澄怀纳物，虚室生白，狄金森完美地为我们阐释了这个道理。

第三节 梅特林克、里尔克：
与万物的神秘应和

笛卡尔的"我思"之中包含着肉体与精神和灵魂的二元论，他的哲学常常被指责必须对现代的许多问题，尤其是环境问题负责。在大自然面前，精神和灵魂是保持一定距离的，对大自然是感到陌生的，而恰恰是这种距离和陌生感使得技术对大自然的控制成为可能。精神和世界、主体和客体分离的代价，在于使它们原本相互交织的有机关联被割断。专注于"自我"的运动，不但不可避免地导致人与外界的距离，还使事物发生一定的事物化和客体化。"由于主体退缩到自我里，世界丧失了灵魂，丧失了其神秘。正是外界的这种丧失神秘化和外界的这种事物化，是现代技术最终的对它的控制的条件之一。"①本节便从这个视角出发，以梅特林克与里尔克为主要对象，考察后期象征主义诗学中在尊重事物本身和对大自然"返魅"这个过程中的贡献。

莫雷亚斯当时使用象征主义一词是为了反对自然主义和巴纳斯派诗歌空泛的说教手法。在《象征主义宣言》中，莫雷亚斯声称："象征主义诗歌是说教、宣泄、虚情假意、客观描写的敌人，它致力于为（柏拉图式的）理念带上一种微妙、感性的形式。这一形式并非为它本身追求的目标，它以表达理念为己任，从属于理念。而理念本身，不能失去与外界关联的那些华丽长袍；因为象征主义艺术的实质性特点，是无论如何也不让理念本身自我封闭起来。因此，在这一艺术中，大自然提供的画幅，人类的行为，以及所有具体的现象，都不能仅凭自身表现出来；它们只是一些感性的表象，以表现它们与占有首要性地位的理念之间的隐秘、深奥的亲和性。"②从这个定义可以看出，象征主义的目标在于重新弥合笛卡尔哲学所宣扬的主体与客体的分裂，更具体地讲，是想重新将"理念"（理性）与"外界"（感性）联结起来，交织契合起来。自然主义写作对事象的僵硬排列排空了主体，而巴纳斯的主观宣泄又使客体失踪和淹没。

按照韦勒克的划分，广义的象征主义是指"从奈瓦尔和波德莱尔到克洛代尔和瓦雷里的一场法国文学运动"③。韦勒克主张将1886年至1914年之间的欧洲文学称作象征主义时期，是一个以法国为中心向外扩散，同时在许多国家造就了伟大作家和诗歌的国际运动。因此，可以用象征主义这一概念涵盖19世纪现实主义结束之后到20世纪现代主义兴起之前的这一段文学历史时期。

---

① 托恩·勒迈尔著，施辉业译：《以敞开的感官享受世界》，广西师范大学出版社，2009年，第131页。
② 董强：《梁宗岱：穿越象征主义》，文津出版社，2005年，第36页。
③ 韦勒克著，刘象愚选编：《文学思潮和文学运动的概念》，中国社会科学出版社，1989年，第276页。

而在 1920 年前后出现的瓦雷里(1971—1945)、里尔克(1875—1926)、艾略特(1888—1965)和叶芝(1865—1939)，通常被称为后期象征主义，正是他们将象征主义的影响带出了欧美地域，扩展到拉美及亚洲。因此，将象征主义时期的开始点向前推到 1870 年左右，向后延伸到 1920 年左右，既合乎实际，又有助于涵盖象征主义所具有的复杂性、多义性与暧昧性，便于从象征主义文学运动的内在演化规律出发，考察其完整性和承续性。梅特林克就是后期象征主义最有代表性的作家，另外一位是德国的霍普特曼。

1889 年走上文坛的梅特林克，可谓生逢其时，正好赶上象征主义运动的大潮，并以其戏剧上的突出成就，成为象征主义的重镇。象征主义试图赋予理念一种敏感的形式，这种形式就是使具体的富有感受性的表象表现它们与源初理念之间的秘密亲缘关系。表象不仅仅表现自身，而是作为象征，将具体的有限性的表象与抽象的超越性的理念联结起来。梅特林克的象征主义戏剧就具有这种神秘化的色彩，他主张在日常生活中挖掘戏剧因素，追溯生活的神秘性和美，认为在平静的生活中存在着不安，人的心灵中无以名状的神秘性应是戏剧要表现的内容。因此，他的戏剧往往没有传统戏剧中的自由与责任、忠诚与反叛等矛盾冲突的重大题材，而是注重以日常生活的平凡事件为题材，在人物平常的举动中表现心灵的矛盾、人的意志与不可抗命运之间的紧张关系。他的这种戏剧追求被称为"静态戏剧"，这是一种情绪的戏剧，而非运动的戏剧，其中没有任何物质的事情发生，而到处都能感觉到非物质的事物，甚至，在表面上无用的对话里，也常常会发现真正的美和意义。他的创作影响了同期的剧作家斯特林堡、契诃夫等人，使他被誉为"比利时的莎士比亚"，并被比利时国王封为伯爵。

象征主义的要旨就在于经验世界与超验世界的应和与对应关系，是企图用尘世的材料在大地上建造天堂。"终极之诗的本质，

它唯一的目标是让'从可见通往不可见的大路'敞开。"①梅特林克
对人和世界及其相互关系有着自己完整的理解。他认为宇宙是由
四大物质的和精神的经验主体维系的，它们分别是有形的世界、无
形的世界、有形的人、无形的心灵。他认为，无形的世界和心灵是
实在的，而有形的世界和人只有同这看不见的世界合为一体，成为
其象征和预示，才能具有实在性。他的这种观念中不难看出柏拉
图理念论的影响。那看不见的世界就隐藏在可见的表象之内，它
把大量的征兆通过看得见的世界传递给我们。梅特林克的哲学继
承可以归结为新柏拉图主义，他自己也认为伟大的普罗提诺是他
所认识的所有智者中最接近神圣的。而将世界作为神圣灵魂的象
征图像的思想，也与爱默生的超验主义异曲同工。爱默生有言：
"世界就像一座神庙，它的围墙都是用象征、图画和神的戒律建成
的。在这个庙宇里，自然中的任何事实都带有自然的全部意义，我
们对事件和事物、对高和低、对诚实与低俗所作的区分，一旦自然
被当作一种象征，就统统消失了。"②

　　梅特林克不但在戏剧与诗歌中探索这种日常生活背后的神秘
性和命运的不可把捉，也通过其大量的随笔写作，将神秘主义和对
自然界的兴趣融为一体，体现了象征主义者共有的对物质主义和
机械论的反抗。他的随笔中涉及灵魂的永恒、死亡的本质和智慧
的获得等问题。读者最为广泛的是"社会昆虫三部曲"，即《蜜蜂的
生活》《蚂蚁的生活》《白蚁的生活》以及描写植物的《花的智慧》，这
些书不是严格的科学著作或者自然史，而是以科学观察为基础的
有关人类状况的哲思。而其有关神秘与命运的玄妙沉思则集中在
他的一些哲学随笔之中，比如《谦卑者的财富》和《智慧与命运》等。
这些哲学论文集被誉为精神活力的伟大源泉，是丰富头脑和纯净

---

① 梅特林克著，马永波译：《谦卑者的财富》，中国国际广播出版社，2009 年，第
161 页。
② 爱默生著，孙宜学译：《美国的文明》，广西师范大学出版社，2002 年，第 331 页。

情操的产物，它旨在帮助我们认识过分物质化生存的悲惨局限，并力图发现通往人类精神王国的途径。

梅特林克早年曾就读于一所耶稣宗教学院，能够服从那种严格的、半禁欲主义的清规戒律。很幸运，他是班上唯一的走读生，可以随心所欲地回家过夜。晚上他经常默默漫步在运河边，沉思着神秘的事物，倾听着教堂响亮的钟声打破夜晚的寂静。这种生活为他对生活神秘性的思考提供了养分。他看重的不是财富和荣誉这些有形的、实在的东西，而是灵魂的幸福，这个目标看似虚幻，实则是人最终能够为自己所谋得的唯一幸福，而人世所谓的实在的快感却仅仅具有短暂的相对性价值。生活的绝对性价值在于生活的神秘性。神秘在我们内部，神秘围绕着我们。我们只能不时地瞥见真实的本来面目。日常的沉沦生存使我们按照惯性轨道"一往无前"，而难得有停住脚步倾听自然与灵魂之声的机会。我们的感觉已经迟钝，这使得无形世界与我们之间那种本来无可怀疑的亲密和谐开始逃避我们，使我们只能在阴影中摸索着未知。那更高的生活、超越的生活，则不断退避到不可解释的朦胧事物之中。充满敌意的无常世界在梅特林克看来并不是我们真实的归宿，人不应该只属于世俗经验所能达到的世界，而要领略到表象的本源，那样一种更深沉、更神秘的真实。象征主义反对现实主义，否认终极的真理可以凭借感官经验或理性思考来获得，而主张真理只能靠直觉来把握，通过象征来表达。梅特林克认为："万物之中存在着神秘关系的令人惊叹的导师……他感知到事物之间奇特的巧合与惊人的相似——含糊、震颤、短暂、隐秘——而这些东西在没有被认识之前就已消失。"[①]因此，梅特林克特别推崇沉默的智慧，他认为语言往往窒息和悬置了思想，言语是一时的，而沉默是永恒的。"只要我们一发言，就有什么东西警告我们神圣之门正

---

① 马·布雷德伯里等著，胡家峦译：《现代主义》，上海外语教育出版社，1992年，第485页。

在关闭。"①我们并不能仅仅凭借言语进行真正的交流，恰恰相反，不适当的言语往往让我们永远丧失倾听另一个心灵的宝贵机会。在沉默中触摸到灵魂的提问，在沉默中接近真实的洞察，在沉默中回归本真的自性。可以说，梅特林克在海德格尔之前，就直觉到语言对事物既呈现又遮蔽的双重本性，并对其保持高度的警觉。他甚至将沉默的作用推至信仰的高度，认为那些比他人更经常地与沉默相遇的人也更为富有，因为他们更接近上帝。"沉默，沉默的伟大帝国，比星星更高，比死亡之国更深……沉默，伟大的沉默之人！遍布于世，各就其位，默默思索，无言劳作；没有晨报会报道他们！他们是大地之盐。一个国家没有这样的人，或者是很少这样的人，那个国家就前途黯淡。就像一片没有树根只有枝叶的森林，必定马上凋敝而不成其为森林。"②

按照存在主义哲学的说法，人是被抛入这个给定的世界之中的，这本身就是一种神秘和荒诞。因此，只要人的灵魂还没有完全麻木，那么他总有一天会像浮士德那样，突然醒悟到自己其实是生活在蒙蔽之中，生活在意义与价值的匮乏之中。知识、情欲和事业，非但不能改变他对生命易逝的感受、对在世存在有限性的体认，也难以用虚荣来填补虚无的深渊。"我们真正的生活不是我们所过的生活，我们感觉我们最深最内在的思想与我们的自我非常不同，因为我们与我们的思想和梦幻完全不一样。只有在特殊的时刻——也许凭借最微小的意外——我们才过着自己的生活。"③梅特林克深刻认识到生活本身的悲剧性质，从终极上看，生活注定是一场失败，只要死亡的毒钩还深陷在生命内部，人类就仅仅是丧失家园的浪子。生活的悲剧性并不仅仅体现在命运与激情剧烈冲

---

① 梅特林克著，马永波译：《谦卑者的财富》，中国国际广播出版社，2009年，第5页。
② 梅特林克著，马永波译：《谦卑者的财富》，中国国际广播出版社，2009年，第9—11页。
③ 梅特林克著，马永波译：《谦卑者的财富》，中国国际广播出版社，2009年，第47页。

突的重大时刻，而是时时弥散在平凡的日常生活之中。"难道不正是当故事结束，我们被告知'他们很幸福'时，有巨大的不安侵扰我们吗？在他们获得幸福的同时会发生什么事呢？在幸福中，在静止的瞬间，不是比在激情的旋风中有着更深刻的危机因素和稳定因素吗？难道不正是在那时，我们终于目睹了时间的进军——唉，目睹了在我们身旁悄悄行进的其他许多更为秘密的事物……难道不正是一个人以为自己安全远离了肉体死亡的时刻，那陌生、寂静的存在和无穷的悲剧才真正揭开了它的帷幕？"[1]因为"死亡是我们生活的向导，我们的生活除了死亡别无目的。我们的死亡是我们的生命在其中流动的模型"[2]。我们在世存在的短暂性是由时间的无情流逝所规定的，它是我们生存的地平线。在万物皆流中，生命的气息无时无刻不在蒸腾、衰竭和消逝。物质性生命的损耗和经验世界的空虚，是失去宗教信仰支撑后的人类所要承担的现实。战胜时间无所不在的流逝，把握住哪怕最为微小的意义，便成为所有伟大艺术家的共同追求，是人类力图超越有限性的勇敢梦想所在。在现代机器文明的荒原上，破碎主体如何获得救赎，是现代主义文学的一个母题。梅特林克也是如此，他将人类的终极救赎交托给无形的至善，呼唤我们进入事物不会背叛自身的领域。这其实也就是信仰。"这无形而神圣的善，以决定性的方式，使它无意中触到的一切高贵起来……在秘密之善的神圣平原，最卑微的灵魂也无法忍受失败。"[3]

对灵魂归宿的苦苦探求贯串了梅特林克的创作生涯，在一个重物质而轻精神的时代，他提醒我们，远离灵魂的生活是我们整个存在的耻辱。他说："我们不要害怕沿途播种美的种子。它可能会

---

① 梅特林克著，马永波译：《谦卑者的财富》，中国国际广播出版社，2009年，第83页。
② 梅特林克著，马永波译：《谦卑者的财富》，中国国际广播出版社，2009年，第43页。
③ 梅特林克著，马永波译：《谦卑者的财富》，中国国际广播出版社，2009年，第141页。

留在那里几个星期甚至几年，但是像宝石一样，它不会溶化，最后会有人从旁经过，被它的闪光所吸引；他会把它拾起，快乐地继续前行。"①这正是说，凭借某些美的灵魂的力量，其他的灵魂才得以存活。梅特林克，无疑就拥有这样一颗美的灵魂。而《谦卑者的财富》也正是一位美的诗人因对美的渴望而产生的热切思索。

现代主体的历史，同时也是外界（自然与世界）被去掉灵魂和变成空洞的历史。在自然已经被技术理性剥去了神秘面纱的"祛魅"的时代氛围中，精神性的价值已经从我们生活中的各种领域被排除出去，可计算的手段取代了不可度量的目的，自然本身的独立品格和福祉遭到了忽略和剥夺，仅仅成了技术主义的资料库。然而，自然原本是一种朦胧神秘的东西，万物有灵，息息相通。诚如诺贝尔文学奖授奖词中所言，对于梅特林克来说，始终存在着一种内在的规律和权利，在众多事物似乎都在纵容非正义的世界中，它始终在支配和引导着人类。我们以为科学技术的发展已经探究清楚了宇宙的奥秘和人生的规律，已经把事物之中所有的晦涩驱除干净，但是，就像梅特林克对蜜蜂生活的研究所表明的，我们其实还处于对造化之神秘伟大的无知状态。阿尔伯特·施韦泽曾认为，在西方，一直有两种哲学同时存在，一种是通过强制自然和世界，使其屈服于人的思想；另一种是不引人注目的自然哲学，倡导让世界和自然按照其本来面目存在，要求人顺应自然，作为精神和意识方面进化到最高阶段的人类坚守其中并作用于它们。"第一种哲学是创造性的，第二种哲学是基本的。第一种哲学就像思想的火山喷发，例如德国哲学的伟大思辨体系，始终能够令我们惊叹，但它很快消失。第二种质朴的、简单的自然哲学则持续存在，

---

① 梅特林克著，马永波译：《谦卑者的财富》，中国国际广播出版社，2009 年，第179 页。

基本的哲学思维日益赢得重视。"①

现代主义的出发点是对现代性的质疑，它使现代性成了"问题"，这种质疑最终推动了生命世界整体（并非仅仅是自然界）在语言和日常生活中的复兴和返魅。对现代性的疑虑不安使得现代主义有可能凭借越界的冲动而造就生态文学。因此，正如王晓华所阐释的，对现代主义文学进行生态学解读不仅具有合法性，而且十分必要，它有助于我们重构完整的现当代文学图景。理由有二："其一，象征主义对现代性的反思、批评、解构态度越过人类学边界，就会敞开人类中心主义的荒谬之处；其二，它所用的象征手法时常要求将自然生命拟人化，因而有利于作者发现自我生命的主体性，并在现代权利理念的影响下思考自然生命的权利问题。事实上，在现代主义文学中，少数有生态意识的作家都或多或少地扩大了主体性和权利的场域。"②这种见解对于整合生态批评的资源有着不可忽视的意义，并有可能促使我们以生态学的视野来重新探究现代主义文艺的内在动因。科学意识的进步使得人类更自由地站在中立的大自然面前，这是一种解放，但同时这也是一种对"外界"的贫困化。人类收回了土著部落中广泛存在的"拟人化世界观"，把自己当作自然之主置于所有受造物的顶端，这就是我们现在所置身的社会。而在具有拟人化世界观的社会中，人们凭借从自己的社会生活中提取的、反映自我体验的形态和模式，来解释世界的倾向，使整个世界人格化。根据对自己灵魂的模拟，整个大自然也被赋予了灵魂一般。"父亲的形象被投影到天上的一个神性的父亲，母亲的形象被投影到一个母亲神。一旦国家出现了，它的等级制度就被认为适用于宇宙。天空的星星的布局被解释了，根据人在地球上所体验的世界给它们起了名字。由此，对人来说，

---

① 阿尔贝特·施韦泽著，陈泽环译：《对生命的敬畏》，上海人民出版社，2007年，第224页。

② 王晓华：《生态批评》，黑龙江人民出版社，2007年，第209页。

宇宙变得有意义了，因为，在小宇宙和大宇宙之间，在人生的事件之间，以及在大自然最遥远的事情之间，都有了严格的相关性。"①而在我们当下的"祛魅"社会，在将客体贫困化的同时，主体也仅仅成了万物的过客，只能生活在没有任何道德约束和因果相关性的宇宙之中。

里尔克曾将梅特林克的人生观总结为"内在化"这样一种伟大的根本原理："我们灵魂中的一切力量的总括，把我们的魂扩充为一个世界，它比长期以来威胁地、敌视地跟世人对立的那个充满灾害的命运之世界更强有力。"②这里，我们需要仔细甄别的是，这种将外在的内在化，并扩充成一个世界，并不是指主体无限制的扩张，对客体无节制的侵吞，而恰恰是将事物转化为内心的和谐，从而构成一个"世界性此在"，以及里尔克的"世界内在空间"。将无限化入我们，使它们在我们心中复活，并不是"使事物主体化，将其对象性和物性化解为或转换为纯主观的经历和感觉的震荡"③。在这样的空间中，死者、生者和未来者共存于其中，克服了在表面上将他们分隔开来的种种偶然的非本质性的关联，使人与万物同时"归家"。

里尔克曾于 1889 年、1900 年两次游历俄罗斯，这些旅行给他留下了深刻印象，更具体地说，是使他重新对人类真正的"故乡"有了新的认识。对此，霍尔特胡森曾经有过精到的分析，他认为，在诗人看来，"故乡意味着一种特别'亲近'或'紧密'的开放性中的人道现状总和。故乡是一种以启示的形象出现的，始终处于被感情奉为神圣的状态之中的存在整体。存在的环境气氛可以变换，可

---

① 托恩·勒迈尔著，施辉业译：《以敞开的感官享受世界》，广西师范大学出版社，2009 年，第 132 页。
② 里尔克著，绿原、钱春绮、张黎译：《里尔克散文选》，百花文艺出版社，2002 年，第163 页。
③ 里尔克著，林克译：《〈杜伊诺哀歌〉与现代基督教思想》，生活·读书·新知三联书店，1997 年，第 180 页。

以是巴黎、托莱多、瑞典或意大利。但是俄国却不同，它是无定性的基元，是'上帝''人民'和'自然'之间兄弟般的强大组合，是存在的'创造'性质"①。俄罗斯成为存在整体的一个图像和象征。这次旅行所收获的"俄国神话"伴随了诗人的一生，甚至他在与俄罗斯截然相反的第二故乡巴黎的时候，依然抱持这一信念，存在的最终本质不再是"上帝"，而是"物"。

这次旅行为他著名的《俄尔甫斯十四行诗》第一部分中增添了一颗明珠，那就是其中的第二十首：

> 可是，主啊，请说，我拿什么向你奉献，
> 你教生物用耳朵的主？——
> 拿我的记忆：一个春天，
> 它的黄昏，在俄国——，一匹马驹……
>
> 从村庄向这边孤零零来了那白马，
> 前面的足械拴上了木桩，
> 以便孤零零在草原上过夜；
> 它的鬈鬣又是怎样
>
> 以豪放的节拍拍打颈项，
> 一旦奔驰被粗暴地阻拦。
> 骏马热血的源泉怎样在喷放！
>
> 它感触到远方，那是当然！
> 它歌唱它倾听——，你的传奇始末
> 被封闭在它身上。

---

① 霍尔特胡森著，魏育青译：《里尔克》，生活·读书·新知三联书店，1988年，第60页。

　　　　　　它的形象就是我的供果。①

　　这种对"俄国神话"亦即存在整体的信念甚至导致诗人突破了十四行的体例，而溢出成了十五行。与认为艺术源于人类的自我表现欲这种观念相反，里尔克认为："艺术的发端是虔诚：对自己、对任何经历、对一切事物、对伟大的榜样以及自己尚未体验过的力量的虔诚。在我们心中最初的傲慢消失以后，就开始出现被上帝包围的伟大事件……我们的生活就从此开始：新的生活，也就是 vita nuova。"②这种新的生活或曰使命，就是给世界献上"形象的供果"。里尔克甚至令人震惊地宣称，人类虽已存在了这么久远的年代，却从未学会生活，从未学会怎么去爱，甚至没有学会观看物。他在 1900 年 7 月 31 日的彼得堡记事中记录了对存在本身的这种惊异之情：

　　　　在伏尔加河上，在这平静地翻滚着的大海上，有白昼，有黑夜；许多白昼，许多黑夜。这浩荡宽阔的大川，一边岸上耸立着高入云霄的森林，另一边岸上平躺着荒原，在这片深凹的荒原中连通大邑也不过像茅屋和帐篷一样。原有的一切度量单位都必须重新制定。我现在知道了：土地广大，水域宽阔，尤其是苍穹更大。我迄今所见只不过是土地、河流和世界的图像罢了。而我在这里看到的则是这一切本身。我觉得我好像目击了创造；寥寥数语表达了一切存在，圣父尺度的万物……③

　　与梅特林克相仿，里尔克也试图将事物之存在内在化，他认为

────────────

① 里尔克著，绿原译：《里尔克诗选》，人民文学出版社，1996 年，第 516 页。
② 里尔克著，绿原、钱春绮、张黎译：《里尔克散文选》，百花文艺出版社，2002 年，第 175 页。
③ 霍尔特胡森著，魏育青译：《里尔克》，生活·读书·新知三联书店，1988 年，第 61 页。

幸福并不是来自外界的偶然，而是在我们内部实现的规律性。当我们接受一件从外部触动我们的事件，将其转化为我们自己的事件，在这种劳动中升高的体温就是幸福。

我们知道，里尔克中期的"事物诗"，固然体现了海德格尔所敏锐发现的生态意识的萌芽，其以《杜伊诺哀歌》和《致俄尔甫斯十四行诗》为代表的晚期诗歌则更加深刻地体现出这种超前意识。在万物皆流、无物常驻的逝性世界，人如何才能真正的栖居，并在这种栖居中使物与人同时得到开敞？里尔克在致波兰译者的信中为我们给出了一个"答案"：

> 我们这些属于此地和此时的，在这个时间世界里是从来没有片刻满足的，并且也没有被束缚在它里面。我们总是一再走出去，走向那些更早的，走向我们的起源，走向那些看起来在我们之后来的。在那个最大的"开放"世界里存在着一切，人们不能说它们是"同时地"在着，因为时间的终结恰恰是它们全都在着的先决条件。过去全都跌入一个深深的存在中。而所有属于此地的形态不仅要被人们在时间的限制中使用，而且，只要我们能够，它们要被放进那些高级的意义中去。在那些高级的意义中，我们是有份的。然而不是在基督教意义上的（我总是激烈地把自己同它疏远开来），而是在一个纯粹是尘世的、深深地尘世的、有福佑地尘世的意识中才能将在此所见到的和所触摸到的引向那个更宽、那个最宽的圆圈中去。不是在那个其阴影使尘世陷于黑暗的彼岸，而是在一个完整里，在那个完整里面。自然，那些我们日用的东西，是暂时性和朽坏性。可是只要我们在此，它们就是我们的财产和我们的友谊，我们的艰难与欢乐的见证，一如它们曾经是我们祖先的密友那样。因此不仅不应该薄待和小觑任何此地的东西，而是应该恰恰是为了其暂时性的缘故（在这一点上它们同

我们是共同的)，我们应该将这些表象和事物进行最深刻的理解与变形。变形？对，因为我们的任务是将这个暂时的、朽坏的尘世深深地、忍受着并且充满激情地刻印在我们心中，以使其精髓在我们身上"无形地"复活。①

很显然，从这段话中我们可以得出这样的结论：我们虽然是属于此时此地的有限的存在者，但我们依然可以分有一个超时间的存在整体的福分。这个存在整体并不存在于彼岸世界，而就在我们所置身的现实尘世之中。我们应该深深地怀着至诚之爱来领会和我们一同处于逝性支配下的短暂易朽、漂浮无着的事物，将它们从可见世界的虚空"转化"到一个不可见世界之中，从而获得其恰当的"居所"。事物与人的关系是一种互相依存的关系，人需要事物以寄寓人的历史性生存，物则依赖于人进入开敞的内在永恒空间，那就是从可见世界再次向不可见世界的回归。里尔克抛弃了早期将物当作自己主观意志的投射的观念，放弃了对不可见内心世界的印象主义式的无节制抒发，在延续了对物采取有距离的非对象化观照的同时，从一个新的高度使物重新涵容于主体广袤无形的内心世界，从而实现了人与万物的整体共时。因为"尘世除了变成不可见的以外没有别的逃薮：在我们里，我们这些其本质的一部分在不可见的事物中有份的、对它持有(至少是)股份票据的，我们这些在不可见事物上的财产在我们此在期间能够增加的——只有在我们里才能进行这种亲密而持久的由可见物向不可见物、向不再倚待于可见物和可触摸物的东西的变形，就像我们自己的宿命在我们里不断变得既越来越眼前又越来越不可见那样"②。

---

① 里尔克著，刘皓明译：《致波兰译者的信》，《杜伊诺哀歌》，辽宁教育出版社，2005年，第181页。
② 里尔克著，刘皓明译：《致波兰译者的信》，《杜伊诺哀歌》，辽宁教育出版社，2005年，第184页。

这也就是说，物只有进入我们的内心，才能获得庇护之所。那么，要实现这种神奇的"转化"，首先必须将笛卡尔式的对象性意识转向非对象性的内在意识，也就是帕斯卡尔式的心灵逻辑。这种意识并不试图在外化的对象上把握存在者，它不制造可计算的对象世界，而是深入广阔的心灵空间，与存在相关联。它重视的是与万物的共存关系，而不是对物的占有。这种意识是怀着无功利的热爱来赞美一切可见之物。这里的"赞美"具有海德格尔在《艺术作品的本源》中所指出的"奉献""承纳""命名"的性质，也就是在赞美中承纳意义的到场。

　　对于里尔克和梅特林克来说，将可见之物转化入"内心的深层维度"，其最终的依托依然落实在艺术创作之中，他们所走的仍然是审美救赎的乌托邦路线，那就是将对象转换为语言，通过为事物命名使其变成超越的和精神性的东西。这种存在的统一通过从外部对象世界返回到内心不可见的领域，而表现为内外沟通、心物沟通、彼岸和此岸沟通，是将彼岸的超验性纳入情感激动的纯粹而绝对的内在性之中，使其化为无对象情感本身。在内在感受性即灵性的化育中，肉身将不再是人们抵达外在的障碍和极限。正如别尔嘉耶夫所指出的："象征是两个世界之间的桥梁。象征所说的不仅是，存在着另外一个世界，并非封闭在我们世界的存在，而且说，这两个世界之间的联系、一个世界与另一个世界的统一是可能的，这两个世界不是完全分离的。象征给两个世界划界，又连接它们。我们自然的、经验的世界本身并不具有价值和意义，它是从另一个世界、从精神世界获得自己的价值与意义，作为精神世界的象征。自然世界本身不具有赋予生命意义的生命根源，它从另外一个世界、精神世界象征性地获得之。"①

_____

① 　别尔嘉耶夫著，石衡潭译：《自由精神哲学》，上海三联书店，2009 年，第 39 页。

　　在这里，我想稍微触及一下另一种思路。在浪漫主义与象征主义中，我们往往是将物（自然）看作我们自身精神的镜子，而形成了拟人化的思维。这一种主观向物的投射，从某种程度上有抽空物自身的内在本质抑或价值的潜在危险。而全球化阶段的后现代主义，以构成主义存在论为意识形态依据，再次将自然人格化，世界被改造和简化成一个符号或图像的系统，大自然"本身"消失了。那么，我现在所推举的，则是人类要努力使自身成为自然的镜子，如其本然地接受大自然的本来状况，承认物自由自在的规律，它并非为我们人类的意图而存在。这也正是布罗茨基在其《静物》一诗中表达的思考：

> 物自有全盘的考虑，
> 这一点出于我们的意外，
> 它们纷纷脱离人类的
> ——用词语构成的——世界。
>
> 物不运动，也不静止。
> 那原是我们的胡言乱语。
> 每一个物是一个宇宙，
> 此外再无别的存在。
>
> 一个物可能被砸烂，
> 焚毁，掏空，击碎。
> 抛弃。然而它
> 永远不诅咒"他妈的"！①

_____

① 布罗茨基著，王希苏、常晖译：《从彼得堡到斯德哥尔摩》，漓江出版社，1990 年，第 218 页。

第四节　叶芝：存在的统一

一、系统化的象征主义诗学

从 1885 年他发表第一组作品起，叶芝毕生对神秘主义和东方宗教怀有浓厚的兴趣。他亲近爱尔兰民族主义，也接受过贝克莱、康德以及叔本华唯意志论的影响，这些思想后来成为贯穿他终生创作的重要因素。叶芝的象征主义诗学思想具有极其鲜明的完整性和系统性，他认为只有通过象征将优美生动的物象世界和抽象丰富的意义世界准确、精密地连接起来，才能更有效地表达"主观的真实"。他认为文学的着眼点不应停留于外在事物的客观描写，满足于描绘世界的表象，而应去表现心灵世界。在反对客观写实这一基本倾向上，叶芝与法国象征主义是一致的。他认为科学运动激发的文学既取消了存在本身的神秘幽邃，又取消了人的内心世界的复杂微妙，"总是倾向于把自身融化到各种各样的外界事物中去"，就像他的朋友亚瑟·西蒙斯所说的，"用砖瓦灰泥在书中进行建筑"①的努力。

叶芝的象征主义理论确实和这位亚瑟·西蒙斯（1865—1945）在英国对法国象征主义的传播不无关系。从 19 世纪 80 年代起，作为诗歌评论家，西蒙斯就开始评介法国象征主义诗人的作品，于1900 年出版了《象征主义文学运动》，并将该书题献给叶芝。这部著作对法国象征主义诗歌的介绍并不深入和系统，却是英国第一部比较全面的相关论著。西蒙斯认为，在法国所有伟大的富于想象力的作家身上，都可以发现各种伪装之下的象征主义。他强调

---

① 叶芝：《诗歌的象征主义》，黄晋凯主编：《象征主义·意象派》，中国人民大学出版社，1989 年，第 87 页。

象征主义内在精神性，认为它是对外在形式、浮华文辞和物质主义传统的一种反拨；又说象征主义是脱离最终实体、脱离心灵、脱离存在着的一切的一次努力，强调了象征主义追求超验世界和理念的神秘主义特性，而这种超验追求是经由美的事物到达永恒美的唯一途径。虽然西蒙斯的观点并不系统，也不成熟，但对叶芝了解法国象征主义却大有帮助。在西蒙斯之后，叶芝"发展了自成一家的象征主义理论，它独步一时，构成了美学、诗学甚至实用批评方面一个十分客观而又严密的体系"①。法国象征主义中人事象征层面和超验象征层面是始终并存不悖的，人事象征是超验象征的基底，也就是用人间的材料建筑起非人间的天堂，虽然这个大地上的天堂在某种意义上仅仅是对天堂的回忆或者想象。而象征则是人从有限中把握无限的中介。这一点无疑对叶芝的系统化的象征理论产生了决定性的影响。

不过，西蒙斯的著作虽然有助于叶芝了解法国象征主义的基本观念，他还曾拜访过魏尔伦，但他本人的象征主义却主要是从他早年的神秘主义活动和他喜爱的英国浪漫主义诗人布莱克、雪莱、斯宾塞等人那里发展而来的，具有较强的个人色彩。1889 年开始，他与朋友一起研究布莱克，用了四年时间编辑了布莱克的三大卷作品集，作了许多评注，深受其神秘主义影响，培养了在诗歌中运用想象的能力。他把布莱克的诗看成一个"象征体系"，论述了瑞典哲学家斯威登堡和布莱克的两个世界（感性的和理性的）对应的思想，认为这是象征主义的思想基础，并论述了诗歌的"隐喻符号"与象征的"玄想符号"的区别在于"后者交织为一个完整的系统"，其意为，象征的玄想符号包含隐喻因素，但它不是个别的，而是整体的、体系化的，象征是隐喻的体系。在《诗歌的象征主义》一文中，叶芝进一步阐释了隐喻和象征的区分，认为"当比喻不是某

① 韦勒克著，杨自伍译：《近代文学批评史》第 5 卷，上海译文出版社，2002 年，第 2 页。

种象征时,就不够深刻动人,只有当它们是某种象征时才最完美"①。这就是说,象征具有隐喻性,隐喻是象征的基础;象征又高于隐喻,是隐喻的提升,比隐喻更深刻、完美和动人。韦勒克在论述意象、隐喻和象征的区别时,也曾明确地指出:"象征具有重复与持续的意义。一个意象可以被一次转换成一个隐喻,但如果它作为呈现与再现不断重复,那就变成了一个象征,甚至是一个象征(或者神话)系统的一部分。"②叶芝在不同诗中常反复使用一些特定象征,使其中后期诗歌呈现出了象征系统性的特征。

叶芝把象征从以往的一种表现手法和修辞提升到了诗歌感染力的根源的地位,是衡量诗歌高低优劣的主要审美指标。他认为诗歌的魅力在于象征,象征的完美和丰富性决定着诗歌的艺术感染力。而在诗歌中唯有声、色、形的和谐统一,才能形成"完美的象征"。在《诗歌的象征主义》一文中,叶芝阐释了这种完美象征的内涵:"所有的声音、颜色、形式,或者因为它们固有的力量,或者因为丰富的联想,都能激起那种虽然难以言喻但确实无误的感情,或者(我宁愿这样认为)给我们唤来某些无形的力量,它们落在我们心上的脚步我们称之为感情;当声音、颜色、形式之间融为一体,形成一种相互间和谐统一的美妙的关系时,它们似乎变成了同一种声音、同一种颜色、同一种形式,并激发起一种感情,这种感情虽由它们各自引起的感情综合而成所产生,却是同一种感情。"③这里值得注意的是,叶芝强调诗的形式先于内容,具有象征的丰富性的艺术形式能够唤起一种深沉的诗情并引起种种情感的连锁反应,在找到这种和谐的艺术形式之前,那种情感是不存在的。这也就是说,诗的内容凝聚在有象征意义的形式上,内容与形式融为一体,

① 叶芝:《诗歌的象征主义》,黄晋凯主编:《象征主义·意象派》,中国人民大学出版社,1989年,第88页。
② 韦勒克著,刘象愚等译:《文学理论》,江苏教育出版社,2005年,第214页。
③ 叶芝:《诗歌的象征主义》,黄晋凯主编:《象征主义·意象派》,中国人民大学出版社,1989年,第89页。

不可分离。形式与情感之间存在着对应的象征关系，形式通过象征能唤起对应的感情，感情也需要通过对应的形式即象征来得到表现，灌注生气。

"完美的象征"是沟通了感官成分与精神成分之间悬差的综合化象征。因此叶芝把象征分成两类：一类是感情的象征，另一类是理智的象征。感情的象征仅能唤起感情，难以引起深切的感动，不能引人进入形而上的境界；理智的象征能唤起与感情错综交织的观念，能使人越过物象探寻本质。单纯情感的象征缺乏丰富性，而单纯理性的象征也不生动。唯有将两种象征结合，才能产生无穷的含义和触动人灵魂的力量，充分发挥象征的无穷魅力。叶芝对两种象征结合的审美效果作了细致入微的描述，"如果我在一行普通的诗句中说'白色'或'紫红色'，它们唤起的感情非常简单，我无法说明为什么它们会感动我；可是，如果我把它们同十字架或者荆冠那样明显的理性的象征一起放进同样诗句中时，我就联想到纯洁和权威"，且由"微妙的联想"而引起感情和理性上对诗句无穷意义的感悟，使原来毫无生气的日常事物"焕发出难以言述的智慧的闪光"①。这种审美效果只有把单纯的情感象征与理性象征结合起来，上升到完美象征时才能获得。他将莎士比亚和但丁作为单纯感性的象征与"综合"象征的代表加以比较，认为后者比前者境界更高，前者能达到人与自然的统一，而后者能达到与上帝或神统一的超验境界。显然，在经验和超验两个层面的象征主义上，叶芝的价值砝码是落在超验象征主义之上的。他说："谁如果被莎士比亚（他满足于感情的象征从而更能引起我们的共鸣）所感动，他就同世界上的全部景象融为一体；而如果谁被但丁……所感动，他

---

① 叶芝：《诗歌的象征主义》，黄晋凯主编：《象征主义·意象派》，中国人民大学出版社，1989 年，第 92 页。

就同上帝或某一女神的身影融合在一起。"①这种感性与理性和谐的"完美的象征"更"接近绝对真理"，接近上帝和神。无论是他的《基督重临》《驶向拜占庭》，还是他的《那样的意象》《在学童们中间》，都是诗人对宗教、艺术、人生哲理的理性探索，把民族性、历史性与象征性融于一体，创立了"叶芝风格"的独特的象征主义。

叶芝注重理性沉思在把握象征上的作用。他认为，凡是出色的艺术家，常常具有某种哲学的或批评的才能。他说，"常常正是这种哲学，或者这种批评，激发了他们最令人惊叹的灵感，把神圣生命中的某些部分，或是以往现实中的某些部分，赋予现实的生命，这些部分就能在情感中取消他们的哲学或批评在理智中取消的东西"，于是"灵感就以令人惊叹的优美形式出现了"②。叶芝将以往人们认为不相容的感性和理性这两种品质融合起来，揭示了两者之间的内在一致性，以及理性对灵感的激发、催化和培育作用。与此同时，叶芝也强调诗人要以想象与冥想融入象征之中，达到忘形境界。读者也必须由此达到忘形境界才可能领会象征、欣赏诗歌。照叶芝看来，"灵魂处在迷离恍惚或狂乱或沉思的状态之中"时，就抑制了除它本身之外的一切现实冲动，从而"灵魂就周游于象征之间并在许多象征之中表现出来"③。

叶芝认为在这种忘形的梦幻状态中最能进入象征思维，创作出最富于象征意义的诗歌，因此梦幻状态是最佳的写作时刻。他讲求的是将意识本身约减到谦卑，好让无意识本身自由起作用。在《幻象》一书的"献词"中，他表达了以下信念："真理不可能被发现，而孩子可能被启示；相信一个人如果不失去信仰，并做好某些

---

① 叶芝：《诗歌的象征主义》，黄晋凯主编：《象征主义·意象派》，中国人民大学出版社，1989 年，第 93 页。

② 叶芝：《诗歌的象征主义》，黄晋凯主编：《象征主义·意象派》，中国人民大学出版社，1989 年，第 87 页。

③ 叶芝：《诗歌的象征主义》，黄晋凯主编：《象征主义·意象派》，中国人民大学出版社，1989 年，第 93 页。

准备，那么启示在适当的时机会降临于他的。"这些准备就是"某种已被遗忘的冥想方法，主要是如何中止意志，使思想成为自动的，成为一种可能的与幽灵交流的工具"①。

在论述诗的韵律的作用时，他指出："韵律的目的在于延续沉思的时刻，即我们似睡似醒的时刻，那是创造的时刻，它用迷人的单调使我们安睡，同时又用变化使我们保持清醒，使我们处于也许是真正入迷的状态之中，在这种状态中的意志的压力下解放出来的心灵表现成为象征。"②在这段话中回响着柏格森主观性理论的声音。柏格森区分了两种自我，一种是受普遍的社会生活规约限制的浅层自我；另一种则是深层的自我，它是由一系列不间断的感知、感觉和感情组成的"生命之流"。而诗歌中的节奏正可以使我们人格中抵抗的力量睡去，达到某种类似催眠的状态，忘记浅层的自我，从而将其个体性和独一性无法以词语表达的微妙模糊的自发意识和灵魂的复调状态外化为"象征"。因此，叶芝把诗歌视为一种由意象、节奏和声音构成的复杂的"音乐关系"，这些成分按一定方式结合，产生情感经验的象征，正是这些建筑在主题之上的象征赋予诗以最终的形式。

二、神秘主义信仰

叶芝在许多文章中直言不讳地表明他的神秘主义信仰，他参加过许多法术组织，对扶乩、神差、目睹幽灵等神秘活动有浓厚的兴趣。他的神秘主义信仰在他的诗论和诗歌创作中留下了十分深刻的印记，他关于象征的理论带有极浓厚的神秘主义色彩。

叶芝推崇想象在认识世界和诗歌创作中的重要作用，他认为，人的奇特想象来自一种神秘的力量，这种神秘力量存在于自然界

---

① 叶芝著，西蒙译：《幻象》，国际文化出版公司，1990年，第4页。
② 叶芝：《诗歌的象征主义》，黄晋凯主编：《象征主义·意象派》，中国人民大学出版社，1989年，第91页。

和人的内心世界。叶芝用"大记忆"这个概念来表述这种类似于荣格"集体无意识"的神秘力量，它是"一个为大家所公有而非属于哪个人的意象储存库"。象征可以唤起这种永恒的伟力，因此象征"不亚于一切最伟大的力量，无论它们是有意识地被魔法大师使用，还是半自觉地被其继承人，诗人、音乐家和艺术家所用"[①]。诗人就是因为灵魂触及了这个"大记忆"，才获得通向超验世界的象征，也使得其个人化的经验获得了普遍性的表达。在叶芝看来，艺术不是"人生的批评"，而是"隐然生命的启示"。这个"隐然的生命"和爱默生的超验主义或新柏拉图主义者的宇宙灵魂说有着密切的关联。在《魔法》(1901)一文中，叶芝首先陈述了三条他认为是"从古代传袭下来的、几乎是所有魔法实践之基础的教义。即：一是我们心灵的边界是游移不定的；许多心灵似乎可以互相交流，从而创造或揭示出一个唯一的心灵、一种唯一的能量。二是我们记忆的边界也是游移不定的，而且我们的记忆是一个大记忆——造化本身记忆的一部分。三是这个大心灵和大记忆可以被象征召唤出来"[②]。象征"产生作用是因为大记忆将它们与某些事件、情绪和人物联系起来。人类激情所聚集的任何东西，都在大记忆中变成一个象征；在掌握其秘密的人手中，它就是奇迹的创造者，天使或恶魔的召唤者。象征各种各样，因为天国或大地上的一切，无论巨细，都在大记忆中互相关联，而且人们从不知道哪些已被遗忘的事件会像毒菌和豚草一样将它植入那巨大激情之中"[③]。

　　叶芝希望自己是在复兴和诠释一种长期储存在"世界灵魂"中的体系。这个"世界灵魂"类似于基督教的"上帝"和道教的"道"，散则化为无数个体灵魂，聚则成为万法归一之源。新柏拉图主义者普罗提诺认为，世界的本原是"太一"，世界万物是从它那里流溢

---

①　W. B. Yeats：Magic, Essays, Macmillan, 1924, p.60.
②　W. B. Yeats：Magic, Essays, Macmillan, 1924, p.33.
③　W. B. Yeats：Magic, Essays, Macmillan, 1924, p.60.

出来的。首先流溢出来的是宇宙理性,相当于柏拉图的理念世界,然后从宇宙理性流出世界灵魂,从世界灵魂里流溢出个别灵魂,最后又流溢出物质世界。我们的灵魂既来自"太一",也自然渴望回到"太一"。但是要达到这个目的,灵魂必须经过净化,清除一切离本原最远的物质欲望,清修静观,断思绝虑,忘形出神,与"太一"融为一体,消除一切矛盾和区别。这种宇宙二元论对叶芝无疑产生了重要的影响,他说:"我们能够以肉体感官接触到的那一部分创造,'感染'着撒旦的力量,它的名字之一是'混沌';而我们能够以精神感官触及的另一部分创造——我们称之为'想象'——才真正是'上帝之体'和唯一的真实。"①而通向这个最高真实的唯一途径就是象征。

从神秘主义出发,他夸大了文学的作用,相信想象具有改变现实的力量。他赞同招魂术师的预言,相信两句普通的诗行可以使"生灵涂炭,众城覆灭";具有象征意义的艺术具有无穷的威力,是艺术创造和改变了世界,而不是世界创造了艺术;植根于人们心灵深处的原始情感具有主宰世界和人类沉浮的力量,这种情感也是诗人创作的原动力;诗人、艺术家能够通过苦思冥想和象征去唤醒它,并使其在人们的心灵中汇集繁衍,形成力量无比的情感洪流,成为塑造和改变人类与世界的力中之力。他说:"我认为,孤独的人在沉思的时刻会从九大等级的最低一级感受到创作的冲动,从而创造和消灭人类,乃至世界本身。"②这里的九大等级似乎指的是众天使,他们分为九个等级,只有最后两级对人类负有直接使命。当然,叶芝并不想把诗歌变成一种法术,他也不想成为真正的魔法家,他是想借神秘力量来增强想象的丰富性,"把事物与形象联系起来,以证明诗人的表达超过普通的幻景,超越感觉和文字,

---

① 转引自傅浩:《叶芝评传》,浙江文艺出版社,1999 年,第 51 页。
② 叶芝:《诗歌的象征主义》,黄晋凯主编:《象征主义·意象派》,中国人民大学出版社,1989 年,第 90 页。

达到了世界的内在超验本质；以使自己确信，诗人处理现实的方式实际上是对现实的一种形而上的描述"①。

他的融会众多神秘主义思想和唯心主义哲学的象征体系集中在《幻象》一书中，其中包含了他对历史、未来以及种种社会现象的阐释。在该书的"献词"中，叶芝表明了他对完整的象征体系的追求："我渴望一种思想系统，可以解放我的想象力，让它想创造什么就创造什么，并使它所创造出来或将创造出来的成为历史的一部分，灵魂的一部分。希腊人肯定有过这样的一种系统，但丁也有过……从他以后我想再没人有过这样的系统。"②他还说，对他来说，这个体系"是在世界的混乱面前进行自卫的最后行动"。

叶芝五十二岁才成婚，婚后，妻子为了排遣叶芝内心的郁闷，开始引导他尝试"自动写作法"——通过一套神秘的方法获得一些隐晦难解的意象，然后进行诗歌创作。叶芝早年就对神秘主义以及各种各样的秘术颇感兴趣，曾参加并组织过这类社团。他的妻子起初写下的启示，似乎难以理解，而当叶芝把它们连贯起来时，它们就逐渐变成条理清晰的有关生活和艺术的哲理。通过和妻子这段时间带有"降神会"色彩的创作实践，他逐渐形成了自己独特的一套贯通天人、复杂玄奥的神秘主义、象征主义体系。1925 年初版的《幻象》对其进行了系统阐释，这本奇书既是叶芝哲学思想的集中体现，也是其后期创作的"意象库"。如他用螺旋象征着周而复始在矛盾中作上升运动的历史，用月亮的各个相位比较不同类型的人的性格的表现。

在叶芝的诗中，旋锥体和盘旋而上的楼梯均象征历史发展和人类灵魂再生的过程。他认为历史与人类自身发展的过程一样，都能够从中显现出人类的心灵，它们的运动形式是一样的，犹如两个相互渗透的圆锥体的旋转，周而复始，循环往复。旋体（gyre）是

---

① 转引自傅浩：《叶芝评传》，浙江文艺出版社，1999 年，第 161 页。
② 叶芝著，西蒙译：《幻象》，国际文化出版公司，1990 年，第 4 页。

叶芝后期诗作中经常使用的一个意象，被他赋予了独特的含义。
这个意象与叶芝的居住环境有一定的关系。1917 年左右，他在离
庄园不远的地方买下了约 13、14 世纪诺曼人建造的巴里利古塔，
里面有螺旋形的楼梯。把它修复之后，他偕同妻子住了进去。黝
黑而浪漫的古塔，在叶芝诗意的想象中，与其说是一处栖身之所，
不如说是一个象征。残破的塔顶仿佛象征他的时代和自己的遭
际，塔的本身却体现着往昔的传统和精神。而更为主要的，旋梯的
象征意味是和诗人的历史观紧密相连的。他认为人类历史是从野
蛮到文明、又从文明到野蛮的循环性的而非线性的发展过程，历史
循环到一定的极限之后，充满剥离的时代会重新来临；而历史的发
展是依照螺旋形运转的，从螺旋的顶点向外围发展，发展到圈子最
大时也就是一个世代的终结，而新的世代又将从另一个螺旋形的
顶点开始，又从小向大发展。叶芝将循环周分为"基本的"
（primary）和"对立的"（antithetical）两种。基本的循环周是主观
性的，超越思想、压制人格，在外界的驱使之下趋向某种统一。对
立的循环周则是客观的，它们是人格的手段。叶芝认为每一个循
环周的期限是两千年。他将从希腊神话到希腊文化的衰落定名为
一个基本循环周，在这个循环周里个人的人格变得越来越不重要，
由此一直到耶稣的降生，才引发出一个对立循环周。到文艺复兴
时期，第二个循环周发展到极致，而叶芝写诗的时候也已经接近这
个世代的末端。这是历史螺旋形扩展到近乎圈子最大的时期，一
切都处于失去中心、离心解体的状态当中，而与此相映照的便是西
方文明的濒临末日，个人的生命在数次再现中一遍接一遍地重演。

在叶芝中期的代表作《基督重临》中，集中体现出这种历史循
环论的思想：

> 在向外扩张的旋体上旋转呀旋转，
> 猎鹰再也听不见主人的呼唤。

一切都四散了，再也保不住中心，

世界上到处弥漫着一片混乱，

血色迷糊的潮流奔腾汹涌，

到处把纯真的礼仪淹没其中；

优秀的人们信心尽失，

坏蛋们则充满了炽烈的狂热。

无疑神的启示就要显灵，

无疑基督就将重临。

基督重临！这几个字还未出口，

刺眼的是从大记忆来的巨兽：

荒漠中，人首狮身的形体，

如太阳般漠然而无情地相觑，

慢慢挪动腿，它的四周一圈圈，

沙漠上愤怒的鸟群阴影飞旋。

黑暗又下降了，如今我明白

二十个世纪的沉沉昏睡，

在转动的摇篮里做起了恼人的噩梦，

何种狂兽，终于等到了时辰，

懒洋洋地倒向圣地来投生？①

在诗中作者预言，从耶稣降生到现在，人类两千年的文明即将终止前行的轨迹，世界即将遭遇毁灭，要等两百年之后才会有另一种理想的贵族文明来代替行将到来的粗野强暴的反文明。而每一循环都是由一个处女和一只鸟儿的交媾开始的，这使得神的智慧和人的美得以结合。处女象征的是阴、繁殖力、人性、大地，鸟儿象征的

———————

① 叶芝等著，袁可嘉译：《驶向拜占庭》，中国工人出版社，1995 年，第 140 页。

是阳、创造力、野性、天空,两者结合造成人类历史的开端。纪元前的那一次循环是由丽达与天鹅产生的,创造了希腊文明。在希腊神话中,众神之王朱诺变形为天鹅,使丽达怀孕产出两卵,卵中诞生的是海伦和克莱斯特纳。海伦的私奔导致了特洛伊战争,而克莱斯特纳和奸夫一起谋杀了阿伽门农。而我们公元后的两千年则是由玛丽和白鸽(即圣灵受孕说)引出,产生了基督教文明。神话因素的结合,使叶芝的诗歌具有了一种穿透古今、超越现实的历史纵深感。

叶芝作为诗人的伟大之处在于他能够通过自己的表达和组织,将诗中象征的力量和意义传达给哪怕对其思想体系一无所知的读者。他系统的神秘主义的象征符号,使得他的诗歌中充满了具体意义晦涩难解的意象,如在上面所引的取材于圣经的《基督重临》一诗中的旋体、猎鹰、纯真的礼仪和最后一段出现的狮身人面的形象等。但由于这些意象鲜明生动,因而在诗中具有惊人的感染力。比如"旋体",即便我们不了解叶芝在《幻象》一书中所阐释的历史循环说,我们至少也可以想象那是猎鹰摆脱人的控制,向远空越飞越高的螺旋形运动。

三、克服身心分裂

韦勒克称"叶芝一向两面兼顾",能调和两个极端,或者至少使其相容。如特殊与一般、个人与集体、感性与理性、经验有形与超自然的无形、传统与个人天才、暗示的与实体固定性的,等等,辩证的思维渗透着他的艺术理论。因而使他与同时代的许多人大异其趣,如果说艾略特突出表现了现代人的身心分裂,叶芝追求的则是彻底的身心和谐。他说:"我觉得,万物都是两种意识状态冲突的产物,此生彼死、此死彼生的物或人。生与死本身也同样。"①

---

① 转引自傅浩:《叶芝评传》,浙江文艺出版社,1999 年,第 213 页。

　　叶芝主张诗人要调动所有的想象、联想、沉思去观照大自然和内心世界，去感知外部世界与精神世界之间的种种契合关系，用象征去把握和沟通现实世界和超验世界。他追求由多种因素构成的象征意象，它们彼此既对立冲突，又互相渗透，构成独特的象征体系。这些意象植根于现实，又经过了心灵的创化。叶芝虽有神秘主义信仰，但他没有把诗的世界和现实世界截然划分开来，没有把诗歌置于超尘出世的绝对领域，他指出，诗人"不是站在神圣的庙堂里，而是生活在包围庙堂大门的旋风之中"①。这使他没有像法国象征主义诗人那样追求几近虚无的"纯诗"境界。

　　从爱伦·坡、波德莱尔、马拉美到瓦雷里，都有把"诗的世界"与现实世界截然分开的愿望，他们努力使诗远离尘嚣，独立自足。爱伦·坡为了"天上的美"欲在诗中弃绝人间这"天上美的倒影"；波德莱尔竭力想把大自然这座"象征的森林"化入内心世界；马拉美和瓦雷里则想用纯诗来营造缥缈的艺术世界，使诗成为世界本身。叶芝认为，诗人创作时必须进入忘形境界，但在创作之前诗人必须深切感受人间的一切苦痛；他主张诗歌应创造超验的美，但不拒绝对客观事物作逼真清晰的描写，他的诗意境幽远而又有具体可感的视觉形象。他的诗歌在内容上具有美与丑、善与恶、理想与现实、灵与肉的强烈对峙。这样形成的"完美的象征"具有突破所描绘的东西、引导读者去追寻和体验超验的本体美的能动功能。

　　现代主义诗人在混乱中探寻秩序的两个主要方向：一个是到过去的传统中去探寻，另一个则是创造永恒的艺术。传统和艺术共同具有的凝定的永恒特性，是对充满了混乱、喧嚣的现在的一种平衡，它们是一种对照和一种尺度。在叶芝看来，查士丁尼大帝时代的拜占庭帝国可能是有史以来唯一将宗教生活、美学生活和实际生活融为一体的时代。拜占庭是东罗马帝国的首都和东正教的

---

① W. B. Yeats：Anima Hominis, Essays, Macmillan, 1924, p.495.

中心。在那里，精神和物质、文艺与政教、个人与社会得到了统一。在叶芝的诗中，拜占庭是永恒的象征，是摆脱人间一切生死哀乐的乐园。年轻人无法达到这个境界，因为他们过于沉湎于感官的享受；而仅仅年老也达不到这种境界，因为老年人精神上、肉体上都衰颓了。只有当灵魂摆脱了肉体的舒适，而寄托在富有生命力的艺术品时才能抵达拜占庭。在《驶向拜占庭》的最后一节里，诗人写道，如果能"超脱了自然，我再也不要从任何自然物取得形体"，而是在"金枝上歌唱过去、现在和未来"。金枝这个意象表明，他的灵魂愿寄托于金银制成的不朽的拜占庭艺术品之上以获得永生，它所歌唱的过去、现在、未来三者加起来就是时间的永恒。值得注意的是，在诗中拜占庭仅仅是一个十分模糊的地名，诗人并没有选取伊斯坦布尔或是其他名字，而使用了这个古称，旨在让它作为一种与现代变幻多端的世界相对立的恒定纯粹的艺术世界而存在，它更多地代表着一种心智或生命的状态。他熟知发生在世界上的一切再生过程：生活在艺术中再生，艺术家的心智和精神在新的感性媒介，即一种新的富于活力的语言形式中再生。艺术品由此超脱了时刻变化兴衰的物质世界而万古长存，永不衰败。

在《自性与灵魂的对话》一诗中，诗人描述了超越生与死、灵与肉的二元对立之后，达到自我"存在的统一"（unity of being）时的狂喜："……一种如此美妙的感觉便流入我胸中，我们必须大笑，我们必须歌唱，我们受到一切事情的祝福，我们看到的一切事物都得到祝福。"[①]在这首诗的绝大部分诗句里，诗人都采用第一人称单数"我"，来指"自性"或"灵魂"；直到诗快结尾时，经过自性和灵魂的一番争论后，"我"才变为复数的"我们"。自性和灵魂终于合而为一，取得了和谐。

叶芝晚期剧作中的主人公，往往要么处于必须在互相对立的

---

① 傅浩译：《叶芝抒情诗全集》，中国工人出版社，1994年，第420页。

本性和欲望之间抉择，以确认自我的关键时刻；要么已完善其人格，处于生命的尽头，等待转生到对立的存在状态。人物总有可能选择错误的对立面（面具）或创造力，从而不能完善其人格。有时即使选择了正确的面具，但其发展趋势是背离主观状态的，他也可能达不到存在的统一。可见，激烈斗争后的矛盾统一状态，无论在现实人生中，还是在艺术中，都是很难达到的境界，或者说大多是一种在路上的向度而已。对于毕生在"艺术的完美"和"生活的完美"之间痛苦徘徊的叶芝来说，诗歌《在学童中间》里所表现的"舞蹈与跳舞人"不可区分的创造者与体验者合一、灵魂与肉体和谐发展的理想境界便是人生终极的企望了。现代性的一个重要后果便是造成了人的身心分裂，以及生命与精神的二元性。对此，舍勒曾提出人作为"爱的生存"来消除这种二元对立，因为两者虽然本质有异却相互依赖：精神靠观念来贯串生命，使生命获得意义；而生命则使精神活跃，得以实现其观念。人的生成乃集中体现出这种生命的精神化和精神的生命化。人绝非上帝和精神两者非此即彼的固定之"物"，人有肉身却不受限于其生物性原则，人具精神但不保持其先验、纯粹之形式。人之定位就表现在其非纯粹自然生命和非纯粹精神实在的生存之状。人是在这两者之间的存在，即在其过渡状态中以方生方成来为自己定位，反映出一种走向和动姿，并以这种动向促使生命与精神相互生成，消除它们之间的二元对立。舍勒将人类丧失自身特有的最高统一的保证归之于和上帝的共同联系的纽带之断裂。而被现代性浸漫的欧洲因为失去了与上帝的和睦关系，"就像一位脚挂在马镫上的落马骑手，被他自己的经济、商品，他的机器、他的方法和技术的自身逻辑以及他现在正在进行的工业战争，即他的屠杀机器的自身逻辑拖着向前疾驰"①。

---

① 舍勒著，林克等译：《爱的秩序》，生活·读书·新知三联书店，1995年，第92页。

波德莱尔契合论中最为重要的一个层面是感性及精神世界与超验世界的契合，它是象征主义诗学"超验本体论"的关键所在。在《再论埃德加·爱伦·坡》一文中，波德莱尔说："对于美的令人赞叹的、永生不死的本能使我们把人间及人间诸事看作是上天的一览，看作是上天的应和。人生所揭示出来的对于彼岸的一切永不满足的渴望最生动地证明了我们的不朽。正是由于诗，同时也通过诗，由于音乐，同时也通过音乐，灵魂窥见了坟墓后面的光辉；一首美妙的诗使人热泪盈眶，这眼泪并非极度快乐的证据，而是表明了一种发怒的忧郁，一种精神的请求，一种在不完美之中流徙的天性，它想立即在地上获得被揭示出来的天堂。"①诗人就像"思念着天堂的谪凡天使"，为黄金时代和失去的乐园发出深沉的叹息。诗人能从尘世不完美的一切中窥见天堂之光，并用这些不完美的材料在大地上将其重构。圣经罗马书 1：20 中说："自从造天地以来，神的永能和神性是明明可知的，虽是眼不能见，但借着所造之物就可以晓得，叫人无可推诿。"波德莱尔在论雨果的文章中说，"万物都是象形文字"，而诗人就是一个"翻译者，一个解码人"，他在宇宙中发现了一个"必须消化和转化的巨大的意象与符号仓库"。他是另一个更为真实的彼岸超验世界的"洞察者"，是穿过"象征的森林"，"翻译"和"辨认"那些模糊话语与漫长回声的"解密者"。因此，象征主义的整体努力也与上文所言及的舍勒所持立场相近，是使人超越自然生命的限定而在世界的彼岸确定自己的中心，趋向神性精神，在作为最高存在的上帝那里找到人的终端。

这一点决定了诗人作为神圣祭司的角色。虽然在现代社会，这种神圣性也许仅仅存在于修辞之中，但是叶芝真诚地相信，凭借艺术创造，必死的凡人有可能接近不死的神祇的境界，在对肉身存在的局限性进行转化的过程中得到荣耀和自由。正如他在其名诗

---

① 波德莱尔著，郭宏安译：《1846 年的沙龙》，广西师范大学出版社，2002 年，第 182 页。

《驶向拜占庭》中所曾说到的：

> 一旦超脱了自然，我再也不想
> 从任何自然物体取得我的体型；
> 除非像希腊的金匠铸造的那样，
> 用镀金或锻金所铸造的身影，
> 使那个要睡的皇帝神情清爽，
> 或者就镶在那金枝上歌吟，
> 唱着过去、现在、未来的事情
> 给拜占庭的王公和贵妇人听。

这里鲜明体现出诗人渴望摆脱本己存在，向永恒的灵性存在皈依的心愿。由此可以得出这样的结论，叶芝的神秘主义是对他早年错过的基督教信仰的一种补足，是想通过两者的混杂，寻找到一种虽非基督教传统，却能与这一传统相融的神话模式，亦即用另一种方式来解释对现实的充满想象的整体理解。也就是说，叶芝用本民族的神话构成了与基督教思想十分相似的体系。

第五节 奥登：探索二元性

1907 年出生于英格兰约克郡的奥登，是继艾略特之后最重要的英语诗人，他对现实生活的关注极大丰富和发展了现代主义诗歌。他曾访问过德国、冰岛和中国，也曾在西班牙服役。在英国时的青年时代，他是弗洛伊德精神分析学说和马克思主义的热情拥护者，他将两者结合起来，从中吸收了不少营养。1939 年他移民到美国后，诗风也由早期的艰涩隐晦转向明朗开阔，皈依了基督教，其思想历程接近于克尔凯郭尔所论述的审美、伦理、宗教的人生三阶段。

在涉及艺术与真实的主题时，奥登起初认为，艺术既是心理上的补偿，又是影响他人意见的手段。后来，他认识到，艺术在最好的情况下是对上帝这个超级艺术家的模仿，单是艺术就能够完全协调生活的矛盾。在次一等的情况下，艺术是一种语言游戏，是个体人格整合的途径。这种对诗歌的人格整合作用的寄托，颇为类似于艾略特从玄学诗人那得到的启示，那就是，诗歌能在复杂纷纭的世界中创造出情感的统一、动作的统一以及声音与意义的统一；而在破碎有限的现实经验中，是不可能实现这些统一的。

因此，奥登诗歌中最引人注目的主题就是探求人的双重性、性之善、动物（或自然）与人的区别、个性的整合、相信理性之外某物的需要、艺术与真实的关系。这些主题是彼此结合、互相关联的。比如，探索很可能是对个人整合（人格统一性）的探索。在英国阶段，诗人探索的主要是一个新社会，尽管这种探索不能看作独立于对一个新自我的探索，而往往是通过探索自我来探索社会，或者是通过探索社会来认识自我。奥登从来也没有彻底接受人完全是环境产物的这种马克思主义观点。他认为死亡欲望和个人再生的需要会将人引向应许之地，然而，他的主要观点仍在于新社会将从旧社会的废墟中建立起来。后来，这种探索变成了对一种新生活（生命）的探索，其完整形式表现为克尔凯郭尔式的从审美经由伦理而走向宗教阶段的人生旅程。

美国神学家尼布尔认为，人作为受造物具有二元性——肉体和精神。人是"肉体"是指人是自然之子，要服从自然的规律，受自然必然性的支配，受自然的冲动所迫使，限于自然所允许的年限之内；人是"精神"指的是人具有自由，能使自己成为自己的对象，超出其本性、生活、自我、理性以及世界。① 因此，人处于自然与精神

① R.尼布尔著，成穷、王作虹译：《人的本性与命运》，贵州人民出版社，2006 年，第 4 页。

的交汇处，在自由和必然之间辗转挣扎。作为具有理性的人，必须认识到人的这种有限性。奥登受到尼布尔思想的影响，他起初将人的双重性定位于超我与本我之间的差异，道德意识与黑暗神秘力量之间的差异；后来，则是更多地着眼于传统的身心差异之上，或者是人希望成为的样子和实际之所是之间的区别。人的超越动物的技能使人悲剧性地意识到自己与自然的脱离，但依然如恩格斯《反杜林论》中所言的那样，"我们凭借需要生活在自由之中。(We live in freedom by necessity.)"奥登在《在战时》系列十四行诗的结尾，便挪用了恩格斯的这句话——"我们为需要所迫，生活在自由中"。

　　卡西尔将人定义为"创造象征的生物"，人与动物的区别在于人再也不是首先直接地在大自然里生活，而主要是在由他自己创造的、由符号和象征组成的世界里生活，也就是说，在一个语言构成其重要因素的文化宇宙里生活。人与作为家园的自然的分离，在圣经中以人类始祖被逐出伊甸园为象征，伊甸园可以看作一种人与自然还没有分裂的那种浑朴合一的状态。《创世记》第二章中有关智慧树与生命树的比喻，就表达了这样的思想。人类始祖品尝了智慧树上的果子，结果却是人类的堕落。这种理智知识是人类意识上的一个飞跃，但是它同时在人类生活上产生了一个裂缝或分裂，在事物的自然秩序上产生了一个缺口。动物并不会做出罪恶的行为，因为它压根不知道善行与罪恶的分别。而人是唯一一种知道自己是动物的动物。海德格尔在《存在与时间》中对存在与存在物（being and existence）作了区分。关于人的重要之处不在于其存在，而在于其知道自己存在，有力量感知存在的意义。人的存在包括脱离存在物，进入存在真理的力量和觉醒。若人不能超越其存在限度，也就等于被宣判了死亡与虚无。自我意识的发展当然是不愉快的意识的发展，因为所有分裂的意识都是不愉快的意识。但是，退出与环境的一体状态也是有意义的，那就是它打开了人类自我发展的空间，直到在更高层次上重新获得与环境的和谐统一，亦即重返"伊甸园"。人本是自然之子，生活之善与自然之善之间存在着内在关联，自然之善是生活之善的源始和基点，但是现代工业社会使这两者分离开来。工具理性将自然当作冷漠的、无价值的、机械的力量，认为自然本身无所谓"善恶"。"在这样一个世界里，人类伦理就没有了基础，伦理价值只是个人的看法或感觉。现代工业社会里的战争、不以人的意志为转移的官僚主义、无意义的工作及文化坠落都源自这种分离行为。"①机械论世界观的症结在于将描述性的方法误认为创造性的原因。实际上，按照怀特海的过程哲学的说法，将有机界和无机界进行精确区分是不可能的，虽然这样的分类对于科学研究也许有着实际用处，但对于自然界而言却是危险的。在自然界的连续统一体之中没有明显的分离线，在生命有机体和无机实体之间也没有明显的分界线；无论存在着怎样的不同，都只是一个程度方面的问题。例如"病毒"，就既拥有生命又有非生命特性；再如"细胞器"（cellular organelles），能再生繁殖，但是离开了它们的环境——细胞，它们就不能生存了。②

在奥登的诗歌中，动物起初遭到人的妒忌，因为和人不同，它们生活在自己完全与之协调的自然环境中，并且缺乏预知，因此没有对死亡的恐惧，对逼近的命运也一无所感。比如在《我们的偏见》中，无视时间流逝的"狮子的纵跃"和"玫瑰的自信"。在《步后辈的后尘》中，也表现出人不如动物的判断。我们游猎的父辈毫不担心他们的动物性，因为他们知道自己是"创造"的顶峰，是上帝创世的最后行动，是按照上帝的神圣形象所造，仅略低于天使。他们视自己为伟大的存在链条中的核心和重要的一环，其力量和欲望是"自由的"。被亚里士多德定义为理性动物的人类，认为动物王

① 戴斯·贾丁斯著，林官明、杨爱民译：《环境伦理学》，北京大学出版社，2002 年，第 152—153 页。
② 安乐哲等主编：《佛教与生态》，江苏教育出版社，2008 年，第 88 页。

国嫉妒人的理性天赋，这天赋乃"移动太阳及群星的爱"所赐予。很久以来，人就是这样思考自己与其他造物的关系的，这种思维方式引出了问题：为什么如此受宠的一种生灵结果只不过是"灰尘的化身"？人类怜悯野兽缺乏理智，没有"进步"的能力，但恰恰是讲理性的人，却由于道德的自信而导向复杂的罪恶行为，为了正确的目的而做出错误的行为，自愿仿效起仿佛与理性不能并容的野兽的阴险来。人不仅命运不幸，而且因其动物性和罪恶的骚扰而心怀沮丧。我们可以用弗洛伊德原罪情结的机械决定论来解释，但更为古老而持久的原因，正是这"美好传统"的结果。到了后来，在奥登诗中，动物在遭到人的妒忌的同时，也遭到些微的蔑视，这同样是由于它们没有预知，因而也没有内疚或道德感。它们是天真的，但不是有德性的。动物和植物是像我们人类通常想象的那样缺乏智慧吗？事实恐怕并非如此。混沌理论的协同进化原理告诉我们，其他物种是与我们人类一同进化的。迈克尔·波伦曾经提出过一个有趣的例子："如今在美洲有五千万条狗，而狼只有一万只。所以，狗对于自己生活在这个世界上——它那野性的祖先不在其中生活——会作何感想？很重要的一点，狗是知道的：从我们这一方面所说的它们得到了进化的这一万年的时间里，它们掌握的对象是我们——我们的需要和欲望、我们的情感和价值观念，所有这些它都将其融入它的基因，成为它们聪明的生存策略的一个部分了。如果你能够像读一本书一样阅读狗的基因组，那么对于我们到底是谁，是什么使得我们那样去做，你就会了解很多。对于植物，我们一般不像对动物那样关心。但是，苹果、郁金香、大麻和马铃薯的遗传之书的道理是一样的。在它们的书页上，我们可以读到自身的许许多多，它们用自己发展出来的一系列聪明的做法，把人类变成了蜜蜂。"[1]但是，作为意识程度最为发达的物

---

[1] 迈克尔·波伦著，王毅译：《植物的欲望——植物眼中的世界》，上海人民出版社，2005年，第4—5页。

种，我们超越二元性的努力，并不是摆脱理性，回到蒙昧不明的原始状态。"我们不能摆脱自我意识的压力。治疗我们不安的方法并不是回到无意识的发源地，而是要升入创造性的意识中去。我们的目标是圣贤的开明，而不是新生孩童的稚嫩。"①圣人的智慧与儿童的单纯之间有共通的东西——恬静的信赖与纯洁的愉悦。孩童时代的幸福状态几乎就是人类心灵业已失去的天堂。

对于奥登来说，人有理性还不够，还不足以自立于天地，人需要信仰理性之外的什么东西。这种需要一开始是弗洛伊德式的需要，那就是不去压抑不受欢迎的知识或感觉进入无意识，因为它们能造成不可预期的灾难。而后这种需要往往变成了克尔凯郭尔式的需要——信任荒谬，以便最终从黑暗中跃向信仰。例如，奥登起初把性当作一种好的东西，对心理、生理健康有益，而且会导向新社会所需要的普遍的社会之爱。后来，性爱的可接受是由于它会导向上帝之爱。爱情主题的这种发展可以从他对《1939 年 9 月 1 日》一诗的修订过程中见出，起初的句子是"我们必须相爱，否则死亡"，后来被他改成了"我们必须相爱，并且死亡"，而在战后编辑全集时又干脆将整首诗删掉了。现代人的灵肉分离的大背景是现代性二元分立。而人性完整的生活，必须灵与肉和谐地生活，灵与肉自然地平衡，相互自然地尊重。英国作家劳伦斯曾惊世骇俗地宣称，性爱能让英国复活。诗人帕斯也认为，"爱"的享受比在吃人的社会里苟且偷生更有价值，只有通过对"爱"的追求，人才能发现已经失去的团结和一致，才能重新获得自由，这是人类生存的最原始的条件。他的著名长诗《太阳石》中就蕴含着这样的思想。文明化的人类已经把说与做、思与行分割开来，生活成为分裂的生活，思而不行、行而不思，思与行互相排斥，而非和谐相处。这种分裂反映在性爱之中，使肉体成了头脑的工具和奴隶。因此，劳伦斯特别

① 斯笛尔著，田毅松等译：《20 世纪七大思想家自述》，上海人民出版社，2004 年，第 168 页。

强调要警惕那种抽象、抽离的"精神性的爱"，要追求理智与肉体感知的同步与和谐。他认为，性是宇宙中阴阳两性间的平衡物——吸引、排斥、中和，新的吸引、新的排斥，永不相同，总有新意。人类的性是随着一年的节奏在两性体内不断变幻的，它是太阳与大地之间关系变换的节奏，亦即性的勃发、高涨、渐衰、平缓这样的循环节奏，是内在于宇宙自然的节律的。如果将爱仅仅变成一种个人的感情，失去与季节神秘转化的岁月节奏的联系，与太阳和大地的和谐，会是一种莫大的灾难。他说："我们的问题就出在这上头。我们的根在流血，因为我们斩断了与大地、太阳和星星的联系；爱变成了一种嘲讽，因为这可怜的花儿让我们从生命之树上摘了下来，插进了桌上文明的花瓶中，我们还盼望它继续盛开呢……离开了太阳的轮回，地球的震动，星球的陨落和恒星的光彩，婚姻就没有意义了。"[①]而回到与整个宇宙和世界的生动、有益的关联的途径就是每日的仪式和复苏，重新与肉体、性、情绪、激情与大地、太阳和星星融为一体。因此，人的个性整合来自自我认知，并将从其本身和对创建新的世俗社会的贡献中获得价值。这种观点逐渐与世界的"荒谬"联系起来，和身体与精神的冲突不可分割，因此逐渐形成了本我对真实性的需要，以便成为完整的人，成为合格的基督徒。如在《短歌》中诗人就这样写道："在一生中，他将发现/肿胀的膝盖或疼痛的牙齿/威胁到他对真理的探求。"

在涉及本我与超我的张力关系时，在奥登的诗歌创作中表现为，当"诗人"变得浮夸时，一个非罗曼蒂克的"反诗人"就会出现，杀杀他的嚣张气焰。也就是说，奥登诗歌不是单向度的线性诗歌，而是内里有着复杂的多声部对话和盘诘的复调诗歌，当诗歌中的一个声音角色音调过高时，总有一个反讽的声音角色将其拉低，使诗歌的主题意义始终保持在暧昧的张力之中。

---

① D. H. 劳伦斯著，黑马译：《劳伦斯文艺随笔》，漓江出版社，2004 年，第 327 页。

神话，在奥登那里首先是一种特殊的想象方式，是理性的选择，这使得作者和读者能从感官和情感两方面对内在与外在生活事实做出反应。象征隐喻的普遍运用使抽象具体化、具体概括化。神话因素的加入将抽象与概括变得富有戏剧性和特殊性，而喜剧式的夸张，则会使其意义更为生动。神话方式使他倾向于使用具体但并不特殊的例子来体现一般概念，也就是说，这些例子是在时间与空间之中，但并不是在某个特定时刻和地点。如《一个暴君的墓志铭》：

> 他所追求的是某种完美，
> 他创造的诗歌易于理解；
> 他了解人的愚蠢，有如他的手背，
> 并且对陆军和海军兴趣极浓；
> 他笑时，体面的议员们也迸发出笑声，
> 他哭时，小孩子在街道上死去。

此诗作于 1939 年，奥登和他的读者无疑心里是想着希特勒和墨索里尼这样的独裁者，但"墓志铭"指称一个死亡的暴君，"议员们"虽与现代的意大利吻合，但更有可能是暗示着古代罗马，"诗歌"尤其让我们想起尼禄。这种神话方式可以包括奥登所有具有原型意象的诗歌。和艾略特一样，古今并置的神话方法的运用使奥登诗歌获得了历史的深度透视效果，但与真诚相信将历史时间置于和永恒生命的关联中能够使时间获得拯救与宽恕的艾略特不同，奥登对历史循环多是抱着悲哀的观点。在其名诗《阿喀琉斯之盾》中就有所流露：

> 她俯视着他的肩头
> 寻找葡萄和橄榄树，

大理石水井统治的城市

和野性大海上的舰队

但是在闪光的金属上

他的双手却已放置了

一片人工的荒原

和一片铅似的天空。

　　这首标题诗将战后场景用某种间接而戏剧化的原型语境表达出来，充满了恐怖和宗教意味。忒提斯女神在她儿子的盾牌上寻找古典的美德。她寻找秩序和善良的统治，结果找到的仅仅是其消极形象，一种无情的极权主义；她寻找宗教，找到的只是对十字架上的牺牲构成戏仿的军事屠杀；她寻找艺术，得到的只是一种无目的的暴力。奥登一生都对古老神话和现代机器怀有浓厚的兴趣，他把机器改造成了现代神话。

　　时间，在奥登的英国阶段，因其易耗性而被视为否定性因素，正是时间过去造就了基督教和资本主义沉闷而致命的体系，造就了妨碍变革的传统。在美国阶段，时间被纳入了奥登的基督教信仰体系之中，成为从尘世获得拯救的一个切入点，通常更多地被认为是对永恒的一种必要补充。

　　奥登诗歌的主题往往是和他处理主题的方式分不开的，将他极其独特的对神话、自然（主体之外的一切）、想象的运用与主体完全分开对待是没有益处的。同类意象可以用来体现不同的主题，同一主题可以在不同种类的意象中体现。风景可以政治化、道德化，自然可以神话化，历史和神话可以交织。某种诗体可能与主题或对象没有特殊关联，仅仅是作为一种乐趣而存在，而有时诗体形式却和内容有着有机的关联，是内容的一部分，是内容的延伸。诗体形式的稳定性可以用来表现或是对抗自然和现实的不确定性，在严格的形式和混乱的内容之间创造动人的张力领域，结构化的努力是为了保持与真实的和谐。

奥登善于巧妙利用意象的组织来实现其诗歌的主旨，其中最为突出的是舞台布景或灯光型意象（stage-setting or lighting）。奥登吸收了表现主义（expressionism）电影将布景灯光也作为意义的一部分的思想，创造性地动用画面线条的冲突和光影的投射实现了诗歌中的视觉造型。表现主义不把自然视为艺术的首要目的，而是以线条、形体和色彩来表现情绪与感觉作为艺术的唯一目的。在发源于 20 世纪 20 年代德国的表现主义电影中，演员、物体与布景设计都被用来传达情绪与心理状态，不重视原来的物象意义，既反对印象主义中残存的中心透视的传统空间法则，也反对再现现实，主张以浓重的色彩、强烈的明暗对比创造出一种极端的纯精神世界。

这种对灯光意象的运用，我们可以在奥登 1938 年所作的《首都》一诗中观察到其是如何与意义结合在一起的：

> 在各种娱乐场所，富人们总是在等待，
> 奢侈地等待奇迹的发生，
> 哦，灯光暗淡的小饭店，情侣们在那里彼此吞噬，
> 流亡者在咖啡馆里建造了一座恶毒的村庄；

> 你用你的魅力和你的设备废除了
> 冬天的严厉和春天的强制；
> 暴怒苛刻的父亲远离了你的灯光，
> 纯粹顺从的沉闷在此显而易见。

> 用管弦乐队和闪光，哦，你背叛了我们
> 让我们相信自己无限的力量；而无辜的
> 粗心的犯人在一个瞬间倒下

心的无形愤怒的牺牲品。

在未照亮的街道你藏起了可怕的东西；
工厂里生命被制造出来，为了暂时之用
像衣领或椅子，孤独者在房间里
像卵石被慢慢地砸成偶然的形状。

但是你照亮了天空，可以看见你的闪光
在遥远黑暗的田野中，巨大，冰冻，
那里，像一个邪恶的叔叔暗示着禁忌，
你夜复一夜召唤着农夫的孩子们。

在此诗中，灯光或者是暗含的，或者是明确写出来的。在"各种娱乐场所"中，灯光当然是明亮的，到处都被照亮着的，这与城市的贫困地区，与那些"未照亮的街道"形成了尖锐对照。与之类似，城市作为整体，它的"灯光"，与屈服于季节的光与暗的自然界形成了对照；而城市温暖的"闪光"，照亮了天空，构成了对"黑暗田野"的诱惑。这种明暗对照法是含义深刻的，在说教超过了抒情，使诗容易变得沉闷的时候，它可以充当一个额外的意象。此诗之所以没有变得沉闷的另一个原因，是它的意念被转变成一系列虚光照，词语的摄像机从一个照亮的场景切换到另一个，让每一个都自我解释，且凭借对比互相评价。最后一个诗节完全是长镜头切入，从远距离上我们看见首都在夜空中漫射的闪光——诱惑成为可见的。对于那些被命运抛到巨大冰冻田野的外部黑暗中的人，那可以是一座港口、一个天堂。"严厉""强制"和"沉闷"使得与农场相关的生活远非罗曼蒂克的惬意。你可以看见为什么农夫的孩子会被首都吸引，或者用心理学的术语来说，为什么无辜者会被引诱到错误的追求上去，这样的追求将通向地狱，它也在闪光，甚至超过了天堂。

因此，首都成了诱惑的心理学隐喻。

纵观奥登的诗歌创作，对二元性造成的诸多关联领域的破裂所带来的人与自然的双重异化的危险，以及重新弥合两者的努力，可谓是诗人创作探索的主要动力。这种弥合实际上是不具有实践性的，它至多是在各个关联域之间的某种动态平衡，而要求平衡的诗艺追求本身又带来了诗人的限界意识，在将两者统一的同时却保有清醒的分离意识，不至于将两者混合。意义作为诗的素材，只能是构成因素之一，它绝无凌驾于艺术的形式冲动、心理释放与美学立场之上的特权，它也仅仅在与其他因素紧密融合的前提下，才能获得其真实的表达与可理解性。奥登诗歌中就体现出这种对"限界的意象"的关注。他常以飞行员的角度俯瞰事物，使其在超越的视野上显示出清晰的轮廓。他也常常用"狭长花坛"（构成花园通道的 border）象征事物的界限，因此可以称其为"边界体验"诗人。奥登推崇规范和形式，因为如果没有了界限，我们就永远不知道自己是谁，需要什么。正是这些界限使我们知道自己与谁相关，与谁交流秘诀，与谁相爱，与谁抗争。一旦丧失了自我的身份与视角，我们就无法观照他者与世界，没有自身的独特性，就无法达到同一性。如果说自我只有在与他者的关联中才能补足其自身，他者作为自我的镜子和完整的可能性才具有意义，那么，整体上的"他性"也正是以这种意义对"我"构成意义，有明确分野的两者不是对立而是互相补足，成为整体。对此，伯尼斯·马丁说道："只有通过创设具体的形式和结构，具有无限可能性的混沌状态才能变成有意义的世界。如果没有显示守界神神圣性的标志和界线，人类的同一性和相互交流都是不可能的。"① 边界是结束的地方，也是对话开始之处，边缘正是变化的机遇之所在。

席勒坚持认为，只有通过审美愉悦，人才能从"经济的人"走向

---

① 伯尼斯·马丁著，李中泽译：《当代社会与文化艺术》，四川人民出版社，2000年，第11页。

人性的全面解放，而人的自由是万物自由的必要前提，因为人类只有在情感上已经不再卷入"行动的果实"，才能有效地行动，那时，人类已经将自身与遍布万物的神圣中心融合在一起了，是宇宙卵的一部分。奥登曾在悼念叶芝的名诗中这样说道："爱尔兰刺伤你发为诗歌，/但爱尔兰的疯狂和气候依旧，/因为诗无济于事：它永生于/它的词句的谷中，而官吏绝不到/那里去干预。"他在早年认为，外在社会环境的改变，会导致自我内在的改善。然而，随着他对克尔凯郭尔的神学存在主义而不是萨特的无神论存在主义的接受，他开始认为，人类状况的改善必须从自我开始，而不是社会。诗歌不会使任何事情发生。艺术是历史的产物，而不是历史的原因。和其他历史产物（比如技术发明）不同，艺术不会作为一种有效的媒介重新进入历史，因此艺术是否应该宣传行动这样的问题是伪问题。奥登在该诗结尾指出，艺术的价值就在于它"教给自由的人们在岁月的监狱里如何赞美"。和史蒂文斯类似，奥登最终相信只有艺术想象力才能给混乱的世界赋予秩序。要在自我与他者、美学愉悦与道德关注之间达到某种"危险的平衡"——写诗是个多么艰难困苦的活计啊！这更近乎在深渊上的独木桥向朦胧的对岸踊身一跃，阳光只照亮独木桥一侧的深渊！

纵观中西现代主义文艺，我们可以发现一个共同的诉求，那就是企图用文艺重新弥合已经分裂的人性，将感性与理性、自我与他者、内与外、经验与超验等二元对立的关联域整合起来。这种理想其实也就是席勒所谓的经由审美达至人性完整的理想。在希腊时代，人与外在自然还处在统一体之中，所以能如鱼与水一样"相忘于江湖"；人的内在自然（感性与理性功能）也还没有分裂，人在自己身上就能认识到自然。而今人与自然已由分裂而对立，成为主体与对象的关系，自然对于人已不是与人结成一体的直接现实，而是已成为一种"观念"。由于近代社会职业分工的日益专门化，人与人的自我也分裂了。在这样的情况下，"自然之所以引起我们的喜爱，一方面是由于它表现我们失去的童年，失去的那种纯洁天真的自然状态，那种'完整性'和'无限的潜能'……；另一方面也是由于它表现我们的理想，即通过'文化教养'（审美教育），又回到自然，恢复已经遭到近代文化割裂和摧残的人性的完整和自由"①。理性与美绝不是截然分开的和对立的。现在我们将理性与科学联系在一起，认为理性仅仅是一种逻辑、分析、冷静客观和超然的能力，但是，在过去，理性之神阿波罗同时也是音乐与诗歌之神。甚至上溯到中世纪，理性还依然意味着能够看出事物内部的精神联系、主观与客观之间的律动和精妙的平衡。正如阿波罗与狄奥尼索斯是始终相伴的。因此，超越二元性就需要一种新的理性，它不仅包括分析和逻辑推理能力，也包括对自然界的移情和审美反应。②

二元性是现代性得以确立的重要基石，几乎所有的现代主义者都试图以艺术弥合种种的二元性对立。华莱士·史蒂文斯亦曾说过，诗歌是生活的一项律令。"我们相信它是想象与真实之间一份必不可少的婚约。这份婚约如果成功的话，其结果将是完满的。我们还认为，诗歌是意志用来感知无尽的和谐的工具，无论是想象的和谐还是真实的和谐，它使生活不同于没有这种洞见的生活。"③可见，弥合二元分立的诸领域，是众多大师共同的着力之处，其中，诗歌作为感性的强化形式，应担当起相当重要的作用。人类不仅和其他生物一样，要冒生存之险，受制于自然规律，还要冒存在之险。这种冒险源于人的意志性生存对外物的摆置。人的危险在于语言，语言会扰乱存在。因此，真正的诗人总不肯让发自

① 朱光潜：《西方美学史·下卷》，人民文学出版社，1983年，第460页。
② 约翰·布里格斯等著，陈忠、金纬译：《混沌七鉴》，上海科技教育出版社，2008年，第116页。
③ Wallace Stevens：*Collect Poetry and Prose*，New York：The Library of America，p.833.

渺小自我的喧嚣扰乱存在的秩序，掩盖存在之天籁，而是以澄怀静虚的态度倾听存在之声，并以对物的非功利性的赞美在大地上传扬这天命的召唤。尽管诗人的声音因其谦卑奥妙而闻者甚寡，但他们总不会放弃赞美的天赋使命，为荒野中透出一丝红色灯光的农舍，为一只沾满大地新鲜泥土的农鞋，为矗立于悬崖而使山峦与天空同时敞开的教堂，为一切因存在本身而庄严的事物留恋驻足，用歌唱将它们挽留。因为，歌即存在！他们的任务便是替没有语言的万物发出声音，为那些痛苦而无法言说的爱情，为那些默默的、没有回报的、暗中的牺牲，为那些打断了严霜寒冷构思的褴褛的早行者，为那些因劳累而骨节突出的、颤抖着点燃炉火的手……作为存在的喉咙和耳垂，诗人以苍苍白发和被酒神的女祭司们撕碎身躯的方式得到了祝福，以生前被蔑视、死后遭遗忘的方式得到了祝福，以本应该幸福却两手空空的方式得到了祝福，以自身睡梦一样消失而使诗篇长在的方式得到了祝福……因为诗人经历了神圣的恐惧，因为诗人作为所有的他者而仅仅不是其本身而遍历了地狱、炼狱而窥见了永恒之美，因为诗人曾从梦境中为我们采回了一枝鲜红的玫瑰。

第六章　后现代主义：单纯解构的限度

第一节　去绝对中心主义

　　20 世纪 60 年代,后现代思潮曾在西方风靡一时,在宣告恶魔现代性的寿终正寝之后,开启了革命修辞的狂欢。虽然在 80 年代,它曾一度显示出萧条衰落的迹象,但是 90 年代中期以来,却以更猛烈的态势席卷而来。诸多思想家相信,当代西方的文化氛围已经发生了一次根本性的转型,其诸般变化已经成为一个必须加以考虑的现实。因此,利奥塔将当代文化处境定义为“后现代状况”,也正是他,与海德格尔、德里达、丹尼尔·贝尔、杰姆逊、哈贝马斯、福柯等思想家一同构成了后现代理论的学术风景。

　　利奥塔与法兰克福学派哲学学者哈贝马斯旷日持久的论战,吸引了不少人的注意。也正是利奥塔的《后现代性与公正游戏》一书,让我们认识到,国内学界对后现代性一直存在着严重的误读与误解,一直把后现代看作一个历史分期概念,认为历史发展经过前现代、现代才到达后现代,将后现代仅仅理解为“现代之后”这样的历时性概念,而完全不顾及后现代其实是现代性早期所具有的反思、批判精神的回复这样共时性的意涵。这种共时性所引出的是有关文学史分期的认识角度问题。后现代主义不同于古典主义、浪漫主义、现实主义、现代主义等分期概念，因为这些概念是与某些具体时间相对应的，它们对应于伊丽莎白时代、维多利亚时代，等等。而后现代其实并不是一个时代，比如说 1945 年之后就是后现代了，这种概括仅仅是一种方便的抽象。我认为，后现代性始终强调的是诸多因素的同时共存，以文学为例，只是在浪漫主义那里，抒情因素、人本因素得到了强调；在现实主义那里，"反映"的功能得到了突显；在现代主义中则要求重新恢复整体和自律，亦即知识的合法性是由其自身所产生和提供的，它追求的是自身同一性。而后现代的特征之一便是同时在文本中激活所有因素，并且开始将西方到今天为止的知识整体进行反思。如果说现代主义与认识论对应，后现代则对应于本体论，是由认识危机过渡到本体是否存在和有意义的问题。

　　利奥塔认为后现代非但不是现代性的延续，倒有可能是现代性的展开前提，因为现代性意味着赋予一种宏大叙事以合法性，而后现代则是对这一合法性的抵制，所以现代性只有排除掉种种对合法性的抵制（也就是后现代性），才能真正成为现代性。现代性从本质上不断孕育着它的后现代性。与现代性最恰当的对应者不是后现代，而是古典时代。因此，他对于现代性与后现代性的关系提出了开创性的见解，便是"重写现代性"。他认为历史时期的划分属于一种现代性特有的痴迷，时期的划分是将事件置于一个历时分析之中，而历时分析又受制于革命原则。因为现代性是对线性进步的一种承诺，当上帝从其宝座被推翻之时，历史就必须承载关于全能与自由的使命，自我绝对化的人类因此把一切希望寄托在进步的历史之上了，历史也因此比任何时候都更多地变成了暴力与毁灭的历史。这既包括人与人之间和社会与社会之间的暴力，也包括针对大自然的暴力。而将后现代性误读为历史分期概念是世界性的，它在后发现代化的中国更是引起了一系列复杂问题。从历史分期的角度出发，人们往往会质疑：中国还没有达到后现代性的阶段，怎么会有真正的后现代存在？于是对中国的后现代性便采取一种简单粗暴的、消解其合法性的程序。一旦后现代被置于这样的线性时间框架中，所有关于后现代的种种深刻的问题都被平面化、庸俗化了。对于上述指斥，我们可以用丹尼尔·贝尔的社会学理论来应对。他在《资本主义文化矛盾》一书中论述了现代社会内部结构的脱节与断裂问题。在我们的习见中，社会是一个统一体，包括文学艺术在内的任何社会行为的合法化解释都必须与该有机体的基础结合起来，这个基础（如经济）规定和决定着一切。按照这个逻辑前提，后现代主义就被顺理成章地理解为仅仅限于晚期资本主义社会的一种文化逻辑，是这个社会基础上生发出来的。因此，在现代性甚至还没有完成的当代中国社会，后现代主义的出现则被视为"无本之木，无源之水"。然而，贝尔认为，现代社会已经形成了经济、政治与文化三个具有根本性对立冲突的领域。这三个领域互相独立，分别服从于自身的轴心原则，彼此以不同的节奏交错运动，甚至逆向摩擦，形成当代社会的分立和多原则支配性质，三个领域之间不存在简单的线性决定关系。经济领域以严密等级制、精细分工制为其自律特征，全部活动围绕"效益原则"进行；政治领域的轴心原则是"平等"观念，它掌管社会公正和权力分配的合法化；文化领域的轴心原则乃是"自我表达和自我满足"，文化领域所标举的"反制度化"与经济、政治体系中发达的组织与管理模式正好相反，作为恩斯特·卡西尔所言的"象征形式的领域"，文化是指经由文学、艺术、宗教和思想，对人生意义进行象征性的塑造和表达。与经济领域的直线式变革不同，文化领域中却始终存在着非线性的回溯和返祖现象，往往是与经济发展的加速度相抗持的变革缓慢的自足自治。因此，一般人眼中由经济为主导的现代中国的社会现实，并不必然推演出中国不可能出现后现代主义这个结论。另外，对后现代的指责还往往表现为对启蒙理性的维护。但我们应看到，这一指责也是在线性时间结构中展开的，它隐含这样一个理论前提，就是认为理性是一成不变的，启蒙理性也就是我们目前所需要、所应该维护的唯一的理性。而利奥塔告诉我们，理性是多种多样的，需要个案性地界定，不存在抽象的理性。而未经批判和怀疑的理性，其实是非理性。后现代虽然强调不确定性，但在具体个案上仍是具有确定性的把握的，它只是防止使这种个别的把握上升到普遍性的绝对。这种相对性思维在后现代主义的哲学思想中占据着相对重要的位置，甚至是其底色之一。复数的后现代主义在为我们提供了多样性视角的同时，也使得对极其复杂的后现代文化逻辑进行抽象概括变得不可能，那无异于是对时代的复杂性实施规约和化简，难以呈现其多维度、多视角、多层次的丰富面貌。

　　然而，我们依然有可能在后现代对总体化的抵抗中"提取"某些主要的思想特征，如消解深度、拒绝阐释、否定权威、重视感性、摆脱本质，等等。在此，我提出个人的一个归纳，要点有三，即从认知判断角度对理性价值的批判、对人本主义的反对和对历史深度的拒绝。

　　理性发挥作用的前提是二元分立，它将现象与本质、形式与内容、外在与内在区分成完全对立的两方，然后对其进行精密的条分缕析和深刻的认识判断。影响了世界历史进程的欧洲启蒙运动，所要高扬的就是人的理性，理性成为摆脱神性统摄之后唯一能够使人确立自身的东西，正所谓笛卡尔的"我思故我在"，从而确立了其在认知判断上的权威性。人类社会普遍认同和推行的社会秩序、政治关系、文化理想、科学技术就是文艺复兴以来，在笛卡尔、康德、黑格尔、孔德、马克思等人所确立的理性主义认知体系下所取得的社会成果。应该说，虽然理性促进和推动了人类社会的高速发展和进步，也基本上正确解读和解释了人类社会发展中的一些矛盾和危机。但是，经过两次世界大战，理性因不能反映和揭示新的社会矛盾和危机，而受到空前质疑和挑战，它作为百年圭臬的地位摇摇欲坠。人类凭借理性所发展出的科技，对同类实施了更有效率的大规模杀戮，用理性做出了最不理性的事情。因此，后现代主义认为，理性非但没有使人之本质得以充分完全的张扬和发展，反而使本性泯灭，本真消解，本源丧失。

德里达认为，在西方形而上学传统这样一个思想体系中，人们归根结底总要认定某种用语言表达的最终真实——无论是理性的声音，还是上帝的旨意，总得有一种不受质疑的"真言"，一种语言文字与其语意最终合一而不可再分的"逻各斯"。它主张声音优于文字的等级制，声音是思想和意义的直接表达，而文字记录则是出于保存记忆的需要，语言无足轻重，仅仅是表达意义的工具。自柏拉图以来，以声音、言语来直接沟通思想而贬抑书写文字就成了西方的一个传统，此即"逻各斯中心主义"。比如柏拉图的"理念"，亚里士多德奉为宇宙第一动因的"隐德来希"，基督教传统中通过人子而体现的上帝的"道"。这种逻各斯中心主义坚信在语言之外存在着一种生生不息的客观精神，它有其自身的逻辑发展，并支配着自然与社会的进程；它是一切能指最终所指向的"超验所指"，是全部思想与语言系统的基础。这种逻各斯完全不受质疑，于是便成了一个既能维系人的认识系统，同时又置身于该系统之外的出发点或中心。这种"逻各斯中心主义"恰恰是西方形而上学传统的一个致命的矛盾，甚或可以说是一切结构的致命矛盾：中心不属于整体，不是整体的一部分，所以整体必须另有中心，所以中心也就不是中心。既然这些结构的"中心"都是不可置疑、不可阐释的，既然这些"中心"实际上都是置身于结构之外的，所以这些结构又都可以说是"中心消解的"（decentered）。一旦"中心"不复存在，那么结构系统中原先在价值论意义上被认为是主要和次要的对立关系，就统统可以颠倒过来了。

福柯则从对人类知识的考察，揭示出知识形成的过程，无非就是人的理智按照一定的认知范式所进行的一种理性的实践活动。在这种活动中，真正起作用的是"权力"或"力"（power）。各种各样的力穿行其间、相互较量，而后取得了一个结果，这就形成了我们所认为的符合真实的"知识"。福柯把自己的研究确定为所谓的"知识考古学"，他所关注的并不是知识本身，而是知识形成过程中所遵循的规则、规定、标准、程序，以及其中必然涉及的各种分类、信念和惯用的方法等，所有这一切构成了我们所谓的"理性实践活动"。福柯尤其关注其中的不平衡关系、非回报性的关系，它们形成了什么样的等级关系，其中哪些被包容吸纳了，哪些被排斥了，哪些移向了中心，哪些又被挤到了边缘，所有这一切又有什么规律，等等。这种反形而上学告诉我们，在西方文明传统中，那些看似自然的、完全合理的分类、原则、标准、程序、信念，以及惯用的方法，过去被认为是纯粹的，是符合理性的，而现在则暴露出它们本质上是由某些特定力量组合而成的，是为某些特定利益服务的。一旦伪装被揭露，秘密的力量关系公之于世，西方文明传统这座看似完整的大厦，其根基上的条条裂缝便都统统暴露出来。理性的普遍性和必要性，以及由此产生出来的权威性，便从根本上遭到了动摇和破坏。正是以人为中心主体的理性导致人的异化和物的对象化，不但使人失去本真，也使自然从人的视野中消失。因此，后现代主义具有反对人本主义的倾向，这是现代主义对工业社会对人的异化的批判的进一步发挥。其中不同之处在于，现代主义对人的异化处境的反思和批判，是竭力想从生命本源处重新估价和认识生存的意义与价值；而后现代主义则大多认同于人在异化碎片上的游戏，不再企求终极的救赎。

　　福柯的"知识考古学"所基于的根本背景，是对从康德直到海德格尔关于人的理解的不满。他认为，康德的"主体"不是经验的人，而是先验的精神性的逻辑形式（时空范畴等）的人；而海德格尔将"主体"理解为"此在"，是诸在者中一个特殊的存在，是历史性的存在。但是，"逻辑的人"与"历史的人"虽有不同，但目的都是为了追求"意义"——符号性意义和历史性意义。福柯认为，这种独立的所谓"存在的意义"根本就不存在，人本来就生活在各个具体时代的意义的断裂层中，只有用考古学的方法才能把"人"发掘出来，因此，他在《词与物》一书中得出"人之死"这个惊人的结论，在该书结尾他说："显然可以断言，人即将被冲刷抹去，正如海岸边所画的一张脸那样。"福柯的"知识系谱学"不仅着眼于对历史、知识、西方文明形态的解构，其批判锋芒甚至直指作为理性主体的"人"本身。他认为，人只不过是新近的一个发明创造，一个还不到两个世纪的形象，是我们的知识中一个新的褶皱，一旦这种知识发现一种新的形式，他就又会重新消失。福柯这里所说的"人"，当然不是指物质形态的人，而是指西方 17 世纪以来从人本主义中萌生、由浪漫主义所强化的"人"的概念。传统的人本主义把人视为宇宙的中心，视为先于世界、不受质询的最本原的动因。19 世纪的马克思主义曾向这种唯心主义的超验论发起过挑战，它提出一切文化的、社会的现象，尤其是人的自我，都必须置于不以人的意志为转移的因果关系链中加以理解；它坚持人的自我是由一系列的外部因素，特别是经济，也就是阶级地位这一决定性的因素所界定的。20 世纪结构主义语言学的崛起，又简单化地将马克思主义归结为经济决定论而丢弃，按语言学的范式将"人"视为各种文本的汇聚。而后结构主义又把文本决定论的逻辑推向极端，它彻底切断了"能指"与"所指"的联系，这就使"人"从此失去了最后的一点根基，成了一种没有最终所指的能指符号的位移和置换。福柯所谓的"人之死"正是在这个意义上来讲的。因此，对主体自我的理解便不再是实体化的，而应视为由语言所创生又最终被语言所消解的东西，它不具有稳定性与统一性，而是一个事态生灭变化的过程。语言就像一张漫无边际的网，其中各种要素不断变换和循环，任何要素都不是绝对规定的，每个东西都被他者包容和渗透。当我们反观自身时，我们必须使用符号，而这就意味着，我们永远不能与自己"充分交流"，自我成了一个永远无法真正抵达的语言建构物。

与这种对人的"存在意义"的消解相应，法国新小说的代表作家罗布-格里耶提出，世界既非有意义的，也不是荒诞的，它只是存在而已。这一宣言表明了后现代主义试图削平历史深度的总体平面化倾向。因为，"不论是作为最高的价值、创造世界的上帝、绝对的本质，还是作为理念、绝对精神、意义或交往的关联系统论者，现代自然科学中作为认识一切的主体，都只不过是人的精神创造出来，用以自我安慰、自我欺骗的东西而已"①。同样，后现代主义对历史深度的拒斥源自对理性启蒙以来，人类社会所形成的政治、经济、文化使人性被不断挤压、扭曲、排斥状况的历史分析。他们坚决反对具有历史深度的三大"宏大叙事"（grand narrative）——人类解放启蒙、绝对精神理念、历史意义启示。

利奥塔提出，"用极简要的话说，我将后现代定义为针对元叙事的怀疑态度（incredulity toward meta-narratives）"②。"元叙述"一般泛指以人为中心的语言表述方式，比如马克思主义的政治经济学或弗洛伊德的精神分析学说那样一类宏大的理论体系，以及"全人类的解放"这样一类本质或终极的理想，它们从根本上主宰着人的行为，而自身却不受质询。在利奥塔看来，现代知识有三种状况：为使基础主义主张合法化而对元叙事的诉诸，作为合法化之必然后果的使非法化和排他，对同质化的认识论律令和道德法律令的欲求。与此相反，后现代知识是反元叙事和反基础主义的；它回避了宏大的合法化图式；拥护异质性、多元性和不断的革新，拥护在参与者同意的基础上建构起来的切实可行的局部规则和规范，因而拥护微观政治。存在主义认为，是人说语言，语言是人存

---

① 曼弗雷德·弗兰克：《正在到来的上帝》，《后现代主义》，中国社会科学出版社，1999 年，第 83 页。
② 王岳川等编：《后现代主义文化与美学》，北京大学出版社，1992 年，第 26 页。

在的家，人是语言存在的中心。而在利奥塔看来，人类过去的语言表述方式，由于语言特性而形成的"语境"和"话语权利"，控制了人的一切思维表达。他认为一个人无法讲出关于世界的宏大叙事，只能讲出来自个体和社会群体的成分混杂的"主体位置"（subject positions）的微小叙事。

在1971年利奥塔的博士论文《话语、图像》中，他进而提出了话语（discourse）与形象（figure）的划分，并借助弗洛伊德的理论，采取颠覆手法，将形象置于核心地位，借以批判西方传统哲学的二元论。他反对那种认为文本与话语优于经验、感官及图像的文本主义看法，主张感官和经验优于抽象物和概念，图像、形式及艺术想象优先于理论观点，这种对感官的贬抑应该是从柏拉图就形成的，正是二元对立的思维模式将理论话语置于形象话语之上。根据弗洛伊德的理论，人的行为受到无意识的支配，而无意识的主要内容就是欲望，这种欲望具有否定性、破坏性、侵越性，同时又是肯定的、积极的、建设性的力量，它们肯定这些声音、色彩、形式和客体。因此，利奥塔颂扬一切形式的欲望，因为欲望能够提供经验的强度，能够使人们从压抑状态下解放出来，具有强烈的张力和创造性。欲望在弗洛伊德所说的"初级过程"中从图像中找到了其直接的表现途径，即在快乐原则支配下的直接的、本能的、无意识的过程。艺术表达的就是通过计谋将自己改头换面、压缩合并、隐喻转型了的无意识的欲望。而与之相反，话语则遵循的是"次级过程"，即受现实原则支配的过程，它依照自我的规则和自我的理性程序而展开。表达于话语中的欲望受到了语言规则的构造和限制。所以，话语比欲望之形象要来得抽象和理性化，且墨守成规。可以说，现代的感受性主要是推论性的，它使言词优于意象，意识优于非意识，意义优于非意义，理性优于非理性，自我优于本我。与此相反，后现代的感受性则是图像性的，它使视觉感受性优于刻板的语词感受性，使图像优于概念，感觉优于意义，直接知识模式优于间接知识模式。在苏珊·桑塔格的"新感受性"以及她对"感觉美学"优于"解释美学"的赞同中，已经预示了一种后现代美学，而利奥塔对话语与图像的区分则使这种后现代美学获得了概念基础。

在后现代看来，历史学所持"历史发展必然带来社会进步"的观点正是人之异化的症结所在，而"历史是螺旋式上升的"的理论进一步误读了历史的真实面目，由此导致了盲目乐观的历史观。杰姆逊认为："过去意识既表现在历史中，也表现在个人身上，在历史那里就是传统，在个人身上就表现为记忆。现代主义的倾向是同时探讨关于历史传统和个人记忆这两个方面。在后现代主义中，关于过去的深度消失了，我们只存在于现在时，没有历史；历史只是一堆文本档案，记录的是确已不存在的事件或时代，留下来的只是一些纸、文件袋。"①后现代主义因此呈现出惊人的平面化，也就是阐释必要性的消失，迄今为止人们用于表达认识深度的模式在后现代主义创作中被彻底摒弃、废止。杰姆逊归纳了常见的五种深度模式：平常使用最多的表示内与外的阐释模式、表示本质与表象的辩证模式、表示潜在与显现的弗洛伊德模式、表示真实与不真实的存在模式、表示能指与所指的符号学模式。他认为，所有这些用以衡量和检测事物的认识深度的标准，在后现代主义文化中，已经被各种新的实践、话语和文本游戏的构想所取代。这种平面化还有更深一层的意味，那就是人工的机械关系取代了艺术与自然的原初关系。杰姆逊以凡·高的《农鞋》和安迪·沃霍尔的《钻石粉末鞋》作比较，来区别"现代主义"和"后现代主义"。在前者那里，艺术品总是被看成一种通向某种更广阔现实的线索或征候，那更广阔的现实是一种将能取代艺术品本身的最终的真实；而在画广告出身的安迪·沃霍尔笔下的鞋，给人的第一印象则是一

---

① 杰姆逊著，唐小兵译：《后现代主义与文化理论》，陕西师范大学出版社，1987年，第186—187页。

种"平面感"（flatness）或"无深度感"（depthlessness），一种"表面性"（superficiality）和死气沉沉（deathly），其中人和自然的历史关系彻底消失，只留下大批量生产的工业化特征，完全没有了阐释的必要性。

对深度模式的解构直接导向苏珊·桑塔格的所言的"拒绝阐释"。她认为，在当代，对释义的热情不是对原著的尊重，而是出自公开的侵犯，是公开的对于现象的蔑视。"真正的艺术具有使我们紧张的力量，把艺术作品缩减为只是它的内容，然后再解释'那个东西'，人就把艺术作品给驯服了。释义使艺术成为可以随心所欲地驾驭的、使人舒服的东西。"①释义造成的文化过程排挤掉了感性经验的敏锐性，因此，桑塔格呼唤保留艺术作品的感性体验空间，呼唤重新恢复我们的感觉，而不是在艺术作品中寻找最大量的内容，更不能榨取比原作更多的内容，而是切断内容，也就是拆除阐释竖立在我们与作品之间的隔墙，使我们看见事物本身。她告诫我们不要用人为的不满足于原作的释义的内容抽象去替换掉原作，例如，不可把作为有机体的卡夫卡的作品当成现代官僚主义的疯狂案例的社会寓言，或者是惧父心理、阉割焦虑等的精神分析寓言，也不可把它当成宗教寓言。她赞赏当代文艺的透明性价值，"透明性意味着体验物自体的光辉，事物本来怎样就怎样"②。阐释的相对性来自标准的相对性，在这点上，庄子《齐物论》中的说法颇有相通之处："物无非彼，物无非是。自彼则不见，自是则知之。故曰彼出于是，是亦因彼。彼是方生之说也，虽然，方生方死，方死方生；方可方不可，方不可方可。因是因非，因非因是。是以圣人不由，而照之于天，亦因是也。是亦彼也，彼亦是也。彼亦一是非，此亦一是非，果且有彼是乎哉？果且无彼是乎哉？彼是莫得其偶，谓之道枢。枢始得其环中，以应无穷。是亦一无穷，非亦一无穷

① 王潮选编：《后现代主义的突破》，敦煌文艺出版社，1996年，第373页。
② 王潮选编：《后现代主义的突破》，敦煌文艺出版社，1996年，第379页。

也。故曰：莫若以明。"因此，觉悟者不根据是或非的相对性尺度来下判断，而是如其本然地来认识事物，也就是遵循事物本身来行事，以空明的心境去对待事物的本来面目。

总而言之，后现代主义对以人为中心的心物二元等传统哲学极度质疑。他们发现，正是这种思想体系导致了人与自然、人与社会、人与人的隔阂和分离。后现代主义尤其关注人类行为对自然生态的作用。人类本是自然一分子。人类文明不断发展使人与自然关系经历了一个协调融入—矛盾冲突—征服破坏的过程。今天，当自然开始对人类的破坏行为予以痛击和惩罚时，人类才真正深刻地开始反思人和自然的关系，人与自然生生相依、休戚相关的生存意义。

后现代主义在理论话语与具体实践之间，存在着巨大的多向度阐释空间，因此，要对后现代主义予以一言以蔽之的概括，实际上是一种危险；但是后现代理论家们依然不得不对其归纳，这也是人类只能凭借已有的认知范式来涵容、理解新的文化现象的局限所决定的。所以，将现代主义与后现代主义能够特征化的差异对比，不失为一种比较明智的做法。我们大可以伊哈布·哈桑的著名图表为基本线索，虽然他稳妥地把自己的工作视为仅仅是个开头：

现代主义	后现代主义
浪漫主义/象征主义	形上物理学/达达
形式（联结的、封闭的）	反形式（分裂的、开放的）
意图	游戏
设计	偶然
等级	无序
精巧/逻各斯	枯竭/无言
艺术对象/完成的作品	过程/行为/即兴表演

审美距离	参与
创造/整体化	反创造/解结构
综合	对立
在场	缺席
中心	无中心
作品类型/边界	本文/本文间性
语义学	修辞学
范式	句法
主从关系	平行关系
隐喻	换喻
选择	混合
根/深层	枝干/表层
阐释/理解	反阐释/误解
所指	能指
读者的	作者的
叙事/恢宏的历史	反叙事/具细的历史
大师法则	个人语型
征候	欲望
类型	变化
生殖的/阳物崇拜	多形的/两性同体
偏执狂	精神分裂症
本源/原因	差异/痕迹
天父	圣灵
超验	反讽
确定性	不确定性
超越性	内在性[1]

---

[1] 王岳川等编：《后现代主义文化与美学》，北京大学出版社，1992 年，第 118—119 页。

中国学者对现代主义与后现代主义的比较研究，以郑敏的概括①最为精到：

现代主义诗歌	后现代主义诗歌
1. 承认超验的本体论，希望通过矛盾斗争达到宗教的哲学的最后和谐	1. 反对超验的本体认识论
2. 真理一元，有标准	2. 真理多元，或无结论
3. 强调预先设计、控制，有最终目标的发展，创作也是这样	3. 认为变是一切，不可能预先设计，事物生生灭灭，永不停止，应当抓住此时此刻的现实生活，给予表达
4. 认为作家要能自觉地将杂乱的生活现象组织成一个有机的整体，并道出其中的意义	4. 创作不必寻求杂乱现象的统一，更不必将其结构成有机的整体以传达什么固定的意义
5. 创作不是自发的、即席的	5. 强调创作要追随多变的想象力的流动，没有预定设想，可以自发地随机创作
6. 文字为表达的工具，文学有表现的功能，不怀疑表达会失真	6. 对文字、文学是否能如实地表达作者的意图持怀疑或否定的观点
7. 重视事物（包括诗歌）的普遍性、世界性	7. 重视事物（包括诗歌）的特殊性、地域性
8. 强调封闭式诗歌形式	8. 强调开放式诗歌形式

总括起来讲，在后现代视野中，唯我论和人类中心主义是当代生态危机和人文危机的根源，因此，消解它们便成为后现代主义者的主要诉求。至少，"后现代主义对元叙事和宏大理论的解构伴随

---

① 郑敏：《诗歌与哲学是近邻——结构—解构诗论》，北京大学出版社，1999 年，第 145 页。

着话语的平等结合，这种表达模式创造了边缘话语可能获得倾听的草根阶层的微型政治"①。诸般解构性后现代主义的大致目标就是阻断普遍性意义的生成，使释义成为不可能。其中的具体手段可以有两个向度的推进，一种是削平各种二元对立的差别，可称之为"还原法"，如不吁请阐释的沃霍尔式的"平面化"；另一种是继续强化现代主义的文学实验并试图超越。就后一种路向而言，常见的情况有：矛盾（文本中的各种因素互相颠覆）、交替（在文本中，甚至在文本的同一篇章中，对于同一事件的不同可能性的叙述交替出现）、不连贯性和任意性（极端的例子是"活页小说"）、极化（如有意识地过度使用某种修辞手段以达到嘲弄它的目的）、短路（运用某些手法使对作品的阐释不得不中断，例如把确定的事实和明显的虚构结合起来使得无法对作品进行解析）、反体裁（破坏体裁公认的特点和边界，如把小说"理论化"）、话语膨胀（把在文学创作中一直处于边缘地位的话语，甚至"非文学"话语纳入主流）。

　　但是，大多数后现代者在消解的起点处就走上了本体论的歧途，从上面所开列的消解意义的诸种方式中，我们就可以看出，解构性的后现代主义者实际上"把唯我论和人类中心主义等同于自我中心，试图以零乱性、非原则化、无我性和无深度、卑琐性和不可表现性来对抗中心主义。这使他们错误地反对任何有关中心的言说，甚至无视个体主义的合理性"②。其实并非任何对中心的设置都是非法的，宇宙内所有的存在者都是相对于自身而言的中心，本体论意义上的自我中心是人类整体与个体无可选择的存在方式，承认存在者普遍的中心地位反而会消解唯我论与人类中心论等对绝对中心的设置。因此，我们务必区分开两种不同的后现代主义：一是解构的后现代主义，它孕育了"一种虚无主义的对所有价值的

① Richard Kerridge & Neil Sammells：*Writing the Environment: Ecocriticism and Literature*，London and New York：Zed Books Ltd，1995，p.28.
② 王晓华：《在现代和后现代之间》，黑龙江人民出版社，2006年，第161页。

反整合"态度，仅仅在现代性的崩溃中扮演角色；二是生态的或重建的后现代主义（ecological or reconstructive postmodernism），它寻找创造性和增长的机会，使地球和人类向可能性开放。① 解构性后现代的平面化使所有意义都落在语言层面上，文本与人本无法互相印证，使精神又丧失了肉体的依托，归于真正的虚构。它极端地全然拆除了客观性，使得主体成为没有对象和环境的孤零零的单子，强行造成了"真实"的隐退。解构性的或消除性的后现代主义在逻辑上承袭的其实是现代性的否定的意识形态，因此它充其量只能在消解主体某些顽固信念方面发挥作用，是纯粹的破坏，是本质上极端至极的相对主义，凭借它是不可能彻底克服现代性的分离意识的。因为解构主义"把目光从人类计划的层次降到了'语言游戏'（概念的建构）的层次。他们坚持现代的身—心分离，断言在社会建构的这一内在样式里，文化（心灵）把种种假设和其他概念投射在无声的物质（身体）上，根据笛卡尔和解构主义的思想，这通常是意义的单向建构。缺乏自主性的个体陷在了他们文化的语言游戏和权力剧中，他此时的感受甚至比自我与世界中其他存在物的彻底分离更加严重"②。

因此，在词与物或者语言与意义的关系上面，我们既要抵制客观主义的观点，又要避免滑向解构主义极端的相对主义。客观主义认为，由诸各具性质的对象组成的世界外在于人类理解，它具有合理的结构，正确的理性映现了这种结构，词语是通过指称世界中的事物而获得意义的符号，理性是其操作规则。与之相反的则是解构主义的主张。它以一种反世界观的方法战胜了现代世界观；它取消或消除了世界观中不可或缺的成分，如上帝、自我、目的、意

---

① The Green Studies Reader: *From Romanticism to Ecocriticism*, Edited by Laurence Coupe, London and New York: Routledge, 2000, p.7.
② 查伦·斯普瑞特奈克著，张妮妮译：《真实之复兴》，中央编译出版社，2001 年，第78 页。

义、真实世界以及作为与客观相符合的真理,因此导致了相对主义甚至虚无主义。① 这种解构性的后现代主义认为,语言仅仅是武断的符号自我相关的系统,由这些符号构成的所有概念只是特殊文化武断的社会建构,意义与真实完全是相对的。在这两者之间,我认为经验主义的见解最为恰切。通常我们以为,隐喻是与概念或抽象的思想相对的;而经验主义发现其实几乎所有概念的和抽象的思想都是隐喻性地构成的,大部分隐喻不是武断的,而是从身体在世界中的体验得来的。隐喻(富有想象力的投射)是精神具体化的结果,是对真实的具体化的理解,在与我们自己经验程度相当的概念体系的创造性发展过程中,这种理解共同承担着建立意义的任务。语言是在与活生生的世界交互作用的过程中出现的,它出现后,为了自己的符合性仍旧要依靠那个世界,也就是说,客观性必须与人的"经验信念"相适应。这将使我们回复到对存在的全方位的感性把握上去,并由此发现,"我们的感性知觉是一个更大的感觉和知觉之网中的一部分,那个网还包含了数不清的身心。生物圈不是从科学中借来的一个抽象而客观的概念,而是其中由理智的身体去体验和居住的真实"②。

也就是从这里开始,后现代主义的解构工作到达了尽头,我们从下面对美国后现代诗歌的具体考察中能够更为具体地辨识出这种态势。

第二节　元意识的解构

自从 1975 年出版的《凸面镜中的自画像》获得了国家图书奖

---

① 大卫·雷·格里芬编,马季方译:《后现代科学》,中央编译出版社,2004 年,第21 页。
② 查伦·斯普瑞特奈克著,张妮妮译:《真实之复兴》,中央编译出版社,2001 年,第89 页。

和普利策奖，阿什贝利就被公认为他那一代的主要诗人。鉴于他作品的实验性质，这种关键性的接受有点出人意料，这种实验性最激进的表现是在 1962 年的《网球场宣言》中，他采用了一种"不确定性"的诗学，这种诗学倾向于写作的过程，而不是得出结论；虽然他的作品是抒情和沉思的，但它拒绝封闭性和叙述。毫不奇怪，他选择了长诗的形式。

他的主要手段之一是折绕（periphrasis，迂回、绕圈子、饶舌），这与他的某些作品不同寻常的长度是一致的。他在早期长诗《滑冰者》(1966)中宣称，他打算让诗歌越过"关于湿透的垃圾场或挽歌的沉闷的双音符主题"，推进到一种更为全面的参照系。美国年度最佳诗选的编者、评论家和诗人大卫·莱曼认为，《滑冰者》的主题是"通往无法到达之处的未开始的旅程"①，这句话几乎适用于阿什贝利的所有作品。长诗《凸面镜中的自画像》取材于帕米加尼诺的同名画作，展现了他诗歌的自反性（self-reflexiveness）。但是阿什贝利通过增值和混淆视角来避免自恋，最终描绘出的是意识的运动，而不是狭隘的自我关注。

和其他纽约派诗人一样，阿什贝利欣赏法国的先锋派写作，尤其是雷蒙·鲁塞尔（Raymond Roussel）的小说《孤独之地》和《非洲印象》。在《我是如何写我的某些书的》一书中，鲁塞尔宣称他的小说源于一系列精心设计的双关语——例如，pillard（劫匪）和billard（台球桌）的结合。

　　"关于老劫匪帮的白人书信"(les lettres du blanc sur les bandes du vieux pillard)

　　"旧台球桌边缘上的白粉笔字"(les lettres du blanc sur les bandes du vieux billiard)

---

① David Lehman: *Beyond Amazement: New Essays on John Ashbery*, Ithaca and London: Cornell University Press, 1980, p.123.

这就是福柯在《词与物》中提到过的语词与自身的游戏，其揭示出的不是意义的充盈，而是语言的空无，这就是语言的存在论缝隙——语言在系统化安排的偶然之下化为齑粉，无限地诉说着死亡的重复和拆除了起源的谜语。

在《死亡与迷宫：雷蒙·鲁塞尔的世界》中，福柯分析道：

> 这两个短语之间微小又巨大的差距将引发鲁塞尔最为熟悉的一些主题：监禁与解放、异国情调和密码文件、语言所施加的折磨与同样的语言所带来的拯救，以及词语的主权，这些词语谜团建立起的场景就如同那些客人围绕着台球桌跳舞，短语们在此试图重构自身……这些监狱、人类机器、曲折的密码，整个词语、秘密和符号之网都神奇地来自一个语言事实：一系列相同的词语说着两件不同的事情，我们的语言被投射到两个不同方向，其贫乏突然被带到它自己面前，被迫与自身再次相遇。
>
> 但是也可以说这是一笔可观的财富，因为只要考虑一下这组普通的词语，一大堆混乱的语义差异便被释放出来：有书信的信（lettres），也有书写的字母（lettres）；有绿色毛毡台布的边缘（bandes），也有食人国王号叫着的野蛮团伙（bandes）。
>
> 词语的同一性——语言纯然的基本事实，亦即进行指称的字词少于需要指称的事物——本身就是一个具有两面性的经验：这种同一性将词语显明为世界上最遥远形象不期而遇的场所（它是被取消的距离；在这个接触点，差异以一种双重的、模棱两可的、牛首人身怪一般的形式集聚在一起）。这个同一性表明了语言的二元性，从一个简单的核心开始，语言把自己一分为二，不断产生出新的形象（它是距离的激增，双重尾流创造出的空无，长廊似乎熟悉但又有所不同的迷宫般的

伸延)，在富有的贫乏之中，词语总是引向远处又引回自身；词语失去又重获，它们以重复的分裂消失在地平线上的一点，但又会以完美的曲线返回出发点。

……语言不可思议的特征就在于它能从自身的贫乏中汲取财富，一个词能够与那通过"意指"(signification)而与它自身相连的可见形象相分离，以某种同时作为资源和限制的模糊性中重新指称这个形象，以便置身于另一个可见形象。在这里，语言指明了它内在运动的起源：语言与其含义的关联能够得以变形，而无须改变它的形式，仿佛语言转向自身，围绕一个定点画出整个可能性的圆圈(人们惯常称之为语词的"含义")，允许偶然、巧合、效果，以及所有的游戏规则成为可能。

一词多用往往会让语词转变它们的原初含义，以获得一个新的、多少有些遥远的含义，但又与原初含义保持某种关联。词语的这个新含义被称为比喻义，我们把这种转化、这种产生新义的转变称为比喻。在这个转移所创造出的空间中，产生了所有的修辞形式：引申、换喻、转喻、提喻、曲言、暗喻、换置等。①

罗兰·巴特和茨维坦·托多罗夫也都曾论述到现代诗歌中的语言自治问题，他们认为现代诗源于兰波而非波德莱尔，兰波的《灵光集》使得语言摆脱了表达和再现的责任，将语言的主权完全交给了词语。总括而言，源于兰波的现代诗摧毁了语言中的关联性，将话语缩减为静物般的词语——其中，自然变成了破碎的空间，由孤独而可怕的物体组成，物之间的关联仅仅是一种可能性。

---

① Michel Foucault: *Death and the Labyrinth: The World of Raymond Roussel*, translated from the French by Charles Ruas, New York: Doubleday & Company, 1986, pp.14-15.

词语和物一样获得了近乎本体论的存在。

阿什贝利和鲁塞尔一样喜欢技巧(障眼法)。作为一个古怪的形式主义者，阿什贝利热爱不同寻常的诗歌形式，如六节诗(sestina)、盘头诗(pantoum)和维拉内拉诗(villanelle)，单凭一己之力就使年轻的纽约派诗人对这些诗体产生了兴趣。

阿什贝利还极其喜爱画家乔治·德·基里科的梦幻小说《赫伯多梅罗斯》(Hebdomeros)，并于1992年译出了第一个英文版本。阿什贝利在英语文学上的前辈则包括劳拉·赖丁·杰克逊(Laura Riding Jackson)，这位现代主义诗人放弃了她高度原创的抽象诗歌，转而研究语言学；华莱士·史蒂文斯，阿什贝利成功接替他成为浪漫主义认识论的主要诗人；以及同样喜欢形式主义的奥登，他将阿什贝利的第一部诗集《一些树》(1956)选进"耶鲁青年诗丛"。

也许是因为致力于古怪文学，阿什贝利的作品往往被认为是晦涩难懂的。然而，在不确定性和语言游戏中，他的诗歌捕捉到了这个时代的哲学精神。除此之外，这种精神在维特根斯坦和德里达的思想中反映了出来。①

后现代主义文学越来越得以表现为自觉的准批评活动，这一点，只需要看看约翰·巴思、约翰·福尔斯和唐纳德·巴塞尔姆的元小说，法国新小说派及荒诞派戏剧大师贝克特的元戏剧(meta-theatre/meta-drama)，再想想概念艺术或行为艺术所置身的介于艺术与艺术理论之间的不确定性空间，就会很清楚了。比如罗布-格里耶的《在迷宫中》，以一个士兵在陌生小镇上的游荡开始，将众多的虚假开始、离题内容、若干叙述主题的变化和重复形式混合起

---

① *Postmodern American Poetry*, New York: W. W. Norton & Company, edited by Paul Hoover, 2013, pp.142 - 143.

来，使这些变化构成了小说自身。贝克特的小说从《马洛伊》起，同样要求读者始终意识到自己所读小说逐渐在书页上痛苦出现的过程。美国小说家威廉·加斯所宣称的不存在描述、只有建构的文学，博尔赫斯夸示性的谜语制造，约翰·巴思舍赫拉扎德式的即兴创作，卡尔维诺的寓言，罗伯特·库弗噩梦般的神仙故事，等等，都具有某种反身性。

认识论是对认识和理解的研究，本体论是对实在和存在本质的研究。后现代小说的本体特征表现在它对自治世界的形成过程的关注。所以，它不是提出怎样认识世界的问题，而是提出这样的问题，如：世界是什么？存在着什么样的世界？它们是怎样构成的？它们之间有什么差异？当不同的世界处于对抗状态时或它们之间的界限被侵犯时，会出现什么样的情形？从认识论的现代主义转向本体论的后现代主义，最有启发性的例子或许是罗布-格里耶的小说《嫉妒》。该小说完全是从一名充满嫉妒的丈夫的有限视角来建构的；他监视自己的妻子和她的情人，但是在小说中却一直没有以观察者的身份出现，因此，视角萎缩为纯粹的、没有具体体现的文本功能的条件，一种使故事得以看见和报告的电影放映孔。而在他后来的《在迷宫中》，读者需要花很大力气才能将叙事令人困惑的内转解读为一名患爆炸性精神异常症的士兵的谈话。①

阿什贝利的诗歌可以称为"关于诗歌的诗歌"，他关心的不是经验本身，而是经验渗透我们意识的方式，我们如何从繁复的材料中建筑有意义结构的方式。而经验之被人所感受的特点往往是跳跃、断裂、含混和不完整的。阿什贝利的诗中总是存在着诸多彼此牵制和反诘的力量或者语调，他往往将来自不同语境的材料混合起来，去掉其中时间的线性结构，而达至事物的共在。这一点在他的《网球场宣言》中表现得最为明显。词语像球一样向前滚动，沿

① 参见史蒂文·康纳著，严忠志译：《后现代主义文化》，商务印书馆，2002年，第180—182页。

途不断地遭遇阻碍，永远不会到达终点。也就是词语永远不向对象做自由落体运动。一个意念即将在某个透视点消失的时候就迅速被另一个意念取代，从而像自噬蛇一样靠吞噬自己的尾巴而诞生。我们知道，意义来自选择。而为了破除意义的人为性，阿什贝利宁可选择包罗万象的意义。在他那里一切都是平等的，因为抽去了时间的逻辑结构，事物之间的关联就并不是必然的了。但是阿什贝利却遵循正常的句法，正是完形的全称模式使他在陈述形式中写出了非陈述性的内容，用叙述本身消解了叙述。而内容和形式的脱节与不相符合常使读者大吃一惊。为了达到对事物的去蔽，阿什贝利的诗中往往有许多主题在共同发展、彼此平衡，以免堕入任何一个特定视角当中；也有不同的语调在互相对话和盘诘。他的时间不是单向度的而是循环的，他的视点不是固定的、静止的，而是动态的、回环的。正是平衡力量的存在，才不至于将诗人一己的见解凌驾于事物本体之上。可惜，在当下汉语写作当中，我们看到的多是一厢情愿的单视角的写作，作者的主观往往遮蔽了事物的原貌，并用来强加给别人。

阿什贝利的诗歌中充满了对可认识的知识秩序的颠覆，他认为这些所谓的秩序只是过去历史遗留给我们的对现实的想象，现实是文化和权力强加给我们的虚构，是不可信也是不可知的。史蒂文斯认为现实是最高虚构，现实本身无法认识，只能想象。而阿什贝利走得更远，他更强调对现实进行可靠想象的不可能性。他对现实的想象不仅是临时的，而且它们自我变形，在构造的过程中消失，留下的只是对缺席的痛苦印象。

理解了他的这一现实观，我们才能理解他在《网球场宣言》中令人头痛的自我专注，那种破碎和无逻辑，那种不相关联的物体中间隐蔽的关系。世界是井然有序的吗？否。于是，为了对所谓有序世界进行质疑，阿什贝利采取了多种技术。方法之一是人称代词的模糊、漂移，指示词所指的飘忽不定。目的就是以无法确定的所指使架构虚构性阐释语境成为不可能，或者至少是无法有始有终。他自己曾经说过："我发现在代词的意义上从一个人移向另一个人非常容易，这有助于在我的诗中产生一种复调，这种复调我觉得是朝向更伟大的自然主义的手段。"①这种写法的结果便造成了文本从主体的统一性不断进入非主体的过程，传统上作为统一诗意主宰的诗中人（或叙述主体）被瓦解，能指因互相碰撞而彼此取消，或者说事物由孤零零的"定在"而达成了彼此并无必要关联的"共在"。

在这样的时候，建构意义的企图就像他在诗中所说的那样："焦虑的最后一层／一边出现一边融化／如朝圣者脚下的远方。"②（《工作》）阿什贝利的诗歌大多很难完整架构一个场景或环境，原因在于，需要包括在设想中的东西太多了。如果要把来自不同语境的所有一切归化为单一环境的构成因素，确定其主导成分，这样的阐释努力必定失败。在普通阅读中，我们同时也是在"无意识地写作"，也就是以主观的补充、勾连使文本条理化。阿什贝利的诗歌对这一努力发起了挑战。

上面说过，阿什贝利更感兴趣的不是经验本身，而是经验在意识中渗透、流动的沉思和描摹。人的意识是一个开放的房间，许多事物是同时涌入的。所以，诗歌中语境的并置、混杂、嫁接就是常有的事了。阿什贝利诗歌的难解有一个根本的原因，那就是对线性时间模式的破坏，他自己曾说过，时间是他唯一的主题。伟大的艺术家大多把时间作为一个主要面对的对象，如普鲁斯特。语言流动本身的线性化（尤其在英语中）和事物出现与消失的共时性是相抵牾的。事物在语言中的发生是有次序的，但在意识中，它们却是并存的。这个矛盾也是阿什贝利诗歌的困难所在。可以说，他

---

① Helen Vendler：*The Music of What Happens*，Cambridge：Harvard University Press，1988，p.241.

② 约翰·阿什贝利著，马永波译：《约翰·阿什贝利诗选·上》，河北教育出版社，2003年，第248页。

是在企图做一件不可能的事：让事物同时呈现。阿什贝利对意识
过程的关注与传统的意识流不同。意识流从根本上仍是有迹可循
的，是有想象的逻辑作为支撑的。但在阿什贝利那里，文本就宛如
能指海洋中一场海难后漂浮在海面上的船壳、货物、残肢等，它们
将逐渐消融在能指的海洋中，它们暂时的漂浮运动则呈现向四周
扩散的趋势。它们不能为文本限定范围或边界，也不可能成为另
外船只的指路灯塔，甚至也不是落水者（读者）能够捞到手作为救
命稻草的东西。我们可以作这样一个想象的对应：液态的能指海
洋——随机性，固态的漂浮物——意义。在这样的海难中，意义和
随机性是混合在一起的，不可分离的。混沌理论证明，系统的偶然
性、复杂性和不确定性，是与系统的自组织相生、相伴的，纯随机性
（pure randomness）等同于无限信息（infinite information）。同样，
在阅读阿什贝利的作品时，你偶然在这里那里抓住一些清晰的意
义，但它们很快就转变成别的陌生的东西，或者迅速消失、融化。
没有随机性的意义充其量只是人为的安排。人类只能按照先在的
图式去看事物，人类视而不见的天性使其只能看见愿意看见的东
西。看是有选择的，看本身就是态度。我们总是企图给混乱无序
的事物赋予其本身并不存在的秩序——这是典型的现代主义者的
企图。阿什贝利则说："在措辞中，我们像云彩和树叶一样/开始设
计一个季节的内在结构/从水变成冰。这样的抽象可以/使词语苏
醒后不记得发生过什么，茫然/等待秒针的滴答……"①（《带信的
年轻男人》）

　　在阿什贝利的诗歌中，词语往往具有复合意义，而且往往带有
戏仿和变形的意味。如《紫丁香》：

　　　……准确地歌唱

---

① 约翰·阿什贝利著，马永波译：《约翰·阿什贝利诗选·上》，河北教育出版社，
2003 年，第 292 页。

以便曲调径直从暗淡中午的井中

攀升，与闪耀的黄色小花匹敌

在采石场的边缘生长，压缩

事物的不同重量。

　　　　　但是要继续歌唱

这还不够。……①

诗的题目让我们猜测，"闪耀的黄色小花"应该是紫丁香，它在采石场的边缘生长。而俄尔甫斯的挽歌也能使石头裂开；这种关联丰富了挽歌的意义。花用它的美劈裂岩石，肯定了荒凉之地的生命存在，这是传统挽歌的任务。挽歌与花相匹敌，它把采石场的"裂缝"转变成一个生成的源头，"暗淡中午的井"。此诗以对"紫丁香"（syringa）的玩味加深了其含义，syringa 源于希腊语 syrinx，意为潘神之笛。至此，紫丁香作为劈裂岩石的花与丧失的感知重合起来，挽歌的沉思力量虽然"不足够"，但仍"要继续"。此诗明确激活了俄尔甫斯的神话，尤其强调其复活和肢解后的重组方面。Syrinx 也是山林女神西琳克斯的名字，她为保护贞操免受潘神玷污而变成芦苇，于是潘神就用它做成了潘神之笛。因此，诗的题目便指向了另一个象征——芦苇；于是，西琳克斯的故事就被俄尔甫斯的故事所取代，只在诗的末尾暗示了一下。用这种置换，阿什贝利表明，存在着两种诗歌模式。一方面是俄尔甫斯式的，其"音乐消逝，生命的象征/你无法从中孤立出一个音符/说它是好是坏。你必须/等它结束"。这是对放任杰出人物统治论和艺术家自治自娱的文化提出了疑问。另一方面，仅留下一个名字（"隐藏的音节"）的西琳克斯则代表了艺术超越自身技巧的需要，从所爱的事物向生活本身移动，调用那绝对的变形，正如被潘神抓住前她所做

---

① 约翰·阿什贝利著，马永波译：《约翰·阿什贝利诗选·上》，河北教育出版社，2003 年，第 482 页。

的：“是成为摇摆的芦苇，在缓慢的／有力的激流中，这蔓延的草叶／顽皮地拖曳着流水，只是参与了／不超过这个的行动。”尽管这些草叶现在作为被动元素出现在自然中，但它们是一个启示录式遭遇的所有遗留。

阿什贝利常常故意使用现成的观点和短语。这个普遍技巧传达出他的某种恐惧——在我们所有人的思想和言语中，我们都绝望地陷入了现成的模式。我们的心灵无法超越充满它们的惯例，这些惯例代码使我们远离了真实。就是这个原因，阿什贝利的诗歌中时时自觉地带着歉意地使用陈词滥调（some degree cliches），常有出其不意的反讽力量。

阿什贝利自己说过：“我最好的作品是在我被别人打扰了的时候写出来的，人们给我打电话或是让我完成必需的差事的时候。就我的情况而言，那些事情似乎有助于创造过程。”①这似乎能解释他诗歌中为什么会有那么多的枝节、转移、分岔、异质语境，换言之，包含一切（anything and everything）。在这点上，他倒与奥哈拉有共同之处，奥哈拉在写诗时，如有同事推门进来说：“弗兰克，你能把窗户关上吗？”他马上会把这句话写到诗中。

作为最重要的后现代诗人，也是近三十年西方乃至世界诗歌发展的一个主要标志，阿什贝利使我们认识到，写作的难度是对写作者的一个基本的道德要求。在无深度（换句话说也就是无难度）写作日益泛滥的今天，记取这一点尤其重要。而且，后现代并不仅仅是平面化的解构，也有存在极大阐释空间的建构的一支，这也许是更有价值的。

在风格上，阿什贝利把幽默和机智相结合，并时时透露出骨子里的悲凉。有时非常松散随意，有时又极其严格。比如，他和毕肖

---

① 王家新等编：《二十世纪外国诗人如是说》，河南人民出版社，1992 年，第 556 页。

普都训练过六节六行诗(Sestina)的形式，他写过《浮士德》，而毕肖普则有写祖母、孩子、火炉、历书的《六节诗》。在继承关系上他发展了由斯蒂文斯所开创的"以想象力填补存在匮乏"的语言狂欢传统，糅合了叙述与抒情、经验与玄学等维度，其复合型写作在拓展意识范围、保持语言活力和对事物的触及能力等方面都能给予我们莫大的启示。

第三节　马克·斯特兰德：自我的终极消除

马克·斯特兰德属于 20 世纪六七十年代成长起来的美国新诗人。他通常被归为新超现实主义阵营，该阵营还有詹姆斯·迪基、W. S.默温、高尔韦·金内尔、唐纳德·霍尔、查尔斯·西密克、约翰·海恩斯等诗人。这个流派普遍受到西班牙和拉美超现实主义的影响，竭力摆脱思想意识的控制，深入挖掘潜意识领域，富有梦幻色彩。而梦幻作为清醒和睡眠的中介，既不受理性机制的审查，又可以感知梦的全部过程，记录下意识与无意识、内在世界与外在世界的交流与对照，因而可以最大限度地使精神的隐喻活动得到解放。斯特兰德的诗在抽象和经验的感觉细节之间取得了平衡。他的声音在平凡和崇高之间轻松地移动，创造出一个视觉清晰度极高的空间，这得益于他早年对绘画的兴趣和大学后对美术的专门研究。他的诗中充满了"离别的气氛"，同时也具有出人意料的幽默。自我的消除和时间的剥夺被视为悲哀的来由，但也是庆典的基础。他的诗歌以机智和坚忍克制使这个艰难的真理戏剧化了。斯特兰德善于超过自我的界限，把自我对象化，对自我及其所置身的世界进行有距离的观照。这种从远离自我的视角所进行的观察带来了旁观者的观点、幽灵的语气，一切都朦胧神秘，似幻似真。他把聂鲁达的梦幻性质与梦魇结合起来，让人想起特拉克尔这样的欧洲表现主义者。他的语言清晰而单纯，具有深沉的内向性，多诉诸日常生活的意象。

斯特兰德的诗中弥漫着一种个体在广阔的异化世界中无能为力的感觉，某种程度上和卡夫卡非常相像，因此被称为"最深的异化的哀悼者"。他曾在一篇访谈中说："世界是势不可挡的，而人是很弱小的。一个人甚至没有力量去对付自己的过去，自己的历史。"①一个人的成长过程就是不断抛弃自我本性、远离最具创造性的源泉的过程，世界以命令的方式支配着我们，教导我们不要想象和幻想，要做一个顺从的现实主义者，也就是提前死亡。《可怕的事情已经发生》一诗展现了诗中人在周围成年人（世界）的怂恿下，用一种摄影的方式重温杀死自我的过程：

> 亲戚们俯下身，期待地凝视着。
> 他们用舌头舔湿嘴唇。我能感觉到
> 他们在催促我。我把婴儿举在空中。
> 成堆的碎瓶子在阳光中闪耀。
> 一个小乐队在演奏过时的进行曲。
> 我母亲踩着脚打拍子。
> 我父亲在亲吻一个一直在向别人
> 挥手的女人。有一些棕榈树。
> 山冈点缀着橘黄色的凤凰木
> 高大汹涌的云彩越过它们。"继续，小伙子，"
> 我听到有人说，"继续。"
> 我一直在奇怪天是否会下雨。
> 天空暗下来。没有雷声。

① 王家新等编：《二十世纪外国重要诗人如是说》，河南人民出版社，1992 年，第 541 页。

"打断他的腿，"我的一个婶婶说，

"现在给他一个吻。"我按照吩咐做了。

树木在寒冷的热带风中弯曲。

婴儿没有尖叫，但是我记得那叹息

当我伸手进去取他的小肺子，在空气中

摇晃着赶走苍蝇。亲戚们欢呼起来。

大约就在那时我放弃了。

现在，在我接电话时，他的嘴唇

就在听筒里；当我睡去，他的头发围拢在

枕头上一张熟悉的脸孔周围；任何地方

我都能找到他的脚。他是我所有剩余的生命。

从整体上看，人在儿童期受到父母和社会的训导，从而泯灭了生命中最具想象力、生产力和创造力的部分。社会要求一定的顺从，要求个体成为现实主义者，负责任，不允许人们富于想象力和耽于幻想，所以个体很早就在学习加入自己的死亡。在诗的结尾，诗中人与所遗留的东西——一具尸体对视。在这里，诗人既是迫害者也是受害者，这种意识的双重性允许诗人从自我的远处做出最大清晰度的观察，从而取得摄影的客观化效果，更突显了异化的残酷。《邮差》《地道》等诗都表现了这种发现：自我是他人，甚至是他物；迫害者是自我，受害者是他人，而他人也是自我。这种万物同源的整体自我观给斯特兰德的诗蒙上了神秘、悲哀而又欢愉的色彩，实现了最终的自我取消。自我是异化最深的源头。"他人就是地狱"（萨特），现代社会人与人之间难以沟通的不可通约性已经达到除了利益关系，人与人之间再难发生任何其他关系的程度。只要有他者在场，自我的异化就是必然的，他者具有将自我僵化为对象和客体的作用，类似希腊神话中美杜莎的目光。当自为的存在变为为他的存在时，异化便成为可能。沉沦在此在中与他人共在的人已失去本真的存在，同他人相处，就是想把他人当作客体和对象，而竭力摆脱自己被他人目光对象化的地位，在他者的注视下，纯粹主体将不复存在。海德格尔把人的相互共在描述为："互相反对、互不相照、望望然去之、彼此无涉……上述最后几种残缺而淡漠的模式能说明日常的普通的相互共在之特点。"常人求异，领悟者求同。斯特兰德所主张的"最终的自我取消"绝不意味着对死亡的形而上诉求，而是重新寻回万物一体的本质同一性。他将自我分裂以实现对自我的观察与审视，最后将自我等同于他者。这种立场和身份的转换，使他的诗歌获得了某种观察的"公正性"和"客观化"。打破自我和私人化，就是背叛"最小化借口"，从而成为一个公正的观察者，充当事件和风景的编年史见证人，从"最小化"达到关注普遍的"最大化"。他利用个人性达到了非个人性。他诗歌中的"我"既不是一个"角色"（persona），即一个为全体代言的"我"，也不完全是自白性质的。自我分裂而形成的二元自我（甚至不断互相超越的多元自我）在梦魇的情境中重新合而为一，实际上就已经导致了自我的最终取消。自我是他人、他物，而他人无一是他人本身。在这种连锁反应中自我将永远无法凝成孤立的定在，在游移和变幻中循环无定。这种自我取消的声音帮助诗人对当代世界中个体的构成和定义进行个人化的探索，在这样的世界中，"被抛入"的个体感觉不到真实的关联和角色，除了成为一个空虚的填充物。正如他在《保持事物完整》中所写的："在田野中／我是田野的／空白。／这是／经常的情况。／无论我在哪里／我都是那缺少的东西。／／我行走／我分开空气／而空气总是／移进／填满我的身体／曾在的空间／／我们都有理由／移动。／我移动／是为了保持事物完整。"①对于自在的宇宙而言，人是多余的。自我的真正工作就是放弃：放弃地点，放弃同伴，放弃所有可辨别的物理标记，除了美本

---

① 马克·斯特兰德编，马永波译：《当代美国诗人：1940 年后的美国诗歌》，北京师范大学出版社，1999 年，第 437 页。

身。这种放弃从来没有受到个性的妨碍。这种极端的放弃也不能混同于谦逊或者禁欲主义。在对自我多重性的既深入又超离的过程中，诗人获得了他所称道的"有同情心的距离"（compassionate distance）。诗歌中作为说话者的个人的"我"又无意中抵消了主题向公正和客观发展的有意趋向，因此，我们常常能在他的诗歌中发现这种辩证的胶着处境，那种用朴实的语言实现的自我与虚无之间的调停："到这里来／有奖赏：没有什么许诺，没有什么被带走。／我们没有心或者救赎的恩典，／没地方可去，没理由留下。"（《到这里来》）在人与人、人与社会、人与自然之间，本来存在着某种隐秘的同一性，在看似毫无关联或者截然相反的事物背后存在着普遍相应关系和真实本质，只不过由于语言对事物的命名（文明化）而使事物脱离了这种整体的同一。因此，生与死、高与低、过去与未来、想象与现实、政治与艺术、主观与客观，都是一个普遍问题的特殊形式，这个普遍问题就是人的生存状况。从一个更高的角度看去，这些二元对立的矛盾将趋于消弭。

斯特兰德所接受的影响很多，其中包括巴西诗人安德拉德、华莱士·史蒂文斯，当然，还有博尔赫斯。他的风格奇妙地混合了心理越轨和梦魇状态，不时地以坚忍克制、疏远的放弃介入其中：

> 凝视虚无就是用心灵来熟悉
> 我们都将被卷入的一切，将自己暴露给风
> 就是感觉附近某个不可把握的地方。
>
> （《夜，门廊》）

虽然斯特兰德也写短篇小说，他还是以诗歌最为著称，而博尔赫斯对他的影响在他最早的选集里表现得最为鲜明。其中斯特兰德面临着他的自我是他者的梦魇，他经常描写一个梦一般的、有时是博

尔赫斯式复合物组成的循环世界,那里,"最糟糕的一直在等待/围
绕着下一个角落或者隐藏在干燥/摇晃的病树的枝条中,犹豫着/
是否要掉落到行人身上"。斯特兰德后期的作品,最著名的是《我
们的生活故事》和《未讲的故事》,其突出标志是一种自我指涉性。
这和博尔赫斯短篇小说伪装成的论文不无相似之处,它们经常遵
循一种递归或循环的思维模式,类似于《巴别图书馆》的结构。但
是博尔赫斯对他最明显和最重要的影响可以在斯特兰德早期的杰
作《镜中人》中见出。镜子是博尔赫斯最喜欢的一个主题,它兼具
他性、自恋、冥想的传统和原型含义。在他的小说《特隆、乌克巴
尔、奥比斯·特蒂乌斯》中,比奥依·卡萨雷斯说:"镜子和男女交
媾是可憎的,因为它们使人的数目倍增。"①与之类似,在斯特兰德
的诗中,说话者的自我在镜子的反射中加倍了,成了一个第二自
我,"一个巨大的绿月亮/一处被光遮盖着的青肿"。和博尔赫斯另
两个小说《博尔赫斯和我》及《1983 年 8 月 25 日》类似,说话者自
言自语地说:

> 你在那里。
> 你的脸是白的,板着,肿了。
> 你头发坠落的尸体
> 沉闷而不相称。
>
> 埋在你口袋的黑暗里,
> 你的双手静止。
> 你几乎没有醒过来。
> 你的皮肤沉睡着

---

① 博尔赫斯著,王永年等译:《博尔赫斯全集·小说卷》,浙江文艺出版社,1999 年,第
73 页。

而你的眼睛躺在

眼窝的深蓝中，

无法够到……

试比较博尔赫斯的小说《1983 年 8 月 25 日》：

在无情的灯光下，我与自己面对面地相遇了。在那张狭小的铁床边，背朝我坐着的正是我，显得更加衰老、瘦削和苍白，眼睛注视着房间高处的石膏装饰线条。而后我听到一个声音。那不完全是我的声音；而是我经常在我的录音机中听到的那种不快的、没有音调变化的声音。

"真怪，"那声音说，"我们是两个人，又是同一个人。但是在梦中这就没什么奇怪的了。"①

曾经有人问斯特兰德，博尔赫斯是不是对他影响最深的诗人，斯特兰德回答："哦是的，但不是他的诗歌，而是他的小说。博尔赫斯是个如此神奇的作家，尤其在某些事情上。我特别喜欢他的《特隆、乌克巴尔、奥比斯·特蒂乌斯》。"

这种复数写作法与兰波的"我是另外一个人"，雅克·拉康的"无意识是另一个人在讲话"如出一辙。这样的自我是被社会拒绝的暗哑的受害者，是被消过毒的。他平静而绝望地向我们讲述着一个异化的故事——某个一动不动站在他家草坪上的人怎样弄得他心烦意乱；无法忍受的他只好朝邻居家的院子挖了一条地道，"从一所房子的前面出来/站在那里，疲倦得/不能动弹，甚至说不出话，希望/有什么人会来帮助我。/我感觉自己正在被观察着/有时我听见/一个男人的声音，/但什么都没有做/而我已经等待了多

---

① 博尔赫斯著，王永年等译：《博尔赫斯全集·小说卷》，浙江文艺出版社，1999 年，第473 页。

日"(《地道》)。

在荷兰艺术家埃舍尔的木版画和平版画中,我们同样可以发现类似于诗歌之中的这种自我复制和循环。埃舍尔表现的一个核心概念是自我复制,平版画《互绘的双手》就表现了这个思想——双手互绘对方,互绘的方式就是意识思考和建构自己的方式。在这里,自我和自我复制是联结在一起的,也是相互等同的。自我复制还具有更大的功能——世界万物的构成原则在本质上就是自我复制。从信息理论角度说,我们人类的确是以这样一种方式建立起来的,因为我们身体上的每一个细胞都以 DNA 的形式携带了我们个体的完整信息,"整体包含于每一部分之中,部分被展开成为整体"①。这种系统的组成部分在不同尺度上的复现,在混沌理论中被称为"分形"(fractals)。分形是一种新的世界观和方法论,它认为系统的局部与整体具有一定的相似性。在分形的诸多特点之中,这种自相似性是非常关键的:分形集都具有任意小尺度下的比例细节;分形集具有某种自相似形式,可以是近似的自相似或统计的自相似。也就是说,分形系统内任何一个相对独立的部分,在一定程度上都是整体的缩影。而在更深的层次上,分形的自我复制是我们的认知世界互相反映和互相交错的结果。我们每一个人都像一本书里正在读他(或她)自己故事的人物,或者像反映自身风景的一面镜子。不同世界的相互交错取消了彼此间的差异,使得事物完全可以既是其本身又同时是他物,甚至任何物(anything and everything)。因而,虚幻和现实、原因和结果可以互为表里、互相混淆。内与外的形而上学对立的虚构性质可以用著名的"莫比乌斯带"(Mbius strip)来说明,这个概念是由德国数学家莫比乌斯(Augustus Mbius, 1790—1868)首先创造的。莫比乌斯带很容易制作,只要将纸条扭曲 180 度,用胶水或胶带粘住两

---

① 大卫·雷·格里芬编,马季方译:《后现代科学》,中央编译出版社,2004 年,第 93 页。

头，就成了一个只有一个面和只有一条边的曲面。这个令人感兴趣的性质使你能够设想一只蚂蚁开始沿着莫比乌斯带爬，那么它能够爬遍整条带子而无须跨越带子的边缘；你将发现它不是在相反的面上爬，而是始终爬在一个面上。要证实这一点，只要拿一支铅笔，笔不离纸地连续画线。空间位置的这种变换使一个密闭的空间内外相通，分不出哪是里面，哪是外面；哪是正面，哪是反面。由此也演变出了很多有意思的东西：1882 年，著名数学家菲立克斯·克莱因(Felix Klein)发现了后来以他的名字命名的著名"瓶子"。这是一个像球面那样封闭的(也就是说没有边的)曲面，但是它只有一个面。我们可以说一个球有两个面——外面和内面。如果一只蚂蚁在球的外表面上爬行，那么如果它不在球面上咬一个洞，就无法爬到内表面上去。但是克莱因瓶却不同，我们很容易想象，一只爬在"瓶外"的蚂蚁，可以轻松地通过瓶颈而爬到"瓶内"去——事实上克莱因瓶并无内外之分！

数学家哥德尔于 1931 年提出了激进的"不完全性定理"——任何封闭系统中都包含在系统自身内部不可证明的命题。这个定理解释了为什么"这个陈述是假的"这样的递归悖论能够在一个语言系统内存在，却不能在该系统内部得到满意的理解。理解这样的陈述需要跳到语言系统外部一个更高的"元"层面上去。递归网络和元数学的思维方式为计算机和人工智能打开了大门。

与之类似，在斯特兰德的诗歌中，主观性不再是一个统一的、形而上学的"自我"，而是陷入了悖论式"奇异循环"，重新被概念化了。"自我"现在是一个机械学结构的副产品，其中一个想象着的头脑在想象自己在想象自己，如此永无止境。史蒂文斯的晚期诗歌中也多有此种表现，他用"最高虚构"来称谓一种不可抵达的、理想化的"元"诗学。"递归的自我"取消了自我的在场，不但主体性陷入了机械学的递归循环，语言也类似地陷入了指涉循环。为了超越这些怪圈，也许我们可以诉诸音乐的状态，将语言的下限和音乐的上限整合起来。在这种状态中，自我和语言不再是指涉的和表现的（referential and expressive），而是表演的和自我同一的（performative and self-identical）。

在马克·斯特兰德谜一般的《我们的生活故事》中，诗人以诗歌的形式演示了这种类似埃舍尔"自噬蛇"（self-engulfing snake）绘画的奇异的递归结构（recursive structures）和超穷推理。它使我们产生了这样的思想：我们不仅在阅读或者检查我们的生活故事，我们也在书写我们的生活故事，我们同时是生活戏剧的演员和观众。仅仅知道我们做了什么是不够的。在一种非常真实的意义上，我们也必须把我们自己写入存在之中。"书""我们生活的故事"，似乎拥有自己的生命，决定着叙述者的所为和所写。而且，书似乎是自我限制的，几乎像是已经预先决定了叙述者的生活，因为书"精确"得令人恐惧。但是，作者想从"书"中走出来，也许是走出过去，他似乎无法做到这点。过去束缚着我们，就像它使我们成为可能一样。诗中人试图相信生活要多过写在书中的东西，但是当他们关于生活是否更多的意见不一致时，他们发现，他们意见不一致的部分被写在了书里：

> 这个早晨我醒来，相信
> 我们的生活并不多过
> 我们生活的故事。
> 当你不同意时，我指出
> 你不同意的部分在书中的位置。
> 你倒头睡去，我开始阅读
> 当它们被写下时
> 你曾经加以猜测的神秘的部分
> 它们在成为故事的一部分后
> 就变得兴味索然了。

在我们参与事件之前，它们往往显得很有吸引力，甚至是"神秘的"；可一旦我们经历过了，它们就变得沉闷和平凡，变得兴味索然，尽管它们依然是我们的一部分。只有从一定的距离之外去看时，只有在半遗忘之中，"书"才重新变得有趣。显然，因为我们遗忘了做一个孩子是怎么回事，重新温习书的那一部分就再次变得有趣了。我们大多数人带到自己成年生活中的愤世嫉俗消逝了。从一个距离外看去，童年似乎是一段无忧无虑的乐观时光。

做梦，和回顾我们的童年一样，是另一种超越"书"的方式，至少是对它的逃避。做梦是重新控制你的生活的一次尝试，是对"你的生活故事"的超越，是变得比你过去的总和更多。它甚至无须是字面意义上的做梦；个人的渴望，"一个故事的不成功的形式"也可能是成为比你本身更多的一种方式。我们翻动过去的书页，它们照亮了我们所想的一切和我们即将相信的一切：

> 每翻动一页就像一根蜡烛
> 在头脑中移动。
> 每个瞬间就像一次无希望的原因。
> 我们要是能停止阅读就好了。
> 他永远不会想读另一本书

不幸的是，仅仅是注视着过去并不总是能鼓舞我们；事实上，它恰恰造成了一种绝望感。是未来，是对更好的事物即将到来的希望最容易鼓舞我们。

书的错误之一是它仅仅揭示了过去所发生的事情：

> 书从来不讨论爱的原因。
> 它声称混乱是一种必要的善。
> 它从来不解释。它只是揭示。

过去事件的记录仅仅揭示了所发生的事情；它没有解释它们发生的原因。凭借事件本身甚至不能真正地揭示我们是谁。当然，了解发生的一切是通向自我发现的第一步。

随着诗的展开，逐渐变得明显的是，诗中的男人和女人已经慢慢地不爱对方了。尽管是词语引起了两人之间的分裂，只有更多的词语，那从未说出过的词语，能够弥合他们之间存在的裂缝。因为他们还没有从对方那里听到将会克服他们之间差异的词语，他们必须"秘密地拼凑起他们的生活"。回顾过去无济于事，除非人们愿意因为回顾过去而做点什么。

具有讽刺意味的是，诗中人似乎比书中人还不真实：

> 他们在沙发上并排坐着。
> 他们是从前的自己的
> 副本，是厌倦的幽灵。
> 他们的姿势是厌倦的。
> 他们凝视着书
> 为他们的无知，
> 以及不情愿放弃而惊恐。
> 他们在沙发上并排坐着。
> 他们命定要接受真相。
> 任何真相他们都会接受。
> 书必须要写
> 必须要读。
> 他们就是这书，此外
> 他们什么都不是。

诗中人不再真正地活着；他们让自己成了他们曾经之所是的纯粹的影子，为他们早先的"纯真"而"惊恐"，准备放弃，准备"接受真相"。如果他们曾经不愿接受失败，他们现在则接受了他们仅仅是自己的过去、再无更多这样的思想。

作为新超现实主义的一员，马克·斯特兰德在深刻表现了现代社会中普遍的异化危机之外，更为难能可贵的是显示出拒绝异化的勇气，他没有走向虚无，而是利用语言和虚无进行了一场无休止的对话。自我的消除既是他哀悼的理由，也是他庆祝新生命诞生的开始，因此，他的自我的挽歌始终在忧郁压抑的背景中透出一抹欢快的亮色。正如帕斯所言："马克·斯特兰德选择了否定的道路，他把丧失作为通向完满的第一步。"但是，这种美学抵抗的有效性和逻辑一贯性却是值得我们深思的。在现代性统摄的当代世界，人与其环境之间的连续性的断裂造成了家园丧失和异化的感觉，这种主体的危机和世界的危机是同步发生的。于是，主体日益退缩到自己的内部，开始研究自己已成问题的本质。写作关于诗歌的诗歌就是这种主体自矮星式"内陷"的一种表征，主体与世界日益隔绝开来，更加丧失了与相互作用的有机自然整体的生动关联，而与自然世界之间充满尊重的、同情共在的关系，要比寻求控制的疏离的非参与的意识能带来更深入的洞察、理解和知识。①

第四节　大卫·安汀：多维对话的复调之诗

大卫·安汀（David Antin，1932—），诗人、批评家和行为艺术家。出生在纽约，毕业于纽约城市学院和纽约大学。曾在纽约大学进行过科学与语言学研究，专业课题为格特鲁德·斯坦的语言结构。编辑和翻译过若干数学著作，1955 年开始诗人生涯，1964

---

① 斯蒂芬·贝斯特等著，陈刚等译：《后现代转向》，南京大学出版社，2002 年，第 295 页。

年起开始从事批评。曾任波士顿当代艺术学院的教育监护人，1968 年加入视觉艺术系。在加利福尼亚大学圣迭戈分校曼德维尔艺术馆做了四年的馆长，组织后波普代表人物卡茨、莫利、埃斯蒂斯、韦塞尔曼的作品展，理查·塞拉的装置和琼·乔纳斯的行为艺术作品展等。1972 年开始任全职教师，教学领域包括艺术结构、批评史、现代主义、后现代主义及叙述理论。系圣迭戈加利福尼亚大学视觉艺术系退休教授。其著作有《定义》(1967)、《自传》(1967)、《标记行为的代码》(1968)、《沉思》(1971)、《谈话》(1972)、《战争过后》(一部词汇很少的长篇小说，1973)、《边缘谈话》(1976)、《谁在外面听》(1980)、《对话》(1980)、《调音》(1984)、《1963—1973 诗选》(1991)、《先锋意味着什么》(1993)、《与大卫·安汀的一次交谈》(对话者为查尔斯·伯恩斯坦，2002)及《我从来不知道时间是什么》(2005)等。他凭借"谈话"(talk)实验——用录音机录下在特定地点和场合的不经排练的讲话——这种出色的创作口语诗的方式，扩展了当代美国诗歌的疆域。它们将逸闻趣事与诗歌隐喻、哲学和政治辩论、嘲讽的评论并置起来。对安汀来说，单纯地朗读一首诗就像是返回"犯罪现场"，试图让事情再发生一次，你越是想让诗活过来，它就越是变得僵死。"谈话"恢复了诗歌业已丧失的口语维度，为沟通创造过程和结果之间的鸿沟提供了机会。尽管安汀的很多谈话都没有书面记录，但其一部分已辑为《边缘谈话》和《调音》两卷出版。

安汀与战后美国诗歌的任何特定流派都没有关系，但他却是战后先锋诗歌的重要推动者，国际性行为诗歌运动的领袖之一。安汀早期的诗歌富于沉思与奇想，深受维特根斯坦哲学的影响，他深信"我们看见的一切始终有可能是别的东西"。这时期的诗歌大多可以称作"维特根斯坦式的意义形成练习"，如《十一月练习》，安汀自己称之为"某种柔软体操和精神练习的交叉"，这组诗的基础文本是每天的报纸和为外国人准备的"英语基本成语"手册。下面是"十一月一日星期天"条目：

> （10:35 上午）一对苍鹭彼此凝视。它们的瞳孔不动
> 　　　　　　受精发生了。一只雄蝉在上面发出一阵嗡嗡声
> 　　　　　　而雌蝉在下面发出回应。受精发生了。
> 　　　　　　大乌鸦孵化小乌鸦。鱼们滴落精液。
> 　　　　　　穿背心的小黄蜂变形。地上有脚印。
> 　　　　　　是鞋子留下的吗？
> （11:15 上午）上个月他们解雇了几千人。
> 　　　　　　他们的声音逐渐消失。
> （11:21 上午）一颗星路过，问某人，谁将保持无名，
> 　　　　　　为了统治世界应该做什么。无名者说，
> 　　　　　　"滚开，你是一个省！"

极端的精确性（写作的确切时刻）与这些荒诞的微小叙述的结合——一部分是禅宗公案，一部分是无稽之谈，一部分是语法练习——为后来的语言诗开辟了道路。而安汀的独特之处在于其出人意料的变化。例如，在上面所引的片段中，他所用的模式根本不像达达的无逻辑那么简单。对鸟、昆虫和鱼类受精习惯的描述完全是冷静的，而地上的脚印是鞋子留下的推想是非常有意义的，以至于事实上我们会奇怪，为什么它如此值得注意。第二单元却非常不同。几千人的解雇应该由所涉及的个体的痛苦所记录，而不是由被他人感知的他们消失的声音来记录，但是，严格地讲，空空的工厂大院必定是这样一片衰落的凄凉景象。第三单元是对叙述者的一个玩笑，这个叙述者想象一颗星星具有"统治世界"的专门技能。此外，这个单元表明，崇高的理想总是会成为被人嘲弄的对象（"滚开，你是一个省！"）。

1972 年，安汀出版了《谈话》一书，它标志着诗人与过去作品

的一次断裂。在此之前，安汀的诗没有给自己提供在他文章中的那种散漫的、哲学性写作的机会；诗歌和文章仍是十分不同的种类。但是随着《谈话》的出版，安汀的诗和文章变得更加接近。谈话是一种更易扩张的工作方式，能使你说出想说的一切。他的即兴"谈话诗"将漫不经心的讲故事、喜剧和社会评论混合在一起。"这种新型的诗歌志在取消思想、说话与文本之间的区别，不折不扣地体现了由金斯堡、奥尔森和奥哈拉这样的战后诗人所系统化的自发性诗学。"①《谈话》也表明了与大部分有关诗歌形式的观念的一个更具决定性的破裂。安汀曾有过这样的夫子自道："我对口头与书面的区别非常不满……我倾向于强调现世、偶然、口语、方言，而不是神圣……自我是一个口语社会，在同一层皮肤下，现在在不断地与过去和未来对话。"这些话大致表明了他对一些问题的态度，那就是着手思考是否有比现代主义的抽象化更能在本质层面上反映存在经历的艺术。安汀最初的"谈话"实验是《一次讲座：为两个声音所做的三支乐曲》，他实验了有控制的即兴创作，直接录在磁带上，使用了他自己的声音和他妻子埃莉诺（观念艺术家）的声音。场合和诱因是一个"科学"实验设计文本，有关一个农民宣称自己利用雕刻的鲸鱼骨来探测地下水源的事情。首先由埃莉诺朗读了几页，声音是冷静的、叙述性的，随后朗读让位给一个无名对话者（安汀的声音）所提出的一系列问题，以及第三个角色（埃莉诺自己的声音）对问题的提问。这个过程表明，故事（探测水源）是不能以任何直接的方式"讲"出来的，而问题（信息通道中的噪声），很快就压倒了整个线性交流。

约瑟夫·纳托利曾经从仿像与实在的互相纠缠与渗透出发，说明了自我、世界及其表征的动态循环。他不赞同鲍德里亚关于仿像已经取代了实在的说法，他说："我们生活在平行的宇宙或实

---

① Christopher Beach：*The Cambridge Introduction to Twentieth-Century American Poetry*，Cambridge University Press，2003，p.207.

在之中，没有哪一个可以证明自己比另一个更为'实在'——我们需要关注其他的声音。对话，或更恰当地说'对话体的'——它假定的不是文化意义和文化价值的一种丰富的、复杂的和生长中的语境中各种声音之间的距离，而是其相互渗透。"①"谈话"涉及自我与他人之间的关系，而这也是存在主义现象学所强烈关注的。胡塞尔认为，同一个世界对于不同的主体来说是不同的。在我的世界里存在的客体也存在于你的世界里。我（自我）认为展现在我面前的客体如同展现在你（他人）面前的客体一样，但事实上，对同一客体我们有不同的看法，不仅因为我们观照客体的角度不同，也因为我们各自有不同的历史，因此我们会对同一个客体赋予不同的意义。他人用唯我论威胁"我"，因为我们的世界永远不能完全一致，但是他人也是检验我是否拥有"现实"的手段，因为"现实"在很大程度上来说，是观察者之间的一致。胡塞尔使用"移情"和"类比"的行为来勾连自我之间的沟壑——这种行为将自己转换到他人的位置上，站在他们的立场上理解这个世界。而梅洛·庞蒂则认为，"移情"和"类比"也不能确保主体间的交互性，自我与他人之间是不透明的，我永远不能经历发生在他人身上的事情，反之同样如此。因此，完全的主体交互性是不可能的，但是这种主体交互性透明的不可能性却是反对唯我论的保障。而减少自我与他人之间的不透明性，缩小距离的最大可能性就是"对话"。在《边缘谈话》中，安汀清晰地表现出这种开放性的"交流"之于诗歌乃至所有文艺的重要性，而常规的封闭型诗歌中的"我"与想象中的读者"你"的交流更近乎和影子或者幽灵的单向独语：

> ……作为一个诗人
> 我越来越讨厌

---

① 约瑟夫·纳托利著，潘非等译：《后现代性导论》致读者，江苏人民出版社，2004年，第5页。

　　　那种我认为非常做作的语言行为

　　　即钻进一间私室

　　　可以说是

　　　坐在一架打字机前面

　　　因为

　　　在私室里的打字机前什么都不需要

　　　于是什么都是可能的

　　　私室绝不是与任何人或物讲话的地方

　　　而且是那么做作

　　　你坐在打字机前

　　　没有任何讲话的对象

　　　你之所以只是坐在打字机前对无法预测的人敲打出

　　　预想的内容

　　　那些人可以是任何一种人

　　　矮的

　　　圆的

　　　蓝的

　　　虽然通常都不这么说

　　　是一种非常空泛的影子

　　　空泛得很

　　　以至你不需要考虑他的反应①

　　因此，诗人在此不是为了确认自己所提供意义的权威性，而是将作者和受众一起带入一种互动碰撞。它不是拔高的自我中心的叙述，它善于接受语言和经验中松散的东西、偶然的东西、无形的东西、不完全的东西。与此相应，它接受随意的、非诗歌的言语形

---

① 安德雷·考德拉斯拉库编，马永波译：《1970 年后的美国诗歌》，北京师范大学出版社，2000 年，第 654—655 页。

式，如信件、杂志、谈话、轶事和新闻报道。我们知道，现代主义抒情诗中，说话人是孤立的，在具体场景之中沉思自己与外部世界的关联，最后得到某种顿悟，诗歌也随之结束。这样的叙事往往是封闭的、自我中心的，围绕着单个意象或有限的意象群，其目的是表达绝对的洞见时刻，或凝结为超时间模式的情感。而大卫·安汀的追求正好与现代主义的张力相反，是保持对历史与经验的开放性，注重的是与受众的双向交流的进程性与未完成性。"在那样的情况下，为了共同完成任何事情，我们不得不去发现对方的步调，发现自己的步调……我们不得不调整自己以便适应对方，以便与对方大致同步……我所称的'调谐'正是这种调整。"①

我们可以用巴赫金的小说理论来理解这种"谈话诗"。巴赫金认为，所有的语言都表现出向心力和离心力的某种形式的结合。向心力是指语言的黏合性和一致性，它能够使句子形成清晰的一体性特征；而离心力指的是语言的杂语性和不完整状态，它使单一的语言产生多重意义，也使说话者的单语声音变为杂语和双声。诗歌中最常见的意义模糊的"不确定的"语言就体现了语言的离心力作用。这种对语言离心作用的突出，目的是对体现向心力作用的社会结构提出质疑。诗歌的向心力作用将诗歌糅合成一个连续体，而离心力作用则让读者将注意力放在构成作品的每一个因素上面，看到不同语言和声音之间因相互作用而产生的矛盾与摩擦。这种对连贯性注意力的干扰和分散，使得诗人与"作者意图"保持一种难以顺利固化的精确距离，从而敞开了阅读的视野，甚至抵抗"阅读"。安汀自己曾经把这种探索称作"过程诗"。这种重在过程的诗歌可以从两个相关观念去理解——首先是"在谈话时思考"，然后是由此推及的"在写作时思考"。安汀认为所有的哲学探索都是建筑在维特根斯坦所谓的"在谈话时思考"上面的，他认为维特

---

① 史蒂文·康纳著，严忠志译：《后现代主义文化》，商务印书馆，2002年，第127页。

根斯坦本质上是个即兴的谈话哲学家，无论他是在座谈会上与同行和朋友谈话，在讲座中与学生们谈话，还是在他写作时与自己交谈。维特根斯坦曾经对人说，他一度尝试按照笔记讲座，但是结果令他作呕：这样产生的思想是"陈腐的"，当他开始朗读那些词语时，它们都像"尸体"一样干瘪无味。

促使这种断裂发生的一个原因是安汀的诗歌朗读经历。他说：

在一次朗诵中我读了这些过程诗。我对写作过程非常负责，把事物组合和拆解，就像实验电影摄制人一样。但是当我去朗读时，所有的作品都已完成，我被简化成我已经写完的一个实验戏剧中的一个演员。我不想当演员。我不想阐明我的工作方式。我想工作。做一个诗人。现在。于是，在那次朗读中我开始边读边修改我的诗。改变已经写成的诗。这是个灾难。我试图发明一首诗，我的诗歌类型——一种审问。我开始深入思考，事情好转了一些。我为思考的诗歌负责——不是过去式的思考，而是进行时的思考。现在这似乎是可能的了。但是我的思考方式非常特殊和具体。它不依连续的路径进行。当我遇到障碍和某种阻力时，我经常发现自己在寻找某个具体的例子——一个能照亮它或干扰它的故事，把它踢到另一个空间的故事。于是我发现自己在讲故事，或者，用我的术语来说，在结构叙述，把它当作我思考的一部分。我以前求助过叙述，我的那种片段化的叙述，而不是常规的故事。于是，有两个观念几乎同时涌进我的脑海——有关即席创作和在谈话时思考的观念，以我所能够的任何手段思考，这意味着以讲故事来思考。

因此，安汀的谈话诗的形式完全不同于其他的美国当代诗歌，它将自发性与即兴结合在一起。金斯堡与奥哈拉的诗歌处于向一种具有较大自发性的运动之中，亦即不受传统的限制，也较少经由诗人自我意识的过滤；而安汀的文本在写下来之前则仅仅是即兴的说话表演。在常规的诗歌（甚至在实验诗歌中），一个思想或者观察通向的是一个写下的文本，这个文本随后可以被阅读或者出声地复述出来；而对于安汀来说，一个或一组思想引发的是一次活的"谈话"，这个谈话随后可以转抄成书写文本。这个书写文本并非总是和谈话内容一字不差。诗人有时在誊写时会作些改动，但是最终的印刷文本的基础始终是谈话行为。我们可能会认为这些文本不再是常规意义上的"诗歌"，因为在许多方面它们更近似于讲座、滑稽说笑、布道和戏剧独白这样的口头形式。我们越是将安汀的谈话读成即兴的，它们作为"诗歌"就越成问题，因为我们对诗歌通常有这样一种成见，那就是写作者应该有意为之，努力将文本塑造成正规的对象，而不是仅仅记录下一次谈话。但是，即便安汀的谈话诗中的语言不是传统的文学语言，它也绝对不是普通日常谈话的语言。正如对诗歌语言的毕生磨炼使得弗罗斯特和威廉斯能够看似毫不费力地写下诗句，那么，毕生的写作与思考的磨炼则让安汀有能力进行口头的说话表演。而且，安汀的谈话诗构想中包含着对诗歌常规的一种敏锐意识，他的工作既在这种常规之内又是对这种常规的反抗。安汀与"诗歌"的这种关系在1976年的《边缘谈话》中有着清晰的表达，他说：

> 　　　　　　　　　如果罗伯特·洛厄尔是个
> 诗人我就不想做诗人　如果罗伯特·弗罗斯特是个
> 诗人我就不想做诗人　如果苏格拉底是个诗人
> 　　　我就会考虑考虑

　　正是清醒意识到自己与美国诗歌传统以及诗学理论框架的关

系，安汀的谈话诗成了后现代诗歌中趋向元语言的一个范例：他利用谈话诗来表达他对传统诗歌理念（以弗罗斯特和洛厄尔为代表）的拒绝，以及对更具实验性和哲学色彩的诗歌理念的赞同。在1976年的《公共场所的一个私人场合》中，安汀指出，诗歌的传统功能在本质上与他的谈话诗没有什么不同：

> 我正在干的　诗人们已经干了很长时间了
> 他们的谈话出于　私人感觉　有时源自一种
> 私人需要　但是他们　是在一个相当特殊的
> 语境中　谈论它的　为了让人人都能偷听到

安汀还将自己的诗歌与其他我们与陌生人分享自己生活的私人场合关联起来，如酒吧侍者和出租车司机。这种比较表明，诗歌远不是与日常生活分离的、经过升华的神圣领域，而是与其他涉及分享"人性某一方面"的沟通形式相类似的东西。这种对诗歌"人性化"的平等主义关怀也是其他与安汀同时代诗人所共有的，如克里利、奥哈拉和金斯堡。但是，对于安汀而言，他与读者之间的直接接触的感觉会使这种"人性化"成为可能，而在印刷成的诗歌文本中却是不可能实现的，这种"人性化"只能发生在活生生的表演或"谈话"之中。奥登曾言，"诗歌不会使任何事情发生"，而安汀则将这句名言嘲讽性地颠倒过来，声称"谈话将使什么事情发生"，那就是使自我在某个特定时刻出现并将自我的某些重要方面（它的记忆、思想、感觉和观察）传达给听者。谈话诗不仅包括随机的谈话，甚至我们能在讲座中听到的特定谈话，而且还包括那些发明和发现的语言行为，大脑通过这些行为探索语言的变形力量，并发现与发明世界与自身。这种主张听起来与后浪漫传统中的诗人对诗的认识并没有本质的不同，比如史蒂文斯，他曾说过，"诗歌是人所创造的他与真实之间关系的证明"，"诗歌寻找人与事实的关系"，"诗人

是人们与世界之间的中间人，也是人们之间的中间人；但不是人们
和另一个世界之间的中间人"……

安汀的另一个特点是在用写作本身来思考，他不是写下已知
的东西，而是在写作过程中让自己的感觉清晰起来。他这样解释
过他的《门迪的定义》①一诗的写作动因：

> 有一次，我通读了西蒙娜·薇依的日记和一本保险手册，
> 那里有许多句子的含义我不明白。它们并非特别困难的句
> 子。它们包含的词语往往在文化上很普通，或者甚至是陈词
> 滥调，每个人似乎都理解的抽象术语。"损失"。"价值"。
> "力"。但当我注视它们的时候我发现我根本不理解它们。于
> 是我开始把它们写下来，凭借把它们写下来进行思考，我可以
> 浓缩它们，向它们提问并找出它们可能隐藏的意义。我认识
> 到我的不理解可以成为继续下去的一种方式。而当我继续这
> 样的写字行为时，我没有想我是否在写诗。我在思考。我思
> 考得越多，我不理解的东西就越多。《门迪的定义》的第一部
> 分就是以这种方式写下的。我最初的两本书——《定义》和
> 《标记行为的代码》——也是这样写成的，把不理解当作一组
> 问题来质疑莫名其妙的陈词滥调——各种语言和文化上的
> 承诺。

安汀对词语的深度有着维特根斯坦式的不信任。深度的形成
来自单一透视法，它导向二元对立的思维模式。对单点透视的反
拨最早源于毕加索的艺术实践，他在立体主义绘画和雕塑中最早
提出"拼贴"和"装配"概念，试图以此来探讨艺术表现形式与现实
之间的关系。立体派画家受到塞尚"用圆柱体、球体和圆锥体来处

---

① 安汀的诗歌文本参见马永波翻译的《1950 年后的美国诗歌》，河北教育出版社，
2003 年。

理自然"的思想启示，试图在画中创造结构美。他们努力地消减其
作品的描述性和表现性的成分，力求组织起一种几何化倾向的画
面结构。虽然其作品仍然保持着一定的具象性，但是从根本上看，
他们的目标却与客观再现大相径庭。他们从塞尚那里发展出一种
所谓"同时性视像"的绘画语言，将物体多个角度的不同视像，结合
在画中同一形象之上。例如，在毕加索的《亚维农的少女》一画上，
正面的脸上却画着侧面的鼻子，而侧面的脸上倒画着正面的眼睛。
这是一种在二维平面上表现三维空间的新手法，毕加索似乎是围
着形象绕了 180 度之后，才将诸角度的视像综合为这一形象的。
这种画法，彻底打破了自意大利文艺复兴之始的五百年来透视法
则对画家的限制，新创出一种以实物来拼贴画面图形的艺术手法和
语言，向人们提出了自然与绘画何者是现实，何者是幻觉的问题。

　　立体派是近五百年来绘画对我们看事物的方式提出的第一次
激进的新主张。自文艺复兴以来，几乎所有的绘画都遵照一种常
规：单点透视。这是一种描绘显示幻觉的几何学方法，其所依据
的事实是，事物离肉眼越远就越小。一旦构造透视镜像的构图已
知，就可以在一张平面的白纸上表现事物了，好像它们是在空间
里，有正确的尺寸，占据正确的位置。对于 15 世纪的艺术家来说，
透视是哲学家的艺术法宝，他们利用透视能构成一种可测量的精
确具体的幻象，因此感到异常兴奋，这种兴奋甚至呈现出数学模型
的明晰和决断，因为在此之前，在幻觉方面还没有发明比这更强大
的工具来组织视觉经验。

　　但是，透视预先假定了某种看事物的方式，这种方式与我们实
际看东西的方式并不总是相符。从根本上来说，透视是一种抽象
形式，它把视觉事实聚在一起，然后加以稳定，并使其成为一个统
一的视野，它简化了眼、脑和物体之间的关系。它是一种理想的视
图，凭空想象成一个一动不动的单眼失明者所见的景象，显而易
见，这个单眼失明者是超然于所见物之外的。它使观者成了神人，

成了一个全世界都汇聚其一身的人，一个无动于衷的旁观者。

尽管透视看起来十分精确，但它只是笼统地概括了经验。它使事物程式化，但其实并不代表着我们看事物的方式。请看一件物体：你的眼睛从来都不是静止不动的。它从一边到另一边不停地闪烁，无意识之中从不静止。你的头颅相对于物体来说也不是静止不动的。每一个动静都会使其位置发生些微改变，从而造成事物外表极其细微的差异。你动得越多，变化和差异也就越大。如果对大脑提出要求，大脑可以孤立一个凝固在空间的给定视图，但大脑对眼睛之外世界的经验更像马赛克，而不像一种透视的结构。那是一种多重关系的马赛克，其中任何一种关系都不是完全固定的。人所见的任何景象都是不同瞥视的综合。因此，现实包括了画家感知现实的努力。观景人和风景是同一视野的两个部分。简言之，现实就是互动。

罗伯特·休斯认为，观者的存在会影响所观察的景色，这个思想在当今几乎大多数科学探索领域都是不言自明的。但是这句话的意思不是"反正一切都是主观的"，因此没法提出任何清楚或真实的论断。它也不是这个意思，即如果我看见椅子下面有只老鼠，我可以仅凭意志力，靠着大脑的建构、想象的虚构，就使其不复存在。在真实的世界中，老鼠的确存在，无论我们是否看见。"观者影响所观景色"意指，我在房间的存在可能会影响这只老鼠。正如一个人类学家在热带雨林的存在，可能会改变他想研究其行为模式的部落人的正常行为。我在与不在房间，老鼠的表现几乎肯定也不一样。它还有一个意思，即我对老鼠的感性认识会受到我到此为止对老鼠的了解或体验到的一切的影响。这一基本模式再加以提炼，就成了粒子物理学和心理学的常识了。到了 20 世纪，这个思想的科学形式在怀特海和爱因斯坦的作品中得到了长足的发展。[1]

---

① 　罗伯特·休斯著，欧阳昱译：《新的冲击》，百花文艺出版社，2003 年，第 11 页。

　　正是为了消除主观的、固执的思维模式，大卫·安汀借助于过程诗学来揭示文本的自我指涉。大卫·安汀同样对词语意义的差别和微妙内涵不感兴趣，对词语的隐喻性和寓言性更不感兴趣。他对线性韵律和经过调制的和谐节奏也不感兴趣。他感兴趣的是结构和句法层次，利用句法单元（几个关键词在语境中不断的漂移和重复）来结构出复杂文本。

　　安汀即使在先锋圈子内部也是非常有争议的人物。他的这些三十多年前的实验，现在看起来却是非常先锋，难怪有论家称他为20世纪八九十年代的语言诗开辟了道路。安汀自己曾这样幽默而不无悲哀地谈到先锋，先锋意味着知道如何在现在处理未来，那不能想象、不能预测的未来。他的写作特点还应包括无标点的口语的使用，文本中交织多个相关主题的复调、叙述、表演性等。他的谈话诗如此灵活多变，充满不确定性，因此可以用多种方式来阅读：可以作为微型史诗、多切分音的爵士诗、特定行为艺术的记录文献，或者是沉思型的抒情诗。这些描述在某一方面都适合他的作品，而其谈话诗可以纳入的多种不同文类范畴也表明了其复杂性。正如有的论者所指出的，安汀的谈话诗与庞德的《诗章》、惠特曼的《自我之歌》一样，属于不好分类的那一种美国诗歌传统。他的谈话诗在理念上具有强烈的先锋性，但同时也是典型的美国诗歌，表达出人类经验范围的巨大开放性。①

---

① Christopher Beach: *The Cambridge Introduction to Twentieth-Century American Poetry*, Cambridge University Press, 2003, p.209.

第七章　生态整体主义：万物
　　互相效力的信仰重构

第一节　超越人类中心论

　　20 世纪下半叶，尤其是后二十年来，美国文坛上兴起了一种新的文学流派——美国自然文学（American Nature Writing）。它以描写自然为主题，以探索人与自然的关系为内容，展现出一道亮丽的自然与心灵的风景，有美国文学史上的"新文艺复兴"之称。目前，在美国以自然文学为题出版的书已有几千种。多所大学还开设了专门的课程，而且多为研究生课程。到 1992 年起，它已经成为美国文学的主要流派，堪称美国文学中最令人激动的领域。无怪乎美国著名历史学家亨利·纳什·史密斯在其名著《处女地》中这样指认："能对美利坚帝国的特征下定义的不是过去的一系列影响，不是某个文化传统，也不是它在世界上所处的地位，而是人与大自然的关系……"①

　　不过，使用美国自然文学这一术语有引起概念混乱的危险，这一指称为多数美国学者所采用，许多作品集和研究专著都使用这个术语，例如很有影响的《诺顿自然书写文选》。但是从生态文学

---

① 亨利·纳什·史密斯：《处女地》，上海外语教育出版社，1991 年，第 192 页。

的世界视角出发,将美国生态文学等同于自然书写,难以厘清生态
文学的根本内涵。自然书写的范围过于宽泛,而实际上有些以自
然为题材的作品因其精神实质并不在生态文学之列,其中有些思
想甚至恰恰是反生态的,比如以写渔猎之趣,张扬人对自然的征
服、改造为主旨的写作。因此,本章所要讨论的美国作家,是严格
按照生态文学的根本特征来择定的。

劳伦斯·布伊尔在他被誉为"生态批评里程碑"的著作《环境
的想象：梭罗,自然书写和美国文化的构成》中提出,一部定位于
环境的著作应当包含如下特征：

> 一是非人类环境不是仅仅作为背景框架来展现,而是表
> 现为人类历史是暗含在自然史之中的。
> 二是人类利益不被当作唯一合法的利益。
> 三是人类对环境的责任是文本的主要伦理取向的一
> 部分。①

布伊尔这里虽然没有明确使用"生态文学"这个称谓,但是他对"环
境取向"特征的强调,实质上是对生态文学的界定。从上述三条
"原则"之中,我们可以得出对生态文学总体特征的理解。

首先,生态文学区别于自然文学之处,在于生态文学注重的是
生态系统的整体观,自然不再仅仅是人类展示自身的舞台背景,而
是直接成为写作的主要对象。以这种生态整体观作为指导去考察
人与自然的关系,势必决定了人类所有与自然有关的思想、态度和
行为的判断标准不再是从人类中心主义出发、以人类利益为价值
判断的终极尺度。它关注的是有利于生态系统的整体和谐、稳定

---

① Lawrence Buell: *The Environmental Imagination: Thoreau*, *Nature Writing*, *and the Formation of American Culture*, Cambridge University Press, 1995, pp.7 - 8.

和持续性的自然存在。人是自然的一部分，只有将自然生态的整体利益作为根本前提和最高价值，才有可能真正认识到生态破坏与危机对人类造成的灾难性后果。只有确保了整个自然的再生性存在，才能确保人类健康安全的持续生存。这也正是利奥波德所言的"土地伦理"，他认为，当一个事物是要保持整体性、稳定性及生物群体的美丽时，它就是对的，否则就不对。"土地伦理是要把人类在共同体中以征服者的面目出现的角色，变成这个共同体中的平等的一员和公民。它暗含着对每个成员的尊敬，也包括对这个共同体本身的尊敬。"①

其次，在考察自然在物质与精神两方面对人的影响，人类在自然界中的地位，人对自然的赞美，人与自然重建和谐关系等方面时，生态文学重视的是人对自然的责任与义务，热切地呼吁保护自然万物和维护生态平衡，热情地赞美为生态整体利益而遏制人类不断膨胀的自我欲望，尤其注重反思和批判人对自然的征服、控制、改造、掠夺和摧残等工具化对待自然的态度。生态文学探寻的是导致生态灾难的社会原因，文化是如何决定人对待自然的态度与方式的，社会文化因素的合力是如何影响地球生态的。这就要求从传统的人类中心主义向生物中心主义过渡，承认万物有其不依赖于人的标准的"内在价值"，亦即"生物圈的万物都有平等的生存和繁衍权，有在更大的自我实现内达到它们各自形式的表现（unfolding）和自我实现的权利。这一基本直觉即作为相关整体的部分，所有生态圈中的生物和群体在内在价值上是相等的"②。从人类中心主义到生物中心主义的转变，其展望围绕着四个核心信念："其一，人类与其他生命一样，在同样意义上、同样条件下被认

① 奥尔多·利奥波德著，侯文蕙译：《沙乡年鉴》，吉林人民出版社，1997年，第194页。
② 戴斯·贾丁斯著，林官明、杨爱民译：《环境伦理学》，北京大学出版社，2002年，第253—254页。

为是地球生命团体中的成员。其二，包括人类的所有物种是互相依赖的系统的一部分。其三，所有生物以其自己的方式追寻自身的善（生命信仰之目的中心）。其四，人类被理解为并非天生地超越其他生命。"①

生态文学之所以在美国，乃至全世界形成一种新的浪潮，是有其深厚的社会背景的。在现代社会，工业文明所引发的人类对自然无止境的盘剥与利用，已经使自然开始了隐退，自然已逐渐被商品所代替。自然的功能除了向人类提供物质、能量资源和作为人类的排污场外，其他功能不再被人类视为必要，生态系统存在本身的价值和生命的多样性价值，甚至自然景观的审美价值都已经退居最次要的位置。大自然已经危机四伏，环境已经完全改变了。资源枯竭、酸雨肆虐、地面下沉、水土流失、淡水缺乏、沙漠迅速扩张、全球气候变暖、臭氧层出现空洞、物种数目急剧减少、海平面持续上升、有害化学物质导致物种突变、居住环境恶化、生态严重失衡……整个人类的生存已处于威胁之中，种种一切，使人的精神趋于枯竭，造成了一种可怕的沙漠化和荒原化倾向。

人类与自然的关系，经历了臣服—征服—对立这样的过程，人在自然中的位置重新得到了设定，农耕时代天人无间的密切关系已然解体，人的生命节律也不再内在于一年四季的变换。但是，人与自然之间的应和关系就如同人的血液与河流潮汐的律动一样隐秘而息息相关，以至于歌德在 75 岁高龄时写下的《马琳巴特哀歌》的绝望中，他想到的不是上帝，而是自然，他认为没有什么能比同最为纯洁的自然与理智和谐一体更完美、更真实的。也就是说，人是需要环境的生物，人需要真实地栖息于一个生境之中，需要植根于自己的地域与传统。罗尔斯顿说过：

---

① 戴斯·贾丁斯著，林官明、杨爱民译：《环境伦理学》，北京大学出版社，2002 年，第 160 页。

　　人需要一个居住地，一个进行价值创造的基地；这种需要既有非道德的，也有道德的成分。无论是从生物学的还是物质需要的角度看，没有一个充满资源的世界，没有生态系统，就不可能有人的生命。从哲学和伦理学的角度看，如果人对事物的评价不能超越他们自身的局限，那么，人的生命就远远没有达到它能够也应该达到的境界。人们不可能脱离他们的环境而自由，而只能在他们的环境中获得自由。除非人们能时时地遵循大自然，否则他们将失去大自然的许多精美绝伦的价值。他们将无法知晓自己是谁，身在何方。①

　　守护人类所栖息的环境，成为地球的观察员，用人类所拥有的情感、知识和理性承担一个共同的责任，那就是，"不是把心灵和道德用作维护人这种生命形态的生存的工具；相反，心灵应当形成某种关于整体的'大道'观念，维护所有完美的生命形态。人类（humans）与腐殖土壤（humus）是同根同源的，二者都由尘土构成，只不过人因赋有反思其栖息地的高贵能力而成为万物之灵。他们来自地球又遍观地球（人类一词的希腊语词根 anthropos 的含义就是：源于、查看）。人类有其完美性，而他们展现这种完美性的一个途径就是看护地球"②。人类在自利的同时完全应该也能够做到利他。这种基于整个生态系统的伦理观，是将其他存在物也当作与人并列的目的来对待，既能从自己的角度，也能从其他物种和存在物的角度来欣赏这个世界。大地伦理学把生物共同体的完整、稳定和美丽视为最高的善，共同体本身的"好"才是确定其构成部分的相对价值的标准，是裁定各个部分的相互冲突的要求

---

① 罗尔斯顿著，杨通进译：《环境伦理学：大自然的价值以及人对大自然的义务》，中国社会科学出版社，2000 年，第 454 页。
② 罗尔斯顿著，杨通进译：《环境伦理学：大自然的价值以及人对大自然的义务》，中国社会科学出版社，2000 年，第 461 页。

的尺度,这些部分分开来看,都应获得同等的关怀。

在这种情况下,探索自然与人的关系,唤醒人的生态意识,就成为文学的一个不可或缺的主要功能。生态文学是以描写自然为取向的非小说创作。作为一个文学流派,它的源头是英国博物学家和作家吉尔伯特·怀特的《塞尔朋自然史》。美国作家亨利·梭罗、约翰·巴勒斯、约翰·缪尔、玛丽·奥斯汀、阿尔多·利奥波德、雷切尔·卡森等继承了这一传统,使之延伸到了美国。迈克尔·麦克多维尔(Michael J. McDowell)在《通向生态学洞察的巴赫金学派之路》(*The Bakhtinian Road to Ecological Insight*)中分析道:"自梭罗开始,美国文学有了风景写作的非主流传统,它与主流传统所倡导的进步、发展、改善等价值观念相对抗……在自然的伟大网络中,所有存在都值得认知,均可以发出声音。由此出发,生态文学批评应该探讨作者怎样表现风景中人类与非人类声音的相互作用。"①生态文学之引人注目,不单是因为其内含的万物关联的深刻思想对当下人类困境的触及与揭示,更在于它形式上的新颖和独特,它属于非小说的散文文学,主要以散文、日记等形式出现。因此,其最典型的表达方式是以第一人称为主,以写实的方式来描述作者由钢筋水泥的文明世界走进荒野冰川的自然环境时那种身心双重的朝圣与历险,是将个人体验与对自然的观察融合无间的结果。

在西方文化中,历来占据主要地位的致思方式是以自我和实体为基础的二元对立思维,从而形成了固执于主客观分野的、用来衡量和检测事物的认识深度模式,如本质与表象的辩证模式、潜与显的心理学模式、内与外的阐释模式、真实与不真实的存在模式、能指与所指的符号模式,等等。这样的思维模式必然使人们把精神与物质、自我与环境、人与自然隔绝与区别开来,促使人将自然

---

① *The Ecocriticism Readers*, Athens and London: The University of Georgia Press, 1996, pp.371 - 372.

对象化，将本来是自然一部分的人孤立出来，以实用的工具化态度来对待自然母亲。而生态文学的思维模式则呈现非两值对立的多元整合性质，它强调的是过程、环境，是感知整体和结构的能力，是万物互相依存和关联的思想。这种以整体为基础的意识模式，将精神与物质、自我与环境、人与自然融为一体。这种非二元化的融洽整合，克服了人类与自然之间的僵硬区分。这种新型的世界观不同于现代性所确立的观察者外在于自然世界的人与世界的关系，而是着力于理解人类自身的生命与活动是如何嵌入宇宙整体的动态过程之中，并作为自然世界中的一个因素而运作的，亦即一种兼收并蓄的协调的世界观，将自然世界与人类世界包容在一起。在此，生态主义与建设性的后现代主义便内在地关联起来，这种生态后现代主义不同于解构的后现代主义，"它不仅希望保留现代性中至关重要的人类自我观念、历史意义和符合论真理观的积极意义，而且希望挽救神性的实在、宇宙的意义和附魅的自然这样一些前现代概念的积极意义"①。从此出发，当代文明所致力于的从机械论世界观向有机论世界观的转变，便是引领人类重返作为家园与母亲的大自然，正如"生态学"（ecology）这个词本身的词源学意义一样，它来自希腊语中的"家园"一词（oikos）。

　　生态文学也有其自身的发展历史，它从开始时偏重科学考察的纯粹自然史，逐渐过渡到将文学的诗意与科学的精确结合起来；由早期的以探索自然与个人的思想行为关系为主的自然散记，发展到当代主张人类与自然共生共存的生态文学。美国生态文学的发展趋势，使我们看到了人类生态意识的不断深化和拓展的进化过程。

　　文明的生态转向，是继后现代转向之后最为重要的一次文明变革，它挑战了人类惯性的唯我论的思维方式、实体化的想象方

---

① 大卫·雷·格里芬著，马季方译：《后现代科学》，中央编译出版社，2004 年，第 22 页。

式,而转向了近乎我们中国古代文明所内蕴的物我同一的终极追求,也突显了西方自古希腊哲学开端以来的另一种思维方式,亦即过程化思维,它以赫拉克利特、芝诺为起源,一直发展到以怀特海的过程哲学为支撑的建设性后现代主义。依照怀特海的过程哲学思想,宇宙中任何一个客体的特征和目的都取决于它与其他客体的关系。所有事物在任何时候都处于流变的过程中。实在就是由发生在生物和无生物的分子层面的这种绵延的活动决定的。所有的存在物都拥有内在价值,只要它们对宇宙流变的实在或过程做出了贡献。天地万物不是暴君和奴婢的关系,万事万物都在一定的关系中存在,万物的每一搏动都对自身、他者、世界有着一定的价值。哪怕是遥远空际中一缕微细的存在,也是一个现实实有,也和天地万物有关,也有自己的价值。因此,以这种形而上学为基础的道德观对他者都是尊重的。由此便产生出一种对自然的新的道德观,这一整体主义的道德观已经成为解决当今世界全球性生态危机的最好的理论根据。① 虽然生态整体主义有诸多的范式,但总结起来,它们均具有这样的三项法则:

　　第一项是"整体统一性(holistic unity)法则"。自然是一个"生态系统",其各项组成要素存在于"互为缘起的"(interdependent)因果关系之中,并且时刻发生着变化。一个实体处于什么存在状态,或将变成什么样子,这与它在每一时空同宇宙每一其他实体的具体关系存在着直接联系。第二项是"内部生命运动法则"(the principle of interior life movements)。所有有生命的实体,本质上都具有其内在的生命力,这生命力不是由外物强加的,甚至也不是由上帝置于其中的,而是源于生命之本身。即生命力是一种涌现出来的"力量域"(an emerging

---

① 怀特海著,周邦宪译:《过程与实在》中译者序,贵州人民出版社,2006年,第5页。

field of force)，它支撑着处于永不停息的"互为缘起的生命网络"(networks of interrelationship and interdependency)之宇宙中的一切存在实体。或者，颠倒一下基督教传统中关于上帝的形象，上帝不是"强加"或"给予"生命的主；上帝只是一切生命的"总范本"(chief exemplar)。第三项是"有机体平衡法则"(principle of organic balance)。其含义是处于时空中的万事万物，在"对立着的两极"之矛盾过程中，每时每刻都处于互相关联的运动关系之中。①

　　这种整体主义思想的本质是一种"异中同一的非二元论"(nondual-identity-in-difference)，存在的总体是互相依存的，所有事物都具有内在的联系。所有事物都是通过与其他事物及其整体的功能性的关联而生起的，这样每一个事物与所有事物，在自然的审美统一体中也都是相互联系的。因此，每一事物的功能对于其他事物也是一种因果条件，在自然伟大的和谐中，没有什么东西是毫无价值的。

　　这种从原子论范式向关联性宇宙论的转变从根本上改变了文学的定义，作家必须以全新的位置意识和生存方式呈现人与世界，那就是，文学将由征服世界的人学转变为守护家园的人学；与此同时，文学所要呈现的对象，则从人类社会延伸向整个世界与宇宙。文学关注的将不仅仅是人类的利益，而是整个生态圈的利益，并从是否对这个生态整体的利益有所贡献来确立文学品质的标准。"所有的生态批评都具有广泛的研究领域和完全不同的专业程度，但它们有着共同的前提：人类文化与物质世界是相互关联的，它影响物质世界并被后者所影响。生态批评的研究主题正是自然与文化的相互作用。作为一种批评立场，它一脚站在文学上，一脚立

---

① 安乐哲等主编：《佛教与生态》，江苏教育出版社，2008年，第80页。

于大地；而作为一种理论话语，它协调人类与非人类的事物的关系。"①在大多数传统的文学理论中，"世界"是社会的同义语。而生态诗学（或曰生态批评）将"世界"概念扩展到整个生态圈。因此，在具有生态意识的新型文学中，所有个体（有生命的个体和无机物个体）都是主人公，文学将彻底取消主体与对象的距离，主体对客体的融入、客体向人的内心转身的内在化，将是同时发生和比肩而立的。在这种新的话语体系中，我们才能真正与"蚂蚁哥哥"和"火焰妹妹"结成亲缘整体。这将改变当前文学研究生态维度的缺席，这种缺席"使人觉得当下的学术对外部世界毫无意识"②。人类与世界的关系大致可以划分为三个阶段：服从自然力的时期、反抗自然即征服世界时期、守护家园时期。那么，正如生态论文艺学的奠基者之一王晓华教授所言："文学在升华为守护家园的事业以后，文学家的使命也必然发生根本性的变化。他不应再像主体性文学时代的文学家那样简单地讴歌人的力量、描述以人为中心的世界、表现人对世界的征服，而应超越人类中心主义的狭隘视野，反映和推动人们守护家园的事业。"③

将生态视角引入文学批评领域的生态批评出现于 20 世纪 90 年代初，它把生态学以及和生态学有关的概念运用到文学研究中去，在深层生态学的背景与原则下，对任何文学文本，甚至表面上并非对描写自然世界的文本都加以重新审视，亦即对所有可以作为"环境的符号"的文本进行生态主义的解读，发掘其中的生态意识。威廉·鲁克特（William Rueckert）曾言："所有生态批评都源于一种警觉：人类正在破坏地球上的生命支持系统，我们已经到了就要越过环境底线的时代。我们或者改变自己的生活方式，或

---

① *The Ecocriticism Reader*，Athens and London：The University of Georgia Press，1996，p. xix.
② *The Ecocriticism Reader*，Athens and London：The University of Georgia Press，1996，p. xv.
③ 王晓华：《在现代和后现代之间》，黑龙江人民出版社，2006 年，第 201 页。

者在我们奔向启示的轻率的竞赛中面临全球性灾难，摧毁更多的美，灭绝无数伙伴物种。我们中许多在大学和学院中工作的人发现自己处于两难状态。我们的性格和才能将我们置于文学系，但当环境问题发生时，像平时一样工作似乎是无意义的。如果我们不是出路的一部分，我们就是问题的一部分。"①

相比较而言，中国当代文学的文学观依然局限在狭隘的人类中心主义视野上面。大多数作家还在主张张扬主体自我或是反映社会现实，而这个"社会"在他们看来，是与"自然"相对的系统，是一个封闭循环，自然或者说其他人类之外的主体个体被排斥和遗忘掉了。在全球性生态灾难日益严重的形势下，这种只顾人类自身的集体化自我的利益，甚至只能看到作为个体的私己化自我的利益的现象，是非常令人痛心的，这就像在一条迅速下沉的船上，人们还在为舱位的分配而争执不休一样，既可笑又危险，殊不知，暴怒的大海与风暴正在周围呼啸、汹涌。

雅思贝尔斯认为，人性形成最有成效的历史点是"轴心时代"，亦即公元前第一个一千年，大约公元前800年至公元前200年，这个时期，在世界上完全没有关联的地区，相继诞生了三位伟大的哲人，即中国的孔子、印度的释迦牟尼、希腊的苏格拉底。在大致相当的时间内，在西亚地区形成了《圣经·旧约》。三位伟人和一部经书像事先约定好了一样，在同一时段一起生长出来，有如四根挺立的石柱，撑起了古代世界精神文明的大厦。这个轴心时期的基本特征是人类精神的自我意识突显和人性的理性自觉。但是，经过这个轴心时期之后的"科技时代"，人类尽管增强了理性的自我意识，个体自我也获得了更大的自由，人为了自己的利益和完美而将自然隔离开来，使人与自然处于极大的对立状态，因此脱离了宇宙—神—人这个共融的存在共同体。

① *The Ecocriticism Reader*，Athens and London：The University of Georgia Press，1996，pp.xx，xxi.

克里斯托弗·马内斯（Christopher Manes）在《自然与寂静》（*Nature and Silence*）一文中倡导要恢复灵性主体（animistic subject）概念，以之消除人类/非人类的界限。人类的话语不应再被理解为独一无二的机能，而是世界的言语的子集。自然在我们的文化是无声的，以主体的身份说话被当作人类的特权……而从生物适应的角度看，大象不比土蚯高，蝾螈与麻雀同样高贵，甘蓝和国王具有相同的进化地位。[①] 那么，如何反思人与自然的关系，应对旧主体性所导致的生态危机和大规模杀伤武器危机，从机械文明顺利转变到有机文明的新的"第二轴心时代"（The Second Axial Age），便是深层生态学光照下的现当代文学所要积极参与的一项文化建设工程。在此过程中，文学艺术将以何身份和声音参与有机文明的大合唱之中，则体现出文艺家的整体意识、对话意识、他者意识和亲证意识。而不同的文化、不同的个体互为主观互相参照，从他者反观自身，这种超出旧主体论的限制，走向主体间性为基准的多元文化，已经成为当今国际学术界、文艺界的共识，也是其共同的方法论基础。

第二节　惠特曼：典型的日子

19世纪的最后三十年，在蓬勃的美国工业化运动中，人们无节制地采集石油、煤炭和铁矿，对森林的滥砍滥伐、对土地的过度开发使水土流失，破坏了土壤和植被，导致良田被毁、河道堵塞、地下水位下降。环境恶化不仅使通航和农业灌溉受到影响，也给动植物带来灾难。一些野生动物被肆意捕杀，几近灭绝。尤其在南北战争以后，一些西部开发者认为美国地大物博，有着取之不竭、

---

① *The Ecocriticism Reader*, Athens and London: The University of Georgia Press, 1996, pp.17-22.

用之不尽的资源，开始疯狂地向大自然索取。面对这种现状，一些自然主义者发起了保护资源运动，他们意识到大自然的经济、美学和精神财富，意识到自然资源正日益受到人类的威胁，他们呼吁人类科学、明智地开发资源，保护生态环境。著名鸟类学家奥杜邦（John Audubon，1785—1851）和一些信奉自然主义的基督徒不断地向政府游说，要求建立国家公园，人与环境和谐相处。在对大自然的咏叹和紧急保护的呼声中，不乏一些热爱自然的诗人发出的声音，以"草叶诗人"著称的惠特曼就在其中扮演了重要角色。

惠特曼（Walt Whitman，1819—1892）生于美国长岛的一个海滨小村庄，有着荷兰人和美国北方人的混合血统，父亲是木匠。惠特曼五岁那年全家迁移到布鲁克林，父亲在那儿做木工，承建房屋。由于生活穷困，惠特曼只读了五年小学。他当过信差，学过排字，后来当乡村教师和编辑。这段生活经历使他广泛地接触人民，接触大自然，对后来的文学创作产生了极大的影响。1841年以后，他又回到了纽约，开始当印刷工人，不久就改当记者，并开始写作。几年以后，他成了一家较有名望的报纸《鸷鹰报》的主笔。他写了大量反奴隶制、反雇主剥削的文章，其中也充满了赞美大自然、天人合一的声音。他认为，美国诗人们要总揽新旧，诗人的精神要与国家的精神相适应，诗人要表现国家的地理、自然生活以及湖泊与河流。他进而认为，政治家更要学习大自然的政治，那种"宏伟、正直、公平"，因为人类社会中的民主的先决条件是自然中的民主，他由是这样劝导说：

你所做所说的一切对美国只是些悬空的幻影，

你没有学习大自然——你没有学到大自然政治的宏伟、正直、公平，

你没有看到只有像它们那样才能服务于这些州，

凡是次于它们的东西都迟早得搬出国境。

——《给一位总统》①

　　1850 年起他脱离新闻界，重操他父亲的旧业——当起了木匠和建筑师，用笔记本随手记录诗篇。1855 年这些诗歌结集出版，题名《草叶集》。爱默生在收到诗人寄赠的诗集后，在回信中热情地赞扬道："我以手揉眼，想看清楚这道阳光究竟是真是幻；不过，手捧大作，实有其物，何容置疑。诗集有个最大的优点，那就是，既给人勇气，又加强了勇气。"这本以非传统韵律写成的诗集，主题是宣扬自我、死亡与生命、民主和美国，而融汇于全书的则是对大自然的挚爱与赞美。人类应与自然和谐相融的思想，贯穿了惠特曼的所有写作，他对人与自然关系的思考集中体现在他 1882 年出版的自传式笔记《典型的日子》中。《典型的日子》由三部分组成：作者青少年时代的经历；1862—1865 年内战时期的回忆；1877—1881 年的自然笔记，以及后来的美国西部和加拿大之旅。

　　惠特曼认为诗人永远与时间和空间合奏，与大自然这个围绕着他的庞大而多样的现象密切联系和相互吻合，彼此融洽、满足和相安无事。他认为只有抱着与万物齐平的态度，人类才能找到与自然和谐相与的途径。在 1855 年版《草叶集》的序文里，惠特曼写道："在所有人类之中，伟大的诗人是心气平和的人。"诗人帕斯也说："惠特曼是在面对这个世界时似乎并不感到不调和的仅有的伟大的现代诗人。他甚至不感到孤独，他的独白是一种宇宙的合唱。"②"民主诗人"惠特曼的这种谦逊平衡了人本主义膨胀的骄傲自我。在诗人眼中，民主的地位虽然崇高，但是其象征却是自然界

---

① 惠特曼著，楚图南等译：《草叶集·上》，人民文学出版社，1987 年，第 497 页。
② 帕斯：《沃尔特·惠特曼》，黄灿然译：《见证与愉悦》，百花文艺出版社，1999 年，第 73 页。

中最为卑微的小草；他心目中的新人，说的是"草一般简单的话"。
他重视民主，但更重视民主与自然的关联：

> 民主与户外的关系最为密切，只有与自然发生关联，它才
> 是充满阳光的、强壮的和明智的，就和艺术一样。要调和两者
> 的关系，就需要去检查它们，限制它们，使之远离过度和病态。
> 在出发之前，我要为一门非常古老的功课和必需品找到特别
> 的证明。美国的民主，在它无数的个体方面，在工厂、车间、商
> 店、办公室中——拥挤的街道和城市的房屋，以及所有生活复
> 杂的方方面面——都必须与户外的光、空气、生长物、农场景
> 象、动物、田野、树木、鸟、太阳的温暖和自由的天空保持固定
> 的接触，以变得坚韧、有生机，否则，它肯定会缩小和变得苍
> 白。在不平等的条约上，我们无法拥有一个手艺人、工人和平
> 民百姓的伟大种族（那是美国唯一的特定目标）。我设想过，
> 整个新世界的政治、理智、宗教和艺术，如果没有自然成分作
> 为主体，作为它的健康成分和美的成分，美国的民主就不会兴
> 旺，就不会变得英勇。
>
> 最后谈谈道德，马克·奥勒留曾说的："何谓德行，只是对
> 自然鲜活的、热忱的同情而已。"也许，所有时代，我们的时代
> 和即将到来的时代，真正的诗人、奠基人、宗教、文学的种种努
> 力，本质上一直是一样的，将来也是如此——那就是将人们从
> 他们顽固的迷失和病态的抽象中，带回无价的平等、神圣、原
> 初的具体之中。①

人类能平等地对待自然和其他的生命形式，才能平等地彼此
对待。缺失了这个前提，对其他生命形式的残忍会自然过渡到对

---

① 瓦尔特·惠特曼著，马永波译：《典型的日子》，百花文艺出版社，2008 年，第 219—
220 页。

同类的残忍。威廉·霍加斯(William Hogarth)1751 年曾发表四幅木刻连环画《残忍的四个阶段》，描绘了与罗马暴君同名的虚构人物汤姆·尼禄(Tom Nero)人生的不同阶段，这个名字也是"非英雄"(No hero)的缩写。第一阶段是从他儿童时折磨一条狗开始的，然后是成年时暴打他的老马的第二阶段，继而进展到《完全的残忍》中的抢劫、引诱和谋杀。最后，在《残忍的报应》中，他得到了霍加斯所警告过的那些走上尼禄道路的人不可避免的命运：在作为谋杀犯被处以绞刑后，他的尸体被外科医生当众解剖。没有了法度，没有了对上帝造物的尊重，人的本性中的邪恶将发展成自相残杀。笛卡尔认为动物只是一架"自动机"，感觉不到痛苦，因而活体解剖并不会使动物感到痛苦。针对这种思想，英国思想家洛克在《关于教育的几点思考》一书中提出了质疑。他认为动物是能够感受痛苦的，毫无必要地伤害它们在道德上是错误的。他对当时英国儿童折磨落入自己手中的小鸟、蝴蝶等可怜生物的行为所产生的后果极其担忧，因为折磨动物的习惯会潜移默化地使人们的心甚至对人也粗暴凶狠起来，从动物的痛苦和死亡中取乐的人，很难养成对同胞的仁爱之心。

而圣经中明确地告诉我们，上帝创造人类，把万物交给亚当去命名，仅仅是让人类代神来管理万物，而不是可以对他物肆意掠夺、毁灭和进行彻底的经济学上的利用。应该说，是人滥用了造物主对人的特殊信任，将自己封为进化的顶峰。正如霍尔巴赫在其《自然体系》中所言，文艺复兴与启蒙运动之后，"人必然使自己成为全部自然界的中心，事实上他只能按自己的感受来判断事物，他只爱自以为对他生存有利的东西，他必然恨和惧怕一切使他受苦之物，最终他称……一切干扰他机器的为混乱，而他认为，只要他不遭遇不适应他生存方式的东西，一切就都成'正常'。根据上述思想，人类必然确信整个大自然系为他而造、自然界在完成它的全部业绩时心目中只有人，或不如说，听命于大自然的强大因果在宇宙中产生的一切作用都是针对人的"①。

因此，消除人类中心论的傲慢，视自然作为民主的先决条件，在前现代、现代、后现代三种社会形态混杂共在的当代中国，在公民的个体主体性还没有完全确立的当下，其意义更为重大。

人生更像自然界的一个物体，自有其有机组成，但是其形式是意想不到的、不对称的，甚至是任性的。惠特曼说："在诗里，事情的发生，一如在自然界中，好像没有照顾到部分，也没有特殊的目标。"在另外一次谈到自己的时候，惠特曼说，诗人把"他的韵律和均一藏在诗的根底，本身是看不见的，而是像花丛中的丁香一簇簇四处怒放，终于结为浑成一体的东西，如西瓜、栗子或梨"。这清楚地表明，诗人绝不是以万物灵长自居，把自己凌驾于万物之上，"万物皆备于我"，万物皆为我所用，而是谦卑地把自己当作上帝荒野中一棵卑微的小草，其存在是与周围环境息息相关、密不可分的。与诗人一起进餐、远足、交谈达十年之久的生态文学作家和博物学家约翰·巴勒斯曾这样谈到惠特曼身上独有的谦卑："没有一定程度的自甘屈从，在文学、各种宗教或别的事物中就不可能有伟大。不害怕受到人群的损害，始终是大师的一个特征……没有什么他不能敬重的微贱，没有什么他不能面对的高尚。他的主题是江河，而他是宽敞和心甘情愿的水道……在他自己与他的对象之间不存在对抗。"②巴勒斯认为，与流行诗人比较起来，惠特曼就像自然中的大树，而后者则像经过小心修剪的树篱。

惠特曼呼吁人们向大自然学习，人类仅仅是自然母亲所孕育的儿女，自然才是一切的源头。在《初夏的起床号》中他发出这样的呼唤：

---

① 转引自狄特富尔特等编，周美琪译：《人与自然》，生活·读书·新知三联书店，1993年，第114页。
② 约翰·巴勒斯著，川美译：《鸟与诗人》，百花文艺出版社，2008年，第4页。

那么离开吧，去放松下来，松开神圣的弓弦，如此紧绷的长长的弦。离开，离开窗帘、地毯、沙发、书本——离开"社会"——离开城市的房屋、街道、现代的改进和奢侈——离开，去到那原始的蜿蜒的林中溪流，它那未经修剪的灌木和覆盖着草皮的岸畔——离开束缚之物，紧巴巴的靴子，纽扣和全副铁铸的文明化的生活——离开周围的人工商店、机器、工作室、办公室、客厅——离开裁缝和时髦的服装——也许，暂且离开任何的服装……至少一天一夜，返回我们所有人赤裸的生命之源——返回伟大、寂静、野性、接纳一切的母亲！①

和惠特曼相仿，美国深意象派诗人詹姆斯·赖特在其诗歌《读一卷坏诗歌心情压抑，我走向一片空闲的牧场，邀请昆虫加入》中也表达了要打破文化等人工之物在人与自然之间制造的樊篱：

解脱了，我把书抛到石头后面。
我爬上一座小草丘。
我不想打扰蚂蚁
它们正在篱笆桩上列队散步，
携带着白色的小花瓣，
投下薄得我可以看透的影子。
我把眼睛合上一会儿，倾听。
老蚂蚱疲倦了，
此刻它们在沉重地跳跃，
它们的大腿负担累累。
我想听见它们，它们发出清晰的声音。
然后，远远地，一只黑蟋蟀开始

_____

① 瓦尔特·惠特曼著，马永波译：《典型的日子》，百花文艺出版社，2008年，第219—220页。

在枫树上可爱地叫起来。

惠特曼强调自然对人类身心两方面的影响,亦即"自然疗法的和基本道德的影响"。当人们在商业、政治、交际、爱情诸如此类的纷争扰攘中精疲力竭,再也无法永久地忍受下去的时候,原本处于隐退状态、被人所遗忘的自然开始显现出来,"从它们迟钝的幽深处,引出一个人与户外、树木、田野、季节的变化——白天的太阳和夜晚天空的群星的密切关联……我们将从这些信念开始,那就是我们功课的一部分"(《进入了新的主题》)。《典型的日子》这部散文集可以说就是诗人向自然学习的笔记,"我将向你学习,沉思着你——接受、复制、印刷那来自你的信息"(《致清泉和溪流》)。由于内战时辛劳过度,惠特曼于 1873 年患半身不遂症,终生未愈,在病痛中挨过了近二十年。然而,他不是屈服于病魔的折磨,而是经常拖着他的小凳子,到户外去,走进自然,走向溪流边,为树的沉默和神秘而欣喜,为风雨的变幻、鲜花的盛开、严霜的降临、鸟儿和蜂蝶的歌唱与舞蹈而流连着迷,从自然中吸纳着复原的精力与勇气。在这点上,惠特曼无疑接通了印度哲人的智慧,正如克里希那穆提所曾言:"抚平心灵的创伤,需要我们学会把自己融入大自然,把自己置身于广袤无垠的原生态,与自然界的参天大树同在,与树上的累累硕果同呼吸,与大地上的小草共言语,与云雾缭绕的高山融为一体,让心灵变得广阔,创伤自然会消失殆尽、不复存在了。"①

日落时分,他常常用一棵手腕粗细的坚硬橡树锻炼手臂、胸肌和整个身体,在和树的较量中感受年轻的树液和效力从大地里涌起,刺痛着,从头到脚穿过了全身,像补酒一样(《春天前奏曲——娱乐》)。"过去的整整两个夏天,它一直在强化和滋养着我病弱的身体和灵魂,以前从来没有过。感谢这无形的医生,感谢你无声的

---

① 克里希那穆提著,凯锋译:《自然与生态》,学林出版社,2007 年,第 78 页。

良药，你的日与夜，你的水流和你的空气，堤岸，青草，树木，甚至杂草！"（《橡树和我》）诗人呼吁人们学习"树的功课"，树的生机、忍耐和沉静正与人类的虚伪相反，它们如此纯真无邪又如此狂野，它们什么都不说，它们神秘而沉默的力量也许是最后的、最高的、最完善的美。人类从树那里了解到那无形中将人类联合在一起的基础，亦即心智、成长、持续性、性格中的真实部分，乃至友谊与婚姻的无形基础。这种对待事物的态度，也就是马丁·布伯所推举的"我—你"而非"我—它"式的互动关系。对于只进行研究的人来说，树永远是具有许多部分和许多特征的一个客体；但对于能够说"你"的人来说，树木能够作为一个活着的整体表现自己。这取决于我们的态度，任何的"你"都能够变成僵死的客体化的"它"，任何的"它"也都能变成与主体处于相遇关系中的"你"。

他进而把自然尊为文学的尺度和标准，自然的丰富、伟大、永恒、生机，都构成了他的写作的潜在的海床，"海岸成了我的写作中一种无形的影响，一种弥漫着的尺度和标准"（《海边的幻想》）。向自然学习，不仅是对身心和谐的追求，更是在精神训练上的一种必要功课。与书籍和艺术作品对作家的影响相比较，平静无声的自然精神，对于一个作家来说更显重要。约翰·巴勒斯在评论惠特曼的文章中这样说道："日出，涌动的大海，森林与山脉，暴风雨和呼啸的风，温暖的夏日，冬天的阳光和声音，夜晚和布满星星的天穹，要想真正地读懂这一切，要想阐释它，是如此的不可能，特别是在童年，直到发现里面蕴含的东西，找到它完美的对应物，并在脑海里引起回应——这是唯一的知识，它把生命的气息呼出来注入其他的一切事物。没有它，文学作品可能具有庄重的雕塑之美，但是有了它，它们就可能具备生命之美。"[①]离开了自然之健康精神的文学，势必丧失"我们古老祖先那种强壮的体力——他们那时热

---

① 约翰·巴勒斯著，川美译：《鸟与诗人》，百花文艺出版社，2008年，第175页。

衷的是带苦味却营养丰富的家酿啤酒，如今取而代之的是受到娇宠和溺爱的病态的苍白。有教养的人追求的是变白和加倍的精致——白房子、白瓷器、白大理石、白皮肤。为了得到白面包，我们从面粉中剔除了骨头和肉……"①惠特曼的作品涉及阶级、人类和情感的方方面面，尤其对肉体的高度重视，在以往的诗歌中是没有的。性、异性的吸引力、健康、体格等，他的感受力和同化力如此巨大，使得其写作在生理学和智慧两个方面不相上下，生命的形式和存在一起释放出来。这里面的主题就是同一性，即肉体和精神的统一，这是一种近乎古希腊人的生命状态。

工业化生产过程与消费习惯的真正代价，已经与生产和消费的困难同比例增长，日益增长的人口和消费水平造成了对自然越来越严重的破坏，越来越多的人生活在日益远离自然界的地方，因而遗忘了自己对地球的影响，或者是根本就没有这种意识。惠特曼强调，人类要重新与大自然建立和谐的关系，单凭理性的认识是行不通的，而是要开放所有的感官，从溪岸、树林和田野中获取那确切无疑的功效。他乐观地说："也许我们内心从未失去的与大地、光、空气、树木等一切的和谐，仅仅通过眼睛和头脑是认识不到的，而是要通过整个身体，既然我不会把眼睛蒙上，我就更不会束缚我的身体。在自然中甜蜜、明智而沉静地裸着身子！"（《裸身日光浴》）在这样的纯真状态中，"一个人感觉通过他整个的存在，那情感的部分，主观的他和客观的自然之间的一致性，谢林和费希特如此喜爱的一致性，明确地变得紧迫。我不知道那是什么样子，但是我经常在这里认识到一种存在——在清晰的情绪里我肯定它的存在，化学、推理、审美都不能做出最基本的解释"（《橡树和我》）。

惠特曼的生态整体观思想，不仅仅局限在与自然的关系上，其独特之处，还在于他将这种事物普遍联系和依存的思想扩展到了

---

① 约翰·巴勒斯著，川美译：《鸟与诗人》，百花文艺出版社，2008 年，第 185 页。

城市文明,因此扩大了"自然"一词的含义,即不仅仅是荒野、群山与河流,还包括人所创生出的一切,这里的"自然"已接近"人类环境"这个概念。将城市文明(人化自然)纳入生态文学的考察范围,无疑是有着极其重大的意义的,它迫使人类不仅仅关注未经人工改造的"自然",也将目光转向人化过的自然,从而在一个更广阔的视角上探寻人类与生态系统的关联与交互作用。

在惠特曼的写作中,他特别强调打破自我的藩篱,将自我分散于万物之中,与万物融会的思想。这里的万物既包括自然界的一草一木,也包括人工造物。一切都与他遥相呼应,所有人都与"我"有着种种联系。每个个体既是独立的生命,又是整体力量的一部分。正如英国玄学派诗人多恩在其名诗《无人是孤岛》中所言:"没有人是孤岛,独自一人,每个人都是一座大陆的一片,是大地的一部分。如果一小块泥土被海卷走,欧洲就是少了一点,如同一座海岬少一些一样;任何人的死亡都是对我的缩小,因为我置身人类之中;因此不必问丧钟为谁而鸣,它就是为你敲响。"

在对世界的观察中,诗人不断地发现这种至关重要的整体性。当他乘火车西行,用眼睛捕捉西班牙峰阴影重重的轮廓时,"在两千多英里的距离内,尽管拥有无穷无尽、自相矛盾的丰富变化,一种奇异而绝对的融合却无疑在稳步地退火、凝缩,把一切融为一体"(《密西西比河谷的文学》)。当他在纽约湾,观察落日中暗绿色的高地,辽阔无边的海岸,海岬附近的航运和大海时;当他坐船渡过码头,看到周遭事物的流动时,这种流动渐渐在感觉中进入合一,他的记忆甚至不只与"你",与"你们这一代的男人、女人甚或以后的几代"混融成一个大的集体记忆,所有个体化为齐一,共生于一个统一体中。惠特曼尤其喜欢代表了纽约"船之市"盛名的曼哈顿,在奇迹般清澈的天空下,在宜人的光芒中,在水面上薄雾的掩映下,"V字形的曼哈顿高高升起,耸立着,被船只包围,属于现代的美国,但具有奇异的东方色彩,它密集的人群,它的尖塔,它摩云的大厦都拥挤在岛的中央——树木的绿色，建筑的白色、棕色和灰色，都混合在一起"（《从海湾眺望曼哈顿》）。建筑、人物、事物都化为一个象征符号，流经过去，流向未来、他人和其他世界。都市变成一个"大"我，将大众结合在一起，化为文物，人的博物馆，左邻右舍都变成了意义的"带感情的地理"。

　　惠特曼的自然笔记还具有典型的生态文学的"现场"特征。《典型的日子》中大多是对自然简洁的、素描般的笔记。这些笔记就像是在清新的旷野中，在丛林和溪流旁匆匆写就的，记录了当时当地的光影声色，甚至他还注意到他写字时，在纸上颤抖的叶影。作者自己在书中多次提到这种现场写作的事实。"我发现，五月中旬和六月初的树林是我最佳的写作地点。坐在木头或树桩上，或者是歇在铁轨上，几乎下面所有的备忘录都是那样匆匆记下的。"（《进入了新的主题》）"我的这些便条，是随来随记的，散乱无章，没有特意的选择。它们在日期上有一点点的连续性。时间跨度有五六年之久。每一条都是用铅笔随便记录的，在户外，在当时当地。也许，印刷工人会因此感到某种困扰，因为他们复制的大部分内容来自那些匆忙写下的最初的日记。"（《初夏的起床号》）"写这则日记时，我是坐在一棵大的野樱桃树下的。"（《大黄蜂》）"上午十一点，我写下这些，在岸边一棵茂密橡树的遮蔽下，我在那里躲避一场突来的阵雨。"（《橡树和我》）

　　这些自然笔记是一个历尽沧桑的老人在与自然独处时的心灵日记，几乎篇篇都是在原野中写成的，因而散发着生动朴素的气息。没有太过的润饰，甚至也不讲求章法，自然本身既然没有任何刻意，与其相应的文字也便可以率性任真、无拘无束了。这样的笔法最适合于探索人与宇宙最原始的关系。如果说传统意义上的散文写作多是有完整构思的、有亚里士多德所谓"头身尾"的产物，那么，生态散文则因注重现场感和写实性而呈现碎片化、结构开放的倾向。生态文学作家多喜欢日记、笔记这种相对灵活的形式。惠特曼的这本散文集就是一个明显的例子。这种看似匆忙的笔记形式，实际上对于记录"此时此地"的一切主客观材料，是非常恰当的。惠特曼为了克服记忆的经济学对事物的刻意遗忘，不惜动用列清单的方法。在《一棵树的功课》中，他开列了树的清单；在《鸟和鸟和鸟》中，他开列了所发现的鸟的清单；在《野花》中，他列举了"在附近一两个季节的散步中已经熟悉的多年生野花和友好的野草的名字"；在《忽略已久的礼貌》中，他将自己的文字献给蜜蜂、胡椒薄荷、水蛇、粉翅蛾"以及那些日子的地点和记忆，以及溪流"等各种平凡事物。

　　在《雪松果一样的名字》的注解中，惠特曼还顽皮地开列了他曾为自己的书所取但后来又没有采纳的各种名字，如"五月野蜂嗡鸣时""毛蕊花生长的八月""群星转动""远离书本——远离艺术""现在是日与夜——功课完成了""黄昏中来自远处和隐蔽处的声音""末日的余烬""洪水与退潮""掌灯时分的闲谈""只有毛蕊花和大黄蜂""六十三岁时的远与近""六十岁后的微粒""六十四岁海岸上的沙子""一次又一次"等。这些标题本身不但组成了一首自然之诗，也透露出作者随时间而变化的心境，与不断成熟、深化的对自然的沉思。

　　惠特曼文学表现力的广度和深度是空前的，他和艾米莉·狄金森一起成为美国现代主义文学思潮的先驱，而他的个人生活却极其朴素和简单。普遍人性从来没有这般绝对、持久而自然地附着在一位作家身上。以写鸟著称的他的朋友约翰·巴勒斯，曾经在战争即将结束的一个夏日黄昏，在华盛顿海军工厂的有轨车里，瞥见过他。巴勒斯没有和他打招呼，而是默默地观察这位相交十年之久的老诗人。当时车上挤满了人，闷热得令人窒息。许多乘客聚集在后面的车厢里，而蓄着胡须、脸庞红润的惠特曼，头戴白色宽檐帽，虽然已上了年纪，但行动敏捷依然，站在显然相熟的一名年轻售票员旁边。在拥挤的人群里，紧挨车门，一个平民阶层的年轻英国妇女带着两个小孩。一路上,那个十四五个月大的小婴儿成了她的累赘,壮实、肥胖,看起来很聪明的婴儿始终烦躁不安,折磨着母亲,他的哭嚷令旁边的人厌烦不已。汽车吃力地围绕着国会山爬行,婴儿比先前更折磨人了,一脸汗水的母亲疲惫心烦得似乎要大哭起来。车在山顶上卸下一些乘客,诗人挤到里面,轻轻地却又牢牢地把婴儿从他母亲臂弯里那个憋闷的地方解放出来,揽进自己的臂弯,透透空气。又惊讶又兴奋的孩子,对于这种改变半是恐惧,半是满足,立刻停止了尖声哭叫。诗人把他调整到更安全的怀抱中,让他胖乎乎的小手扒在自己身上,然后尽可能地将他移开,使他能远远地平视到自己的脸——于是,那孩子满意地把头依偎在诗人的脖子上,安安静静地睡着了。诚实的售票员非常辛苦,一刻不停地忙碌,直到现在才开始吃上早饭。于是,诗人抱着熟睡的婴儿,在剩下的路程中当起了临时服务员,尽职尽责地售票,当需要的时候就拉响铃铛,而且似乎很喜欢这个差事。其间,那婴儿胖嘟嘟的脸颊紧贴住他的脖子和灰白的胡须,他的一只胳膊小心地环抱着他,一旦遇到其他情况,便将他搂得更紧;这样,汗流浃背的母亲在里面得以有半小时喘息的工夫,凉快凉快,以便恢复体力。[①]

　　也许,正是这种普遍人性,使得惠特曼发展出一种将万有都揽入胸怀的"宇宙情感",将地球视为一个整体的诗意激动与狂喜——它和谐的活力,它的慷慨、美和力,以及对于人类、美学、艺术的规律和法则的适用性。他的"整个作品用强烈的同志之谊发酵过了。不仅在个人关系方面彼此钟情于友爱的存在和培养——不仅在不同的城镇和城市之间,而且在不可分的国家、紧密的联邦之间——将形成一种兄弟关系的纽带,保持所有种族、人民,以及地球上全部国家的联合"[②]。

---

① 约翰·巴勒斯著,川美译:《鸟与诗人》,百花文艺出版社,2008年,第178页。
② 约翰·巴勒斯著,川美译:《鸟与诗人》,百花文艺出版社,2008年,第205页。

这种生态整体观类似于华严宗的"止观法门"中阐释的因陀罗网："明多法互入，犹如帝网天珠重重无尽之境也……即此一珠能顿现一切珠影。"这和"一花一世界"的个体映照出整体的说法是一致的。另一层意思为，所有的现象都是相对的，都依赖其他的现象，世界是由所有的法相互连接成为一个不可分的整体，事事无碍、互相渗透，形成一个生态系统。美国诗人司奈德1960年6月1日在京都大德寺图书馆中思索公案，当他把一本书推回架上的原位时，突然完整地看见自己跟其他宇宙万物，每一个都"各在其位"（in place），所有的方向都结合无间，每一个都充满智慧，都是透亮的。这次顿悟经验是视觉性的，诗人"看见"了自己与宇宙万物都"各在其位"，直观到自我与万物的关系。有机体只是生态之网的网结或内在关系上的链接点，事物内在的关系决定或基本上构成了事物本身。这也正是深层生态学的眼光，它保证了人类与其他自然存在物的认同感：

> 当我认识到，我不具有独立的存在，我只是食物链的一部分时，那么，在某种意义上，我的重要性与地球的重要性就是密不可分的。我觉得，这是我能接受的最好的观点——认识到自己与地球的同一性。"我的自我"现在包括了热带雨林，包括了清洁的空气和水。①

第三节　约翰·巴勒斯：大自然的向导

约翰·巴勒斯（John Burroughs，1837—1921），自然主义者、论文作家、批评家、诗人，被人们富有感情地称为"斯莱伯塞德的智

① 何怀宏主编：《生态伦理——精神资源与哲学基础》，河北大学出版社，2002年，第488页。

者"(斯莱伯塞德是巴勒斯自己在哈得逊河畔农场上建造的乡村小屋)。巴勒斯也被誉为教育家,他"试图教会美国人真实而准确地看待自然,以便理解身边的世界以及他们自己与世界的关系"。巴勒斯的散文所涉及的题材从鸟类与自然研究到宗教和艺术。他一生著述颇丰,共创作了二十多部作品。主要的有《延龄草》(1871)、《蝗虫与野蜜》(1879)、《清新的原野》(游记,1884)、《标志与季节》(1886)、《鸟与树枝》(1906)、《时间与变化》(1912)、《生命的呼吸》(1915)及《接受宇宙》(1922)等。

　　巴勒斯出生于纽约州卡茨基尔山区的一个农场,正是家乡山林中那些色彩美丽斑斓、歌声婉转动听的鸟儿,使他从小就迷恋自然,但他所热爱的自然不是荒蛮的森林与沙漠,而是介于田园和莽林之间的东西。年轻的时候,他在农场里干活,对家乡卡茨基尔山脉充满了好奇心,时常静静地坐在石丛里研究环绕在四周的各种有趣的事物。尽管他一生做过教师、新闻记者,也做过财政部门的职员以及银行监督员,而他的兴趣始终在奇妙的大自然中,这使他最终还是回到了他热恋的家乡卡茨基尔山。

　　他尤其喜欢鸟类,第一次看到奥杜邦的《美洲鸟类图谱》,他就决心做一名自然主义者。巴勒斯从十九岁起开始一边教书一边写散文。1871年,他创作并出版了第一部自然散文集《延龄草》,引起文学界和自然界人士的高度评价,同时也赢得了众多读者的喜爱,成为当时最受爱戴和尊敬的美国作家之一。他最后定居在哈得逊河西岸,一生的后四十八年几乎都是在那里度过的。他大量有关自然的文章和他所编辑的自然史著作为他赢得了名声,吸引众多客人来他的"山间小屋"访问,其中有当时还是一名普通记者的著名作家西奥多·德莱塞,他慕名来向巴勒斯寻求"成功的真谛"。当时的美国总统西奥多·罗斯福也曾造访,并亲切地称他为"巴勒斯大叔"。巴勒斯雪白的头发、宽阔的前额和慈祥的神情使他成了举国闻名的人物。多所大学授予他荣誉学位,1916年,国家艺术与文学学院还授予了他一枚金质奖章。这位倡导简单生活的先知，他的有影响力的朋友还有亨利·福特、约翰·缪尔、托马斯·爱迪生、安德鲁·卡内基等。

不过，巴勒斯最亲密的朋友当数惠特曼，这位诗人是他家的常客。后者在《典型的日子》中记载了他在巴勒斯乡村家中做客的情景。而巴勒斯虽然一生中以自然史写作最为著名，他最早出版的著作却不是"户外主题"的文集，而是一本有关惠特曼的研究，那是有关诗人的第一部传记，那时诗人还没有得到自己国家的接纳。《有关作为诗人与人的惠特曼的笔记》（1867），后来扩充为《瓦尔特·惠特曼研究》（1896）。全书分为两部分，共十个章节，包括介绍惠特曼的代表作品《草叶集》，作者最初认识的惠特曼，惠特曼早期出版的作品，对惠特曼诗歌的评论，以及惠特曼其人等内容，可以说是一部惠特曼的集大成之作，为读者及惠特曼的研究者走近这位伟大诗人提供了大量珍贵信息。也正是通过与惠特曼的友谊，巴勒斯认识到，他自己的写作必须将自然史的精确与诗人的诗性感受有机结合起来。这两位作家最初是在 1863 年秋天于华盛顿相遇的，那时巴勒斯在财政部工作。这本研究专著为诗人的作品进行了辩护，那时，在正规、充满人工修饰的诗歌趣味培养下长大的公众，将惠特曼的诗歌以"诲淫"为由置于不顾。巴勒斯断言，惠特曼是完全不同的一种诗人，需要以另外一种方式去阅读他。他与诗人的友谊持续了一生，比他年长的诗人对他作品的影响是意义重大的。他的第一本生态文学著作《延龄草》的题目就是诗人提供的。惠特曼在激励年轻作家执着于他最熟悉的题材上也起了作用。他们经常在繁忙的首都街道上漫步，探访波托马克河边的战地医院，谈论爱默生或林肯。巴勒斯带领惠特曼在华盛顿的"岩石溪"公园里捕鸟，他对隐士夜鸫歌声的描绘为诗人的林肯哀歌《当紫丁香最近在庭院中开放的时候》提供了核心形象。而在巴勒斯的散文中，每到激情处，也常可以听到惠特曼式热情洋溢的节奏。他还把斯莱伯塞德周边风景命名为"惠特曼之地"，因为在该地崎岖不平的荒蛮和壮丽中，结合着奇妙的温柔亲切与现代感，正和诗人的风格相仿佛。正如自然界让巴勒斯想起惠特曼的诗歌，诗歌和诗人本身，也让他想起"自然的清醒和安歇"。诗人不仅仅"涵纳了多样性"，他在精神和生理上还具有非同寻常的易感性。诗人描写脚下的土壤或人行道，那些直接可以辨认的"材料"。在他对惠特曼的描绘中，始终存在着野性与文明的悬殊的意象，这表明巴勒斯非常重视自然界与人类世界的平衡。他赞美与土地保持密切关联的人。一个人的生存依赖于这种关联，对这点的认识他要比大多数人深刻得多，因为他的根扎在田园和农业之中。

1921 年 3 月 29 日，八十三岁的巴勒斯在从加利福尼亚返程的火车上逝世，随后被安葬在家乡的罗克斯贝里山中。

他最后的话是说给他的终身伴侣、秘书和他最初的传记作者克拉拉的，那是一个简单的问句："我们离家有多远?"巴勒斯最后的话为估价他的生活和作品提供了一个和墓志铭一样有用的铭文。"家"，在其众多的含义中，成了他首要的艺术与观念指令。家是他最常涉及的主题，是在他描写更远领域事物时不变的阐释视角。家是他在哈得逊河畔亲手搭建的小屋，有着石头围墙，他亲手种植的葡萄和苹果树。对家园的追寻，在更大的意义上，也是指人类永恒的精神家园，是对自然母亲近乎乡愁般的怀念："我是那向前行进的孩子，我注视每件东西，带着同情、爱或畏惧，我变成了我所注视过的东西，那东西也成了我的一部分。"（见《约翰·巴勒斯的生活与书信》，1925）克拉拉试图精确地发现巴勒斯的写作与当地风景的关联，她认为："他所置身的环境像一件斗篷穿在他身上，他的句子的流动和他家乡风景的线条一样单纯，和泉水涌流一样自发，从树林的宁静与隐秘中发源，又像山间溪流一样清澈、富有乐感而多变。"这种地方性非但不是巴勒斯的局限，反倒是通向普遍性的一条道路。他在日记中记录了有关鸟类与动物的知识是如何将他导向有关万物的知识的："靠近自然的道路如此之多，有这么多的侧面靠近她……一件事物被真正地了解了，你就不再能被欺骗了；你拥有了一把钥匙，一个标准，你造了一个入口，其他一切都与之相联并跟从它。"

他的兴趣在于将地域性的特定细节与普遍语境联系起来。在《在美面前》一文中，他把自己当作传递者和斡旋者，放在了自然界的美与那种美能够揭示的普遍的神圣感之间。他写道："我走进森林或田野，或者爬上小山，我似乎根本没有望见美，却像呼吸到空气一样呼吸到它……我是怎样地跟大地和天空享有一样多的快乐！美依附在岩石和树木上，与粗糙和野性为伍；它从纠结在一起的蔓草和沟壑里升起，它跟鹰和秃鹰一起栖落在干枯的橡树桩上；乌鸦从它们的翅膀上将它散落下来，又编织进它们那小木棍搭成的鸟巢；狐狸朝它吠叫，牛朝它低哞，每一条山路都通向它神秘的所在。我不是美的旁观者，而是它的一个合作者。美不是一种装饰，它的根须穿入地球的心脏。"[1]更为重要的是，了解与亲近身边的事物是自然主义者的一个伟大的力量之源，正是这种源泉赋予吉尔伯特·怀特和梭罗以魅力："一个人的风景到时候会变成他自身的某种边界，他把自己广泛地播种其上，它反映着他自己的情绪和感觉。"他的主题并不仅仅是风景中的动物和植物，而且还有他带给风景的情绪和感觉。观察自然的位置就是你现在所在之处，你今天所走的路就是你明天所走的路。你不会发现同样的事物，被观察的对象和观察者都已改变。因此，巴勒斯认为，要想做一名自然的观察者，一个人所需要的仅仅是养成集中注意力的习惯："在你能够从灌木丛中发现鸟的时候，你自己心里必须先有鸟的存在。"巴勒斯通过他的散文带领我们走上穿越树林的旅程，进行寻找野蜜和鳟鱼的远足。他最喜欢的旅伴是"一条狗或一个男

---

[1]　约翰·巴勒斯著，川美译：《鸟与诗人》，百花文艺出版社，2008年，第141—142页。

孩,或者是一个拥有狗和男孩的美德的人——透明、好脾气、好奇、感官开放"。

　　和所有的生态作家,如梭罗、惠特曼一样,巴勒斯也有写日记的习惯。他的许多著作都是根据日记整理加工而成的,正如他在《鸟与诗人》的序言中所写的,他的写作是"把户外自然草稿与纯粹来自书本上的经验结合起来"。日记的灵活、简便、随意性,适合及时记录大自然瞬息万变的现象,季节轮转,花开花谢,草长莺飞,以及点滴心情与体悟,都被纳入他的笔端。而在日记的写作过程中,许多被日常生活所忽略的细节便清晰具体起来,在文字中获得了更为深广的意义。在《岁月的顶峰》(1913)中,巴勒斯表达过与此类似的思想:"我走向书本和自然就像一只蜜蜂走向鲜花,为了酿造自己的蜜而采集花粉。"

　　对他影响最深的不是梭罗,而是爱默生。他最初发表在1860年《大西洋月刊》上的文章被洛厄尔误认为爱默生的手笔。除了爱默生,诗人惠特曼以外,亨利·柏格森也成了他后期的一个潜在影响源。1856年春天,巴勒斯"在一种狂喜中"阅读爱默生的著作。同样受益于爱默生思想浸润的惠特曼,在几年前就写到,他长期以来就一直处在"冒泡"状态,是爱默生让他"沸腾"了。巴勒斯的反应也是类似的,他在1882年4月30日的日记中回忆道:"我将爱默生吸收到血液里,他为我整个的智力前景涂上了色彩。他的话像阳光一样照在我苍白而纤弱的才智上。他的大胆和不合常规深深地抓住了我。"自然作为整体依赖于观察者的文化视野,胜过了作为一个客观事实,这种思想中回荡着爱默生《论自然》一文的声调和风格。朋友们和编辑向他指出,世界不是为第二个爱默生准备的,尤其是一个二流的。于是,不久以后,巴勒斯就开始写他最为熟悉的田园生活。他描写做奶油、酿槭树糖、修石墙及其他田园和农场题材。尽管他的作品中始终留有深思熟虑的意味,他还是有意识地决定抛开哲学化的写作方式,目的是"打破爱默生影响的咒语，踏上我自己的土地，写户外主题"，"树林、泥土、水，帮助我排除爱默生式的辛辣风趣，让我恢复到合适的氛围中"。为了找到自己的声音和主题，他回到了他熟悉的哈得逊河中游峡谷的群山和农场之中。他不再在"石头中寻找布道"，而是集中在熟悉世界的岩石般坚实的事实上，那"伟大、粗糙、野蛮的大地"。在19世纪最杰出的两个自然文学作家梭罗和巴勒斯身上，关于对爱默生作品的反应方面，存在着非常不同的悖论。在梭罗，爱默生的哲学驱使他进入自然世界；在巴勒斯，自然，同时作为位置和主题，却给他提供了一个逃避舍此之外似乎无以逃避的风格上的影响。他有能力调和文学上的浪漫主义和科学上的（或达尔文式的）决定论这两种互相排斥的元素。爱默生有关自然以及自然界中人类居民的位置的观点，给巴勒斯指明了一条需要坚持的路径，迫使他挑战和强化他的文学努力。

而达尔文和奥杜邦这样的作家提供给巴勒斯的营养，绝不仅仅在于他们为他树立了一个追求精确的科学观察的实践模型。他们作为科学家的优点被他在他们作品中发现的文学力量放大了。巴勒斯是带着对鸟类学家的文学成就的欣赏之情开始写作《鸟与诗人》的。关于奥杜邦，他说："他具备诗人的语言或神来之笔，当然还有诗人的眼睛、耳朵和心灵——专一，狂热，非尘世，爱，诸般特征正可说是一位真正的吟游诗人的崇高品质。"关于奥杜邦的继承者威尔逊，他说道："尽管他可能没到这个程度，但是他心怀诗人的热情。"巴勒斯最终把自然史的写作和文学追求完美结合了起来，他定位并探索了科学与诗歌在本质上的交叉关系，整本《鸟与诗人》就是这种奇妙嫁接的结果，显示了他从忠诚持久的科学中产生忠诚持久的艺术的能力。在他身上，与科学能力并行不悖的是信念、洞察力、想象、预言和灵感。

吉尔伯特·怀特、奥杜邦和达尔文的科学有助于加强巴勒斯为物理与生物环境提供精确信息的决心。这样的信息成了他的散文的基础。命名一片土地及其有机体就是去了解它，而当那些有机体之间的关系变得越来越清晰和熟悉时，对土地的密切了解便导向了一种生态整体观。然而，无论巴勒斯是如何贪婪的科学学生——他熟悉生物学、地理学、鸟类学——他最后认同了爱默生的自然观：自然史的事实只有在与人类天性相关联时，其意义才真正变得清晰。这也符合海德格尔的存在主义观点，即存在首先是个人的存在，个人存在是一切其他存在物的根基，"在"就是"我"，整个世界都是"我"的"在"的结果，必须在人对外部世界事物的关系中来考察它们，否则就毫无意义，失去了确定性。因此，巴勒斯将自己称为自然作家或文学自然主义者，而从不自认为合适的自然科学家，这绝不是毫无意义的。无论科学冲动有多么本质，它最终扮演了文学的配角。自然的黄金最初看上去不像是黄金，它必须在观察者的思想中熔化和冶炼。一个人走向自然仅仅是为了暗示和探索真理。在你吸收或转化它们之前，自然的事实是简陋的。只有理想悄悄地加入之后，它们才被赋予魅力。作为自然文学作家，巴勒斯需要的是抒情诗，同时也是对自然界的科学的忠诚，只有当科学"事实"清晰地确立为一个基础时，诗人更具阐释性的戏剧才能够开始。

　　巴勒斯对早期博物学家的阅读、他的农场背景、他与惠特曼的友谊，都使他清晰地认识到人与自然的关系。在《自然的笔致》一文中，他坚持不把"人"放在进化阶梯的顶端，而是毫不犹豫地放在一个互相交织的生态网络之中。他说："什么是自然的尽头？哪里是苍穹的尽头？地球在任何一个点和所有的点上获得平衡。所以，实际上每一个事物都在顶点上，而又没有一个事物位于顶点。"[①]人不是自然界的调节者，而是和所有生灵一样，被自然所调节。他写道："人是自然的结果，而不是相反……宇宙是一个模具，

----

① 约翰·巴勒斯著，川美译：《鸟与诗人》，百花文艺出版社，2008年，第52页。

人是流入模具里的熔化的金属。"

他偶尔会将自然浪漫化或情感化——鸟儿是"歌手"和"有羽毛的族类"，狐狸因它们在童话里的"列那狐"名字而为人所知，——但是他努力对抗这种冲动，承认这是一种自负，很容易蒙蔽自然事实的本质力量。根据巴勒斯的观点，自然选择和适应不是自然智慧的一个标志，而毋宁是她的公正的标志。"她对一种动物比对另一种动物更不放在心上，但是她公平地站在一边，或者更准确一点说，她把二者都完全不放在心上。每一种动物都得自己碰碰运气，人也不例外……无论猎人杀死了野兽，还是野兽杀死了猎人，大自然都不关心；她会将他们都制成优质肥料，而且无论哪一方成功，结果都是她的成功。"①这种确信赋予他的散文以一种惠特曼式的抒情风格："地质学时代，地球的震动和疼痛将人类分娩出来以前，世界上不过只有甲虫。四季的财富，这些太阳与恒星的影响力，深深地埋在地下的火，这些海洋和江河湖泊，大气流，作为生命的必需品，所有这一切，不都像属于我们一样地属于被我们践踏的蚂蚁和蠕虫吗？"②

与大化合一，重归自然的大道周行，是所有伟大灵魂的终极渴望，巴勒斯也不例外，正如他自己所言："我不会被囚禁在你们将要埋葬我尸体于其中的坟墓，我将分散在伟大的自然中……我的元素和力量将返回它们所来自的最初的源头，这些源头在这广大、美妙、神圣的宇宙中是永恒的。"

他的写作中交织了个人叙述、形而上反思、诗歌和精确的科学观察。在他的手中，这一切都成了互相依存并具有同等力量的认识世界的方式。正如他在《延龄草》序言中所写的，他希望他的文章为读者提供"一只活的鸟——树林或田野里的一只鸟——有着那些地点的大气层和种种关联，而不仅仅是一个填制的标本"。

---

① 约翰·巴勒斯著，川美译：《鸟与诗人》，百花文艺出版社，2008 年，第 51—52 页。
② 约翰·巴勒斯著，川美译：《鸟与诗人》，百花文艺出版社，2008 年，第 53 页。

1913 年，当他在纽约自然历史博物馆为孩子们作演讲的时候，他告诉孩子们，博物馆和自然书籍不是寻找自然的地方。一只被打死并做成标本的鸟已经不是鸟了。他希望他的书能激发人们在林中远足的好奇心。他做到了。他教会了无数美国人认识到自己最熟悉的自然的重要性——学会欣赏从自家门前延伸开去的风景。

第四节　约翰·缪尔：荒野中的朝圣者

　　美国生态文学中有两位约翰，一位是被称为"鸟约翰"的约翰·巴勒斯，另一位就是与之并称的"山约翰"的约翰·缪尔。这两位约翰最初是在 19 世纪 80 年代中期短暂相逢过，当时他们作为自然主义者和作家正在进入各自的阵地。

　　1896 年，当巴勒斯的山间小屋刚刚落成时，缪尔应邀前来拜访，巴勒斯马上被缪尔的"范围"打动了——在这个词的智力和地形学的双重意义上。巴勒斯在其日记中记录道："他是一位诗人，也差不多是一位先知；在他的目光里有点远古的和遥远的时代的意味。他无法在风景的一角坐下来，如梭罗能做到的那样；他必须有一块大陆作他的操场。"①大学毕业后，缪尔开始徒步旅行，有一次从威斯康星走到佛罗里达，而且十八年内没有回过家！在加利福尼亚，一天早晨，他出去散步，他的女房东问他是否回来吃饭，他回答说大概不回了，结果七天后才回来。

　　尽管这两人都深深地关注自然，充满激情地描写自然，然而，他们在如此迥异的地理和生物地形学中培养和磨砺出的各自对地理位置的感觉，却时时显得不那么相容。巴勒斯发现哈得逊河谷的树林与农场对于他的生活与工作就是足够宽敞的了，缪尔心中

---

①　约翰·巴勒斯著，林苍译：《布罗斯散文选》，百花文艺出版社，2005 年，第 49 页。

却装着一种更大、更壮丽的意象和地形。巴勒斯幽默地写到缪尔喜欢讲述他的狗"斯蒂肯"的故事，并把它编织进"冰川作用的整体理论"。巴勒斯对缪尔所熟悉和热爱的风景的反应，更多地显露了他自己的区域主义倾向所造成的限制。

巴勒斯在西部做过几次旅行——1899 年作为哈里曼探险队成员去了阿拉斯加，1903 年与罗斯福一起去了黄石，1909 年与缪尔去了加利福尼亚——在这些旅行期间，他不断地写到那些能令他想起他卡茨基尔家乡的事物。在我们期望看到山的壮丽与宏伟的地方，他描写的却是知更鸟和苹果树。他描写优胜美地的简短日记，依赖的不仅仅是来自农业化纽约州的描述性词语，而且是基于将荒野驯服的需要，否则他似乎就不能欣赏它们："它像一座巨大的房子，在里面你能找到一个角落当作窝巢，被古老的花岗岩众神俯视着。山谷谷底具有真正的家园的、适于居住的面貌，它的果园、耕地、出色的树木，它清澈沉静的河流……瀑布的灵妙之美，纯净溪流的和蔼表情，几乎使任何地方都变得可以居住了。"（1909年 5 月 1 日的日记）

房子、窝巢、果园和耕地——这些离缪尔的优胜美地，离他所描述的风暴、雪暴，他在瀑布后的攀登太远了。荒凉、可怕、陌生的美无法长久地将巴勒斯控制在它的魔力之下。陌生地带往往会窒息而不是激发巴勒斯的想象。在这样的地方他无法长久保持他的认识论立场。他通常的倾向是关注风景如画的局部区域。在《远与近》（1904）中他写道："太美太壮丽的风景可能会干扰人的日常观点。过一会儿它就厌倦了。你仅仅需要一种不时出现的情绪。因此，把房子建在风景中最有雄心的地点从来都不明智。相反，寻找一个更谦卑、更隐秘的角落，你能用你的家园与家庭的本能将之温暖和填满……在某些事情上，一半往往比全部更让人满意。"

对地理位置的不同感觉，田园与荒野、驯服与崇高之间的悬殊，能帮助我们区分"两约翰"的作品。缪尔的作品多是被他的政治敏感、文学激进主义所点燃的，它演化成了现代环保运动。巴勒斯的环保伦理不像缪尔那么集中，当然也更为区域化和个人化。

缪尔的巨大贡献在于给人类对荒蛮自然的激情、荒野的意义提供了直率的文学表达，而这些在美国文化讨论中是长期处于边缘地位的。牵扯到环境，没有任何文学人物对美国政治与历史的现实起到过更大的影响。作为 1892 年山岭俱乐部的奠基人，缪尔在建立国家公园体系中起到了至关重要的作用，对其他重要的环保立法也具有直接的影响。作为美国环境运动的奠基者，约翰·缪尔是最具有肯定力量的美国作家。在他的典型文章中，叙述者（缪尔本人）通过学习、冒险，朝向万物永恒联合的理解前进。自然的美是其神圣不可侵犯的签名，人类领略野性之美的能力表明其是更大整体的一部分。这种"肯定"的哲学贯串于缪尔的全部作品。

像爱默生、梭罗一样，缪尔也习惯以日记的形式记录在自然现场中的所见所感，他的日记是他写作的素材。他一生共记了六十本日记，他的日记非常随意。而他以日记形式出版的第一本书就是《山间夏日》（*My First Summer in the Sierra*），完全以日期为线索。

缪尔非常反对人类纯粹实用性地对待自然，对待自然的功利主义态度是生态文学批判的主要对象之一。在《山间夏日》6 月 7 日的日记中，他批评了牧羊人对待自然的功利主义态度："'羊倌'称杜鹃花是'羊的毒药'，奇怪造物主创造它的时候是如何考虑的……剪下来的羊毛盖住了可怜人的眼睛，除了羊毛，眼前的一切几乎全都变得暗淡无光，全都不被放在眼里了。"[1]在 6 月 13 日的日记中，缪尔描绘了他长时间坐在高高的叶子下面，享受这野生叶子搭成的凉亭，"仅仅一片叶子铺展在头上，世间的烦恼就被赶走

---

[1]　此节引用的约翰·缪尔日记均见于川美译《山间夏日》一书，百花文艺出版社，2008 年。

了，随之而来的是自由、美好和安静"。无论怎样坚硬的心，都难免要被这些神圣的蕨类植物打动。然而，在这么可爱的时刻，他发现牧羊人经过一片最美的蕨类植物时，竟然没流露出比他的羊更多的感动。而问牧羊人"会把这些庄严的蕨类植物想象成什么"，他得到的回答就是："啊，它们不过是大——大刹车闸。"意思就是能让羊群一下子停住，贪婪啃吃的食物。再如 8 月 4 日的日记："似乎奇怪，去优胜美地的游客并不怎样被它非凡的庄严所打动，好像他们的眼睛都被蒙上了绷带，耳朵也被堵住了。我昨天见到的游客，大部分都在低头走路，好像对身边发生的任何事情都全然不觉，而此时，流水从四周所有的山脉聚集于此赶赴圣会，巍峨的岩石正在水的宏大的圣歌中颤抖，水创造出的音乐也许引来了天堂里的天使。然而，那些看起来有名望甚至是有头脑的人，正把虫子固定在弯曲的金属鱼钩上钓鲑鱼——他们把这称之为休闲。要是经常做礼拜的人一边在用来洗礼的圣水器里钓鱼，一边听牧师布道，从而打发那段无趣的时光，这种所谓的休闲也许不是太坏；但是在优胜美地神殿里，当上帝自己正在宣讲他的庄严的山水诗篇时，怎么可以安心于垂钓，在鱼为生命痛苦做出的挣扎中寻找乐趣呢？"

要想破除人类对待自然的功利主义通病，首先就要认识到万物依存的道理，正如缪尔所言："我们试图把任何一个事物单独摘出来，我们发现它与周围的事物密不可分。"在 7 月 20 日的日记中他这样写道："这广大的荒野要保持健康需要承受怎样的痛苦——大量的雪、雨、露，阳光与无形的水蒸气的洪流，云，风，各种各样的气候；植物依附于植物，动物依附于动物，彼此相互影响，诸如此类，多少事情出人意料！而大自然的技艺多么高妙！美对美的覆盖有多么深厚！大地覆盖着石头，石头覆盖着苔藓、地衣和在低处栖息的花草，这些花草与更高大些的植物，叶子覆盖叶子，同时被变化无穷的色彩和形状覆盖，冷杉宽大的手掌覆盖在这些植物之上，天空的'圆屋顶'像钟铃花覆盖在万物之上，星在星之上。"混沌理论告诉我们，所有事物最终都与其他事物相关联，甚至要真正深入理解澳大利亚白蚁肠子中的一种原生动物，也需要理解它整个的演化史及其所处环境的整个动态。而对我们人类自身也是如此，要全面了解自身，实际上需要弄清整个宇宙。我们越是试图查明自己，我们碰到的外在于自我的非线性的复杂关联就越多。因此，我们对他人的认识，亦只能图方便地简化、类型化，从而剥夺了对象的微妙变化和个性。[①]

人类也不过是万物交织而成的生态整体网络中的一员，人类绝不处于进化的最高梯级。但是人类中心主义虚幻的优越心理，导致了人对其他物种的不平等对待。实际上，人类与其他物种比较起来，在许多方面并不具备明显的优势，并不比它们更聪明。正如圣经中所言，天上的飞鸟不种不收，依然不愁食物，将大部分时间用来嬉戏娱乐，而只有人类整天劳作辛苦，好像活着就是为了工作，仅有的娱乐也不过是为了缓解一些工作上的紧张，以便更好地工作。人本主义一直相信"人是万物灵长"的信条，因为人有智慧，可事实上，如果不仅仅以人类智慧为唯一判断标准来认定"智慧"，我们就会在自然界许多物种身上发现智慧，甚至在某些方面超过了人类。承认自然中其他物种的内在价值，就是承认其他物种的存在有着不以人类利益为转移的、自身具足的目的。

缪尔写道："7 月 10 日/今天早晨，一只道格拉斯松鼠在头顶上大喊大叫，像森林里尖刻、严厉的暴君，而此时，小鸟也从森林里出来了，它们站在草地边阳光充足的树枝上晒太阳，洗着日光浴和露水浴——这是多么可爱的一幕！这些林中带羽毛的精灵们，轻松自信的样子又是多么迷人！鸟儿们似乎对享受到美味而营养丰富的早餐信心十足，那么，如此丰盛的早餐从哪里获得呢？如果我

[①] 约翰·布里格斯等著，陈忠、金纬译：《混沌七鉴》，上海科技教育出版社，2008 年，第 88—89 页。

们想学着它们的样子，健康地生活在纯粹的荒野之中，打算摆一桌子它们那样的由蓓芽、种子、虫子等调配的盛宴，你就会发现，我们自己是多么无能为力！我猜想，小鸟当中没有哪一个害过头痛或者任何其他的疾病。至于桀骜不驯的道格拉斯松鼠，你从来不用为它们的早餐发愁，或者也不用担心可能有的饥饿、病痛或死亡；它们似乎有点像天上的星星，超越了生命的无常与变幻。"

古语云："天予万物与人，人无一物予天。"人不但不能为"天"（自然）增加什么，反而因为欲望的无限膨胀成了最让自然母亲伤心的不孝子，甚至是最大的敌人。与其他动物比较起来，人类制造垃圾的惊人能力，对环境的污染，都大大超过其他物种。大自然"把百合的美艳分送给天使和人类，熊和松鼠，狼和羊，鸟和蜜蜂，但是，至此我看见只有人和他驯养的动物们破坏这些花园。在炎热的天气里，动作笨拙、行动迟缓的熊喜欢在百合丛中打滚，蹄子尖尖的鹿在散步或觅食的时候，也会一次又一次穿过花园，然而我发现，没有一棵百合受到熊和鹿的践踏。恰恰相反，鹿似乎像园丁一样侍弄着它们，把土压实或者在地上挖坑，而这刚好是百合所需要的。无论怎样，没有一片叶子或花瓣被它们弄乱"（7 月 9 日）。人不但是制造污染的专家，本身也是最容易被弄脏的动物，而其他动物在保持自身洁净方面却有着人所不能的诸多巧妙。缪尔写道："7 月 7 日／似乎只有人类是唯一容易被食物弄脏的动物，因而制造出大量需要洗涤的用品、像防护罩似的围兜和餐巾纸。相比之下，生活在大地里的鼹鼠们，靠吃黏糊糊的蠕虫为生，却像海豹或鱼一样干净，它们洁净的生命是一种永久性的洗涤。而且我们发现，在这些含树脂的森林里生活的松鼠，它们用某种神秘的方式保持自身的纯净；你看不见它们身上有一根毛发是黏糊糊的，即使它们接触过有油脂的松果，而且显然是无所顾忌地到处爬来爬去。鸟类也非常干净，尽管它们似乎总是煞有介事地洗澡，清洁身上的羽毛。"

　　与粗犷严酷的荒野而非巴勒斯的温馨田园的亲和，在缪尔的写作中有突出的体现。他的真正家园是荒野，尤其是美国西部的山区，他一生的大部分时间都用在了对山区的勘探上，他认为"每一堂荒野的课程都是充满了爱的课程"。他在独自一人的时候也并未感觉到孤单，"正相反，我完全不需要更多人的陪伴。因为整个荒野似乎是有生命的、为我所熟悉的、充满人情味的邻居。那些真正的石头似乎是健谈的、热情而亲切的，当我们想到我们共有同一个自然之父和自然之母时，这些石头就是我们的兄弟"（8月30日）。夜色深沉，安静的宿营地里，虚弱、疲惫的人们都已入眠。缪尔会独对星空，遗憾于人们"在这宇宙永恒而美好的运行中睡去，却不能像星星一样永远凝视天地间的万物"（7月8日）。

　　缪尔和爱默生一样，将自然视为绝对精神的象征，上帝的意志从万物中流露出来。因此，他常常用宗教的语言来描述他所见到的壮美自然："不用说，山岗和小树林皆是上帝最初的圣殿，它们被越来越多地开采和砍伐，建造成现实的神殿和教堂，主自己似乎就离得越远、越模糊。石头的神殿据说也如此。在我们营地的小树林东边，远远地屹立着一座天然大教堂，它是由活着的岩石削凿出来的，外观上跟传统教堂几乎相似，有大约二千尺高，装饰着高贵的尖顶和小塔尖，它在如水的阳光下战栗，仿佛树林神殿般富有生命力，被形象地命名为'圣殿峰'。"（7月24日）"多少次我从小山顶上和山脊上远远地凝视它，多少次在短途漫游中透过林间空地仰望它，带着朝圣者渴望的神情，虔诚地发出惊呼和赞叹！可以说，这是我第一次站在加州的教堂前，我终于被引领到这里，而它优雅地为一个贫穷孤独的朝拜者打开了每一扇门。当我们内心最愉悦的时候，每一个事物都变得虔诚起来，整个世界似乎是一座教堂，而这座山就是祭坛。"（9月7日）

　　他在大自然中发现的整体之美让他心惊，万物彼此相连，构成和谐整体，似乎没有任何的浪费或多余："我们用心观察大自然所从事的每一项工作，我们就会发现，事实上没有一小块材料被浪费或用尽，所有的材料总是从一种用途到另一种用途被重复利用，而在这一过程中，美得到步步提升；于是，我们很快停止对所谓浪费的心疼和对死亡的哀悼，而宁愿面对宇宙万古不灭的财富表现出极大的欣喜与兴奋，虔诚地注视和等待我们身边那已经融化、枯萎、逝去的事物在眼前重现，并期待那重现的事物会比上一次更可爱、更美好。"(9 月 2 日)

　　1869 年 6 月至 9 月这段时间，对于缪尔作为思想者和作家的发展有着绝对关键的作用，这段跟随牧羊人漫游山间的经历后来被他写进了 1911 年的《山间夏日》。牧羊人最初的营地是于 6 月 7 日在默塞德北支流扎下来的，海拔有三千英尺。那是一个独特的漏斗形山谷，形成于河湾处向里收敛的山坡。营地周围的树木茂密，周围点缀着缪尔特别喜欢的蕨类植物和百合花。夜里羊群被围在布朗平原上，离营地半英里的山坡上的一片草地。人们从河里取水。牧羊人在树荫下做了一个摆放器皿和食物的架子，用蕨类植物、雪松的羽状叶子和各种野花铺床。缪尔探索了周围地区，他在营地上游的溪流中发现了一块顶部平坦的漂石，他发现在这块石头上休息能诱发一种沉思状态。"它似乎是迄今为止最为罗曼蒂克的地方——一块生着苔藓的大石头，有平坦的顶部和光滑的侧面，坚实、稳固而又孤独地挺立着，像一个祭坛，前面的瀑布用最美丽的水花为它沐浴，让覆盖它的苔藓刚好保持足够的鲜润；瀑布下面，清澈的绿色水潭戴着泡沫花冠，半圈百合向它鞠躬致意，像一队爱慕者……在这如此神圣的地方，你也许有望见到上帝。"(6 月 14 日)

　　随着夏日的推移，缪尔越来越深地沉浸在周围丰富多彩的事物之中，他每天在多变的地形上散步数英里，他的万物统一的超验观念获得了生态学的支撑。他熟悉新的植物和鸟类，水乌鸫成了他的最爱。当他沉思自然万物活生生的关联性时，他的精神上升到一种狂喜状态。比如，黄松唤起了一种典型的强烈反应："如果是静止的雕塑，它们将是多么高贵的事物！如此充满活力，不停地耸动、颤抖，过盛的精力充满了生命体的每一个纤维和细胞——这高贵的生气勃勃的多枝阿福花——植物王国里的神祇，在看得见天堂的地方度过辉煌的百年，并将受到世世代代的景仰、爱戴和敬慕！"(6月15日)7月7日，当营地转移向更高的新牧场时，缪尔总结了他在北支峡谷的一个月对他的影响："这第一个营地留给我的一切，我将永生难忘。它整个在我心里扎下了根，不仅作为记忆的画面，而且同样地作为精神和肉体上不可缺少的一部分。"(7月7日)。风景放射出意识的光芒，宛如上帝的面孔。这些都被他纳入了对他个人富有意义的意象清单之中。

两周之后，7月20日，在迁移到优胜美地山脊上的新营地之后，缪尔更充分地表明他的意识又有了富有意义的发展。在素描"北圆屋顶"的时候，他俯视下面巨大深陷的峡谷，匆忙地记下了这样的问题：是否他的素描和文字会在日记和书信之外获得生命？突然，在这些现世的、个人的焦虑中，出现了一个关键的洞见："这里既没有痛苦，也没有无聊空虚的时间，既不用担忧过去，也不用担忧未来。这些受祝福的山脉如此充满了上帝朴素的美，毫无疑问，在它们身上不存在卑鄙的个人愿望或个人经验的空间。"在荒蛮自然中经过六周的睡眠、进食、漫步之后，缪尔被改变了，他开始走向自然本身。很清楚，他现在感觉自己是更伟大的洪流的一部分，那里没有任何琐碎的个人希望或经验可以存在。

缪尔的这个观念代表了与西方意识的历史规范的一次重大背离。塑造缪尔的文明是建立在个人的、独立本体的基石上的，其强有力的表述就是笛卡尔的"我思故我在"。以这种方式去接近存在，必然就预先设定了两个存在领域："主体"（思）和"客体"（物质）；"我"和"非我"；"人"和"自然"；"文明"和"野蛮"。一般而言，在西方世界，对这种思维模式的接受是普遍的和不自觉的。然而，它有着不幸的影响，它使个体远离了互相关联、互相依存、互相影响的观念；而万物关联性的思想正是生态意识的基石。只要一个人对自我的基本观念是意识的孤岛，向外望着一个类似的非连续对象组成的世界，他至多只能在理论层面上理解生态学。

缪尔认为，内在的转变，需要的不仅仅是单纯地接受新的思想。本能、情感和一定的生理敏感也起着重要作用。7月20日这则日记的结尾很有深意："饮这里香槟酒似的水是纯粹的乐趣，同样快乐的是呼吸这里有生命的空气，四肢的每一个动作都变得愉快起来，而整个身体似乎感受到了美的存在——身体袒露在美的面前，就像它接触到营火或阳光一样，美不只通过眼睛进入思想，而且同样地通过整个肉体，像辐射热一样。"

在这点上，我们遭遇到了约翰·缪尔在西方文化中的本质意义。缪尔促成了从一种自我主义的、二元性的立场向一种关联意识的生态观念的转变，展示了对自然的完全信任。这就是他荒野激情的根，作为荒野代言人和作家的有效性的根源，摆脱了局限的自我感觉，他从自然身上获取了能量。1869年7月20日的日记的核心重要性就在于它记录了缪尔超越了异化疏离传统，而提升到一种整体主义意识。他超越了文化哲学上的二元论思维，以及对静态的、界限清晰的实体的偏好，从而能更清晰地看见自然之中动态的和不断变化的关系。

人类意识的两种基本模式，一种是在整体和结构中起作用，另一种是在实体和线性序列中起作用。显然，西方文明被导向了后者。西方经济、政治、行为规范以及意识的整个结构都是建立在实体所限制的概念上的。确实，从历史上看，至少从亚里士多德时代起，西方传统的一些最重要的思想家就重视集中于实体的意识模式，而宣称结构模式是第二等的模式。亚里士多德坚持他所谓的"理性"是"人最高和最好的部分"。笛卡尔认为线性意识规定了人的存在本身，他将这种意识简单地归结为"思"。与之类似，在他有影响的《人类理解论》中，约翰·洛克颂扬了二元意识。受限于实体的意识模式的问题在于，它能导致对存在的机械论解释，导致对世界缺乏创造性的感觉。

而另一种根本的意识模式，即感知整体和结构的能力，对于所有的创造性活动和艺术、任何需要感知和理解万物关联性的情况，均是必不可少的。但是在崇拜实践与理性的文化中，"心""右脑"或"直觉"（这三者都是整体主义意识的简略表示）所受到的赞美是非常有限的。文化估价的优势砝码落向了生活的自我主义、人类中心和物质主义一边。

尽管有总体文化意识形态的强制力量，缪尔从未完全被打败过，从未被驯服。荒野的火花显然存活着、抵抗着。于是，在他三十岁的时候，他去了内华达山脉，离开了人工的环境，被基本上是非自我主义的自然所环绕，他的智慧开花了。他意识中非历史的、整体主义的、直觉的和伦理的一边就位了。有趣的是，这种意识开放的最初的实在结果，是一本日记的写作。传统上，写作和语言是与"左脑"、与意识的线性模式相连的。当然，缪尔经常抱怨词语，它们排列在书里，无法复制出山峦的全部荣耀。"我发现文学事业非常令人厌烦。"他在 1873 年曾这样说过。而且有证据显示，这种困难伴随了他的一生。他对书的看法很差，认为它们仅仅是一堆石头，堆起来向未来的旅行者显示其他人的思想在哪里，卡德摩斯和其他的文字发明者得到的尊重超过了应得的一千倍。多少文字都无法让一个灵魂了解这些山峦。尽管对文字如此怀疑，缪尔最好的作品依然表达了两种主要的意识模式的综合。尽管受限于英语的线性形式，他的句子依然能够传达出自然非线性的丰富。

缪尔最成功的一些意象似乎是从简单的感觉中涌现的，它们仅仅被"报告"出来。它们强调运动中的自然万物，没有进行第二级的形容词或状语的修饰。这些意象使分类前的感知时刻戏剧化了，具有激发经验本身而不是描述和判断的效果。经验所发生的情境因此具有了持续发现和展开的感觉。读者与缪尔同在，分享未加修饰的感觉。在后期，作为一个成功的作家和公众人物，缪尔的生活离他的野性自然经验有一定距离了，他努力消除他写成的作品中的形容词。这种修正过程可以理解为他试图重新捕捉在源头存在的感觉。毫不意外，日记往往能记录相对来说未加渲染的时刻。一种朴素而直接的叙述能与伦理内容产生共鸣，对精确的追求使得作家尊重眼前的一切。1869 年 7 月中旬，缪尔描述了一次赶羊过河的经历，后来写入了《山间夏日》：

> 牧羊人和狗快活而费力地把羊群赶过优胜美地河，这是迄今为止它们不得不横渡的第二条没有桥的大河；第一条是靠近凉亭洞的默塞德北支流。人和狗大喊大叫地驱赶着这些胆小怕水的动物，一些羊在河岸上紧紧地挤成一团，但是它们当中没有一个敢于下水。这些羊堵住了去路，堂和牧羊人急忙穿过惊恐不已的羊群，把挤在前面的羊赶开，但是这只能引起后面的羊群朝相反的方向退却，它们四处散开，去浏览河岸上的树，有的分散在布满岩石的冰川通道上。（7 月 14 日）

在缪尔的写作中，意象和运动远比静态的风景要典型和紧迫。这种意识似乎是内在于他对自然生动鲜活性质的敏感的。他并不简单地将自然看成一个静态对象的集合。这一点，在 7 月 15 日的日记里对优胜美地河的描绘中表现得尤其明显：

> 我惊叹于它安闲、优雅、自信的姿态，好像它勇敢地、心甘情愿地待在这个狭窄的河道里，哼着它那山歌的最后乐段，奔赴命运之旅——有几杆远或者更多的一段路。它是从光滑闪亮的花岗岩上掠过的，接着拖曳雪白的浮沫向下行走半英里来到另一个世界，迷失于默塞德河流域，那里的气候、植被、山

间居民，全都不同寻常。河水从一处最险要的山峡现身，以宽宽的带状急流向下滑行，平稳地、倾斜地进入水塘，似乎为了休养生息，在尝试更大的冒险之前，让激动不安的灰色水流在那儿平静下来，然后慢慢地滑过水塘的盆沿，经由另一个平滑的斜坡，加速抵达巨大的悬崖边，怀着庄严、宿命的决心，自由地腾空一跃。

确实，在缪尔的写作中很难找到静止的意象。他的思想显然是不受约束的，它参与着野性自然的运动和生机。作为读者，我们对缪尔与其周遭事物的动态关联的反应，就和对他独特主题的反应一样，我们感觉到自己的能力被更新了。重新获得感觉和经验可能是当代生态写作的主要魅力之一。

　　缪尔对自然万物彼此相关的关注也源于他的整体主义意识。常规的思想将"自然资源"看作堆积起来的众多惰性物质，等待被人类所用而活跃起来和赋予意义；缪尔与之不同，他在万物之中看见了生动、神圣的关联。关联体现了生命法则，使统一成为可能。于是，他的意象几乎总是用交互作用、多层次的关联与反应的术语来表现的。在《加利福尼亚的群山》中他写到道格拉斯松鼠，"每阵风都被它的声音所烦恼，几乎每根树干和树枝都感觉到它尖利脚爪的刺痛"。他同样描绘过水鸟鸫："我经常观察它在飞溅的水花中歌唱，它的歌声完全被水的咆哮淹没了，但是从它的姿势和嘴的动作，我知道它肯定在唱歌。"

　　缪尔面对自然时的兴高采烈是显而易见的，就和他对运动的感觉一样，这种兴致也是有传染性的。他写作时就像一个恋爱中的人一样，对印象极其敏感，而读者对他头脑与心灵生动性的反应也是如此。在《山间夏日》中他记录了 1869 年那个兴奋的夏天："似乎上帝自己也总是在这儿竭尽全力地工作，像一位热情的工匠。"(6 月 20 日)他实际上也是在写自己入迷的工作状态。他的散文经常充满了这种恍惚狂喜的感叹："有谁不愿意成为一名登山家呢？攀登到此，整个世界的奖赏似乎都无关紧要了。"(7 月 26 日)

在此，我们面对的是缪尔所使用的"感情误置"。就像他对意象、运动、关联、热情声调的重视一样，缪尔的自然元素的典范源于他基本的知觉立场。感情误置是他思考世界、对世界做出反应的方式的结果。这个术语是英国批评家约翰·罗斯金在他的《现代画家》第三卷中用来描述人的感情或精神状态对非人之物的作用的，如树叶、樱草、波浪、风等。也就是说，艺术家在强烈情感的作用下，会对一切外界事物的印象产生一种虚妄的感受，使现实事物的本来面貌发生变形。在诗和其他艺术作品中，有一些会引起欣赏者快感，然而是不完全真实的东西，这就是"感情误置"引起的。在罗斯金看来，这样的感情分配是不合逻辑的，因此是一种误置，尽管它可能具有一定的诗意力量。他认为一流作家——荷马、莎士比亚和但丁——不会放纵于感情误置。然而，对约翰·缪尔来说，世界并不是整齐地分为人类和非人类范畴。和浪漫主义诗人济慈、华兹华斯和美国作家爱默生、惠特曼一样，他看见了一种激流般的统一超越了一切，他不相信人性是某种特殊或隔绝的创造。缪尔的人类进化观念是，智人是"从其他存在形式流淌下来的，并吸收了这些形式的若干部分"。因此，关联是地面实况；在生命普遍关联的伟大戏剧中，隐喻是基本的、永恒的和显而易见的。所以，他径直地使用感情误置，而且实际上从未间断。试举一例，他写道，当我们在高山旅行时，冰斗湖和冰川风景刚刚从冰里涌现出来，显得粗糙而严酷，我们可以以此来验证我们的判断。他在《加利福尼亚的群山》中写道：

> 无论季节和时候多么完美，你都能始终真切感觉到这些年轻湖泊不完美的地方。我们小心翼翼地接近，在它们水晶般的岸边偷偷地转悠，心里总是惴惴不安，好像随时会听到禁

止我们前进的声音。但是乌鸫甜美的歌声和雏菊可爱的笑脸逐渐使我们放下心来，让我们见到在最寒冷、最孤独的地方，也有温暖的人性存在。

缪尔系统化的普遍关联视角，使得他的作品中遍布着象征和寓言。每件事物都可以被看作神圣意图的符号，自然繁茂统一的象征。事实上，他的写作是对上帝（美、总体）之道的一种阐释，是以生态学和非人类中心主义的术语对圣经的重写。他提供了一个精神上的民主宇宙，其中人类仅仅是众多物种中的一种。他的应该如爱自己一样被爱的"邻居"是"漂亮的草"，是"因新诞生的昆虫的人们（insect people）无数翅膀的拍打而刺痛的阳光明媚的空气"，"峡谷巨大、无雪的谷壁"，黄松"对称的塔尖"。正如他把昆虫称作"昆虫的人们"，在《山间夏日》中他把各种植物称作"植物的人们"（plant people），把动物称作"我的有毛的兄弟"（my hairy brothers）。在缪尔的思想中，任何事物都能使你睁开眼睛、鼓舞你的心灵。任何事物都在"伟大和谐"中扮演着自己的角色。自然界的有些元素和居民特别适合缪尔的象征想象。山间溪流的水乌鸫就引起了他的关注。这种鸟似乎完全与它的环境联姻了，它逗留在离水非常近的地方，把巢穴建在溪流中央的砾石上，甚至建在瀑布后面。它在溪流中涉水或潜水捕捉水昆虫为食，在所有季节，如果被惊飞起来，它甚至能准确无误地跟随草地上蜿蜒的溪流飞行。水乌鸫的歌声似乎也和水声相和，在夏季和冬季的干旱季节比较低沉；而在湍急的水流唱着它们最庄严的赞美诗的时候，它的歌声也喷涌而出。水乌鸫的故事是恰当的生活方式的一个寓言，它的生活是与周围环境相和谐的。冬天、风暴、激流，甚至锯木场的嘈杂喧闹，都不能让它停止快乐的歌唱。它们的歌声几乎都是甜蜜温柔的，声音从它们丰满的胸脯里倾泻而出，就像水漫过池塘光滑的边缘，接着崩散成闪光泡沫一样的优美音符。

缪尔在荒野中的冒险总是重叠着神圣之旅的暗示，是寻找"圣杯"的旅行。在《加利福尼亚的群山》中的《内华达高地近景》一章中，他描绘了攀登里特峰遇到危险，既不能上也不能下的情景。"我的厄运似乎注定了。我一定会掉下去。"他写道：

> 当这最后的危险一幕闪现在心头时，自从我开始登山以来，这是第一次我感到了神经的紧张，我的头脑似乎充满了令人窒息的烟。但这可怕的意志衰退只持续了瞬间，我的生命力又重新爆发，并变得不可思议地清醒。我似乎突然获得一种全新的知觉。另一个自我，过去的经验、本能或者守护天使——随便你叫它什么——开始出现并控制了整个局面。这时候，我颤抖的肌肉又变得结实起来，我就像透过显微镜一样看到了岩石上的每一条裂缝，我的四肢积极而又准确地运动起来，似乎根本不需要我的控制。即使有翅膀带着我在高处飞，也不可能有比这更完美的解脱了。
>
> 在这值得纪念的地点，山体表面被削砍和撕裂得更加严重。裂缝和溪谷组成了一个迷宫，其角落里有凸出的峭壁和一堆堆的巨石，似乎随时会发射下去。但是我获得的力量似乎是源源不尽的，毫不费力地就找到了一条路，很快就站在了沐浴着神圣阳光的悬崖极顶。

一定有什么东西——"无论叫它什么"——带他穿过了"可怕的阴影"，进入阳光泛滥的山顶，给他展示了一个新的视野。使用"解脱"这个词恰恰使其中的宗教情绪明朗化了。这不禁让人想起基督教带给我们的启示。圣经以弗所书7-12说："我们借这爱子的血得蒙救赎，过犯得以赦免，乃是照他丰富的恩典。这恩典是神用诸般智慧聪明，充充足足赏给我们的；都是照他自己所预定的美意，叫我们知道他旨意的奥秘，要照所安排的，在日期满足的时候，使天上、地上、一切所有的都在基督里面同归于一。我们也在他里面得了基业；这原是那位随己意行作万事的，照着他旨意所预定的，叫他的荣耀从我们这首先在基督里有盼望的人可以得着称赞。"神所预定的美意，是要借耶稣基督来完成天、地、人和万物共融，不再分割对立、不再互相残害。以往我们常常是从否定性的角度来解读宗教的。宗教时常因对人类和其他创造物分离的观念而受到批评，这种观念不是把自然当作有用而可支配的商品，就是视之为充满敌意的对手。但是，需要注意的是，传统宗教恰恰要求人类承认对受造物的责任。例如，《申命记》中就存在诸多具有生态意识的话语，如爱护树木、不杀生、敬畏土地，等等。

　　诚如帕斯所言，现代性使永恒失去了价值，完美转移到未来，变化与革命成了人类向未来和他们的天堂运动的体现。[①] 在这里，帕斯明确地将现代社会的制度性危机与基督教的线性时间关联起来。其实，类似的指控尚为不少。比如，莱恩·怀特就认为"基督教对于生态危机承担着无限的罪责"[②]。甚至有的学者将创世说视为人类中心主义的思想根源而加以诟病。这其实是对圣经一小段经文的狭隘理解。怀特认为，《创世记》是关于人是万物管理者的训诫，但是，该经文的每一个段落都在劝告人们要节制、热爱大地，要小心翼翼地"管理"这颗行星，而不是漫不经心地征服；在给予人类在地球上的主权以后，上帝立即命令人类必须养育和保持它。尽管亚当不是万物的创造者，他却要对万物负责，为上帝的造物命名并为世界的完善负责。也就是说，圣经对人与自然关系的理解并不完全是统治性的，如在《约伯记》中，上帝虽然没有直接解答约伯的不平，却告诉我们，人类不能从自己的观点出发去对待任何事物，自然处于人类的控制之外，并不是我们的征服物。基

---

① 帕斯著，赵振江译：《帕斯选集》，作家出版社，2006年，第498页。
② 比尔·麦克基本著，孙晓春等译：《自然的终结》，吉林人民出版社，2000年，第71页。

督教关于人与自然关系的思想所受到的批评大致集中在基督教传统中，自然是上帝的造物，因而不具有任何神性，所以人对自然的剥削不受道德的约束。但是，补救的办法不是恢复对自然的崇拜，而是从基督教信仰的立场出发，改变对自然的态度。自然虽不是神本身，但它是至高的造物主的创造物，因而是圣洁的，是神性伟力的象征。所以，神学家理查德·贝尔（Richard A. Baer, Jr）认为，对自然的破坏本质上是与基督宗教的信念背道而驰的，"成熟的基督教立场既不允许崇拜自然，也不允许鄙视自然"①。基督教所倡导的超越自我的爱，恰恰有利于让人类承认在自己之外的万物拥有内在价值和内在权利，从而培养出对他者的尊重态度，因为万物都是神性的体现。导致我们目前生态危机的原因是多种多样的，包括民主制、技术、城市化，以及对自然的侵略态度，因此，把基督教视为生态危机的唯一根源，显然是缺乏根据的。

　　攀登里特峰中间的生理冒险可能超过了缪尔其他散文中所描述的事件，但是它在总体场景和象征性运动方面是典型的。作为作家，他的核心冲动是通过亲身经历传达大自然的美、永恒延续的品质、惊人的多样性和神圣性。人们越来越多地见证到实用主义的副作用，缪尔的非物质主义和毫不动摇的对自然整体的尊重，其意义会逐渐被人们所认识。他的写作演示了人在世界中的精神愉悦才是最该为人所珍爱的人类能力。

第五节　玛丽·奥斯汀：走向西部的先知

　　1934 年 8 月 13 日，玛丽·奥斯汀去世以后，依据她的遗愿，她的骨灰被葬在皮卡霍峰顶，她在自己家里就能望见这座山峰。

---

① 何怀宏主编：《生态伦理——精神资源与哲学基础》，河北大学出版社，2002 年，第150 页。

人们朗读了她的《去西部》一诗，在诗中她沉思了死亡和对生命的确信，她相信去了西部以后，她就能"闻到鼠尾草的气息"，看见灰尘在群山笼罩下的漫长风景线上舞蹈。她暗示说，在那个时刻，她将融入一个新的形式之中。奥斯汀走向西部的旅程，不仅仅揭示了自然的力量，而且揭示了整个西部不同种族人群与环境融合的多种方式。她经由自己的切身经验和写作，终得以融入了西部的沙漠，与生生不息的永恒力量合为一体。

作为一位在梭罗传统下写作的自然文学作家，玛丽·奥斯汀在有生之年被誉为领先的女权主义理论家、美国土著文化专家，但是在 1934 年她去世之后，她便基本被遗忘了，到 1968 年，她的书中只有《少雨的土地》还在印行。然而，20 世纪 80 年代初，她那混合着女权主义、环境伦理、社会批判、对土著美国人和西班牙裔美国人的神话传统的阐释和改造，以打破常规的姿态和难以明确归类的特性吸引了读者。尤其是女权主义者们发现，她作品中的风景充满了非凡的各种各样的妇女，她们往往是在彼此的关系以及与土地的关系中定义自己的身份，而不是单单依靠与男性的关系。在她大部分作品中，尤其是最为有名的《少雨的土地》（1903）、《无界之地》（1909）、《旅行尽头的土地》（1924）和《地平线：自传》（1932）中，奥斯汀将她多样的兴趣编织起来，显示了对于那些适应了西南部沙漠环境的人来说，生活也可以是多么完满和滋润。土著美国人的这种适应已经有了相当的历史，于是，她经常翻译和评价他们的口语传统，把自己放在了文化调停人的位置上。因此，一些批评家称她为先知式的人物，她的言论、她对环境与社会公正的双重关注，对迷信语言塑造真实的能力的现代读者具有超乎以往的影响力。

奥斯汀热爱西部，她视西部观念为本质的和必要的。因为西部的自然特征能为人类在它身上实现冲动提供一种检验尺度，作为各种民族和传统的家园，它的古老而现代的历史促进了文化的融合。作家相信，西部能为一种正在涌现的美国文化提供基础，这种文化将是联合统一的，但同时又保持着每股纤维的独立性。对于奥斯汀来说，美国西部正是这样一只正在被编织的篮子。

奥斯汀非常规的、勇于打破界限的个性在她的早年即已现出端倪，她是个早熟、富有想象力、好奇心强、有点反叛的孩子。她在自传中曾经写道，在她五岁半的时候，在自家果园的"栗子树下遭遇过上帝"，当时她获得了一种与"大地、天空、树木、风吹动的青草和青草中的孩子"联合的感觉，一种每一个个体与整体之间那种包容性的感觉，"我在它们之中，而它们亦在我之中，我们大家全都在一个生动温暖，闪着光的幻影之中"。这种经验启发她通过神秘方式毕生追求精神真理。在这以后的部分童年时光中，奥斯汀失去了这种精神现实的感觉，但是当她迁移到加利福尼亚，最初经历那里的环境时，这种感觉又回到她身上。婚后，她在欧文斯河谷居住多年，与那里的派尤特人和肖肖尼人的接触，这对她的精神生活和写作产生了重大影响，她宣称就是这种有关整体的精神信念，为了重新获得"那终极真实温暖弥漫的甜蜜感"促使她写作。

在《少雨的土地》中，奥斯汀的叙述者用十四幅速写记录了她对土地及其居民的观察，追溯了她从最初的家开始，穿过欧文斯河谷，直到莫哈韦沙漠的旅程，从不同的侧面，向人们展示了这个自由的、无拘无束的前工业化世界的魅力。提及该书的写作背景时，奥斯汀写道："只用了一个月，我就写完了它。可在动手写它之前，我却仔细观察了十二年。"在她笔下，干燥少雨、空旷贫瘠的沙漠像新英格兰的瓦尔登湖畔，像加利福尼亚的优胜美地山一样，成为一种有生命、有活力的迷人风景。作家在书中向我们传递了一个信息，即现代人应当逐渐放弃以人为中心的观念，以平等的身份去接近自然，经历自然，融于自然，过一种更为简朴，也更为精神化的生活。

此书的信条在开篇即已声明——"不是法律，而是土地本身设置了界限"——贯串全书的焦点是探测土地是用什么方式在人、动物和自然环境中间培养起坚韧、适应和节俭的品质。与约翰·缪尔对牧羊人及羊群的公开蔑视相反，她则描述了牧羊人和羊群是如何适应环境条件的。奥斯汀也对文化的形成方式怀有兴趣，她关注土著人和西班牙裔美国人，这些人的代表往往是艺术家，他们是自己社区与土地之间的调停者。

于是，奥斯汀不仅向"有毛和有羽毛的族类"学习追踪沙漠的"水径"，而且也向沙漠上的人类学习发现土地的本质。她追溯了"寻矿人"的生活，一个孤独的寻找金矿的人，偶尔发现了一个可观的矿脉，便去英格兰过"伦敦中产阶级"的生活了。当他重新回到矿山时，奥斯汀注意到，"似乎土地对他的怀念还比不过对他的介意"，这种观察让她认识到，"没有人能比他的命运更强大"。她在肖肖尼人的巫医温尼那普身上认识到，一个人与其等待来生的天堂，不如把此时此地化为天堂。

在采矿小镇吉姆维尔的居民中，她察觉到"完全被接受了的本能获得了休息，它把激情和死亡作为犒赏"。在这些居民中，弥漫着一种在现代社会已经失传的"纯粹的希腊精神"：

> 不知为什么，这片土地的粗糙原始有助于人们培养起与超自然的个人关系。在你和有组织的力量之间，没有太多庄稼、城市、衣服和行为方式的干扰来切断这种交流。所有这一切在吉姆维尔引发了一种超越解释的状态，除非你能接受一种超越信仰的解释。伴随着杀人、酗酒、贪恋女人、慈善、单纯，还存在着一种冷漠、茫然、空虚……那不是没有精神价值的。那里面有纯粹的希腊精神，表现出要避开无价值之物的勇气。在那之外，是没有哭泣的忍耐，没有自怜的放弃，不恐惧死亡，在事物的秩序中不把自己放在太伟大的位置上；野兽如此，沙漠中的圣杰罗姆也是如此，在更为古老的岁月中，

众神也是如此。生活，它的演出和终止，都不是什么需要吃惊和奇怪的新鲜事。①

在编篮子的人赛雅韦的生活中，奥斯汀注意到，"编织者和藤条都是靠近土地生活的，都浸透了同样的元素"，从而学会了用那片土地及其居民所提供的自然和文化材料的藤条编织起她的故事。她在邻居的田地上看见了一个这样的地方，"令人赞赏地由各种事物和乐趣组成——一点沙子，一点沃土，一片草地，一两座石头小丘，一条满溢的棕色溪流，一抹人类的迹象，一条被莫卡辛踩出的小径"。她在"葡萄藤小镇"上发现了一种"友善、凡俗、安逸"，它提醒人们不要"着迷于你在万物计划中的重要性"，而是要接受土地的礼物，甚至那些"你没有为之流汗的"东西。同样，在这个故事中，奥斯汀回到了几个重要主题上来，包括一个独立女性艺术家的探索，土著美国人艺术及其价值，文化差异造成的距离。赛雅韦在一个不欣赏她的作品之美的文化中出售她的篮子。尽管与赛雅韦有着文化上的隔膜，奥斯汀的叙述者仍努力去理解赛雅韦的艺术创造哲学，这种哲学强调了美的实用性。

奥斯汀宣称她是靠观察派尤特人编织篮子而学会写作的，所以我们应当对她的故事的组织方式给予关注。《肖肖尼人的土地》和《葡萄藤小镇》中宣扬了一种融合了土著人与圣经故事和传统的宗教想象，一种由当地居民所塑造的不同宗教信仰的调和。《我邻居的田地》和《台地小径》分别提供了关于写作或万物关联性的核心隐喻。《编篮子的人》有助于理解作为女性艺术的奥斯汀的写作。

在《无界之地》中，奥斯汀同样用十四个短篇故事描绘了那片"少雨的土地"，她更为集中地关注了沙漠上的人类居民，关注了土

---

① 玛丽·奥斯汀著，马永波译：《无界之地》，百花文艺出版社，2008年，第99—100页。

地是如何塑造他们的性格和命运的。在此书中，以往仅仅被作为人类活动背景的沙漠被当作与人类一样平等的主角来描绘，沙漠的形象甚至比人更为突出。她在开篇的《土地》中对沙漠作了形象的描绘，赋予它以女性身份和意识中介的角色：

> 如果沙漠是个女人，我非常清楚她会像什么：深深的胸脯，宽宽的臀部，黄褐色的肌肤，黄褐色的头发，浓密地沿着她完美的曲线披垂下来，嘴唇丰满得像司芬克斯，但不是眼睑沉重的那种，眼睛清明而坚定，像天空磨光的珠宝。这样的容貌会让男人没有欲望地服侍她，她伟大的思想会让男人的罪孽变得无足轻重。她热烈，但不渴求，而是充满耐心……如果你很深地切入任何一个被这片土地打上标记的灵魂，你就会发现这样的品质。

这个女性的沙漠塑造甚至决定了人物的命运。奥斯汀认为地域环境对文学生产有着戏剧性的影响，环境必须作为一个人物得到充分的表现。此即意味着自然作为与人类主体同样的主体，在文学中还原了其本来地位，发出了自己的声音，与人类声音对话交织。巴赫金曾说，无论哪里有人类的声音，哪里就有其他人存在的证明，因为我们都是相互作用的结果。根据巴赫金的理论，对现实的理想表现模式是对话模式，不同的声音和观点在其中相互作用。独白模式则鼓励单个的说话主体压制与他/她不合的意识形态。迈克尔·麦克多维尔论述道："对话首先有助于强调对立的声音，而非以叙述者的权威性独白为中心。我们从此可以倾听风景中被边缘化的角色和元素。我们的注意力被导向在风景中联合着的各种角色和元素的语言差异。"[1]因此，涉及风景题材的作家倾向于

---

[1]　*The Ecocriticism Readers*, Athens and London: The University of Georgia Press, 1996, p.384.

强调他们对空间的感觉，倾向于创造一种植根于地理因素的叙述，以联结叙述和风景，使环境扮演与人物和叙述者同样重要的角色。例如，在奥斯汀的《耕地》一文中，肖肖尼妇女蒂瓦无法赢得白人男性加文的爱情，她把失踪的他领回到"耕地"上，离开了沙漠，但是，作为另一个情人，沙漠是不会放弃与加文的纽带联系的。在此，奥斯汀批判了父权制文化，这种文化拒绝尊重妇女的天才和力量。在《耕地》中，加文被沙漠加在他身上的诅咒摧毁了，他自己找不到道路，同样也无力回应蒂瓦对他的渴望，只有在他被领回由耕地所代表的白人文明的安全地带时，他才恢复了独立感。女性沙漠粗糙未驯的力量让他昏乱和丧失能力。以辛辣机敏的幽默，奥斯汀在《威尔斯先生的回归》中写道，威尔斯为寻找一座失踪矿山而离开家人，对他来说，"提供一座失踪矿脉的线索是最为明显的借口，仅仅是为了摆脱责任，远离有确定性的一切"。然而，他被抛弃的妻子发现，没有了丈夫，她的经济和情感状况却得到了根本的改善；而他回来，把"植物枯萎病落在他家人头上"，她剩下的仅仅是微弱但容易觉察的确信，沙漠会充当她的同盟，"时间一到，那不知餍足的妖怪就会伸手把威尔斯先生再次带走"。

作为一个人物，奥斯汀的沙漠是任性的、有能力实施暴力的，但是她对那些试图统治她的男性白人才是最为危险的。土著人、女人和探矿者这样处于边缘状态的人，在沙漠中却如鱼得水，最后不会受到任何伤害。奥斯汀是想以此表明，女性与自然有着特殊的亲情关系，她们面对土地时，没有男人那种强烈的征服欲和控制感；她们更多地想到怎样呵护它，点缀它，使它成为自己的家园。从传统眼光看，女性的位置应当是在被人类驯服过的人化自然之中，奥斯汀却一反常规，在通常被男性所垄断的荒野中塑造出女性形象。

女性在超出与土地的亲和关联之外，在与男性及社会的期待视野遭遇时，却往往处于困境。这也是奥斯汀主要关注的主题之一。她尤其关注被抛弃的女性和后来的独立生存,精神性及其与女性创造力的关系,妇女讲述自己生活真相所要付出的高昂社会代价。《阿瓜迪奥斯》明确涉及男性白人与印第安妇女的关系。她经常屏蔽掉女主人公的声音,以至于这声音不仅仅被取消一次(被叙述者的再创造所过滤),而且是被二度取消,因为故事是由另一个人,往往是一个男性白人讲述给她的。这种策略让奥斯汀能够方便地批判后者(男性白人)的故事版本,并把她自己当作调停者置于别人告诉她的一切和她怀疑是否真实的一切的中间。在《威尔斯先生的回归》和《十八里的女人》中,她写到了沙漠中的白人妇女,利用类似的叙述策略,让读者知道,故事的内情远比她直接讲出来的要多。在展示其他"沙漠化"性格的同时,这些妇女对自己的表露仅仅是部分的。

《步行的女人》集中体现了奥斯汀的人物塑造和叙述策略的技巧。这个在沙漠漫游的女人,种族和年龄均难以确定,她"没有武装地"在通常是男人们过着孤独生活的地方旅行,却从来没有受到冒犯。她最初采取这种生活方式是为了避开疾病,一种"精神上的不健康",她最后被自然的健康治愈了。在此过程中,她取消了所有"社会造就的价值感"。当叙述者最后与她相遇时,这两个女人谈起了"三件如果你了解了就会抛弃其他所有的事情":作为平等伙伴与一个男人一起工作,爱一个男人,生养一个孩子。这三件事是根本的,因为它们是最少受到社会培养的价值取向所触及的。在故事的结尾,叙述者暗中破坏了她自己所宣称的如下这种透视的权威性:"至少我们中有一个是错误的。工作、恋爱和生育孩子。那听起来是足够容易的。但是我们的生活方式确立了如此多更为重要的事物。"叙述的不确定性是奥斯汀典型的技巧,这种能力让她能够破坏阐释的确定性,拒绝为了唤起确定性而做出最终的结论,由此显明在本质的女性身份与社会结构出的女性身份之间所存在的巨大张力。

这种叙述的不确定性与奥斯汀在文本中所设置的多重自我有关。在她的自传中，奥斯汀创造了三个不同的声音来代表她自己：她作为作者玛丽·奥斯汀的身份；她童年时与上帝遭遇中最初发现的自信、神秘、独立的自我，"大写的玛丽"；总是寻求却很少得到母亲赞许的小女孩"玛丽本人"。这三种声音并不总是区分开来的，而是经常汇聚在一起的，在她与祖先、她所遇见的人们的对话中表现出来——作家、思想者、艺术家、印第安人、矿工、西班牙定居者、牧人——还有与任何人类的交互影响同等重要的土地的声音。她的写作构成了对西方男性中心论界限的挑战。"大写的玛丽"自信、有能力，很少需要成人的关注与安慰；而"玛丽本人"则较为脆弱、胆怯，对自己的能力不确信。"大写的玛丽"对"玛丽本人"有着本质的重要价值。做"大写的玛丽"比做"玛丽本人"更牢靠更让人满意。她在自传中说："当你是'大写的玛丽'时，你能把'玛丽本人'看作画面的一部分，让她做在你是她的时候根本做不到的事情。比如走过小河上高高的原木，一想起这个就会让'玛丽本人'感到寒战。"凭借创造双重的自我，奥斯汀参与了往往由女性叙述者所实践的颠覆过程，她在宣称权威的同时又使这种宣称偏向"另一个"自我，那是一个无法被同样的强迫力所控制的自我。

奥斯汀所创造的自足、权威、独立的女性形象，让人想起"大写的玛丽"。这些人物在没有男性的情况下舒适地存在着。例如，《威尔斯先生的回归》中的威尔斯太太发现，在她被丈夫抛弃后，她有了更多的钱、时间和满足。《编篮子的人》中的赛雅韦明白了"没有男人，一个女人的生活要比最初预想的要容易得多"，并且在她的手艺中显示了创造性与经济能力。在《步行的女人》中，奥斯汀赞美了一个孤独的女性，为了获得智慧与自由，她情愿与社会的所有方面隔绝。抛弃，尤其是妻子被丈夫抛弃，这个主题交织在奥斯汀的很多作品中，但是，这种抛弃往往最后被看作对女主人公有益的事情，她们的个性、天才、快乐只有在摆脱了男性期待的束缚时才释放出来。

　　口头传统也对奥斯汀的不确定化的叙述策略起到了作用。这种叙述实验展现了她从土著故事讲述者那里学来的各种方法。她后来曾说："没有任何印第安人会说出他全部的思想。"在整个《无界之地》中，她的叙述者非常小心地引用故事的来源，对书写记录的固定性发起了挑战，也对作者是文本唯一创造者的观念发起了挑战。在叙述的过程中保持对叙述的警觉和怀疑，造成了《无界之地》诗化的、多层次共鸣的，有时是隐晦的风格。

　　综观起来，是人类的思维范式决定了事物如何呈现。按照传统的二元对立的思维模式，世界是人的一种"异己的存在"，一种与人分离和对立的"他者"。而一旦消解了人与世界之间的对立，将世界看作人类生活整体中的"人的存在"，同时不再把人视为超越环境之上的绝对精神，而是一种"自然的存在"，仅仅把自然看成经济源泉而对自然进行征服、改造、占有和利用的片面关系就将转变为人与自然和谐共处、相互包容的关系。对自然（环境）的尊重就是尊重和保护人类自身。

　　在对美国生态文学的若干代表作家进行考察之后，我们不难发现，他们都不约而同地在各自的写作中体现出这种超越二元对立思维、主客观不分的本原性和谐的生态整体观。而为了达到这种本原性和谐，他们都以美为向导，去体验人与自然的共同实体性，将体验的深度与世界的内在关系融会于一体，去感受而不是理性地分析与整体的浑融。这也就是梅洛·庞蒂所主张的，世界不是客观的对象，只是"我的一切思想和我的一切外观知觉的自然环境和场所"。将人与世界看作一个统一整体，在这样的关系中去考察人和世界，从单纯的自我走向与环境融为一体的自我，这是生态文学的一个主要追求。

　　生态文学引发了当前已成为显学的生态批评，促使人们去理解文化对自然的影响。生态批评把社会和文化置于自然这个更具本原性的大系统中，把人与自然的生态关联视为社会和文化问题的深层内涵和动因，并从自然生态寻求走出生存困境的深刻智慧。因此，阅读生态文学作品，我们不应将它们看作游山玩水的休闲读物，而应看作人类为摆脱生存困境、寻求精神健康的朝圣记录。

第三篇
西方诗学论衡

第八章 从现代主义到后现代主义

第一节 史蒂文斯：作为最高虚构的诗歌

一、想象与真实

史蒂文斯一生纠缠在两个核心思想之中，一个是想象与真实的关系，另一个就是在一个无宗教信仰的世界中寻求秩序与意义。

对于斯蒂文斯来说，他在谈论真实的时候也是在谈论想象，在诗中两者是同一的。他曾说：

> 真实与想象之间的交互关系是文学性的基础。真实与情感之间的交互关系是文学生命力的基础，真实与思想之间的交互关系则是它的力量的基础。(《有关"最美的片段"的笔记》)

关于想象力，史蒂文斯更多受益于柯尔律治的启示。作为对现代主义诗歌有着最大影响的浪漫主义诗人和理论家，柯尔律治在其《文学传记》中曾说："想象要么是第一性的，要么是第二性的。第一性的想象，我认为是一切人类知觉的生命力和主要动力，是无限的'我在'中永恒的创造活动在有限心灵里的重复。第二性的想象，我认为是第一性想象的回声，与自觉的意志共存；但它在动力作用上仍与第一性想象属于同一类，不同点仅在它发挥作用的程度和它运作的方式上。它溶解、扩散、消耗，为的是重新创造；或者，当这一过程行不通时，它无论如何也要努力将对象理想化和统一化。它的本质是充满生机的，即使它所有的对象（作为物体）本质都是固定的、死的。"①亦即想象力能够将对立冲突的因素结合成一个更高秩序，这种对立面的综合被艾布拉姆斯认为是柯尔律治的"宇宙进化论、认识论和诗歌创作理论的根本原则……一切真正的创造……都来自对立的力量的生成性张力之中，这些力量都毫无例外地被综合成一个新的整体。因此，创造性诗歌中的想象，是构成宇宙的那些创造性原则的回声"②。第一性的想象是通常的感知，它产生的是感官的平常世界；而第二性的想象的作用在于重塑这个平常世界，赋予其超越生存的必要价值，使我们相比较于事物的原始状态而倾向于文明化的生活。支撑人类文明生活的这些额外的感知就是第二性想象的产物，这种感知的产生过程在诗歌中有着最高的表现。诗歌因此与生活秩序产生了某种关联，也就是融合、协调了自然与人之间的各种对立。至此，柯尔律治所要达到的目标，是弥合西方哲学中认识论上的经验主义与唯心主义的分立，也就是客观能否独立于主观而存在的问题。他认为，精神本身必须能够提供将物质与精神、客观与主观同一的原则，积极的知识需要两者的同时发生，这种同时发生的能力在康德那里即为"感性直观"，在柯尔律治则为"想象"，它是所有人类感知的中介和意识的基础。

作为一种官能的想象力既然反射着上帝的创造原则，它就能够赋予万物以秩序。因此，史蒂文斯说："上帝与想象同一。""我们头脑中看见的事物对我们来说与我们肉眼所见的一样真实。""也

---

① 转引自拉曼·塞尔登编，刘家愚、陈永国等译：《文学批评理论》，北京大学出版社，2003 年，第 141 页。

② 艾布拉姆斯著，郦稚牛译：《镜与灯》，北京大学出版社，2004 年，第 140 页。

许存在着某一级的知觉,其中真实和想象是合一的:一种神视观察状态,诗人容易接近或有可能接近的状态,或者说,最敏锐的诗人。"(《箴言》)而诗歌的功用,在史蒂文斯看来,就在于它能调和真实与想象,亦即使逐渐呈现二元分立状态的种种领域重新整合起来,使人性获得圆满的发展。他说:"诗歌是生活律令之一的人。我们相信它是想象与真实之间一份必不可少的婚约。这份婚约如果成功的话,其结果将是完满的。我们还认为,诗歌是意志用来感知无尽的和谐的工具,无论是想象的和谐还是真实的和谐,它使生活不同于没有这种洞见的生活。"(《美国诗歌协会金质奖章受奖演说》)

其他的现代主义诗人,如庞德和艾略特,都没有将真实与想象的关系看作对于诗歌写作具有特别重要的意义。对于庞德来说,抛开了包含在历史、神话和文化传统中的结构和洞见,无从定义诗性想象,是前者为诗人提供了全部的灵感和基本主题。而在艾略特看来,诗歌的决定性特性不在于如何成功地协调真实与想象,而在于如何充分地使诗歌进入文学传统,最好的诗歌,是诗人的先驱者们能够在里面"最为有力地确立自己的永恒性"的诗歌。对于庞德、艾略特这样的现代主义者而言,我们只能在一种特殊意义上谈论想象,庞德《诗章》中的听觉想象,或是艾略特《荒原》中的视觉想象,而不能在想象与外在客观真实的关系中发现一种全面的有关想象的理论。

史蒂文斯相反,诗歌对于他更多的是沉思想象自身作用的工具。比如,《看一只黑鸟的十三种方式》中,他提出了一系列诗性陈述,展示想象是如何建构真实的,再如《充满云的海面》,诗人以五种不同方式想象同一片风景。史蒂文斯声称,诗歌是在一个不再相信上帝(真实)的世界中的"最高虚构",这种信念将史蒂文斯置于爱默生和惠特曼这样的浪漫主义传统之中。"最高虚构"究竟是什么?它对诗歌的意义何在?弗兰克·柯莫德认为,"最高虚构"是一个可供选择的世界,在其中,想象一直在真实世界之上"编织它变化的、愉悦的、虚构的织物。"①对于"想象的人"，亦即诗人，愉悦与想象的世界更胜过"理智的贫瘠世界"，他创造着"一种无法单凭理智抵达的真理，一种诗人凭感官认识到的真理"。诗歌的目的，就是促使读者瞥见这样的世界，为读者提供被诗人的想象力所变形的对真实的感觉。诗人让自己的想象成为他者的想象，以此来帮助人们过自己的生活。按照诗人自己的说法，"诗歌的世界是无法与我们生活的世界分开的，或者应该说，它与我们将要生活的世界无疑是分不开的，因为诗人之所以成为影响深远的形象，现在、过去或将来，都是因为他创造了我们永远向往却并不了解的一个世界，是诗人赋予生活以最高虚构形式，舍此我们就无从领会它"（《高贵的骑士与词语的声音》）。

那么，作为最高虚构的诗歌，我们应该这样来理解，亦即它并不是建构一个与客观世界完全相对的想象世界，那样的世界将是无趣的，而是应该按照桑塔耶那的建议，在现实的瓦砾上竖起头脑中的建筑。"诗歌不同于想象的独自发生。任何事物本身都不是独自发生的。事物的存在是由于相互关联或相互作用。"（《箴言》）而诗歌就是见证或者探寻人与世界之间关系的一种途径，而真实则不仅仅是真实本身，而是由诸多非真实所构建出来的。因此，在史蒂文斯看来，真实往往是虚构的开始，而诗人的处境则在于"面对没有给人安慰的神圣主题和神圣人物的情况，怎样写诗，如何创造乐趣"②。

史蒂文斯无疑在告诉我们，完全的人、完整的自我，是始终怀有自己从属于一个更大的包容性整体的感觉的。那也就是约翰·杜威在《艺术作为经验》一书中所阐释的，艺术将我们带入一个超越这个世界的世界，它同时又是这个我们在日常经验中生活的世界的更深的真实。我们被带出自身去发现自身。一个无限的包裹

---

① Frank Kermode, Wallace Stevens, London: Oliver and Boyd, 1960, p.24.
② 丹尼尔·霍夫曼：《美国当代文学》（下），中国文联出版公司，1984年，第633页。

我们的整体伴随着每一个普通经验,这整体作为我们自身的扩展被感知。艺术—虚构,其功用便在于此。用诗人自己的话说:

> 在关于世界的所有细节方面,想象对于他都依然是可资利用的。不是失去任何东西,相反,他获得了一种方向感和理解的确定性。他强化了自己以抵抗伪币。他已经变成一个仿佛能随心所欲去观看和触摸的人。在他所有的诗中,除了属于诗人本身的诸种魔力,还存在着那最终的狂喜,亦即它们是真的。那么,诗意行为的意义就在于它是证据。它是例子和演示。它是对一个表面的照亮,是自我在岩石中的运动,尤其是与生活的一个新的婚约。诗人真正的信念就是附着在那种奇迹上的。(《接受巴德学院荣誉学位的演说》)

在考察史蒂文斯毕生思索的两个主题的时候,第一主题,即真实与想象的关系,是与第二主题,即上帝缺席后如何追求秩序与意义,是有着内在关联的。第一主题必然过渡到第二主题。有的论者认为,史蒂文斯首要的关切不是历史、文明,甚至不是自然,而是"自我的神话学",自我与外在世界、心灵企图给世界赋予秩序和形式之时的内在工作。这两者的关系,他感兴趣的是真实与想象之间的张力、对立和交互作用,他感兴趣的真实仅仅是通过艺术折射的真实,或者更精确地说,只有当真实被诗人的想象所提纯和晕染的时候。[1] 这种归纳固然有其道理,但也有其片面性,我们下面就来考察史蒂文斯经历精神升华和狂喜(亦即最高虚构)的田园诗空间,同时也是诗人观察政治和人类历史的场域。

和尼采一样,史蒂文斯逐渐认识到,上帝之死作为一个文化事

---

[1] Christopher Beach: *The Cambridge introduction to twentieth-century American poetry*, Cambridge: Cambridge University Press, 2003, p.50.

实，已经影响到人类存在的各个方面，因为离开基督宗教意味着移除所有西方文化至为关键的支撑。彻底颠倒基督教道德法则将导致一种"天体间欢乐的喧闹"（《一个高调的基督徒老妇人》，1922）。人，反倒成了一种"冷漠的鞭笞派苦修者"，只能从自身汲取音乐来匹配"渴望天堂圣歌的多风的齐特拉琴"。道德法则的基督教宝殿与由相反法则的柱廊布置而成的一直排列到星群间的假面舞会，在其权威性的源头是同等的，但在史蒂文斯看来，仅仅是诗歌的虚构。"萨克斯风般扭动的手掌"，更适合于现代场景，而非古代的齐特拉琴。

逗趣的语调和强调自己的建议具有试探性，柔化了诗人所表达的思想的震惊效果，揭示出他所置身的不安且不确定的崭新处境。在《月亮的释义》（1917）中，宗教象征是以一种混合着拒斥渴望的语调说出来的：

月亮是痛苦与怜悯的母亲。

在更加疲倦的十一月的尽头，
当她古老的光线沿着树枝移动，
无力地，缓慢地，依赖着它们；
当耶稣的身体悬挂在一片苍白之中，
近乎于人，而玛丽的身影，
染上白霜，瑟缩在腐烂的
落叶构成的庇护所里；
当越过房屋，一个黄金的幻象
带回上一个季节的和平
将宁静的梦带给黑暗中的沉睡者——

月亮是痛苦与怜悯的母亲。

这里,尽管耶稣与玛丽的形象伫立在古老衰朽的形象之中、在更为疲倦的十一月尽头、在无力而缓慢地染上白霜的古老光线之中、在腐烂的落叶中间,月光却提供了"一个黄金的幻象"。虽然对由这一对形象所代表的宗教典范的承认,不再是站得住脚的,诗中的说话者仍然在遗憾,它们曾经提供的那种安全感已然消逝。就像《星期天早晨》中的那个妇女,她意识到,有一种渴望是理性与自然所无法完全满足的。因此,我们承认史蒂文斯显然对自我与自然或物理世界的关联抱有兴趣,同时,他更加关注的问题在于,"想象在多大程度上能够或应该重新塑造世界"[1]。换句话说,他不像威廉斯和摩尔那样,对于发现事物自身感兴趣,更为吸引他的,是发现"发现行为中的他的自我"。

同样的困境在《婴儿宫》(1921)中体现出来:

> 不信者走在月光照亮的地方,
> 钉着六翼天使的众门之外,
> 探究着墙壁上的月斑。
>
> 黄光摇晃着穿过寂静的建筑表面,
> 或是坐在尖塔上旋转不停,
> 当他想象着嗡嗡声和睡眠。
>
> 散步者在月光照亮之处独行,
> 每一扇假窗都在妨碍
> 他的孤独和他头脑中的一切:
>
> 如果婴儿们来到一间微光闪耀的房间,

---

[1] Joseph Riddel: *The Clairvoyant Eye: the Poetry and Poetics of Wallace Stevens*, Baton Rouge: Louisiana State University Press, 1965, p.12.

被羽翼初丰的梦聚拢在一起，
那是因为夜晚把他们裹在自己的皱褶中。

夜晚没有把他裹在自己黑暗的思想里
黑色群鸟攀升的翅膀回旋，
对孤独实施严酷的折磨。

散步者在月光中独行，
在他心中冰冷地躺着他的不信。
他的宽边帽低低地压在他双眼上方。

我们发现，不信者在钉着六翼天使的门外行走。这些天使是等级最高的，职责是卫护上帝的冠冕，它们现在成了钉在门上的金属，意味着它们的存在纯然是人工性质的。不信者的视力范围局限于大厦外表，serafin古意指一种曾在印度通行的银币，此处潜在意指将他与内在冠冕隔离开来的自然界。他看见墙上的月斑，光在尖塔上旋转，只能想象大厦内部那使人安慰的"嗡嗡声和睡眠"。对他而言，假窗揭示不出任何光或生命的迹象，它们只能"妨碍他的孤独"，提供不了任何欢迎、许诺，以及让他从困境中解脱的希望。宫殿似乎同时象征着教堂和永恒的天堂。如果它是婴儿的港湾，那么，在这里，永恒遭到了奚落，仅仅成了安慰幼稚头脑的幻象。对不信者的严厉折磨源于他意识到死亡的真实性；他的头脑无法逃脱"黑鸟攀升的翅膀"，他的宽边帽为他遮挡住月光，那围绕着宫殿幻象的想象之光。

情感的绝望或"宇宙的恐惧"会攫住人类，让它面临一个旋转的天体不再歌颂神圣造物主的宇宙。这让人想起史蒂文斯在论文《哲学选集》中引用的帕斯卡的句子："这永恒空间的沉默令人恐惧。"尽管帕斯卡声称自己是科学家，曾嘲弄过想象，可当他大限来临,面对虚无的永恒时,他同样要求并得到了教会的临终圣礼。在绝境中他紧紧抓住的是想象的"幻觉性机能",像克尔凯郭尔一样,他向宗教信念做出了非理性"跳跃"。可对于史蒂文斯而言,这样的信念不再可能,无论他多么渴望它的安慰。应该可以说,史蒂文斯认为,上帝缺席之后,人的身体感觉和变迁中的尘世,要远比不可抵达的永恒静止的天堂乐园更为珍贵。这种思想在他的很多诗篇中都有所表达,如《巨大的红衣人读书》:

有一些幽灵返回大地,倾听他的话语,
当他坐着,大声地,读这巨大的蓝色书板。
它们来自曾经寄予厚望的群星的荒野。

有一些幽灵返回,倾听他朗读生活之诗,
有关炉子上的锅,桌子上的壶,以及中间的郁金香。
它们将哭泣着赤足走进真实,

它们将哭泣并感到幸福,在寒霜中颤抖
叫喊着再次感受它,用手指快速抚过树叶
迎着锋利盘绕的荆棘,甚至抓住丑陋的东西

大声欢笑,当他坐着,从这紫色的书板,
朗读存在的轮廓与表达及其法则的音节:
诗,诗,那些字符,预言的句子,

从那些耳朵,那些微弱的,耗尽的心灵中,
获取色彩,获取事物的形状和尺寸
替它们言说感情,它们所缺乏的那种东西。

《星期天早晨》也同样赞美了自然和感官世界，而源于感觉的虚构是最高的善。正如诗人在《最高虚构笔记》所表明的："我们将在薄暮中从讲座中返回/愉悦于非理性的是理性的，//直到被感觉轻拂，在一条镀金的街道，/我称呼你的名字，我的绿色，我的流畅的世界……"这里，世界（"我的流畅的世界"）变成了诗人的恋人，在黄昏中离开一个讲座，一同散步。显然，史蒂文斯选择的是"非理性"或与世界遭遇时充满感性的瞬间，而是不是理性的系统或哲学陈述。"最高虚构"是感觉的抽象，永远不能被人类观察者所彻底把握，诗歌是与这种抽象的不可接近的斗争；"最高虚构"也必须是变化的，以免变成静态重复的信念体系（既不是宗教信条也不是柏拉图的理念）；最后，它必须是能够提供快乐的，因为诗歌的目的是对人类幸福做出贡献。①

二、自然之作为意识形态

通常认为，史蒂文斯置身的是后宗教氛围。其诗的一个重要影响源是尼采，他的有些论断也是非常尼采式的，例如：

目睹众神被驱入半空中，像云彩一样消散，是人类最重要的经验之一。他们不是越过地平线，消失上一段时间；也不是被其他更强大、知识更丰富的神祇所征服，而纯粹是化成了虚无。既然我们始终与他们分享一切，始终拥有他们力量的一部分，当然，也分享他们的所有知识，我们也就同样分享这种彻底毁灭的经验。那是他们的毁灭，不是我们，但是它让我们感觉，在某种程度上，我们也被毁灭了。它让我们感觉自己也被驱逐了，独自置身于孤独之中，像没有父母的孩子，在一个荒废的家里，它亲切的房间和大厅显得冷漠而空虚。最非同

---

① Christopher Beach: *The Cambridge introduction to twentieth-century American poetry*, Cambridge: Cambridge University Press, 2003, p.60.

寻常的是,他们没有留下任何的纪念品,没有宝座,没有神秘的戒指,没有有关尘世或灵魂的文本。就仿佛他们从未在大地上栖息过。没有人呼唤他们的回归。他们被遗忘了,因为他们一直是大地光荣的一部分。与此同时,没有人在心中喃喃祈祷那些非真实的形体再度归来。在每个人身上一直在不断增长的是人的自我,继续存在的是观察者、不参与者、有过失者,其在场变得越来越坚定,或似乎如此;无论确实如此,还是仅仅似乎如此,他都要独自用自己的方式去解决生活和世界的问题。(《两三个观念》)

但是事情从来不会如此清晰了当。后宗教人,依然对于身与魂的提升怀有一种深层需要,这种提升在不同宗教中以不同名义为人们所经历——基督宗教称之为恩典,亦即,上帝的工作以感觉或知识向个体显现,由此将个体提升到一种狂喜的意识状态。在爱默生主义者那里,这样的时刻是世俗化的,而且和美国日益增长的民主的个人主义结合在一起。史蒂文斯,尽管他对爱默生的著作读得并不完整,他收藏的爱默生的书有许多页码一直没有裁开,但在有关人与自然的狂喜关联方面,他却是爱默生的追随者。在他的诗中,他探索并珍视这样的时刻。但是,这里存在另一个转捩点。对于浪漫派来说,总体上,这样置身自然中的狂喜时刻是凭借孤独的想象所经验到的,社会契约作为无关紧要的东西被丢掉了。史蒂文斯曾说,浪漫主义是造假。也许,这种论断的原因在于,他感觉这种与自然发生的狂喜的关联时刻必须被赋予一种"社会的"并且最终是"政治的"意义,而不是仅仅停留在精神的舞台上。史蒂文斯的诗歌便提供了一种田园诗式的浪漫狂喜,从中探索个人、共同体和自然界之间的关联。他对风景的表现与我们通常接受的自然诗的观念并不一致,可视为对自然的这种"中立化"的一种挑战。他将自然描述为一个场所,其中,种种虚构——宗教的、审美的、政治的或浪漫主义的——都在彼此相争，由此为共同体提供了新的方式，以思考自身及其在世界中的位置。

风景使一种文化和社会建构自然化，将一个人工世界表现得仿若纯粹给定的和不可避免的。伟大的幻觉性自然诗人用自然来矫正文明，将自然用作意识形态的工具。史蒂文斯无意于此，但这并不意味着他将风景和季节仅仅作为一种诗意表达的借口，除本身以外没有任何真正主题的那种诗意表达，亦即理论。当然，许多理论确乎除了自身以外没有表述任何东西，但是最好的理论家总是知道，还有什么东西处于危险之中。这便是对伦理与文化及其交互作用的关切，在最深的层面，这就是：社会是如何组织起自身的？共同体如何通过文化表达自己的？这些问题对于史蒂文斯是至关重要的，他在田园诗的空间中探索它们。

有的专家认为，史蒂文斯诗歌中的风景清洗干净了文化与社会语义（亦即诗歌作为"假钞"），仅仅作为诗意言辞联系的中性的计数器。史蒂文斯重复的是古典主义的姿势和幻觉，即视自然为人类需求的资源，无论这需求是审美的还是社会的。

事实上并非如此。史蒂文斯恰恰反对古典的和浪漫的风景的总体化空间，他揭示了风景的建构性和有关它的幻觉的偶然性。他认为，人类想象注定战胜物质世界的意外事件，而当人类安慰性的虚构失效之时，诗人经常返回作为基地的自然之中。风景不仅仅是想象力的一个机会，也是想象力的独立性限度。风景是我们对作为整体的自然的态度借以形成的主要手段。

经历精神升华和狂喜的田园诗空间，同时也是诗人观察政治和人类历史的场域；而且，它也是经常引发这类思考的空间。诗歌必须致力于"人类的伟大利益：空气和光，拥有一个身体的欢乐，看的感官享受"，但同时，它也必须谈论列宁、革命、社会变迁和组织，那些也是人的利益，尽管提供不了什么乐趣。在光和空气的巨大圆形剧场中，诗人沉思列宁及其他，如果不能认识到他的政治田园诗起作用的隐晦方式,将是对他诗歌的一个重大损害。

在对自然的不同态度上面,我们可以将罗宾逊·杰弗斯(Robinson Jeffers)与史蒂文斯作一个简单对比。杰弗斯认为,极大地感受、理解和表达自然之美是诗歌的唯一使命。他赞颂自然界比之人类以城镇形式创造的世界具有优越性,后者只会在天启中终结。文明是短暂的疾病。文明只会摧毁自然界的美。我们必须在自然悄然忍受文明侵蚀之处寻找自然,并尝试仿效它的态度。自然是一个智慧的存在,总在等待人类的消逝。人类是浪潮,按时涨落,其全部作品都将消融。在人类的作品消失之前,自然的美隐匿着自身。杰弗斯所珍视的时刻是自然能够显明为原始之物、尚未被人类玷污或挪用的时刻。杰弗斯正处于史蒂文斯的反面。杰弗斯厌恶人类,史蒂文斯对人类想象力的诸多不同却表现出十分的赞赏。

"伟大的自然诗人"具有巨大的幻觉感受力(visionary sense)。史蒂文斯有时也会丧失这种将自然的事实幻觉化的能力,但更为常态化的是,在史蒂文斯那里,人与自然不存在不变的分界线。他将杰弗斯所关切的东西囊括在他的诗歌疆域之内。他的范围更宽。在《有船的风景》中,他批判了杰弗斯式的人物,这种人物渴望一种与风景的无中介的关联:

> 一个反主子的人,戴花的苦行者。

> 他擦掉雷霆,然后是云朵
> 然后是天堂的巨大幻象。可天空
> 依然是蓝的。他想要感觉不到的空气。
> 他想要看见。他想要眼睛看见
> 而不是被蓝色所感动。他想要知道,
> 在空气的明镜中端详自己的

一个裸男，在寻找蓝色下面的世界，
没有蓝色，没有任何蓝绿色的色调，
任何天蓝色下面或后面的颜色。
骨头的富豪，他拒绝，他否定，到达
中立的中心，不详的元素，
那单色的，无色的，本原。

真理好像并不在他思考的地方，
像一个幽灵，在一个尚未创造的夜晚。
更容易相信它在那里存在。如果
它不在别处，它就在那里，因为
它不在别处，它的地点就必须是假定的，
它本身就必须是假定的，一个假定之物
在一个假定的地方，一个在他抵达之处
抵达的东西，凭借拒绝他之所见
否定他之所闻。他将抵达。
他无须在黑暗中生活，行走，
被一种空虚抛进另一种
空虚。

　　他的本性便是去假定，
去接受他人所假定的，但没有接受的
东西。他接受他所否定的。
但是作为要被接受的真理，他假定了
一个超乎所有真理之上的真理。

　　　　他从不假定
他自身可能就是真理，或真理的一部分，

他所拒绝的东西有可能就是真理的一部分
不规则的蓝绿色，是部分，看得见的蓝色
变得浓厚，是部分，被云朵如此感动，
如此戏弄的眼睛，被雷声如此放大的
耳朵，都是部分，这些东西全都是
部分，还有更多的东西，也是部分。他从不假定
神圣之物会显得不神圣，也不假定如果没有什么
是神圣的，那么万物和世界本身便是神圣，
如果没有什么是真理，那么万物
便都是真理，世界本身便是真理。

他最好是能够假定：
他会坐在阳台沙发上
俯瞰着地中海，绿宝石色
变成了绿宝石。他会观察棕榈
在炎热中忽闪绿色的耳朵。他会端详着
一杯黄酒，目光追随一条汽船的轨迹
然后说："我哼唱的似乎是
这天空哑剧的旋律。"

　　"反主子的人，戴花的苦修者"没有认识到，他对风景的观察也是一种中介。在他承认这点之前，风景的真理（真实）是无法冒出水面和提起讨论的。杰弗斯的前提在于，他忽视了自身在自然中的存在是人的存在，他谈论空间仿佛它是原始的，却没有考虑到他的诗歌表现这空间的方式。他对自然的表达是纯真的。他的凝视与自然相符，并非一种入侵。他的厌世给予他权利，使他认为，对自然的凝视不再会诱使人相信人类的虚构。以史蒂文斯的话讲，他现在立于"中立的中心，不详的元素，/那单色的，无色的，本原"。

他的凝视是万无一失和永恒的。他业已擦拭掉"天堂的巨大幻象"及其投射在天空上的人类道德。

从史蒂文斯的诗歌透镜看出去，杰弗斯的永恒真理变成了一件假定之物，在一个假定的地点。杰弗斯的风景是单价的；它关闭了种种可能性，建基于对所见所闻事物的"拒绝"和"否定"上。这样的风景中，想象力无可作为。杰弗斯无视诸多自我与感官的世界，对于那些不想从风景中为时代提取道德寓意的人，这些自我与感官世界是可以获得的。可以将两位诗人作一个对比，史蒂文斯——用想象消耗能量将风景变形，杰弗斯——风景总是既成事实（faits accomplis）。

史蒂文斯并非风景的全科医师，他更感兴趣的是，有关风景的那些信条是怎样出现、变化和消亡的。自然从来不是已经仔细规划好的给人安慰的避难所，它更是想象力编织起虚构信条的场所。史蒂文斯是比杰弗斯更具有包容性的自然诗人，他意识到了自然为人类想象提供的诸多可能性。

在《衣着得体的留胡子的男人》中，我们发现了更多的"拒绝"与"否定"。此诗涉及的是诗意言辞与建构起来的风景的某种关联。诸元素已被"拒绝"和"否定"，且被拂出我们的视觉（幻想）之外，史蒂文斯认为，肯定的事物只有在否定的或不成立的事物之后才能出现，真实的价值与理解非真实有关，太阳如果不与其对立面——夜晚配对，就无法知道太阳的价值。正是事物的意义与其不存在之间的缺口使读者得以充分了解它的价值：

> 如果被拒绝的事物，被否定的事物，
> 滑过西方的大瀑布……
> 　　　　一段有关自我的言辞
> 必须以言辞来维持自身，
> 一件事物留存下来，绝对可靠，
> 就足够了。哦！那事物的甜蜜的乡野！

《有船的风景》中的"反主子的人"必须排除风景的一些部分才能抵达他的真理,诗人认为这样做是消极的。在《衣着得体的留胡子的男人》中,诗人承认,如果对风景的某些观念将要消散在大瀑布中,从幻象中隐匿,那么,诗人将真正拥有一个"甜蜜的乡野",而不是一个充满了可阐释的可能性的风景。史蒂文斯适当讽刺了这种远景。也许,衣着得体的留胡子的男人就是 19 世纪的湖畔诗人之一,他拒绝和否定了较为令人不快的自然的元素,以表现一个"甜蜜的乡野"。也许他有些像威廉·库伦·布莱恩特,其诗集卷首插图中,他就支棱着一部胡须。史蒂文斯诗歌中的风景既不是这样的乡野,也不是杰弗斯的单价的风景——他厌世的工具。诗题也指明,史蒂文斯意识到风景往往被某些社会形态所利用:标题中的男人是相当体面的中产阶级,他的风景也同样如此。它是一个"有教养的"风景,拒绝、否定这自然的较为无政府主义的元素,是与一定的社会价值观相联系的。

风景不是从社会、历史的偶然性中撤退的机会,更确切地说,当史蒂文斯转向风景和自然物的时候,我们应该期望的是他有关历史、政治与文化的最为敏锐的思考。更好的政治家无须拒绝和否定他环境中的某些元素来使其政治思想发挥效力,而是向我们展示如何在物理世界的诠释学变迁之中生活。

《如何活,怎么办》这首诗便展示了自然中经验到的狂喜升华与伦理关怀之间的关联,诗题中的讽刺意味(让人想起车尔尼雪夫斯基 1863 年的《怎么办?》),使人以为至少在这首诗中,史蒂文斯在向社会关怀道别,为了风景的审美安慰,是私人自我战胜了公共困境的一出戏剧。然而我认为,比诗中假定的讽刺更重要的是说话者的位置——介于风景的升华意识与公共关切之间。在这首诗和许多其他诗歌中这都是想象力的重要两极。当诗人一再返回作为社会意义之启示场所的自然世界时,诗人如何游移于这两极之间?此处要强调的是,它并非全部与自然中的狂喜有关——有些时刻往往是充满绝望的软弱的，但这一切都是诗人情感周期的一部分，他将这周期反复地与季节的循环关联起来，冬天的意志消沉紧随着的是夏天的狂喜和丰富，等等。对于人的思想，这些是必要的，我们从天气中了解了我们的情感。

自然界在有关政治和人类历史的沉思中所扮演的角色，遭到了以往批评的忽略。诗中的说话者在重新叙述他以前的一次尝试——为画面包而安排风景为背景。你会立刻想起文艺复兴绘画中的那些风景，它们似乎脱去了历史的特殊性，只作为无特色的乡野来衬托主要目标——一个人，一种静物。说话者将他的意义强加于风景的行为失败了，像《衣着得体的留胡子的男人》一样，史蒂文斯在《干面包》中批评了将风景、天气和季节用来逃避社会的人。《干面包》的主题可以概括为，风景的安排与社会形态极为相关。这里要注意的是，史蒂文斯对自然的表现不是为任何特定意识形态服务的，它是多价的，它会挫败将风景用作某种特定霸权的认证的企图。相反，社会力量进入风景的竞技场后，突然发现这片土地是不牢靠的。它们漂浮在阐释学的不确定性之中。我们在考察自然界在有关政治与人类历史的沉思中所扮演的角色方面，尤其要注意这种不确定性。

在《干面包》中，说话者正在重述以往的一次安排风景作为他画干面包的背景的尝试。我们会立即想到那些文艺复兴绘画中的风景，它们似乎漂尽了历史的特殊性（无论是被艺术家本人，还是被时间的流逝），仅仅充当了无特色的乡野，来衬托主要目标（一个人物，或一组静物）：

> 现在看你倾斜的、巨大的岩石
> 那在石头上击打出道路的河流，
> 看在这片土地上生活的那些茅屋。
>
> 那是我曾经画在面包后面的东西，

> 岩石甚至没有被白雪所触染，
> 沿河的松树和被吹干的人
> 像面包一样是棕色的，想想那些鸟
> 从燃烧的国度和棕色的沙岸飞来。

虽然诗人不打算表现一片森林牧歌的场景（人们生活在茅屋中），他依然意图构想某种画意，以便让勃鲁盖尔绘画中的贫穷景象能够富有画意。但是风景随后便超出了诗人的控制。它集聚起的动力超出了他有组织的笔触。诗歌继续捡起了鸟的意象：

> 鸟群像脏水一样涌来
> 流过岩石，流过天空，
> 仿佛天空是承载它们的一股激流，
> 把它们展开，像波浪平铺在岸上，
> 一个接一个冲刷着赤裸的群山。

在下一诗节中，节日盛装的气氛和画家——另一个衣着得体的留胡子的人——被彻底征服了：

> 我听到那是战鼓的重重的敲击
> 那是饥饿，是饥饿在哭叫
> 而波浪，波浪是士兵在前进，
> 不停地向前行进，在一个悲剧时代
> 在我下面，在柏油路上，在树下面。

这里提到柏油是尤其让人吃惊的，因为它将诗歌置于当代世界，而先前似乎是一个文艺复兴画家在说话。这揭示出画家在表现自然时故意犯了一个时代错误，抹去了所有当代的标志，以创造一个无时间的森林牧歌世界。但是现时代正在返回，践踏他的愿望：

> 那是士兵们越过岩石前进
> 鸟群还在飞来，波浪一般涌来，
> 因为这是春天，鸟群必须出现。
> 无疑士兵们必须行进
> 战鼓必须敲响，敲响，敲响。

最后两行中的顺从迹象使得说话者的珍贵程度超过了衣着得体的留胡子的人。将鸟群回归的必要性与士兵行军等同起来，这么做是幽默的。它随着诗篇结尾的词语（"敲响，敲响，敲响"）开启了一个不祥的转折：他的幽默和他的画将在战争的紧急需要和警报中消散殆尽。这里显然是将风景与社会构造合并了起来。鸟群与士兵的等同并不完全是严肃的，而是演示了一种在自然界全景中理解军事行为的需要。另外一个值得注意的地方是，随着诗篇的结束，我们被留在一个士兵的世界，鸟群奇怪地漂浮着，是不确定的。没有任何特定的社会含义被附着在风景上面。在说话者努力限定它的象征意义的尝试之后，它重新恢复成了一个多价的世界。于是，诗歌记录的就不只是说话者将自己的意义强加给风景的努力的失败，也记录了士兵的失败，他们陷入了鸟群和岩石的巨浪之中。诗篇最终赞美的正是自然这压倒一切的旋律。史蒂文斯在许多方面可以被视为一个矛盾的诗人，他早期的作品在节奏与风格上都紧紧抓住了浪漫主义传统的残余，然而，这仅仅是一个框架，以此为基础，他试图重新定义一个过于象征性的世界，而重新定义西方文化的最佳方式之一就是描述它不是什么，这种否定的使用帮助他恢复了由于过度使用象征和隐喻而在诗歌中丧失的东西。

第二节 建设性后现代的必要准备

诗人叶芝在名诗《第二次降临》中写道："一切都瓦解了,中心再不能保持,只是一片混乱来到这个世界里。"这种中心崩散、万物离析的局面,也可以用来形象化地描述美国二战之后诗歌的现场格局。美国当代评论家丹尼尔·霍夫曼对后现代主义诗歌无所不包且充满内在矛盾的情境也有过一段十分精彩的概括,美国后现代诗人不仅抛弃了传统的严谨的英诗格律,而且也彻底否定了诗歌的传统和规范本身,颠覆了人们所习见的种种逻各斯中心结构。他说:"一种新的魔鬼般的措辞,对叙述或有连续性的组织和能够改写成散文的内容的否定,关于个人的题材——恋母情结的张力、性欲的坦白、自杀的冲动、疯狂——重新引进所有这些,全都毫不掩饰地、不作历史比较地呈现出来。对许多诗人来说,过去显得是不可改变地断裂了,不再适用了;或者诗人被个人的痛苦压垮,因此过去也主要是个人的、压迫性的;或者,诗人试图理解历史将我们变成了什么,求助于零零碎碎的奥妙和传播神秘信条的技巧,而拒绝那种反理性的理性组织结构。"①

后现代主义思潮源于北美洲的文学批评,在 20 世纪 60 年代,它几乎成了一个单单发生在美国的事件。其后,后现代主义的概念扩大到整个欧美大陆,从建筑领域的现代主义之后的风格指谓延伸到文学、文化、社会学等领域,这必然使文学中的后现代主义分享了整个后现代主义思潮的共性。所以,集中考察一下美国的后现代主义诗歌,则可以较为便捷地得到一个关于后现代思潮的典型景观。

---

① 丹尼尔·霍夫曼主编:《美国当代文学》,中国文联出版公司,1984 年,第 748 页。

当代的美国诗歌，较之 20 世纪 50 年代以前，已经发生了根本性的转变，变得更重现实细节，更有地域色彩，更具体。这些转变与二战后美国对越南的侵略战争加诸人们意识上的影响有关，而现代科技，尤其是宇航技术的发展，也给予了人们新的刺激，迫使人们以新的时空观念重新认识、估计人类在宇宙秩序中及个人在社会中的位置。美国当代诗歌在经历了第一次世界大战前夕，由庞德倡导的"意象派"所代表的童年期；第一次世界大战到第二次世界大战之间，以艾略特为代表的鼎盛时期，已经进入它开阔的中年。20 世纪早期生活中所特有的种种剧烈的脱节，经济、政治、社会制度的土崩瓦解，现代人的自我与其种族历史的加速分离和异化，都已记录在艾略特的《荒原》、史蒂文斯的《风琴》等诗集里面。更年轻的诗人已不满于艾略特式学院气的沉思和玄想，而是要更深入人们的日常生活中去解剖真实，逃避个性的"非个人化"原则已被更深地沉入诗人的自我所代替。哲学也不再作为完整的认识世界的框架，而是分散在具体的现实感受之后，与生活结合得更紧密了。

在现代主义诗歌向后现代主义诗歌的转变和过渡之中，庞德起到了承前启后的重要作用。因此，我们可以以 20 世纪 50 年代为界，将庞德作为现代主义诗歌的终点和后现代主义诗歌的起点。庞德一生跨越了这两个时代，他自己杰出的创作天才，他对艾略特等一大批现代主义诗人的帮助和提携，使他成为现代主义的精神导师。而在 20 世纪 20 年代之后，他又对当时盛行的、被普遍接受的艾略特非个性化诗歌教义展开了批评。他自己的写作所具有的那种颠覆意义，他对以威廉斯为代表的众多后现代诗人的影响，在 70 年代后期越来越清晰地显现出来。庞德的长诗《诗章》几乎成了美国文学中所有长诗的楷模，其庞大规模差不多蕴含了日后后现代诗歌的所有特征。其内容涉及东西方的文艺、神话、建筑、经济、政治和名人传记等多学科的知识。从古希腊的奥德修斯、中国的孔子到当代的战争贩子和高利贷者，从诗人喜爱的美国总统杰弗逊、亚当斯到墨索里尼的经济政策,从西方的建筑艺术到儒家的伦理学,等等,无所不包、无所不有。并且,除了英语外,还使用了古今多种语言,如古希腊语、拉丁语、意大利语、汉语、法语等。庞德一反其先前的意象派诗歌的简洁、清晰和准确的原则,诗风变得混杂、散乱、艰涩难懂。威廉斯对《诗章》推崇备至,认为它是"逆着我们时代巍然立起的一座纪念碑"①。

　　同样,作为艾略特的同时代人,儿科医生威廉·卡洛斯·威廉斯也是一位抱负远大的诗人。他被公认为二战之后最有影响的诗人,为英美诗歌开拓了后现代主义路径。和许多去英国取经的诗人,如庞德、艾略特不同,威廉斯一辈子生活在新泽西州的路特福德。也许,作为一个英国人的儿子,他比大多数美国诗人都更强烈地意识到去除英国诗歌的所有特征的必要性。艾略特对传统英诗格律的继承,对荷马以来整个欧洲文学传统的珍视,以及他阴郁的学院气质,都使得威廉斯认为《荒原》是对自由诗运动的背叛,是美国诗歌的一个灾难、一个误会,中断了诗歌对区域性艺术的最基本原则和最根本美丽的探寻。他决心抓住工业化美国的实质,从形式上、内容上发展一种美国自己的新诗。1946年,威廉斯苦心经营的五卷本巨著《佩特森》第一卷问世,这部富于地域乡土色彩的史诗性作品,将自我与广袤美国融为一体,显示了对经验吸收的仿佛毫无限制的能力,包容了各种各样的情感,可以说是首次将美国新诗带出了学者的书房,接近了普通的人群,结束了艾略特的现代派玄学诗统治英美诗坛半个世纪的局面。威廉斯诗歌的后现代特征主要体现在这样三个方面:第一,无中心性。他自己曾经有一句名言,"没有思想,除非在事物中"(No ideas but in things)。在他的诗中找不到理念、逻各斯、道为中心的倾向,这使得其诗歌结构中诸要素(或诸物象)大有中国古典诗歌中的那种并置意味,人

---

① 皮特·琼斯:《美国诗人50家》,四川人民出版社,1989年,第159页。

的主体意识与其他各种意识平等共存，与物齐一，而不是从人的主观出发去整理事物的本然秩序。所有事物都在一定范围内并存，相互作用但并不形成因果关系；他不再像艾略特那样，以逻辑理念为主干、以感性经验为外观来结构其诗歌。第二，他强调诗歌创作的直接性和即时性，竭力呈现对象最原初的状态，让语言透明地显露出事物，不再阻隔在人与物之间，可以说他对语言即揭示又遮蔽事物的双重性有着高度的警觉。第三，常以美国口语和俚语入诗，以区域性代替世界性。

威廉斯首先提倡使用实际语言的节奏，废除尾韵和抑扬格及音节数量方面的限定，而在每行中以句子重音来求得节奏。他发明了一种称为"美国音乐"的三拍子诗行，每句有三个重音。而他的忠实追随者查尔斯·奥尔森，黑山诗派创始人，则更进一步，主张以诗人的"呼吸"决定诗行的节奏；诗行的长短、停顿，则取决于诗的情绪，这样就将诗的节奏与内容完全结合了起来。奥尔森的这种称为"投射诗"的创新，一扫当代美国诗中的学究风气，很多日常语言得以入诗，也使得诗歌更为具体，正如他自己所言："我们反文化的言语，只由/具体的事物组成。"20世纪50年代的垮掉派诗人金斯堡也是用"投射诗"手法创作的。奥尔森号召用打字机创作，因为它作为一种工具能够记录下"精确的呼吸、停顿，甚至音节的悬停，词的各部分的叠加"。利用他的打字机，奥尔森写出了令人目眩的诗行，有时像散文一样将一行诗拉得像书页那么长；而另一些地方，又是简短的零碎，大片的空白，有时诗里还会插入散文片段。这便发展出他称之为开放式的现场写作，即诗的结构、形式全取决于内容，形式是内容的延长。感情流溢仿佛是无结构的，体现而不是回避或调整它的跳跃、停顿和不连续的特点。这可以在他最为人称道的《鱼狗》中得到验证。这首诗的形式是就几个联系松散的论题进行急流般的对话，诗行忽左忽右，长短不一，时而文字聚集在一起，时而文字疏朗，甚至一个字成为一行，以此显示作者的思想变化。奥尔森诗歌的创作特征概括起来，有如下几点：
一、强调即兴的、自然的创作。投射诗派首先摒弃了新批评智性
诗歌的美学原则，抛弃了传统诗歌的那种所谓正确的语法、逻辑发
展、格律、诗节、凝练，乃至传统的印刷形式，强调诗歌创作的自发
性。邓肯写诗从不修改，奥尔森则认为诗既是运动的力量，又是有
机的过程，如呼吸一样。诗情的流动只能向前而不能向后，因此在
他的诗中括号都只有开而没有关。二、强调自我与非个性的统
一。投射派诗人既反对新批评派的人格面具，又反对自白派的纯
自我的真情坦述，而是主张自我表现与非个性融为一体。他们认
为，在我们的感知中，现实是偶然的、变化的、矛盾的，并且是难以
解释的，因此，反映这种现实的诗歌也必定是不可预定的，变化多
端的。诗的形式必须顺其自然，如同日夜交替，潮涨潮落，没有定
型。真正的诗永远是开放的、自由的。三、强调史前的、区域文化
的现代意义。奥尔森认为，西方人总是看重进化和进步，注重眼前
的生活，从而将历史、过去与现实割裂开来，因此，当今诗人的职责
就是要回到史前时代的思想状态，回到与世界永恒、直接、神秘的
关系中，重新感知世界的神圣性。而各民族的原始神话往往就是
这种神圣性的根源，因此，奥尔森便去美洲印第安人、苏美尔人、小
亚细亚东部和叙利亚北部的古代赫梯人、古希腊人、古埃及人的古
老文化和神话中寻找和发掘神圣性。

　　威廉斯在 20 世纪 20 年代初所渴望的美国生活和精神，在他
的《佩特森》中已获得完美的表现，他的佩特森，已不仅仅是一座城
市，也是一个人、一种语言，同时也是他的自我与他的时代的结合。
和威廉斯一样，奥尔森的长诗《马克西玛斯》，着力描写了马萨诸塞
州的格罗斯特渔村的过去和现在，在那里他长大成人。这些史诗
性的巨制写的都是具体地域中普通人们的生活、历史，再也找不到
艾略特式的上层社会的谈吐，也不再有传统意义上的英雄。诗人
开始把注意力转移到生活中默默无闻的小人物身上，因为他们是

与诗人生活在同一个现实世界中的伙伴，比之伟人是更真实的存在。也正是从此，开始了美国诗歌反英雄、反文化的倾向。威廉斯对地理环境的重视，倡导表现美国的城市、乡村的特点，也被后来的诗人大大发展。如金斯堡诗中出现的加利福尼亚超级市场，罗伯特·伯莱中西部原野的牧场、风雪和地貌。奥哈拉也把纽约的街景、朋友的名字、收音机的节目名字等放入诗中。再如保罗·威奥利的《月亮宝贝外面》描写的都是处于某个街区内的具体商店、企业，如凯利广场烟店、金牙旅馆、"奇迹马"酒吧、"可信"音乐工厂、"降霜冲突"工厂，等等。

20世纪临近终结的几十年见证了美国诗歌中主要人物的逝世，正是他们的作品及其影响，促进了美国诗歌的形成。罗伯特·洛厄尔、伊丽莎白·毕肖普、詹姆斯·赖特、罗伯特·邓肯、罗伯特·海顿以及罗伯特·潘·沃伦，均死于20世纪70年代和80年代。詹姆斯·梅里尔、艾伦·金斯堡、丹尼丝·莱弗托夫、格温多琳·布鲁克斯和安蒙斯在20世纪90年代和21世纪初过世，随着21世纪的开始，改变了美国诗歌的格局。梅里尔是一位形式方面的大师，他的境界和对美国诗歌的影响仅仅是随着2001年其《诗选》的出版才增长起来。他的作品聪明、优雅、节制，但又出奇地动人，像奥登或弗罗斯特一样，通过机智而转向了严肃（以及情感）。金斯堡是该阶段形式上的革新者和情感的展示者；在将美国诗歌从限制性的诗学教条中解放出来这个方面，《嚎叫》继承了惠特曼和威廉斯的传统。莱弗托夫可爱而神秘的诗歌，是从日常经验中发展出来的，与威廉斯和H. D.的意象派作品有着重要的关联。她曾经写道："他们把语言交到了我们手中。"布鲁克斯给美国诗歌带来了对形式和语言堪称典范的热爱，她将非洲裔美国人敏锐的历史感与生动经验结合起来。更年轻的一代诗人，如丽塔·德芙和迈克尔·哈珀，现在他们已成为杰出人物，他们所接触到的诗歌部分是以布鲁克斯为榜样而形成的。安蒙斯以自己的方式成了一个与金斯堡一样伟大的实验者；与约翰·凯奇在音乐上面一样，他愿意把任意性包括在形式之中，例如，在一条计算机纸带上写作一首长诗。他的整本书长度的诗歌《垃圾》，其散漫的形式、面对无常的快乐能量，现在都可被视为 20 世纪后期美国诗歌的杰作之一。尽管它的标题《垃圾》带有故意的不敬——就和艾略特的《四个四重奏》和威廉斯《佩特森》的片段一样——但是此诗可以恰当地读解为对自然与精神的史诗式探索。

梅里尔、布鲁克斯和安蒙斯对于当代诗人不断增长的意义是以 1979 年去世的伊丽莎白·毕肖普为榜样的。她的作品蔑视了其后形成的有关她的时代的大部分抽象概括；它里面没有扩展的序列，也没有史诗的结构，借用罗伯特·洛厄尔的话说，却具有一种单纯的"使偶然完美"的能力。自从她过世后，她的描述策略、逸事趣闻以及对自己的类比所作的持续不断的怀疑，都对 20 世纪晚期和 21 世纪初期诗歌产生了最为重要的影响。在我们能从中觉察到受惠于毕肖普作品的诗人中，丽塔·德芙、罗伯特·品斯基、简·肯庸、简·肖尔、凯希·宋和毕肖普的朋友詹姆斯·梅里尔（在他最后的诗集《盐的分散》中）仅仅是很少的一部分。她的作品所提供的另外的功课是矫正了形式主义者与反形式主义者之间在 20 世纪 90 年代形成的区分。现在回顾那个时代的诗人的作品，我们看见，有多少人像毕肖普一样在传统形式中进进出出，有的，如梅里尔，大胆地更新了十四行诗；有的，如安蒙斯、布鲁克斯、品斯基或者路易斯·格吕克，非常敏锐地意识到诗歌在韵律和形式上的特性，却没有被传统的形式所束缚。[1]

到了 21 世纪，美国当代诗歌又有了新的发展，这里不再赘述。对美国当代诗歌发展状况作了如上浏览之后，对其具体操作上所表现出的后现代特征，我们简述如下。

---

[1] 参见《诺顿诗选》第六版序言。

第一，是美国当代诗歌所呈现出的惊人的表面性，即无深度性。意义的悬置使得诗歌全部浮在语言的层面之上。其最著名的代表为"语言诗派"，如查尔斯·伯恩斯坦的《时间和线》，就是在单词"line"在不同语境中的具体含义，如"直线""唇线""线索""衣服的底边""路线"等之中变换、联想、组成句子。而安德雷·考德拉斯库的《反对意义》简直就是意义消解的一份宣言：

> 我做的每一件事都是反对意义。
> 部分是蓄意，更多的是下意识。
> 无论在哪里我都以为自己是在另一处。
> 这部分是为了迷惑警察，更多的是
> 隐藏我自己，尤其
> 当我不得不承认
> "明显"总是
> 坐在一张小桌上吸引太多的
> 注意。
> 以致无人看见
> 椅子上一直坐着女孩。
> 一个人总是在电影里才和"明显"在一起。
> 引人注目的"明显"
> 掩盖
> 其他的"明显"
> 还没有明显到质的
> 意志上的屈服。
> 而透过无聊的报告上的一个小洞
> 上帝看见我们在瞎编。

伦·派德盖蒂的《路易斯安娜·帕西》，也宣布了词语的含义在现代社会中的稀薄乃至消失，声称"最伟大的词是没有意义的词"。这种表面性的又一个来源是文本的零碎性和片段化。伊哈布·哈桑说过："后现代主义者只是割裂联系，他们自称要持存的全部就是断片。他们最终诅咒的是整体化——不论何种的综合，社会的、认识的，乃至诗学的。因此，他们喜欢组合、拼凑偶然得到的或割裂的文学对象，他们选择并列关系而非主从关系的形式，精神分裂而非偏执狂。"①片段性的例子，如罗伯特·克里利结结巴巴的小浮雕式的诗、奥尔森的诗。特德·贝里根发明的"列清单"的方法，使诗成为反对资本主义社会有组织遗忘的咒语，如他的《死去的人们》详细开列了其亲属和朋友的名字、死因及时间。这种列清单法也出现在约翰·阿什贝利的诗中，如《在黄昏弥漫的天空中》以一百多条河的名字结构全诗，简直像取自地理课本的材料："群山包围了科罗拉多河/奥德河非常之深，几乎/和刚果河的宽度一样。涅瓦河平坦的河岸/呈灰色。黑色的骚尼河沉静地流淌。/而伏尔加河又长又宽/流过棕色的土地……"②这种方式也是消解现代主义诗歌深度透视模式的策略之一，果真能"让资产阶级吓一跳"。同样，在大卫·特里尼达德的《会见至尊》中，诗人一口气罗列了几十个流行乐队组合的名字。再如玛琳·欧文的诗，诗行不用标点，而改用空白间隔，使诗呈现出一种把词语泼洒在纸上的感觉，颇有波洛克绘画的意味。对意义的消解自然引出对历史虚构性的思考，保罗·胡佛在《致历史》中将历史比为挂在晾衣绳上的画，"一个人凑近去看，仿佛历史真的在里面，/抽烟的长者以他们的权威/使表情愚蠢的孩子们相信……换言之，历史是一幅糟糕的画/挂在晾衣绳上。/画家的孩子们在周围奔跑"。而玛克辛·切尔诺芙以解构主义方法去除了"乳房"的所有社会文化意义（《乳房》）。

---

① 王岳川等编：《后现代主义文化与美学》，北京大学出版社，1992年，第125页。

② 约翰·阿什贝利著，马永波译：《约翰·阿什贝利诗选·上》，河北教育出版社，2003年，第198页。

第二，是非原则化。这一原则适于所有的准则和权威的惯例。从"上帝之死"到"作者之死"和"父亲之死"，从对权威的嘲笑到对文化的取消，消除了知识的神秘性，消解了权力话语的结构。在后现代诗歌中再没有什么英雄或权威偶像，如安妮·瓦尔德曼戏仿艾米莉·狄金森的《抱怨》一诗，诗中的女主人公是一名从良的妓女，这显然是影射狄金森这位足不出户、身着白衣的诗歌圣徒的，其"不敬"的程度是惊世骇俗的。试比较这两首诗：

> 我是妻子了；我已经完成，
> 那另一种状态；
> 我是沙皇，我现在是妻子：
> 这样更加安全。

> 少女的生活显得多么古怪
> 在这柔和的月食之后！
> 我认为地球也是如此
> 对于那些此刻在天堂的人。

> 这是安慰，那么
> 另一种则是痛苦；
> 可为什么要比较？
> 我是妻子！ 打住！
> ——狄金森《我是妻子了；我已经完成》

> 我是荡妇——不，我已不再那样。
> 那个老地方
> 我已经换了，我做了母亲
> 这真是不可思议。

过去显得多么奇怪

当我重读旧时的日记，

看见他们的脸消失

我到处感到它

感到平常

现在我更安全了吗？

我现在是母亲，我帮我

继续下去！

——安妮·瓦尔德曼《控诉》

再比如埃琳·迈勒斯的《关于罗伯特·洛厄尔之死》，更是语锋尖刻地嘲弄了前辈诗坛泰斗，把这位"自白派"大诗人描写成一个"难以置信地没活力的白发老男人，充满了对想象的痛苦的焦虑"。这种无"文化"诗歌的真实普遍性，是十分令人吃惊的。尽管现今的美国诗人，许多都在大学里做教授，或者任编辑，职位不低，可他们的感觉却是平民化的。在 20 世纪 50 年代到 60 年代，"值得尊敬"的诗人意味着一个诗人被教授们所喜爱，但是美国诗歌场景也同时存在着另一些事实：众多的诗人并未感受到艾略特的"影响的焦虑"，超现实主义、政治诗、歌和表演的大爆炸，丰富的实验严重挑战着所有的现行设想。正如安塞尔姆·霍洛在《音乐家》一诗中所写："你错过了他们。他们没有错过你。"尽管诗歌的官方化是迅速的，但大多数诗人宁愿停在学院之外，如著名的垮掉派诗人柯尔索，就以"街头诗人"为自豪。也许正是学院派影响的根深蒂固，当代美国诗歌才以如此剧烈的姿态对权威进行挑战。

第三，是反讽。也可称作透视。当缺少一个基本原则或范式时，反讽就会出现，它们表现了探求真理过程中不可避免的心灵反应。反讽的先决条件为不确定性和多义性。在此，海森堡的测不准原理、哥德尔的不完全性定律、托马斯·库恩的范式理论，都为这种犹豫不决、难以决断的相对性思维奠定了基础。我们对客观世界的认识总是以已知的框架为依托，获得对事物的有条件的认识，因此不自觉地依靠某种认识范式为无序、混沌的世界赋予某种结构，并将我们局限的认识（词语事实）等同于世界本身。比如弗兰克·奥哈拉的《文学自传》，其题目来自柯尔律治。这首诗很像是对弗兰克自己的反讽。他用假装的文学态度来开玩笑，"是的，过去我很孤独、很悲哀，没有人喜欢我，现在我是一个出色的人了"。藏在一棵树后哭叫他是个孤儿，然后夸张地称他自己是所有美的中心，让每一个人都对他惊奇。而且，在好笑的同时又充满情感的真实。

大量采用口语入诗，喜爱和赞美与正式的诗化事物相对立的清晰、平凡的事物。如奥哈拉的《今天》："哦！袋鼠，金币，巧克力苏打！／你们真美！珍珠，／口琴，胶糖，阿司匹林！所有／他们经常谈论的素材……"短短的八行诗中充满了诸如胶糖、珍珠、阿司匹林这样琐屑的事物和词语。这极大地拓展了诗歌对经验的吸收能力与范围，正如路易斯·辛普森的《美国的诗》所言："不管它是什么，它必须有／一个胃能消化／橡胶、煤、铀，众多的月亮和诗。"如以即兴谈话著称的大卫·安汀，其诗完全是在特定地点和场合对着录音机用口讲，录到磁带上，然后再复录到纸上，不加修饰。

第四，是拼贴。把来自不同语境的语言片段拼贴在一起，形成一个个戏剧性场面或蒙太奇，以产生意外的艺术效果。如朱克·瓦克泰尔的《由七个句子组成的段落》，便是由分别取自不同地方的七个句子构成，彼此没有什么有机的联系，每个单句都很简单明了，但总体却创造了一个五光十色的诗境。"先生们，这三种蔬菜：土豆、南瓜、冬瓜，哪一种你的妻子会说最能代表自你们婚夜后逐渐变得松弛的组织？没有血或任何东西，但我到达那里，她正在变蓝。摄氏四十八度。我们保持水平。第三号单身汉是一个收集迪士尼言行录的销售经理。发现失踪的男女合校的大学生被谋杀了。所有这一切都在大不列颠百科全书——一卷：美国印第安人，路易斯'萨可莫'阿姆斯壮，再生产系统，有毒动植物，自动充电，马戏，令人不快的雪人，拿破仑和摩尔……"[1]后现代诗人常常喜欢从文学作品、科学文献、流行艺术作品、电视小品、偶然听来的话等之中剪取片段拼凑成诗，如阿力克斯·郭在《庇护着同样的需要》中将实际地址都写上了。

后现代诗人，往往将写作时自己的心理活动、激起他写作的环境等直接写入诗中，如纽约派诗人奥哈拉，如果在他写作时有人打扰，他会把这打扰放入诗中，如果有人过来说："弗兰克，我可以打开窗户吗？"——那个短语便会进入诗中。另一位纽约派主要诗人约翰·阿什贝利，也曾把他在书店里听到的人们的对话放入诗中。再如威廉·哈萨威的《亲爱的华兹华斯》的结尾："好了，这差不多二百字了，所以/我必须走了。"把写作者写作时的清醒意识直接纳入了诗中。也有把注解等附加材料结合进正文的，如弗兰克·泼赖特的《事物中心的空虚》。

第五，是行动、参与。后现代文本，不论语言的还是非语言的都欢迎参与行动。它需要被书写、修正、回答、演出。许多后现代艺术称自己为行为艺术，因为它们已经僭越了自己的种属。在当代美国，诗歌朗诵和表演盛行，即可说明这一特征。许多诗篇都是由诗人自己配上乐器在酒吧间或聚会上吟唱过的。艾伦·金斯堡的诗集《思想呼吸》中的许多诗都配有简单的乐谱。一些后现代诗人同时也是演奏家、摇滚歌手，如杰克·司可雷、特伦斯·汶克。

当代美国诗歌，虽未能马上出现像它的现代派时期的庞德、艾

---

① 安德雷·考德拉斯拉库编，马永波译：《1970年后的美国诗歌》，北京师范大学出版社，2000年，第472页。

略特那样影响深远的大师级人物，然而，这三十年间也是美国诗歌最令人激动的时代。我们看到行动主义诗歌已经成为各种集团的哲学，诗的实验繁盛。诗人开始与声音，也与音乐和其他艺术合作。无数的译自多种语言的作品出现。诗歌被介绍给学校所有年级的孩子。20世纪70年代也带来了诗歌朗读的突起。直到50年代晚期，诗歌朗读一直是极其尴尬的事情。诗歌朗读的爆炸和现在的诗歌"表演"已创造了一个新类型：诗歌是为大声读出而作的。在旧金山、纽约和其他城市的任何特定夜晚，都有四个或五个朗读活动在不同地点同时举行，每一个都有自己的听众圈。因政治或环境原因的轰动性诗歌朗读吸引了成千上万的人。朗诵为诗人提供了交流。就当代美国诗歌而言，必须与之斗争的依然是"学院派"的陈旧与规范。威廉·卡洛斯·威廉姆斯从未梦想过他能取代艾略特的地位。他的"不要思想只要事物"和一首关于红色手推车的诗，已经成为一种宣言。

对美国后现代主义诗歌的集中考察，其意义不仅仅在于厘清"原装"后现代在诗歌领域中的呈现脉络，也是希望能够对当下汉语诗歌写作和诗学研究提供一份参考。不断地吸收外来文化的营养，是使本土诗歌保持鲜活生命力的一个不可或缺的因素。

第三节　庞德：传统、"面具"与创新

在《埃兹拉·庞德文学论文选》(1954)的前言中，艾略特写道："庞德先生对于20世纪诗歌革命的责任超过了任何其他个体。"艾略特指的是1910年至1930年间在诗学原则、语言和韵律方面发生的惊人变革。这场革命最为人熟知的纪念碑是《普鲁弗洛克的情歌》《休·塞尔温·毛伯利》《荒原》和《诗章》，它们植根于更早的文学传统，多以经典、东方和中世纪诗歌为材料；而其直接动力来

自对流行诗学模式的批判,尤其是吉卜林式的"制度化"修辞。对于读着维多利亚和爱德华时代诗歌长大的读者,甚至对于熟悉古怪的勃朗宁和惠特曼的读者来说,这种新型诗歌似乎也是对过去实践和原则的一次震撼的突破。

一般而言,庞德的意义主要在于他从根本上拓展了 20 世纪英国文学的资源。意象主义、19 世纪法国诗歌的影响、新型的创造性翻译、众多在诗歌修辞与韵律上的技术革新,都应该主要归功于他。正如美国著名诗人与批评家罗桑娜·沃伦所言,庞德更新和强化了这样一种理念,即诗歌是一种通过个人媒介表达的多音艺术。他明确了继承与发明、个人与非个人、独创与原作的配比。他在英语中重新创造了伯特兰·德·伯恩的普罗旺斯诗歌、圭多·卡瓦尔坎蒂的意大利诗歌、李白的中国诗歌、普罗佩提乌斯的拉丁诗歌,他在主题、诗歌结构和肌理上都做到了这一点。当然,庞德并不是唯一打破维多利亚时代诗歌五音步的人;史文朋、哈代、霍普金斯等人也曾进行过激进的格律实验,这些实验通常以希腊模式为典范。但是庞德以他自己的实践、对外国诗歌韵律的细致聆听,以及他激烈的论战,调整了 20 世纪初英语读者的耳朵,使之适应现代主义的新声。通过关注萨福、卡图卢斯、卡瓦尔坎蒂和维庸的活力和表现的直接性,他更新了现代诗歌的表现模式。

庞德用了半个世纪的努力为文学做出了这些贡献,从历史或批评的目的出发,对于庞德的诗学理论和实践不做出不同阶段的区分将是错误的。他不是一个很早发现自己成熟声音的诗人,也不是一个从一开始就确立了原则的批评家。庞德早期诗歌与他成熟期的诗风格有相当大的差异,但是,它们业已显现出敏锐的听觉和新奇的语言运用的天赋,尽管有些粗糙和过分文雅,甚至造作,但在措辞与诗律上,已经与当时流行的爱德华时代诗人形成有趣的对照。

庞德 1908 年离开美国,直至 1945 年因叛国罪被押回美国受审，其间分别旅居英国伦敦（1908—1920）、法国巴黎（1920—1924）、意大利拉帕洛（1924—1945）。这三十七年是其创作的高产期，其主要取得的成就和他领导意象派运动、旋涡主义运动密切相关。其前《诗章》期的主要作品有：《希尔达之书》（1905—1907）、《燃尽的细烛》（1908）、《圣诞两周》（1908）、《圣特罗瓦索笔记本》（1908）、《面具》（1909）、《狂喜》（1909）、《坎佐尼》（1911）、《还击》（1912）、《爆炸》（1914）、《仪式》（1916）、《休·塞尔温·毛伯利》（1917—1920）等；加上为《诗章》作准备的《元诗章》以及正式《诗章》的前七章，大多完成于他的伦敦时期，可谓其创作的前期。其他重要诗集有 1915 年出版的《华夏集》，它是庞德"创译"的汉语古诗，属于翻译作品。从 1915 年开始，庞德将主要精力基本投入《诗章》的创作中，1917 年发表了《元诗章》（Ur Canto Ⅰ-Ⅲ），1923 年对其作了很大的修改和删减，仅保留第三部分后边从荷马史诗中译出的一段，改编为正式的《诗章》第一章。《诗章》整个创作的漫长时期可以看作庞德文学生涯的后期。

庞德最早的诗歌创作的成果是他献给初恋情人希尔达·杜丽特尔（H. D.）的一组诗《希尔达之书》，没有正式发表，而是他手工制作的用牛皮纸装订的册子，后于 1958 年收录在杜丽特尔的《折磨结束了：关于庞德的回忆录》中。当时庞德刚刚从圣伊丽莎白精神病院被释放，回到意大利，而杜丽特尔则在瑞士养病。这时我们才得以窥见这第一册诗集的全貌。回忆录中不止一次称庞德为"可怜的庞德"，可以想见，作为"被诅咒的诗人"的象征，庞德在 H. D.心中的分量。庞德在这些最初的诗歌中就体现出极高的天赋，清新深挚，用典自然而不隔，颇为动人。两人虽未成婚，但两位诗人之间的精神联系始终没有中断，他们的情感像"青草的孩子"，像"秋天荒野那遥远的没药的气息"。他们结识于大学时代，同时与庞德交好且维持了终身友谊的另一位诗人，就是威廉·卡洛斯·威廉斯。这个三人组可谓辉煌耀眼，在美国诗歌乃至世界诗歌史上的地位也都是卓尔不凡的。

　　庞德走上文学舞台之际，正是浪漫主义余韵与唯美主义、现实主义、现代主义混杂并存的一个转型阶段。庞德一生都是一个革新者，但实际上，他主要反对的是维多利亚时期绵软颓废的诗风。在《回顾》一文中，庞德声称："至于 19 世纪，在尊重其成就的前提下，我认为我们在回顾时，会发现它是一个相当模糊混乱的时期，一个相当多愁善感、矫揉造作的时期。"他赞赏"叶芝一劳永逸地剥去了英国诗歌中可恶的浮华修辞"，硬朗、坚实、简洁、直接、明晰，没有情感上的游移不定，这些成了庞德主要追求的目标。他在自己的诗《反抗当代诗歌中的精神萎靡》中这样表达：

> 我要抖落我们这个时代无精打采的嗜眠症，
> 给阴影赋予力量的形状
> 用人代替梦。

> "难道做梦好过做事？"
> 对，又不对！

> 对！如果我们梦的是伟大业绩，强壮的人，
> 灼热的心，有力的思想。

> 不对！如果我们梦的是苍白的花朵，
> 时间缓慢浮华的庆典队列，疲倦地垂下
> 仿佛灰黄色树木上熟过头的果实。
> 如果我们就这样生生死死，那就不是生活而是在做梦，
> 伟大的上帝，给梦赋予生命吧，
> 不是嬉戏，而是生命！

让我们成为有梦的人，

不是懦夫，半吊子，坐等其成的人

等待死亡的时代复活，为无名的疾病

涂抹香膏。

伟大的上帝，如果我们命定不能成为人，只是梦，

那就让我们成为让全世界颤抖的梦

让它知道我们是它的统治者，尽管不过是梦！

那就让我们成为让全世界颤抖的阴影

让它知道我们是它的主人，尽管不过是梦

伟大的上帝，如果人们只能长成苍白病态的幻影

只能生活在雾气和温和的光中

颤抖于暗淡的时辰敲得太响

或是经过的脚步踩得太重；

伟大的上帝，如果你的这些儿子都长成了细小的蜉蝣，

我恳求你抓住混沌，产下

一代新的巨人，把群山堆叠起来，重新

搅动这个地球。

这首诗和《在监禁中》都直接陈述了当代诗人与诗歌的状态，尽管庞德的抗议本身也是同样"朦胧"，充满了派生的罗赛蒂式的语言，是拉斐尔前派和颓废派的混杂。庞德的这种"反动"同时也是指向他自己的，他的很多探索期的诗中便充满着这种"朦胧"氛围，如《在虚幻与真实的黎明之间穿过》《堕落》《尼古丁》《当我老了》《追寻》等。应该说，庞德在诗集《面具》《狂喜》和《坎佐尼》中并没有彻底解决主观性诗歌与客观性诗歌之间的张力问题——前者是将诗

歌视为超脱这个世界的梦幻,它使用的是有特权的文学语言;后者则将诗歌理解为在这个世界中的一种活动,它操持的是一种自然语言。不过,1909 年的诗集《面具》终归是在后者的路向上迈出了审慎的一步。

庞德兴趣广泛,具有强大的吸收能力,可以不断地改变自己的感受性。他从一个迟到的维多利亚诗人起步,最后成为统摄整个现代主义文艺运动的领袖,甚至又被后现代主义奉为先驱,是和他求新求变的意志密切相关的。在继承传统并予以创新方面,庞德进行过多方面的实验,题材与形式丰富多变,诗歌风格和技巧灵活多样。古希腊、古罗马、普罗旺斯和中国古典诗歌等都成了他汲取营养的源泉。庞德在大学期间主修罗曼语,通晓拉丁语、古英语、法语、德语、普罗旺斯语、西班牙语、意大利语,也熟悉葡萄牙语和希腊语。极其发达的语言能力使得庞德博采众长十分便利,也使得他在很早的时候就具备了真正的"世界文学"的眼光。庞德所研习的对象大致可以归结为三个方面:首先是古典文学,尤其是《荷马史诗》和拉丁诗人卡图卢斯、奥维德、普洛佩提乌斯。通过翻译、解析和引用,这些古典著作渗透在庞德自己的诗歌之中。其次是罗曼语言和文学。法语中的维庸和福楼拜,意大利语中的但丁和卡瓦尔坎蒂,西班牙戏剧家洛佩·德·维加,尤其关键的是他对普罗旺斯吟游诗人的译介。再次是英语文学本身,包括对古英语语言文学的研究,也包括对晚近和当代文学的研读。勃朗宁、史文朋、19 世纪 90 年代的次要诗人群(亚瑟·西蒙斯和欧内斯特·道森等)、叶芝,甚至惠特曼,这些人物都对他产生了一定的影响,尤其勃朗宁的《索尔德罗》,他的戏剧化人格面具手段,催生了庞德诗人必须戴上"诗歌面具"来言说现实的主张。

一、庞德与希腊传统

庞德对古希腊诗歌传统的继承和创新,我们以《向昆图斯·塞

普蒂米乌斯·弗洛伦蒂斯·克里斯蒂安努斯致敬》一诗为例加以
说明。该诗中与之构成互文关系的六首希腊诗歌的大意列于庞德
的诗歌后面，以方便对照理解。译文从洛布古典丛书《希腊选集》
英文版转译：

Ⅰ

提奥多鲁斯将为我的死高兴，
另外某人将为提奥多鲁斯的死高兴，
但是每一个人都在说死亡的坏话。

Ⅱ

此地属于这位塞浦路斯人，她幻想
望穿整个明亮的大海，
因而得到水手们的喝彩，波浪
出于敬畏而压低，注目她的形象。

安尼特

Ⅲ

悲哀又重大的罪是期待死亡——
还有愚蠢的丧葬的花费；
让我们停止对死者的怜悯
因为死后不会再有别的灾难发生。

帕拉达斯

Ⅳ

特洛伊

城池，你的利润和你镀金的神殿何在？

还有你的大公牛的烤肉。

你走在街头的高大妇女,身着镀金的衣服,

连同她们用小小的雪花石膏盒盛着的香水?

你本地雕塑家的作品何在?

时间牙齿的蚕食,还有战争和命运。

嫉妒夺走了你的一切,

除了你的美德和你的故事。

阿吉替阿斯·斯克拉斯提克斯

V

女人? 啊,女人是一种至高的狂怒,

　　但是她喜欢死亡,或者睡眠。

接受她。她有两个灿烂的季节。

帕拉达斯

VI

尼查库斯对他的医生斐冬的评价

斐冬既没有净化我,也没有触摸我,

但是我记住了他发烧药的名称

　　　　　并且死了。

　　第一首,译自抒情诗与哀歌作者希门尼德斯(Simonides,公元前 556 年至公元前 468 年),卷十,105,"某个提奥多鲁斯为我的死高兴。另一个为他的死高兴。我们都归给了死亡"。

　　第二首,译自阿卡迪亚女诗人阿尼特(Anyte,约公元前 290 年),卷九,144,"这是塞浦路斯人的地盘,她喜欢从陆地眺望明亮的深渊，她能让水手们航行愉快；大海在周围颤抖，注视着她擦亮的形象"。

第三首，译自亚历山大里亚的帕拉达斯（Palladas，约公元 400 年），卷十，59，"对死亡的期待是一种充满痛苦的麻烦，一个凡人死时即获自由。那么，别为那离开生命的人哭泣了，因为死亡之外没有折磨"。

第四首，译自阿吉替阿斯·斯克拉斯提克斯（Agathas Scholasticus，公元 536 年至 582 年），他编辑了第一本希腊隽语集，卷九，153，"城啊，你的那些城墙在哪里，你的满是财宝的神庙在哪里，你过去习惯宰杀的公牛的头在哪里？阿弗洛狄忒的油膏盒与纯金的披风在哪里？你的雅典娜的形象在哪里？战争和岁月的腐烂夺去了你的一切，而命运强大的手逆转了你的幸运。把你征服的嫉妒要痛苦得多；她单单无法隐藏你的名字和光荣"。

第五首，与第三首一样，译自帕拉达斯，卷十一，381，"每个女人都是烦恼之源，但是她拥有两个好季节，一个是在她的婚房，一个是在她死亡之时"。

第六首，洛布编者将它归之于诗人卡利克特（Callicter），有学者认为它出自公元 1 世纪亚历山大里亚的尼查库斯，"斐东没有用灌肠给我净化，甚至没有摸我，但是感觉发烧让我记住了他的名字并死去"。

庞德 20 世纪前二十年的作品反映出古今混合的影响，但是与但丁、普罗旺斯抒情诗、日本能剧和中国古诗的翻译这几个方面相比，希腊隽语作为庞德灵感的一个重要源泉却很少得到讨论。庞德早期作品普遍具有的简洁力量通常被归之于俳句的影响，但是这个阶段，古典隽语的影响并非无关紧要。意象主义明晰、简洁的风格首先是因为庞德而具有了国际性声誉，代表了在现代英语诗歌中重获古代隽语的力量的最初尝试。希腊隽语的传播与接受赋予庞德一种新的时间观念，一种深藏于过去的、被他不断重写的现代感。但是希腊隽语也帮助庞德超越了意象主义,在单个隽语和整体结构两方面,庞德都受益于《希腊选集》。这是明显的事实,这首"致敬"本身就是一个微缩的《希腊选集》,主题上的关联出现在各个部分之间,尽管初读之下看不出明显的对观福音书式的线索,读者必须在沉浸于单个隽语的同时将组诗视为一个整体。

开篇第一首便是对古典隽语典型的对句形式的反抗,补充成了三句,在对隽语传统上的两行形式(抑扬格六音步和五音步)的补充上,庞德开始以他自由体诗的精湛技艺对此类型做出自己的贡献。结构上不受约束,现代主义者的隽语所追求的简洁,更多的是一种审美选择,而不是韵律学上的考虑。庞德暗示,自由体可以让隽语焕发新生活力,可以"革新它"。

第二首看似与第一首无甚关联,但在潜在意义上延续了对怨恨与疏离的关注。庞德借助它传达了对意象主义者同期状态的评论,暗示到他曾经的未婚妻希尔达·杜丽特尔(H. D.)的作品。她曾在《赫尔墨斯的道路》中改写过阿尼特的另一首隽语,往往被当作第一首意象主义者的诗。庞德遇见 H. D.是在 1901 年,他们在 1907 年和 1908 年间订婚,但是 H. D.于 1913 年嫁给了理查德·阿尔丁顿,庞德则在 1914 年娶了多萝西·莎士比亚,由此他和 H. D.的友谊就变酸了,这种状况又被庞德与艾米·洛厄尔之间的敌意所强化。艾米是个迟到又狂热的意象主义者,庞德蔑视艾米企图硬把他确立的品牌归到她自己身上,他们的关系始终没有缓解——尤其因为 H. D.为艾米辩护,庞德将此视为对自己的冒犯。他的痛苦贯串了诗集《仪式》。庞德翻译阿尼特的时候,他利用 H. D.的武器来反对她,来表达她站在艾米一边时自己所感到的背叛。"此处属于这位塞浦路斯人"暗示 H. D.已经把隽语的翻译划归自己的"地盘",嘲笑她对改编希腊隽语的爱好。这塞浦路斯人"幻想/望穿整个明亮的大海"可能暗示庞德对她第一本诗集《海花园》中海洋般单调的厌倦。以"波浪……压低"结尾,庞德强调了意象主义聚焦于静止和压缩所导致的对戏剧性潜力的放弃，暗示意象主义已经止步不前。

与此形成对照的是第四首，译自对特洛伊的悼词，强调了他把《希腊选集》作为崩溃的文学史典型的兴趣，这种技巧对于他后来的诗歌非常重要。以"何在"开始起句，面向一个崩溃城市讲话就变成了面向一个即将崩溃的城市讲话，任何城市，除了废墟和神话，其浮华"何在"？这首隽语体现了庞德时间哲学的一个关键性发展，现在的意义不仅仅关乎现在的存在，也在于整个的过去；理解了整个过去，现在才能得以揭示。时间作为持续的现在将成为庞德《诗章》中形而上学的一个核心特征。庞德经常把时间和地点各不相干的人物、事件和各种文本并置起来。"时间牙齿的蚕食"，就像阿吉替阿斯通过庞德所表达的——时间乃是万物的尺度。

诗集《仪式》中贯串着对时间毁灭性力量的焦虑，希腊隽语里也遍布着同样的主题。第五首的主题便是有关辉煌的崩溃的，悲观的帕拉达斯与庞德的改译之间的主题关联是很清楚的——特洛伊战争的传统寓意是男人由于女人的善变而遭受苦难。庞德的改写隐秘地将所谓 H. D. 的背叛与此类比，这"背叛"导致了意象主义的衰落，正如海伦背叛了墨涅拉俄斯导致了特洛伊的毁灭。在庞德此前的诗中并没有明显的这种厌女症倾向，这种讽刺性幽默将我们从史诗转向讽刺诗。庞德最后以一首关于无法治愈疾病的医生的隽语将他的成见贯彻始终，它和第一首都是三行隽语，它将我们带回到第一首中叙述者所预言的死亡。死者站在自己的坟墓外面谈说自己的死亡，显然涉及死亡与复活的内在关联，这使得这组隽语成了双重史诗——伊利亚特式的和奥德赛式的：庞德激活了属于他个人的特洛伊废墟，同时又深入了一个文学的冥府，一个召唤幽灵来追问自己前程的地下世界。这些重译预示着庞德将在《毛伯利》中"复活诗歌的死亡艺术"。

《向昆图斯·塞普蒂米乌斯·弗洛伦蒂斯·克里斯蒂安努斯

致敬》是庞德的一篇过渡期的作品,隐含着他诗歌进展中的几个关键性的考虑。这些隽语回顾了他与意象主义者的精确与简洁的遭遇,并进而转向了将占据其以后全部岁月的史诗追求。对于庞德来说,《希腊选集》代表了汇编之美,无数时代的各色鲜花集为一卷,庞德也将用这种方法在《诗章》中将意象、思想和角色编织成属于他自己的复杂难解的花环。

庞德对希腊遗产的创造性转化,大量体现在他对希腊神话典故的熟练运用上面,这在具体的诗歌中可以鲜明地感受得到。比如,在写给女诗人 H. D.的诗《一个少女》中就融入了达芙涅逃避阿波罗的追逐而变成月桂树的故事:

> 树进入了我的双手,
> 树汁升上我的手臂,
> 树长进了我的胸膛——
> 向下,
> 树枝从我身体里长出,像手臂。

> 你是树,
> 你是苔藓,
> 你是风吹的紫罗兰。
> 你是——一个孩子——这么高,
> 而这一切对于世界都是荒唐。

庞德尤其推崇公元前 5 世纪的女诗人萨福和伊比库斯。萨福的诗歌富于个人情感,朴素真挚,结构紧凑;而伊比库斯善于铺陈比喻,诗情直白而狂野。例如,庞德模仿伊比库斯而写成的《春天》:

> 西多尼亚的春天和她的随行队列,

> 苹果仙女们和水姑娘们，
>
> 在来自色雷斯的狂风下跳舞，
>
> 在整片森林
>
> 播撒明亮的尖芽，
>
> 每一根葡萄藤
>
> 都披上崭新的光彩。
>
>   而狂野的欲望
>
> 像黑色的闪电坠落。
>
> 啊，困惑的心，
>
> 尽管每根树枝都收回了去年的损失，
>
> 她，曾在这片仙客来中间移动，
>
> 现在只是一个执着而纤弱的幽灵。

为了看清楚庞德与原作的不同，现将伊比库斯的原诗呈示如下：

> 在春天，一棵棵榅桲树
>
> 被流动的溪水浇灌
>
> 在处女们未受踩躏的花园里
>
> 滋生，葡萄的嫩芽，
>
> 在阴暗的树枝下生长
>
> 开花，繁盛。然而，对我来说，爱情
>
> 在任何季节都不会止息
>
> 而是像色雷斯的北风，
>
> 燃烧着闪电，
>
> 从阿弗洛狄忒那里刮过来，
>
> 带着炙热的疯狂，黑暗而放纵，
>
> 它的根须竭力抽搐着
>
> 在我的思想和心灵深处。

可以看出，庞德以意象派简洁、坚实的诗学原则，将伊比库斯的比喻变成了简洁的意象，从而将其直白的抒情化成了含蓄冷静的风格，也使得诗中的形象更为具体明晰。庞德认为，"经验之诗"要以直接印象的魅力来打动情感，诗歌重视独特的细节或细节的并置，而不是逻辑性的进展或思想的关联；重视性格，而不是连贯的情节；重视戏剧化的抒情，而不是有头有尾的戏剧。从上面的《春天》一诗，我们就能见出庞德将抒情变为经验的原因了。

至于荷马对庞德的影响，更是比比皆是，尤其在《诗章》之中，在此不再赘述。庞德和艾略特都意识到历史的连续性，庞德在《罗曼斯的精神》中曾言，所有时代都是同时代。艾略特在《传统与个人才能》中说："不但要理解过去的过去性，而且还要理解过去的现存性，历史的意识不但使人写作时有他自己那一代的背景，而且还要感到从荷马以来欧洲整个的文学及其本国整个的文学有一个同时的存在，组成一个同时的局面。"艾略特的说法不过是对庞德观点的扩充。庞德将《奥德赛》第十一卷的开端作为自己《诗章》的开头，便显明了他对欧洲诗歌传统的连续性及其革新的必要性的认识。

这种观念到后来便发展出《诗章》所惯用的将不同时代碎片并置的拼贴法。他采用铀一样的浓缩法，将大量信息压缩在一个短语或句子甚至一个词里。比如"一只黑公鸡在海沫里打鸣"（《诗章》第四章），幽灵般的黑公鸡可不是谷仓里啄来啄去或在母鸡群里高视阔步的普通农场家禽，而是超自然的预兆，它在提醒我们与诞生于海沫的爱神相伴随的狂暴的破坏性激情，文明深处的暴力因素。在《诗章》中，庞德叙述的快速性完全比得上荷马，他会迅速地、不加勾连地从一个历史场景拼接到另一个历史场景，千年一瞬，视通万里，一幅幅蒙太奇滚滚而来，往往四五句便是一个朝代的更替，细节极其鲜明。将各个不同时代的材料无差别地并置，指向的是世界永远不变，永远不变的世界处于共时性的时间，亦即永恒的现在,这样的世界是不可救赎的。因此,拼贴来自对世界不可救赎的绝望。也许,艾略特《荒原》的古今并置并不是为了提供深度的历史透视,它和庞德《诗章》的碎片拼贴一样,都源于这种对现代文明的绝望。

二、庞德与拉丁诗歌

庞德从古罗马文学中汲取了很多营养,卡图卢斯、奥维德、普洛佩提乌斯都是他学习的榜样。普洛佩提乌斯的硬朗和简朴,可以说是在中国古典诗歌元素之外,催生其意象派诗学原则的又一个影响源。我们姑以《向塞克斯都·普罗佩提乌斯致敬》一诗为例。该诗是以普洛佩提乌斯的《哀歌》为基础的阐释、模仿和改译,不是单纯的翻译,而是一种再创造。应该说,庞德深刻领会了这位罗马诗人的精髓,两个诗人的声音是交融在一起,难分彼此的。庞德插入了众多他自己的诗句,且删除了一些他认为冗长和阻碍诗情流动的神话,从而微妙地改变了整首诗歌的风范,形成了庞德自己与普罗佩提乌斯的某种"对话"。他将普罗佩提乌斯逃避为奥古斯都写作歌颂帝国事业的史诗,与庞德这一代人对战争肆虐欧洲的绝望与愤世嫉俗等同起来。他常用生动的意象来唤起情感、意义和色调,这些意象仅仅松散地以论辩或叙述来连接起来,有别于作为论辩术的延伸而形成的拉丁诗歌的复杂修辞。可以说,这一点创新,和庞德对中国古典诗歌的图像性质的信念有关。精确的学术化的翻译不是庞德的目标,他抓住了内在的普罗佩提乌斯,以断行、较为松散的语法和自然的谈话模式,将这个充满激情的人的特质表现出来。

历史不是材料,而是活生生的诗歌,正是这种历史的当代性的感觉,使得庞德在普洛佩提乌斯那里发现了反讽——庞德的"理诗"(logopoeia)典范,"词语之间智慧的舞蹈"——发现了拉丁诗歌在语言上的节俭和精确性,对于当代文化的健康是至关重要的。

他认为自己所面对的语言松散、情感摇摆不定的维多利亚诗歌,也会导致读者在对事物的把握上摇摆不定。语言的健康与否直接关系到国家和民族的事业。普洛佩提乌斯诗歌中的那种自然的、反讽的语言,帮助庞德从 19 世纪走向了 20 世纪,在矫正维多利亚诗歌余毒、促使诗歌语言的现代性转化方面起到了一定作用。庞德认为,只有罗马诗人面临着他这一代人所面临的相似的问题。维多利亚时代的诗人对于普洛佩提乌斯的解释过于感伤化,过于强调其诗歌的"哀悼"情绪,而牺牲了其反讽和游戏的品质。庞德曾经在一封书信中回忆,《向塞克斯都·普罗佩提乌斯致敬》表达了对于 1917 年的他至关重要的某种情感。当时他面临的是英帝国无尽的不可避免的愚蠢无能,就和众多世纪以前普罗佩提乌斯所面临的罗马帝国的情况相近。庞德不喜欢品达那种为国家宣传的"公共诗人",而倾慕萨福这样的"个人化"的诗人。在一战达到巅峰的时刻,他在普罗佩提乌斯的《哀歌》中发现了以个人化的抒情诗反对"时代所需要的"史诗的恰当方式。在涉及当代风格的时候,相比于维吉尔和贺拉斯,卡图卢斯、普罗佩提乌斯和奥维德为文学提供了某种新的本质性的元素。庞德看中的是普罗佩提乌斯的反讽语调,他用反讽来保护他所选择的主题,抵抗宣传性史诗的既定模式和浮华夸张的语言。因此,他赞扬普罗佩提乌斯"美丽的抑扬顿挫",相比之下,维吉尔只是"荷马的丁尼生版"。庞德认为维吉尔写作的动机是外在的,而不是内在的,他甚至认为,试图表现自己的时代,而不是表现他自己的诗人,注定会自取灭亡。这里,我们应该注意,一个诗人的观念变迁是正常和必要的,尤其是庞德这样精神需求极其活跃的伟大诗人,他在这里得出的抒情诗优于史诗的结论,其实是和他后来野心勃勃构筑现代史诗《诗章》的努力相矛盾的。庞德在古典作家身上发现了他所赞赏的品质,在某种程度上,他将它们用作促使他的诗歌进步的元素;另一方面,他在他们身上发现了许多不同的东西。例如,荷马史诗中的韵律发明和生动叙述，萨福、卡图卢斯和索福克勒斯在语言方面的节俭，奥维德的叙述技巧和善辩，普洛佩提乌斯的"理诗"和复杂性，塔西佗的浓缩，等等。

庞德把普洛佩提乌斯作为自己一个主要的"面具"，透过一系列杰出的翻译、阐释或模仿来说话，为了达此目的，庞德对原作的使用是极具选择性的。普洛佩提乌斯的《哀歌》分为四卷，前两卷集中于他对辛西娅的爱情。庞德主要从第二、第三两卷中撷取材料。在第三卷中，普洛佩提乌斯表明了他与亚历山大里亚诗歌的密切关联，讨论了在帝国世界里一个抒情诗人的角色问题。这种讨论预示了庞德在他下一部主要作品《毛伯利》中探索的问题，尽管得出的结论与《致敬》截然相反。此处，抒情诗取胜，史诗被拒绝。翻译《哀歌》帮助庞德抛开了他已经使用数年的专门的抒情面具。而在《毛伯利》中，结论则是消极的，专门的抒情诗人在审美上走进了死胡同。庞德重新安排他选中的材料，有时是单独的段落，来创造他自己的强调和对比的模式。罗马帝国的军事史诗在主题上暗示着战时英国侵略主义的十四行诗和"公共场所的撒谎者"。但是，与《毛伯利》不同，这并非一首苦涩的诗。这个主题因为反讽式的处理而变得轻松起来，并且也由其他的元素加以平衡：爱的激情与嫉妒、诗歌战胜死亡的凯旋，这些主题也都服从于理诗的游戏式的反讽。在以致敬为名改造普洛佩提乌斯的材料时，庞德创造的是一种跨越时空的双层结构，一种古今对话的互文关系。因此，《致敬》并不是简单的译作和仿作，而是有明确诗学企图的创作，我们很难将翻译、模仿和创作截然区分。

庞德对历史、经典与神话的回溯，有时是对现在的批判，对当下傲慢的驳斥，这傲慢许诺的是未来的黄金时代，比如现代性那一整套大成问题的逻辑。诗或为历史的附属品，或是超越历史本身而指向一种现实的精神秩序，或是直接反抗历史的惊奇与恐怖。出于对自我迷失在世俗历史的混乱中的恐惧，我们相信某处一定存在着比野蛮的历史景观更真实的东西,相信自我或灵魂不是植根于历史,而是植根于历史之外的神圣,而悖论在于,正是历史给我们提供了通往超历史神圣的途径。

三、庞德的"面具"诗与非个性化诗学

中世纪普罗旺斯吟游诗人——伯特兰·德·伯恩、阿诺特·德·马勒伊和皮埃尔·维达尔等——的世界总是吸引着庞德,为他早期诗歌提供了主题和技巧。庞德最初翻译普罗旺斯诗歌是想以这种方式渗透进一种异质的感受性和文化并为己所用,它们也是重要的技巧练习。他要为普罗旺斯经验找到一种合适的形式和语言,于是,他采用浓缩、删除、扩展的手段,结果产生的是高度原创性的作品。对于庞德来说,每一个普罗旺斯诗人都代表着一种吸引他的文化品质——伯特兰是行动的人,他的诗具有促使国王们采取行动的力量,比如,庞德认为他的《拼凑起的美人》是挑起争端的诡计;维达尔是人与"活力宇宙"紧密关联的范例,以他的变形为象征;阿诺特则显示出对他心仪的女士的绝对忠诚。庞德对过去的处理体现出他对这些中世纪诗歌具有当代性价值的信念。这种信念一直存在于《诗章》之中,尽管随着其发展,日益清楚的是,任何单一文化框架都无法涵容它。不过,中世纪世界始终都是庞德乐园的基石——一个灿烂、统一、充满生机的世界,他可以用它来对抗当代文明的混乱和荒芜不毛。"庞德在任何地方都不关心他的灵感来源是否要有独创性。恰恰相反,他试图取得一种自然的表达方式,消除中世纪与现代之间时代上的差别。他努力把原作诗人的感情、痛苦、热情、性格直接送到现代读者的心中,而同时在语言风格和整体精神上忠于原作的时代及其个性。"[①]

庞德从很小的时候就有志做一个史诗诗人,他非常明确自己

---

① 兰德著,潘炳信译:《庞德》,中国社会科学出版社,1992年,第43页。

一生的目标，他遵循的是新古典主义的理想，将智力与想象合二为一。因此，他前期的诗歌具有变色龙一样多变的风格，广泛吸收营养，尝试训练各种诗体与韵律。他重视智慧与文化的世界性的国际主义，超越地域与单一语种，推崇文化的多元性。庞德认为，文艺复兴时期的人文主义者只有欧洲的古典世界可供重新发现，而他这一代人还有中国和埃及的伟大过去，融合了东方和西方。但是，如何塑造这些丰富或混乱的历史？庞德一开始就在探索几种可能的模式。如何形成核心处统一的形象和"现在的过去感"？除了日本能剧给予他的启发，勃朗宁的长诗《索尔德罗》(1840)，提供了另一个典范，另外还有但丁的《神曲》。

他早期探索的两种不同形式的诗歌，一种是人物诗或面具诗，另一种是"非个人化的"意象主义的诗。前者是"寻找自己……寻找真实"，这类诗歌包括在他 1909 年的诗集《面具》和他的译作中。他将面具诗与他的"非个人化"的诗形成对比。后者可以以《回归》(1912)为例，显示出"一个人的尊严"，展示了"客观现实"。勃朗宁的"索尔德罗"是有史以来最好的面具之一，而但丁的"天堂"则是最美妙的意象。庞德的"人物"或"面具"诗是前意象主义的，不属于旋涡主义革命的一部分。但他并没有把它们抛在脑后：他将继续创作其他重要的面具，《向塞克斯都·普罗佩提乌斯致敬》《毛伯利》，以及贯串整个《诗章》的一系列人物，都是他重要的"面具"。

庞德的"面具"诗类似于戏剧中戴着面具说话，让虚拟的人物代替诗人发言。庞德的"面具"诗经常涉及普罗旺斯吟游诗人、但丁、维庸、罗伯特·勃朗宁、叶芝等。他尤其受到勃朗宁和叶芝的影响。他的戏剧独白或人格面具角色具有说教和表达功能，试图激发读者对重要但鲜为人知的历史人物的情感和成就的兴趣。我们知道，庞德秉承的是博学的新古典主义的诗歌概念，但他同样也被一种富有幻觉的、新浪漫主义的理想所吸引。因此，他早期的许多诗歌唤起的是一个神秘而缥缈的想象世界，其中反复出现的元素包括脱离身体的灵魂、神奇的变形、折射的光、鼓舞人心的风和象征性的矿物。在这个领域,对理想化女性形象的审美崇拜标志着 19 世纪浪漫主义所崇尚的中世纪"典雅爱情"的复兴。作为主角的男性通常是漂泊不羁的吟游诗人、叛逆的艺术家和流亡的情人。潜在的形而上学是一种活力论的新柏拉图主义,因而,"面具"并不仅仅是非个人化,也可以说是过去伟大灵魂的瞬间转世。就像他在《江湖骗子》一诗中所说的:

> 所有伟人的灵魂
> 偶尔穿过我们,
> 我们融入其中,不再是自己
> 而是他们灵魂的映象。
> 因此,有时我是但丁
> 是弗朗索瓦·维庸,民谣圣手和小偷
> 或者是我不能写出来的圣徒

叶芝和勃朗宁的影响构成了庞德这一时期诗歌探索的两极,叶芝是神秘和富有幻觉的,勃朗宁则是经验的和历史主义的。叶芝追求的是永恒的王国、纯粹的情感和抒情的陶醉;而勃朗宁追求的是复兴历史,并将类型广泛的戏剧性的说话者置入某种历史化的语境当中。在叶芝式的一极,可以《白蜡树》为代表,这是一段疯狂、变形的独白,与叶芝的《戈尔王的疯狂》相呼应。在勃朗宁式的一极,可以以《奇诺》《马勒伊》《六节诗:奥特弗》《老佩尔·维达尔》等作为代表。当然,庞德的诗歌发展更多地受到勃朗宁的影响,而排除了叶芝的影响。庞德的"面具"得益于勃朗宁的榜样,将其作为记录历史想象的途径,而和叶芝关系不大。两者的基本区别在于,庞德将面具作为一种技术手段,叶芝则将它作为一种本体论的信条;庞德利用面具来重新定义诗,诗在世界中作为"推动力的营养"的效用，而叶芝使用面具的目的则在于"存在的统一"，是自我戏剧化的本质要素。

概括地讨论庞德早期艺术的两个极端，我们可以说，他的戏剧演说家是重要的历史人物或伪历史人物，在职业生涯中的某个罕见时刻陷入了狂野的激情、狂喜或是充满沉思的清醒。在《老佩尔·维达尔》一诗中，庞德在再现了一位中世纪诗人传奇生活的环境的同时，唤起爱欲的狂喜。庞德的资料来源是普罗旺斯民谣歌手佩尔·维达尔(1175—1215)的传略。维达尔迷恋上了珀诺蒂埃的伯爵夫人罗芭("母狼")，但夫人没有回应他。于是他因爱成狂，自称罗普("公狼")，披上狼皮，结果被伯爵夫人的猎狗咬伤。他被带到夫人的住地。当她看到来人原来是维达尔，他的疯癫行为令她大为开怀，她的丈夫也大笑不已。他们很高兴地招待他，为他疗伤。在维达尔的传略中，这个故事展示了中世纪爱情的愚蠢，充满了冷酷和并不浪漫的态度。然而，在庞德的诗中，他提供的不仅仅是普罗旺斯文学的课程，而是激活了维达尔的激情，复苏了历史的活力。为此，他彻底将这个故事浪漫化。他暗示维达尔被神圣的灵感触动，真的疯了，认为自己是一头狼，猎鹿并攻击猎犬：

> 甚至那灰色的群狗也熟悉我并知道害怕。
> 上帝！最迅捷的雌鹿的血多么灼热
> 喷溅在尖牙利齿和猩红的嘴唇上！

为了回应维达尔的"绝妙疯狂"，伯爵夫人向他贡献了一个完美的爱情之夜。那一晚的记忆又回到了维达尔身上，在独白的中途，破坏了其流畅的语法和规则的诗节。说话者开始结巴，诗便在这种欲说还休中结束了。诗中的说话者斥责"松懈的时代！发育不良的追随者，蒙蔽了激情，催生了欲望"，他所面对的不仅仅是 13 世纪的读者，也是庞德这个时代的读者，现代的空心人。这种空心人的出现在某种程度上可以说是源于我们与"活力宇宙"的脱离。庞德认为维达尔试图通过诗歌取得与活力宇宙的关联,他在《心理学与吟游诗人》一文中说:"让我们把身体视为纯粹的机械装置……但是在这下面是我们与活力宇宙、树木和活岩石的亲缘关系……我们周围有流体力的宇宙,在我们下面有活着的木头和石头的胚胎状宇宙。"这首诗建立在一系列对比之上,主要是在目前"松懈的时代"的贫瘠和"伟大的死去的日子"的生命力之间,那时,诗人还是自然世界的一部分。记忆救赎了维达尔的现在,让他重新体验过去的变形。他的发疯和变形的意义在于使他能够重新获得作为活力自然世界一部分的那种力量。失去活力的"松懈的时代"既属于庞德和我们,也属于维达尔。

　　普罗旺斯是西欧最早以方言产生文学的文化,普罗旺斯诗歌对西班牙、葡萄牙、法兰西北方、意大利、德国与英国都有相当可观的影响。不了解普罗旺斯诗歌,任何对现代欧洲诗歌的理解都将是不完善的。在庞德不断寻求"创新"与"源头"的过程中,普罗旺斯扮演了一个重要角色。他坚持某些中世纪价值的当代性,在这一点上庞德超越了大部分 19 世纪的学者。他的翻译诗充当了"面具"的作用,他可以通过伯特兰·德·伯恩或其他吟游诗人的人格角色说话。这些翻译也是重要的技术训练,比如如何找到恰当的形式与语言来传达普罗旺斯经验。他的翻译更多的是阐释性的,而非字面上的直译。通过对历史人物的再造,他得以探索与当代有关的陌生的感性。这些角色混合了真实与虚构。庞德从普罗旺斯那里获得的主题与技巧形成了他全部作品的一个重要部分。

　　这种翻译具有双重功能——既帮助诗人完善技术,又为他提供一系列"完善的自我面具"。翻译者要直面他在母语上的天分、母语的结构和限制,它是收税,是对译者资源的存货盘点。1908年至 1910 年间,庞德翻译了近五十首普罗旺斯抒情诗,几乎涉及了所有重要的吟游诗人。其中半数发表在《罗曼斯的精神》(1910)

中，其他的收入 1909 年的诗集《面具》和《狂喜》中。它们帮助庞德将普罗旺斯文化化为己用，同时也为他作为英语诗人的发展锻造了独特的语言。

《晨歌》是普罗旺斯抒情诗的一个重要类型，其中宗教与世俗价值之间的张力是一个鲜明特征。黎明乃不贞之夜的欢乐的终结。这种张力在庞德对普罗旺斯文化的总体阐释中占有重要地位，比如在《朗格多克》《在虚幻与真实的黎明之间穿过》《西方黎明的晨歌，威尼斯六月》等诗中。在《无名的晨歌》中，庞德保留了诗的外在形式，六个诗节，每节包含四行十音节的诗句，每节末行是包含"黎明"一词的叠句。但在内容上，庞德进行了修改。普罗旺斯原作中第一节的说话者是一个匿名者，他从远处叙述场景，总结整个情况，而庞德将第一节中的"一位女士"译成"我的女士"，由此将匿名叙述者变成了男性参与者，赋予了原诗所不具备的直接性。

这些翻译的作用包括复活历史、描绘戏剧性的狂喜、锤炼历史想象力和创造鲜活的个性。其中的启示将被庞德吸纳到创作之中，比如《拼凑起的美人》——用不同来源的元素组成理想之美，这个观念将在《奥蒂雅夫人》《佩里戈尔附近》和《诗章》的拼贴手法中体现出来。这些翻译也在语言上使他逐渐摆脱了罗塞蒂、莫里斯等人的影响，让他能够开始"纯净部落的方言"。

《坎佐尼》是庞德的第五本诗集，1911 年于伦敦出版。这是一本过渡性的诗集，庞德这时还处于前意象主义者的阶段，从技术上看，他依赖于"对形式的研究"。这本诗集往往被理解为一本有关诗歌翻译的集子，它显然是紧随着庞德 1911 年至 1912 年的系列文章《我收集奥西里斯的肢体》而问世的，这些文章包含了他起初直译的吟游诗人圭多·卡瓦尔坎蒂和阿诺特·但尼尔的诗。在《坎佐尼》中，庞德的"形式研究"集中在音乐上，探索和保留中世纪抒情诗的"如歌的价值"，它们是为了歌唱而作的，不是为了说的。庞德认为，诗歌的修辞化（制度化的文学语言）使之蜕变成了二等强度的艺术,因为它脱离了它的根——韵律与歌。修辞是劝说的艺术,诗歌与劝说无关,它表达直觉的真实,与散漫的评论无关。它是通过节奏和韵律来记录情感无可争辩的事实。在这种意义上,诗歌显然与宗教有关,两者都来自不可置疑的信念。修辞繁茂于宗教信仰衰落之时。诗歌开始呈现散文的那种散漫的争论性质,它丧失的不仅仅是所谓音乐性,而是能够将个人话语转换成仪式化歌唱的那种宗教觉悟的敏锐力量。庞德《坎佐尼》中的形式训练,是对仪式化赞美的非个人化声音的训练,表明他想获得一种公共声音,也就是史诗声音,以此来表达全部的人类遗产,讲述"部落的故事"。

该诗集中有些诗是对卡瓦尔坎蒂诗歌的重新译写,如《十四行: 那是谁》之于《十四行之七》。在这里,庞德重新回到透过情感镜头去翻译的做法,更胜于对内容的强调,这使他有机会逃脱《狂喜》和《面具》这两本诗集中那种精心制作的、非个人化的声音,从而在诗学和翻译方法上发现一种更为个人化的表达。卡瓦尔坎蒂的这首十四行,据庞德英译本转译如下,方便读者参照阅读:

　　　　那来的是谁,她让每个男人转头凝视
　　　　让空气因为明亮的澄澈而颤抖
　　　　在她爱的引领下,如此切近的距离
　　　　除了叹息,谁又能发出更多的言辞?

　　　　啊上帝,她转过眼睛时的样子
　　　　只合让爱神来说,我完全无能为力;
　　　　她如此谦逊,我情愿宣称
　　　　任何其他女人不过是无用的焦虑。

　　　　无人能够说出她全部的魅力

> 一切高尚的品德都向她倾斜，
> "美"向她显明，她就是上帝；
>
> 我们的思想从未得到这么高的引领，
> 我们也没有这么高的医术
> 让我们的思想能够把她立即抱在怀里

而《十四行：那是谁？》如下：

> 那来的是谁，她让不知羞耻的玫瑰
> 低眉俯首，向经过的她致敬？
> 那来的是谁，她身上的光芒
> 不是来自随白昼终结而终结的太阳？
> 据说是爱情选择了更高尚的部分？
> 据说是爱情，那曾经的神圣，
> 离开了他的神性，为了能够住进
> 不知羞耻的玫瑰，她那明朗的心？
> 如果这是爱，他从何赢得这样的恩赐？
> 如果这是爱，邪恶又是如何发生，
> 所有人都在撰文反对他变黑的名字？
> 如果这是爱，如果……
> 　　　　　　　　让位吧，理智！
> 神圣的奥秘何曾受缚于思想？
> 承认你不将她细看，也算不得羞耻！

坎佐尼是中世纪意大利和普罗旺斯的一种抒情诗样式，一般由六个七行的诗节为主体，最后以一个三行的"献辞"作结。每行一般有十一个音节，有尾韵，它对十四行诗的发展有相当大的影响。这种诗体的长度有利于情感发展的持续性，能在诗人沉思的同时提供结构上的保障。庞德的坎佐尼增强了对感情和音乐节奏的关注，而非语言的精确，情感聚合多以"光"的意象来激发，爱情则充当了将神圣与过去引入现代世界的媒介。从这里，我们约略可以看到托斯卡纳诗歌中的爱情观对庞德的影响，即像但丁那样，爱情超越了肉身的迷恋，而指向更高的美和德行。

　　《坎佐尼》诗集中的最后两首诗《译自海涅》和《压力》是关键性的作品。前者延续了庞德的翻译实验，同时避免了"形式研究"中较为严格的约束，尽管此诗似乎是模仿了坎佐尼的七部分结构，但庞德从形式中把自己解放出来，允许每一部分包含数量不等的诗节。他继续使用情感冲力的诗学模式，不仅成功反映了海涅的技艺和人格面具（角色），而且引入了一种现代趣味，通过更具有对话性的当代语汇，包括词语游戏和幽默。诗中插入的"译者致译本"让叙述者/诗人有机会向海涅直接说话，让庞德自己作为一个角色进入了诗中。《压力》则进一步从模仿跃向多音（polyvocal）长诗，如《毛伯利》。它创新性地指出了当代文化的困境，这个主题将构成《诗章》的基础。庞德使用组诗系列是为了表现现代世界和中世纪社会理想化价值之间的二元分裂，十二部分将现在与过去均分，通过一系列互相依赖和质问的不同声音，探索了诗人关切的问题。和"形式研究"一样，此中的核心趋势依然可以理解为私人化和情感性，通过情人和所爱者的眼睛，将古今价值对照起来，从而创造出一个意识到自己目前所受限制和历史影响的现代诗人的声音。总之，庞德对历史人物的复活还是为了解决当代问题的，正如艾略特所言，学者们可以把阿诺特·但尼尔和圭多·卡瓦尔坎蒂看作文学人物，只有庞德能把他们看作活生生的人。在这些"面具"诗中，庞德着力描写的是那些关键性的契机，为了便于理解，他有时会加上一些历史材料或传记资料。但是，到了 1912 年，在诗集《反击》之后，他不仅乐于把这种资料省略掉，而且还喜欢在一首诗中连续描写几个这样的关键"契机"，而对它们之间的联系不作任何说明。他甚至走得更远，让两个或两个以上的这种"契机"并列起来象征一个意念，这是他后来的作品变得令人费解的一个原因。

现在，我们可以确定庞德如何实现了对象征派诗学的反动。我们知道，叶芝式的自贬，他所提到的失败、冗余、干涸的想象力，当然是具有欺骗性的。歉意和辩解很难区分。追求存在的统一性是所有浪漫派/象征派诗学的动力，叶芝无须为此辩护。语言厌倦了它与世间事物的交易，它所接受的挑战不是定义或流通，而是暗示不可言喻之物——灵魂对无实体的狂喜的渴望。语言的目标是超越其能力而成为化身。

相比较而言，庞德的旅行是穿过万物的深渊，而不是叶芝式的自我的深渊。庞德的客观化诗学使他离开了叶芝的象征派道路。可以说，叶芝对他的影响是促使他离开叶芝，而不是成为另一个置身"苇间风"的恋人。两个诗人之间的区别可以从他们各自的主要隐喻显示出来：叶芝的"双重锥体"是一个对立面平衡的封闭系统，具有象征意义上的呼应，而庞德的"旋涡"则意味着开放、无尽的潜能。叶芝尽管将各种不规则的元素——从拜占庭精神到爱尔兰民族主义——吸纳进他的幻象之中，他的诗也从来没有偏离自我的内向化戏剧，也没有违背他压倒一切的信念，亦即新柏拉图主义的世界灵魂体现在每一个体的灵魂之中。作为"从自己的肚肠中织出网来"的主观性诗人，叶芝的世界与庞德区别甚大；作为写作《诗章》的客观性诗人，庞德逐渐认识到他的任务不是创造另一个世界，而是首先在世界中认知和"确认人类历史图案中的金线"。

庞德认为，意象主义的基础就是真实，保持注意力的紧张就在于精确地再现和记录真实。这一点将意象主义和象征主义区别开来。叶芝与庞德在诗学上的分歧，在叶芝对《诗章》的评价上集中反映出来。他称《诗章》展示出"结结巴巴的混乱""自我控制的失败",缺乏"情感结构的力量"。对于叶芝来说,庞德的诗歌是流动的和碎片化的,是一种在不断崩溃的诗,充满了"未经勾连的转折"和"不相关的细节",没有谋划,没有叙述逻辑把它整合成完满的形式。而庞德对叶芝诗学的反动,我们姑且以《回顾》一文中的主张略为示例。其中《信条》一节写于诗集《坎佐尼》出版的数月之后,它涉及有关韵律、象征、技巧和形式的四项主张,庞德写作此文时是把叶芝作为隐含的对手的,尤其有关象征和形式的两条,是对叶芝诗学的直接反驳。关于象征,庞德说:"如果一个人使用'象征',他必须使它们的象征作用不那么突出;这样,对于那些不理解象征本身的人,例如,对于他们来说,一只鹰就是一只鹰的人,一种意义,以及段落的诗性,就不会被他们错过了。"关于形式,庞德说:"形式——我认为有'流动'的内容,也有'固定'的内容,有些诗可以有确定的形式,就像树有确定的形式,而有些则像倒入花瓶中的水。大多数对称的形式有一定的用途。大量的主题不能精确地,因而不能恰当地以对称的形式呈现。"庞德反对叶芝所预言的"本质之诗",它以"朦胧的光、色彩、轮廓和能量"来记录日益艰难的对一种近乎无形的狂喜的探索,庞德转而预测新型的诗"将会反对废话,它将变得较为坚实,较为理智……更接近骨头。它将尽可能地变得像花岗岩,它的力量在于它的真实,它的阐释力……它不会试图通过夸夸其谈的修辞和奢华的喧嚣来显示说服力。我们将减少花哨的形容词,以免它妨碍诗歌的震撼力和影响力。至少我自己希望这样,简朴,直接,没有情感上的游移不定"。

庞德从一开始就在气质上不适合写作关于他自己的诗。早期以典型浪漫派传统尝试自我戏剧化的时候,他的诗总是极其不自然,节奏紧张,措辞过于人工化。他认为,在诗中最成熟的声音是无声音性。只有让诗人的自我消隐,致力于"真实的记录"(registration of reality)的诗才能存在。从《反击》开始,庞德拒绝主观主义者的传统,试图让未经主体性调停的真实世界进入诗中,从表达自我转向追寻真实。自我被庞德视为一种充满不确定性的建构，表达自我是一项注定避免不了失败的任务，因为变化无常的作为实体的自我总是会逃脱任何常规和统一的声音的限制。诗集《燃尽的细烛》中的《揽镜自照》一诗就表现出这种变化不定所带来的负担。

庞德通过对一系列"面具"（伯特兰·德·伯恩、普罗佩提乌斯、毛伯利、马拉泰斯塔等）的使用擦去了自我，从而使他的诗学与叶芝区分开来。

在时间中反复出现的神话和历史的模式化能量揭示出的是一种客观秩序，它不是超验的，而是一种参差不齐的内在性。使用它们不仅仅是为诗人提供历史感，而且预示某种个人的情绪和感知。

史诗作为包含历史的诗，其目标不再是19世纪视为圣地的孤绝自我的内在经验，而是为自我以外的世界说话，将自己的艺术转化为其他声音、传统和历史的媒介。比如，《诗章》可以看作一场漫长的谈话，庞德往往不是在谈自己，这一点与《神曲》是一致的。在《诗章》中，庞德追寻的真实由当代经济、政治、文化与社会历史的精髓所构成。而在庞德早期诗歌中，他对"真实"的追寻往往是在文学史中，尤其是中世纪的世界当中。庞德的中世纪主义在于复活一种在历史方面可知的真实，而非诗人灵魂追求的装饰性风景。在处理当代经验的真实之前，他必须首先面对历史的真实。对于庞德来说，普罗旺斯、托斯卡纳、维庸的巴黎都是真实的世界，不是激发模糊渴望的梦幻的风景。庞德的中世纪精神与众不同，过去的世界作为主题被如其所是地看待，而不是浪漫的幻想或诗意处理的借口。这个主题让庞德得以脱出自我定义，去尝试抓住真实，而不是自我。庞德冒险进入历史的真实，当然受到勃朗宁的榜样激励。以此避开威廉·莫里斯对中世纪的壁毯式处理。庞德对普罗旺斯的使用类似于勃朗宁对文艺复兴时期意大利的使用。与"壁毯"相比，原件要更有生命力，更为真实。中世纪文学的这种活力本身就是对当代感受性的衰弱无力的批判。传统首先是对诗意松懈的治疗,然后才是文化救赎的福音。在传播这种批评态度的同时,它也是在尝试一种真实的表现,亦即直接地记录,这一点是庞德早期诗歌客观化倾向的一个确切标记。

四、《毛伯利》及其他系列诗

《毛伯利》是一座高原,它让庞德认识到他希望在他那个时代的诗歌中发现什么。他曾在 1918 年的《回顾》一文中大致勾勒了他的这一期望——反对废话,更硬朗、更理智、更接近骨头,不以修辞的动荡和浮华的放纵来显示说服力,不以涂彩的形容词妨碍诗的震撼和冲击。为了这一目标,他用了五十多年构筑了《诗章》。1922 年之后,至少英语诗歌彻底改变了面貌,告别了维多利亚的抽象和"情感的摇摆不定"。

庞德从维多利亚式风格转向追求清晰和坚实的语言,得益于 T. E.休姆和费诺罗萨的理论,他们的写作和翻译引导庞德将注意力转向中国古诗和日本诗歌的技术上来。这个阶段,他重视意象和诗性材料的"表意性"并置(ideogrammic),不考虑语法关系。这种方法在后来的《诗章》中表现得最为惊人。在风格层面,庞德离开早期诗歌(《燃尽的细烛》和《狂喜》)相当豪华古雅的语言,转向《毛伯利》中的神秘隐喻和讽刺,得益于他对法国象征派的研究,尤其是柯布西耶(Tristan Cobière)和拉法格(Jules Lafargue)。

庞德早期诗歌(1908—1920)的成就,简单地说,在于其与艾略特一起创造了英美现代诗的语言,突破了维多利亚风格,以简洁、凝练、朴实的语言创作自由诗,以诗句为主要结构单元,这种风格通常被称为意象主义,而庞德则是意象主义的旗手。自 1913 年著名的《地铁》之后,庞德迅速从意象派阶段(1912—1914)坚实的俳句风格中脱胎而出,将简洁和简省的并置手段应用于更长、更复杂,也更坚实的诗歌。这种变化的结果便是《向普罗佩提乌斯致敬》和紧凑、机智的《毛伯利》，后者为现代主义经典之作。

与 1909 年前写的《白蜡树》和 1915 年《仪式》中的《地铁车站》比起来，《毛伯利》简直就是出自另一个诗人之手。

无疑，这个时期他的兴趣扩展导致他形成了三种主要的诗歌模式：音诗（melopoeia）、形诗（phanopoeia）、理诗（logopoeia）。音诗大部见于古典诗歌复杂的诗律方面，侧重词语普遍意义以外、以上的音乐性质，且音乐引导意义的动态和倾向，是诗歌音乐性的最高体现。形诗是纯粹的形式，存在于中国诗和日本俳句的表意符号之中。它的特点是在视觉想象上铸造意象，是语言中富于画面感的意象，即"诗中之图"，强调诗的意象性和图像性。理诗的界定是"词语之间智慧的舞蹈"。它的形成源自庞德对早期法国象征派的研究，对词语或引用语的具有高度自反意识和讽刺性的使用，语调和意象使人窘迫不安地从高尚严肃转为粗放通俗和平民化。这些话语技巧主要是用来阻挠和挫败我们标准化的文学反应。

庞德的最终目的绝不仅仅是分析各种诗歌风格，他感兴趣的三个主要领域或者说三种诗歌类型，是为了让他自己和其他人扩展诗学范围。传统影响和现代应用在他的作品中混合起来，总结起来便是他的口号"日日新"，或"革新它"。这也造成了这样的局面，各种风格的模仿者和流派的出现，尤其在美国，都要归之于他。简言之，庞德引发的"革新"运动，主要是一种兼收并蓄、不拘一格的对更早的、有时是异域风情的技术的复兴。他的诗歌理论可谓是既保守又激进，与他的政治主张一样，都是对往昔某个理想化时代的回顾。无论是革命还是反应，它都有其具体的历史语境，主要目标是反对 20 世纪初期英美诗歌中软弱、松弛、无活力的语言，毫无意义的尾韵和单调的韵律。

他的目标是让英语诗人不那么狭窄和愚蠢，为此他重新引进了失落的传统元素、知识和机智，解放了诗歌措辞，精练了它的韵律学。最后，庞德恢复了翻译作为创造力媒介的古老荣誉。

庞德称之为"长诗"或"一定长度的诗"的最初尝试——《三首诗章》(即《元诗章》),于 1917 年首次发表在《诗刊》上。经过数次修改,它曾数次发表,这说明,尽管庞德对其文本的细节有很大的不确定性,但他知道这里有他想要的东西。他从未完全放弃过这些初衷。他所唤起的许多意象、地点、诗歌、主题和故事都在《诗章》中重新出现。《元诗章》第三节的后半部分最终成为正式《诗章》第一章的开头,其他的残余部分后来也出现在《诗章》中,庞德将在他的余生中一直关注《元诗章》中未使用的部分。《元诗章》的大部分内容都在以这样或那样的方式与如何写出现代史诗的问题进行搏斗。在《元诗章》中,他尝试用面具和意象作为塑造长诗的方式。庞德萦怀于心的是如何用意象主义和旋涡主义写出长诗,这两者将在《诗章》中合二为一。16 世纪和 17 世纪的文化断裂,在艾略特那里表述为"感受性的分化"和"荒原";而庞德的《诗章》则是对当代罪恶的诊断,整合神话、历史、经济和自传。两者都有在文明碎片上重构天堂的乌托邦冲动。

在 1915 年上半年,他曾试验过比以前更长的诗。《普罗旺斯荒野》和《佩里戈尔附近》这两首诗以不同的方式借助了他 1912 年在西南地区漫游的回忆。这些回忆也将成为《元诗章》中一个很大的特色。从《佩里戈尔附近》开始,庞德诗风大变,1915 年前诗中的优雅世界荡然无存,继承自普罗旺斯诗人的复杂诗律、罗塞蒂的维多利亚化的但丁、费诺罗萨的东方情调等,都突然炸裂成一种相当新颖的实验,混乱、粗糙而有力,其所释放的能量形成了一种不连续性和无法统一的细节组成的动荡旋涡。

庞德曾翻译过伯特兰的诗《拼凑起的美人》,很长时间迷恋于它。伯特兰因为受到他所爱的蒙塔涅克的梅恩特夫人的拒绝,便在诗中寻求安慰,用普罗旺斯杰出女性们各自的优点虚构了一个理想女性形象。在《佩里戈尔附近》一诗中,伯特兰是佩里戈尔伯爵和他的内弟泰瑞兰(梅恩特之夫)的敌人,他把自己的《拼凑起的美人》寄给了梅恩特。庞德推测，那并不是一首纯粹的爱情诗，而是一个政治阴谋。伯特兰向周围城堡女主人各自借来优点来虚构理想女性，实际上是以此伪装来邀请这些城堡组成联盟，抵抗佩里戈尔的力量。吟游诗人在典雅之爱的伪装下歌唱政治是普罗旺斯的一个传统。庞德此诗由一连串的问题构成，诸如伯特兰是否爱梅恩特。答案是开放的，因为庞德继续虚构了阿诺特·但尼尔与狮心理查之间的一场讨论，随后是伯特兰城堡附近的奥维泽河边发生的一个爱情场景。庞德在诗中探索了爱情与政治之间的关系，展示出伯特兰如何利用诗歌对他所欣赏的女性的赞美来颠覆敌人的力量。

这首诗不但主题是智性的，技巧也是独特的"旋涡主义者"技巧。庞德遵循温德姆的宣言，现代艺术应该把世界炸成碎片，把吟游诗人的世界毁灭成不连贯的片段。诗中的梅恩特代表庞德心中柏拉图式的"理念"，对它的追寻成了他写作的动机。在诗的结尾，梅恩特上升到天堂，自比于青草。这个意象，连同庞德对阿诺特·但尼尔的敬意，证明了他对普罗旺斯诗歌的阐释——一种继承下来的对古代伊希斯崇拜的形式。伊希斯收集奥西里斯被撕碎的肢体隐喻着柏拉图主义者从每个现象中搜寻光辉的本体，而诗人作为伊希斯的追随者，收集闪光的碎片是为了直接接触这光辉的原型。

"叠加"（思想或意象的叠加）使得庞德在这些系列诗中得以实现具有相当长度但仍然高度集中的诗歌，使得多种元素的堆积成为可能。"叠加"是他的史诗的特点，从一开始就具有最显著的先锋性。拼贴和旋涡主义的"群体中的关联感"的品质，使得他可以将过去和现在、神话和历史、变形和复现像地质学的分层一样呈现出来。

庞德 1920 年完成的《休·塞尔温·毛伯利》组诗是对他此前诗歌中的浪漫抒情风格的一种反拨，充满了对英美现代社会的辛辣嘲讽,是庞德诗歌现代性转型的关键之作。这组庞德决定离开伦敦时创作的诗,是对他前期艺术生涯的回顾与反思。这组诗风格硬朗而紧凑,充满了大量引用材料、反讽和文化隐喻,预示着《诗章》百科全书式的性质。它也是庞德比较难懂的一部力作,其复杂性迥异于田园牧歌式的单纯,而呈现出标准现代主义的晦涩。该诗由十八首短诗组成,分为两个不均衡的部分,第一部分有十三首,第二部分为五首,有的以数字标明,有的带有大写字母的标题。较长的第一部分没有自己的标题,第二部分的标题则为"毛伯利(1920)",两部分各自带有拉丁铭文。组诗中的大多数部分以四行的诗节开头,实际的行长和韵式各有变化。作为意象派自由诗的大师,庞德为何采取这种四行体结构? 也许其中的原因就是,在一战之后,他和艾略特共同感到某种松散渗透进了自由诗,有必要予以纠正。在 1918 年的文章《法国诗歌中的硬与软》中,庞德断定硬朗在诗歌中始终是一种美德,尽管柔软并不一定始终是错误。庞德进而以泰奥菲尔·戈蒂耶的《珐琅与雕玉》为典范,赞赏其中切入坚硬物质(如贝壳和大理石)以构成图案的那种硬度。庞德提倡减少形容词和装饰性副词的使用,以达到意象派"直接处理事物"的效果。堪称典范的是第一部分第三首,连续七个四行诗节堆积起来,表现出诗人对艺术商品化的"廉价的俗丽"的愤慨之情,也体现出庞德以句法上的简单陈述构成精巧的复杂的高超技艺。

为了对整组诗有个概括的了解,有必要对各个部分做出一种简要的归纳。

《毛伯利》是庞德对伦敦的告别之歌。开篇的拉丁铭文"酷热使我们进入阴影",让我们想起更为尖刻的当代座右铭,"如果你受不了热,就离开厨房",庞德就这样转身离开战后伦敦充满敌意的文学环境。

第Ⅰ首:《埃兹拉·庞德为选择墓地而作的颂歌》,是庞德为他的文学生涯所作的反讽性颂歌,回顾了毛伯利的创作生涯及其艰难探索。庞德在此回应了关于他"热爱过去"和"不合时宜"的说法,庞德始终认为自己对传统的探索是为当代服务的,自己始终是走在时代前列的,这种对自身的估价应该说是恰当与合理的。这首中引用的奥德修斯远渡重洋的形象,也是为了喻指庞德诗歌探索过程的艰难。

第Ⅱ首:描述了诗歌传统中的美与时代所需求的浮泛奢靡的艺术之间的矛盾,表现出诗人对诗歌发展现状的失望之情,嘲讽了19世纪末期维多利亚诗歌的俗丽之风。

第Ⅲ首:延续第Ⅱ首中的精英主义,将古代的典雅艺术和异教仪式与现时代的堕落加以对比。

第Ⅳ首:诗人沉思了第一次世界大战造成的破坏以及幻灭。在战争中,庞德的好友哲学家休姆和雕刻家亨利·戈蒂耶-布尔泽斯卡丧生。

第Ⅴ首:对因为"拙劣的文明"而在战争中造成的牺牲进行愤怒的哀悼。

《蓝绿色的眼睛》:是关于拉斐尔前派时代的一幅浓缩的画像。焦点是伊丽莎白·西德尔,诗人与画家罗塞蒂的妻子。她是很多著名的拉斐尔前派绘画的模特,包括伯恩·琼斯的《科菲图亚王与乞丐女》。在整组诗中,这一首是最早的回顾性快照,描绘了英国文学场景中的历史与当代的方方面面,暗示了伦敦艺术实验的衰落。

《"锡耶纳造了我;马雷马毁了我"》:毛伯利回忆了与韦罗格先生的相会,后者向他讲述了19世纪90年代一些诗人的故事,表现了这些富有实验精神的艺术家所面临的困境。

《布伦鲍姆》:描绘了一个犹太作家,其完美外表只是他的犹太成见的一种保护性伪装。

《尼克松先生》:一个成功但市侩的作家向毛伯利做出如何发展事业的建议。

第X首：描绘了一个为了艺术操守而失去经济回报和得不到承认的"文体家"，与追逐利益的尼克松先生适成对比。

第XI首：此诗意指庞德试图用自己的诗保存过去的传统，但在现代世界的环境中却不可能实现。

第XII首：毛伯利回忆一位作为文学庇护人的上流社会女士，意外地显露出自己在性方面的不自信。

《后记(1919)》：以抒情风格对艺术之美做出了肯定。

在组诗前十二个部分中，庞德分析了现代文明的错误价值对艺术市场和一系列小艺术家的事业的影响。他的语调经常是反讽的、诊断式的，甚至是愤怒的。庞德的批评是双刃剑。首先，他谴责那些庸俗的民众，他们重金钱胜于生命，重利益胜于美；其次，他批评现代艺术家对现实的逃避，面对时代的压力，他们要么放弃，要么皈依享乐主义和唯美主义。庞德在诗中要回应的是，在"为艺术而艺术"的信条遭到要求艺术"对社会目的有所帮助"的挑战时，一个严肃诚实的艺术家该如何在审美自律与社会担承之间达到平衡。

《毛伯利(1920)》的拉丁铭文"他空洞的嘴咬着空气"涉及一条神话中的狗试图咬住一个神秘怪物时的挫败，在奥维德的故事里，狗和怪物同时化为了石头。这标志出毛伯利作为人和诗人所遭受的挫败。

第I首：庞德反讽式地重新估价了他自己对于福楼拜式的精确性的承诺，认为毛伯利的艺术是没有色彩的唯美主义。这也是庞德对自己伦敦时期艺术实践的批判性反思，预示着他将告别前期对拉斐尔前派和意象主义艺术手段的依赖，而开启《诗章》的新尝试。他已经不满足于"侧面像"，而是向东西互融、总览古今的世界主义诗歌敞开了胸怀。

第II首：在尝试复活僵死的诗歌艺术的三年中，毛伯利没能完善他与一位女性的关系。当他觉悟到她的性信号时，爱神的命令已经成了回忆。这种爱情上的笨拙隐喻着艺术上的无能，时代的需要战胜了美的追求。

《"时代需要"》：很显然，毛伯利无力回应时代的需要，去创作那种俗丽的大众艺术。这首诗用一系列冗长的互相关联的抽象名词记录了毛伯利对伦敦文学界的冷淡和放弃。

第Ⅳ首：毛伯利逃离了英国的生活和文学，自我放逐于南方的海洋。

《奖章》：毛伯利"想用语言描述眼睑与颧骨之间的关系"所带来的后果。在古希腊，人们用一组数学比例来定义一张美的面孔，这些比例涉及眼睑之间的距离，或者鼻子与颧骨之间的距离。毛伯利想要与一种对于人类来说是"基本的"的美沟通，并用语言加以描绘。这首诗中的描述汲取自书本和画廊，精确但没有激情。

毛伯利面对"时代需要"，不是顺从，而是撤退到唯我论的享乐主义之中。他像一个失败的奥德修斯，留下刻有字句的船桨作为纪念。尽管庞德对现代诗人的困境下了这种凄凉的判断，他自己却没有像毛伯利那样以隐退来消极抵抗，而是把相当大的精力投入他的史诗之中。1921 年后，庞德将所有严肃、原创的诗歌都纳入了《诗章》。在写作《向普洛佩提乌斯致敬》和《毛伯利》之后，他确信只有一部巨大的、难以消化的诗才能在一个可怕的、消耗一切的时代保存下来。他把需要保存的东西都放进这部大诗之中。很少有人会读它，但只有这样他才能继续为艺术和社会服务。

对于庞德前期诗歌创作的简要梳理，我们姑且到此为止。作为现代主义运动的旗手，庞德的历史地位和贡献是毋庸置疑的。他的意象主义纲领，他的"日日新"的艺术追求，他的诗歌、翻译和理论最为有机的结合，他对同行的奖掖与扶持，都使得他成了一个传奇和典范。

第四节　威廉斯：地方、自我与现代史诗

　　20 世纪 50 年代以降，是由威廉斯所领导的后现代时期。在经济、政治、社会制度等等的剧烈脱节、现代人的自我与其种族历史的加速分离和异化的大背景之下，诗歌内部更是经历了一系列的变革，艾略特式学院气的沉思和玄想，庞德对异域风情和传统的过度依赖，都已经逐渐丧失了其诗学动力，不为新崛起的诗人所赞赏和追随。而就威廉斯个人的创作历程来讲，他在一生遭受艾略特"非个性化"现代主义诗学模式的压迫之后，终于在 50 年代取得了突破性的胜利，艾略特式高度复杂的隐喻化的诗学模式才开始让位于"开放性"的诗歌。而这个时期正好是威廉斯晚期写作阶段，和他一生建构的史诗性巨作《佩特森》的问世大有关联。可以说，美国二战后的诗歌诸流派都脱不开威廉斯的影响，垮掉派、黑山派、自白派、纽约派、深意象派、客体主义、语言诗派，都和他有着或隐或显的关联。

　　有论者认为，威廉斯只是在早期的两本诗集中体现出庞德的影响以及对英国传统诗歌的模仿，但在笔者看来，威廉斯一生的写作都和庞德有着密不可分的关联。就拿《佩特森》来说，完全可以和庞德的《诗章》相比较，其中的碎片化拼贴手段的大量运用，就离不开庞德的启示。我甚至认为，威廉斯这部野心勃勃的长诗就是要与自己的老朋友作一番诗学上的"对称"和较量。

　　作为艾略特、庞德的同时代人，威廉斯不曾去英国取经，一辈子生活在新泽西州的路特福德。在《给想要它的人》(1917)、《酸葡萄》(1921)和《春天及一切》(1923)中，威廉斯拒绝"旧世界"、拥抱"身边事物的新世界精神"开始有了明确的体现。他开始捕捉生动的现实和物理世界的独特性。在审美领域上，他脱离了典型的意

象派抒情模式，他的主题往往是都市或半都市化的工业风景，他开始描绘传统上被视为普通的、无吸引力的或反诗意的场景、物体和人物，他的语言方式也开始脱离庞德与艾略特的自我意识的文学风格，而偏向于更加真实、本能、接近典型的美国化语言。尤其是《春天及一切》，它是诗与散文段落的混排，是威廉斯最初的"作为行为场的诗"的尝试。其中诗歌的组织不是基于固定叙述或是主题上的考虑，而是呈现物体、思想和情感之间的流动和多面性，诗节既有对称性的，也有非对称性的。这本诗集中的诗可以看作威廉斯在散文段落中的诗学主张的诗体演示，其中最为重要的是确立了艺术"想象"与现实的关系。它拒绝了古典主义的模仿论和浪漫主义的变形理论，提出了一种新的客体艺术理论，主张诗歌不是预言，而是事物本身。在诗集末尾，威廉斯给出了有关想象的最内在的定义："想象不是逃避现实，它不是对物体与情境的描述或者唤醒……它最为有力地肯定现实，因为现实不需要个人的支撑，而是摆脱了人类行为的自由存在……它创造一个新的物体。"诗与散文段落的并置以及对于想象的陈述，这些元素都在后来的《佩特森》中得到了继续的发展。

受杜威的实用主义哲学影响，威廉斯认为"地方的是唯一普遍的"，从地方性的经验中同样可以凸显普遍性的意义。杜威认为，经验是人和环境相互作用的统一体，艺术作为经验将作者与读者不同的"地方"经验连接起来，于是，艺术便成了一种具有鲜明的地方性特色的活动，艺术作品便意味着不同地方（局部、区域）经验之间的转换。同样，威廉斯重视以区域性代替世界性，常以美国口语和俚语入诗。这种语言策略实际上是用来完成其"地方性"使命的，其"地方性"实乃词、物和特定情境的结合体。

威廉斯的"可变音步"，虽无明确的定义，但从形式上看，没有排除音律，重音间的间隔和节奏单元富有变化，是诗人内在情绪的投射。

应该说,这些特征均在威廉斯的《佩特森》之中体现得最为明显。

一、《佩特森》各卷梗概

威廉斯的《佩特森》酝酿于 1927 年,到了 20 世纪 40 年代方始陆续问世,一直持续到其辞世,历时三十六载,其六卷分别发表于 1946 年、1948 年、1949 年、1951 年、1958 年和 1963 年,其漫长的创作周期也和庞德的《诗章》相类似。在这部长诗中,威廉斯实践了他对史诗"作为事件之诗"的认识,以及报纸的记录性风格。其背景设置在新泽西州的佩特森城。不同于庞德包罗整个世界历史的史诗,威廉斯的目标是在相当普通的佩特森城中寻找一个足以体现自己身边的全部可知世界的意象,其灵感既来自该城的地理风貌(以其河流与瀑布作为核心意象),也来自该地区的历史,有的作为拼贴文本直接被纳入诗中。

这部长诗总体上的主题是现代人的心灵与城市之间的相似性,诗歌语言必须是"以我们能理解的语言为我们代言"。选择佩特森城有几个原因:它是诗人熟悉的城市;它不是很大,总体上是可以理解的,同时又具有变化和区别;它的历史与美国的开端相关联;它具有一个核心的地理特征,即帕塞伊克瀑布;它可以充当该长诗作为整体的象征。在形式上,《佩特森》的前四卷大致依照河流的流程,河的生命与诗人自己的生活历程日益相似。这四卷诗依次以年代和地理为序编排,"瀑布上的河流、瀑布本身的灾难、瀑布下方的河流,以及最后汇入大海的入海口",对应于一个人的人生进程——开始、寻求、抵达、终结。最后,也是最为重要的一点,《佩特森》是一部关于寻找语言救赎的诗篇,瀑布的喧响便是这种寻找的隐喻。

《佩特森》的组织形式是松散的,缺乏一个连续性的结构,也没有一个像《荒原》《四个四重奏》和部分《诗章》中那种统一的声音。

要想在其中寻找一个有组织的核心、一个控制性的意象或是一种神话般的预先设计，都是徒劳的。这部长诗不依赖于这样的象征性核心，它是去中心化的，更近乎立体主义绘画的模式，而不是传统诗歌的核心化模式。它更近乎"层层交织的阐释和词语的一种展开序列"，永远无法抵达任何的主题、叙述或形式上的终点。庞德把艺术处理视为强行赋予混乱以秩序，威廉斯则认为诗的写作过程是一种发现的过程，类似于河的流程。河的方向与流速是变化的，受制于风景的变化；而诗则受制于新材料和新思想的发现。所以，它的形式是无法预定的，而是将开放性和即时性作为首要价值。《佩特森》绝非一件完成了的作品，而是它创造自身的行为，记录了它的创造者的意识。

尽管如此，我们依然可以对各卷诗做出大致的归纳。到了 20 世纪 40 年代中期，威廉斯才最终确定了《佩特森》的形式。这是一种拼贴式的安排，包罗了众多不同的诗节形式，以及来源各异的散文材料，如当代和历史上的报纸、新泽西 19 世纪的历史、路特福德居民的口述历史、庞德和金斯堡等人的来信，甚至患者的病历和地质勘测的数据；而诗人则以记录员的身份出场。总体上来看，这部长诗是对现代美国文化的无序状态的描述与分析。

长诗的核心是帕塞伊克瀑布，它是佩特森城最突出的地理特征，也是它在 19 世纪和 20 世纪初期作为一个工业中心崛起的原因。被工业所利用的瀑布的喧嚣，在诗中充当了一种隐藏的、未被认知的植根于风景之中的潜在语言的源泉。诗篇本身，以及佩特森的居民们，必须发现和表现这个源泉，以摆脱城市古往今来的暴力和无根性。佩特森作为一个人物具有多变性，有时是一个与河流的历史相关联的神话人物，有时是城市的化身，有时是一个行医的诗人，试图发现写作这部诗篇的方法，而诗篇本身就是这种探索的记录。

前四卷诗的标题提供了地理和主题上的指引。第一卷为"巨人们的轮廓",将主题设定在当地神话与历史语境之中,介绍了该地的基本特征,呈现的是现实的种种脱节与"不协和"现象,具体包括贪欲导致的人与自然的脱节(如1857年大卫·豪尔采蚌取珠导致人们蜂拥而至,最后令珠蚌惨遭毁灭)、人与人的脱节(如家人比利对"我"的猜忌)、人的思想与其语言的脱节(如卡明夫人与丈夫的"交流不畅"导致其坠崖身亡)。

第二卷为"公园里的星期天",系现代生活的摹本,记录了佩特森医生在城市的山地公园里寻求风景的许诺而不得的过程,亦即自然的许诺已经落空。诗人失望地发现,无论是马西娅·纳迪无助的信,还是公园草丛中有性无爱的情侣,还是克劳斯号召人们抛弃金钱的热切福音,都没有减轻现代世界的"脱节"。

第三卷的标题是"图书馆",佩特森希望寻求一种救赎性的语言并使之发出声音,但他在图书与文字中读到的只不过是一种僵化的语言。他陷身于目录和分类当中,但是当佩特森读到世纪初袭击该城的实际发生的火灾、洪水和旋风时,他心灵的风景中引发的是城市所经历的同样的破坏与重塑,诗人是想以摧枯拉朽的力量涤荡一切的陈腐。

第四卷的标题是"奔向海洋",没有提供结论,而是追忆了众多事件,盘点了一个人的一生,提供了更多有关不满足的性、谋杀和尤其针对妇女的暴力行为的例子。但是在本卷结尾,一个既是男性也是女性的人物从海中出现,返回内陆,带着旅行所获得的知识重新开始。在此,诗人否定了回到过去(以大海为象征)以实现救赎的可能性,而得出了打破对立、敌对方合作"联姻"的获救之道,比如,佩特森城与河流及瀑布的互相依赖、居里夫妇发现元素"镭"、后辈诗人金斯堡坦诚平等的来信。

第五卷有一个明确的题词,"纪念画家亨利·图卢兹·劳特雷克"。本卷中没有了前四卷到处充斥着的现代世界的种种"不协和",反而弥漫着浓郁祥和的艺术氛围,以艺术想象作为救赎的希望,如挂毯上的白色独角兽、抽象表现主义画家波洛克的滴画、萨福爱情诗的断章、勃鲁盖尔的画、萨堤尔的舞蹈。

第六卷系未完成稿,一般作为附录印刷。此时威廉斯已在遭受中风的折磨,视力模糊,甚至打字都很困难了。这种未完成态也可以看作《佩特森》开放性的一个象征。

《佩特森》各卷大致的内容基本如此,尽管因其实验性的手段和内容的庞杂,它所获得的评价有褒有贬,但总体上,但凡论到20世纪的长诗写作,《佩特森》和艾略特的《荒原》、庞德的《诗章》一样都是不可绕过的。罗伯特·洛厄尔言称:"佩特森是惠特曼笔下的美国,它变得可怜而悲惨,遭受着粗暴的不平等对待,被工业混乱所破坏,面临着灭顶之灾。没有任何诗人以如此高明、同情和经验的结合,以如此敏锐的洞察力和活力来书写它。"它与《荒原》和《诗章》这两部国际化长诗典范构成了鲜明对比,为本地经验和日常生活争取到了作为史诗宝贵主题的权利。它消耗了威廉斯晚年生活的大部分时间和精力,是对20世纪中期美国诗歌的重要贡献。

二、拼贴的运用

在几个重要方面,威廉斯在《佩特森》的现代都市史诗中将自己与那个时代的两个主要诗歌工程——庞德的亲欧《诗章》和T. S.艾略特的亲英诗歌——进行了对比。威廉斯不喜欢艾略特的做法,并嘲笑他终身好友庞德在二战前的反犹太主义和对法西斯的同情。在1922年3月18日的一封信中,庞德要威廉斯向一个诗人基金捐五十美元,以便诗人能够休假一年,到欧洲写作。用庞德的话说,艾略特正在"崩溃",自然会是第一个接受资助者。在这封信中,庞德把他"每年从美国出发"的令人难以置信的计划告诉了威廉斯,"你一个夏天,接下来是玛丽安妮(摩尔)"。威廉斯给庞德寄了刚好一半所要求的金额,兴高采烈地声称,他从"一个名叫卡茨的犹太人"那里得到了钱。他暗示,此人是一位如此慷慨的艺术赞助人,他愿意为《小老头》的作者提供经济支持。

《佩特森》是为"美国材料"做出的一份辩护,它直接面对的是许多美国诗人对作为大本营和诗歌恰当主题的美国的抛弃,尤其是旅居意大利的庞德和伦敦的艾略特。他心目中的他的杰作将是"美国制造",而佩特森城是它的主题。1927 年,《日晷》杂志在威廉斯发表短诗《佩特森》后授予他诗歌奖,他在后来的反思中表示:

> 问题在于利用一个城市所呈现的多面性来代表当代思想的类似方面,从而能够像我们认识他、热爱他和憎恨他那样,将人本身客观化……因此,我想要作为我的对象的城市必须是我了解其私密细节的城市。纽约太大了,太多积聚了整个世界的方方面面。我想要某种离家更近的东西,可以了解的东西。[①]

除了颂扬、诅咒和单纯描述或记录佩特森、美国和他自己之外,威廉斯还将自己与同时代人的欧洲中心主义理想区分开来,就像庞德在欧洲都市的旋涡中钻研古代智慧一样。当庞德在《诗章》中筛选欧洲文化成就的历史沉积物时,威廉斯嘲弄地列出在佩特森一口自流井中发现的岩石沉积层——"两千英尺的红色页岩"[②]——在《佩特森》中,诗人将他的诗歌与一系列令人眼花缭乱的原始材料拼凑在一起。这些素材来自他的城市生活,从历史到崇高,到荒谬,到悲剧,到世界的散文。

《佩特森》的拼贴技术将地质调查与剪报、信件和下面这样的句子结合起来,以便将诗歌分解:"美国诗歌是一个非常容易讨论

[①] 威廉·卡洛斯·威廉斯著,马永波、杨于军译:《佩特森》,关于《佩特森》的一份说明,人民文学出版社,2023 年,第 1 页。

[②] 威廉·卡洛斯·威廉斯著,马永波、杨于军译:《佩特森》,人民文学出版社,2023 年,第 228—229 页。

的主题，原因很简单，它并不存在。"就在几行诗之前，威廉斯还一直在说："要是它肥沃就好了。更确切地说，是一种淤泥，一种垃圾……"威廉斯重新拾起那些被其他诗人丢弃或拒绝的东西——那些被认为是肮脏、无用、太新（新泽西、纽约，New Jersey，New York）的、太美国化的东西——威廉斯这样做是在追随惠特曼在《草叶集》中把纽约视为无所不包的宇宙重要性的新中心的观点。而弗兰克·奥哈拉的曼哈顿诗歌则继承了威廉斯对美国城市空间多样化细节的狂热。

如果说庞德和艾略特在《诗章》和《荒原》中的计划，用《佩特森》式的术语来说，是"将迥然不同的事物拉在一起加以澄清和压缩"，那么威廉斯在《佩特森》中的目标与其说是全面的拼贴画，不如说是火的创造。与其说是将复杂性和多样性削缩为他无所不包的综合性愿景的单一性，不如说是一座拉·维莱特公园式的解构主义建筑。它爆破了单体现代主义建筑，使之成为非连续性的建筑，将众多功能建筑民主化，消解了分层级的道路网络。也许，《佩特森》起初的目标是实现这种综合性，但是威廉斯最终拒绝了综合。在 1951 年 6 月 19 日写给玛丽安妮·摩尔的一封信中，他谈到《佩特森》的"失败"：

> 如果我的诗所吹嘘的目的似乎在最后分崩离析了——人们也不得不承认根本上的失败是很常见的。有时，除了陈明我们未能实现真理之外，没有其他方法可以断言真理。如果我没有实现一种语言，我至少说出了我不想说的话。我不想将自己融入拥有所有形状和色彩的伟大宇宙的（爱的）海洋之中。①

显然，威廉斯认为《佩特森》的前四卷并没有成功；同样，起初设想

---

① Obolensky McDowell，New York：The Selected Letters of Williams Carlos Williams，1957，p.304.

的视野和愿景的单一性和统一性——"伟大宇宙的(爱的)海洋"也没有实现,而是代之以异质性的美学目标。它只是单纯地将来自众多语境的材料并置在一起,仿佛不是为了结束它们之间的冲突,而是挑起冲突,以便观察对立面的并置到底能造成怎样的矛盾。它否定了艺术作品中传统的有机性综合,而代之以含混性和共时性。拼贴使用各种材料来创造想要传达的视觉美感,而蒙太奇使用多张照片或视频来传达某些信息或观点。蒙太奇是以线性为根据的技术手段,而拼贴则涉及空间性。《佩特森》便体现出诗意空间的视觉经验,它聚焦于一种特殊的冲突,那就是艺术与现实之间的张力。拼贴摧毁了我们对艺术作品的传统假定。它把艺术作品的空间转化成一个关于含混性的圆形剧场。艺术作品的自治性存在由于"真实"对其空间的侵入而遭受挑战,而"真实"则由于突然置于艺术王国而遭受变形,类似于杜尚将小便池置于美术馆的环境而使之变形一样。拼贴弥平了雅俗之分,它所提供的空间使得普通对象连同其全部的平凡提升到"高级艺术"的王国,而"高级艺术"连同其全部的自负降级为世间万物。因此,该将这些元素看作艺术还是原始材料,实际上唯一可能的回答便是:什么都不是,除了它们在诗中的存在。

三、语言的有限性

《佩特森》中的散文部分与艺术完全无关,它们是"真实的"材料,被强行安排在诗中。这种诗与散文的碰撞不仅仅涉及艺术与真实的矛盾,而且也关乎抽象和具体,散文是"事实的阐述",而诗是"想象的结晶"。卷一中沉睡的男女巨人,构成了城市风景及其牧歌背景:

> 佩特森躺在帕塞伊克瀑布下方的山谷里
> 它筋疲力竭的水流构成了他脊背的轮廓。他

> 以右侧而卧，脑袋靠近众水的雷霆
> 充满着他的梦境！①

> 在那里，低矮的山丘朝着他延伸。
> 公园是她雕刻出的头，在瀑布之上，在宁静的
> 河边；彩色的水晶是那些岩石的秘密；
> 农场和池塘，月桂树和温带野生仙人掌，
> 黄色的花……面对着他，他的一只手臂
> 支撑着她，在岩石的山谷旁，沉睡。②

凡俗城市和诗意山峦的结合代表了这部长诗所渴望的综合的梦想。可是这种综合终归是一个梦，它是关于综合性的幻觉，与佩特森人的现实叠加起来。因此，诗歌开头几行所设想的抽象（"数学"）与具体（"细节"）的结合本身也就成了一个梦想：

> 从各种细节出发，
> 把它们变得普遍，以
> 有缺陷的手段，积累起总和③

这种综合的抽象与卷二中被诗人数次称为"大野兽"的现实的人群相并置，其特征由诗中的散文片段予以具体化，如 1857 年的拾蚌。这里的"大野兽"是一种毁灭性的力量，它与综合性的思想敌对，摧毁着统一性和美。这巨兽还以其他形式反复出现，如脑积水侏儒、

---

① 威廉·卡洛斯·威廉斯著，马永波、杨于军译：《佩特森》，人民文学出版社，2023 年，第 7 页。
② 威廉·卡洛斯·威廉斯著，马永波、杨于军译：《佩特森》，人民文学出版社，2023 年，第 11 页。
③ 威廉·卡洛斯·威廉斯著，马永波、杨于军译：《佩特森》，人民文学出版社，2023 年，第 3 页。

个头超大的鲟鱼等。诗人对于"大野兽"的惊奇是由畸形和暴力诱发的,自然和自然的反常被人类本性的贪婪所摧毁。他对于沉睡巨人的惊奇则由美和爱所激发。前者是诗人世界的真实,后者是诗人梦幻的抽象。散文和诗歌在《佩特森》中代表了无法沟通的两个方面。佩特森的居民知道沉睡巨人的世界围绕着自己,但是他们的行为是对这巨人梦幻的误解。当他们面对巨人世界的美时,他们的语言无法捕捉到它,即便他们能够感觉到这种美。例如,威廉斯描述了一个年轻姑娘的反应:

> 手中拿着一根布满嫩芽的柳条,
> 从一株无叶的矮树上折下来,
> (或许是鳗鱼或许是月亮!)
> 握着它,聚拢的浪花,
> 直立在空中,倾泻的空气,
> 抚摸着柔软的发丝——①

在《佩特森》中,人们"行走,不得与外界交流"②,"他们也将死去/不得与外界交流"③:

> 它们沉回壤土中
> 大声叫喊
> ——你可以称之为叫喊
> 一阵颤抖逼近它们,

---

① 威廉·卡洛斯·威廉斯著,马永波、杨于军译:《佩特森》,人民文学出版社,2023年,第30页。
② 威廉·卡洛斯·威廉斯著,马永波、杨于军译:《佩特森》,人民文学出版社,2023年,第13页。
③ 威廉·卡洛斯·威廉斯著,马永波、杨于军译:《佩特森》,人民文学出版社,2023年,第17页。

　　　　它们随后枯萎，消失……

　　语言，语言
　　　　背叛了他们
　　他们不认识词语
　　　　或是没有勇气
　　使用它们。

　　生活是甜蜜的
　　她们说：语言！
　　　　——语言
　　是从她们心中分离出来的，
　　语言……语言！①

佩特森人想要了解沉睡巨人的梦幻、语言的奇迹，这种欲望与失败，以卷一中被瀑布的咆哮和演讲所吸引的山姆·帕奇之死为缩影。没有语言来描述帕奇和卡明夫人与瀑布及其下面河流的融合，语言的意义被抽干，接下来的只有巨大的沉默。即便他们现在理解了自我与世界、梦幻与真实的统一，他们也无法表达：

　　　　水还在倾泻
　　从岩石的边缘，用它的声音
　　充满他的耳朵，那声音很难解释。
　　一个奇迹！②

---

①　威廉·卡洛斯·威廉斯著，马永波、杨于军译：《佩特森》，人民文学出版社，2023年，第16—17页。
②　威廉·卡洛斯·威廉斯著，马永波、杨于军译：《佩特森》，人民文学出版社，2023年，第26页。

威廉斯所面对的巨大困难在于，他感觉他的诗也处于"无法表达""不得与外界交流"的边缘。

　　诗人面对的是一个堕落的世界，一个被背叛的世界。诗人试图以极大的代价用语言"救赎"它。诗人似乎可以用两种方式来拯救他的人民：一种是永久记录他们的生活，就像荷马为《伊利亚特》中的英雄们所做的那样；另一种是通过提供一个活生生的神话，来统一和维系他们。这两个目标共同界定了该诗的范围。

　　《佩特森》中的说话者以与庞德和艾略特大致相同的方式堆砌不同的元素，但他这样做是为了剥离它们。对于这位说话者来说，"写作/是一团火"，所以他颂扬了大火的变革力量："一只旧瓶子，被火烧毁/上了一层新釉，玻璃扭曲出/一个新的特征。"①这首诗关注的是超然之物，它不会让自己被剥离，而是继续存在，被企图破坏的行为所改变。瓶子是一个与凤凰类似的意象，两者都是从自己的毁灭中再生。

　　上下文元素也是一种剥离手段。威廉斯在诗中将公共部分与私人档案交织起来，例如，私人信件和新泽西州佩特森的历史片段和新闻。这些数据，从令人反胃到令人心痛，解构了佩特森这个地方和说话者。例如，其中一段插入的文字触及了希波纳克斯（Hipponax）"畸形和残缺的诗句"，这些诗句"对韵律结构施加了最大的暴力"②，突出了语言的破坏性潜能。希波纳克斯是古希腊抑扬格诗人之一，因讽刺、粗俗甚至辱骂性的诗歌而被放逐。他是跛脚音步的创始人，也是滑稽戏仿的始祖。

　　威廉斯在《佩特森》中使用的散文对他来说具有韵律意义。由于这首诗的一个主要主题是"寻找语言"，威廉斯试图以各种方式展

---

① 威廉·卡洛斯·威廉斯著，马永波、杨于军译：《佩特森》，人民文学出版社，2023年，第 193 页。

② 威廉·卡洛斯·威廉斯著，马永波、杨于军译：《佩特森》，人民文学出版社，2023年，第 65 页。

示已经存在的语言——无论是在人们的话语中，在信件所写的内容中，还是在当地报纸和有关文物的散文中。散文展示了诗人必须处理的东西：普通的美国散文，口语化的或生硬的，好的或坏的，它的节奏和措辞暗示了诗人正在寻找的基本习语。这些日常叙述可能是一种"虚假的语言"，在这种情况下，真正的语言将是诗人创造的语言。

散文运用的另一个作用是"对位法"——平淡的散文和生动的诗，抒情的肯定和令人不快的"事实"，阴森的都市景象与田园生活……纯洁与肮脏、决心与困惑、梦想与事实、过去与现在等的呼应与平衡。

然而，佩特森的文本和语境元素的破坏意义不仅仅是作为一种毁灭模式，也是为了扫清之前的一切，以便为一种新的诗歌让路。这首诗的目的是寻找"打败一切"的"空"，它"经过一切/看见/一切的死亡"[1]。

威廉斯凭借湮灭的创造让位于超越性的时刻，挑战经过逻辑传递到语言的系统，那"沉默的间歇"，在其中他"意识到激流没有语言，流动在/你眼睛安静的天空下/没有语言……超越/相遇的那一刻，水流/仍在半空中飘浮，和你/一起落下——/从边缘落下，在崩溃/之前——/抓住这个时刻"[2]。因此，威廉斯通过破坏语言来超越语言，从而产生一种新的语言，一种幸存的诗意语言，来完成最终的创造。

事实上，佩特森对建筑的评论——"拆除墙壁，欢迎/非法进入。毕竟，那些贫民窟/除非它们（正在使用）/被彻底摧毁，否则无法/重建"[3]——能够回答德里达最初受邀参与"拉·维莱特公园

---

[1] 威廉·卡洛斯·威廉斯著，马永波、杨于军译：《佩特森》，人民文学出版社，2023年，第 126 页。

[2] 威廉·卡洛斯·威廉斯著，马永波、杨于军译：《佩特森》，人民文学出版社，2023年，第 38—39 页。

[3] 威廉·卡洛斯·威廉斯著，马永波、杨于军译：《佩特森》，人民文学出版社，2023年，第 236 页。

项目"(Parc de la Villette project)时的疑虑。最后,像威廉斯一样,德里达得出结论,建筑是"解构的终极考验"之一。

因为,正如威廉斯诗歌中的讲话者所言,在语言领域,是死亡拥有"缺失的词语,/从未被说出的词语——/一个对穷人友善的兄弟。/发光的要意/抵抗着最终的结晶"①。在一部审视语言局限性的书面艺术作品中,这种情况在所难免。威廉斯发现,生活中的东西总是在逃避语言,"事件与语言双双起舞,它们/总是能超越语言"②,所以他也必须超越语言。然而,除非他写出这首诗,否则他无法达到超越,他无法写出这首诗,除非他能够"放弃/这首诗"。

简而言之,《佩特森》体现了一种双重运动,同时是破坏和改善,互为一体。诗人所寻求的语言同时是瀑布倾泻的轰鸣和作为群众象征的大野兽的咆哮。而他的诗歌代表着第三种声音,试图说出大地的"语言",它是包罗万象的语言,是为世界赋予统一性秩序的同时又能允许多样性存在的一个诗意空间。

第五节 西默斯·希尼:创伤历史的个人化呈示

西默斯·希尼以移民语言写作的意义在于,作为爱尔兰诗人,希尼是英语中的双语者,他是听着盎格鲁-爱尔兰重音以及它对英语的模仿长大的。在早期描述农场生活的系列诗歌之后,希尼的自我从本真的童年向社会化的成人转变。此后,他通过一系列沉思盖尔语地名的诗歌,佐证了他的观点,即英语的文学语言"已不

---

① 威廉·卡洛斯·威廉斯著,马永波、杨于军译:《佩特森》,人民文学出版社,2023年,第 179 页。

② 威廉·卡洛斯·威廉斯著,马永波、杨于军译:《佩特森》,人民文学出版社,2023年,第 37 页。

能靠反映我们的经验来愉悦我们，在它正规和令人吃惊的安排中，没有我们自己话语的回响"。希尼在爱尔兰腹地的泥炭沼泽找到了本民族文化传统的象征，其中连续的文化各自留下了它们沉积的轨迹。在对沼泽男尸近乎冷漠的清晰描述中，希尼将自然的物理过程对应于心理过程，将爱尔兰沼泽地的历史记忆与祖国的时代氛围进行了身体地理学的关联，涵容了记忆的沉积与时代的政治暴力。

希尼 1939 年 4 月 13 日出生在北爱尔兰得里郡毛斯邦农场一个虔诚信奉天主教并世代务农的家庭。1972 年，他从英属北爱尔兰移居到南方的爱尔兰共和国，以教书为主，同时写诗和诗评。1995 年，他获得了诺贝尔文学奖，授奖词这样称希尼的诗：既有优美的抒情，又有伦理思考的深度，能从日常生活中提炼出神奇的想象，并使历史复活。

希尼早期作品中的焦点不是人性因素，而是一个自然世界。但是希尼拥有了国际声誉，从阿尔斯特郊区迁入更广阔的文学世界，进入爱尔兰恶化的政治冲突中，环境也随之改变了。尤其在1972 年的"血腥星期日"之后，希尼和妻儿从贝尔法斯特搬到了威克洛，成了一个"内在的流亡者"。这样的变化不能不对他的写作产生影响，而且可能有着极端的后果。从一个幽静的童年向强制的社会化成年的过渡，也发生在我们所有人身上：我们被迫承认罪恶、暴力和我们个人在历史中的无助。在这个过程中，正如济慈所说，我们的智力被磨炼成灵魂；就诗人的情况而言，他们的智力也被塑造成风格。希尼的诗和散文就是这两个方面的范例。

在早期这个自然世界中，诗人把务农的过程类比成写作的过程，凭借把诗歌写作视为农业的一种极端形式，来理解或者证明诗歌写作的正当性。他认为，生活的段落确实可以用来成就叙述，生活的物理过程巧妙地类似于心理过程，在它们之间流动着意义的液体。可以说，与美国自白派诗人和特德·休斯那样对经验进行

"赤裸"的处理不同,希尼对事物的触及是小心翼翼的,也是较为间接的。他愉悦于语言本身,享受语言,把它当作某种嵌在政治、历史和地点中的东西,而非仅仅将语言视为透明的玻璃,可以通过它直接看见事物原貌。这样一来,诗人就从以往的"生命的居民"而变为好奇的观察者,从牺牲者变为旁观者;不是在忏悔的白热中工作,而是成了戏剧家和说故事的人。

将写作与农作对照起来,以彰显写作的合法性,这一点,以他的名诗《挖掘》最具代表性:

> 我的食指和拇指间
> 矮墩墩的笔歇息着,舒适得像杆枪。
> 窗下,响起一阵清晰刺耳的声音
> 那是铁锹沉陷入多碎石的土地:
> 我的父亲,在挖掘。我向下看去
>
> 看到他绷紧的腰臀在花畦间
> 低低弯下又直起,二十年过去
> 弯身又弯身,有节奏地穿过土豆垄
> 他曾在那儿挖掘。
>
> 粗糙的长筒靴偎依在铁锹耳朵上,
> 靠着膝内侧的长柄坚定地撬动。
> 他根除高高的顶株,明亮的锹刃深深埋下
> 撒出新土豆,我们把它们捡拾起来
> 爱着留在手中的冷硬感觉。
>
> 借着上帝,这老豆可以掌控一把铁锹。
> 就像他的老豆。

我祖父一天挖出的泥炭
比任何在托尼尔挖炭的人都多。
一次我给他送一瓶牛奶
胡乱地用纸塞着瓶口。他直起身
喝光了奶，又立刻弯下身

他利落地又割又切，把草皮
甩过肩，越挖越深
为了好泥炭。挖个不停。

土豆地里的冰凉气息，潮湿泥炭沼中的
嘎吱声和拍打声，锹刃粗暴的切割声
穿过活的根须在我的大脑中醒来。
可我没有铁锹去追随像他们那样的人。

我的食指和拇指间
矮墩墩的笔歇息着。
我将用它挖掘。

　　这种挖掘的目标是他的血源和自我之根，同时也是对其民族之根的挖掘。大地上和白纸上的两种活动的并置中，隐含着对两者同质性的某种确认，某种手工劳动的性质，两者之间的关联和相似性，隐喻着写作是深入事物的另一种方式，同样是有效的与合理的。希尼很多诗中的叙事人常常以一个孩子的眼光看世界。他曾说："当你是一个小孩时，你对世界的感觉，那种高度与现在的我不同。那时你的眼睛和野草动物一样高，要仰视牛背，对它挤眼睛。"此诗再现了童年记忆的一幕，同时表现了父辈、祖父辈对爱尔兰文化的传承：农人、铁锹、沼泽和泥炭……因此他的《挖掘》不仅是对个人之源的"挖掘",也是对爱尔兰文化的"深层挖掘"。"挖掘"这一寻常的人类活动在诗人笔下被赋予了深意,平凡的一个瞬间、平凡事物的细节描写,却将诗的表现空间拓开,似乎大地和诗歌文本一同呈现在我们面前,混融不分。更重要的一点在于,这种写法验证了这样的说法:在诗中,起作用的不是纪实的内容,而是抓住读者耳朵的某种美感和惊奇的语言用法;亦即,在希尼那里,呈示事物和对词语本身的迷恋是一体的、不可分割的,对语言的观察同时也是对事物的观察。

但是,希尼的眼睛被迫转向比农场更宽阔的地平线,发现爱尔兰的岛国性质及其在入侵面前的脆弱,这使得牧歌叙事陷入了危机。① 因此,希尼选择了一条带有殖民地居民特征的道路,以移民的语言写作,通过一系列沉思盖尔语地名的诗歌,探索历史真实的秘密。在农业的水平线下面,存在着希尼最为肥沃的水平线——记忆和创造并肩躺卧的原始大地。沼泽是爱尔兰的基本地形构造:"我们没有大草原/可以在晚上一片一片地切除大太阳——/我们无遮拦的国土/是一片沼泽,在太阳落下和升起之间/不断结着硬壳。"(《沼泽》)考古学家和挖泥炭的农人常常在沼泽地里挖出埋藏的金银财宝和炭化了的尸体。希尼把这一地形用作深奥微妙的关于神话、历史、文学和政治的典故。爱尔兰腹地的泥炭沼泽成了诗人的象征,其中连续的文化留下了各自沉积的轨迹。威廉姆·奥康纳有评论言及,希尼擅长在有力地表达对集体的忠实的同时,保持住个人的独立,两者是并行不悖的。爱尔兰政治、宗教与文化的错综复杂性,在希尼那里,通过他对泥炭沼泽的意象的运用而变得丰富和深化。这种泥炭沼泽在北爱尔兰十分多见,长年累积而保存了古生物的遗迹。希尼正是透过这一意象,领悟到爱尔兰的悠久历史依然在延续,历史就在爱尔兰的脚下。你脚下仅数英尺

① Helen Vendler: *The Music of What Happens*, Harvard University Press, 1988, p.151.

的地方，就可以发现几百年前古人的骸骨，保存完好的程度令人惊叹。用这种古今对照的方式，希尼思考着爱尔兰文化与历史的根性，并从爱尔兰有限的地域文化深入对人类文化与历史的反思，从而实现了简洁质朴的语言和复杂而富有深意的诗歌寓意的融合。希尼生活的年代正值北爱尔兰问题白热化的时期，政治冲突和宗教矛盾成为困扰诗人心灵的结，作家的责任与承担成为他诗歌中不可回避的精神负载。但他诗歌中政治的声音却是一种历史的回响，在对远古暴力的反思中实现了历史与现实的融合，以及政治与美学的融合。①

希尼的沼泽诗系列（Bog Poem）大多集中在《在外过冬》（1972）和《北方》（1975）之中。它们之引起公众注意，不仅是因为这些诗歌如此成功和坚决，而且因为它们在叙述中吸收了政治和历史的力量——泥炭沼泽被诗人视为整个暴戾的爱尔兰，部落习俗战胜了所有个人理性或努力。在希尼焦虑的道德感中，如果沼泽尸体代表了所有被历史抽象的概念化暴力覆盖、砍杀和堆积的牺牲者，那么，诗人合并所有存在而形成的最终的美的形象，则变成了祖国的身体。与此同时，诗人也成了称量"美和暴行"的裁判者。

这些诗歌通过从前的北方文明的苦难和它祭祀的牺牲品折射了当代爱尔兰问题。沼泽人按照仪式被谋杀，尸体在泥浆中一直保存了几个世纪，最后成了希尼的客观观照物。比如这首《格劳巴尔男尸》，描述了一个细微、典型的修复过程：

> 仿佛被倾倒进
> 柏油里，他躺在
> 一个草泥的枕上

---

① 章燕：《多元·融合·跨越：英国现当代诗歌及其研究》，人民文学出版社，2008年，第331页。

似乎要为

他自己的黑色之河而哭泣。
他手腕的谷物
像沼泽燕麦，
他足跟的球

像玄武岩鸡蛋。
他的脚背已经皱缩
冷得像天鹅的足
或者一根潮湿的沼地树根。

他的臀部是分水岭
和一只贻贝噘起的唇，
他的脊椎骨是一条
泥浆闪光下面捉到的鳗鱼。

头颅抬起，
下巴是一个帽檐
在他砍坏了的喉咙的
通风孔上升起

已经晒成褐色变得坚韧。
那治愈的伤口
向内打开一个黑暗的
有接骨木果实的地方。

谁会说"尸体"

面对他生动的特质？
谁会说"躯体"
面对他晦暗的睡眠？

而他生锈的头发，
像一个胎儿
不可能的一绺。
我最初看见他扭曲的脸

在一张照片中，
一个头和肩膀
从泥浆中出来，
像一个产钳夹出的婴儿被碰伤，

可现在他
在我记忆中完整地躺着，
一直到他指甲的
红色号角，

悬挂在天平中
用美和恶毒：
用死去的高卢人
过于严苛地包围在

他的盾牌上，
有每一个覆盖的
被鞭打，和砰然倒下的牺牲者
真实的重量。

这首诗以两个步骤将掘出的尸体恢复到我们的意识之中。首先，似非而是地说，似乎只是在希望远离和驱散它。当希尼的眼睛徘徊在解剖学上时，他把皮和骨转换成了一堆零乱的无生命之物：手腕成了"沼泽燕麦"，足跟成了"一只玄武岩鸡蛋"，致命伤成了一个"黑暗的/有接骨木果实的地方"，如此等等。但是这文学的客观化的凝视，事实上意味着主观；在用探索它与事物的相似来断言尸体的死亡性的同时，希尼也用他的术语再次构成了它。沼泽的牺牲品被交付给一种后来的生活，不仅作为一纪念性的非凡碎片而存在，也是对它返回的世界的一个生动注释。它是对当代暴行，今天仍被"鞭打"的和"砰然倒下的"牺牲者的一个悲惨预言。希尼在"格劳巴尔人"中的工作过程也有这样庞大的象征意义：它演示了我们经常面临的"崩散的力量"如何被最好地接近，不是赤裸和歇斯底里地，而是随着"晦暗的睡眠"（不要混淆于感觉的匮乏）使那更大的历史构架成为可能。①

《惩罚》一诗以同样的坦率表达了叙事者对一名被害女子的同情。这首诗中，个人的声音再一次清楚地混杂了两种极端相反的观点与情感。诗人面对了既要帮助受害者，又想惩罚她的不可调和的矛盾，没有刻意回避，也没有企图消除这种矛盾，而是将其直接呈现给读者；亦即，诗人并不打算对复杂难解的现实局面提出诗学上的解决途径。这样两种互相冲突的感情以及从多种角度观照一个问题的强有力的表达，使得希尼的诗歌展示出一种赤裸而极具说服力的真实。这首诗源于他曾在一张照片上看到过的一具两千年前的女尸：一个年轻女子因通奸而被族人处以极刑，她的尸体两千年来一直被保存在沼泽地中，现在作为考古的重大发现被挖掘出来。在诗中，希尼把发生在这具女尸身上的史前氏族社会的暴力事件与爱尔兰现实政治中的暴力事件并列陈示出

---

① 布莱克·莫里森、安德鲁·莫申编，马永波译：《英国当代诗选》，河北教育出版社，2003 年，第 8 页。

来——古代一端,是一名女子因通奸罪而遭受极刑惩罚;现代一端,是天主教的女孩子们因为嫁给英国士兵而被头涂柏油,在栅栏边示众。她们是否应该得到这样的惩罚? 诗文本如下:

我能感觉到
绞索在她的颈上拉紧
感觉到她赤裸的前胸上
吹着的风。

风吹着她的乳头
吹成湖泊的珠子,
风摇动她脆弱的
肋骨的缆索。

我能看见她的身体
沉溺在沼泽中,
身上压着石头,
漂浮着棍棒和树枝。

在那下面,起初
她曾是一棵剥了皮的小树苗
现在被挖出来
橡树的骨头,小木桶的脑:

她刮得精光的头
像黑玉米的残株,
眼睛上蒙着一条脏污的绷带,
她脖子上的绳索,一个戒指

蕴藏着
爱情的记忆。
小淫妇
在他们惩罚你之前

你有淡黄色的头发，
营养不良，你的
黑柏油的脸美丽动人。
我可怜的替罪羊

我几乎爱上了你
但我知道，我也会
向你投出寂静之石。
我是狡猾的窥淫狂

看着你暴露的大脑
发黑的梳子，
你网状的肌肉
和你所有编了号码的骨头：

我，曾经沉默地站着
当你叛逆的姐妹
头上被涂了柏油，
在栅栏边哭泣

我会默许
文明的暴行
同时也理解这严厉的

种族的、熟悉的复仇。

这些沼泽诗表明，希尼如何出色地处理了一个现时代最为关键的诗学元素——在个人生活中，也在历史中，如何处理审美愉悦与道德承担的平衡。总体而言，所有重要诗人都不可避免地要面临在值得考虑的压力下做出反应的那种感觉，要面临艺术与政治、私人与公共、有意识的控制与直觉的灵感之间的矛盾关系。许多诗人都避免了直接记录的新闻报道式的手段，而是寻求其他文化表征，将即刻和直接的材料置于更宽阔的透视远景，以适应不同寻常的广泛的社会反应。比如，类似的以身体地理学对应于文化地理学的意图，也表现在德里克·马洪的考古学挖掘、保罗·穆东的杂货商式旅行和汤姆·波林对20世纪初期俄国的再创造。这个问题，在东欧诗人，如米沃什那里，也成为诗学思考的重心。考察这些诗人的相关思考及其在技艺层面上的回应，对于汉语诗歌（文学）如何在个人化的叙述中承担普遍性的道德关怀，揭除文化意识形态覆盖在创伤性历史真实之上的层层遮蔽物，触及历史地层深处的真实存在，是有着极其重要的参考价值的。

诗歌与其说是一条途径，不如说是一个门槛，让人不断接近又不断离开。在这个交汇处，读者和作者各自以不同的方式体会同时被传唤和释放的经验。希尼自己曾清楚表达过这样的主张，他说："诗不应该成为传声筒或有实际效用。相反，诗是在将要发生的和我们希望发生的之间的夹缝中，抓住我们一时的注意力。它的功能不是让我们对现实心慌意乱，而是让我们凝神观照，看清现实与梦想的区别，让我们在诗所表现的生活中参照现实，有所领悟。"①

在时代律令与美学自律之间，一个诗人如何取得平衡？我相

---

① 西默斯·希尼著，吴德安等译：《希尼诗文集》，作家出版社，2001年，第5页。

信这是每一个对诗学有过思考的人都要面对的问题，这种哈姆雷特式的追问把我们堵到一个逼仄的墙角，或是负隅顽抗，或是逾墙而过；而如果那墙竟至是直接与天堂的基础相连接的，当如其奈何。在这撕裂般的争夺中，如果一个诗人依然能保持内在的平静，而在其近乎游戏般的美学愉悦之内承担起道德诉求的压力，而始终能以优美从容化解来自外界的无形逼迫，挽留住美的形式，那当是需要极大的勇气和智慧的。

面对现实的苦难，诗人往往发不出一声约伯式的喟叹，无言并非冷漠，而是潜入事物内里的默默担承。激烈地走向行动，只能是一种幼稚的越界，是对诗歌功能化期待的错误指引。诗人在作为公民履行其自然责任之后，只能以其对技艺和语言的尊重和守护，来继续履行诗人的天职。除此之外，逼迫诗人"现身说法"无异于残害，以公义、道德为借口对艺术的残害。艺术一旦放弃了对社会总体性干涉的抵抗，受制于他律的需要，就会不可避免地物化为宣传工具，丧失了对社会物化的批判性。

世界要求于诗人的总是最多也最为苛刻，而当危机暂时平息，又总是对诗人作为人的需要忽略得最充分、最彻底，甚至对诗人作为风向旗和预警器的信息漠然无视。对诗人和诗歌的功利性要求始终像一盏从卧室外探进来的高瓦数探照灯，无论诗人怀抱着诗歌的情人躲到哪个角落，都能将其无情地攫住，暴露出来。因此，就像歌德在他的《谈话录》中所言，在有些事情上面，要允许诗人"自便"。

爱克曼无心中向歌德说："人们都责怪您，说您当时没有拿起武器，至少是没有以诗人的身份去参加斗争。"（指拿破仑攻克柏林，占领德国后，德国各地自发的解放斗争）歌德回答说："我的好朋友，我们不谈这一点吧！这个世界很荒谬，它不知道自己需要的是什么，也不知道在哪些事上应让人自便，不必过问。我心里没有仇恨，怎么能拿起武器？我当时已不是青年，心里怎么能燃起仇恨？如果我在二十岁时碰上那次事件，我绝不居人后，可是当时我已年过六十啦。

"此外，我们为祖国服务，也不能都采用同一方式，每个人应该按照资禀，各尽所能。我辛苦了半个世纪，也够累了。我敢说，自然分配给我的那份工作（诗歌），我都夜以继日地在干，从来不肯休息或懈怠，总是努力做研究，尽可能多做而且做好。如果每个人都可以对自己这样说，一切事情也就会很好了。"（1830年3月14日）

诗人临死前几天，还对爱克曼说："一个诗人只要能毕生和有害的偏见进行斗争，排斥狭隘观点，启发人民的心智，使他们有纯洁的鉴赏力和高尚的思想情感，此外他还能做出什么更好的事吗？还有比这更好的爱国行动吗？"（1832年3月）

总而言之，诗人对现实的承担，只能通过语言。换句话说，诗歌与其他文类的根本区别，就在于它即使在观照最为噬心的主题时，仍能保持它对语言自身的尊重和审慎。它能把感觉挽留在语言之内，不至于向对象"自由落体"。在希腊神话中，珀尔修斯曾足踏飞靴、执铜盾、斩杀蛇发女怪美杜萨。凡被此怪目光击中者都会化成石头。珀尔修斯的力量在于他能做到不去直接观看。他目光盯紧铜盾间接映像所示，避免与对方目光接触。这铜盾，对于诗人而言，就是语言。也就是说，诗人要既超越又深入地对待事物。因此，米沃什这样说过："真实要求一个名称，要求话语，但它又是不可忍受的，如果它被接触到，如果它离得很近，诗人的嘴巴甚至不能发出一声约伯式的喟叹……要拥抱真实，使它保存在它古老的善与恶、绝望与希望的纷纭之中，只有通过一种距离，只有翱翔在它上面，才是可能的……"[1]

正像希尼所推重的美国女诗人毕肖普那样，通过对事物细节

---

① 切斯瓦夫·米沃什著，绿原译：《拆散的笔记簿》，漓江出版社，1989年，第222页。

的持续关注、稳定的分类和语调平淡的列举,而与世界建立一种可靠而谦逊的关联,观察即道德,描写即揭露。在某种意义上讲,诗歌在现实中的功效等于零,尤其是在面对历史性暴力的残酷时刻,然而,希尼相信,正是这看似无用的诗歌证明了我们作为生命个体的独一性,开采出埋藏在每个生命基础上的自我的贵金属。

1968 年,希尼还是贝尔法斯特女王大学一位二十九岁的英语讲师。警察与要求平等民权的北爱尔兰天主教徒之间开始了暴力冲突,最后以 1969 年英军进入德里而告终。那些事件以及后来导致暴力升级的事件从此在希尼的诗歌中烙下了印记。在论文《进入文字的情感》中,希尼特别将 1969 年视为一个分水岭,他认为,从那一刻起,诗歌的问题开始从仅仅为了获得满意的语言指谓而变为探寻适合于我们的困境的意象和象征了。泥沼中那些难忘的牺牲者的照片,与过去和现在爱尔兰宗教与政治斗争的漫长祭仪中的暴行的照片,从此在诗人的脑海中混成一片,促使他迫切企望发现一个有力的领域,可以在不必背离诗歌的步骤和经验的情况下,将人类理性的景观也包揽进去;同时承认暴力中的宗教激情有其可悲的真实性和复杂性。“作诗是一回事,铸造一个种族的尚未诞生的良心,又是另一回事;它把骇人的压力与责任放到任何敢于冒险充当诗人者的头上。”①

第六节　戴夫·史密斯、特里·汉默、罗桑娜·沃伦:后现代风景中的若干独立诗人

后现代主义诗歌或实验诗歌,在美国经过漫长的与新批评派

---

① 西默斯·希尼著,吴德安等译:《希尼诗文集》,作家出版社,2001 年,第 267—269 页。

的正统学院派诗歌的较量，在 20 世纪末取得了巨大胜利。到了21 世纪，它几乎已经成为主流诗歌的一部分，如杰罗姆·罗森堡的民族志诗学、语言诗派、后垮掉派、纽约派和更新的流派；再如美国杰出诗人保罗·胡佛（Paul Hoover）编选的《美国后现代诗歌》（诺顿第二版，2013 年），便是面向 21 世纪的读者的，其中收录的观念诗、视觉诗、赛博诗、过程诗和后语言抒情诗等，这些都成了美国当代诗歌风景中不可或缺的部分。它证明，后现代在美国并没有终结，而是在继续延展和丰富，尤其是它善于吸纳媒体文化和新技术的影响，从而不断突破自身，开拓疆界。

一个新世纪，确实是一个真正的新千年，正在挑战着美国诗歌，促使它去探索新的形式和反应。即便如此，我们在早期现代主义者那里看到的美国浪漫主义的幻觉张力，如华莱士·史蒂文斯、艾略特和哈特·克兰（还有他们 19 世纪的榜样狄金森与爱默生），依然作为一种重要元素保存在如此不同的诗人作品之中，如斯坦利·库尼茨、加里·司奈德、玛丽·奥丽弗、查尔斯·赖特、乔·哈乔和乔尔·格雷汉姆。以其朝向超验或抽象的推动力，从可见向不可见渗透的企图，这种当代诗歌往往是集中在一个启示的时刻，类似于艾略特在玫瑰园中，或弗吉尼亚·伍尔夫的"存在的瞬间"。这样的时刻，尽管不总是，也经常是在自然界中或者通过自然界而达到的。但是这里有一个很关键的区别：如果片段化——比如，在艾略特的《荒原》里面——是一种激进的现代主义技巧，在后现代诗歌（或某些人的"后当代"）中这却是一种给定。在一种对任何单一版本的真实（其替代者是多重版本的真实）都抱以深刻怀疑的文化中，统一和总体的思想都是可疑的。一个诗人将幻觉的时刻整合进经验的结构，他往往是对此怀有自我意识的，是不稳定的，这种特性反映在一首诗中或一卷诗中音区的转换上面。诗人对无形世界的领会遭到了这种自我质疑的抵抗，比如我们在乔尔·格雷汉姆那里；或者是被一种泄气的幽默所削弱，比如在查尔斯·赖特或查尔斯·西密克那里。在这方面,安蒙斯《垃圾》的标题就是个显著的说明。在许多被超验幻觉吸引的当代诗人的作品中,同样存在着一种对短暂事物的痴迷:一片独特的夜空,一个练习芭蕾的孩子,一处自然环境的鲜明特征。这些诗歌的一个突出特征是,这两种冲动并不是统一的或协调的;而是像路易斯·格吕克《有丝分裂》中来自分裂细胞的原子核,"实际上没有人记得它们/曾经不是分裂的"。

　　以一种相关的方式,21 世纪初的诗歌已经修正了 20 世纪现代主义者对于意象作为联合思想与情感的主宰性诗学工具的强调。其他的诗学资源崭露头角,也许就像罗伯特·品斯基 1973 年所呼唤的那种包容了散文在解释、辩论和声明上的长处的诗歌。在意象继续在当代诗歌中占有一席之地的同时,尤其在它的重要性被庞德和威廉斯"没有任何思想不是在事物中"的敕令所清晰说明的时候,诗歌倾向于将意象与叙述或者推理混合起来,与伴随着哲学沉思的精确观察混合起来。不过,当诗歌恢复了某种叙述的前意象力量的时候,和散文小说中相似的情况一样,它将叙述的思想交付给了详细的审查。今天的诗歌经常通过结尾开放的并置、多重故事、视点的转换来刷新其叙述。借用影视中的技巧(跳切、移动镜头、转换摄影机角度、分画面)和来自计算机的技巧,当代诗歌往往想象读者是浸透在当代谈话的声音之中的,因而其注意力是在迅速转移的。因此,许多诗人在不同的语言中进进出出,仿佛在测试组成当代生活的不同谈话的极限和可能性。这种探索更感兴趣于偏离和出轨所提供的自由,胜过了一致性与闭合。语言游戏同时与个人生活和公共生活重叠——有时将两者的界限模糊——其表现最明显的莫过于约翰·阿什贝利的作品。多年来,他一直都是美国诗歌的核心人物之一。阿什贝利的作品所展现的注意力的转移模糊了严肃与琐碎的区别。它多重与多变的知觉成为标志着当代诗歌的形式与语言异质混杂的象征。在其中,不仅仅是一种部分混合在一起的感觉，而是我们经常会发现意想不到的跳跃——在一首诗的焦点中或诗歌风格之间——这种跳跃抵抗着任何简便的一致性。

20世纪的主要语言哲学家维特根斯坦曾经说过："哲学真的应该被当作诗歌来写。"很多当代诗人把诗歌作为一种自律王国的思想抛在一边，向哲学思考开放了空间。他们的主题有时是语言本身的性质。此类作品的重要性，如乔尔·格雷汉姆，很大程度上在于她塑造诗歌形式的能力，其中发生着不连续的思考行为，无论诗歌所质疑的是玄学、认识论，还是表达。很清楚，这种诗歌（像阿什贝利的一样）受惠于史蒂文斯对诗歌作为思想活动的重视，也受惠于格特鲁德·斯坦的语言审查。另一个重要影响是20世纪晚期的后结构主义和解构主义，它们对语言的入神摧毁了哲学、诗歌、心理学和语言学之间的界限，强调写作是多重谈话的一个场域。今天，诗歌作为自我表达的思想已经因为对语言的社会力量和主体的建构性质的重视而变得复杂起来；作为我们时代标志的对统一性和一致性的怀疑往往扩大到有关自我的思想。很多诗人的作品利用语言的变形进行激进实验（迈克尔·帕尔默、苏珊·豪），这在某种程度上可以看作对个人抒情后面未加检验的假定，及其对情感与诚实的强调的一种反应。那些把作品主要定位于个人经验的诗人经常以记忆、语言和现存叙述武断地塑造那些经验的方式来处理自己的主题。梅里尔的三部曲史诗和新宇宙论《在桑德奥佛变化的光》，提供了一个自传技巧的典范。以一种机智、反讽的自我意识，这本书表现了两个男性伙伴的家庭生活的主题，他们的幻觉冲动通过一个奥加板来实现。在梅里尔的诗歌中没有什么是未经深思熟虑的或者是个别的，无论是奥加板所激活的精灵还是虚构的种种诗人自我。随后的一些作品，如丽塔·德芙的《母爱》、路易斯·格吕克的《草地》和弗兰克·比达尔的《欲望》，通过神话框架来接近一种生活素材，表明了对一个人经验的阅读是由现存叙述所塑造和过滤的。比利·科林斯这样的诗人继续带有自发的自我表达的氛围,同时他对其说话者的自我戏剧化所怀有的幽默意识,又提醒我们口语风格也是技巧的一种形式。甚至在一个时时将自我和世界过度意识为虚构的时期,也有些诗人——如安德里安娜·里奇、菲利普·列文或丽塔·德芙——仍然致力于历史和政治,并承认诗歌与公共世界的关联。这种信念的例子之一就是德芙的《与罗萨·帕克斯在公共汽车上》(2000),它把诗人对个人生活的沉思与对民权运动的沉思联系在一起。同时,书中各部分之间的转移和风格的范围又抵抗着任何和谐与一致,反映了当代人要在自我与世界之间建立关联的努力。①

在这片诗歌版图上,自白派和语言诗可谓两个极点,一个充分相信语言的及物能力,语言能够契合主体的内心世界;另一个则在对语言的怀疑中使用语言,消解意义,在能指游戏中展开其可能性。客观地说,两者都有极端的成分。而在这两极之间,存在着大片疆土,上面生长着各色不同的物种,如受到官方推崇的桂冠诗人群(类似于汉语中的获奖诗人);此外,还有不归属于任何运动、流派的独立诗人,他们不走极端,不标新立异,但其文本耐读,有自己独特的诗学理念,像一些高山,零散分布于平原之上,平时多被云雾遮盖,但其坚实的存在是美国诗歌的根系所在。

这里,我要介绍几位这样的诗人,他们分别是戴夫·史密斯、特里·兰道夫·汉默和罗桑娜·沃伦,他们进入我的学术视野,既是偶然,也是必然。

一、戴夫·史密斯

戴夫·史密斯(Dave Smith,1942—),诗人、小说家、评论

---

① 参见《诺顿诗选》第六版序言。

家和编辑，出生于弗吉尼亚州朴次茅斯，在弗吉尼亚大学获学士学位，在南伊利诺伊大学获硕士学位，在俄亥俄大学获博士学位。史密斯曾在约翰·霍普金斯大学、路易斯安那州立大学和弗吉尼亚联邦大学任教，获得过国家艺术基金、古根海姆基金、林德赫斯特基金和洛克菲勒基金，以及弗吉尼亚诗歌奖、美国艺术与文学学院诗歌奖等奖项，并两次入围普利策奖。

史密斯著述甚丰，出版有多种诗集，包括《电线上的鹰，2005—2010 诗选》《记忆的灯芯：新诗和诗选，1970—2000》（被选为《文学传记词典》的年度诗集），以及《未被损坏的小船：1992—2004 诗选》等。史密斯的诗富于层次，带有叙事性，涉及历史和区域性特征。海伦·文德勒曾指出，史密斯的作品"为抒情诗重申了普通生活的坚韧不拔"。

史密斯的著作有论文集《狩猎者：对美国诗歌中的一生的反思》（2006），短篇小说集《南方的乐趣》（1984），长篇小说《独子地位》（1981）。史密斯曾是《南方评论》《新弗吉尼亚评论》、犹他大学"诗人系列"和路易斯安那州立大学"南方信使签名诗人系列"的编者。他还编辑了《爱伦·坡典藏》（1991）和《纯粹清澈的词语：关于詹姆斯·赖特诗歌的论文》（1982）等。

对史密斯的创作产生最大影响的是詹姆斯·迪基、罗伯特·潘·沃伦、詹姆斯·赖特和理查德·雨果等。他是典型的南方诗人，对于南方历史和区域文化有强烈的认同感，他曾在海军服役，诗中对水上生活多有触及，其诗带有强烈的叙述性。正如海伦·文德勒所指出的，他能把叙事的才能与运用贴切修辞的才能结合起来，其韵律带有沉思的悦耳谐音和创造性，时而像古典韵律那么严格，时而又像谈话那么放松。[①] 我们来完整地读读这首《史密斯

---

① Helen Wendler, *Part of Us*, *Part of Nature: Modern American Poets*, Cambridge, MA and London, England: Harvard University Press, 1980, pp.338-339.

菲尔德火腿》，便能发现这些特点：

老了，甜中带苦，结了盐壳，粉色的肉
和太阳摇曳的火挂在一起，裂了缝
像一个干活的男人帽檐处的皮肤，
我看见远远的后面肉块落下
磨快的刀穿透过去
触到盘子，那渐小的声音
在说"……它像奶油一样好切……"

红糖和油脂试图把自己
固定在锯开的膝盖的白色下面。
桌子周围瓷器的叮当声
在有脚高橱的回声中持续，
孩子们在邻近的房间里长声尖叫。

正在锯肉的手是祖父的，专注，
稳健，它干完，便开始把每一块
光秃的盘子堆满。我的盘子
害羞地等着接受
在高高的天花板下
所有的叔叔婶婶都聚过来抓。

我的衬衫白得像起皱的亚麻布，我
在樱桃饼的楔形之前发光，咖啡
黑得像无糖的未来。
我的母亲，骄傲于他的眼光
低声说他在叫我去吃火腿。

今夜我回到那间房子吃切成片的肉
一种古老的渴望把我充满。
随着每一次不满足的吞咽，我感到
他的手再一次落在我的手上，
那奇怪的无尽的祝福
我说不出名字……
它再次随她的家庭故事回来了
重新唤起的死者，大萧条，
失业，卖掉的瓷器，低低的啜泣，疾病。

咀嚼着，我问起他的情况。闭嘴，她说。
这一次，如果他看见我，他可能会记起
他自己，徒劳地为我们切开
那块腌肉。家不得不让
我们进去，我们付了钱，也许我们
必须离开。我咬着一卷
在桌子上留了太久的肉。
我的刀在盘子上弄出刺耳的声音，
我的母亲摇着头，像孩子一样呜呜地抱怨。

别再弄出刺耳的声音了，我受不了，她说。
几乎独自地，我端起滚烫的咖啡
漆黑而且苦得过分。
我的嘴，仿佛失禁了，
滴滴答答，这让我们吃惊。
她的脸被夏日的黄昏涂上条纹
纺织娘在黄昏中演习，然后死去。

想要告诉她总会有明天，

我说你被太阳一晒，和过去一样美。

园艺活使她带上了泥土的气息。

像一把刀，她的手触到我的手。

还要吗？她低声说。然后又说，

"……你以为你永远也不会够吗？

这么甜，直到开始胀了，疼了……

深夜那种焦渴

简直要把人炸开。"

我又把我的杯子倒满，喝着，点头，倾听。

　　回忆和现实交织在一起，难解难分，日常生活中常常被人忽视的一连串细节和场景勾连在一起，张弛有度，抒情和叙述相得益彰。他擅长从日常生活的经验中发现诗意，常常于平淡处出其不意地显露出神奇，似乎在告诉读者，日常生活作为一种圣仪，就是恩典本身；它看似平常的表面背后潜藏着我们常常不能理解的祝福。诗人在提醒我们珍惜每时每刻的平凡幸福，正如拉金所言，除了日子我们别无他处可去。请看《读我们孩子们写的书》①：

他们走进这间屋子时，鹌鹑叫着缩成一团，

深谷的风刚刚刮起。他们经过我棕色的大桌子，

脸庞湿润而闪亮，像新洗的桃子，

伸过来让人吻。我仍然是他们的父亲，

我吻他们，我说明天见！他们轻轻的脚步

消失在楼下，他们说的话像遥远的星星

尖锐，难以理解。他们在说他们的父亲

① Dave Smith: *The Wick of Memory*, Louisiana State University Press, 2000, p.140.

在写一本书，他们都在里面，因为他们是他的孩子。
然后他们躺在床上等待入睡，有时唱歌。

后来我起身在黑暗中下楼，寻找他们游戏过的时光
在它们被擦掉之前，在他们把那些面庞带给我之前。
在地板上我发现用订书机订起的纸页，脸色温柔的
没人见过的陌生动物，又高又黑的男人
在写一个没有结尾的，关于那些夜里没有家的鸟的故事。
他们把每一页都标上页码，给每一只彩色翅膀起了名字。
他们做了这一切是想让我惊奇，也让他们自己吃惊。
在最后一页横格的黄纸上，一个写道，"这是一首诗"。
在下面另一个回答道，"明天见"。

戴夫·史密斯的诗歌将形式自律和情感的不安定性结合起来，作为南方诗人中罗伯特·潘·沃伦和詹姆斯·迪基的继承者，史密斯与这两位诗人有着共同的探讨个体与宇宙进程之间基本问题的冲动，强调个体感知与外部世界之间的美学联系，以寻找和创造其间的因果关系和秩序。[①] 例如，他第十四本诗集《古巴之夜》(1990)中的《院子里的鹿》一诗：

榆树叶上融化的冰，那奇怪而假的雨
从褐色湿透的榆树上落下，让我抬起头来
当冷漠而安静的黎明降临。在我面前
躺着一张张白纸。匆忙的，记不住的
意图的箭头聚集在一起，争论着。
我曾经以为看到过一只漫游雄鹿的白尾巴，

---

① Ernest Suarez: *An Interview with Dave Smith*, *Contemporary Literature*, Vol.37, No.3 (Autumn, 1996), pp.349-369.

在破旧的秋千附近。或许，
它是在发黄的雪中寻找新生的嫩芽。
我想，它一定是生病了，绝望了。

　　在这里，史密斯将素材与想象并置起来，但两者都不能完全满足叙述者/诗人的追求。叙述者描述了引起他注意的滴水的冰是"奇怪而虚假的"，黎明是"冷漠的"。类似地，叙述者在努力（"意图的箭头聚集在一起，争论着"）朝着某种真理前进，带着一些"记不住的"东西。然后，叙述者试图通过想象来与物质互动，回忆他可能曾看到的一只雄鹿，他用"我曾经以为"和"或许"这两个词强调了这一点。实际上，叙述者通过参与具体来接近想象，这个过程在史密斯的许多诗歌中都有所体现。在这里，不记得的东西通过叙述者与景观之间的互动逐渐开始形成。那天晚上，他仍在思考这首诗：

大约十一点，各处传来嘈杂的声音，
月亮像一支探照灯。晚间新闻
在走廊尽头我熟睡妻子的脸上闪烁，
越过未读的信，一堆乏味的郊区诗歌。
我想，对于任何人来说，一只鹿
或许我看到过，或许没有，有什么要紧？
整夜，冰像我的意图一样积聚起来，封锁住生命，
不纯净，而是和瞬间冻结的唾沫一样令人厌恶
是我从台阶上吐出去的，带着一点蔑视。我
因为心脏病发作、恐惧和年龄而眩晕
像一只拳头。在我身后，新闻说以色列人
从背后射杀了一名年轻的巴勒斯坦母亲。
茫然如新兵，我握着枪，等待。为什么？

冰封住了野餐桌，耶稣树，

和最初的紫荆花，我曾在那里看到过那只鹿。

　　"对于任何人来说……我或许看到过的一只鹿有什么要紧？"史密斯回答这个问题的方式，是这首诗的关键之处，揭示了他的诗学方法和理念。就像冰先前被描述成"奇怪而虚假的雨"一样，叙述者的"意图"——诗歌必须采取的形式——开始凝固，"封锁住生命"，为构成存在的不同物质和想象元素提供秩序，这个过程并不代表对现实的理想化（"不纯净，而是令人厌恶"），而是捕捉住现实不一致的方面。诗人力图通过提供一种"瞬间冻结的唾沫"（一首诗）来赋予存在以形式，使世界看似矛盾的诸般特质屈服于华莱士·史蒂文斯所说的"创造者对秩序的渴望"。史密斯用来描述激发诗意过程的感官意象——"心脏病发作、恐惧和年龄/像一只拳头"——反映出对失败和无关紧要的死亡的恐惧如何促使诗人勇敢地决心完成诗歌，这一点也在作品的最后一行中得到了呼应，诗人大胆地断言鹿的存在。"为什么？"这一问题，可以看作针对以色列人的行为的，也可以是针对诗人本身的，因为人类想象力要求他赋予一个不太能够理解的世界以形式（以女人被谋杀暗示出来），因为人类想象力要求这样。"为什么？"后面是一系列具体的形象——"冰封住了野餐桌，耶稣树，/和最初的紫荆花"——因为物质世界需要说明；诗歌，就像冰一样，冻结了一个动荡不安、短暂无常的世界，其中事物形态在不断变幻，人们被杀害，诗人在变老。在史密斯看来，诗是记录和逐渐理解经验的一个过程，不是写下已知的东西，而是利用自己所有的已知来尝试发现一些未知的东西。与其说诗抵达的是确切的结论，毋宁说它始终在向某种疑惑敞开自身，因此，南方诗歌中普遍存在的叙述性，与其说是要讲述一个故事，毋宁说是要激发读者关注事物本身，而不是诗中的情节。

　　史密斯认为，对于诗学问题的真正解答不是逻辑分明的论文，而是由问题激发出的新的诗篇。因为在逻辑的清晰与诗的含混之间始终存在着张力，世界绝非单单凭借逻辑就能认知的，世界之丰富和复杂远远超乎逻辑的框架。这时，诗的并非刻意的含混或曰游移，更有利于呈现世界真实的样貌。在史密斯的专著《本地实验：论当代美国诗歌》中，有一个反复出现的思想：诗歌是在人类本能两极之间的一种平衡行为——在社会层面的建构性和个体层面的解构性之间。这两种冲动始终并存于诗人心中，它们之间的张力更多是关乎本能，而不是智能，而诗歌总是活在可说与不可说的含混边界之间。① 诗人总是力图清晰地道出世界和人性的奥秘，而后者的深邃和神秘又总是抵抗诗人的这种企图。这种张力也是诗歌的迷人之处，它永远不可能抵达一个逻辑分明的结论，而只能呈现诗人努力辨识和把握不可把握之物的艰难过程。这种过程化诗学是当代诗歌的一个关键进展。在汉语里，以笔者 20 世纪 90 年代的一系列实验为代表。当然，笔者并非从史密斯和阿什贝利那里得到这种启发，而是主要来自怀特海的过程哲学。

在诗集《圆屋之声》（1985）中，诗人描绘了一段从不透明到清晰的旅程，从对世界的纯本能反应，到对"社交中心"的价值日益增长的确信。史密斯的诗歌总是揭示了对家庭和故乡强烈的、近乎返祖的爱；同时也始终意识到并体现了"自然的野外生活"在人类情感生活中的持续存在。诗人内心的一部分热爱纯洁而原始的男子气概，另一部分则崇尚任何形式的个人力量。他对家庭和土地充满了来自血缘的爱，充分重视配偶、子女、马、猎犬和私有财产的价值。作为诗人，史密斯最初的遗产当然是来自南方，返祖的父权主义便是在乡村精神景观中依然徘徊不散的幽灵。一个人发现自己心中存在着这种返祖式的爱，会有三种可能的反应：坚持之、逃

---

① T. R. Hummer：*The Kenyon Review*，*New Series*，Vol.8，No.2（Spring，1986），p.119.

离之、转变之。史密斯直视之并三者并举。①

史密斯的愿景使个人和集体之间的紧张关系变得复杂，超越了简单的两极模式。在诗歌中返祖的"社交中心"，就是家族的祖宅中，每个人都占有无形的、无意识的、不可让渡的绝对位置——家庭、国家、历史中的位置：

> 我的叔叔把他的青春咳进一条
> 排水沟里。他的儿子，第三个，滑倒在冰上，
> 不再需要把自己愚蠢地喝死。
> 在这个拱形大厅里，
> 我想起了所有倾泻而下的尘土……
>
> （《坎伯兰车站》）

返祖的"社交中心"之外，还有一个存在主义的"社交中心"，一群脆弱的、彼此分离的活人挤在一起对抗黑暗：

> 所有的人都睡着，到处都是令个人吃惊的听得见的重量
> 在冬天阴影憧憧的房子，我曾经
> 一夜又一夜地做梦，现在我站在那里，
> 试图相信那只是灰尘……
>
> （《在法官的房子里》）

希望从前者中解脱出来，就是希望走向后者，或走向孤独，让人只能面对"自然的野外生活"，那就是独立自我的本质。在强大又贫乏的传统和个体混乱的冲击之间，作为族长化身的诗人心中

---

① T. R. Hummer：*The Kenyon Review*，*New Series*，Vol.8，No.2（Spring，1986），pp.119-120.

同时充满了爱和恐惧。他有时危险地决心通过超越自私的意志来维持家族的价值观,即使这些价值观显得武断。在两者之间,诗人对这些主题的无限排列进行了各种探索,并试图保持每一种可能性的完整性:维护返祖社交中心的仪式性的尊严,展现个体追求意义的英雄主义,赞许创造和维护存在主义的社交中心的意志。这种两极之间的反复不定,一极可以比作阿喀琉斯因为愤怒、自负和骄傲而背离其祖居,只为了在苦涩的爱中再次返回;而另一极则可比作奥德修斯不计代价要返回有雕刻的婚床,再次回家并置身赢取的爱之中。

作为漫游者,诗人其实就是信使的化身,他在试图告诉我们一些我们必须知道但我们自己又无法说出的重要的事情:

> ……我敲门是想让你看到爱是什么。
> 打电话给你的妻子,警察,任何你喜欢的人,
> 因为每个人都在等待。我们并不是有意要不友善,
> 而是被迫要忠实地说出那些像尖叫一样
> 在你耳边飘扬的话语。吵醒你的
> 不是风,而是岁月的低声咆哮
> 笨拙地想要告诉你发生了什么,
> 或将要发生什么,当门轰然敞开,
> 爱的信使赤裸着站在那里
> 对着你的脸结结巴巴,
> 活着,哭泣着,什么都没有遗漏。
>
> 　　　　　　　　　　　　　　　　　　(《信使》)

戴夫·史密斯几乎所有的作品中都有一些共同的主题,如沼泽、河水、昏黑的夜晚、螃蟹和"恍惚的昆虫"。而死亡无处不在,即使最初并不专注于这一主题的早期诗歌也受到了其影响。然而,

随着岁月流逝,诗人富于感性的、有力的、形容词丰富的诗歌变得清澈和直接,他将语言表达放开,采用了口语化的语调,甚至俚语。此外,在将人与自然对立的场景中,包括令人毛骨悚然和无法控制的情节(比如,租来的房子里"没有什么能驱赶或抵抗的"蝙蝠)①,史密斯也转向了城市背景,包括巴黎。

《记忆的灯芯》作为一个总结性标题是合适的。诗人的现在不断遭受过去的侵袭,无论是通过个人记忆,还是他的南方传统。长诗《在法官的房子里》详细描述了暴力、令人忧郁的过去依然持续的迹象。有时候,一件物品,比如散步时偶然发现的一只"被包裹在扭曲的褐色长裤中的红鞋"(《矮橡树下,一只红鞋》),会激发诗人的想象力,使他构想或回忆起一个肮脏的故事。于是诗人渴望逃离。但当他希望远离却没有远离的时候,他"只有/等待,像一只鞋":

> 被包裹在扭曲的褐色长裤中,被勒死在我们祖母
> 卷成筒的尼龙中,被楔在小小的凉荫
> 在那里聚集起的一切的心脏中。
> 你不得不离开道路,返回
> 沿着一条如记忆般蜿蜒而空旷的河谷,返回
> 离开出城的道路,天空如此遥远
> 预示着另一个世界。要找到它你必须如此
>
> 无论如何,你只是一路行去,而它出现了,
> 某个红色之物在闪耀,穿过灰绿色釉彩的
> 发育不全的树枝。如果你正在寻找一个失踪的孩子,
> 你的脚步谨慎而迅速,你有可能看见它。

---

① Dave Smith: *In The House of The Judge*, New York: Harper & Row, 1983, p.67.

否则你就会继续走。我们必须如此。
但是它在等待揭示自身，像一只黑暗中的
眼睛，而那一刻，你会无知地探寻

你会想象为什么它没有纤细的鞋跟
曾几何时，它们将许多男孩钉在墙上
在她走过的地方。我跪下来，把它拾起
像你会做的那样，倾听着恍惚的昆虫
围绕她哭叫，尽管这是正午，还听见
尼龙像一片片皮肤触碰着我的皮肤剥落，

感受着它从刮过的小牛皮传过来的声音，
仿佛一声鹰唳，当它在远处且并不饥饿的时候。
在这河谷中没有人能看见她停下，
也不是像她装出的那样醉醺醺地久坐，
而且，最终，有条不紊地宽衣，
茫无所思，把她捆好的鞋小心地放好。
她一定很小，一定带有普通的瘀伤，

这样我们就不会害怕添油加醋，早些时候，
我们曾站在墙边抽烟，发出轻轻的嘘声。
它本该是那种夜晚，呼吸如此痛苦
如此自得其乐，然后她出现了
穿着那双如同初绽的仙人掌芽的红鞋，
显然有些不对头，但是，上帝作证，
任何有血性的家伙都不会关心她想要什么。
在破旧的汽车里，有人尖叫，有人
起起伏伏。没有名字。我不是指

我说的任何东西，而是说因为她太小了，她
无法隐藏起她的恐惧，她躺在地上浑身颤抖。
这样的时刻，我们告诫自己要远离，
我们离开了，就像此刻我行走着，期望着
缺席，但是这里没有缺席，只有
等待，就像这只鞋，想要伸出手，想要说求你了
竭尽所能地恳求任何沿途经过的人，仿佛宽恕
正是它想要的，还有爱，仿佛
那持续的红色闪光所忍受的任何天气就是瘀伤
你也许已经吻过了，也许还没有拒绝。

甚至在巴黎橱窗中展示的闪亮的浴室模型也引发出诗人不安的记忆：一只被刀割开的虫蛹。史密斯承认："学校里他们告诉我，那是一个无法逃脱的自我纠结，一场耗尽全力蠕动的斗争。那就是死亡。"这回忆与诗人在同一首诗中表达的关于爱、变老和自我更新的忧虑遥相呼应。

这个关键性短语"那就是死亡"，表明史密斯长期以来就在努力接受作为自然事件的死亡。在早期作品中，诗人往往只是在想象中触及死亡的领域，即使动力来自目睹的事件。例如，在 1979 年的诗集《红隼，羚羊》的标题诗中，他观察到一只红隼俯冲到一只站在铁丝网栅栏旁的羚羊身上。叙述者知道"爪子多么容易将所有活物驱逐，/没有幻想"①。随后他将目光转向了自己的幻想，这是一个典型的叙事转折。"我又成了一个站在栅栏边的男孩"，他想象着，在心里将自己置于与羚羊同命运的位置。这种对死亡的好奇，这种将自己置于死亡的切身性中的倾向，更明显地表现在《院子里悬挂着的轮胎》之中，这是一首献给罗伯特·潘·沃伦的诗。

---

① Dave Smith：*The Wick of Memory*，Louisiana State University Press，2000，p. 165.

　　史密斯回忆起他曾经问他的父母,死亡是什么样的。他们声称,它类似于夜里在树枝上悬挂的轮胎里荡秋千。他写道,"我用脚推着泥土",随后诗歌转入了一个永恒的现在时态,"在黑暗中升空。/绳子的吱嘎声就像远处的尖叫。/我想,它就是这样。真的是"①。

　　然而,暗色调的思想实验和令人不安的寓言不再总是能够满足这位年长的诗人,他不知不觉又无法逃避地参与其中的一个太过真实的现实吸引了他。《漂浮物》(*Floaters*)描述了一次眼部手术所导致的失明的可能性,然后深入探讨了糖尿病。死亡不仅仅困扰着诗人的思想;他必须承认死亡对他自己身体的具体侵害。在这方面,有些诗歌在风格上不够优美,不够精细,但它们让我们更接近那可怕的"真的是"②。这是诗人创作上的一次转变,朝着更加直接、个人化和现实的主题方向迈进,同时也离开了之前的抽象和寓言风格。尽管存在着风格上的差异,但这些诗因其能够让读者更贴近生活和死亡的严酷现实而受到赞誉。

　　这并不是说医学上的恐惧让诗人变得冷漠,倾向于科学的客观性或一种情感空白;相反,紧张感加剧,对自我理解的渴望增强,与此同时,诗人也比以往更接近生理事实,尽管他依然在勾画记忆、幻想和梦境。在《夜的乐趣》中,他宣称,"要了解深度,你必须梦想"③,这种信念依然在引导他追求超越表象的洞察力。诗人对现在的感知往往变得生动,不完全像早期的《挥动》中那种幻觉般的推测,比如小枫树的摇曳树枝成了他已故的父亲,同样也在挥动着。④

　　正因为诗人对"从某个无底深渊涌出的更深的黑色寒冷,就像

---

①　Dave Smith: *The Wick of Memory*, Louisiana State University Press, 2000, p.149.

②　John Taylor: *Poetry*, Vol.179, No.2(Nov., 2001), pp.110-112.

③　Dave Smith: *The Wick of Memory*, Louisiana State University Press, 2000, p.16.

④　Dave Smith: *The Wick of Memory*, Louisiana State University Press, 2000, p.174.

我们将伤害藏在记忆底层一样"进行了深入的思考，他才绝对是一位关于爱的诗人。他认为，爱也许是唯一能够对抗我们日常生活中由死亡带来的混乱情感的东西。他的诗中确实蕴含着许多令人沮丧的黑暗和未解之谜，但这并不意味着没有"词语在叶墙上轻声细语：水，根，光，和爱"①。

曾师从戴夫·史密斯攻读博士学位的著名诗人大卫·贝克在和笔者的交谈中说："戴夫·史密斯在过去的五十年间一直是美国诗歌和文学领域的重要声音。大约在 1975 年至 1990 年之间的这段时间是他影响最大的时期，当时他出版了他最杰出的诗集，包括《坎伯兰车站》《红隼、羚羊》《梦之飞翔》以及《法官之家》。他还活跃于编辑、教授和评论家的多重角色；他编辑的关于詹姆斯·赖特的书是首部研究这位诗人的著作。在 20 世纪 80 年代，史密斯与诺曼·杜比（Norman Dubie）、特斯·加拉格尔（Tess Gallagher）等人一起成为领军人物；他的作品代表着叙述、地方性和注重形式的诗歌的范例，与语言诗派和其他后结构主义作家所代表的后现代和创新诗歌形成鲜明对比。"

戴夫·史密斯最新的诗集《仰望：2010—2022 诗歌》，收录了诗人十几年的新诗，包括对事件、动物和人物的反思，这一切都对这位年过八旬的诗人有着良好的影响。他思考了退休所带来的重大变化，没有期望，没有义务，也没有更多的角色。这引发了这样一个问题：你现在要做什么？问题和答案都是这本诗集贯串始终的主题。这些诗歌关注的是陶醉、喜剧、讽刺故事、悲欢的小插曲，它们再次证明了爱无疑是我们的核心现实。其中充满了人到暮年的澄澈智慧，直抵生命真相的追问。面对越来越靠近的人生地平线，诗人的风格变得更加有力。他已经不再迷恋于语言本身的迷宫，而是以朴素直接的表达直面每个人终将面对的灵魂归宿问题。我愿

---

① Dave Smith：*The Wick of Memory*，Louisiana State University Press，2000，p.179.

意以这首直率而幽默的《读讣告》来暂时结束对这位大诗人的介绍：

> 迪要我给我自己写讣告，理由是
> 如果死神先行降临在我身上，就得她来写了。
> 有什么要紧？我问，抗拒着这些
> 我一生都在努力回答的问题。还有谁
> 会打开报纸说，猜猜看？
> 那个路易斯安那的诗人？他离开了我们。
> 我坐在池塘边，秋天闪耀如一面明镜
> 充满了无人关注的正在发生的事件。
> 绿头鸭之字形游动，凋零的叶子漂浮，
> 新的逝者的面孔展现在我的晨报上。
> 我阅读每一个美好日子的记忆，乌鸦的连祷
> 在榆树上回响，就像过去的飞行中队
> 在呼唤他们的勋章，就读的学校，
> 最初和最后的婚姻。他们能教我
> 该如何正确地解释死亡吗？
> 没有爱的伤痕，没有被折磨的灵魂，没有
> 年复一年刺人的抉择。但我看到他们热爱
> 钓鱼，旅行，名叫"妻子"的狗，名叫"狗"的
> 妻子，于是我试图聚焦于其中的明智。
> 我对这些消息咧嘴，那么多人打过了那美好的
> 仗，"日子过得艰苦，渴望见到耶稣"。
> 对面一只狗停下来，在另一只狗撒过的地方
> 撒尿，嗅着空气，继续自己的旅程。
> 面孔们绷紧，灰烬已经凝结在壁炉架上，
> 或是像只在池塘深处滑动的肢体一样
> 你有可能在钓鱼的小船上摸到一个，

你奇怪发生了什么。或像我一样凝视

有人两次摔车门的地方。耶稣，有些人有过

艰难的生活，没有词语能够好好品味它。

我一次次开始和重新开始，清楚其中的代价，

想要一个已经完成和未完成的价值清单。

我该引用什么？经文，作家们，

我一生经历过的剧目？最后获胜的是死亡

于是我走到水边，水在那里打旋。

总是有一条巨口鲈鱼混在里面

在家庭一样聚集的如云的小鱼下面。

它的鳃是缓慢的黑色扇子，它的嘴白得如天空，

而小鱼们则像天使一样跳着舞进到它嘴里。

似乎没有一个，刹住车滑到一边或是回返。

有时我一直看到群星接管了夜晚，

直到房子里传来嘲笑那些故事的声音，

而迪正坐在那里拿着酒等我。

二、特里·汉默

作为戴夫·史密斯的博士，特里·兰道夫·汉默（Terry Randolph Hummer, 1950— ）的诗歌也同样具有明显的叙述性，并且能够从经验上升到形而上的哲思。这位同样杰出的诗人、评论家、散文家、编辑和教授，著有十三部诗集，曾在多个机构任教，包括凯尼恩学院、米德尔伯里学院、弗吉尼亚联邦大学、佐治亚-雅典大学和亚利桑那州立大学。他是亚利桑那州立大学创意写作项目的主任。他曾任《肯庸评论》《新英格兰评论》《乔治亚评论》的主编，在《纽约客》《哈珀》《大西洋月刊》《文学季刊》《巴黎评论》和《格鲁吉亚评论》等杂志上发表诗歌，曾获得过众多奖项，包括国家艺

术基金会个人艺术家诗歌奖、两次手推车奖、唐纳德·贾斯蒂斯诗歌奖,现居纽约州普特南县的冷泉村。

汉默出生于密西西比州的梅肯(Macon),曾就读于南密西西比大学、犹他大学。他的诗涵盖各种经验和思想,他对阶级、性别、音乐和形而上学的兴趣在《下层异端》(1987)、《一万八千吨的奥林匹克梦》(1990)、《地狱中的沃尔特·惠特曼》(1996)、《无限会话》(2005)和《蜉蝣》(2011)等诗集中有鲜明的体现。

《出版者周刊》称赞汉默的作品具有"惊人的意象和抒情的描写",既具讽刺性,又富有趣味,同时也极其严肃。在《纽约季刊》上,评论家艾米·格里森(Amy Greacen)指出,汉默的心灵"看到了恐怖和幽默、美丽和残酷,而无须将它们对立起来。它们共存,各自有自己的时间节奏和规则。汉默是一个爵士乐迷……他自然受到同步感、蓝调音符、节奏的突然变化和调制的吸引"。汉默自己认为,他晚近作品中含有潜在的冷酷讽刺,他说:"我们不知道自己从哪里被抛到这个世界,我们正前往某个我们不知道的地方。而我们所有的人类戏剧都落于两者之间。"

除了诗歌,汉默还出版了两本论著,《机器中的缪斯:诗歌与政治解剖》(2006)和《可用表面》(2012)。编著有《荣耀的想象:詹姆斯·迪基的诗歌》(1984)、《真言:新英格兰评论十五年》(1993)。作为一名出色的萨克斯管吹奏家,汉默是布鲁斯乐队"小伦尼和大杜克"的成员,并在 2001 年由行星唱片公司发行的专辑《年轻与邪恶》中演奏。汉默在他的文章《机械缪斯》中写道:"诗人被认为是作家中的音乐家——这意味着,无论这种关系多么难以表达,诗人的工作是重新组合经常表现为破碎的原始统一体。"

福克纳时代的南方写作可以借鉴农耕生活的神话、男性通过狩猎进入成年的仪式、满月下白人或黑人少女的破处、祖父母的去世以及族人的葬礼。所有这些在几乎普遍从事农业的时代都是新鲜和充满活力的。当詹姆斯·迪基开始写下这些神话时,它们已经脱离了南方人的日常生活，作为亚特兰大一般遥远的正在消失的过去的一部分，被人们所铭记。

到了汉默那一代人，南方乡村生活和民间传说几乎已经消失了。他充分利用了自己在密西西比州农场长大的经历，但重温这段经历的行为是自觉的和修辞性的。他在讲述一个男孩生命中的兴奋时刻时表现得最为出色，比如他1982年的诗集《天使的命令》中的《小牛》，他的父亲从母牛身上拉出了生出一半的小牛的破碎肢体，细节生动而令人恐惧，男孩的灵魂被死亡、出生和父亲权威的可怕考验所塑造：

> 小牛的后腿被撕掉
> 就像从泥里拔出的橡胶靴一样。
> 哥哥转身就走，
> 但我无法
> 将目光从那个地方挪开
> 小牛曾经在那里，现在
> 不在了，或者看不到了。
> 父亲摇着头。
> 我们只得到了一半。
> 他卷起袖子。
> 这会很卑鄙。
> 抱住她的头。

当代南方诗歌受到迪基和戴夫·史密斯的影响。汉默曾与人合编有关于迪基的论文集——《荣耀的想象》，并在犹他大学师从史密斯。他身上带有两位诗人的印记，他们塑造了一种华丽、铿锵有力的修辞风格，在哀歌、情歌和对失去纯真的挽歌中，以不同的方式歌颂南方成年男性的劳动。这种风格最初是由福克纳的散文所创造的,其标志性的内心声音用斜体字加以表示,这种技巧被汉默用于他与自我的对话冥想中。再加上詹姆斯·赖特富有音乐性的叙事,我们几乎便拥有了标志着南方风格的整个万神殿。汉默更具有典型的南方风格,他的诗歌是对痛苦、磨难和遗憾的探索。他认为,我们是由我们的损失所塑造的,我们失去的一切成了我们的情感遗产,痛苦是假设与真理之间的真正界限。

　　在汉默的心理学中,记忆是想象,而痛苦是我们记得最清楚的东西。古老的基督教将生活解读为朝圣者走向救赎的旅程。汉默的朝圣者没有宗教安慰,但另一种形式的信仰出现在语言的美中,抒情灵感从悲伤源起。在诗集《下层异端》中的《内耳》一诗中,内耳的平衡机制被模糊地描述为"一个密封的小房间,里面有细小的灰尘",一个坟墓,换句话说,是过去给了我们在世界上的定位和方向:

　　　　尘埃总是在落定,总是在落下。
　　　　你的身体知道。那就是它分辨上下的方式。

在《下层异端》的收尾诗《月亮与星座》中,我们得到了这样一个具有说服力的洞察:

　　　　事实上,世界和昨天一样,
　　　　只是更冷,仅此而已,而我想看到的东西
　　　　作为愿景的差异只是视野的不同,
　　　　在促使我关注事物之间界限的光线中,
　　　　它们在近乎夜晚的空气中呈现出黑暗而可信的样子。

《下层异端》比之汉默早期的作品,更为清晰和富有洞察力。他在《寒冷》一诗中告诉我们,"孤独是心灵的实验室"。意识是长大成人的结果;一个人在成年后醒来,发现自己陷入了一个充满困境的地方,失去了父母、祖父母的支持,失去了可资利用的过去。在《月亮和星座》中,汉默说,他的语言的唯一来源是身体的坚定原则,它"占有一切"。他向"月亮的碎片"举起的手,证实了"唯一一个伟大的物理法则,身体"。

汉默的抒情音乐和自我分析能力很强,他让我们读到的是美国精神的独特血统,其中性别以生动的对比色彩来描绘,成年仪式以高度戏剧性的方式来书写。

关于南方写作,汉默曾言:"南方,无论新旧,都以其叙事的力量而闻名。"叙事和抒情的结合实质上是一种夺权冲动,目标在于消解现实、疏空疆界、突破人类极限。作为出色的演奏家,他认为蓝调音乐是对美国种族主义造成的文化和精神损害的有力抵抗,在被奴隶制和种族主义污染的历史中,从蓝调的大门中传出了救赎之声。在信仰和背叛之间、在困惑和希望之间、在温柔和愤怒之间,这些两极之间的高电压交流永久改变了诗人自我认知的基础,对他来说,这一基础与他童年时期的密西西比风景有许多共同之处。诗人不停地沉思"半个世纪留在他身上的痕迹",他曾经生活过的那个世界已经完全不可逆转地消失了,如何解释这种消失造成的后果,而不是消失的原因,是他真正的主题。这种对抹杀文化差异的决绝抵制,使得他的作品充满活力。例如《水的审判》:

被实施安乐死的寻回犬,躺下,密切关注着
那些最后的瞬间,然后小心地露出
牙齿,表明它接受了这一最后的指令:
生命是一艘运载水之货物的冰船
越过一片没有地平线的湖泊,当未填塞的缝隙
和舱壁变形,所有表面消失——
原初物质向自身坍塌并穿过银色的
半月板,被排空,克制,携带着虚无归家。

汉默是一位讲故事的大师和散文家,他在早期作品中,就探索了抒情模式在表现性上的局限。他打算重新校准它,以便在广阔的、受散文启发的领域中产生更强烈的共鸣。他的规模是史诗一般的,方法也很新颖。就像小说一样,他的诗歌通过柔和的刻画、对动作和场景一丝不苟的关注,以及无所畏惧的道德愿景,来呈现一个完全想象的世界。请看他诗集《永世》中的这首回忆父亲的《疑犯》:

> 好像他在这片空地上住得太久了
> 在采石场后面,他的父母
> 还在燃烧危险的树桩,那是他的父母
> 在他出生时砍伐的;好像他一直,
> 独自一人,在继续那古老的劳动
> 直到篝火的热在他眼睛深处留下了伤痕;
> 好像他工作区域的不规则的边界
> 就是全部,就是一切,就是神圣存在的整体;
> 他就这样承认了自己,给自己打上标记,他
> 给自己的根造成巨大的横切面并将它砍倒。

诗人通过视野的放大和缩小,将我们带入其个人化的人物世界,同时让我们看到他们文化戏剧的全部范围。

汉默诗歌中萦绕着宿命论的感觉,因为对于未来,无论我们选择期待还是恐惧,我们存在的渐近线越来越接近 y 轴。那么,在这种情况下,我们是否还有能力做出选择?

"死于他人之手"无疑使这种宿命论的逻辑失去了意义。也许这就是为什么他的诗集《永世》开篇以一系列对关于"谋杀"的不同观点的评论开始。在《水的审判》中,讲话者正在对一只宠物猎犬实施安乐死,这猎犬接受了主人"最后的命令"。《传奇的头》似乎在幻想庞德、史蒂文斯和里尔克的斩首,使用了一系列明确无误的

典喻——"在地铁站里""占主导地位的 X""一个支离破碎的躯干"，把它们当作"一份失落的财产，一桩罪行，一笔遣散费"：

在某个地铁站，在一条
断背长凳的破旧帽盒里；
在法院草坪上遗弃的一个健身包里
在午夜，以星光那占主导地位的 X
为标记，一小点血从裂缝里漏出来。
幻觉中：仿佛日益成熟的双眼
充满了凝固汽油和墨斯卡灵迷幻药。
某处，一个支离破碎的躯干，踉跄着，
摸索着它的底座。博物馆里因尸体而窒息。
他们是永远无法改变的生活的牺牲品。
他是谁？我们不会知道。我们不想在那里
看到他，一份失落的财产，一桩罪行，一笔遣散费。

该诗集开头部分的其他标题——《预谋》《取证》《疑犯》《证据室》使用了专业术语，这些术语已经成了从新闻媒体到过程剧和网站管理员的统一行话，可以按需提供。这些诗完全吻合汉默多年来一直在提炼的格言般的紧迫诗学，它们是激光聚焦，简洁紧凑，诗集中的大多数诗歌长度不超过八到十行。

从日常经验上升到形而上学，我们再看两个例子：

亲爱的德博拉

——纪念德博拉·迪格斯(Deborah Digges, 1950—2009)

有时，独自坐在一个陌生的房间，
价格昂贵的酒店大堂，或是医生的接待室——
你想想吧，那完全是一回事——

我马上记起宇宙在怎样呵护着我们
温柔地把我们捧在手掌心里，避开
很快就会把我们抛进去的恐怖深坑，
漆黑的神圣，麻风病般的炽热，
而我似乎感觉到它的生命线压在我的脸颊上，
还有它手腕顶部那奇怪的、惊人的脉搏。
这是任何人都无法承受的，即便是诗人。
亲爱的德博拉，圣书的使徒，我们
都在宇宙的拇指之下，它把你的面容
铭刻在它丰满的旋涡之中。这不关我的事，
姊妹，你把你自己带走了，但是我无须
喜欢这一点。坐在我现在与多年以后
我所在的任何地方，医生都在等着我
带着他的橡胶管和不锈钢。
有水晶小瓶旨在让我的血液
免于污染，特制的纸杯
用来接尿，身体无足轻重，在这里颤抖着
等待配备消毒床的房间
清理完毕和准备就绪——暂停的生命
在两个无限大的中指之间，而多元宇宙
在向它吹息，无助地想让它永远活着。

　　这首现代挽歌再次回应了汉默一贯的主题之一，对自我及其归宿的追问，可以说，对他者的哀悼也就是对自我的哀悼。再看另一首《西方哲学史》：

当我想到我的生活和苏格拉底一样，
我记起的不是希腊人——

那些中产阶级邻居，他们一无所求

只是需要有关"美好生活"的建议，然后

才是我的"美好生活"本身——不，我的"恶魔"，

是那只卑贱的狗，它躺在我简陋床铺的

床脚下，当我做梦时它就会吠叫

而且每天必须遛它五遍

以防止它玷污我关于河流的沉思

我们每天在精神上沿着河岸散步，

在挣脱项圈之前，它拼命扯动着

带刺的狗链，跳进河里，在那里它变了，

成了变节者，成了我的对手赫拉克利特

一次又一次跳进同一条流水之中，

以此否定那位老格言家，也否认我

散发出最后的臭气中。那是万古之前，

我从未想到他会和阿奎那一样，

不是康德，不是尼采，不是维特根斯坦，

可在这里，终于超越了哲学，我独自漂泊

在同一条河岸，上帝，我是多么想念它。

　　规避宏大叙事，而从个体经验中体悟哲思，是所有后现代主义者的一项常备手段。在这点上，戴夫·史密斯和汉默与后现代有所关联，但究其实，他们骨子里还是古典主义者，他们的后现代姿态往往是暂时的。作家的写作依赖于对终极现实的看法，诗人尤其如此。弗兰纳里·奥康纳曾言及，从 18 世纪开始，人们趋向于认为生活的神秘最终会在科学的聚光灯下瓦解；人们更容易相信，人的行为是由心灵气质、经济处境或其他决定性因素预先决定的，这样的看法导致了自然主义的写作。另一方面，如果诗人相信我们的生活现在和将来在本质上都是神秘的，人类置身于一种创造

性的秩序,那么,他感兴趣的便不再是精确复制与自己最为相关的、他感觉在控制他命运的事物和自然力,而是力图穿透表面,进入这种神秘经验本身,他便会向超出自身信念的更大的可能性敞开。① 在汉默这里,这便是其从经验中升华出玄学的依据。

汉默读博士时的同学、著名诗人大卫·贝克称:"特里·汉默业已成为一位极具创新力的诗人,用布鲁姆的术语来说,是一位强力诗人。他雄心勃勃的愿景旨在直面浪漫理想主义的根基。他的写作具有高度的原创性和知识分子的焦虑,这是很少有其他当代美国诗人可以比拟的。在他的全部作品中,他不断发展的诗意是由'异端'驱动的,是他对基本浪漫主义范式的反叛。他早期的作品采用了这种理想,而他后来的作品则对这种理想提出了严厉的批评。但核心的浪漫悖论仍然存在。理想中包含着异端。毕竟,浪漫主义文本在其自身内部,不仅持存了它的各种方法,而且保持了对抗自身的必要性。"②

三、罗桑娜·沃伦

罗桑娜·沃伦(Rosanna Warren,1953—　),诗人、翻译家、学者,出生于康涅狄格州的费尔菲尔德,芝加哥大学社会思想委员会的杰出教授,美国国家人文与艺术学院院士(2005)、艺术与科学学院院士、美国诗人学会会长(1999—2005)、美国哲学学会会员。她的父亲是著名文学理论家、桂冠诗人罗伯特·潘·沃伦,母亲埃莉诺·克拉克出版过小说与非小说作品,并于1965年获得过国家图书奖。

1963年罗桑娜十岁时出版了小说《乔伊的故事》。1975年,她在纽约绘画雕塑学校学习,而后进入耶鲁大学,1976年以最高荣

① 弗兰纳里·奥康纳著,马永波译:《生存的习惯》,新星出版社,2012年,第16页。
② David Baker: *Heresy and the American Ideal*: On T. R. Hummer, The Kenyon Review, New Series, Vol.22, No.2 (Spring, 2000), pp.131-163.

誉毕业并获得艺术学士学位，1980 年获得约翰·霍普金斯大学文学创作研究班的硕士学位。

罗桑娜·沃伦的主要诗集有《雪天》(1981)、《每片叶子都各自闪耀》(1984)、《彩色玻璃》(1993)、《启程》(2003)、《红帽幽灵》(2011)、《土木工程：诗选》(2016)、《以此类推》(2020)。1995 年还与人合译了古希腊悲剧家欧里庇得斯的剧作《哀恳者》，另出版有专著《自我的寓言：抒情诗研究》(2008)和传记《马克斯·雅各布：艺术与文学中的一生》(2020)。

沃伦凭借她于 2003 年出版的诗集《启程》获得了洛杉矶时报图书奖的提名。该诗集探索了在母女、夫妻、艺术家与缪斯、妇女与恶魔恋人之间关系中的失落和"艰难之爱"。《图书馆杂志》赞扬该书"令人震惊地探索了死亡、时间流逝、丧失和无常"。2008 年，沃伦出版了《自我的寓言：抒情诗研究》，这是一部独特的作品，部分是自传，部分是文学评论。《出版者周刊》称她的评论"像她的诗一样辉煌，因为她能够让过去与现在联系在一起"。在诗集《红帽幽灵》(2011)中，沃伦沉思了家庭生活、卡特里娜飓风、南北战争和特洛伊战争中的"残骸和悲伤"。在很大程度上，该诗集代表了一种有意识的努力，将他人经历的痛苦内化并用语言表达出来，不论这些人是真实存在还是虚构的。

对于罗桑娜的总体成就，下面几位重量级学者的意见值得参考。

安东尼·多梅斯蒂科在《公共福利》杂志上撰言："罗桑娜·沃伦是美国最杰出的诗人之一……《以此类推》展示了她一贯的才华：博学、美丽、多样化的形式和语调，变色龙一般在诗与诗之间变换风格的能力。"

瑞恩·阿斯姆森在《芝加哥书评》上如此评价："沃伦是一位强大的自由诗体大师。她的文字和短语常能令心灵和耳朵愉悦……她的想象力既不矫揉造作，又能精确无误，同时具备惊人的隐喻洞察力。"

彼得·菲尔金斯在《杂录杂志》上称："沃伦在她创作的巅峰时期,将失落带来的智慧与审慎的观察相结合。在边界的变幻中,她的诗保持着优雅的姿态,洋溢着勇敢无畏的直观力量。"

而更著名的评论家哈罗德·布鲁姆则盛赞沃伦为"一位重要的诗人……在所有活着的美国诗人中,仅有少数几位能达到她的成就"。

已故著名诗人安东尼·赫克特说："罗桑娜·沃伦生活在我们暗淡、庸常、摇摇欲坠的世界中,一个充满失落、痛苦和牺牲的世界,但她几乎同样生动地生活在一个古典纯净的王国;在她最好、最动人的某些诗中,她同时置身于这两个领域,仿佛是在同一种呼吸中。"

美国著名学者查尔斯·阿尔蒂耶里在《佐治亚评论》上专文分析罗桑娜的诗,其主要观点概括如下。

首先,没有任何当代诗人,能够比她更好地将绘画的感性转化为语言。在她的同龄人中,没有人像她那样受过如此严格的绘画训练,当然也没有人像沃伦在 2020 年出版的雅各布传记中那样,如此仔细和彻底地研究过马克斯·雅各布这样具有原创性和深度的画家。而且,更重要的是,没有其他当代诗人能够继续和改进现代主义诗人与建构主义绘画模式的亲和关系,主要是通过将语法作为核心角色,发展诗歌的表述方式,以此改变我们对世界的体验。关于沃伦对绘画手段的运用,我们必须采取一些不同的方式来考量。她调整了塞尚的认知理想,强调艺术家的劳动能够强化我们的意识状态,以便我们可以更准确、更满足地观察世界。但对她来说,认知与其说是结构强度的问题,不如说是处理声音特征的问题,就像笔触和句子轮廓可以为我们看到的东西建立感觉模式一样。激情和精确相辅相成,成为作品各个层面的积极条件。

其次,沃伦在她的许多诗歌中都保留了"风景诗歌"的基本原则,详细阐述某种观察到的场景,以便末尾的诗行可以促使主体之外的东西与内心生活进行令人惊讶的交流。由于沃伦语言的生动鲜活，从一开始，这种精神便能够使诗人认知更为丰富复杂的情感生活，从确信调整为绝望或愤怒，因为在很多方面，历史阻碍了我们与这种生活提供的节奏和结构保持一致的能力。她的场景呈现出视觉和听觉的复杂性，这是风景诗歌变形性意象所无法满足的。她的诗歌很少以狂喜的状态结束。诗中的心灵必须找到满足的条件，同时承认一种自然秩序的持续存在，这种秩序根本不关心我们对狂喜时刻的需求。

最后，因为沃伦用强烈的感性语汇来渲染世界。她敏锐而痛苦地意识到世界的需求和艺术家创造之间的差异，特别是她可以将叙述时间转化为回顾性的充满沉思的空间，以此提供一种能力来掌控史蒂文斯所描述的"现实的压力"。这些诗邀请我们参与一场个人戏剧，通过各种不同阶段，在情感上适应一个似乎与诗人的根本愿望有别的世界。这种调和自我愿望和外界对自我的要求的故事，既独特又有力。

沃伦绘画技巧的运用在诗集《以此类推》精彩的开篇诗《沙龙舞的照片》中最为明显：

> These young women will last forever, posed like greyhounds,
>
> > trapped in the silver crust of the frame.
>
> You can't tell one from another, the breed is so pure.
> They will never run. Each one aloft
> on a frozen wave of white cotillion lace—
> to resemble marriage, to resemble fate.

> 这些女郎会永远存在，像灵缇一样摆姿势，
> 被困在相框的银色外壳里。

> 你根本分不清谁是谁,品种太纯了。
> 她们永远不会逃跑。每个人都驾驭着
> 一头白色沙龙花边的冰冻的波浪
> 类似于婚姻,类似于命运。

首先,我们要注意,诗歌的背景设置在社交界,注意口语和各种对技巧的关注模式的融合,提供了永恒的框架之感;还要注意动词时态的微妙发挥,从将来时到过去时到祈使词,再回到由两个不定式完成的未来时。不定式似乎要从照片的一种功能陈述转移到功能陈述本身。在比较日常生活中所经历的时间和在艺术中或通过艺术所经历的时间时,这种灵活的时态将成为注意力的核心。

　　这首诗最引人注目的特征在于由元音和辅音的相互关系所建立的错综复杂的声音游戏。这不是普通的描述。事实上,几乎完全没有描述,因为这种渲染存在第二个音乐层次。开头一句以五个具有不同纯度的 o 音为主。如果没有调节性的 l 音的重复来融解这种洪亮,就有可能过于史文朋化了。而后,第二行放弃了洪亮,在剪裁的辅音和各种有力的名词之间形成对比,这些名词以对比性的音节模式作为支撑。同样的对比出现在第三行、第四行,随后是第五行中单纯美妙的融合——将"波浪"(wave)和"花边"(lace)的长 a,与"白色"(white)的 w 和"沙龙舞"(cotillion)的 l 调和起来。

　　尽管这些听觉效果令人印象深刻,但我们对它们的关注不应该压倒对她心灵的关注,更要重视她的心灵如何作为此诗的第二层次而得到体现。沃伦作品的典型特征是,在诗歌的结尾处,她的注意力发生了急剧的变化。这首诗的其余部分为此提供了解释,为什么其框架内的东西"类似于婚姻,类似于命运":

> 我记得七月的阳光倾泻而下

照在多刺的草地上，一条花纹蛇的皮
像仙女的内衣铺挂在一堵石墙上。
这里是康涅狄格，会有一堵石墙。
蟋蟀在刮白天的骨髓。
我很年轻；我独处了几个星期。
我早上和下午都在画草地
试图用画笔捕捉噼里啪啦的声音。
我在读《俄狄浦斯王》
我既不懂蛇皮，也不懂戏剧。
"你的一生是一个漫长的夜晚。"俄狄浦斯
对先知说——俄狄浦斯什么都看不见。
橡树在干旱中沙沙作响。在藏红花丛里
小动物们轻捷跑动。后来有一天
我对自己说："我宁愿睡觉。"
小行星在我的舌头上尝起来又干又苦。
两天后我醒了。独自在吱吱作响的谷仓里
在黄昏，不知道是何日，何月，何年，
但能感受到在它轨道上滚动的地球的拖力。
"你的命运并没有授意我应该毁了你。"
先知说。我移动我的手臂，
我的双腿，我松开了我的手，
晕眩地从床上站起来。要来的
总会在合适的时候来
在相框之外。月亮正在升起
小山上方，一阵害羞的风在聚集力量，
树木，它们黑色的剪影，手连在一起。

对于沃伦来说，坚持艺术框架之外的个人维度，才能充分欣赏这些相似之处可以体现的东西。然后在艺术中才有可能存在一个更大的框架,将个人作为条件包容在内,以便敏锐地理解人工制品如何认知一个被思想和欲望渗透的物理世界的复杂状态。婚姻的相似性与诗人近乎自戕的孤独形成鲜明对比。命运的相似性为俄狄浦斯王如何教会她理解"在它轨道上滚动的地球的拖力"提供了一种可能的纠正,同时给死亡的回声赋予了 o 音的甜美质地。通过触及俄狄浦斯王的命运,沃伦在自己的处境中找到了泰瑞西亚斯的角色:他可以告诉她,他不对她的命运负责。这一责任要求超越各种框架的限制。她发现大自然提供了一个可能图像,它定义了图景与她自己处境之间的紧密共同点。但这种令人不寒而栗的安慰的形象与任何一种狂喜状态都是相悖的,因为这种形象绝不是超然的。它的力量取决于它与图景相呼应的单纯性,并在三个鼓励忍耐的简单事实之间建立起内部关联,同时又没有任何幻象的承诺。人在思考死亡时,是无法逃脱黑暗的。但是,依然有可能发展出一种共享存在的东西。这种感觉本身就是美的,至少可以在一个人寻求自己的需要时提供某种不可或缺的养分。

罗桑娜·沃伦不满足于将这些图像简单地表述为思想,其中的耦合与关联要深刻得多,尤其是因为它体现在陈述模式中。

这首诗综合了两项工程,它们是该诗集其余部分想象力强度的基础。首先,要重塑和定义北美诗歌的基本场景模式是一场旷日持久的斗争。沃伦与她所指称的"当代牧歌"有着深厚的亲和力。技巧的高超和直面痛苦的感觉是作品的保障,使得她的诗歌非常独特。实际上,她在驯化实验精神的同时,利用绘画诗学的滋养,避免了相对简单或至少不复杂的情感姿态。

其次,这本诗集向牧歌提出了强烈的个人反思的要求,以便找到一种方法来协调时间和大自然残酷的纯真与人类欲望满足之间的张力。

例如下面这首具有强烈生态意识的《溪流中的人》:

你站在溪流中，前臂上沾满了
泥浆，眉毛上有一只染血的蚊子，
你的黄色 T 恤湿到了胸口
水流从你的两腿之间流过，
琥珀色，铜绿色，阐释着
今天的故事，昨夜的辛劳……

你盯着这位海狸父亲，眼睛对着眼睛，
但他的目光压过了你——你闯入了他的世界，
无论多么不情愿，你都已经拆毁了他的堡垒，
长满齿状瘤的树枝，结了泥块的树枝
尽管你对着画眉吹起了晚祷的口哨
并在黄桦树的纹理中追踪火焰的闪烁。

死亡超越了我们。倒下的树根
依然紧攥着长满苔藓的花岗岩。
地衣在腐木上阴燃，真菌留下丝丝缕缕的痕迹。
我想要一个有裂缝的日子，让上帝的光透进来。
森林永远是一幅夜景，但却微光闪耀，
白桦树在手掌之间抛掷着它的变化，

我们这些破坏者正在被自己所破坏
倘若我们知道，但凡我们知道
如何在这未曾托付的光中呈上自己。

总体而言，可以把罗桑娜·沃伦视为当代的伊丽莎白·毕肖普，其
诗歌是极其个人化的，但是她巧妙地在个人化与普遍性之间找到
了一种平衡。这种平衡技巧得益于她所受到的严格的古典学问的

训练,它帮助沃伦同时表现"自我"的偶然性(受特定时刻的言论和惯例的约束)和艺术作为一种摆脱自我的方式的持久性。正如她在一首名为《肖像:婚姻》的诗中所写:"现在是一个命题/在水、壤土和石头之中反复塑造。"罗桑娜是善于将个人经验转化为诗情的大师。她往往从切身的经历中取材,在保持经验原生性的生动鲜活的同时,又能予以有节制的升华,使之和更大的历史与文化空间接通,也就是能够从个人经验通达人类的普遍情感。

她是善于运用绘画技巧于诗歌写作的"画家式的"诗人,严格的视觉艺术的训练让她掌握了如何处理在可以清晰描绘的世界与不太好描绘的世界的陌异性之间的张力。正是这种张力的存在,才使得她的诗歌避免了诗歌本身具有的"抽象"化,亦即诗歌很容易从个人化的经验分享变成一种情绪、理论或体系(这是最糟糕的)的代言者。

史蒂文斯曾说:"在很大程度上,诗人的问题就是画家的问题,诗人必须经常地转向绘画的文学,来讨论他们自己的问题。"里尔克和威廉斯在与艺术的先入之见和主观性作斗争的时候,都曾诉诸塞尚的方法。在罗桑娜的风景诗写作中,她以画家般对细节和场景的把握揭示了瞬息即逝的视觉印象,把短暂的清新感统一成稳定的形式,这样,诗人必然将目光从纯粹的自我关注转向一个更为明晰的外部世界,从而战胜了浪漫主义知觉伦理的那种将自我戏剧化并强加给自然的惯例。

她也是一位挽歌诗人。她的诗歌庄重而严肃,带有一种顺天知命的氛围,但是它们并不消极被动。她的主题尽管具有多样性,变化不居,但是死亡和哀悼是一个非常重要的部分。她利用文学、历史和现代事件、照片以及美术作为她创作的灵感来源。她对死亡的关注在于揭示生命脆弱而又坚韧的双重性。

在《歌曲》一诗中,我们会发现自己置身于一个安静而庄重的墓地之中:

绿树丛中

一张黄色的床罩：

四角宽宽地铺向昏暗、驼背的松树下。

让空白的天空

成为你的华盖。

用逐渐崩塌的石头墙给这床罩镶上流苏。

信仰在这里

以直立的花岗岩

将"在天堂与我相会"同一年失去的

每个孩子的坟上，

三个，都埋葬在这里，

一个世纪之前。树根和苔藓

在同一张床上紧紧拥抱

母亲，女儿，死在一起

在同一天。"主啊，请纪念穷人"，

他们剥落的字母在祈祷。

我转过身。

我将无处与你相会，也没有任何变容的时刻。

在柔软、凌乱的土壤上

蓝莓灌木在匍匐，

每一颗浆果都是一个太阳染色的灼热的小球。

压碎在舌头上

释放出一阵

血肉的剧痛。嫩肉，从它的皮肤上滑落，

保留着它蓝色的热度

顺着我的喉咙而下。

罗桑娜有一些挽歌是献给她父母的，写得朴素而动人，如写给母亲的哀歌《比喻》：

> 就像她的朋友，那位出色的奥地利滑雪选手，
> 她经常给我们讲他的故事，他如何不得不面对
> 他的第一次奥运跳台滑雪，
> 滑道上方的起跳斜坡
> 陡得令人头晕，它的底边
> 消失在视野之外，他从那里凝视
> 天边的阿尔卑斯众山在他周围涌动和摇晃，
> 像浴缸中的一些玩具船
> 尽管决心坚定，
> 训练有素，心怀勇气，他却无法
> 从起跳门的扶手上松开手指，以至于
> 他的队友们不得不一拥而上
> 把他的手指一根根撬起来
> 让他把手松开，就是这样
>
> 面对死亡，我的母亲
> 紧紧抓住床栏杆，但依然
> 直视着前方——而
> 那是谁，最终
> 让她松开了
> 双手？

这首诗第一个诗节的突然中断，让我们倒吸了一口凉气。它以"就是这样"终结了一个荷马式的扩张性明喻，这个明喻包含了一个次级明喻（"阿尔卑斯众山像玩具船"），暗示着一个人在面对遗忘时（悲剧性的对死亡的遗忘或喜剧性的高山陡坡的遗忘）要向

比喻性的语言寻求帮助；而比喻最终失效了，母亲不是滑雪者，那些山峰也不是玩具小船。让人眩晕的紧迫现实将占据上风，正如这位母亲曾经告诉过她的孩子们的那样，一个人唯一要做的就是直面现实。以一个跌跌撞撞、慌慌张张的句子构成的第一诗节，因突然中断而一跃而起，就像一个逃亡者，被追逐着在屋顶上跳跃奔逃，直到随着生命终结而终结——松开双手。

诗歌的伟大之处在于，它们克服了持怀疑态度的读者对强烈感动的永久抗拒，这是判断一首诗是否伟大的一种方式。但《比喻》这首诗的伟大之处在于另一种不同寻常的方式：它帮助我们更深入、更准确地思考诗歌，思考诗歌对世界的要求，对读者的要求。一首诗如何能同时满足这两种功能——在发人深省的同时又让人心碎。这是一个只有少数诗人才知道的秘密。

罗桑娜的悼亡诗，真可谓哀而不伤，节制之中传达出一种淡淡的忧伤，如写给父亲的《来自新罕布什尔》：

> 这不是你的山
> 但我几乎期待着
> 在这里遇见你
>
> 我想你已经走了很长时间
> 你沉重的鞋子露水闪光
> 我听到你的脚步停在土路上
>
> 我知道你正在
> 从夜的暗物之中
> 把沉睡的山的暗物
>
> 采摘出来，测试着每一个的重量

你的手很小,但它们知道重量和尺寸
你是边界的鉴赏家

你喜欢熊
因为它们在穿过时
留下它们的故事

在草地上肥厚的布丁粪便中
在这里它们追求的是覆盆子,而不是我们
酸味的佛蒙特苹果,可你终究会找到它们

它们在求偶时发出啸声
你总是回应以啸声
更像猫头鹰而不是熊

它们不介意,它们总是回答你
而今晚我想象你在外面等着它们
傍着覆盆子,这就是为什么你没有穿过

露水打湿的草坪
没有挤开
厨房破碎的纱门

我在那里坐到深夜,傍着一盏白炽灯。

在这些挽歌之中,作为美国最非凡的诗人之一,罗桑娜将个人与政治融合,沉思伤害、衰老和不公,回溯记忆,思考罪责与宽恕,以及对圣洁和神圣传统的追寻。

她的诗歌富有质感、抒情的精确性、对历史与艺术的深入参与、对个体经验和道德复杂性的探索，经常涉及家庭、记忆、失落以及个人和政治历史的交叉点等主题。

她的诗歌具有互文性特征，时常借鉴古典神话、欧洲艺术和历史事件，这种钩陈不是装饰性的，而是为她对现代问题的探索提供了深度。

她的风格结合了抒情的优雅和学者的严谨，富有精心创制的意象、精确的语言和音乐性，擅长以微妙的细微差别处理复杂的主题。她对历史、艺术和人类状况进行了深思熟虑和细致入微的探索，以其抒情之美、知识深度、个人叙事与更广泛的历史和文化的交织，创作出了既隐秘又广阔的作品。

第九章　视觉艺术与文学

第一节　诗画关系溯源

　　绘画和诗歌,历来就有"姊妹艺术"之称,它们之间的密切关联和竞争,人们曾有过大量的论述。且不说中国古典文论中历来所讲究的诗画一体的同源关系,在西方,早在古希腊罗马时期,希腊抒情诗人西摩尼德斯就曾称:"绘画是无声的诗,诗歌是有声的画。"贺拉斯早就强调要将两者等量齐观,提出"诗如画"的观点,他在与亚里士多德的《诗学》合称西方文艺理论双璧的《诗艺》中曾言:

> 画如此,诗亦然:有些画要放在眼前,
> 有些画要放在远处才使你一见倾心;
> 有些宜在暗处看,有些不怕强光线,
> 任批评家的锐利眼光扫过千百遍;
> 有些只堪看一次,有些却百看不厌。

　　"诗如画"已成流传千古的名言,并成为诸门艺术进行比较的基本原则。贺拉斯的观念在启蒙时代的温克尔曼和莱辛等文艺理论家那里,得到了热烈反响和深入探讨。这种观念已经成为人们不断分析和追溯的一份遗产，它的哲学和理论源头是把经验看作理念的"形象"，把自然看作要去解释的神圣寓言。

关于温克尔曼，美学史上有一个出自他的名言，讲的是希腊雕塑和绘画，那就是，希腊杰作的普遍性优点在于"高贵的单纯和静穆的伟大"。可由于对诗歌的修养毕竟有限，他对诗画关系的研究就不是很深入了，还是持传统的诗画一致论观点——如诗和画都以模仿为各自的最终目的；色彩和素描在绘画中所起的作用，大抵相当于诗格、真实性或题材在诗歌中的作用，强调虚构乃诗之灵魂，为画作增添生气。至于两者的区别，则认为画家画可能的与真实的，而诗人写不可能的，两者正相反；且诗高于画，认为画家可以遵循诗人的足迹，画家可能选择崇高的题材，但一般的模仿不可能使这些题材达到英雄史诗的高度。这些观点虽有些老生常谈，却启示了莱辛，而莱辛又直接影响了歌德与席勒。莱辛重点区分了绘画与诗的理想的不同，前者关于物体，而后者却必须是一种关于行动或情节。法国文艺批评家杜博斯声称，诗歌可以渐渐导向一种动作，但绘画却必须在瞬息间抓住一种动作，时间的连续性除了赋予诗人构成情节或性格的条件外，还赋予了诗人其他一些优越条件。因此，莱辛认为，诗之理想美所要求的不是温克尔曼的"静穆"，而恰恰相反，他要求诗中的人物性格在行动中显示复杂的冲突。

有关运动感这一点，我想起一个更为现代些的例子，来看看诗与画中对动态的表现。正好这首诗的灵感源于杜尚的一幅同名画，或者说是对画的词语对应物：

裸体下楼梯

X. J.肯尼迪

脚趾叠着脚趾，一个下雪的躯体，

一只金色的柠檬，根和硬壳，

她在眼光中筛下楼梯

什么也没穿。什么也不想。

我们在栏杆支柱下瞥见
大腿持续地敲打大腿——
她的唇印上摇晃的空气
空气分开让她通过

一个瀑布女人，她穿着
她缓慢的下降像一条长披肩
停顿，在最后的梯级上
把她的运动收集成形体。（1960）

　　诗人用一些动词便生动表现出对象的运动感，如"脚趾叠着脚趾，一个下雪的躯体"里的"叠"字和"下雪"，接着是"她在眼光中筛下楼梯"的"筛"，"大腿持续地敲打大腿——她的唇印上摇晃的空气"中的"敲打"和"印上"，唇印可以印上根本无处着力的空气，而空气居然在摇晃。第三节更加精彩，"一个瀑布女人"，瞬间，人的形体崩散为一系列的运动过程中的瞬间，女人缓慢走下楼梯的过程就像是穿上一条长长的披肩；而结句尤其精当，诗人将对象的最后停顿以一种稍显别扭与玄奥的书卷气的方式表述出来。这里，被观照的女人作为客体，凸显出主体意志，将自己的运动"收集成形体"。"收集"一词极其恰切，仿如一个扇面打开后慢慢收拢，作为一个神秘过程而展开的自我，又慢慢凝固成为一个原子式的实体。此诗和杜尚的画都表明，所谓实在的自我，只是一个过程化的行为，其中潜藏着西方文化中历来存在的实体性思维和过程性思维的辩证关系，也对应了现代物理学中能量与物质的关系。裸体走下楼梯这一自我的过程化或可看作一束能量流的流动，而运动结束或可看作能量凝定成实体这一暂时的结果。

　　作为时间艺术的诗歌比作为空间艺术的绘画具有优越性，这是莱辛的结论。诗歌能够方便地将空间时间化，而绘画要同样做，可资利用的手段却很有限。比如，将不同时刻的动作并置构画，或可像毕加索的立体派尝试那样，将对对象不同角度的观察影像叠加在一个平面上，以表现时间的过程。莱辛还认为，诗优越于画的地方在于，诗可以运用隐喻将人为的符号提高到自然符号的价值，自然符号的力量在于它们与所指物的类似。我的理解是，这里是指主观（人为符号）的客观化（自然符号），优越性的指认也来自传统的诗画都是基于对自然的模仿的理念。

　　而到了今天，诗画同源的体现莫过于所谓具体诗了，也就是以文字符号构成图形的一种极端实验。在诗人当中，具有和诗才同样分量的绘画天赋的也不乏其人。威廉·布莱克、亨利·米肖、纪伯伦、罗塞蒂，都身兼诗人与艺术家的双重身份，对他们来说，文本就是画像，绘画就是说话。歌德、雨果、黑塞，他们的绘画作品也都别具一格。

　　现代主义运动与绘画的关系比以往任何时代都更为微妙和紧密。20 世纪初的现代主义基本上为一跨文学与艺术的美学运动。作家与艺术家的交往密切，如庞德与亨利·戈蒂耶-布泽斯卡；阿波利奈尔与毕加索、布拉格；左拉与塞尚；布勒东与超现实主义画家；威廉·卡洛斯·威廉斯与查尔斯·德穆斯。德穆斯的未来主义绘画作品《我看见金色的 5 字》就是读了威廉斯的诗作《巨大的数字》之后获得灵感，创作而成。画面上三个醒目的金色的 5 字，营造了深远、紧张、速度、运动的不稳定感，其气氛和效果在一定程度上是画家采纳了威廉斯"运用重叠画面"的建议所获得的。威廉斯的这首 *The Great Figure* 译文如下：

　　　　在雨
　　　　和灯光之中

　　我看见金色的

　　数字 5

　　在一辆红色的

　　消防车上

　　移动着

　　绷紧

　　没有注意到

　　锣儿响叮当

　　汽笛尖叫

　　和车声辚辚

　　穿过黑暗的城市(1921)

　　这样的例子还能拣选出一些。更有许多作家同时也是非常出色的艺术批评家,如波德莱尔、庞德。从象征主义、超现实主义到后来的抽象表现主义艺术家,都与作家相濡以沫。伦敦的现代主义一如其他在欧陆及美国的现代运动一样,也是个跨文学与其他各种艺术媒体之间的美学运动。当时布鲁姆斯伯里文化圈中,除了有将法国后印象派引入英国的艺评家罗杰·弗莱及克莱夫·贝尔,还包括小说家伍尔芙和 E. M. 福斯特。同时活跃在伦敦的敌对阵营,则是以温德姆·刘易斯与庞德为首的旋涡主义;这个前卫运动阵营中还包括雕塑家布泽斯卡、雅克·爱泼斯坦爵士、画家 C. R. W. 内文森以及艾德华·华兹华斯等人。刘易斯本人是杰出的画家兼讽刺小说家,更是颇富争议的艺评家。庞德更是诗人兼艺评家,除了大力鼓吹现代诗也鼓吹现代艺术,1985 年退特画廊曾为其举行特展"庞德的艺术家:艾兹拉·庞德与伦敦、巴黎和意大利的视觉艺术",由此可知其对现代艺术家的影响之深绝不下于其对现代文学的影响。在美国的现代主义运动中,诗人如威廉斯、史蒂文斯与纽约的现代主义运动关系密切,许多作家本身也是严肃的画家，如卡明斯、威廉斯和毕肖普早年也都有做画家的愿望。和一心企图建立美国文学传统一样，威廉斯也借着大量的当代艺术评论，企图来建立美国本土的艺术传统。

有关绘画的诗歌也许会尝试完成几种不同的任务。它是复制和学习的一个途径。年轻的德拉克罗瓦复制普桑的画来向那位大师学习；以类似的方式，一个诗人可以凭借"描述"一幅画来研究具象问题：主题物的组织、色彩、规模，或者是偶然发生的东西和正规形式之间的关系。描述自己所喜欢的绘画也是向画家表达敬意的方式。通过写作有关当代绘画的文字，诗人可以精明地发现让诗歌谈论自身的有效方式。往往，描述一幅古老的画成了描述过去的最佳途径，是同时描述曾经存在和正在进行的事物，那些背景中的、遥远的，甚至微缩了的事物。叶芝在《天青石雕》中就曾经处理过这个主题。1935年，叶芝收到友人哈利·克里夫顿送给他的一座山水雕刻，同年在写给女诗人多萝西·韦尔斯利的信中说："克里夫顿送给我一座天青石的山水雕刻，形如一座山，有庙宇、树木、小径。一个僧人和徒弟正在上山。僧人、徒弟和天青石，这些都是东方永恒的主题。在绝望中发出英雄式的呐喊。"过了不久，那件天青石雕便引发叶芝写出了那首同名诗，叶芝自己也非常喜欢那首诗，称其几乎为"近几年来最好的一首诗"：

> 我听到那些歇斯底里的女人说
> 她们厌倦了调色板和提琴弓。
> 厌倦了永远快乐的诗人们，
> 因为人尽皆知，或至少应该知道
> 如果没有任何激烈的措施
> 飞机和飞艇就会出现，
> 像比利王那样投下炸弹

直到城市被彻底夷平。

所有人都在扮演自己的悲剧，
哈姆雷特大摇大摆，那是李尔王，
那是奥菲利娅，那是考狄利娅；
他们，如果有最后一幕的话，
巨大的幕布将会落下，
如果他们在剧中的显要角色还值得，
他们就不会中断台词而啜泣。
他们知道哈姆雷特和李尔王是快乐的；
快乐将恐怖的一切变形。
所有人都曾企求，寻得又失去；
灯光熄灭，天堂在大脑中闪耀：
悲剧达到了高潮。
尽管哈姆雷特徘徊，李尔王狂怒，
所有的收场都同时落幕
在成千上万个舞台，
也不能长上一寸，重上一分。

他们或徒步，或驾船，
或骑驴、骑马、骑骡子、骑骆驼，
古老的文明毁灭殆尽。
他们和他们的智慧随风飘散：
再没有卡利马科斯的手工制品，
他对付大理石宛如青铜一般，
他雕刻的帷幕，当海风吹过角落
飘飘欲飞，似乎站立起来；
他状如棕榈的细长灯罩

也仅仅站立了一天。
一切都倒下了又重建，
那些重新建造的人是快乐的。

两个中国人，后面还有第三个人，
雕刻在天青石上，
在他们头上飞着一只长腿鸟，
那长寿的象征；
第三位，无疑是仆人，
携带着一件乐器。

石上每一个褪色的地方，
每一个偶然的裂缝或凹痕，
都仿佛是水道或雪崩，
或仍有积雪的陡坡
尽管梅树和樱桃树的枝条
使半山腰上的小房子美妙无疑
那些中国人正朝它攀登，我
乐于想象他们会在那里落座；
那里，他们凝视着山峦和天空，
以及所有悲剧性的景象。
有一位要听悲哀的曲调；
娴熟的手指开始演奏。
他们重重皱纹之中的眼睛，他们的眼睛，
他们古老闪烁的眼睛，是快乐的。

　　叶芝此诗表达了他一贯的对文明毁灭的忧虑，并用他理解的
东方文明作为一剂良药。这首读画诗结合了绘画的空间性和诗歌

表达的时间性,破除了西方传统艺术中各透视点之间的连续性,使意象各自独立,在空间不断发散开来。这种回环透视法,使读者置身于非限定性的空间,得以观其对象全貌。诗人的视角是宇宙全息性的,并且将客观视像与主观话语并置起来,也似乎象征着西方传统重思想、东方传统重感受的双重对比。诗的第四节和第五节前半部分对石雕上的景物进行了客观细致的描写,随后是借景抒怀,这种先叙事后抒情的手法也与我国宋代以来的山水诗写法相一致。

叶芝生活在一个画家的家庭中。他的父亲约翰·巴特勒·叶芝放弃了律师职业,在威廉还是个小男孩时,开始学习做一名画家。他最后被公认为杰出的肖像画家,尽管他拒绝给任何政治思想令他讨厌的人画像。老叶芝为威廉早期的两本著作画了插图,它们是《凯尔特曙光》(1893)和《秘密的玫瑰》(1897),还为《童年与青年的幻想》(1916)绘制了一组家族肖像画。约翰·巴特勒·叶芝的次子杰克·巴特勒·叶芝(1871—1957)追随父亲的道路,成了当时爱尔兰最重要的画家。塞缪·贝克特曾赞扬过他的绘画。叶芝的两个妹妹莉丽和洛丽画水彩画、做刺绣,她们的工作为爱尔兰手工艺和美术设立了新的标准。叶芝自己的女儿安妮也成了一个画家和舞台设计师。有油画和粉笔画为证,叶芝本人也是个有天赋的业余画家,尽管他的画家朋友威廉·罗森斯坦爵士抱怨说:"叶芝身上缺了什么东西——他没有眼睛。当他与我在乡间散步时,他似乎根本没有注意到周围的美;他似乎始终把眼睛盯在地上。"叶芝会反驳说,他的眼睛看的是无形之物,以及无形之物的化身,那是艺术的源泉——艺术本身。可以说画家和绘画首先是"面具"或第二自我,诗人认为,凭借它们,我们可以重新想象出我们自身。在一个形象的帮助下,我们可以呼唤自己的对立面,召集起我们最少接触和最少看到的一切。正如叶芝在《艺术与思想》一文中所言,当我们在有一位老者在山径上沉思的中国绘画中获得快乐时，我们也分享了他的沉思，没有忘记线条组成的美丽而复杂的图案，就和我们入睡时所见的一样……当所有的艺术像烟囱边的孩子一样游戏，难道我们不该摆脱当书本合上、画面在我们眼前消失时就离开我们的知识，静止的沉思和情感的骄傲吗？难道我们不该生活在过去凭借马背或骆驼，现在凭借汽船和铁路与我们同行的思想中间，用我们重新整合的头脑，重新发现我们更为深刻的前拉斐尔主义，古老、丰富、漫不经心的幻想吗？

"诗人中的诗人"华莱士·史蒂文斯，与绘画也渊源颇深。在纽约时，他经常光顾瓦尔特·阿伦斯伯格的公寓和他的"高级"诗人与画家的圈子。一天，他和马塞尔·杜尚一起吃晚饭，然后随杜尚去看他的"东西"。事后他写信给自己妻子说："我不太懂它们，但是很自然，那里面没什么复杂的，只有非常基本的关于艺术的感觉，我自己也没抱太大期望。"从这句话似可看出，史蒂文斯对于杜尚的现成品实验并不赞同。说来也是，作为经典的现代主义诗人，史蒂文斯坚持赋予混乱以秩序的追求，是和杜尚的打破生活与艺术界限的后现代目标大相径庭的。可随着时间推移，他对艺术的期望却越来越高了。绘画成了他的业余爱好，而他的业余爱好又引出了后来的重要成果。去纽约公干的时候，他是画廊的常客；在哈特福德，沃兹沃斯图书馆杰出的馆长埃弗里特·奥斯汀是他的邻居，诗人也有自己的收藏。当涉及他喜欢的画家时，他会谈起布拉克、克利和康定斯基。当他收藏画作时，他的购买行为远不如他的趣味有冒险性，他收藏莫里斯·布里昂雄、让·拉巴斯克、皮埃尔·塔尔·科阿，他收藏的作品全都带有乡愁的性质。从 20 世纪30 年代起，他以巴黎的书商阿纳托·维达尔为中介订购绘画，维达尔去世后他的女儿波勒继续为他代理。但是史蒂文斯的收藏具有独特的秩序，他认为，有一种普遍的诗歌反映在万物之中，那是一种基本的审美或者秩序，诗歌和绘画是其互相关联但陌生的体现。诗画的统一基础在于敏感性、结构、智力或思想，以及劳作。比如，史蒂文斯在雅克·维庸的作品中立即意识到，在他所有灿烂多彩的材料里都存在着一种迷人的智力。一个躺在吊床上的妇女被变形成一个平面与色调组成的复合物，绚丽、朦胧、精确。一把茶壶和一两只杯子在全部由不真实之物构成的真实中取得了自己的位置。这些作品是精神的美餐，不同于感觉的愉悦，这是因为观者会在里面发现精确计算的劳动，发现对完美的渴望。

同样，史蒂文斯接触过的宋代山水画也直接引发了他的写作欲望，比如他写有以中国山水画为题的诗——《六幅有意味的风景》：

1

一个老人坐在
一棵松树的阴影里
在中国。
他看见飞燕草，
蓝的和白的，
在树影的边缘，
在风中移动。
他的胡须在风中移动。
松树在风中移动。
于是水
从杂草上流过。

2

夜是女人
手臂的颜色：
夜，女性的夜，

模糊，
芳香而柔软，
隐藏着自己。
一座池塘闪烁，
像一个手镯
在舞蹈中晃动。

3

我用一棵高树
测自己的身高。
我发现我要高得多，
因为我的眼睛，
正好够到了太阳；
我的耳朵
也够到了海滨。
不过，我不喜欢
蚂蚁从我的阴影中
爬进爬出的方式。

4

当我的梦接近月亮，
它袍子的白色皱褶
充满了黄色的光。
它的脚底板
变红了。
它的发间充满了
某种蓝色的晶体，
来自不远的

群星。

5

并非所有灯柱的刻刀，
并非所有长街的凿子，
并非所有圆顶和高塔的
棰棒
能够雕刻出
一颗星星所能刻出的东西，
穿过葡萄叶子闪烁。

6

理性主义者，戴着方帽，
在方形房间里，思考，
看着地板，
看着天花板。
他们把自己局限在
直角三角形里。
如果他们试试菱形，
圆锥，波浪线，椭圆形——
例如，半月的椭圆形——
理性主义者就会戴宽边帽。

　　其中第一首显然是对中国山水画的描绘。这首文字简洁的诗
有意象主义之风，有受到中国诗学与美学影响的痕迹，不仅反映了
中国文人空无恬适的意境，更兼具中国画的"单纯"特质。诗中的
老者，纹风不动，似与造化的玄机寂然独处，瞥见青白色的飞燕草
在树荫边缘的风中摇动，可谓代表了西方对东方的典型印象。史

蒂文斯的朋友、古根海姆博物馆前馆长詹姆斯·约翰逊·斯威尼曾说："我认为他看待当代绘画就和他看待法国诗歌一样，不是作为熟悉的东西，而是作为吸引他的东西。我发现绘画对他的吸引力始终是作为兴奋剂，而不是作为档案。"毕加索的《老吉他手》激发了他的诗《带蓝色吉他的人》，诗中深藏的节奏与音乐性无疑具有将视觉艺术的空间优势与音乐的时间性特征在文字里加以表现和统一，在现实与想象之间自由穿行的雄心。这首诗反过来又启发了另一位艺术家，英国波普大师大卫·霍克尼，他以此灵感创作了一系列版画，名为《毕加索激发华莱士·史蒂文斯，华莱士·史蒂文斯激发大卫·霍克尼》。史蒂文斯的另一首诗《被农民围住的天使》，灵感来自塔尔·科阿的一幅静物。在诗中史蒂文斯让一个画家以缪斯的声音说话："用我的视力，你们又看见了地球，/清除了它的僵硬、顽固，和人为的秩序。"对于史蒂文斯来说，他在谈论真实的时候也是在谈论艺术，在诗中两者是同一的。他进而宣称，在一个普遍盛行怀疑的时代，或者至少是对信仰问题持冷漠态度的时代，诗歌与绘画，以及整体上的艺术，以其自己的尺度，成了对丧失的一切的补偿。想象是仅次于信念的最伟大的力量：它是在位执政的王，是在一个只剩下了自我的世界上的一种必不可少的自我确认。

美国诗人 W. D.斯诺德格拉斯有诗呼应：

莫奈：睡莲

眼睑闪烁着，清冷的早晨
哦世界半知半解地穿过张开的，微暗的眼睑
在模糊的脸上紧紧关闭在光中，
哦全世界的水域像一片云彩，
像最初创造了一半的物质的云；
哦所有事物上升，上升像

来自落水的热气,哦永远坠落着的水
无限,那坠落的骨壳,放弃,
雪般柔软的矽藻筛着,像自我
年复一年穿过乳样的海洋漂浮

哦缓慢漂浮的原子;
哦岛的星云和星云状的岛,
徘徊在假火似的雾中,真正的火
像马利筋上下起伏,像温暖的灯笼
穿过充满雪片无风的天空,闪耀着通过
当我们进入正在经过的
女人的记忆。在这一切的深处
什么在搜寻? 什么愤怒在吞噬?
我们的生活将怎样知道它屈服的结局?
这些事物把我的嘴当成了一只橘子
辛辣的甜汁进入每一个细胞
我被分完了。我变成了这些东西;
这些百合,如果这些东西是水百合
那是舞蹈者穿过不存在的地板变得暗淡;

这些五月的苍蝇;灰尘在阳光中回旋;
这盛开如灯芯草的蜡烛扩散;乳汁的蒸汽;
我们经过和渗透的萤光;
哦柔软得像女人的大腿;
哦光辉,在里面我继续死亡

这首诗的动因自然来自莫奈《睡莲》组画,但纷繁的意象和开阔的
视野似与莫奈的平静优美大为不同。睡莲作为一个意象和场景,

也许仅仅提供了诗人以词语塑造光色印象的冒险机会，他的想象力超越了睡莲的单纯，而超升至生死之域。由睡莲而开始的回忆和重塑，绝非单纯的对画境的转述，而更应看作诗人从自然到社会和人的纷纭思索，历史的丑陋与光荣交织的回响。

当然，也有紧扣画作的读画诗，试举一例。加拿大诗人厄尔·伯尼（Earle Birney）的《格列柯：脱掉基督的外衣》，几乎是原画场面的精确再现，诗人似乎置身历史现场，目睹了人类这一次"伟大的日落"：

木匠专注地把手压在

木钻上，专注于把他的力量通过木钻
透入木头的技艺，这是艰难的
他丝毫不为正在发生的掠夺分心
也不担心在这冒险中会不会割伤自己
对于这一幕他的技艺至关重要　还有国家的安全
人人都会侮辱人，是他有力的手臂
和技艺捉住了那囚犯的女人们的目光
（在用肘推推搡搡的人群当中）
难的是把孔钻得精确无误
还要深得足以固定住
钉入那些赤裸的脚和无力的手腕的
钉子，他知道它们正在他身后等待着

他没有察觉也许那双手中的一只
正以奇怪的姿势举在他的头顶上——

是在给予，还是请求宽恕？

但是他几乎没有时间为这些姿势困惑

罪犯们各式各样林林总总

谁都知道那制作十字架的人

和那些决定谋杀的人是同样的疯狂同样的清醒

而我们这个罪犯至少一直很安静

他们说是他自己的话惹的祸

一个木匠的儿子却有了布道的想法

哦,这里有一个木匠之子,他的儿子也将是木匠

若能如愿,并建造人们所需的

神庙或桌子,食槽或十字架

把它们的形状打造得端端正正

独自工作在那坚定而深刻的抽象之中

压倒了抢夺碎布片的喧嚣

用双手,膝盖的重量,绷紧的大腿来建造

背对死亡

可是太晚了,让另一个木匠的儿子

在钉子钉下前返回这份和平

　　《脱掉基督的外衣》是西班牙画家格列柯备受争议的名画,显露出画家对戏剧性的紧张构图及冷色调的喜爱,人物身体呈变形拉长的倾向,光色的运用上已不同于其师提香的暖色调,渐次受了丁多列托的影响而转向采用青白光线。形式上,意大利式的横式画面被直式画面所取代,惯用的意大利式的建筑远近法被放弃,代之以往上发展的空间处理,近似于我国竖屏山水画的空间布局。格列柯绘画中的悲剧力量难以使同时代人理解,这幅杰作遂成为他一生中屡次引发诉讼事件的第一件作品。由于教会责难他对主

题的表现不妥,要求他重画,格列柯不同意,于是,这件轰动历史的名案,经多年诉讼,最后判决是不必修改,但格列柯只能获得三分之一的酬劳。这件事上显示出格列柯的固执个性和离经叛道,他并没有吃亏,他依样画了十七次,卖给其他的人和教堂,反而获利颇丰。

　　诗人不但经常用诗来回应绘画激发的灵感,还有很多诗人擅长以文章论画。这样的文章风格多元,富有想象力,而且极其个人化。它们虽然有时充满争辩色彩,但很少是理论化的,故而既避免了标准艺术史方式的墨守成规与卖弄学问,又避免了常规意义上的"艺术欣赏"的模糊含混。用罗伯特·弗罗斯特的话说,它们不仅提供了"复制的语言",而且提供了"对等的爱,富有创造性的反应"。诗人带来了一种清新的目光和清新的语言,用微妙的气氛、色彩和力量使他们的工作变得生动。他们的文章充满诗意,有的句子精当无比,画龙点睛,例如弗兰克·奥哈拉称杰克逊·波洛克的《12 号》(1952)为"绘画中一个巨大的、黄铜色舞男",而詹姆斯·梅里尔则好奇于柯罗风景画中的妇女是"最后的蛇身女妖,还是弗洛伊德最初的病人"。有的诗人则给我们提供了异乎寻常的"艺术史",比如 D. H.劳伦斯探究过人体在绘画中的工业化过程;有时,画家作为诗人的替身被变成了勇敢的革新者或局外人(伊丽莎白·毕肖普就是这么做的);有时,画家被当成了象征,比如塞尚。这些诗人代表了几种不同的类型,他们的文学信念大相径庭,他们时常相左的观点令人兴奋。实际上,这些文章汇集起来,便成了一个形式多样化的选集——致敬、回忆录、逸事、长篇演说、研究论文和文化论争。有些诗人论述了同一位画家,或同一类画家,但各有侧重,合为多声部的对话。

　　诗人的此类文章首先呈现了艺术家的一幅思想肖像,感觉状态和思想水平的一个形象,一种具体化的气质。其次,凭借对画家的赞美或分析,诗人们发现了描述自己的一个可靠途径(我们可以称之为他们的客观对应物），或者更为普遍的是，发现描述创造性过程本身的途径。而散文最为适合这样的沉思，它能捕捉住酝酿、爆发的时刻。这些文章不只是煞费苦心的图片说明。事实上，有时似乎是诗人想取代画家去作画。威廉斯论马蒂斯、雷克斯罗斯论莱热，就是这种情况，结果产生了一种迷人的重叠。而有时，比如在约翰·霍兰德论托马斯·科尔时，诗人仿佛是在挥动手臂，要驱散掩盖着艺术家真正雄心的误解的薄雾。

波德莱尔在论述德拉克罗瓦时写道："我们时代的精神状况的一个鲜明症状是，艺术渴望，即使不是取代彼此的位置，也至少是相互借重彼此的新力量。"而在机械复制和博物馆兴盛的 20 世纪，现代主义的先锋榜样几乎被每一个当代著名诗人所接受并加以改进。尤其丰富的不仅是寻求表现"相似"的想象画面的诗歌，也存在着大量对现存绘画场景进行阐释的诗歌。对于大部分诗人来说，绘画是很重要的，"真实"得就像桌子上的面包和酒，紧迫得就像垂死的父母或隐藏在隔壁的恋人。马拉美每天都拜访他朋友德加的画室。里尔克曾担任罗丹的秘书。在英国或美国，没有什么能和毕加索、布拉克、马蒂斯与阿波里奈、爱吕雅、阿拉贡、夏尔、勒韦尔迪之间由诗歌建立起来的特殊关系相比的了。在西班牙，有洛尔迦与达利。在某些阶段，画家和诗人一起形成了一个更大的集团。20 世纪 20 和 30 年代，两者都是先锋派的一部分。庞德所倡导的意象派诗歌和旋涡主义其实就是由诗人和画家共同发起的运动。威廉斯曾说："没有人始终知道如何规划一个运动，我们很不安，很压抑，我们就与画家紧密联合。印象主义、达达、超现实主义同时适用于绘画和诗歌。"在 50 和 60 年代初期，以阿什贝利和奥哈拉为首的纽约诗派就与抽象表现主义画家形成了一个联盟。

事实上，现代主义的全部装备似乎大部分都是形象化的。现代主义诗歌骚动的能量，它对拼贴和立体主义因素的使用，它自由的表达方式，把自然物作为合适的象征，把技术作为内容，以及它的有机形式，它的分离与错位感——这些都是以画家为榜样吸取来的。当庞德要求诗人"直接处理事物"，威廉·卡洛斯·威廉斯主张"事物之外没有思想"时，他们心目中的"事物"同样也是画家的主题。1913 年埃兹拉·庞德痛斥维多利亚诗歌中矫饰的模糊朦胧，呼唤一种基于"意象"的新诗歌，这时，他心中肯定是有一幅画面的："一个意象就是在瞬间呈现出的理性和情感的复合体。"只有这样的意象，这样的诗歌，才能给予我们"突然解放的感觉；那种摆脱了时空束缚的自由感；那种我们在面对最伟大的艺术品时所体验到的突然长大了的感觉"。这里"最伟大的"既是指最古老的，也是指最新的；既是乔托，也是戈蒂耶-布泽斯卡。

　　诗人与画家，或者是广义的艺术家之间，历来有着联盟伙伴关系。诗人由于天然的敏感和形象思维，对绘画的读解会更为直观和富有感性，很多诗人都终生对绘画保有浓厚的兴趣，甚至自己就是画家。诗人论艺，最为重要的是其中直觉的穿透力。他们有关绘画的文章介于论文和随笔之间，是完全不同类型的对艺术的沉思，更加异乎寻常，本身便体现了诗画之间的亲密关联，而不仅仅是阐释。这也表明，在 20 世纪，英美诗人向新的能量开放了自己，把其他文化中的艺术拿来为己所用。形象激起了形象，它们是诗人连续不断的灵感之一，从中我们甚至能窥见英美文学发生转变的一些线索。

第二节　从看到听：对视觉暴政的反抗

　　无须提醒，我们就应知道，置身于此幸运时代，一幅画，甚至有时是任何一幅画，甚至是漫画卡通，据说都相当于一千个词语。当然，词语自己也不怎么受待见了，词语的生产也日益脱离了手工方式。我们越来越感觉到视觉文化的过度发达带来的压力，尤其是对温润的词语敏感性的压倒性影响，尤其是看图长大的"80 后"以降的几代人。不久以前还被视为一种具有解放性、能够扩张感性的新的感知媒介,曾几何时已经显示出成为一种新的美学暴政的危险倾向。

如今的世界充塞着各种"形象",电影、电视、视频、绘画,每天大量繁殖着世界的形象,我们已经被"形象"(包括自我的形象)所包围,我们就作为形象而非我们本身生存于诸般眼花缭乱的形象之中。法国哲学家德波在关于"景观社会"的分析中发现,在那些现代生产条件无所不在的社会中,生活的一切均呈现为景象的无穷积累,一切有生命的事物都转向了表征;亦即当代社会商品生产、流通和消费,已经呈现为对景象的生产、流通和消费。"景象即商品",景象使得一个同时既在又不在的世界变得醒目了,这个世界就是商品控制着生活一切方面的世界。

由于文艺历史的传统积淀,固定的景象会引发固定的感觉,通向其后面一个固定的世界。景象既是对经验的记录又是对经验的抽离与隔绝。各种视觉形象背后似乎已不存在一个超验所指,而是通向各自的文化虚构。比如凡·高的"农田鞋",通过这个作为乌托邦姿态的视觉形象,我们在幻觉中走进一个半自治的世界,它是对资本主义专门化生产方式造就的感觉分裂的一种补偿。1935年,海德格尔在《艺术作品的本源》中,通过凡·高画的这双农鞋讨论了器物的有用性,器物一旦被艺术的框架框起来,就会显示出与平日普通用途不同的意味。他说:"在这鞋具里,回响着大地无声的召唤,显示着大地对成熟谷物的宁静馈赠,表征着大地在冬闲的荒芜田野里朦胧的冬眠。这器具浸透着对面包的稳靠性无怨无艾的焦虑,以及那战胜了贫困的无言喜悦,隐含着分娩阵痛时的哆嗦,死亡逼近时的战栗……"这是一种典型的现代主义式的深度阐释。而在后现代社会,电影中的蒙太奇手段被普泛化了。在现代之前,符号(视觉形象)必须指代一个现实世界;而当下,符号则变成了依照模型可无穷复制的过程,亦即现实世界不断虚化为符号,成为仿像。符号不再是现实的模仿物，它和现实的分离与不相关越来越明显。符号与现实的对等原则遭到了颠覆。符号、影像或象征越来越趋于自律游戏，可以连续操作，世界成为一个符号自我指涉构成的空间。迪士尼和好莱坞所虚构的现实已经严重干扰了人们对现实的直接判断和理解，大众媒介迫使人们通过各种非现实的符号来理解现实。

　　人眼居于五官之首，观看意味着理解世界，同时确立主体自身。儿童观看自己镜中形象，并与之认同，而形成自我。古希腊人具有给痛苦赋形的智慧，将内在的感受外化为可视形象和可重复的过程（如诉诸词语之诗歌），从而战胜了痛苦。然而，观看意味着主客观的分离，观看将人从主客浑融的乐园状态驱逐出来，人站在了世界对面，世界成为人观看的对象。简单地说，现代性就是这种主客分离的过程。我来到，我看见，我征服。这便成为必然的逻辑。观看祛除了世界之魅，也使神灵如云彩在半空中消逝。因此，我们遗忘了神秘主义（mysticism）在希腊文词源 myein 中意为"闭口和闭眼"，意味着"保持静默"。

　　美国女诗人丹尼丝·莱弗托芙（Denise Levertov）的一首诗《看，走，在》清晰地表达出这样的思考——克服主客对立的一个有效途径乃在于，从"观看"转向"倾听"，世界不是要看的东西，而是要置身其中的东西：

　　　　我看了又看。
　　　　看是一种在的方式：一个人有时，
　　　　变成了，一双走着的眼睛。
　　　　走在"看"带去的任何地方。

　　　　眼睛
　　　　挖掘并探索着世界。

它们触摸
喇叭声,号叫,小曲,喧闹。

世界和它的过去,
不仅仅是
可见的现在,固体和影子
看着一个人在看。

而语言呢?
回声和中止的韵律?
那是
一种呼吸。

支撑着看的
呼吸,
走着看着,
穿过世界,
在它里面。

　　这种从"看"到"听"的转变,意味着诗人对待事物的态度已经从"观照"的对象化转向了"倾听的"共在化。正是倾听万物内在的声息的谦逊,使我们有可能重新置身于永恒的伟大静息之中以回归存在整体,从而制衡主观对客观的侵吞、剥夺和改造,保证了爱与认识的内在同一。正如别尔嘉耶夫所认为的,极大的谦逊,对于个人本性有限的更多认识,而非一般人的本性,是认识的必要条件,这就是"有学问的无知"。[①] 具有有限经验的人一旦以自己有

---

①　别尔嘉耶夫著,石衡潭译:《自由精神哲学》,上海三联书店,2009 年,第 12 页。

限的经验为傲，并将这种有限性引为通则，就会产生"中等常规认识"的暴政。这种"中等常规认识"否定精神经验，否定奇迹的可能性，把自然世界当成唯一实在，从而自满而自信地感觉自己是这个世界的主人，从而沉浸在自我个性的封闭经验之中，与无涘无涯的存在整体分隔开来。因此，返回无名就是返回伟大创造的本源。在那里，个人的情志都是多么微不足道，你独自倾听天籁，等待一个超越个人存在的时刻，将自己融入那无涘无涯的存在本身，这样的时刻是稀少的，需要以一生的历练和折磨为前提。里尔克就是在这样的时刻，在杜依诺城堡的海滨，在一阵骤起的狂风中听到天际响起的声音："如果我呼喊，谁，将从天使的序列中听见我？"从而写下其著名的哀歌。这里的天使，也就是超越了种种人性中的限制和矛盾的"整体"。一些大诗人对片段的迷恋就体现出对"无名"的某种要求。片段是一种更为自然的东西，它体现出某种诗歌的自治性，它阻止你经营一个人为的构架，在你正要开始加入主观的时候终止，迫使你停下来。里尔克晚期的八行诗莫非如此，它们仿佛直接是自然的一个碎片，却具有人工所无法修补的"完整性"，就像萨福的断片一样闪耀着整个大海的光辉。里尔克也是自觉地将这种对"无名"的尊崇纳入自己的诗歌创作当中的，他曾经说，所有的伟大诗人都试图做出这样的伟绩，那就是把自己的伟大与自己的名字分开，使它成为无名的东西；如果诗人发现一件伟大的工作的默默的、无意识的合作者，就把这种伟大分派到无数无名的东西上面，这件伟大的工作乃是人类唯一真正的工作，简言之，就是"真理的探求"。① 这样的诗人才能将人类的普遍使命作为自己的使命和憧憬，并因此使自己的生活具有更为广阔的意义和目的。

返回无名的诉求中隐含的是对个人有限性的认识，只有认识到人之局限，才能真正把语言当成"存在之家"。这意味着，在突然

---

① 里尔克著，绿原等译：《里尔克散文选》，百花文艺出版社，2002 年，第 156 页。

抓住你的词语后面隐藏着更多的东西，一个世界。如果你能捕捉住电光一闪的瞬间，通过语言的运动和转化，你就有可能发现存在的矿藏。从发生学的角度看，诗歌的生长的确有其神秘之处，甚至带有命定的意味。有时往往在不经意间，你的头脑中涌现出一个句子，甚至只是一个词语，有时甚至只是一个回荡的声音和旋律，你觉得有什么就要降临，你微微警觉，感觉自己如容器正在慢慢倒空。你等待着，耐心而机警，像雪地上的猛兽一样宁静。在这样的时刻，你的自我似乎已经在消融，变得迟滞而被动。就是这种"被动"使你听命于比你的自我更大的存在，使你倾听和凝神。你倾听的就是语言。有时，这个句子会顺利地生长成一首诗；有时，你则以为它没有什么用处；有时，你为了整体考虑把一个句子从一首诗中删除；可不一定什么时候，你突然发现，它自己悄悄长成了一首诗。这样的时刻，也是顿悟的时刻，你的自我必须沉默。对词语的发现也就是对世界的发现。在你和词语不期而遇的时候，其实是语言在要求显现自身，当然，也是你全部的生存体验在发出要求。诗歌和旅行相似，都是对存在本身的发现，而不是和具体风景、人物的相遇。我曾在笔记中记录过这样狂喜的"发现"时刻："数日不出门，读书写作。下楼买啤酒，树间雪上车辙纵横。世界存在着！"

倾听存在需要的是耐心，更重要的是学会谦卑，学会让意义之美来找你。但凡窥见过地之大美的人，都会体验到个人无能为力的感觉。艾略特曾经说过，唯有谦卑是无穷无尽的智慧。他认为，经验至多带来一种价值有限的认识，而认识只是在事物变化的模式上又加上一个旧的模式。究其实，对智慧限度的清醒认识源自对时间与生命不可逆地同步流逝的痛切感受。倾听存在是学会把我们的自我隐去，学会沉默，让事物自己言说。而让事物自己言说的前提乃是主体自我的腾空。印度哲人克里希那穆提告诫我们，在观察事物，比如说树木时，你的内心不要有任何的遐想，也不要出现以前关于树木的任何记忆，你的内心应该是平静的，不存在任何的主观偏见、个人判断，脑子里也不要冒出关于树木的任何词语，以免它们干扰你观看树木。要用你自己、用你全部的能量去观察树木，这时你会看到什么呢？你会发现，这里什么都没有，没有观察者，有的只是自己的专注。之所以会出现观察者或被观察者，是因为你其实还没有做到专注。① 心理学家弗洛姆曾经写道，在很大程度上，我们通常所见到的树都没有个性，而不过是一种抽象物的表达。我们看一棵树时，要将有关它的"知识"全然抛开，光看一棵树的独一无二之处：它独特的树干造型，它的树结，它的盘根错节；它在空中摇曳，叶子闪烁着光芒，此时，我们见到的才是树之真理。按照混沌理论的说法，只有远离普遍认可的结构，创造性的自组织才成为可能。② 系统从混沌中自主形成秩序，就是真理，也就是将我们与产生我们的神秘整体世界联系到了一起。

在《致俄尔甫斯的十四行诗》第一部第一首中，里尔克就曾涉及这种"倾听"的智慧。诗人此前曾从大师罗丹那里学会了"观看"，现在他更加认识到"倾听"是一条通向伟大存在的道路，也是一种更为罕见的天赋。对他而言，每一歌唱的事物都是俄尔甫斯。当作为俄尔甫斯的诗人以一根柳枝为象征经历地狱的幽冥之后，他才有理由说出光明和"光明"这一词语，才有理由重新命名我们久已习惯的一切，家屋、器皿、雪和织物。俄尔甫斯的歌唱可以感动鸟兽，移动巨石，但他必须先在地具备倾听的本能，让一座神殿在耳中震颤，静待一切自然显露真容的那种"纯粹的听力"。

利奥塔在他的博士论文《话语、图像》中，曾经提出话语（discourse）与形象（figure）的划分，并借助弗洛伊德的理论，采取颠覆手法，将形象置于核心地位，借以批判西方传统哲学的二元论。他反对那种认为文本与话语优于经验、感官及图像的文本主

---

① 克里希那穆提著，凯锋译：《自然与生态》，学林出版社，2007年，第41页。
② 约翰·布里格斯著，陈忠、金纬译：《混沌七鉴》，上海科学教育出版社，2008年，第22页。

义看法,主张感官和经验优于抽象物和概念,图像、形式及艺术想象优于理论观点,这种对感官的贬抑应该是从柏拉图就形成的,正是二元对立的思维模式将理论话语置于形象话语之上。根据弗洛伊德的理论,人的行为受到无意识的支配,而无意识的主要内容就是欲望,这种欲望具有否定性、破坏性、侵越性,同时又是肯定的、积极的、建设性的力量,它们肯定这些声音、色彩、形式和客体。因此,利奥塔颂扬一切形式的欲望,因为欲望能够提供经验的强度,能够使人们从压抑状态下解放出来,具有强烈的张力和创造性。欲望在弗洛伊德所说的"初级过程"中从图像中找到了其直接的表现途径,即在快乐原则支配下的直接的、本能的、无意识过程。艺术表达的就是通过计谋将自己改头换面、压缩合并、隐喻转型了的无意识的欲望。而与之相反,话语则遵循的是"次级过程",即受现实原则支配的过程,它依照自我的规则和自我的理性程序而展开。表达于话语中的欲望受到了语言规则的构造和限制。所以,话语比欲望之形象要来得抽象和理性化,且墨守成规。可以说,现代的感受性主要是推论性的,它使言词优于意象,意识优于非意识,意义优于非意义,理性优于非理性,自我优于本我。与此相反,后现代的感受性则是图像性的,它使视觉感受性优于刻板的语词感受性,使图像优于概念,感觉优于意义,直接知识模式优于间接知识模式。在苏珊·桑塔格的"新感受性"以及她对"感觉美学"优于"解释美学"的赞同中,已经预示了一种后现代美学,而利奥塔对话语与图像的区分则使这种后现代美学获得了概念基础。

在此,我进而提出,倾听更优越于图像,其次才是言语。因为,在与大化合一的沉思、内省的倾听中蕴含的是对物的看护态度,而不是对存在肆意的削减和遮蔽。

人类不仅和其他生物一样,要冒生存之险,受制于自然规律,还要冒存在之险。这种冒险源于人的意志性生存对外物的摆置。人的危险在于语言,语言会扰乱存在。因此,真正的诗人总不肯让发自渺小自我的喧嚣扰乱存在的秩序,掩盖存在之天籁,而是以澄怀静虚的态度倾听存在之声,并以对物的非功利性的赞美在大地上传扬这天命的召唤。

闭上固定观照范式统治的眼睛,才能打开灵性的内在之眼,事物的光辉才能在儿童时我们面对朝阳合上的眼睑后面晕染出温暖的红色。西班牙画家埃尔·格列柯在作画时将门窗尽皆遮起,以免外界的光扰乱他的内心之光。德国思想家埃克哈特说,我们在看得见的地方,并不就是和我们所见的对象在一起;当我们注意某物时,恰恰是我们与它分离。上帝是不可寻见的,除非失明;不可知道,除了无知;不可理解,除了愚蠢。盲人荷马,得以洞见一个民族的阿喀琉斯的"脚踵"。盲人弥尔顿,在灵视中目睹了失乐园。同样还是盲人的博尔赫斯却拥有了万物整体共时的超凡视力。里尔克畏惧人言,因为人的语言扰乱万物的呼吸,给万物贴上人自以为是的标签,遮蔽的物的本性。其实,人的眼睛更让人畏惧,因为眼睛后面潜藏着一整套价值观念与判断,一大堆的是非、高低、美丑。而一个你信任的亲人,有一天突然告诉你,他一直在观察你,你悚然惊觉,你已经遭到了"视觉暴政",而绝不是他用词不当那么简单。难道你是敌人吗,你是客体吗?你们是亲人,本该有生动本真的关系啊!这一刻,你知道,萨特的话是对的,只要有他者的目光存在,你,永远做不成本己的自在而自为的你;你,仅仅是他人的一个对象;你,已经被异化,这是人性的本质所决定的,任何人概莫能外。而那些盲人,米莱斯画笔下那在金黄田野里吹着凉风的盲女,是多么美,多么让人放心,让人感到安全。先知大多数正是盲人,正因为此,他们摆脱了眼睛背后那一整套僵死的观念,那些观照范式,他们的心灵之眼才能够无碍地向事物本身打开。柏拉图的理念(理式)原初指的是看见光辉的原型,那恒在不变的真实世界;我们所置身的,则只是变动不居且不真实的表象世界,只是我们已经遗忘了这一点。

　　因此，人类应该以一种克己谦卑的态度来守护万物，使其保有它的圆满自足，成为人精神的家园，须得用超脱利害的心态静心体察万物的色彩形状，聆听万物的歌唱，感受其生息，不以自己倾听时的呼吸来打扰世上每一事物的神圣独白。诗人必须成为世界的伟大存在的一部分，与万物一起以同样的节奏律动，从而达到最真实的存在本身。海德格尔认为，人类自身和自我意识并不是居于中心的地位，它们不是对实存的评判者，而应是一种具有优先地位的倾听者和反应者。人与他物的生动关系并非如笛卡尔和实证理性主义所说的那样，只是一种"把握"和为我所用的关系；相反，它只是一种试听关系，即我们试图倾听存在的声音。中国诗人素来具备这种倾听的智慧。庄子曾提出语言有三个层次——人籁、地籁、天籁。人籁是人类借丝竹等以传达自己的思想，是人的声音。地籁则是万物的自然发声，是自然物的语言；人的语言同万物之声一样，也属于自然语言，而在这种自然语言的背后，还存在一个更高层次的语言，这就是"天籁"。语言作为人类交流的工具，同时也是人的更高层次的认识——对道的体悟的制约。因此，只有超越人的语言的有限物质形态，才能"倾听"到天籁，达至意义的无限性，也就是物所提供的无穷诗意空间。

　　劳伦斯曾言，我们自以为是的"思想"，像摄影机那样是由惰性的图像组成的。我们习惯于用种种定型的"思想"之眼去观看事物，将事物扭曲削缩，为我们的目的服务，而将之塞进狭窄的长袜子里。由此，我们产生出透视法，以为它能再现事物的真实，而文艺复兴三百年的最大成果，居然就是这种定点透视。它其实是不真实的，不是人类观看的本真方式，是一种理想化的抽象模型。从这点上来看，我们传统山水画的散点与动态透视，更符合事物的本然。我前文所说的视觉暴政，也主要是指这种定点透视带来的后果；当然，也有对本雅明所称的机械复制促使艺术灵韵消失的一种反思。形象不是太少，而是太多，且假象、假物居多。我们置身于自己所创造的五花八门的形象（偶像）之中，以为依然是万物之主，实则生活在假象之中而不自知。如果"看"的方法不对头，世界在视网膜和我们心灵中的映像就是变形扭曲的。考察"看"的方法，亦即透视法从定点到散点的变迁，几乎就是主客观关系分分合合的浪漫史。我们要重新确认创造性交流中不同成分之间的关系，还是拿劳伦斯的话说，用你的血肉去认知，而非你的眼睛。

第十章　视觉艺术与现代主义

第一节　里尔克的罗丹

里尔克早期的诗歌和普通的浪漫主义抒情诗并无二致,多是主观情绪和印象的抒发,以自我为中心,强调主观情感。以至于有的批评家称这位伟大天才有着一个"平凡的起步",仅仅是把芸芸众生的寻常情感注入空洞的套式之中,这一时期高产的文学活动多是为了证明自己有权利从事文学活动而已。由于受印象主义的影响,这时的里尔克还难以走出自我的狭小天地,进入更为广阔、深邃的生活世界;还难以将目光从内心转向对外物的关注,转向漫无际涯的"存在"空间。诗人对生命、痛苦、死亡、爱这些主观情绪的表现,往往流于瞬间的直露浅白,事物仅仅是抒情主体任性的"心灵姿态"。自然对诗人来说,还只是一个普通的刺激物,一个怀念的对象和工具。在它的琴弦上,诗人的双手摸索着旋律,还不懂得要静坐在自然面前。诗人仅仅是追随着自己的灵魂。大自然的无边无垠盖过他,好似先知的预言进入扫罗的心。诗人行走,眼睛睁开,可是并未看见大自然,只看见了自然在他情感中激起的浅薄影像。真正促使诗人从主观抒情向客观再现转化的,当归功于他在巴黎所接受到的罗丹和塞尚的影响。是他们使他认识到,如果一味宣泄主观的个人内心世界,把诗看作情感的表现,就无法认识充满苦难、纷乱无序和谜一般的现实，无法诠释和说出任何真实、重要的事物。

罗丹被称为米开朗琪罗之后西方最伟大的雕刻家。从他存世的照片上可以见出，他的脸孔极具个性，额头宽阔，颧骨棱角分明，鼻子坚挺，脸上布满沉思之光，目光仿佛能穿透一切人与物的隐秘之处。罗丹面容给予里尔克的最初印象十分强烈，诗人将雕刻家前额与鼻子的搭配形容成一艘船开出港口。罗丹身材并不雄伟，却体态宽厚，尤其显眼的是那双粗壮的大手，好似永远不知道该放在哪里才好，好似总是在准备揉搓黏土，或者拿起刻刀雕琢坚硬的石头。罗丹大器晚成，只凭不断地工作、工作，以及无尽的耐心，才终有所成。他照相时的这个姿态便是长年累月劳作养成的习惯。他能随时将注意力集中到黏土和大理石上；他锐利的目光随时穿透材料的外壳，透视出里面埋藏着的形象，用有力的双手一点点剥去包裹着那些形象的多余的岩石外衣，直到一个生命鲜活地跨步走上前来。里尔克曾经生动地将庞大的岩石比喻成雕像的祖国，与之有着千丝万缕的联系。

罗丹 1902 年 7 月 2 日给里尔克的信中有一句话特别值得注意，"永远在自然面前工作"，这是罗丹最爱说的话。其中的"自然"一词用于美术时也指"实物"。这句话对诗人日后的创作产生了很大影响，并在其中期的《图像集》和《定时祈祷文》以及《新诗集》中集中体现出来。在这个时期，里尔克提出"诗是经验"的命题，这标志着他的诗歌观念和写作方向发生了根本性的变化，诗人对诗的本质产生了深刻的洞见：诗就蕴藏在经验之中。诗人从此注重将早期不可见的主观意念转化为可见的坚实存在，其绝妙体现则是"事物诗"。对此，他提出"诗并不像一般人所说的是情感（情感人们早就很够了）——诗是经验"这一主张，他说：

　　为了一首诗我们必须观看许多城市、观看人和物，我们必须认识动物,我们必须去感觉鸟怎样飞翔,知道小小的花朵在早晨开放时的姿态。我们必须能够回想:异乡的路途,不期的相遇,渐渐的离别;——回想那还不清楚的童年岁月;想到父母,如果他们给我们一种快乐,我们并不理解他们,不得不使他们苦恼(那是一种对于另外一个人的快乐);想到儿童的疾病,病状离奇地发作,这多么深沉的变化;想到这寂静,沉闷的小屋内的白昼和海滨的早晨,想到海的一般,想到许多的海,想到旅途之夜,在这些夜里万籁齐鸣,群星飞舞,——可是这还不够,如果这一切都能得到。我们必须回忆许多爱情的夜,一夜与一夜不同,要记住分娩者痛苦的呼唤和轻轻睡眠着、翕止了的白衣产妇。但是我们还陪伴过临死的人,坐在死者的身边,在窗子开着的小屋里有些突如其来的声息。我们有回忆,也还不够。如果回忆很多,我们必须能够忘记,我们要有很大的耐力等着它们再来。因为只是回忆还不算数。等到它们成为我们身内的血,我们的目光和姿态,无名的和我们自己再也不能区分,那才能以实现。在一个很稀有的时刻有一行诗的第一个字在它们的中心形成,脱颖而出。①

这段话集中体现了里尔克中期注重经验的诗学观念。诗是经验论首先强调对事物进行细致入微的、持久的、画家般的观察与体认,由此积累感性经验。这里的"经验"并不是指我们日常的感官经验,而是"存在"本身。艺术家真正的美德是对充分经验的追求,在面对生活时保持自我认知,将全部感官向生活所提供的一切善恶开放。在这一点上,小说家亨利·詹姆斯持有类似的观念,他认为经验是我们作为社会成员对于发生在我们周围的事物的理解与衡量。他在《小说的艺术》一文中说:"经验永无止境,永不完全;它

① 里尔克:《给一个青年诗人的十封信》,生活·读书·新知三联书店,1994年,第73页。

是一种巨大的感知力，是悬挂在意识之仓中用最好的丝线编织的巨大蜘蛛网，将空中的每一颗粒都粘连在网上。这就是大脑的氛围；当大脑想象力丰富的时候——一个天才的大脑想象力尤其丰富——它会将生活最微弱的暗示都记录下来，会将空气的每一次脉动都转换出来。"

里尔克从罗丹那里学会了耐心。他观察到，在罗丹身上有一种深沉的耐性，这种耐性几乎令他默默无闻，一种沉默、从容的忍耐，这是天性中巨大的耐性和宽容的一部分。为了默默而严肃地走在通往丰裕的宽阔道路上，这种耐性不着手做任何事情。即使是罗丹也未敢想方设法去培植森林。他是从萌芽开始的，仿佛是深埋地下。这萌芽往下生长，一条根一条根地扎下去，在它开始往上萌生出幼芽之前，要把自己固定起来。这是需要时间的。当罗丹周围少数几个朋友催促他的时候，他总是对他们说："不必着急嘛。"因此，诗人号召我们要长期耐心地观察物，向物学习，他在《布里格手记》中写道："我在学习观看。是的，我刚开始。进行得还不顺利。但我要充分利用我的时间。"真正的经验不是将物的神秘本性消解在抽象思维之中，而恰恰是在无限靠近物的本性的同时，保留其原初的奥秘。在无限的物的物性面前，人类贫乏的语言难以穷尽其深邃丰富的底蕴，以及事物带给人的无穷回味和想象。因此，真正的诗人往往是怀着纯洁的爱，像第一次看见心中的恋人那样来看待物。即便是像在千百年来被无数人目睹过、歌颂过的玫瑰这么习以为常的事物面前，里尔克也能体会到其存在的丰盈："玫瑰，你是花中之王，在古代/你是有单层花瓣的花萼。/可在我们眼里，你丰盈繁复，/是花，是不可穷尽的对象⋯⋯几百年以来，你的芳香/为我们唤来它最甜美的名称；/它突然像荣誉弥漫空中。/可是，我们不会称呼它⋯⋯"

诗是经验论中所包含的另一个要素就是回忆。观察是经验的积累，而对以往观察的回忆则是经验的传达方式，是经验内化为主体内心体验的过程。在回忆中对大量观察材料进行重新整合,使其成为诗人不曾觉察的意识深处的活动。如果没有回忆,人将只能占有时间现在这一个维度;借助回忆,我们才拥有此时此刻之外的时间。回忆打破了"现在"的界限,并将属于别的时间的思维内容集中到意识中来。里尔克强调,在回忆对经验的吸收转化过程中,诗人必须能够学会遗忘,能够学会大的忍耐,等待记忆重新回来。"因为只是回忆还不算数。等到它们成为我们身内的血、我们的目光和姿态,无名地和我们自己再也不能区分,那才能以实现。在一个很稀有的时刻,有一行诗的第一个字在它们的中心形成,脱颖而出。"①遗忘的过程也是重新聚合的过程,是经验深化、沉淀、酝酿、升华的过程,这之后形成的新的更为有机的经验,已经是高于、深于生活经验的文学经验或者根本性的情绪模式了,去掉的是表象的、浅薄的东西。只有这样的作品,才能将生活的实感和超越的空灵结合起来。人生经验的内化首先需要的是同情心,它使一样事物存在记忆中;然后是耐心,它使记忆在心灵深处酝酿,唤起联想,并寻求意象的本质;最后是净化的辩证法,有了它,诗人可以轻轻地、使劲地摆弄逐渐显形的定式,去掉无用的废枝,小心翼翼地将它取出,这样,至少有一部分定式被完整无缺地保存下来了。这样的诗既不是生活体验,也不是单纯的记忆,也不是抽象的措辞,而是三者皆有的新生命。诗人要擅长将等待变成回忆,"等着那件东西,/它使你的生命无限丰富;/那强有力的,不同寻常的东西,/石头的苏醒,/向你转过来的内心深处"(《回忆》)。这种对事物在内心成熟的等待一旦完成,诗人所经历的一切便会化为人类存在的象征,从中将"升起一个逝水年华的/忧虑和形象和祈祷"(《回忆》)。回忆将事物从许多偶然的、习俗的关系中突出、孤立出来,置于一种本质、纯粹的关联之中,这种"纯粹"的关联究其实也

---

① 里尔克:《给一个青年诗人的十封信》,生活·读书·新知三联书店,1994年,第74页。

就是摆脱时间束缚后的审美关联。回忆对经验的转化离不开回忆在时间上的距离。当我们经历事物的变化之时，我们自身也在经历着不断的变化，我们往往不能清醒地认识到自身经验的真切意义。这一方面是缘于我们实际生活着的时候，事物往往是匆匆滑过；另一方面，我们正在经历的事物是与我们有着千丝万缕的利害关系的。只有事物在另一个时间和地点留存下来，在我们反思性的回忆之中，它的真正意义才有可能得以显现。在回忆中事物的整体及其关联清晰浮现，在回忆中一切都因已经逝去而更显珍贵，在回忆中事物不再受到现实规律的制约。因此，回忆中的事物要比任何真正的现实丰富得多，可靠得多，更具有了永恒的意味。这里的回忆不是心理学的，而是现象学的，它不仅是个体对过去印象的回溯，也是艺术回到人类的生存之根，回到现象学所说的人与物未分的亲缘关系。也就是在这种意义上，海德格尔将艺术与回忆联系起来，认为艺术是回忆，是返回生命的本源；回忆是九缪斯之母，回过头来思必须思的东西，这是诗的根和源。这就是为什么诗是各时代流回源头之水，是作为回过头来思的东西，是回忆。

里尔克中期的"事物诗"是诗歌经验论的突出成果，这种新的诗歌形式代表着里尔克诗歌在风格上和精神上的重要转折。我在这里之所以称其为"事物诗"，而不是如通常那样标为"咏物诗"，是因为它并不同于中国传统诗中的咏物诗。中国的咏物诗不少是为咏物而咏物，而"事物诗"首要的特点是诗中的物从整体上寄寓着诗人的经验，是通过沉稳、坚实的形式将人类的各种梦幻、痛苦、渴望和恐惧物化，从而留存下来。普鲁斯特在《驳圣伯夫》一书的序言中曾说："我们生命中每一小时一经逝去，立即寄寓并隐匿在某种物质对象之中，就像有些民间传说所说的死者的灵魂那种情形一样。生命的一小时被拘禁于一定物质对象之中，这一对象如果我们没有发现，它就永远寄存其中。我们是通过那个对象认识生命的那个时刻的，我们把它从中召唤出来，它才能从那里得到解放。"与此类似,里尔克认为,对于人而言,物具有无穷的意味,每一个物都是人在其中发现人性和加入人性的容器。召唤"物"的在场也就是在"物"中重新体现出人类存在的全部奥秘。

那么,里尔克所倾心呼唤的这种"物"到底是何物呢?"物"这一词语在里尔克早期的诗集中,如《为我庆祝》《定时祈祷文》和《图象集》中,更多地被理解为自然物,甚至就是自然本身。而在《新诗集》的"事物诗"时期,里尔克所说的"物"只是那些聚集在人周围的、在日常生活中为人所使用和需要的"物"。这样的"物"不是个别的、偶然的、暂时存在的事物,而是存在的整体,是作为纯朴基础的自然。自然是人(包括历史、艺术等)和动植物共同的基础、共同的存在和原始根据。自然就是"存在者之存在",这是一种开端性的、集万物于自身的力量,它在如此这般聚集之际使每一存在者归于本身而开放出来。在里尔克那里,物不是可以随手拿来又随手弃置的东西,物作为一种存在,总是包含着人类的经验与记忆。每个人只要回到与他有过亲密关系的物中,就会激起无限丰富的遐想,仿佛回到了自己的生命之乡。人总是在自然和事物中生存的,人与物密不可分,并在与物打交道的过程中共同构成了世界。也就是说,人与物的关系首先是存在论的,然后才是认识论的,人只有首先与物共在,才谈得上认识物。无论多么无价值的物,都体现着人与世界的亲密关联,是物"把我们引进了事件和人物中间,而且不只如此,我们在它身上,在它的存在里,在它那无论采用什么方式表达的外表上,在它最终的毁灭或者神秘的消逝中,体验到一切人世间的东西,直至深入死亡之中"①。

那么,这种自身具足的纯粹存在之物,其存在的场所为何呢?因为这种本真之物在日常生活中往往是处于遮蔽状态,受到偶然性、模糊性和时间流变性的支配,将物从常规习俗的沉重而无意义

---

① 里尔克著,张黎译:《艺术家画像》,花城出版社,1999年,第163页。

的关系中提升出来，恢复到其本质的巨大关联之中，这是对诗人提出的一个重要任务。在里尔克看来，这就是"创造物"，他把这个任务交给了自己的"事物诗"写作。诗人在罗丹那里发现了这样的"物"，他在一封给女友莎乐美的信中提出了自己的纲领：创造物，经由创造性行为，物变形为"艺术—物"，这是一种更加内在、确定、完美的物。这种物因其摆脱了时间的逝性而获得了一种永恒的平静，进入了一个广阔的空间。在这样的平静中，一切运动都停息下来，成了轮廓，从过去和未来的时间里形成一种持久不变的东西，即空间，没有任何欲望的物的巨大安歇。

处于遮蔽中的物还只是处于生成与消逝中的物的假象。在他看来，只有"艺术—物"才真正存在，这种创造就是对物的本质直观，是现象学意义上的"回到事物本身"。这是一种能够独立存在的物，它是不可侵犯、不可亵渎的，是脱离了偶然和时代的。它必须获得自己固定的位置，而不是任意摆放，必须把它安置在一个静止而持续的空间里，安置在它的伟大规律里，给它一种安全感、一个立脚点和一种尊严，这尊严不是来自它的重要性，而是来自它平凡的存在。这种在创造中得以开敞的作为存在物之存在的"纯粹之物"，尽管可能像塞尚静物画中那些东西一样普通甚至寒酸可怜，比如那些只能供烧煮用的酸苹果，人们塞在破大衣口袋里的圆鼓鼓的酒瓶，但在塞尚的画里却获得了坚实的不可毁损的真实存在，并且在艺术家的手中变得美丽，体现出整个宇宙、一切幸福和全部庄严来。这样的"艺术—物"已经不同于一般的物，它由具体、个别、短暂之物上升到逃离了时间与偶然的永恒普遍之物。它宁静安详，既与外物绝缘，又把它的环境包含于自身，聚拢着存在的丰盈。用里尔克自己的话说，如果一只鸟儿栖止在那里，就有一整片蓝天从它那里生长出来，围绕着它，一整片大地折叠在它的每根羽毛上，我们可以把这片大地铺开，无穷地展拓开来。

这种源于存在的艺术，应答着存在之天命的召唤，是服从存在之要求而发生的真实事件,为人类建造了一个历史性栖居的世界,成为人的历史性生存的本源。

正是从罗丹的雕塑中,里尔克得到了启示,他的目光开始从无形的内心转向有形的自然和事物。在致莎乐美的一封信中,他这样写道:

> 我去寻访人的时候,他们对我一无教益,不懂得我的意思。书籍对我来说也是一样,它们也于我没有帮助,就好像它们也是人一样……只有物能向我言说。罗丹的物,哥特式教堂上的物,古代的物——所有完美的物。它们将我指向它们的原本,指向运动中的、活生生的世界,简单的、不加解释的,作为通往物的契机。

这里的"不加解释"也就是对主观的规避,经过解释的物必然染上人为的色彩、体温与指纹。正是罗丹的作用,里尔克的诗歌才完成了从早期内心抒发的"无形"向中期关注外物的"有形"的艺术转变,从音乐般的情感泛滥走向了雕塑的克制。正如冯至所言,使音乐的变为雕刻的,流动的变为结晶的,从浩无涯涘的海洋转向凝重的山岳。

只有完全摈弃了感伤,才能将注意力完全集中在对象上,而如何达到对情感的节制呢? 里尔克从罗丹那里学到了不停地像大自然一样工作的信条。在里尔克眼中,罗丹创作的一切虽然是人工的,却和自然物一样精湛与永恒。他非常赞赏罗丹对物的发现,罗丹沉浸在物的物性中,将物的潜能发掘出来,并在其中灌注了自己对人性的理解,使他的雕塑作品超升到神性的境界。这样的工作自然要求艺术家付出巨大的牺牲和竭尽全力地追求,意味着生活与艺术之间一场伟大艰难的搏斗。对此,里尔克深有认识。他在后来的《为一位女友而作》中曾说,在生命与伟大的工作之间,始终存在着一种古老的敌意。这种敌意时时要求艺术家放弃现世的幸福，将自己交托给更为伟大的存在。也正是这种律令使卡夫卡解除了与菲丽丝的婚约，使叶芝感叹"是追求生活的完美，还是艺术的完美"，而里尔克本人，也正是在追求艺术完美的冲动中，婚后离开妻子和孩子，流浪一生，死时身无长物。在《罗丹论》中，里尔克说道："人们总有一天会认识到，是什么把这位伟大的艺术家造就得如此伟大：他是一位完全倾其全力，投入他的雕刻工具的低微而硬固的存在之中而毫无其他向往的劳动者。其中有一种对于生活的放弃；可是，正由于这种忍耐使他获得了生活：因为，世界向他的雕刻工具走来。"忘我的工作和恒久的耐心，使艺术家将工作当成了日常生活，用工作室夜晚悠长的灯光延续着白昼，但这是一种更为有意义、更神圣的生活。对于这样的人来说，生活就像没有用的器官，萎缩干瘪了。他们让自己的生活自生自长，像一条荒芜的道路，他们从不以作品以外的东西来生活。

于是，当里尔克觉得自己本来可能这样无尽无休地作诗吟曲的时候，是罗丹告诉他："应当工作，只要工作。还要有耐心。"工作意味着放弃如无缰之马的感情陶醉，最大限度地浓缩素材，使轮廓固定化，将注意力毫无保留地凝聚在形式不断提高的要求上。要理解"中年"里尔克的精神世界，就必须将"永远工作"这种热情和冷静兼而有之的伦理观与"物"这一观念放在一起加以观察。两者结合产生了第三个概念："真实"。艺术品应该"真实"到能与自然万物并存的地步。里尔克在日记里描述过对罗丹雕刻作品的最初印象：

> 像一种思想，从思索它的沉重前额飞跃而出。像一个可爱的人儿逃出死气沉沉的阴暗房子，那里面堆塞着这么多东西，纠缠不清：父母和祖父母的童年，临终的焦虑，仿佛总是从古老镜子里暗淡笑容浮现出来的短促欢乐时光，还有被眼

泪中断而沉寂的轻吟歌曲;这一切留在她后面,这一切卷成丑陋的一大团,重得几乎把窗子挤破在窗框里,而她呢,向前迈步,容光焕发,身体纤纫;如果过去有存在的理由,就是用在这一刻,以深色线条画出她优美身躯的忧郁轮廓。

直到现在,雕像一旦远离提取它出来的整体,分开来,就显得不知所措,像孤儿一般,任凭周围情况支配,受制于墙壁。人家把墙壁推到它们背后,或者推到圆臂或抬起的膝盖下面。它们被光线撕碎,无依无靠,孤立无援。

这样,艺术家就提出了一个要求:除了促成真实外,还要探究真实性,为世界的真实性作保。这种为世界真实性作保的标志就是他的"事物诗"。为了与物同一,诗人必须通过持久不懈的"工作",在工作中获得与物的真实关联,实现对物的召唤,为无名之物赋予名字。里尔克敏感到,要使景色和事物自行成为某种质朴真实的存在,就必须面对形象中生命的情感与人造物之间的对立。塑造的形象欲求成为真实的存在,就需要独立自足。在这点上,里尔克凭借诗人天赋的直觉和敏感,发现了罗丹雕塑的一个特点,那就是他的作品不望向外部世界,绝对没有寻求与观者交流的意思。因为一旦视线望向观者,一旦让视线脱离本身势力范围,移到面对的琐事上去,它便放弃了本身的孤立,放弃了石头的圣洁,而正是这种圣洁令它与易逝的外形和暂时的姿态区别开来。罗丹的雕塑永远停留在无人能够进入的神奇地带,你可以靠近,欣赏,但永远不可能与之成为邻居。雕像应该全神贯注在本身里面。即便是群体人物,其视线也总是互相联结的,没有一双眼睛不是向作品内部张开的,没有一双不是凝视内部的。最为自负的观者也不能说,罗丹的胸像曾经望过他一眼。

一切物的特征就在于它们对自己的全神贯注,所以一件雕刻是那么宁静,它不该向外面有所要求或希冀,它要与外物绝缘,只看见它身内的东西。它本身便包含着它的环境。这种凭借自足而获得存在之真实性，里尔克有诗予以形象的演绎，比如《新诗集续编》中的那首《远古阿波罗裸躯残雕》：

> 我们不认识他那闻所未闻的头颅，
> 其中眼珠如苹果渐趋成熟。但
> 他的躯干却辉煌灿烂
> 有如灯架高悬，他的目光微微内视，
>
> 矜持而有光焰。否则胸膛的曲线
> 不致使你目眩，而腰胯的扭转
> 也不会有一丝微笑
> 向那孕育生殖的中央扩散。
>
> 否则，肩膀只能脱位而断
> 让这半截巨石显得又丑又短
> 而不会像猛兽的毛皮颤动闪烁；
>
> 也不会从它所有折断的边缘
> 星星一般辉耀：因为它没有一处
> 不在望着你。你必须改变你的生活。

诗人利用否定和虚拟营造出一种现实的存在感，无头雕像那缺席的光线映照出躯体的形状，激活了生命，满溢的光线像猛兽的毛皮一样颤动和闪亮。阿波罗的神性之光并未因失去头颅而消散，他的躯干仍在燃烧，炯炯而视，而且是"内视"。这矜持如拧低了灯芯的光焰，这无所不在漫溢的目光，顷刻否定了石头坚硬的死亡。这内蕴的美之光彩亦使残缺逆转为完整，每一部分都是整体，都是整体的丰盈和独立。没有哪个部分不在望着你,迫使你改变自己的生活,亦即必须对感性自身进行铺展和变形,使之在各处各物上都变得同样强大、甜美和诱人。这种感性也就是阿波罗的神性光耀,正是它使雕像得以超越历史的黑暗,以仅存的残躯超度艺术生命至历久弥新的时空。在谈到罗丹的无臂雕像时,里尔克曾说到,手臂是多余的,是一种装饰品,可以摒弃它以保持彻底的清贫,这并没有损失任何重要的东西,倒像是一个人把自己的杯子送给别人,自己从小溪里饮水。艺术家有权根据许多物体画出一个物体,根据一个物体最微小的部分画出一个世界;罗丹有能力给任何一个部分赋予整体的丰富性和独立性。诗的结句含义模糊而突兀,里尔克不太关心社会、政治意义上的权力关系,他感兴趣的是主体和客体的关系。诗中的古代艺术品告诫人们,要认识到由观看的主体所发挥的控制力量其实只流于表面,没有眼睛的雕像"看着"它的观看者,从而颠覆了这种看与被看的关系,将掌控力的源头置于客体的物而不是主体的人。从这个角度上理解,一种"改变生活"的办法就应该是重新设想主体和客体,消除人们习惯的等级观念。①

罗丹曾说,艺术家应该返回上帝最早的经文,也就是自然。在自然面前工作,也就是面对实物。对于雕刻家这固然重要,对于诗人的创作何尝不是如此。罗丹在构思《巴尔扎克》纪念像时,不满足于按照历史照片来塑像,而是长途跋涉,到巴尔扎克的家乡去寻找模特儿和实物。他找到的模特儿是在当地有"小巴尔扎克"之称的理发匠,找到的实物是一件修士道袍,当年巴尔扎克曾穿着它来写作的。于是,最后完成的雕像就成了一个身披道袍的巴尔扎克。比照罗丹的榜样,里尔克也从他等待灵感的密室中走出来,仔细观察周围的具体事物,然后回到书桌前,敲打文字的大理石,成了一个诗歌雕刻家。他曾在 1907 年 6 月 13 日给妻子的一封信中描写

---

① 朱迪思·瑞安著,谢江南、何加红译:《里尔克,现代主义与诗歌传统》,上海人民出版社,2011 年,第 108 页。

如何观察动物：

> 昨天，我在植物公园度过整个上午，面对羚羊，多卡瞪羚。两头一起，另一头雌性单独分开。它们躺卧着，距离数步，正在反刍草料，闲适观望。它们的眼神酷似肖像画的女士，缄默无言地凝视着你，一副终极的姿态。一匹马嘶叫，其中一只羚羊竖起耳朵，我看到羚角和耳朵的一道光环，在纤细的脑袋上面……我只看到一头站起来一会，很快又躺下，但在它的腿伸长和尝试之时，看到它们的美妙动作（就像步枪发射时跳跃）。

里尔克的《瞪羚》一诗，基本上移植了他上述的观察所得意象，里尔克的全部"事物诗"都可谓是跟随自然的产物，一种诗歌雕塑。

诗人特有的敏感使里尔克从一开始就能迅速而深入地理解罗丹的作品，尤其是罗丹的创作与文学的关系。他在《罗丹论》中这样阐述道：

> 他第一次读但丁的《神曲》。那简直是一个启示，他看见无数异族的苦难的躯体在他面前挣扎。超出于时间以外，他看见一个给人剥掉外衣的世纪，他看见一个诗人对他的时代的令人难以忘却的大审判。里面许多形象都支持他。而当他读到一本书叙述眼泪流在尼古拉三世的脚上时，他就知道有些脚是会流泪的，有些泪水是无处不到的，是灌注人的全身，或从每个气孔溅射出来的。于是他从但丁走向波德莱尔。在这里，既没有审判厅，也没有诗人挽着影子的手去攀登天堂的路；只有一个人，一个受苦的人提高他的嗓子，把他的声音高举出众人的头上，仿佛要把他从万劫中救回来一样。而在这些诗中，有些句子简直是从字面走出来，仿佛不是写成的，而是生成的，有些字或一组组的字，在诗人热烘烘的手里熔作一

团了,有些一行一行地浮凸起来,你可以抚摩它们,更有些全首十四行,简直像雕饰模糊的圆柱般支撑着一个凄惶的思想。他隐约地感到这艺术,在它骤然止步处,正与他所窬窊思服的艺术的起点相毗连;他感到波德莱尔是他的先驱,一个不惑于面貌,而去寻求躯体里那更伟大、更残酷而且永无安息的人。

(梁宗岱译文)

作为回报,罗丹的艺术反过来又在里尔克那里演化成"词语的雕塑"。里尔克的语言极其富有质感和动势,可以有效地凝聚各种对立冲突——运动和静止、表面与形状、脸孔与身体……他对人和物的刻画具有罗丹雕塑的力度和速写画的速度和生动,尤其是一些细节化的隐喻。比如,他对布兰德斯的印象,"他刚刮过胡子,总会在嘴巴周围傲慢的皱纹里流点血,为了他的不识好歹的祖国"。他写罗曼·罗兰的好学不倦,"眼睛好像度数太多用旧了,不时重新漆上全新的蓝色"。他向罗丹描述自己身处杜依诺古堡的感受,"我目前住在这里,独自一人,在一座古老的城堡里,像峭壁那么坚硬,古堡在峭壁终端,从那里向时间和海洋发出挑战,不知不觉被海盐侵蚀。我落在那些巨墙手中,有点像囚徒,不过,它们不时让我溜到陡直斜坡上的花园区,斜坡率领常春藤大军,直扑古老的大屋。有时出现短暂春天,几个钟头,但太阳很早下山,几乎从下午四点开始,无论如何就要点燃冬天的灯火"。他写西班牙城市龙达,"一座巨大峭壁肩上支撑着一个小城市,以石灰刷白再刷白,峭壁和小城向小河跨前一步,就像圣克里斯多夫和圣子耶稣那样"。圣克里斯多夫是民间传说中的巨人,渴望侍奉基督,以行善来修道,整天守候在湍急的河边,帮助人们渡河。一天夜里,他肩负一个小孩过河,小孩的重量异乎寻常,差点将他累倒。到了对岸,他对孩子说:"哎,小家伙,你陷我于险地,你在我肩膀上那么沉,即使背上整个世界,也没有那么重!"小孩答道:"克里斯多夫,不必奇怪，你的肩上不只有整个世界，还有创造世界的主。"

里尔克用词语再造视觉艺术境界的文字尤其精彩，下面两段分别是写西班牙画家埃尔·格列柯的油画《托雷多风景》(*View of Toledo*)与罗丹所画的舞蹈女郎的：

> 一场雷雨爆发，突然落到一个城市后面。城市在山坡上，陡直地向它的大教堂上升，再往高处是古堡，正方形，厚实。一道破布条状的光线犁过土地，翻转它，劈碎它，在树林后面，照出这里一块、那里一块的浅绿色草场，好像失眠的时光。一条狭窄的河流，无波无浪，从一大堆冈峦流出来，以墨黑的蓝色严重威胁着灌木丛的绿色火焰。心惊胆跳的城市，蓦地站起来，仿佛要戳破周遭的恐慌。

> 她们在那里，这些苗条的舞娘，像羚羊变形，一双纤细长臂，恍如穿过肩膀成为一体，胸部平薄而丰满（像佛像充盈的扁平），像一整块金属，反复捶打直到手腕，从那里出现双手，表演时好像活动而独立的演员。这是何等的手！这是佛的手，懂得安眠，它们停止下来，静止不动，手指贴手指张开，按在膝盖上，停留千年万载，掌心朝上，或者弯曲手腕竖起来，祈求永恒的静谧。想象一下这些手醒来的时候！手指分叉，张开，像光线四射，或者互相间弯曲，像含生草那样。这些在长臂末端的手指，时而快乐，时而陶醉，时而不安：它们在曼舞。整个躯体用来支持这种终极舞蹈的平衡，在空气中，在身体本身的空气中，在东方背景的金色里。①

凭借对雕刻和绘画的语言复制，里尔克训练了自己的艺术敏

---

① 刘志侠：《里尔克与罗丹》，中央编译出版社，2011年，第266—270页。

感性和在两种艺术之间勾连的技能，准确的观察和领会，语言的凝定，细节的把捉，都有利于他的"事物诗"写作。

里尔克和罗丹的关系发生过两次破裂，究其实，都是源于误会。人既容易误解别人，也容易误会自己，大师也不例外，人性是相通的。第一次，因为罗丹误会里尔克处理信件不当，有浑水摸鱼、从中取利之嫌，便大发雷霆，将诗人扫地出门。第二次，却是诗人没能理解大师的具体处境，误以为大师答应了妻子克拉拉为自己造像的请求。而当克拉拉空手而归时，自尊心极强的诗人备感挫折。这次大发雷霆的反倒成了里尔克，诗人之决绝，真是令亲者痛、仇者快。两位大师的友情最后以破裂而告终，诗人还没来得及挽回，罗丹便撒手人寰，不能不令人扼腕叹息。两次误会相隔八年，第一次只等了一年的时间便烟消云散；这一次，命运似乎另有主张。诗人告别了罗丹，同时他的诗歌也告别了以罗丹为师的阶段，不再单纯地使用生理的眼睛去观察世界，他的诗里不再有轮廓清晰的动物或者明丽的玫瑰。诗人开始以心灵的眼睛上穷碧落下黄泉，穷造化之功，开始重新从有形具在的物转向充满了天使和灵光的内在无形世界，也就是里尔克创造的后期阶段。里尔克 1924 年回答一位德国历史学家的访问时，对罗丹和自己的关系有过十分公允的回忆，他说："我在这里再一次重复地强调，雕塑大师这种直接而多重的影像，超过来自文学的任何东西，在某种意义上，令它们变得没有意义。我很幸运遇到罗丹，当时我到了内心选择的成熟年纪，而他呢，到了随心所欲使用艺术经验的时期。"①

第二节　劳伦斯：对肉身缺席的反抗

如果说，凡·高的大地仍是他的自我在大地上的投射，那么，

---

① 刘志侠：《里尔克与罗丹》，中央编译出版社，2011 年，第 327 页。

在使物恢复其物性上面，塞尚使现代法国艺术迈出了返回真实物质、客观物质的最初一步。塞尚曾经对他的模特叫嚷，要她"做一只苹果！做一只苹果"！D. H.劳伦斯曾精辟地论述过塞尚的这一贡献，他说：

> 塞尚的苹果是真正尝试让苹果以它独立的实体来存在，不以个人感情将其渗透。塞尚的伟大努力是，把苹果从他身边推开，让它独立生活。这看似一件小事，但是它是几千年来人类愿意承认物质的事实存在的最初的真正的迹象。它可能显得很奇怪，因为数千年来，简而言之，自从神话学的"堕落"之后，人类一直被始终不变的否认物质存在的成见所纠缠，人类一直在试图证明物质仅仅是精神的一种形式。那样的时代结束了，我们终于认识到，物质仅仅是能量的一种形式，无论那是什么，在同样的瞬间，物质升起，打中我们的脑袋，让我们知道它绝对存在着，因为它本身就是压缩的能量。

塞尚的秘密就在于将主观的言说转为客观的言说，"把苹果从他身边推开，让它独立生活"，就是保持物之为物的独立自持。个别的苹果因与人的感官欲望和需求相关联而成为短暂的，而一旦剥离掉苹果作为物的"可用性"，使其获得普遍的形式，将其非实在化，还原到无形的世界性存在之中，它就从事物的流变中超脱出来而变得持久。在世俗功利活动中消失不见的物的物性，却在艺术作品中得到看护，成为纯粹之物，秉有它的全部光辉与尊严，拥有它的存在。

"我闯到绘画里来干什么？"1929 年劳伦斯写道，"我是个作家，我应该忠于墨水。我已经找到了我的表达媒介：为什么，在四十岁的时候，在 1926 年，我却突然想要尝试另一种媒介？"多年以前，在转向小说创作之前，年轻的劳伦斯就已经同时开始写诗、画画和临摹图画，他临摹过的画家有皮埃特·德·胡赫和皮埃罗·

迪·科西莫。他在《儿子与情人》中赋予保罗·莫雷尔以同样最初的艺术激动,这马上成了一种慰藉和激情。当劳伦斯回到绘画上时——这种回归与他缓慢垂死的年月巧合了——他说:"因为它给了我一种词语从未给过我的快乐。也许词语中的快乐更为深沉,因此也更难意识到。绘画中的有意识的快乐当然是强烈的。"

　　说起劳伦斯闯入绘画领域,还有个故事。那年,他的朋友玛利亚·赫胥黎来到他在佛罗伦萨的房子,带来闲置在家中的四块大画布,送给劳伦斯,其中一块她还弄破了。那些绷好的画布真是诱人。劳伦斯曾亲手油漆过房子门窗,还剩下了一些松节油和颜料粉,还有几把刷房子的刷子。有一块画布上有以前一位不知名的拥有者画上去的东西,一个回鹘红发男人的雏形,非常丑陋阴暗。于是,纯粹为了盖住画布上那团泥灰色,劳伦斯把画布靠在椅子上,人坐在地上,用刷房的刷子就画了起来。他一下子便沉浸其中了,那情形就像一个猛子扎到水里,开始疯狂地游泳,仿佛在激流中,害怕、惊恐,喘息着、挣扎着。

　　劳伦斯不喜欢精打细磨的艺术——他称之为"奢望"——他坚持认为他是在制作绘画,而不是在绘画。在给马克·杰特勒的一封信中,他写道:"一个人必须回到活的、真正可爱的生殖器自我和生殖意识。我认为我在我的绘画中得到了一种生殖之美。我知道它们到处都有错误,但是那里有东西存在。"他认为作画全然出自本能、直觉和纯粹的肉体动作,一旦本能和直觉进入刷子尖里,画面自然就形成了。他的第一幅画《圣徒之家》就这么问世了,几个小时,一切都有了:男人、女人、孩子、蓝衫、红披肩、淡色的房间。此画原名为《渎神之家》(Unholy Family),原初预想要表现的是,那个头上光环熠熠发光的儿童(当然是指圣婴),在焦急地注视着那个小伙子在狂吻那个半裸体的青年女子。但在绘制过程中,画的意蕴有所扭转,以至于画题也完全改变了。这种创作过程中对象脱离作者的预期构想,沿着甚至相反的路线发展自身,其实在小说写作中是屡见不鲜的。这证明，作者笔下的人物命运有时并不完全受控于作者，而是有其自己的安排，似乎作者并不能像上帝那样完全掌控人物的命运，角色自身带有自足性。劳伦斯作画时体验到巨大的快感，他可以随便在一块玻璃上调色，用破布、手指、手掌和刷子画，他的朋友赫胥黎曾打趣地让他下回试试用脚趾头画。此画最终的情况是，画中的孩子反倒是唯一头上没有光环的，他的父母也没有亲吻，尽管那男人的手托着女人的乳房。画面上有很多环状物，三个人物的头部、上身、头部后面的光环、椅子靠背、陶器架子、桌上的碗，甚至后面的窗户，都呈现出这种几何图形，体现出威尼斯画派风格，让人想起彩虹，象征着这个圣徒之家沉浸在和谐、平衡的气氛中。那是太阳和雨水、男性和女性之间的平衡与和谐。而安坐在父母身旁的孩子，显出踏实平安的神色。正如劳伦斯在小说《虹》里所描写的女孩安娜，逍遥自在地置身于火柱和云柱之间，左右两侧都让她感到心神安宁，再也不用以孩子的力气去支撑断裂的天穹，因为她的父母在空中接上了头，从此她可以在这拱门下的空间里自在地游戏了。这幅画里的圣家族在各方面都达到了和谐，两性之间、父母与孩子之间、人与环境之间，在劳伦斯看来，这种自然和谐便是天堂的至福。但同时，这也是一个渎神之家，因为这种福分与救世主无关，反倒与当下的肉身现实息息相关。① 这幅画与后来的《雨廊上的一家人》构成某种对比，后一幅画中没有那种自然的和谐，在这个典型的中产阶级家庭中，丈夫和孩子在那自命不凡的慵懒母亲面前显得低声下气。

劳伦斯的诗歌与绘画保持着一种奇怪的伙伴关系，直到他生命的终结。警察截获了《三色堇》的手稿，是他从意大利寄给他的出版商的，它的一个删节本问世于 1929 年，删除了十四首发现"含有下流字眼"的诗。劳伦斯后来用日本牛皮纸把它们印了出来。

---

① 参见劳伦斯、萨加著，黑马译：《世俗的肉身：劳伦斯的绘画世界》，金城出版社，2011 年，第 22 页。

在同一年,在伦敦瓦伦画廊他的一次画展上,警察突袭并收缴了十三张"淫秽"图画,他们还没收了在曼德拉克出版社出版的画册。劳伦斯曾撰文辛辣地驳斥了所有"有意味的形式"废话,他特有的艺术观念是对他的其他观念的一个总结。正如他曾经写过的:"普通的小说追踪宝石的历史——但是我说,'宝石,什么!这是碳。'"

劳伦斯一生是个充满争议的作家,他对肉身欲望的大胆披露,对传统价值观的颠覆性思考,他对"生命"的大力张扬,都既成全了他的艺术个性,又给他带来了不得要领的非议。劳伦斯对生命、本能、直觉的追求,也反映在他的绘画当中。他的《薄伽丘故事》画的是类似《十日谈》中第三天的第一个故事,情节当然有所改造。画中的园丁在炎夏的花园里酣睡,修女们看见他的衣衫被风吹起,显露了她们称作"下面的东西"。劳伦斯自认这是一幅委实好看的画面,称修女们穿着的长袍像紫色麻袋。画面中,修女们身穿淡紫色报春花式的长袍,头戴蜜黄色的无边圆帽,蹑手蹑脚地经过翻耕过的田地,经过银白色的橄榄树,向脸色红润伸展着四肢的园丁走去,列队观赏。其实那人只是假装睡着而已,或者是疲于应付修女们的性要求,累得果真睡死过去了,让修女们饱了一回眼福。生命勃发的欲望要远远珍贵于抽象的观念、思想,乃至宗教。劳伦斯在《恋爱中的女人》自序中宣称,肉欲的激情与神秘同神的神秘与激情同样神圣。富有创造性的自然冲动之魂激荡起我们体内的欲望与苛求,这是我们真正的命运,有待于我们去满足并实现。他在《论淫秽与色情》一文中进而宣称:"薄伽丘小说中那开诚布公、健康、质朴的性兴奋是决不可拿来同现代畅销书靠骚动肮脏的小秘密引起的偷偷摸摸的性激动混为一谈的。"[1]他号召人们与自己心中的和外部世界的肮脏小秘密和清教的伤感谎言作斗争,在自我意识中冒险并最终超越自身,而能使人们超越自身的正是自己体

① 劳伦斯著,黑马译:《劳伦斯文艺随笔》,漓江出版社,2004年,第346页。

内生命的冲动本身。这生命催促着我们忘却自己，服从那半原始的冲动去打碎世上的巨大谎言。性是人生之强大、有益和必需的刺激物，每当我们感到它像阳光一样温暖而自然地流遍全身，我们会对它心存感激。

劳伦斯的绘画全凭天赋，并没有刻意借鉴任何技法，自由无碍。虽然数量不多，但也颇为丰富可观，不乏成功之作，如合乎《圣经》宗旨的《复活》和《发现摩西》，滑稽戏仿《圣经》内容的《掷还苹果》，色彩绚烂的《夏日拂晓》，精巧的仿作《农夫》和富有审美情趣的《丽达》。

劳伦斯的画可以作为他的文学思想的具体表达。在《舞蹈素描》中，男人、女人、树丛似乎都卷入了统一节奏的浪潮中。这种节奏既是岁月的节奏，又是男女两性婚姻的节奏。人要实现生命的完满，就需要达到灵肉的和谐与平衡。劳伦斯敏锐地发觉了性是宇宙中阴阳两性的平衡物。也就是说，性之舞蹈的节奏是与宇宙本身的节奏一致的——"吸引，排斥，中和，新的吸引，新的排斥，永不相同，总有新意。在大斋期，人的血液流动渐缓，人处于平和状态；复活节的亲吻带来欢乐；春天，性欲勃发，仲夏生出激情，随后是秋之渐衰，逆反和悲凉，暗淡之后又是漫漫冬夜的强烈刺激。性随着一年的节奏在男人和女人体内不断变幻其节奏，它是太阳与大地之间关系变幻的节奏。哦，如果一个男人斩断了自己与岁月节奏的联系，斩断了与太阳和大地的和谐，那是怎样的灾难呀！哦，如果爱仅仅变成一种个人的感情而不与日出日落和季节的神秘转换有任何关系，这是怎样一种灾难和残缺啊！我们的问题就处在这上头。我们的根在流血，因为我们斩断了与大地、太阳和星星的联系；爱变成了一种嘲讽，因为这可怜的花儿让我们从生命之树上摘了下来，插进了桌上文明的花瓶中，我们还盼望它继续盛开呢"①。

---

① 劳伦斯著，黑马译：《劳伦斯文艺随笔》，漓江出版社，2004 年，第 327 页。

　　劳伦斯强调的是人与事物之间活生生的关系,他举凡·高为例,当凡·高画向日葵时,他揭示或获得的是一瞬间作为一个人的他与作为向日葵的向日葵之间的活的关系。他的绘画根本不是再现向日葵本身。要弄清向日葵自身是什么,照相机可以比凡·高干得完美得多。对人类来说,人与其周围世界之间的完美关系就是生命本身,虽倏忽即逝,却具有永恒与完美的性质。

　　在《红柳》一幅中,三个沐浴者与风景极其和谐,最左边的一个由于位置特殊,看上去似乎柳枝是从他头上长出来的。这让人想起劳伦斯的一首诗《黄昏中的雌鹿》:

> 当我穿过沼泽
> 一头雌鹿跳出玉米地
> 闪上山坡
> 把小鹿留下。
>
> 天际线上
> 她回身观望,
> 在天空上
> 戳出一个黑点。
>
> 我看着她
> 感觉到她在观察;
> 我成了一个奇怪的生物。
> 不过,我依然有权和她同在,
>
> 她敏捷的身影
> 沿着天际线小跑着,
> 向后平衡着优美的头部。

我认识她。

哦，作为雄性，我长着鹿角的头不是同样艰难地平衡
着吗？
我的腰臀不是同样轻盈吗？
她不是与我一样乘风而逃吗？
我的恐惧不是同样包含着她的恐惧吗？

这首诗的主旨明显着眼于人与物的亲缘关系。作为万物灵长
的人类，因智慧高出其他受造物，有责任像《创世记》中所说，成为
万物的管理者和保护者。因此，作为诗人的劳伦斯能够对雌鹿的
恐惧感同身受，有无缘大慈同体大悲的情怀。这让我想起弗里
达·卡洛的画作《小鹿》。孤零零的鹿身美女头生丫杈鹿角，整个
身体横过来，最大面积地暴露出来，对着观者。正在奔逃中的四肢
显得极其僵硬缓慢，鹿身上插满了利箭，鲜血淋漓，脸是画家本人
的，目光平静地望着我们，没有诉说，也没有哀伤，似乎对自己的受
难命运早有准备。而这种平静更其让人震撼，震撼于人心贪婪造
成的对其他生灵的无端伤害，甚至灭绝。

如果说，哲学、宗教和科学都在忙于把事物固定住，以求得一
种稳定的平衡，"把人钉在这棵或那棵树上才罢休"，那么，文艺的
任务便在于揭示事物之间细微的内在关联，一种普遍联系，如同生
命之细流将一切联系成一个动态活泼的网络。将事物之间的真实
而生动的关系固化，无异于给彩虹和雨水贴上标签。在所有这些
事物的关联之中，最为重要的当然是人与自然、灵与肉、男人与女
人的关系，而劳伦斯的诗歌与绘画的基本主题便在于此。他认为，
作为人类汲取营养与更生发展的伟大源泉，大自然是人生远航中
维持供给的唯一希望所在。人的一生应竭尽全力使生命与大千世
界融为一体，形成直接的、亲历的、不依靠中介与媒体的交融，从而

获得精气与活力,这才是宗教的根基。劳伦斯很少画纯粹的风景画,他认为风景似乎总是在等待什么东西来充实它,对更富有张力的生命眼光来说,风景仅仅意味着背景,真正的主体是人体。英国风景画要逃避的正是这人体。

因此,劳伦斯的画中占有一个重要位置的是他的裸体画,裸体和风景结合在一起。显然,在这点上,他受到了塞尚的那些"沐浴者"绘画的影响,他不仅服膺塞尚对人体的处理,也受益于他对人体构造及其与自然背景之间关系的处理。劳伦斯绘画中的有些男人往往让人联想到那个精力旺盛的潘神,他甚至认为,基督的诞生意味着潘神之死,而基督之死则宣告着潘神的复活。他画中的男人体形硕大,姿态笨拙,充满力量,厚重,有体积感,他画中的女人同样如此。比如,《逃回伊甸园》中的夏娃,趁着亚当和天使在乐园门口搏斗之时,以近乎蹲伏躬身的不雅低姿态溜进了乐园。《掷回苹果》中的夏娃也是半蹲在地上,正在拾起地上的禁果,递给亚当充当弹药;亚当则只画出了背影,正在向狼狈躲闪的耶和华投掷苹果。苹果代表知识,这说明,劳伦斯认为,正是所谓知识,使人丧失了浑朴天真,丧失了与物相谐的乐园中的幸福。这个思想类似于浮士德的"知识悲剧",人过中年、学富五车的浮士德博士,突然发觉,那些僵死的知识反成了他与生命、自然进行活泼泼交流的障碍。再如,《丽达》一画中的丽达,体躯粗壮,近乎男性,只画出了半个头部,如果不是胸部的女性性征,完全认不出是女性。劳伦斯之所以不画出完整的头部,也许是暗示着人类的"头脑"是个圈套,头脑中的所谓思想和理性,正是造成人的灵肉不谐的罪魁祸首。

劳伦斯清楚自己在技术上尤其是在解剖学上的训练有所不足,他基本不使用模特,而是依靠自己的想象。或者是技术的原因,或者是出于故意,他笔下的人体比例总是有所走形,甚至不成比例,尤其是头部与身体的比例总是小于一般的标准。劳伦斯研究家萨加认为,这明显是他努力与现代西方文明作对的一部分,西方文明的趋势是让人们全部靠头脑活着①，身体日渐萎缩和变得多余，柏拉图式的精神至上使人与自己的身体、与自然世界割裂开来。所以，他的画特意强调人体的肉感，就像塞尚强调苹果的苹果本质一样。《夏日黎明》和《男人再生图》这类画作最接近他所追求的活生生的肉体色调，那些男人通体光亮，恰似刚刚蜕痂、刚刚出生一般。

而机械文明的工具理性使人灵肉分离，感性和理性分离，人成了一个过度进化的硕大头脑，直觉、本能这些生命最内在的力量日渐衰弱。为了弥合这种二元分裂，艾略特等现代主义诗人毕生都在探索解救之道，艾略特的诗学核心之一就是如何克服"感受分化"。19 世纪浪漫主义将个人主观与外在现实割裂开来，因此脱离了现实世界，导致了唯我论（solipsism）的"自我独白"。二元分裂现象不仅表现在浪漫主义的主客观之间，还表现在一系列的范畴之上，比如个性/非个性、分裂/统一、思想/感觉、智力/知性等，艾略特正是企图以辩证的方式来重新统一与弥合这种种二元分裂的鸿沟。他认为艺术是发现我们很少渗透得更深的无名情感的主要方法。他认为诗歌能帮助我们打破知觉与估价的常规模式，让我们看见崭新的世界或其一部分。它能够让我们时时意识到，是更深的无名情感形成了我们存在的深层本质，因为我们的生活大部分是在不断逃避我们自己，逃避有形的可感世界。

感受的分化（dissociation of sensibility）从年代学和主题学两个方面对应了从笛卡尔到 20 世纪初西方哲学上的身心二元论。而利用生命直觉、艺术、宗教等手段回复到身心一体化的希腊式原始状态，就成为许多哲学家和艺术家思考、追寻的目标。西方文明的基石在于个人的独立本体，其强有力的表述就是笛卡尔的"我思故我在"。以这种方式去接近存在，必然就预先设定了两个存在领

① 参见劳伦斯、萨加著，黑马译：《世俗的肉身：劳伦斯的绘画世界》，金城出版社，2011 年，第 50 页。

域:"主体"(思)和"客体"(物质)、"我"和"非我"、"人"和"自然"、"文明"和"野蛮"。一般而言,在西方世界,对这种思维模式的接受是普遍的和不自觉的。然而,它有着不幸的影响,它使个体远离了关联、交互依存、互相影响的观念。在身心分裂的状态中,凭借理性我们只能了解现实的表象,而根据感觉我们却可以把握住现实的全部。在这种原始、直接的经验中,觉察不到主体与对象、此物与彼物的区别,有如新生婴儿分不清自己与对象一样。直接经验严格地说不是一种意识状态,在直接经验中,意识仍然与其对象是一体的,知觉者的"我"和知觉对象"世界"是"感受整体"不可区分的方面。主观的"我"和客观的"真实世界"都不具有本质的统一性,两者的统一性只能在彼此的关系中才能被确立。艾略特认为,意识与对象是互相依存的,意识可以缩减为对象之间的关系,而对象则可以缩减为不同意识状态之间的关系;没有哪一方比对方更有决定性。

19世纪浪漫主义的主观过度就是企图让作品成为作家"个性"的表达,是个性对外在事物的投射。我们通常认为,在我们自身之外有一个连续的"真实世界"存在,但我们却没有认识到,这个世界是由一系列主观的集合构成的。艾略特声称,真实世界是在社会交往过程中建构起来的,在社会交往过程中,每一个有限中心(个人)的直接经验分裂成内在于自身的主观领域和与他人分享的客观领域。因此,艾略特同样不满于文学上的现实主义,他坚持认为艺术不应该反映熟悉的世界,而应"创造一个新世界",一个具有内在连贯性并因此能照亮事实世界的世界。艺术家必须强化世界以达到自己情感水准,也就是说,艺术家要抓住经验的主观一面,将熟悉的世界转化为新的艺术世界。艾略特推崇理性与感性的结合,他认为人最好的成熟途径是通过同时是感性也是理性的经验,这种结合被他表述为"直接感官地领会思想""用感觉思考"和"感官思维"等。智力与感受的重新整合,使艺术家克服了主客观之间的分裂。在他看来，还没有完全失去感受力的统一性的诗人，或许只有19世纪末20世纪初的法国象征主义诗人拉法格、波德莱尔等，只有他们才接近"将意念转化为感觉、将看法转化为心态"这样的基本品质。

与艾略特类似，劳伦斯哀叹人类正在消亡，正与其内心营养和更生的伟大源泉相隔离，与宇宙中永恒流动的源泉相隔离。它像一棵连根拔起的大树，树根朝天。这里的"根"就是人的生命之根，既是自然，也是维系人类的血脉的性驱力。男女两性分别是血的支柱和血的深谷，两者交合，才成就天地一体的伟大节拍。人类必须重新扎根于宇宙之中，才能使自我意识和创造力恢复到与宇宙万物息息相通的契合状态。他坚持认为："若想要生活变得可以令人忍受，就得让灵与肉和谐，就得让灵与肉自然平衡、相互自然地尊重才行。"[①]劳伦斯所谓的生命，实则是指人与事物之间真实生动的关联。在绘画中，他找到了体现事物之间这种本质性关联的手段，那就是通过点染和混合来自各种物体的不同颜色，比如当背景色靠近哪个物体的时候，就让这颜色消退，并过渡为那个物体的颜色，显现其特征，《舞蹈素描》可作为范例。在《艺术与道德》一文中的一段话可作为此画的阐释："任何事物，有生命的还是没生命的，都在随川流而动，没有哪个人（甚至人的上帝）或哪个人自以为懂得的或有感触的事物是一成不变的。一切都在动。没什么是真、是善、是正确的，它们只是与周围世界及同流者活生生相连时才真、才善、才正确。"[②]

说来奇怪，上面我们考察到艾略特克服灵肉分离的探索，其思想底蕴与劳伦斯可谓异曲同工，但就是这位大诗人，对劳伦斯笔下的人物却有这样的批评，"谈情说爱时不仅丧失了几个世纪所形成的高尚的文雅的风度，而且似乎重新陷入进化的变形过程中，回复

① 劳伦斯著，黑马译：《劳伦斯文艺随笔》，漓江出版社，2004年，第313页。
② 劳伦斯著，黑马译：《劳伦斯文艺随笔》，漓江出版社，2004年，第210页。

到人猿、鱼类以前的原生质的丑陋的交媾状态……他的作品使人们感到非常厌恶"①。也许这是他的个人性格使然，也许是因为艾略特虔诚信仰英国国教，即便从文艺家的本能出发，他能认识到现代人迷失于二元分立的荒原之中，但他所提出的救赎之道却与劳伦斯大相径庭。

劳伦的小说命运多舛，多次被禁，本人也遭到批评界极其不公的对待。他的绘画作品也分享了同样的命运，当然也是同样的光荣。在语言不足以表达他全部思想的时候，他开始用调色板作为武器，用色彩的具象将自己的艺术思想和饱满激情倾注其中，创造出人与宇宙间一种崭新的关系。这在劳伦斯看来，不啻为一种崭新的道德。

第三节　塞尚遗产的文学再造

关于塞尚，克莱夫·贝尔有过这样的说法，大意为我们欠塞尚的甚多，而他欠我们的却甚少，高更和凡·高从塞尚那里借鉴的一切，在现代艺术中都成了显而易见的要素。塞尚在用谦虚的态度谈论他那"小小的感受力"时，也曾抱怨高更把它拿了去，并且"领着它散步，带着满船跑"。而在塞尚的灵感变得陈腐之前，马蒂斯和毕加索等就已经赶了上来，把这种灵感变成了适合他们的不同的性情形式。因此，贝尔称塞尚为"发现了形体新大陆的哥伦布"。塞尚经历过印象派阶段，但他认为，印象派的分析法导致了对真实的某种破坏，印象派认识到了事物的生动性、光的震动和色彩的鲜艳，但忽略了这些对象的基本性质——坚实性或曰真实性。光与色的分析导致了色彩与形体的分离，这有悖于画家的职责。塞尚

---

① 蒋炳贤编选：《劳伦斯评论集》，上海文艺出版社，1995年，第35页。

看到了印象派画家没能发现的东西：每一事物都可被视为纯粹的形体，在其背后，蕴藏着使人欣喜若狂的神秘意义。他发明了区别于印象派的"模拟法"的"调节法"，亦即使用厚涂色彩的层次渐变来创造形体。他发现了色彩与形体的同一性，两者互为条件，不可分离。于是，他用色彩代替了印象派的光，阴影、亮部、中间色调都是色彩。他在表现体积时用上了全部色彩和一系列润色，这些润色根据形体的连贯或间断，以对比或类比的方法，一个接一个出现。对象的外轮廓线以色彩的加浓或减淡来表现，阴暗处，色彩则与背景色相同。整幅画就是一幅挂毯，每一种色彩各尽其能，同时又将画面的响亮明朗融化到总体效果之中。罗杰·弗莱在谈到法国后印象派绘画时，曾提醒我们注意其中令人瞩目的古典精神，这里的"古典"不是古板、迂腐或落落寡合，而是指这些画家不同于浪漫派和现实主义。尤其是塞尚，他创造效果并不依赖具形联想，亦即塞尚对色彩和形体的调整不带有任何文学意识的先入之见，不靠对主题的联想吸引观者的兴趣。因为联想艺术的弊端就在于其效果完全依赖于我们已有的东西，它不能为我们的感受增加全新的因素。①

塞尚之于印象派乃至整个现代主义艺术运动的关系，我们在此不打算进行过于细致的艺术史梳理，我主要想谈的是，塞尚作为画家，他的艺术探索、他不停努力的工作精神、他以绘画作为自我拯救手段的方式，在文学中得到了怎样的回响和接纳。

最为明显的范例便是德语诗人里尔克，他从罗丹和塞尚身上，学到了艺术家要永远像大自然那样工作，工作，再工作，这种不依凭灵感的电光石火而诉诸踏实苦干的精神，对于整个一代的现代主义者，都有着极其重要的影响。比如法国象征派诗人，为了"品尝词的鲜美"和领略"词语迷宫的华美"，不约而同地对诗人的工作

---

① 弗兰西斯·弗兰契娜、查尔斯·哈里森著，张坚、王晓文译：《现代艺术和现代主义》，上海人民美术出版社，1988年，第141页。

方式有了和以往不同的见解。他们大都不再依赖于浪漫主义的灵感,而代之以"工作"的态度,这是象征主义诗学区别于其他以往诗学的一个重要之处。

实际上,里尔克对视觉艺术的兴趣是很复杂的,抛开拉斐尔前派和他在沃尔普斯维德时期所受的影响不说,单是在巴黎时期,他就不单只从罗丹身上汲取启示和力量,塞尚便是另一个重要的影响源。出版于1908年的《新诗集续编》扉页上有"献给我伟大的友人奥古斯特·罗丹"等法文字样。如果说,罗丹对他的启示在于,雕塑的各个不同面的相互作用所成全的对空间的一种全新的理解方式,那么,塞尚吸引里尔克的则是各种色彩的相互作用。1907年10月,里尔克参观了在"八月沙龙"举办的塞尚画展,深为其表现物体的梯级结构所震撼。在给克拉拉的信中,他不断表达了这种印象。10月7日的信中说:"你知道,平常在展览会里,我总觉得参观的人比画家更奇特。这沙龙也不例外,唯独除了塞尚室。这儿,现实是在画家那边:在他特有的深厚绒绵的蓝色里,在他没有暗影的红色和绿色里,在他酒瓶的透红的黑色里。而他所使用的物品是多么简陋啊!那些苹果只能用来煮食,那些酒瓶只配放在破旧上衣的松大口袋里……"

塞尚得益于毕沙罗的指导。毕沙罗告诉他,最重要的是研究客观对象,只有在此之后,在必要时,才允许伴随各种观点和理论的指导。塞尚在巴黎的时候,每天早晨都要到卢浮宫去,但最后他自称总是比那些前辈大师更接近自然。这似可概括为那句老话,如果大师让你畏惧,请直接师法大自然。塞尚一生都致力于研究时间、光与物质三者之间的关系。他去除了时间这个变量,除了早期绘画中有一些运动成分,时间在他笔下慢了下来,最后完全停止在那些静物上面。时光也静止在他的《玩纸牌的人》这一系列作品里面,那些人都静坐着一动不动。而风景则更加不涉及运动。后期创作中对直射光的放弃,更加重了时间悬置的感觉。与文艺复兴时期画家表现光的传播的直线性不同，塞尚晚期作品中光呈现弥散倾向，光源与照射方向越发不确定，如《圣维克托瓦山》系列组画。这些画中的阴影也失去了文艺复兴时期绘画中向观者提供画中时间的关键功能。塞尚不再企求捕捉瞬间效果，他画中的种种形体都处于一种普适性的光照下，并非来自太阳，不是从物体表面流过的光，不是使万物枯干憔悴的光，而是一种均匀、持久、稳定、强烈、澄明、透彻的光。这种光与画布融为一体，是用每道笔触"画进去"的一种静态而永恒的光。塞尚发现空间不空，虚空充盈着力量或是能量。宽广的空间面与同样宽广的质量面交织在一起，物体成为空间的重要组成部分，且受到空间的影响。光对画家是不存在的，塞尚更重视的是色彩，以及色彩的相互作用。重叠与互渗的浓彩形成的质量感和体积感，对于里尔克中期的"事物诗"理念的形成显然有着某种内在关系。

　　1907 年 10 月 12 日致克拉拉的信中，里尔克谈到与一位女画家一起去沙龙观赏塞尚的画作，画家的观感是严谨的，不掺杂文学家的歪曲性质。女画家说塞尚像一只狗坐在画架前，不做别的，只是静观，像等待骨头出现一样等待事物成熟。塞尚只画他完全领会了的部分。早期的塞尚作品中，颜色还只是孤立而浮在表面的；后期则是运用色彩来再创事物，颜色本身的实质全部被画布吸收，不留渣滓。女画家说："好像他用了个天平，一边放上物品，一边放上颜色，分量正好保持平衡。"这句话给了里尔克以启发，使他理解了塞尚画作中色彩的存在化为精粹的现实的奇妙气氛。10 月 22日和 24 日的信中，他再次写到要再去研究一下那些紫色、绿色，仔细观察了塞尚画作中颜色之间的呼应和吸收，"一切都是颜色的调谐，每种颜色自我集中，面对另一种颜色而意识到自己的存在……每种颜色中，形成不同层次的强度来溶解或者承受不同的别的颜色。除了这个各种颜色自我分泌的体系，还不能忘记反光的作用：局部较弱的色调褪失，为了反映更强的色调。由于这诸种影响的你进我退,画面的内部激动,提升,收聚,永不静止下来……"①在里尔克眼里,塞尚以客观的虚心来再现物体,他对现实的信仰和忠实就像一只对镜自照的狗,它想:"瞧,这里又有一只狗。"

正是在塞尚身上发现的这种朝向客观的表现力,促进里尔克进一步将"工作"的观念吸纳进自己的精神世界,成为他诗歌创作的一个重要原则,也是诗人与事物交往的新的方式。是塞尚使他变成了一个"工匠","终于走上了工作的道路"。

无独有偶,象征主义的主要诗人也都秉持了这种"工作"的态度。例如波德莱尔,尽管《恶之花》浸透了心灵与感情,但他选择的诗歌是"冰冷的、字斟句酌的、从精神准则演绎出来的诗歌,而不是从心灵或感情演绎出来的"。在他看来,依赖灵感的诗人是"消极的诗人,是戏剧般冷漠的、感到不幸的诗人。为了写作,他在期盼夜晚的声音出现的同时,事实上放弃了对艺术的把握。他并没能掌握着自己的题材。他没能掌握住韵律。他甚至掌握不了时间。在这期间,他决定拿起笔来,因为这儿的一切全取决于暗中的嘴巴"②。这个"暗中的嘴巴"可以理解为灵感的源泉——天启。写作是困难的职业,它需要含辛茹苦、反复修改、大量难以捉摸的模棱两可以及隐形的夸张,还有作为艺术代价的无以比拟的痛苦。文学不属于天赋,而属于理解和操劳。波德莱尔对灵感说的排斥甚至达到了将灵感的想法与"女人的秽物"排列在一起的程度。对精确的强调和爱伦·坡的影响有关,爱伦·坡认为,伟大的作品都是作者一点点精心整理而成的,几乎可以用无可挑剔的数学演绎出来。波德莱尔赞赏爱伦·坡能将热烈敏捷的天才与对分析、组合和计算的充满激情的热爱结合起来。将科学意识引入诗歌创作的过程之中,使诗人避免了浪漫主义诗人依凭情感、天才、想象的

① 里尔克:《论塞尚》,《国际诗坛》第3辑,漓江出版社,1987年,第240页。
② 贝尔纳-亨利·莱维著,罗顺江译:《波德莱尔最后的日子》,海天出版社,2000年,第271页。

主观情感倾吐，而强调知性的作用，用形式和语言节制情感的表达，使其恰如其分。有"象征主义的高级传教士"之称的马拉美，也认为诗人不应该依靠偶然的灵感，而应该"怀着炼丹术士的耐心，准备为此而牺牲一切虚荣和愉快，就像过去人们劈了家和房梁来生炉子一样地喂养着我的大著作的火炉"。他的理想是写出"一部书，一部多卷本的地地道道的书，一部事先构思好的讲求建筑艺术的书，而不是偶然灵感——即使这些灵感是美妙绝伦的——的集子"①。

同样，瓦雷里也强调对科学般的严谨与精确的追求，他从数学的精确中找到一种精神尽善尽美的契合，他认为意识和明晰是艺术家至高无上的道德。他在给纪德的信中用"代数""方程"来比喻诗歌，他主张诗人要长期地酝酿和打磨诗章，为工作而工作。他说："我只喜欢精雕细琢，而讨厌朝秦暮楚，对于一切蓦然而至的事物感到疑惑不解。自发地，甚至妙笔生花和令人神往的东西，似乎向来都不属于我。"②和强调"灵感只不过是每日练习的报酬"的波德莱尔一样，瓦雷里推崇艰苦的劳作，但并不否定灵感。他认为，正是日夜不息的精神磨砺，才构成了灵感产生的基础，坚信一切真正的理想境界的艺术必然是由漫长的征服与锻炼而达到的。这种倾向里便孕育着一种必然，即对偶然的克服。

里尔克赞赏塞尚的内心追求，那就是完成无可置疑的真实性，将外界种种重新创化成实物，让现实经由他的个人经验而化为长存不灭。他在《论塞尚》中把这位孤独的老画家描绘成一只坐在花园里的老狗，被工作驱使和鞭打。在这里，"工作"的全部奥秘就在于以恒久的忍耐、强人的自制、谦逊的忘我来接近目标。这种忘我甚至要求艺术家节制和超越对对象的爱。里尔克说："不用说，艺术家应当倾爱他所创造的事物，可要是他显示出这种爱，就创造得

① 马拉美著，葛雷、梁栋译：《马拉美诗全集》，浙江文艺出版社，1997年，第 379 页。
② 瓦雷里著，葛雷、梁栋译：《瓦雷里诗歌全集》，中国文学出版社，1996年，第 286 页。

不好,因为他仅只鉴审,而没有表现,他就不再公平。那至上的东西,爱,结果停留在作品以外,不跟作品融合,就无法参与其变化……应该找不到爱的痕迹,爱完全在创造过程中被吸收了。"①这样才能达到艺术至真至纯的胜境。在这里,里尔克阐述了一种对待物的至关重要的现象学方法,那就是对物的显示应超越个体自我的主观偏爱,因为在主观认识中,人们看到的仅仅是个别对象,而不是存在物的普遍存在。

茨威格将里尔克称作"永恒的无家可归者,一切街道的巡礼者,走遍了一切国土",为了采集和倾听事物而来到世上的天使。他游历过俄罗斯,俄罗斯的广袤和巨大带有人类生活的童年性和原始性,给了诗人创世之初的清新和震惊之感,以至于他号称亲见了事物的原型,而觉悟到自己过去所见仅是物的影子。克里姆林宫回荡四方的钟声也在他诗中回响不已;托尔斯泰眼睛中那察看万物的天蓝色,曾映照出无数人与命运的图画。埃及和非洲诉诸他创造性的感官和神经的,是太阳怎样在无叶的国土上画出不同于多林世界的光线;斯堪的纳维亚白色的午夜也曾教会诗人内行地解说南方山谷蓝天鹅绒般的暮色。他很少讲话,几乎永远是一个人的孤旅,永远在倾听事物隐秘的声息,让事物的图像在沉默的内心中慢慢生发出越发浓郁的色彩。终于,他像年老的罗丹使用沾着泥土的光滑而沉重的石头那样,以诗句之纤细而无重量的元素迫使轮廓表现出同样的硬度。他不再像年轻时代那样去表现事物形而上学的联系与隐喻性的近似,无所不包的感觉中万象那神秘的伙伴关系和生命关联的内在性,而是极其真实地实现命运般的孤独,每个个别物在生活空间与另一物的悲惨隔绝。为此,他观察、体验;他在事物和事物之间穿行,像时间本身,甚至像一个影子,一丝可有可无的呼吸。他不去打扰事物神圣的独白,一边

① 里尔克:《论塞尚》,《国际诗坛》第3辑,漓江出版社,1987年,第238页。

让每件事物最独特的本性完整地表现出来，坚定地把它们变成文字，如同大教堂的石匠，坚韧地转化为石头的镇定，真实之光为每个现象划分了透明的界限，呈现出一种几乎严峻的清晰度。每一首诗都是一座大理石像，作为纯粹轮廓而独自存在着，同各方面划清了界限，犹如灵魂封锁在不可更改的尘世躯体中。茨威格称许《豹》和《旋转木马》是从笨拙的冷石切出来的，明亮如白昼，宛如浮雕宝石，是一种"知情的客观性对于单纯预感的胜利"。

为了获取这种客观性，诗人追随视觉艺术的启示，这是一条何其艰难的道路。造型艺术与词语艺术内在的对立性会带来难以克服的内心混乱。正如里尔克的女友莎乐美所透彻理解到的，可塑性材料具有永远存在性，能使雕刻家在灵感缺失的状态下依然保持其工作方式，素材本身对于创作者就具有一定的内涵意义；相反，诗人的材料是词语，是由感觉所把握的、完全游离于现实之外的东西，一种纯粹的符号体系。要抵达所谓的客观性，诗人长时间耐心的观察只不过是感官上的准备，为新的客观行为的发生提供舞台。因为客观乃是一种深埋于所有情感之下的更深层的移情，借助于它，有可能消除主客观充盈的对比，并使词汇的外部符号变成自体述说，变成召唤、誓言、万物。

在这个意义上，诗歌是一种原初的命名，类似于亚当在伊甸园中为万物命名。这种命名不是对物的本质的抽象；不是贴标签；不是固定价格，从物对人的有用性上来判断物的物性，而是使物还原为其本身具足的存在之丰盈，使人与万物重新成为一个永恒环舞中的链环。人甚至也只不过是一种存在者，与物齐平。如此，人与物的认识论关系便转化为存在论的共在关系。

里尔克的创作中经常流露出对万物神秘性和神圣性的关注，他认为事物并非全然像人们所相信的那样容易理解和可以言传，大多数事件都不是能用言语表达的，它们发生在语言所不及的领域。事物有其自身神秘的规律，大地恢宏、丰盈的万物背后隐藏着奔涌不息的生命之流。在《沃尔普斯维德画派》中，里尔克曾言："更神秘的是一种生命，它既不是我们的生命，又与我们无关，仿佛不顾我们而径直庆祝自己的节日，我们则怀着某种尴尬的心情注视着它的节日，像操着别种语言的不速之客一样。"里尔克对日常语言对物的遮蔽时有质疑，认为只有诗人能为万物命名。在世人眼中，世界早已不存在秘密，一切都如此确定，被和盘托出。"这个叫做狗，那个叫做房屋，这儿是开端，那儿是结束。""狗""房屋""开端""结束"，如此简单，事物存在的神秘意味丧失殆尽。万物的歌唱一经人类的触及，便了无生息。而诗人对万物的命名，亦即言说，则是对物的存在的言说。它既不是抽象的概念性言说，也不是日常的功利性言说，因为这两种言说都是将语词作为主观行为的工具对物的对象性言说。诗的命名性言说是深入词语的内在本质，吁请物本身的到场，让物的存在敞开，使物成其为物，使人与物发生共存关系。这里关键的一点是对物要采取"看护"的态度，与物平等共存，而不是以主观凌驾其上，任意掠夺，这样，隐匿的物才会真正出场，从而打开一个天、地、人神依存统一的世界。正如海德格尔所言，诗之命名并不是用词汇列举出可以想象的、熟悉的东西和事件，不是分贴标签，而是邀请物，使物之为物与人相关涉……被命名的物，也即被召唤的物，把天、地、人、神四方聚集于自身。这四方是一种原始统一的存在。物让四方的四重整体栖留于自身。物让天、地、神、人四者在相互依存中获得原本的统一，这种汇聚、聚拢，让其存留，便是物的物性活动。在此活动中，物成其为物；在此活动中存留的四方的四重整体被我们称为世界。世界就是天、地、人、神四重环舞的意义结构，它给万物以意义；而领有意义的物才在世界中呈现出来，反过来将世界存留在自身之中，物的呈现也就是天、地、人、神之意义世界的出场。"物"既非主体的对象，亦非一纯然实体，它是一根本的载体，它承载着人栖居的世界之存有。这种诗的命名将是对始祖亚当对万物命名的一种近似模拟。正如茨维塔耶娃在致里尔克的信中所言的那样，将词汇亘古以来的含义还给了词汇，将事物亘古以来的词汇（价值）还给了事物。

与这种原初的命名相反，在工具语言观支配下，人们对物的经济学意义上的利用与掠夺，使得物丧失了其物性，仅仅成为人的欲望的对象。人总是站在主体的立场，把大地和自然看作一个可利用的现成存在的东西，人们仅仅关注的是物的可用性。在《沃尔普斯维德画派》中，里尔克就已经指出了这一点："他们看到的是他们及其同类数千年来所创造的事物的表面，他们愿意相信整个地球是同情他们的，因为人们能够耕耘土地，使森林透光，让河流利于行船。他们的眼睛几乎仅仅盯着人，顺便看着自然，把它视为一种理所当然的和现存的事物，它们是尽量被人利用的事物。"机器文明的轰鸣驱逐了神性的同时，也使并非万能的人的理性自信极端地膨胀了；科技进步在给人类社会带来某种程度的幸福的同时，也煽旺了人类的欲火，使其耽迷于对物质享受的无限度追逐，而削弱了精神的力量。在《致俄尔甫斯十四行》上部第十八首中，诗人表达了为新兴机械工业对世界完整性的毁灭性破坏所深怀的恐惧："看哪，看那机器：它们怎样旋转怎样报复／又怎样把我们损害并玷污。"在第二十四首十四行中，诗人忧虑于古老神性在机械文明前的隐退："我们该做什么，是摈弃古老的友谊，／驱逐从不招徕的伟神，因为坚硬的钢铁，／我们严格教育的产物，不认识他们。／还是在纸牌上幡然寻找他们？"在一个突飞猛进的时代，众神的使者已嫌太慢。于是，诗人无限地怀念起技术时代出现之前人与物融合无间的境界。在《致波兰译者的信》中，他说：

> 对于我们的祖辈来说，一座"房子"，一眼"泉"，一座对于
> 他们很亲密的塔，他们自己的衣服，他们的外套：——这一切
> 对于他们的意味要无穷地更多、更亲密；在他们那里几乎每一

件东西都是一个容器,从中找得到人性的东西,存留着人性的东西。

"物"所具有的这种容留人性的价值,使其成为人类生活的见证。这种"物"在本质上已与人的内心融在一起,是不可替代的。在物的宁静、沉稳、坚实的可见形式中,人们的希望和沉思、最初的爱的体验、遥远的记忆和对未来的信心,都可以找到一种信赖的寄托。这样的物以其本身宁静而沉默的存在而显得庄严,它们对人类的环绕使得人类有了在家一般的信赖。里尔克对儿童看待自然的态度非常赞赏,认为儿童以一种志趣相投的态度亲近自然,像小动物一样生活在自然之中,全身心地沉湎于森林和天空所发生的事件当中,与它们同处于一种纯洁的、表面的协调之中。儿童对自然与自身的无区别心,使他们仍能和动植物一样置身于存在的整体之中。人因为意识太强而将自身摆置在世界的对面,只有在某些短暂的瞬间,如爱情或宗教体验中,才能重新拥有向存在本身的"开敞",也就是海德格尔所言及的被遮蔽者"自行解蔽而作为无蔽者显现出来"。意识越是发达,与事物的距离越大,对立越是强烈。动植物的被动性在里尔克这里反成了积极的东西,它们的存在没有因为强烈的抗拒而自外于存在者整体,而是与其呈协调关系。柔顺地服从其本质的动物仅仅冒生存之险,人则是既要冒生存之险,又要冒"存在之险"。人对于动植物的超出恰好使人更加冒存在之险,人冒险前行时为了获得自己的安全,就会不可遏止地贯彻自己。于是,脱离了存在根基的人,在自然不足以应付人的表象处,就订造自然;人在缺乏新事物之处,就制造新事物;人在事物搅乱他之处,就改造事物;人在事物偏离他的意图之处,就调整事物。人在要夸东西可供购买或利用之际,就把东西摆出来;在要把自己的本事摆出来并为自己的行业作宣传之际,人就摆出来。就这样,人将自然"对象化"为置于自己面前的"表象",甚至人本身也被用作上级意图的材料了。这种状况在现代人身上有着最为集中的体现。现代社会中技术统治人的现象，就是源于人对动植物的超出所导致的主客二分。人在童年时，会有一个意识成熟的时刻，发现事物不再与自己发生亲密的关联，会感到被从整体上撕裂的痛苦与不可名状的孤寂。人站出了万物之外。人终其一生就是要返回物我不分的混沌整体，那幽暗而温暖的"怀腹"。有些人是通过置身人群，以平均数的常人状态承担起自己的劳动和命运；而另一些人则不想放弃失落的自然，而是设法有意识地和全力以赴地再度接近它、把握它，像童年时代一样深入自然的伟大联系中去，这后者就是艺术家。里尔克曾满怀深情地回忆到，在孤寂的童年，当所有的人都不喜欢他时，当他觉得自己被完全抛弃时，物怎样深深地吸引了他："……请你们想一想，是否有什么比这样一个物让你们更亲近、更熟悉和更需要？ 除了它之外，是不是一切都能给你们带来伤心和委屈……如果在你们最初的经验中有过善良、信赖和不孤独，你们是否把这一切都归功于它呢？ 你们当初与之共享你们那颗幼小的心，像分享一块可供二人享用的面包一样的东西，不就是一个物吗？"

然而，现代的技术生产却恰恰销蚀乃至取消了物所具有的"无穷诗意空间"，取而代之的则是一种空洞漠然的东西，徒有其表的伪东西，生命的假人，使物成为"可替代品"。这种"可替代品"在高速度的技术生产中，可以迅速生产出来，也可以同样迅速地被耗损和消灭，在它们里面，已不复蕴含有任何的"人性"。里尔克感叹说，那种经验了我们的生活的，那种为我们体验过、见证过我们的东西正在消亡，我们可能是最后一代仍然认得这些东西的人。今天的一座房子，在美国人的理解里，一只美国苹果或者一棵葡萄树，同那种为我们祖先的希望和沉思所穿透的房子、水果、葡萄毫无共同之处。将物仅仅作为技术利用、征服的原材料，变成可以数字化的市场价值，使得人们遗忘了物的本身，遗忘了物在可资利用的使用价值之外，还有其自身丰盈的存在，是包含着人类生存经验并维系着无数古老记忆的存在。这样的物，人们从中可以辨认出他所喜爱的东西和他所畏惧的东西，在这一切物中辨认出不可思议的东西。而这样的聚拢着人类生存经验的"物"，正如海德格尔所言，与无数处处等价的对象相比，与过量的作为生物的人类群体相比，在数量上也是轻微的。因为今天作为对象立身于无间距者中的一切东西都不能简单地转变为物。以往那种"不可代替的可见物"越来越快地消失在大地上，这使得"物"充满了回归其本质的"乡愁"——矿苗有怀乡病。它会离开造币厂和工作台，它们教它一种寒碜的生活。它将从工厂从钱柜，返回到那被打开的大山的脉络，大山将在它身后重新关闭。

　　人为了贯彻其主观意志，力求使物纳入自己的算计，为己所用。人们误以为可以无限制地安排一切，将一切人的建构看作事物本身；而事物（大地、自然、自在之物）又总是抗拒着人对它的意义化，时时消解意义而还原到无意义状态，让人们知道它的真容绝非人在世界中所见到的那样。事物时时对人的世界关闭起来，自身持守，恢复其原始的神秘，正所谓"天机自张""无言独化"。"大地让任何对它的穿透在它本身那里破灭了。大地使任何纯粹计算式的胡搅蛮缠彻底地幻灭了。虽然这种胡搅蛮缠以科学技术对自然的对象化的形态给自己罩上统治和进步的假象，但是，这种支配始终是意欲的昏庸无能。"①里尔克通过诗人的直觉和本能，发现了世界与大地这种永恒的斗争——风景与人陌生而无关。面对茂盛的树木、湍急的溪水，事物总是倾向于摆脱人强加给它的词语的标签。人们以为可以像儿童玩火一样利用储存在物里的能量，但是这些力量一而再，再而三地摆脱它们的名称，奋起反抗，像被压迫阶层反抗它们那渺小的主人那样。当然不是反抗一次了事，它

---

① 　海德格尔：《艺术作品的本源》，《海德格尔·上》，生活·读书·新知三联书店，1996年，第267页。

们干脆举行起义，文明从地球的肩膀上坠落下来，地球又成了伟大的、辽阔的、孤独的，还有它的大海、树木和星辰。

只知道将物对象化的人类还没有学会如何公正地看待万物，守护万物。里尔克令人震惊地断言，人们虽然已经有了几千年的时间去观看、沉思、记载，但是人们还不曾看见过、认识过、说出过真实的与重要的事物。人类就像小学生一样，让这几千年像是在学校里的休息时间一样地过去了，只是在这时间里吃了一块黄油面包和一个苹果。里尔克说，人们虽然有许多发明和进步，虽然有文化、宗教和智慧，但还是停滞在生活的表面上。因此，在《致俄耳甫斯十四行》上部第十九首中，诗人告诫我们："苦难未被认识，/爱情未被学习，/在死亡中从我们远离//的一切亦未露出本相。"他进而呼吁人们"学习观看"，那就是秉持一种克己、谦卑、虚怀的态度，怀着纯洁的爱，摆脱文化的蒙蔽，用纯真原始的目光来观照事物。在《新诗集》和《新诗集续编》中，促使诗人赋诗抒怀的不再是生命、上帝、爱情和死亡引起的那种普遍的、全面铺开的激动心情，而是界限清楚、各自为营的各种各样的物：玫瑰花瓣、罂粟；喷泉、镜子、水果、木马、教堂；豹子、天鹅、黑猫、瞪羚、狗、红鹤；儿童、囚犯、病后的人与成熟的妇女、娼妓、疯人、乞丐。艺术品、动植物、历史人物、传奇人物和圣经人物、旅游观感和城市印象、静态的形象、安宁的场面和气氛，都像一件件具体物品那样呈现出来，没有加入诗人主观的喟叹和呼喊。诗人虚心地侍奉他们，静听他们的有声或无语，分担他们被人们漠然视之的运命。一件件的事物在他周围，都像刚刚从上帝手里做成，他小心翼翼地发现物的灵魂，观察物的姿态，将其凝定在坚实的意象之中。正是学习观察这项任务促使里尔克决定前往巴黎，那意味着将世界的可感性提高到最大限度的自觉性，使自身本性的肖邦式敏感彻底理智化和实体化，从而实现自我与对象的同一，主体的客体化。里尔克曾在《论"山水"》一文中让人记忆深远地阐述过这种情感的客观化："人不再是在他的

同类中保持平衡的伙伴,也不再是那样的人,为了他而有晨昏和远
近。他有如一个物置身于万物之中,无限地单独,一切物与人的结
合都退至共同的深处,那里浸润着一切生长者的根。”

塞尚的静物画中,水果是最为有名的,同样,里尔克也多次描
绘过水果,他在《为一位女友而作》中有这样的句子:

> 于是你还看见女人像果实一样,
> 还看见孩子们,从内部生长
> 成他们的实存的形式。
> 最后还看见你自己如一枚果实,
> 把你从你的衣服里取出来,把你
> 带到镜子前面去,让你进去
> 直到你看见自己;你的身影在镜前很大,
> 却没有说:这是我;不:是这个。
> 到最后你的目光如此无好奇可言
> 又如此一无所有,如此真正赤贫,
> 以致它不再(虔诚地)追求你自己。

诗中的水果就是物的象征,要维护它的独立自存,人就必须在
它面前消除任何征服的欲望,甘愿自守贫穷。里尔克在此强调,观
看不是去占有,不是对物下主观的判断,而是让物如其所是,以它
自己的方式纯净自持地存在。人不能以自己的存在去抹杀物的存
在,应该以物的存在来确证自己的存在,应该对物采取虔诚的看守
态度,使之成为生命的家园。以一种敬畏的隔离来同万物接近,才
不至将事物仅仅运用在自己的需要上面,而是沉潜在万物的伟大
的静息中,感到它们的存在是怎样在规律中消隐,没有期待,没有
急躁。这种排除了人之私欲的观看,实际上排除了人从自身利益
出发对物的“选择和拒绝”。万物各有其自身的内在价值,各有自

己的一方世界，它们和人共同组成了一个真实、严肃，生存着的共和国。只有不以人的是非好恶为出发点来客观地看待事物，才能从任何真实的存在物上面发现存在之奥秘。在《马尔特随笔》中里尔克提到他现在理解了波德莱尔的《腐尸》一诗："他既然遇上了这具腐尸，又能怎样？他的任务是在这可怖的，似乎只是令人作呕而已的东西里看到存在物，一切存在物中的存在物。不能挑选，不能拒绝。"里尔克在这里触及了现代社会诗意的来源问题，那就是一切本真之物皆可在诗人无穷无尽的感受力的融会下化入诗中。

中期的里尔克的诗学追求可以概括为对真实的追求，他的艺术力量和诗人气质的力量是同这种真实性的力量联系在一起的，甚至是建立在这种真实性的力量之上的。它是诗人气质的担保者，因为只有当艺术与诗歌作为真实性的女儿出现时，才可以行使其最高和最神圣的职责。

塞尚不仅影响到了一些现代主义者，他的光照也延及后现代主义，比如他将经验的细微感觉在画布上的重新组合，就被垮掉派诗人金斯堡所发现和吸纳。1949 年金斯堡在进入布莱克的幻境的同时，陷入了塞尚的画境。他懂得可以通过实践传达启迪的信息，诗不仅仅是漂亮和美丽，诗有特别的功用。它是人类生存的某种基础物质，或者说，它达到了某种物质，达到了人类生存的底部。塞尚画中的那种类似一个人拉动百叶窗与翻转百叶时的突然的闪动与闪光，画面向三维空间展开时那种木头物件的坚固立体效果，那种围绕在画中人物周围的神秘色彩，使得人物恍如巨大空间中的木偶，怪异而令人震惊。金斯堡将这种感觉与宇宙感觉联系起来，这种感觉由布莱克的《向日葵》《病玫瑰》等诗催化而来，被塞尚的画境所加强。金斯堡还在塞尚作品中发现了许多文学象征，以及新柏拉图哲学家普罗提诺有关时间与永恒的思想。金斯堡的观画体验显示，塞尚的笔触结构所创造的坚固的二维平面，稍隔远一点看，稍微眯一点眼睛，就会发现一个巨大的三维开口，神秘立体，像是进入了一架立体幻灯机。他甚至从《玩牌人》中发现了各种凶兆象征。《加伦的岩石》中的岩石居然像云朵一样飘游在空中，没有固定形状，像膝盖骨，鸡头，没有眼睛的脸。这些细微感觉用塞尚自己的话说，"不是别的，就是父亲全能不朽宙斯"①。金斯堡在长诗《嚎叫》第一章最后一部分中，使用了许多这样的细微感觉材料，也就是父亲全能不朽宙斯的感觉。塞尚没有使用透视线条来创造空间，只是利用了颜色的并置；金斯堡则用词语的并置实现了类似的感觉，如"冬日午夜小城街灯细雨"和"氢自动点唱机"。如此，来自两个部件的联想同时存在，意识并列造成时间和空间的空隙，大脑在一闪之间将两个意象联系起来，这一闪就是塞尚的"细微感觉"。有些并置的含义诗人当时是并不知道的，因为我们的心灵深度往往是我们自己意识不到的，事后会随着时间而水落石出。向塞尚艺术的致敬，可用《嚎叫》中的一段诗句来代表："他们梦想而且果真借助于并置的意象使时间和空间的界限实在化，在两个视觉意象之间将灵魂的天使长俘获，而且组合基本动词使名词和知觉破折号连接以便同万能上帝的感知呼应契合……"在毫无准备的状态下突然看见整个宇宙的毛骨悚然和浑身凝止，便是塞尚对诗人和许多人产生的效果。

　　还可能有另外一种情况，诗人从画家的画中辨认出了危机，在他们自己的工作中也遇到了同样的危机。比如，在和先入为主的主观性作斗争时，里尔克、劳伦斯和威廉斯这样的诗人就从塞尚的画中汲取了勇气。里尔克领悟到自己早期空泛的抒情姿态抽空了事物的物性，使事物仅仅成了自己心灵状态的一个简陋对应物和象征。劳伦斯说："在找苹果的时候，塞尚在颜料中感觉到了它。突然他感觉到了思想的保证，封闭的自我处于它自我绘制的天蓝色的天堂里。"而威廉斯说："塞尚——艺术中唯一的现实主义是想

---

① 陈侗、杨小彦选编：《与实验艺术家的谈话》，湖南美术出版社，1993年，第370页。

象。只有这样，作品才能逃脱对自然的抄袭而成为一种创造。"

诗人或者是从画家的工作中得到鼓舞，强化了某种观念的认同，或者是从画家身上看出了歧路，从而引导自己规避在另一种形式的艺术中已经失败的，同样在诗歌写作中也很可能失败的路径。当然，就诗人与画家的关联来看，诗人的反应可能是准确的，也可能是极其片段化的，正如布莱克之于雷诺兹、尼采之于德拉克罗瓦、罗森堡之于旋涡主义者。但是，准确也好，片面也好，两种艺术家及两种艺术形式之间的关联是绝对具有必要性的，正如史蒂文斯所言，诗人和画家共同生活在一种"有形诗歌"的核心，都试图捕捉事物的本质。诗人用一系列的隐喻将短暂的视觉印象固定下来，统一成稳定的形式，这样的诗歌使目光从纯粹的个人移开。绘画也是如此，它突出了外部世界，使其更易为人感知，避免使艺术家的个性凌驾于真理之上，而是通过感觉，进入存在，经验和分享它原始的完美。这是诗歌与绘画的共同常量。在很大程度上，诗人的问题就是画家的问题，诗人必须经常地转向绘画，来借此讨论他们自己的问题。具体到塞尚，史蒂文斯在谈到诗人个性与自我中心的关系、诗歌作为诗人个性的一个展开过程时，曾援引塞尚的例子。他说，说诗歌是诗人个性的一个过程并不意味着它将诗人作为主体包含进来。亚里士多德说："诗人应该少说自己的个性。"是元素、力量使诗歌成为生动之物，那种现代化的和永远现代的影响。说这个过程不包含作为主体的诗人的主张，杜绝了直接的自我中心，在这个程度上它是真实的。另一方面，没有间接的自我中心就不会有诗歌，没有诗人的个性就不会有诗歌，那就是诗歌的定义尚未发现的原因，简言之，并不存在定义的原因。心灵的主要特征就是不断地描述自身，这种描述活动就是间接的自我中心。诗人的心灵在诗篇中对自身的不断描述就和雕塑家的心灵在他的形式中描述自身一样，或者就像塞尚的心灵在他的"心理学风景"中描述自身一样。这件事情比通常所说的艺术家的气质要更有包容性，它指的是整个个性,写下满足我们所有人和所有一切的英雄诗篇的诗人,将通过他理性的力量、想象的力量,再加上他自己个性的毫不费力且不可逃避的过程来完成它。这就是塞尚在他的信中经常谈论到的艺术家的气质,他说:"单是原初的力量,亦即气质,就能把一个人带到他必须抵达的终点。"他还写道:"靠一点很小的气质一个人就能成为一个很不错的画家。拥有一种艺术感觉就足够了……因此,制度、津贴、荣誉只能是为蠢货、无赖和恶棍而设的。"在给埃米尔·伯纳德的信中他再次写道:"你的信对我弥足珍贵……因为它们的抵达将我从连续不断地寻求独一无二之目的……所导致的单调中提升出来……我可以再次向你描述……自然的那一部分的实现,它在进入我们的视线时,呈现出画面。现在,要发展的主题在于——无论在自然面前我们的气质或力量可能如何——我们必须描绘我们所见之物的形象。"最后,他写信给自己的儿子说:"显然一个人必须成功地为自己而感受并充分地表达自己。"

史蒂文斯对塞尚的尊崇,体现在这样的断言中:"现代艺术的一种真正现代的定义,不是做出让步,而是确定随时间流逝而变得越来越小的界限,往往是变得仅仅涉及单独一个人,正如要在我们所置身的建筑物的正面上涂上什么东西,那一定是'塞尚'这两个字。"如果说诗歌以及诗歌理论最终会在时间中变成一种奥秘,那么,史蒂文斯认为塞尚同样做到了这点。在他看来,塞尚乃至整个现代艺术,是欲求发现一种方式去说出和确证,无论是在外观之下还是之上,万物都是同一的;而且它们只能在真实中反映出来,或者是有可能结合起来,这样我们才能抵达它们。在这样的努力下,真实从物质变成了奥妙,在这种奥妙中,塞尚下述的说法就是自然的了,"我看见平面彼此控制,有时直线似乎要坠落一般",或者"平面在色彩中……平面的灵魂在闪光的彩色区域,在点燃的棱镜的火光中,在阳光中会合"。这位诗人甚至声称,就所涉及的公众而言,印象主义是一个诗歌运动,随后的寄生性发展有所不同。但假如现代艺术中唯一真正伟大的事物——印象主义，是有诗意的，诗意就不会因为那种独特的诗意表达的过时而被抛弃。

在 20 世纪的众多大诗人中，有一种共同的对自我关注的警惕。他们希望，作为思想领域主观性最强的诗歌，能够突破个人感情狭窄的诱惑，避免过于自觉的头脑将自我戏剧化并强加给自然，而是像塞尚那样获得诚实的客观性。这里的客观性绝不是 19 世纪实证科学纯想象的、过时的客观性——亦即假定观察者和观察对象之间是完全分开的。里尔克归结到塞尚身上的客观性意味着一种向外的目光，它将把感官世界拉近内在的人，它将缩小抽象和感觉、智力和事物之间的缝隙。[①] 如此，诗歌和绘画一样，不再是去强加什么，而是在直觉和知觉的幸福结合中去发现存在。偶然的事物、偶然的遇合侵入我们日常生活的僵化进程，这些偶然的遇合与我们对自我的感觉交叉，使我们想起其他发生的事情，或者强化我们对未来可能性的感觉，它就有可能铸成一个具有连续性的形式，并将那瞬间的清新稳定地存留下来。每一个这样的瞬间都会在自身周围组织起它的环境，一个小而神奇的完整世界，在那里上演一出具有普遍性的戏剧，并反映出整个宇宙的创造原则和无尽光辉。

第四节　马克·夏加尔

马克·夏加尔是备受诗人喜爱的画家，不单是因为他画作中强烈的诗意色彩，也因为他在文字上的造诣。尽管他的诗歌创作浅尝辄止，流传下来的不多，我们有幸见到的寥寥可数。另外就是他三十四岁时写下的自传《我的生活》，在其中回忆了自己的寒微

---

① 　奥登等著，马永波译：《诗人与画家》，山东画报出版社，2006 年，第 137 页。

出身、儿童时代,以及从家乡到圣彼得堡再到巴黎的学艺之路。人们在评价他的画时,常常会注重其中的诗意和文学性,但在夏加尔看来,诗意功能主要体现在感官和美学层面上,而文学性和叙事性,夏加尔自己却并不怎么认可这样的评价。因为在 20 世纪上半叶,弥漫在整个艺术世界中的是抽象和艺术自律这样的观念,绘画急于摆脱文学象征的影响,探索二维平面上的色与光与形本身的表现功能。然而,艺术家的夫子自道和历史评价历来有差异,读者和评论家即便尊重作者自己的意见,也难以完全遵从,更谈不上亦步亦趋,往往人们的理解和阐释会有违于艺术家本人的意愿。夏加尔就是一个典型的例子。我们在解读他那些充满日常生活细节而整体上又十分神秘莫测的画面时,那些平凡事物的非凡并置所带来的深邃意义,往往成为其作品诗意的由来;也往往给予我们很大的象征再造的空间,使你不禁从一个更高的角度和层次上去解读那些非常规使用的意象,从而形成一个文化的、宗教的象征式理解。也许,夏加尔本意并没有想将事物化为象征和隐喻,但其超乎常规的手法,却逼迫你将事物转化为隐喻和象征,使其获得超乎其本身的文化意义。

马克·夏加尔是俄罗斯的犹太人。他曾说:"即使来到巴黎,我的鞋上仍沾着俄罗斯的泥土;在迢迢千里外的异乡,从我意识里伸出的那只脚使我仍然站在滋养过我的土地上,我不能也无法把俄罗斯的泥土从我的鞋上掸掉。"这段话中,我们明显感觉到,夏加尔即便在俄罗斯,他作为犹太人,也是没有祖国的浪子。没有故乡的乡愁,是没有对象的爱恋,是难以实现的渴望;而人,又是从一出生就走在回乡的路上,这种两难,决定了夏加尔在深深卷入现实的同时,又渴望超越历史的限制,回归精神上的故乡。他同时活在现实和想象的双重世界之中。作为个体,他属于犹太人这一个极其特殊的民族文化,而同时又是人类普遍存在的代表。这种乡愁,便是其绘画中浓郁诗意的一个来源。他在诗中说道:

我的祖国独一无二，

它就在我的灵魂里。

我回国无须护照，

它看见我的忧伤和孤独。

它抚慰我直至入眠，

为我覆上一块芳香的石子。

我的心如鲜花怒放的花园，

我的花儿皆属创造。

街道属于我，

但没有房子，

从童年起它们就被摧毁，

居民们在空气中流荡。

寻找住所，

它们居住在我的灵魂里。

夏加尔后来加入了法国籍，并逝世于法国文斯，安葬于基督教墓地。作为虔诚的犹太人，他没有安葬在传统的犹太教墓地，这本身似乎也喻示着，他的一生及其艺术实践，已经超越了某一个具体宗教的文化意义，而具有了普遍性。永恒的乡愁，指向的不但是某一个具体的地理位置，更是人类共同的精神理想。

夏加尔的绘画中有两个非常鲜明的系列，一个是马戏团场景，一个是神圣的宗教内容，这两者有时会充满矛盾地混淆在一起。从日常生活的凡俗中透露出神圣的信息，这是非常艰难的一种创造。"上帝之死"的宣告使人类得以享有某种启蒙的自立与自由，同时，也使人类置身于一种意义匮乏的荒芜境地。没有了超验所指这一人类共同的精神归宿和纽带，日常生活的悲剧性和荒诞性便会时时袭击人类。上帝缺席的世界首先导向了一种不可能性，不再能够用传统的宗教语言有效表达一种宗教情感，但这并不意味着"神圣"已经在现代艺术中消失了，它只是变得难以识别，隐藏在那些表面"世俗"的形式、目的和含义中。

哲学家马丁·布伯认为，上帝通过各种方式与人相遇，这种相遇有三个不同的层次：1. 与自然相关联的人生；2. 与人相关联的人生；3. 与精神实体相关联的人生。这里，灵魂与灵魂之间相遇的爱情最能体现这种上帝与人之间的相遇。夏加尔曾言："在生活和艺术中，一切都会变的，当我们毫无顾忌地说出爱这个词，这个确实被浪漫主义包装起来的词时，一切都会转化的。但是目前我们没有别的词可以表达。在这个词中包含着真正的艺术：这就是我的技艺，我的宗教，这来自远古时代又新又老的宗教。"[①]他认为，艺术是一种宗教行为，它的出发点是爱。

于是，夏加尔在他的作品里着力描绘了他的内心真实，爱情、马戏团和永世辉耀的圣经，是他最重要的三个灵感来源。他的形象来源并不复杂，往往是他童年的村庄，他所热爱的巴黎街景。他像魔术师一样有一些固定道具，这些物件、动物和人物数量不多。人物有小贩、江湖艺人、犹太男人、天使、乐师和情侣；动物是马、驴子、牛、公山羊、鸡、鱼；物品和建筑是挂钟、小提琴、梯子、花卉、埃菲尔铁塔、烛台、油灯、贫穷的茅舍。总共不过二十来种。如果我们参照夏加尔下面的这首诗——《像个蛮人》(1930—1935)，我们能更深地体会到，画家是用大地上的材料在建筑一个天堂：

> 那儿挤满卑陋的房舍，
> 那儿有条路通向高处的墓地，
> 那儿有条大河在流淌，
> 那儿我曾有过生活的梦想。

---

① Daniel Marchesseau 著，周梦黑译：《夏加尔——醉心梦幻意象的画家》，上海译文出版社，2003 年，第 151 页。

黑夜，一个天使在天空翱翔，
犹如画布上的一道白光。
它向我昭示一条漫长的道路，
它将把我的名字射向千家万户之上。

我的人民啊，我曾为你歌唱，
可有谁知道你是否喜欢这歌声嘹亮，
一个声音出自我的肺腑，
嗓音里渗透着疲惫与忧伤。

我在临摹你啊，
鲜花、森林、人群和房屋。
就像个蛮人，我为你勾勒花脸，
不管白天、黑夜我都为你祝福。

那么，用有限材料的组合，像儿童涂鸦一样安排在画面上，既没有中心，彼此也没有透视关系，只凭借一时的情绪，就为我们创造了一个近乎无穷的想象系列，一个独立而又与现实不相脱离的世界。它和现实始终保持着一种情人般朦胧轻盈的关联。现实是想象的开始，经由想象的点化，现实已不单纯是现实，而是更深层次的现实。从这一点可以理解，为什么夏加尔在到了巴黎之后，对大卫和安格尔的新古典主义、德拉克罗瓦的浪漫主义、塞尚及其继承者和立体主义所痴迷的简单集合图形的立体结构，都不再感兴趣。他觉得，我们大家都胆怯地爬行于世界的表面，不敢撕破和掀开这一表层进入原始的混沌。他甚至略有嘲讽地写道："让他们在他们三角形的桌子上高高兴兴地吃他们正方形的梨吧！"① 夏加尔

---

① 夏加尔著，陈训明译：《我的画就是我的记忆：夏加尔自传》，金城出版社，2012年，第134页。

认识到，艺术首先是一种灵魂状态，灵魂是自由的，它有自己的理智、自己的逻辑。只要不弄虚作假，灵魂就能自己达到那样的高度。灵魂的逻辑与现实的逻辑不同，没有觉悟的人会将其认作非理性和无逻辑，认为是幻想、神话和荒诞不经。夏加尔这里所说的灵魂自行达到的境界，既不是老现实主义和极少新意的象征派的浪漫主义，也不是神经质和胡言乱语，而是能够在人类有限心灵中反映出其创造性光辉的原始想象力。创造性文艺中的想象，是构成宇宙的那些创造性原则的回声。作为一种官能的想象力既然反射着上帝的创造原则，它就能够赋予万物以秩序。因此，诗人史蒂文斯说："上帝与想象同一。"他认为我们头脑中看见的事物对我们来说与我们肉眼所见的一样真实，存在着某一级的知觉，其中真实和想象是合一的。那是一种神视观察状态，最敏锐的诗人容易接近或有可能接近这一状态。这样的指认也适用于具有非凡创造性的画家。夏加尔虽然没有明确指明，他所称谓的"原始的混沌"，他的自由灵魂摆脱虚假而自行达至的境界究竟是什么，我们可以推断，他指的应该就是我们上面所引述的"上帝的创造原则"或者上帝本身。因此，夏加尔认为，众多流派所催动的形式进步，与艺术所要真正揭示的深层现实相比，无非是赤身裸体的基督旁边罗马教皇的豪华法衣，清新原野上的祷告后面堂皇教堂里的法事。面对没有给人安慰的神圣主题和神圣人物的情况，完全的人，完整的自我，是始终怀有自己从属于一个更大的包容性整体的感觉的。艺术将我们带入一个超越这个世界的世界，它同时又是这个我们在日常经验中生活的世界的更深的真实。我们被带出自身去发现自身。一个无限的包裹我们的整体伴随着每一个普通经验，这整体作为我们自身的扩展被感知。

上帝缺席之后，人的身体感觉和变迁中的尘世，会变得比不可抵达的永恒静止的天堂乐园更为珍贵。

因此，夏加尔画中的未婚妻和乡间圣母，都带有某种永恒的烙印。她们似乎和天使一样，在平凡的形式中蕴藏着神圣的种子，在她们的姿容中奔腾着最深的激动、赞美和感恩，还有纯洁的庇护。在夏加尔艺术生涯的第一阶段，他的妻子贝拉便充当了这样的守护天使的职责。她是他的灵感、缪斯，也是他作品的第一个读者和最好的批评家。贝拉曾在自己撰写的《点燃之光》中写到夏加尔《生日》一画的诞生过程：

> 那天一清早我跑到市郊采花。记得我在采摘篱笆高处的蓝色花朵时擦伤了手。
>
> 一只狗叫了起来，我及时逃跑，但花朵没有扔掉。这些花朵有多漂亮啊！我赶紧在田野里再摘些花，连草带根拔了起来，好让你闻闻泥土的芬芳。一回到家我收齐所有的彩色披巾和丝绸方巾，还动用了缀花边的丝绸床单，然后在厨房里拿了蛋糕和炸鱼排，都是你喜欢吃的。我换上了过节穿的长裙，像头满载的驴子出门朝你家走去。别以为，提着这一大摞东西很容易。
>
> ············
>
> 河岸边一溜小房子，窗子都关着。主妇们怕见太阳，都在厨房里忙活，背对着河流。我终于松了口气。天空澄澈，河水清凉；河水在奔流，我也在奔跑。天空仿佛要抓我似的，越垂越低，笼住我的双肩，推着我向前跑。
>
> ············
>
> 于是我急忙卸下我的那些五颜六色的披巾包裹，把它们挂在墙上，我取出一块披巾摊在桌上，把床单铺在你的小床上。
>
> 你就……你就转过身去，你在一堆画布中摸索着，你抽出一块画布，竖起了画架。
>
> "别动，待在原地别动……"

我手中还握着花束。我不能站在原地。我想把花插到花瓶中,否则很快就会蔫掉的。可是,我马上把它们忘了。你俯身在画布上,画布在你手下颤抖。你用画笔蘸着颜料,于是红色、蓝色、白色、黑色飞溅起来了。你把我带进了色彩的洪流。突然你猛一下把我拉离地面,你自己也单腿起跳,好像这房间太窄小似的。你腾空而起,伸展着四肢,向天花板冉冉飘浮。你后仰着头,把我的头也转过来……你耳鬓厮磨地向我低声细语……

我倾听着你那柔和庄重的嗓音,甚至在你的目光中我也能听到这乐曲的旋律。渐渐地,咱俩联袂在点缀好的房间里飞升,我们终于飞起来了。我们真想穿窗而过:白云和蓝天在召唤着我们。挂着大包小裹的墙在我们周围旋转起来,使我们感到眩晕。遍野的鲜花、房舍、屋顶、小院子、教堂在我们的身下浮动……

虽然有各种资料声称,贝拉的文学天赋并不太高,她的一生都在致力于保卫自己的爱人,充当他的缪斯和第一读者,但仅就我们所能见到的这段文字来看,贝拉的文笔生动,充满情致,语言富有诗意,对于事物细节的描绘不亚于夏加尔的画作,而里面透射出的灵魂与灵魂间的呼应与契合,实足令人感动。和夏加尔此画中心灵因爱情而暂时脱离滞重的存在状态,轻盈飘浮于空中的灵动相称,贝拉所使用的语言也富有动感和音乐性,甚至给读者带来天使投身俗世旋涡时的那种幸福的眩晕之感。

夏加尔的画色彩浓丽,在这幅《生日》(1915—1923)中体现得尤为鲜明。这些色彩似乎在歌唱,在赞美爱情的甜蜜和神圣。夏加尔对这幅画的诞生,有着自己的描述,他说:"……只要一打开窗户,她就出现在那儿,带来碧空、爱情和鲜花,穿着一身白或一身黑,翱翔于我画的上空,引领我的艺术方向。"所以,在夏加尔一系列与贝拉的形象有关的画作中，我们往往能看到飘浮（翱翔）的形象，如《散步》（1917）中的贝拉握着夏加尔的手，自身飘浮在空中。而在《生日》和《城市上空》（1914—1918）中，则是两个人都在飘浮状态。《拿花束和酒杯的二重肖像》（1917）中，白衣新娘手拿纸牌，肩上骑坐着红衣新郎；新郎手持酒杯，他们高踞在夏加尔自小就熟悉的故乡景象之前，那是大教堂、中学和新建的铁路桥前。新郎头上则是一个向下飞翔的天使。两位主角身形高大，占据了画面从下至上的空间，而房屋和桥梁则十分微小。不正常的比例，使得人物仿佛飘浮在空间之中。具有意味的是，新娘手中的扑克牌以及两者的杂耍姿势，让人想起夏加尔笔下的马戏团人物。从马戏团场景中可以见出对尘世的隐喻和对自我活动的反照，从平凡中见出神圣，这也许是夏加尔一贯的思路。失重，我们也可以解读成摆脱了物质和俗世牵累之时，灵魂的一种必然状态。在那样的瞬间，一只驮着新婚夫妇飞翔的白色大公鸡，和天使又有什么区别呢？在夏加尔的很多画作中，都不乏飘浮的意象，那是摆脱了重力的一种自由状态，处于那种状态之中的杂技演员和天使，可能就是二而一的关系。当然，我们完全可以把马戏团场景解读成是人类历史的混乱不堪，貌似严肃的革命与激情的内在荒诞性，人类活动乱糟糟的活力与无聊空虚。但在夏加尔的大部分画作中，马戏团场景所隐喻的，更多的是灵魂应有的一种失重出神的状态。在《时间是条无岸的长河》（1930—1939）中，带翅膀的鱼在飞翔中生出手臂，去拉小提琴，飞翔的挂钟掠过河流和拥抱的情侣。在《埃菲尔铁塔的新婚夫妇》（1939）中，同样处于飞行中的小提琴转变成山羊，也在生出手臂，把持弓弦。在《献给我的妻子》（1939）中则是青色的山羊在飞向神圣的烛台。在这些画中，对立的主题合二为一，彼此联结，万物似乎都在展开无止无休的对话，和着同一音乐的节拍，在飞翔和舞蹈。这样的世界，可能就是夏加尔所追求的"原始的混沌"，人类与万物亲密无间的伊甸园。在这些具有典型性的作品中,作为背景的村镇或室内场景,采取的是俯视透视;而画面中的主要人物,则采取平视透视。俯视透视来自画家童年的习惯,也是犹太人特有的习惯,那就是他们在受到惊吓或要思考问题或是享受美好的天气时,他们会爬上屋顶,坐在烟囱上面。

　　在 20 世纪初期世界绘画走向抽象、摆脱文学性的总体趋势中,夏加尔坚持了(或者说凭借本能坚持了)其绘画的叙事性质和寓言性。寓言要求的铺展、重复和仪式感,由他常用的意象序列来实现。虽然这些意象的排列并不是按照一个固定的透视法则,而是表面上无序随机,但是它们不断的重复构成了某种近乎原型的意义,从而使得若干常用意象之间在具体画作中形成某种对话关系,意象也处于互相嬗变的过程之中。这些意象具有隐喻性质,可以视作象征主义诗歌的追求在空间层面的对应物。意象的嬗变加上飘浮状态,成功克服了引力和重力法则,打破了事物之间的僵硬界限。例如,圣母玛利亚可以同时是一个新娘,毛驴可以同时是一个拉比。这种寓言更近似于隐喻。就此,本雅明有言:"任何人、任何物体、任何关系都可以绝对指别的东西。由于这个可能性,对这个鄙俗的世界作出了一种破坏性的却是公正的判决:所有细节都无足轻重,这标志着这个世界的特点。但是,确定无疑的是,尤其是对熟悉寓言文本诠释的人来说,被用于意指的一切事物,从它们都意指别的事物这个事实而言,都衍生于一种力量,这种力量使它们似乎不再与鄙俗的事物相称,把它们提到较高的层面,事实上,也可以把它们变成神圣的东西。"①也就是说,因为任何事物都可以意指别的东西,那么,世俗社会看似合理的安排和秩序实际上是虚假的、暂时的和表面的,任何凡俗事物因为意指其他更深刻、更高贵的东西或者意义,与它们建立起了紧密的联系,也就使自身从世俗关系的网罗中解脱出来,拔升到超凡脱俗的神圣地位。简单

---

① 瓦尔特·本雅明著,陈永国译:《德国悲剧的起源》,文化艺术出版社,2001 年,第 143—144 页。

地说，利用寓言可以让普通事物成为永恒意义的载体。世俗社会中的万事万物在单独存在时，便是俗世的一分子；可它们在一个意义链条上串联起来，便构成一个意义整体，指向超乎它们之上的其他某物，某种崭新的关系由此产生。对于夏加尔来说，事实便是如此，在神圣的光照下，任何事物不再仅仅是其本身，而是成了神圣的化身，体现着神圣的本质，正如他自己所言及的，在童年居住的简陋房子里，他仿佛觉得在门口和天空中，也有一丛熠熠生辉的灌木，直到夜晚才消失，但他只是在父母家里。这种从凡俗事物中见出神圣意义的能力，既要依靠第一性的想象力，又要依靠某种坚定的信念，那便是，我们生活的平凡甚至悲惨的世界中，始终贯串着上帝的意志，上帝一直在参与和掌握着人类的历史实践，天地万物无不是上帝创造之伟大的体现，万事万物都应看作对上帝的礼赞。在神话衰落的当下世界，寓言、隐喻、象征作为人的意识结构并没有消亡，在相异于世俗形式的他者的刺激和唤醒之下，它仍能有效显露出世界真实的深层结构，因为在上帝创造的世界上，真实和神圣是缠结在一起的。这种与他者相遇而唤醒神圣体验的时刻，在灵魂与灵魂的爱的相遇中显现为高峰体验，日常的、不可逆的线性时间得以转为神圣的、循环的、可复现的时间。在当下的后宗教社会，即便是极具创造性的艺术家，也很少能够保有对世界原初的神秘和神圣的感知，夏加尔是个幸运的例子。这固然源于他虔诚的信仰背景的支撑，也和他天真的天性有关。这种天真使他能够时时透过世俗世界的表象，回到无时间性的乐园状态；而他的艺术，能够帮助他自己也能够促使我们打破知觉与估价的常规模式，看见崭新的世界或其一部分，让我们时时意识到，是更深的无名情感形成了我们存在的深层本质。正是有了这些平时沉睡着，甚至不为我们自己所知的无名情感，我们才能在自己身上集中起互相渗透着的秩序，从无边无际到无终无极、从地球到天体、从记忆到想象，我们才不至于沦为单向度的人，而是同时生活在现实和神圣这两个世界之中。这样，甚至在充满悲喜剧的马戏团杂耍中，夏加尔也能发现神圣的踪迹，它并没有从宇宙和人的存在中抹去。

文艺创作是一种显圣行为，亦即在平凡对象或行动中显露神圣的意义。它不是向唯我论的屈服，而是力图在大地上重建人类那业已失去的天堂。在这种创造性劳作中，诗人和画家所使用的词语和颜料便具有了辩证的双重性。一方面，它是神圣的容器；而同时，它依然是词语和颜料，它仍然分有其自身的宇宙环境。对应于夏加尔画中的诸般形象，也可以这样指认：它们既是神圣意义的载体，本身又依然保持着其平凡的世俗性质。这种矛盾的辩证法便鲜明体现在他的马戏团系列之中，也因此夏加尔才声称，他在画那些杂耍演员时，感受到和画圣像画一样的宗教情感。同样，也正因如此，康定斯基才坚定地认为，他的那些抽象色块的"构图"中蕴含着精神启示的维度，人们站在罗斯可的纯黑抽象画前面，才会体验到画家作画时的那种圣光临照的感动和战栗。也是在这种意义上，我们才能领会，夏加尔笔下携带着小提琴，穿着厚呢上衣，戴着鸭舌帽的乡村乐师，留着长胡须的庄稼汉和城镇中的流民，在永在之神圣之光照临的时刻，将就是基督本身。毕加索曾说，马蒂斯去世之后，夏加尔是唯一一位真正理解什么是色彩的画家；而自雷诺阿之后，没有任何画家能够具有像夏加尔那样对光线的感觉。与超凡存在的相遇是与对神秘之光的体验相伴随的，光乃精神之源，也是神圣启示的手段。作为色彩和光的大师，夏加尔曾说，阅读圣经就是去感受某种光。在他笔下，人物和万有都散发出一种微妙颤动着的散射的光，事物和光交融在一起。这光正是神圣显露时的永在之光，它向世俗的世界打开了一个超验的神圣宇宙，彻底改变了主体的本体状况。由于它，我们感受到，也分享到作为人的崇高尊严。他就像魔术师，天真而简单地用他的爱心与梦幻，将万事万物揽入由爱统摄的视觉之中，把我们从世事的残暴中，从种种假象的恐怖和悲惨的历史境遇中带出，随他遨游。

　　"最好当作它从未发生"，靡菲斯特在关键性的时刻对浮士德博士说的这句话揭示了撒旦最内在的原则：摧毁记忆。过去如果仅仅是过去，而没有在当下复活，它就不会对人的未来目的与可能性施加辩证的压力。记忆行为的目的在于激发对历史意象与叙述的见证，其结果便是非同步式的重组过去与现在。为了对抗有组织的遗忘，后现代主义者采取的手段之一便是列清单。将事实罗列出来，不加人为的选择，便去除了从材料中建构起意义与价值的冲动与可能性，而直接还原的是现场图景。20世纪苦难深重的人类，如果没有这些伟大的文艺家，没有他们呕心沥血的作品，所有苦难将是无声的。

　　记忆作为一种行为实践，它绝不仅仅是关于过去的断言，那些清晰表述的形象和叙事在社会空间的展开并不能剥夺人们回忆的欲望或责任。记忆不是僵死的统计学材料的罗列，而是一个激活和调停回忆过程的实践。它的目的不在于单纯地确立、证实和纠正"记录"，随后束之于大脑的高阁，封存起来，而是重在使一种鲜活的记忆成为可能，并对一个人未来的一切产生影响。鲜活记忆的反面是冻结的记忆，后者作为记忆的一种形式，其中的过去仅仅是过去，一无所是。这样的实践行为必须在三个问题域里予以考量：知识方面的问题在于"何谓真实可信的表述"，伦理方面的问题在于"记忆行为所要承担的责任为何"，权力方面的问题在于"何种行为能够产生有效的记忆形式"。我们不可能说清的一个东西在于，人们如何与铭刻着过往真实的形象和叙述相遇，才能形成一个鲜活的记忆，并借此追溯和转换表现在种族灭绝、殖民主义、奴役、法西斯、种族歧视诸般事实中的暴力的社会语法和语境。这样的记忆行为往往是艰难和痛苦的，与过去的遭遇不大可能导向一个终极的征服，而是穿越记忆的材料，产生出新的记忆，亦即，做出裁判的可能性绝不是无可置疑的，而是探讨性的、自我质疑的，并且始终处于和行动的调停过程之中。问题并不纯然在于人们如何被历史相关的形象和叙事所打动,而在于人们被这种感动推送至何方,推向什么样的历史结论和理解,推向他们自己生活中的何种行动。

绘画的特殊性质有可能使历史确定性及其认同的框架发生动摇,使之复杂化,因为富有表现力的形象系统会激励和丰富记忆行为。历史记忆的碎片化元素的典型构成是经过精心选择的形象、逸闻、日期和描述性统计学数据,这些元素无一不会被渲染上特殊的意义、情感,体现两者特定的活动、场所和个性。历史记忆的元素很少被领会为整全的、具有一致性的历史本身,但它们也不是单独存在的事实、数据和故事。毋宁说,历史记忆提供了一整个星丛的再现表达,它们彼此相关的程度之大,能够被一个人的当下愿望所激活,从而生产出一个可理解、可管控的过去。正所谓所有历史都是当代史。

如此考虑之下,有关历史记忆的绘画的核心功用就在于它们加速了叙述行为的发生,并参与其中。绘画中的形象有能力怂恿起不循规矩的、复杂的多重叙事,视觉意象的联想潜力和歧义性可以刺激起一系列依附其中的暗示性形象、思想与情感。这种暗示的丰富性为一些相抵触的联想扩开了空间,使形象逸出了固定的或"说出"一件作品的终极含义的框架。夏加尔的绘画中意象的分布就具有这种不连续性,最为典型的莫过于其 1938 年所作的《白色的耶稣受难像》。约翰·伯格观察到,很多有力量感动我们的绘画都具有这样的性质,其所要呈现的事件本身是清晰的,而同时,又对这事件发生的地点提出质疑。夏加尔绘画中空间的不连续性是无法由常规透视法则来解决的,这种不协调的颠簸摇颤增强了形象的视觉联想力,以未经解决的矛盾威胁到了历史理解,除非有一个支配性的意象或框架能够解决绘画所呈示的问题。联想潜力和结构非连续性激发而延展出的视觉关涉造成了"黏性"意象,这种黏性便于积累联想和问题,不但使得一个形象能够为人所记忆,而且扰乱和煽动这一记忆。这种黏性使得某种独特的观照方式成为可能，亦即需要穿透意象的多重叙述性含义，其中观念的、物质的和图像的元素始终处于变迁之中，从而规避固化它们的企图。这种黏性意象时时插入记忆实践之中，产生尚未说出的或者是社会与心理意义上遭受压抑的叙述。

《白色的耶稣受难像》的创作背景是 20 世纪 30 年代德国纳粹的反犹太人的大屠杀，它不仅可以视作夏加尔对焦虑和创造性幻觉的表达，而且也是有潜能将过去与现在辩证性地交织在一起的历史指示物。夏加尔清晰地在受难耶稣这一核心形象与纳粹压迫下的犹太人经历之间建立起了充满活力和动荡不安的张力关系。在画面的中心轴上，基督头上缠裹着头巾，而不是戴着传统的荆冠；不是缠着传统的腰布，而是包裹着有流苏的，看起来像犹太人祈祷时用的披肩的东西。基督头顶上方，出现了传统的 INRI 字样，意为"拿撒勒的耶稣，犹太之王"，下面是耶稣生活年代的犹太方言的翻译。整个场景中，四面围绕着基督的和画面底边描绘的是一个无典型特征的现实。燃烧的经卷和犹太人胸前悬挂的身份标签都是很普通的，这些形象有可能关乎当年纳粹对犹太人的迫害，比如 1938 年 5 月 17 日的第一次犹太人口普查，同年 6 月 14 日的犹太人生意登记与标识，8 月 17 日强迫犹太人接受亚伯拉罕和萨拉这样的姓氏，10 月 5 日在犹太人护照上加盖字母 J（"犹大"）——这些事件都发生在夏加尔创作此画期间。而且，画中描绘的烧毁约柜和亵渎经卷几乎可以肯定是受到 1938 年 6 月 9 日和 8 月 10 日在慕尼黑和纽伦堡发生的对犹太教堂的大批量摧毁事件的刺激，画面左侧的大屠杀可以联系到那一年持续发生的对犹太人的迫害，其在 11 月 9 日至 10 日的"水晶之夜"达到了高潮。

这幅画不单是一种证据，对意识与历史之间关系的一种参与，作为对证据的领会和反映的见证行为，它的功能不仅仅是传递有关过去的信息，而是更在于定义一种沟通关系。其中，基督徒被召唤来承担见证,为犹太人曾经怎样生活和正在怎样生活作一见证。夏加尔将犹太人耶稣的受难和希特勒统治下在德国的犹太人遭迫害并置起来,企图激活对于这些纠结在一起的历史形象的独特的领悟与回应模式。他尝试在陈述历史记录的同时展现多层次的历史真相。将这幅画作为证据来理解,夏加尔显然是在寻求一个在基督徒眼前持存特定事件形象的方式,强迫他们面对形象的辩证张力中隐含的多种意义。

接受作见证的召唤意味着接受一个人固有的历史理解的不充分性,并在与证据的遭遇中重新调整和建立起自己对于过去、现在和未来的内在关联的理解,确立改变一个人要优先考虑的事物顺序、估价和行动的可能性。见证需要形成判断,而判断不仅要依赖于认识论,更要依赖于伦理学层面上对历史的领会,它使得见证成为一种沟通行为。见证也要求一个人接受非常特殊的责任。首先,它要求一个人承担历史事件带给他的精神重担,觉知暴力与非正义的记忆的确在压迫着个人的人性和道德平衡;其次,它要求一个人将过去的不公传播和翻译进另一个时空,使其可以为人所见与所闻。见证同时就是应召去说出和传播真相,启动一个沟通行为的链条,其理想效果将是转变历史想象并复苏公众的伦理关怀。因此,此画既是对特定历史事件的回答,也是向历史的提问。

我们当然可以将夏加尔画中受难的犹太人耶稣视为象征了全人类在历史中的受难,也可以将十字架上的犹太人形象理解成为犹太人的受难与死亡提供了某种意义。记忆行为的成功取决于它对于记忆的多重意义的"钩沉",其中纪念性的元素(比如夏加尔的绘画)要沉入和横越多重散漫的网络,为表征提供可理解的条件。换句话说,重要的不是如其所是地去目睹一个形象,而是对该形象所激发出的问题与回答加以怎样的阐释和回应。

对于夏加尔此画,历来有多种不同的反应。这些不同的反应集中于画中将受难耶稣与当代犹太人的悲惨遭遇所作的并置展示。第一种反应认为，此画完全是受 1938 年的具体事件的激发而作，那种难以言传的恐怖惊吓到了画家，让他憎恶，画作完全是对我们生活其中的世纪邪恶的一种反应，是我们时代精神的一份档案，一声哭喊，一声召唤。这种意见没有对并置意象做出特别的阐释，而是将耶稣受难的核心意象视为罪恶时代的悲剧性表达，展示这场悲剧的形象正在召唤或者是哭喊，而哭喊的内容和对象没有指明。

第二种论者认为，夏加尔是一位宗教画家，他笔下的犹太人形象超越了犹太教和基督教的分别，超越了两者的个性和戒条，通过形象的表达将两者联合起来。画家没有考虑两种宗教之间的区别和各自的特征，而是将一切缩减到人类受难的公分母，受难观念促使他走向两者之间的共同性。耶稣作为犹太人之王，对于基督徒来说，就是上帝道成肉身，在教导他们彼此相爱之后为拯救全人类而被钉死于十字架上。这种反应更为清晰地指向了并置意象，将其解读为人类的受难，而受难的基督又赋予犹太人的苦难以超越性的意义。

第三种反应来自弗朗兹·梅耶（Franz Mayer）。他对此画的描述十分全面而生动。他说，这个基督真的被钉上了十字架，在巨大的痛苦中伸展在一个恐怖的世界上方。人们被狩猎、迫害、谋杀；恐怖的喧嚣充满了他所主宰与贯串的巨大的象牙色空间，仿佛他想要全部承受住它，赋予它意义。但是，尽管基督是核心人物，这却绝对不是一幅基督教绘画。围绕十字架的场景扭曲如荆冠，从破败的村庄到遭受掠夺、正在燃烧的犹太会堂，这一切构成了一个典型的犹太殉教史。但是这个故事并不仅仅与犹太人有关，尤为重要的是，基督与世界的关系完全有别于所有对十字架受难的基督教式的表现。受难的不是世界，所有苦难都集中在基督身上，传递给他，以便他能够用自己的牺牲战胜苦难。这里，尽管世界的所有苦难都反射在基督的受难之中，苦难却依然是人类持久的命运,没有因基督之死而被消除。因此,夏加尔的基督形象中缺乏基督教的救赎观念。尽管他具有全然的神性,他却不是神圣的。这个基督是一个在千百种形式中受苦的男人,且最后总是归结为同一种形式;是一个被世界之火永恒焚烧的男人,却作为一个原型而永远无法毁灭。基督受难的持续不是因为他的神性,而是因为他的人性。画中的所有细节都具有悲惨动人的尖锐性,整体上又构成了一场永恒而必要的悲剧。在这幅作品中,夏加尔赋予当下的苦难与折磨以圣经故事般原始的真实性。

梅耶否定了基督赋予犹太人苦难以救赎意义的可能性,并将《白色的耶稣受难像》视作一幅非基督教绘画。在基督受难的基督教式的表现中,世界的苦难被传递给基督,以便他能够用自己的受难救赎世界。但是在这幅画中,梅耶认为,耶稣之死对于世界上蔓延的苦难没有起到任何拯救作用。救赎并不存在,苦难依然是人类永恒的命运。于是,基督作为原型就不再是施行拯救的神圣存在,而成了一个永远遭受火焚又无法毁灭的男人。这场悲剧不是历史性的,而是超历史性的,而犹太人(受难的仆人)就成了无尽痛苦的原型。这痛苦对于人类存在来说是必不可少的。

这三种意见对画作的领悟截然不同,但它们似乎都认可夏加尔的基督形象是对各各他景象的重复。这种重复被理解成为一种模仿,其中受难的图像学写就了一个普遍的(或许也是永恒的)受难故事。这些反应都没有触及这幅画中的歧义,没有扰乱十字架的图像学权威。

但是还有另外截然不同的反应方式存在,下面的解读将这幅画看成了一个叛乱意象——夏加尔对主题的选择考虑到了他意向中的读众。他没有必要向犹太人解释什么正在发生,因为他们业已知晓。相反,他想向基督教徒解说在德国发生的事件的更深层意义,为了达到这个目的,他决定以他们自己的象征语言来向他们讲话,亦即通过对受难图像的使用。夏加尔不是试图描绘通过自

己的牺牲战胜了所有苦难的基督教的弥赛亚，而是宣称不存在救
赎希望的犹太教的殉难者。在画中，他大声而清晰地讲道，声称在
德国正在发生的一切是犹太人耶稣的再次受难，一个遗忘了基督
训诫的世界才能够容忍的行为。他想让这个信息被基督徒世界所
理解，从而对那个世界的行为产生积极的影响。于是，夏加尔对各
各他景象的重复在这里就成了一种具有叛乱性质的模仿。受难的
耶稣几乎等同于基督教式的表现，但又不是完全一致。这种差异
导致了某种意义过剩，使耶稣在画面中的存在成了一种丰富的歧
义性。这种歧义是对基督徒行为可靠性的一种挑战，通过反讽式
的断言表现出来，那就是，凭借忘记基督的训诫，基督徒们事实上
是在毒气室里非同步地判处了耶稣死刑。当源出一宗的基督教徒
面对犹太教徒的大批被屠杀而保持缄默、无所作为时，那恐怕就无
异于同谋了。卡尔·普朗克(Karl Plank)认为，夏加尔对各各他受
难的模仿不仅挑战到了基督教徒行为的可靠性，也挑战到了基督
教神学核心理念的权威性。画中的弥赛亚，十字架上的这个犹太
人，不是拯救者，而是无力地悬挂在混乱之火前面。将弥赛亚描绘
成牺牲者，这威胁到了我们想要维持的受难与救赎、十字架与复活
之间的基本连续性。受难，无论是耶稣的十字架，还是奥斯维辛的
各各他，都将打破我们赖以维持自身安全和完整的道德统一性。
缝合这些人类经验的碎片是我们力所不及的，我们无力修复这个
破碎的世界。我们无法为牺牲者提供十字架，因为他们已经是实
实在在扛着十字架的人。相反，是他们以可怕而耻辱的方式将十字
架交给了我们。《白色的耶稣受难像》以极其有力的形式将十字架
的意义交还给了我们——复活的热忱业已暗淡，上帝与世界的纽带
已经断裂，被弃的我们脆弱易伤，因此有义务对彼此的生活负责。

　　在上述五种反应中，头三种没有领会到画中的矛盾和歧义性；
后两种辨认出了一种模仿的意义滑动，其造成的张力必须加以注
意。这幅画将耶稣的受难从普遍性的苦难隐喻变成了存在的换

喻,并将受难叙事置于危机之中。对画作的反应有赖于激活的是哪一个叙事系统。夏加尔此画展示的是,在一个古老世界的确定性遭到粉碎之后,人们焦虑不堪的历史境遇。作为对存在意义的根本性回答,宗教已经丧失了它维护人类道德整全性的作用,人们已经丧失了体验神圣的能力;作为历史性存在的世俗人类,已经不再置身于和一个神圣宇宙的开放性互动关联之中,不再分享宇宙的神圣性,而是将自己奉为历史的主人。这就是堕落的开始,就是从无时间性的乐园状态堕落到万物逝不可追的历史的恐怖与时间之中,受到这两者无情的宰制,从而使救赎仅仅成了一个姿态和渴望。

第十一章　视觉艺术与后现代主义

第一节　庞德的出位之思

格伦·麦克劳德曾言,现代主义作家常常从视觉艺术中汲取相似的东西,并仿效它们来开展文学的实验。例如,格特鲁德·斯坦是毕加索早年的赞助人,她的作品《三个女人的一生》(1909)是为了呼应塞尚的一幅肖像画而作的。艾略特和史蒂文斯作品中的碎片并置和多重透视,是现代主义技法的标准配置。如果没有立体主义,庞德的《诗章》和威廉斯的《佩特森》就不会存在。玛乔瑞·帕洛夫指明,与其说《诗章》与象征主义的回音室(echo chamber)相似,不如说它更像立体主义的拼贴画,它的基本策略就是要创造一个与立体主义和达达主义抽象拼贴画相同的平整表面,在它上面,来自不同语境的寓言成分、碎片化意象和掐头去尾的叙事等并置共存于一个相互冲突的时空之中,用脱位寓言创造了一幅新的语言风景。

在现代主义诗歌史上,有个著名公案,那就是活力充沛且颇有家财的艾米·洛厄尔排挤掉了庞德的意象派领袖地位。或是迫于压力,或是对意象主义追求的局限性的反思,庞德转而开创了另一个运动,亦即旋涡主义。这场基础更为广泛的运动将诗歌和其他艺术结合了起来,从而与艾米·洛厄尔所推广的意象主义区别开来。那是在 1914 年,加入这个运动的同盟有温德姆·刘易斯、戈蒂耶-布泽斯卡、雅各·爱泼斯坦、爱德华·华兹华斯等,这个运动包括了文学、音乐和视觉艺术,属于一个跨学科运动,来势汹汹,甚至流派刊物都名之为《狂风》。

可以想见,艾米与庞德自此之后,个人关系陷入尴尬局面,有艾米的诗《散光——致艾兹拉·庞德;凭友谊、赞赏和某些观念的分歧》为证:

诗人拿起他的手杖
用纤细的黑檀木磨光而成。
这精巧的用具
木纹紧密;
有琥珀和带暗影的绿翡翠,
镶嵌成图案。
顶端是光滑的黄色象牙,
一串暗淡的金穗子
用包着银箔的
褪色的绳子吊着
从硬木的透孔中垂下。
用了许多年,诗人精心制作了这根手杖。
为了它的装饰耗尽了财富,
为了它的图案用光了经验,
他辛辛苦苦把它塑造,磨得锃亮。
对他来说它是完美的,
一件艺术品和一件武器,
一份快乐和一种防卫。
诗人拿起他的手杖
到处走动。

和平与你同在，兄弟。

诗人来到一片草坪。
仔细检查着雏菊，
它们张着嘴，奇怪地凝视着太阳。
诗人用手杖敲打它们。
雏菊的小脑袋飞走，它们倒下
死去，张着嘴，奇怪地，
倒在坚硬的地上。
"它们没有用。它们不是玫瑰。"诗人说。

和平与你同在，兄弟。走你的路吧。

诗人来到急流旁。
紫色和蓝色的旗帜在水中跋涉；
斑斑点点的青蛙在中间跳跃；
风儿吹拂，风声瑟瑟。
诗人举起手杖，
鸢尾花的脑袋掉落水中。
它们漂走，被撕碎，沉没。
"可怜的花，"诗人说，
"它们不是玫瑰。"

和平与你同在，兄弟。这是你的事。

诗人来到花园里。
大丽花靠着墙盛开，
矮小的紫罗兰勇敢地直立着，

喇叭花的藤蔓覆盖了凉亭
用红色和金色的花朵。
像响亮的喇叭声的红色和金色。
诗人敲掉大丽花挺直的脑袋，
他的手杖砍掉了地上的紫罗兰。
然后他从花茎上斩断了喇叭花。
红色和金色，它们四散地躺着，
红色和金色，像一处战场；
红色和金色，直挺挺死去。
"它们不是玫瑰。"诗人说。

和平与你同在，兄弟。
可在你身后是破坏和废墟。

诗人黄昏回到家，
他在烛光中
擦拭他的手杖。
橘黄色的烛火在黄色的琥珀中跳跃，
使翡翠如绿池塘一般波动。
烛光沿着明亮的黑檀木游戏，
在奶油色的象牙顶端闪耀。
可这些东西都是死的，
只有烛光使它们显得生动。
"没有玫瑰真是遗憾。"诗人说。

和平与你同在，兄弟。是你选择了你的角色。

艾米·洛厄尔出身于波士顿著名的洛厄尔家族，终身未嫁，以诗为业。十八岁起即开始致力于诗歌创作。早期作品的诗风比较正统，有济慈的痕迹，但日后的游历对她产生了重要影响，尤其是法国、埃及、土耳其和希腊之行，使她的诗歌富于异国情调。1913年读到意象派诗作，立即东渡伦敦，加入庞德的队伍。1914年取代庞德成为后期意象派首领，到处演说，发表文章，掀起论战，终于使意象派在美国产生巨大影响，被视为美国新诗运动的领袖之一。她对东方诗歌十分倾倒，力图把意象主义与东方诗风结合起来，对色彩具有惊人的捕捉能力。当然，她对人际关系中的微妙之处也具有高超的捕捉和深化能力。上面的诗便是一例，它也有为自己辩护的意思。实际上，她对众人趋之若鹜的庞德和艾略特评价都不甚高，在另外的诗中讽刺他们说：

> 艾略特获得学问花了很大的代价，
> 庞德得来的所谓学问却是转眼工夫。
> 艾略特知他之所知，虽然食古不化，
> 庞德是一窍不通，但常常瞎猜。
> 艾略特堆积材料写文章，
> 庞德的文章几乎全是乱猜浮夸。

1915年庞德写信给《诗刊》编者哈丽特·门罗，同年写下了《旋涡主义》这篇论文，表明他要处理的问题是保持一群先进诗人的活力，把艺术放在公认的文明指南和灯盏的位置。随后不久，在给约翰·奎因的信中，他声称自己发现了解决困境的方法："当一些庇护者依赖自己的鉴赏力购买未受承认者的作品，一个伟大的绘画时代，一个艺术的文艺复兴即告到来。"按照他自己的定义，庞德是现代主义的"庇护者"。在他看来，绘画、雕塑、音乐和诗歌都是同一个表意符号的组成部分，他的事业就是追踪这个表意符号。他也开始捍卫先锋派，不仅用他的智慧和凌厉鲜明的风格来促进

它,而且努力使它和它的读者保持高水准。早在 1906 年他就开始
写评论,在后来的岁月中,在论文、书信和《诗章》中,他始终把艺术
作为一个模范或试金石。他的大部分艺术评论都作于他在伦敦居
留期间。他经常以笔名 B. H.迪亚斯写作,这可以让他在评论中巧
妙地自我圣化,如,"在古皮画廊'沙龙'的市场花园的农产品中,温
德姆·刘易斯的埃兹拉·庞德画像带着古典石柱的尊严上升为花
园之神"。所有类型的做作,比如为博物馆制造的绘画、雷诺阿和
罗丹的纯修辞姿态,都遭到他的嘲弄。吸引他的是能量和天才的
本质源泉,那种不可避免的敏捷和恰切。他认为,一个目标或运
动——比如旋涡主义——有时便可以充当这种天才的速记。当
然,更多引他赞赏的往往是个人的成就和体现出的天才。亨利·
戈蒂耶-布泽斯卡、温德姆·刘易斯、雅各·爱泼斯坦、康斯坦丁·
布朗库西——这些艺术家身上拥有他称之为力量的东西。庞德将
意象重新阐释为辐射束或是旋涡,观念通过它不断涌现出来。意
象主义将事物的类似性凝定为某一形象,而旋涡主义强调运动,强
调思想与情感的流动与辐射,能够吸收多元能量。这种主张突破
了意象主义简单的意象叠加,可以使诗获得表现更为复杂意蕴的
形式。这个运动也影响到了后来的黑山派诗歌等。

为了了解此短命运动的主要纲领,其反再现和万物关联性的
审美主张,现将庞德文章择其要点摘抄如下:

> 旋涡主义是在所有艺术中直接使用"基本颜料",或者是
> 有关这种用法的信念。

> 如果你是立体主义者,或者表现主义者,或者意象主义
> 者,你可能会在绘画中相信一件事,而在诗歌中则相信非常不
> 同的另一件事。你可能会谈论体积或者颜色,或者谈论某种
> 诗歌形式,而没有一种互相关联的审美使你贯串所有艺术。

旋涡主义意味着一个人对作为模仿的反面的创造性技能感兴趣。我们相信创造要难于复制。我们相信最大限度的有效性，我们去看一件艺术作品不是为了蜡烛或奶酪，而是为了我们不能在其他地方得到的东西。我们走向一种艺术是为了无法从其他艺术中得到的东西。

如果我们需要形式和色彩，我们就去看油画，或者是画油画。如果我们想要无色彩的二维形式，我们就需要素描或蚀刻。如果我们想要三维形式，我们就需要雕塑。如果我们想要一个意象或一串意象，我们就需要诗歌。如果我们想要纯粹的音响，我们就需要音乐。这些不同的需要不是一体的和相同的。它们是不同的需要，它们要求不同种类的满足。个人的生活越是紧张，生活的不同需要就越是生动。思想越是生动和有活力，它越是不会满足于弱化的东西，不会满足于满足的弱化形式。

艺术涉及准确性。没有任何有关某物的"确定性"会伪装成别的东西。

一幅油画是色块在画布或其他材料上的一种安排。它是好是坏的根据是这些色块安排的好坏。那之后它才能爱是什么就是什么。它可以表现受祝福的处女，或者杰克·约翰逊，或者根本不需要表现什么，它可以这样。这些东西是趣味问题。一个人在这些事情上可以跟随他自己的冲动，而对他的艺术感觉不会有任何损害，只要他记住这仅仅是他的冲动，不是"艺术批评"，也不是"美学"。

当一个人开始更感兴趣于"安排"，而不是安排好的死物，那时他就对中国画的好、坏和平庸开始"别具只眼"了。他对拜占庭、日本和超现代绘画的评论开始变得有趣和智慧了。你不需要一座山或一棵树要像什么东西了；你不要求"自然的美"仅仅局限于少数自然的反常现象了，比如悬崖看起来像面孔等。

尼采的话，"艺术家是自然的一部分，因此他从不模仿自然"。这句话对我分外有利。

形式的组织表现了一种力的汇流。这些力可以是"上帝的爱""生命力"，情感，激情，随便你列举。例如，如果你在一盘铁屑下面拍上一块强磁铁，磁铁的能量将开始组织形式。只有使用一种特殊和适合的力你才可以给一盘铁屑赋予秩序和活力，甚至于美，否则它就和太阳底下的任何事物一样"丑陋"。磁化的铁屑图案表现了一种能量的汇流。它不是"无意义的"，也不是"没有表现力的"。

人类的头脑在厌倦或消极状态中会再次利用无意识能力、低于人类的能量或者自然的精神；也就是说，个性暂时取得了控制权，重新获得蕴藏在花种、谷粒或动物细胞中的那种模式塑造能力。

我们不欣赏"形式和色彩"的安排，因为在自然中那是一种隔绝的东西。在自然中没有什么是隔绝的。这种形式和色彩的组织是"表现"；就像莫扎特对音符的安排一样是一种表现。旋涡主义者表现的是他复杂的意识。他和表现电磁性的铁屑不同；他不同于自动主义者，后者表现的是一种细胞记忆状态，一种植物或内脏能量。可是，这并不是藐视植物能量，或者是装饰玫瑰或仙客来的欲望，这种欲望是表现在形式中的植物能量。作为人，一个人不能装作完全表现了自我，除非他同时表现了本能和理智。自动绘画中的柔和最终让人失去兴趣的原因在于完全缺乏有意识的理智。这能把我们引往何处？它把我们引向这里：旋涡主义是生命的合理表现。

现代主义运动初期的领袖们，因为感受到来自欧陆传统的压力，有些人必须去巴黎、伦敦等地寻找突破的机会。作为美国诗人，庞德和艾略特、弗罗斯特等一样，也要跨洋越海。1908 年到 1920 年间他一直在伦敦，梦想着诗歌的文艺复兴。他所开创的意象主义运动虽有一定成就，但在伦敦还比不过未来主义的声势，后者不断举办展览、喧闹的演讲会和记者招待会，发布挑衅的宣言。加之艾米·洛厄尔中途插一手，且利用自己老处女的过剩精力和大量资财，迅速取代了庞德的领袖地位，对意象主义加以大力弘扬，终于使之成为现代主义的一个有机部分，使意象从一种修辞手段上升到诗歌本质要素的本体论地位。庞德虽然借鉴了立体主义和未来主义的一些元素，创建了旋涡主义，提倡不连贯的韵律和不规则的形状，但应用到诗歌上面，可资为范例的作品所在不多。他诗歌的原则主要还是意象主义的，强调用鲜明、准确、含蓄和高度凝练的意象来生动形象地表达事物，反对抽象和一般化，语言简洁浓缩。庞德离开美国去欧洲开创他理想中的文艺境界，是因为当时的美国还没有准备好接受自己民族的这个大诗人，美国本土文学还没有脱出欧洲传统的强大束缚和压抑。而庞德，天生便有此使命，使命感是伟大人物天生就有的。庞德的第一篇评论文章是对惠特曼的个人赞美，这意味着，他的文艺创作的路径将延续惠特曼的方向，他将惠特曼视为美国特征的代表，确实，美国诗歌本土化的最主要线索便是惠特曼—庞德—威廉斯，这也是美国后现代诗歌的路线，迥异于艾略特为代表的现代主义路线。在庞德看来，惠特曼的作用相当于但丁之于意大利。他这样说道：

> 他是美国，他的粗鲁是一股极其强烈的恶臭，但他是美国。他是岩石中的空穴，与他的时代共鸣。他确实"歌颂那关键时期"。他是"胜利的声音"。他令人厌恶。他是一个非常令人作呕的药丸，但是他完成了他的使命。他完全摆脱了复兴的人文主义完人观念，摆脱了希腊的唯心主义；他满足于自己的现状。他代表他的时代和他的人民。他是个天才，因为他有自知之明，看到了自己的现状和作用。他知道他是个开端，而不是业已完成的传统作品。

庞德自己何尝不是这样伟大的"开端"，他博采众长，东西互融，精力旺盛如雄狮。作为诗人，他百科全书般的知识，让他的诗歌丰富无比。尤其是《诗章》，可谓将世界文化冶于一炉。而作为文艺评论家，他具有鹰隼一样的目光，能看透任何细节而不失去对广阔语境的觉知。他具有生动的描述天赋，从上文便可见一斑；具有超凡的想象力，同时具有一颗批评、建设和创造性的头脑。行文至此，我想起庞德的一首短诗《合同》，可以见出他与惠特曼的关联：

> 我跟你订个合同，惠特曼——
> 长久以来我憎恨你。
> 我走向你，一个顽固父亲的孩子
> 已经长大成人了；
> 现在我的年龄已足够交朋友。
> 是你砍倒了新的丛林，
> 现在是雕刻的时候了。
> 我们有着共同的树液和树根——
> 让我们之间进行交易。

我们如果想象一下这两位大诗人像父子一样亲密地坐在刚刚伐倒的粗木上，在辛勤雕刻的间歇，抽着烟斗，沉思地各自望着自己的风景，偶尔交换下眼神或者聊上简短的几句，那该是一幅多么温馨的画面。这首诗是对惠特曼的致敬，也是对庞德个人雄心的展示，同时透露出某种文学上的"家族浪漫史"——后继对前驱的既敬又恨的复杂情感。

说起来，庞德所倾力而为的旋涡主义，很大功劳要归之于文学家兼画家温德姆·刘易斯，是他创办了《狂风》杂志，1915 年还举办了第一次也是唯一一次旋涡派展览。刘易斯在展览前言中明确宣称要反对毕加索的那种有鉴赏力的消极性活动，反对无聊的摆弄趣闻轶事的自然主义，反对模仿性的电影摄影术、未来主义大惊小怪的歇斯底里。实际上就是要使英国艺术摆脱从属于巴黎的附属地位，让"我们的旋涡像愤怒的狗冲向印象主义"。如果意象主义大多数时候被等同于视觉意象，那么，旋涡主义则是与任何可能解释为视觉印象主义的东西彻底决裂。庞德在《关于意象主义》一文中界定了两种意象。意象可以在大脑中升起，那么意象就是主观的。或许外界因素影响了大脑，被吸收进大脑，溶化和转化了，诱发与之不同的一个意象出现。意象也可以是客观的，摄取某些外部场景或行为的情感，事实上把意象带进了大脑，而旋涡中心又去掉枝叶，只剩下那些本质的、主要的或戏剧性的特点，于是意象仿佛外部原物一般地出现了。在两种情况下，意象都不仅仅是思想，它是旋涡一般的或集结在一起的融化了的思想，而且充满了能量。不满足这些条件就不能称之为意象。从这里，我们才可以理解庞德《诗章》中蒙太奇式的细节的充分密集排列。他认为停留于感官印象的享乐主义是旋涡空缺之处，软弱无力，被剥夺了过去和未来，成了静止的卷轴或圆锥之顶。他也同样批评了未来主义，称之为旋涡喷溅的浪花，没有后继的冲力，疏离分散。

　　基于观察和反应的精确描绘并不是庞德的诗歌理想，流动、深度、动感，更是他对诗歌意象的要求。从此他走向了非象征诗学。他认为固定意象是欧洲文化积累在形象之中的，应该予以清洗。他以为中国式意象的具体性可以拿来对抗欧洲意象的文化压迫。在他看来，中国诗（包括画）中意象不显露主体性刻痕的随意自然，能造就陶渊明式的情景合一，而非华兹华斯式的单向度的因景生情。以真实的自然序列出现的景色和场面，未经象征这样的修辞手段的猛烈化合，对他更有吸引力。在意象主义者那里，绘画或雕刻似乎正在变为言语。这种视觉向文字的转换，最为明显的例子是庞德的《七湖诗章》，即诗章之四十七，其灵感源于一本日本折叠画册《潇湘八景》，画册是一个东方传教士送给庞德父母的礼物。庞德自己很喜欢这首，认为它是对天堂的一瞥。其实，整个《诗章》都不能仅仅按照文字述义的层面去理解，其中大幅的视觉性经验就如同在中国绘画中一样，经过了空间性的组织，产生了非文字串联性与述义性能够达成的美感意义。

　　电影蒙太奇、立体主义的碎片拼贴、异质语境杂糅互生、中国绘画的散点透视，诸如此类，都被庞德融会贯通，应用到他的诗学实践之中。笔者无意对这种跨界影响进行追本溯源式的分析，仅只是某种"观感"，或庞德给我的印象。这也让我想起他的支持者福特·马多克斯·福特对庞德这位"拉丁区的雄狮"初来伦敦时的印象描述：

　　　　庞德蓄有八字红色胡须，栗色的头发稠密而粗壮；他那瘦长的体形显得颇有闯劲。他头戴紫帽，身穿绿衬衫，外面罩上黑色天鹅绒上衣；下身穿着绿色弹子布裤；脚穿朱红色短袜，鲜亮的棕褐色皮鞋。耳朵上一个长长的，镶有一颗宝石的耳环自由地摆动，碰着他的颚骨。另外，他胸前飘垂着一副大大的领带，是一位日本未来主义诗人亲手画的。

丰富到杂乱纷呈的色彩搭配和来自不同审美流派的服饰，简直是一个活生生的立体拼贴，这幅文字画像也活脱显示出庞德的超凡活力。他撰写有大量艺术评论，他的诗歌也充满了众多采撷自艺术的印象，尤其是意大利文艺复兴艺术和现代主义艺术。如果说，诗人与画家自古就是一家，是最能互相理解的伙伴，那么，到底是什么动机促使庞德对视觉艺术发生浓厚的兴趣呢？

庞德对视觉艺术和音乐的兴趣都与我们通常接受的观念大相径庭。他一面大力推举布泽斯卡这样的艺术家，一面又粗暴地拒绝理会鲁本斯、伦勃朗。庞德对广受赞誉的大师杰作的拒绝具有激发思考的价值，他促使我们反问自己：我们喜欢鲁本斯们是不是纯粹出于文化上的惯性？这样的反思本身就有价值，无论我们是否赞同庞德的判断。庞德的音乐评论远远滞后于他对视觉艺术的研究。对这两种门类艺术的研究主要集中在 1917 年至 1921 年间，当时他为了谋生而给《新时代》写评论，分别用了两种化名。20 世纪 20 年代庞德的理论兴趣更加倾向于音乐，相反，他有关视觉艺术的文章自 1924 年移居意大利拉巴洛后变得数量稀少，只有一些片段。拉巴洛不是伦敦、巴黎那样的当代艺术中心，也许是这种转变的一个原因，但并不足以解释，为什么他早在 1916 年就计划写作的关于温德姆·刘易斯的专著，仅仅是在与刘易斯的通信中偶尔提及，却始终没有写就。

庞德相信直接熟悉艺术作品要优越于有关艺术的理论化探讨，但是对艺术的理论探讨有助于塑造他的文学批评的权威性。庞德在巴黎结识布朗库西之后，曾自己尝试过石雕，模仿布朗库西，这可能仅仅是一时冲动。庞德曾说，他不信任对任何独特艺术的重要评论，除非这评论出自艺术大师本人之手。也就是说，他更信任行家里手，信任从艺术创作的经验中生发出来的艺术探讨。从这点上看，庞德的艺术评论是出自外行之手的。这个显而易见的悖论有助于解释庞德到底为什么对视觉艺术有兴趣，稍微有点夸大地说,这位活力四射的大诗人不是对视觉艺术本身有兴趣,而是因为它们所能带来的附加效应,是视觉艺术的社会性和公共性吸引了他,这些性质尤其与诗歌的私密性和内在性相反。从 1908 年抵达伦敦以来,庞德一直想确立自己在伦敦文化生活中的地位和标志,但是与他有关的诗歌运动,如 1909 年的"被遗忘的意象派"和更为重要的 1912 年的"意象主义",实质上都没有怎么吸引来公众的注意。相反,现代艺术却备受关注。在伦敦,罗杰·弗莱 1910 年组织的"莫奈与后印象主义"展览是十分关键的,它向伦敦介绍了塞尚、高更、凡·高的作品,尽管有点延迟,这也是毕加索和马蒂斯在伦敦首次展出作品,以至于弗吉尼亚·伍尔芙发出了著名的宣言:人性在 1910 年彻底改变了。据推测,庞德在他的诗《1910 年的艺术》中对此做出了回应,诗只有两句:"绿砒霜粘在蛋白色画布上,/碾碎的草莓!来,让我们款待我们的眼睛。"

这首诗可谓精短的喜剧独白,将诗人或说话者与他的对话者置于一个展览的场景之中。这次展览仅仅是一系列广受公众关注的现代主义展览中的首次亮相,在纽约,1913 年有著名的军械库展。那些日子,无论褒贬,人人都在探讨现代艺术,对于苦思冥想如何迎来读者关注的诗人来说,这些展览的戏剧性成功既让他兴奋,又给他带来某种挫折感。诗歌怎么能登上前台呢?是意大利作家马里内蒂向庞德显明了道路,他是庞德最不欣赏又给予他关键性影响的人。这条路径便是,将诗歌与视觉艺术关联起来。马里内蒂 1909 年启动未来主义主要是作为一个诗歌运动,但它很快就嬗变成了主要集中在视觉艺术的运动;马里内蒂本人则成了理论家、舞台经理和策展人,更胜于作为一名作家的角色。吸引庞德的恐怕并不是未来主义艺术本身,而是它在公众面前大出风头的这一事实。未来主义在伦敦展览的翌年,庞德就与同时代最伟大的英国画家温德姆·刘易斯联手,开启了他们自己的艺术运动,亦即旋涡主义。这场短命的运动由于第一次世界大战这一更猛烈的

"狂风"而猝然终止，杂志只出版了两期。布泽斯卡上了前线，并于1915年阵亡；刘易斯则在英军中服役，先是投弹手，后作为画家来记录战争。

总而言之，庞德借重视觉艺术的社会性和公共性来为他的诗学张目，这个办法行之有效。在当代中国，这个办法也许能一时吸引人们眼球，长远来看，并不现实，因为一场视觉艺术运动，除非有鲜明的纲领和伟大的杰作，否则不足以持久。

第二节　阿什贝利与视觉艺术

阿什贝利的诗歌与抽象表现主义绘画极有渊源，他有时也像波洛克使用颜料那样，把词语当作颜料挥洒，因此词语在他的诗歌中获得了原初的质地和本体论的凸显，而不再仅仅是表意的工具而已。而在风格上，他把幽默和机智相结合，并时时透露出骨子里的悲凉，有时非常松散随意，有时又极其严格。比如，他和毕肖普都训练过六节六行诗（Sestina）的形式，他写过《浮士德》，而毕肖普则有写祖母、孩子、火炉、历书的《六节诗》。在继承关系上他发展了由史蒂文斯所开创的"以想象力填补存在匮乏"的语言狂欢传统，糅合了叙述与抒情、经验与玄学等维度，其复合型写作在拓展意识范围、保持语言活力和对事物的触及能力等方面都能给予我们莫大的启示。

现代主义运动基本上可以定义为一个文学和艺术联姻、跨界、互动的运动。文学上的主张往往是从艺术上的运动兴起的，两者或先或后，但都具有内在的关联，比如超现实主义、未来主义、象征主义和表现主义等，都是诗人和视觉艺术家联手缔造的运动和流派。整个现代主义是如此，二战之后兴起的后现代主义，何尝不是如此。并且，在复数的后现代主义之中，诗歌（文学）与视觉艺术的关系更为复杂,条分缕析地清理这份宝贵的资源,不是一日可毕之功。后现代主义作为一个进程中的文化思潮,还处于嬗变和递进之中,整体性的观照有可能违背后现代重视局部知识胜过总体性的原则。因此,本节拟就美国纽约派诗人与视觉艺术的关系进行抽样式考察,从若干侧面和细节中尝试透出启示。

"纽约派"作为美国后现代诗歌的主要流派之一,包括约翰·阿什贝利、弗兰克·奥哈拉、肯尼斯·柯克三巨头,该流派的成员还有巴巴拉·格斯特、詹姆斯·斯凯勒、爱德华·菲尔德等,这是第一代。第二代则有特德·贝里根、伦·帕吉特、迪克·格鲁伯这样的代表性人物。这是个以纽约为根据地的诗歌流派,实际上是个比较松散的组合,各人的风格都有所不同,甚至大相径庭。有论者将其归为超现实主义的另一个分支,但是,它与以罗伯特·伯莱、詹姆斯·赖特为代表的新超现实主义不同。新超现实主义主要吸收东方诗歌(尤其是中国古典诗歌与日本俳句)精华,融会到美国本土语境,而纽约派更具嘲讽意味,更荒诞,更喜欢后现代的戏仿,更自我专注,更超离外界。

阿什贝利曾在巴黎逗留十年,他熟谙法国诗歌,不能不受到法国超现实和达达的影响。例如,雷蒙·鲁塞尔影响了超现实主义者、奥利波集团(Oulipo)和新小说,科克托称雷蒙为"梦的普鲁斯特",普鲁斯特黑暗扭曲的倒影。而阿什贝利作为古怪的形式主义者,与雷蒙一样喜欢巧计,他热爱非同寻常的诗体形式,如六节诗(sestina)、盘头诗(pantoum)和维拉内拉诗(villanelle)。阿什贝利翻译的法语散文集中包含有雷蒙·鲁塞尔、画家基里科(Giorgio de Chirico)等人的作品。他尤其喜欢雷蒙的《孤独之地》和《非洲印象》,以及基里科的梦幻小说《赫布多米洛斯,形而上学者》(*Hebdomeros*,1929),正是他把这本书译成了英文。

但和上述公认的说法不同,在一篇访谈中,他声称自己并未怎么受到法国超现实主义和达达派影响,而是得益于德语和斯拉夫语诗歌，理由是法语的"清晰性"无法让诗写得"朦胧"。在《春天的双重梦幻》中，有一组题目为《法语诗》，开始是用法语写的，然后再翻译成英语，他想看看有什么不同。阿什贝利自己说没什么不同，但这么做在打破用词习惯上仍起到了一定作用。

　　1955 年，阿什贝利作为富布莱特访问学者赴法国，在巴黎逗留了十年，翻译法文诗并创作法文诗。1960 年，阿什贝利接受了一个朋友的帮助，代替她做了巴黎《先驱论坛报》的艺术评论员。当时，他只是为了找一份工作，在巴黎的美国人都发现在这座大城赚钱谋生的艰难和必要性。他从来没有想到，这份工作会引来"一件接一件的事情"，以至于成了一份事业，一直无间断地持续了接下来的二十五年。他作为"一种类型的艺术批评家"为各种杂志撰稿，如《艺术新闻》《新闻周刊》和《纽约》。这份工作的由来可能是意外的偶然，但它对阿什贝利作为诗人的发展却并非毫无意义。他的新闻记者的工作方式促使他改变了自己的写作模式。每周无论晴雨，无论有没有展览，都必须"磨出几页稿子来"，这种责任破除了他作诗的阻力，使他认识到，可以用同样的方式写诗。不过，阿什贝利的诗歌受惠于艺评写作的地方要更深，也更有趣，他的记者和评论员工作之于他其他的艺术创作，既具有兼容性，又是一种拓展和延伸。在他的理解中，画家、艺评家和诗人，三者的作用尽管不同，但至少是可以互相比照的。他最关注的艺术家中，有乔治·德·基里科、费尔菲尔德·波特、罗纳德·布鲁克斯·基塔伊（R. B. Kitaj）和米肖。这些画家本身就从事写作，或者其绘画创作具有最为鲜明的文学性，比如波特就同时是出色的批评家，米肖主要是诗人。艺术评论的写作位于视觉和语言之间，它所探索的思想往往也会进入诗歌之中。正如他在写格特鲁德·斯坦的一篇文章中说："诗人在写其他艺术家的时候总是意图写他们自己。"因此，我们可以从阿什贝利的艺术评论中管窥视觉艺术对他的诗歌创作和诗学策略的影响踪迹。

作为批评家,阿什贝利很少对画家提出建议,但在 1966 年讨论浪漫主义艺术家的"文学感"的文章中他提到,文学主题对于一些画家有着强烈的吸引力,如原本想当作家的德拉克罗瓦,籍里柯(Theodore Gericault)的《梅杜萨之筏》和库尔贝的《工作室》与其说是绘画,不如说是处理当代问题的史诗。浪漫主义诗歌除了时常充当浪漫主义绘画的主题材料,也同样影响到了浪漫主义绘画的风格。德拉克罗瓦的日记中曾经写到,每当需要寻找一个主题时,他就打开一本能给他灵感的书,让书中的情绪引导他。这种新的工作方式会对艺术家产生有趣的影响,也更新了我们看待浪漫主义的角度。

阿什贝利有关艺术的写作,尤其是为《艺术新闻》和《艺术在美国》所写的文章,试图在绘画领域和诗歌圈子之间建立起一座桥梁,来逆转灵感的流向,这一点确实有效。在 20 世纪 40 年代和 50 年代,许多诗人依赖同时代的画家来获取灵感。交叉授粉可能会产生出怪物,但也同样可能产生出蔑视常规分类的美丽杂种。画地为牢只会限制形式的意义,边缘行走自有更丰富的风景。诗人与画家的互动将会带来一种意义丰富的歧义性与多义性,它将赋予作品以最为宽广的关联域和联想空间。

阿什贝利开始从事艺术评论是在 50 年代中晚期,那是一个流派林立、争执不断、党同伐异的时代,辩论、宣传、鼓吹、学术,统统搅和在一起。在这个背景下,他的工作以其"不偏不倚"为人瞩目。他为巴黎《先驱论坛报》撰写的文章不是出于竞争权威地位的考虑,也不是为了反驳敌人或擢升某个特殊的艺术家,尽管他经常宽容地为他的朋友们写文章。相反,这些文章没有更高的目的,只是为了报道艺术世界的重要事件,为了履行责任,满足截稿期限的要求。作为批评家,他的工作要受限于报刊的实际限制。但是该报编辑对作者的管控是比较放松的,阿什贝利可以自由选择主题对象、风格与方法。他早期的文章涉及的范围相当宽泛,单是第一年他就写了拜占庭绘画、保加利亚艺术、意大利雕塑、日本摄影、美国抽象表现主义、弗莱芒原始派、巴比松风景画派和古斯塔夫·莫罗博物馆。作为记者，他具有敏锐客观的观察力，告诉普通读者和观众有什么值得去发现和观赏，通知和解释胜过了鼓动和抵制。他的文章将报道、推测和个人反应结合起来，常会喷发出非凡而令人愉快的旁及与离题。例如，在谈到抽象绘画中的笔法时，他说用疯狂的笔法取代真实的激情，就相当于卖蜂蜜时为了证实蜂蜜是真的而在蜜罐里放一只死蜜蜂一样。有一次评论一场墙纸展览，他做出了个人自传性的反应，他说："许多人最初的审美经验是由墙纸引发的……我最初的记忆之一便是试图剥掉我房间里的墙纸，不是出于厌恶，而是因为，在水果、球体和望远镜的平面图案之外，那里似乎总要有点什么吸引人的东西。"

60 年代的巴黎几乎就是世界艺术的中心，但是阿什贝利似乎很享受与中心的某种距离感。他着迷的艺术家是米肖和约瑟夫·康奈尔这样过着近乎隐居生活的人。他喜爱的艺术家，如费尔菲尔德·波特和 R. B.基塔伊，都与时尚中心保持着距离，以自己的方式独立工作。阿什贝利对像他那样的"职业流放者"有着独特的同情，如格特鲁德·斯坦这类在相对隔绝的环境中从事创造的文艺家。

阿什贝利在巴黎居留期间(1955—1965)，尤为重要的不仅是他所目睹的东西，更在于他没有看见的东西。和纽约及其他大都市相比，巴黎具有某种宁静的中立气氛，在那里，你可以按照自己的选择来展开工作。中立、独立、想象的空间，这几个要素不但是阿什贝利的批评信念，也是他诗学进程的原则。与他的朋友奥哈拉相比，早期的阿什贝利并不是纽约艺术场景的一个固有部分。奥哈拉与克莱恩、波洛克和德库宁过从甚密，这是一个具有某种排外性的美国人圈子，阿什贝利则很少参与他们在雪松酒吧的讨论，那是抽象表现主义者进行历史性会面的场所。他的里程碑是德·

基里科、米肖和杜尚，是一些欧陆传统的艺术家。尽管阿什贝利最后终于加入了纽约的艺术现场，他依然时常为他的疏离而骄傲。在他的文章中，他经常思考的是庞德"日日新"的先锋责任到底如何可行，质疑审美价值和不断革新两者兼备的作品之可能性，在这点上，他更信服艾略特的话——个人才能最终要设法为传统所吸收。因此，他倡导艺术家采取独立的、个人的精神朝圣，发现属于自己的视野。巴黎，在他看来，尤其适合这样的朝圣，这样的路径在于既不接受也不拒绝接受，而是独立于这一切。他所赞赏的艺术家是那些回避时尚，走自己道路的人。他喜欢贾斯帕·约翰斯，正是因为他不在意自己的崇拜者喜欢与否，他按照自己的心性而行；他知道公众喜欢那些他们自以为能够消化理解的艺术家，所以他偏偏时不时地让公众的信心和热情受挫。

1962 年出版的诗集《网球场宣言》，是诗人最不可解的一本诗集，他在其中进行了激烈的语言实验——打破短语，单独用字——可以称作语言的波洛克绘画，文本支离破碎，颠覆了可以认知的知识秩序。1965 年回到纽约之后，阿什贝利任《艺术新闻》执行编辑，由于工作的缘故，与先锋音乐及绘画的接触更为密切，深受影响。在讨论抽象表现主义时，阿什贝利经常将其描述为是从超现实主义中生长出来的。他两次批评 1968 年美国现代艺术馆名为"达达、超现实主义及其遗产"的展览，因为该展览没有指明美国行动绘画怎样从超现实主义的土壤上深耕细作，直到某种新的东西从原处萌发出来。从个人行为和知识旨趣两方面看，他对纽约派的参与都与奥哈拉有质的区别。他数次重申超现实主义与抽象表现主义之间的关联，从这一点就可以见出。根据他的判断，抽象画家从超现实主义那里借鉴的最主要技巧就是"自动主义"，它在波洛克手里成了具有创造力的手段。

1983 年，在《巴黎评论》第 91 期阿什贝利的访谈中，有这样一个问题：

《巴黎评论》：我认为从一个像你这样对绘画有着强烈兴趣的诗人那里，我们有很多东西值得期待。各种各样的批评家都暗示过，你是词语中的风格主义者，或是抽象表现主义者。你意识到这样的东西没有——或许你是在用词语做一个立体主义的实验？

阿什贝利：我认为《凸面镜中的自画像》是一件风格主义的作品，我希望这是在这个词的好的意义上说的。后来，风格主义变成了矫揉造作，但起初它是一种纯然的新奇——帕米加尼诺（Parmigianino）是早期的风格主义者，正好与米开朗琪罗接踵而来。我也许受到了——我认为或多或少是无意识的——我所看到的现代艺术的影响。立体主义的同时性当然感染了我，同样还有抽象表现主义的观念，作品是自身向存在生成过程的某种记录；它具有一种"反指涉性的知觉"，但是它全然不同于将一桶词语抛掷到纸页上，就如同波洛克泼洒颜料那样。它比那个更为间接。我刚刚大学毕业时，抽象表现主义是艺术中最让人激动的东西。还有实验音乐和电影，但是相对而言诗歌显得十分保守。我认为在某个方面它依然如故。一个人可以接受毕加索画的两个鼻子的女人，但是诗歌中对等的尝试却让同样的读者困惑。

阿什贝利从德·基里科和坦盖（Tanguy）那里学会了描绘非个人化的自画像，这使得他与抽象绘画的自动主义区分开来。他观察到，坦盖的那种耐心、精细，古代大师般的技巧，有别于波洛克和克莱恩自动的行动绘画，其中的主导原则似乎并不是那么自动主义的，而是充满了自我克制，因此更能够反映出精神的现实，而非个体意识；同时反映出这精神知觉到的世界。这种状态按照兰波的著名说法便是"我是另一个"。他心目中的超现实主义不是青春期日记式的本能喷发，而是高度形式化甚至过于精细复杂的洛可可框架。自我克制和精心结构有助于他完善成为另一个自我的技术。那么,阿什贝利是如何做到这点的? 他是如何创造出一个他者般的自我的? 其方法是收集起这个世界的现成品,就像法国新现实主义那样,利用大机械生产出来的物品的品质,使过度的自我关注延展向其他关联物。在阿什贝利看来,新现实主义寓于文学和绘画的双重传统之中,这些艺术家处于由福楼拜时代开始的想要确定现实本质的这一努力过程的高级阶段,格里耶和萨洛特的"客观化"小说也属于这一传统。这种"挪用"现成品的目的在于意指作品本身以外的一些心理状态和文化语境。这一由杜尚开创的手段,如今已成泛滥之势,尤其在艺术里面,在诗歌里,"挪用"有助于形成不同语境的对诘和互否,形成诗歌内部声音的复调性。这样,诗就成了一个各种力量博弈的战场,既不是主观抒发,也不是客观呈现,而是主客观混融。这种情况,在阿什贝利的诗中俯拾皆是。比如,他会把在书店和街头听到的陌生人的对话片段镶嵌在诗中,来打破诗歌的线性进程,使其具有"非时间性"。

　　自我与他者的关系从来就不是静态的。随着自我的改变,自我的他者也会改变;反过来,自我又由外在环境的变化所塑造。坦盖所实践的自我克制或者新现实主义所致力于的客观化都不是孤立的行为,不是一时的变形,而是构成了一个持续性的情境,一个发射和接收的过程,其回文信号在两端都可以同样清晰地读解。在阿什贝利的诗《乡间事物》中,诗人演示了这种转变和转变的自我:

　　　　既然你就是这件在我之外的东西
　　　　那么作为它的记号的我如何能够像你一样
　　　　处于恰当的位置。中间是信息的碎片
　　　　围绕着你循环,将那全部古老的材料

　　　　带到这里,重新组装,又一次载走

进入你梦的后院。

　　起初，诗人想促使我们相信，他者与正在做观察的自我之间的关系是静态的，一种安置在"恰当位置"的关联，就像画家与模特的关系一样。但是信息的碎片持续不断地循环，消失又回归，最终不是作为对象，而是作为主观经验，回到"你梦的后院"。同样，在阿什贝利著名的长诗《凸面镜中的自画像》里，读者被迫在诗人和画家、读者和评论者之间作类比，阿什贝利将自己放在了观察者（读者）的位置，而同时又在创造他自己的自画像。这种情况，需要唤起的同时是积极和消极的反应，这一点是诗人从画家那里学会的（长诗中写到的帕米加尼诺只是其中之一），并因此完善了他的艺术批评。艺评家既是观察者，又是读者观察的对象；既是无形的，又是唯一可以看见的东西。如何完成自我与他者如此汇聚又分离的互动？最好的修辞策略便是，既欣赏又不执迷，承认自己的局限和意愿，然后以一种消极的客观性来超越它们。阿什贝利的艺术评论中缺乏雄辩，可能正是出于他要保持不偏不倚的公正与客观，他既不弘扬什么，也不抗议什么，他只是呈现。艺术评论把诗人变成了画家，他的工作乃在于翻译和解释，这两种活动都是自我克制的、不偏不倚的活动，目的在于当对象移动和被感知时确立对象的世界。随后，冷静的客观性就让位给了热情的主观性。在《什么是诗歌》中，阿什贝利写道："试图避免／观念，如同这首诗。"在传统上认为的最具主观性的诗歌中，如何避免观念呢？诗人回答："当一个人带上锤子和钳子，径直扑向观念的时候，观念往往会在诗歌里躲避他。我觉得只有在假装对观念毫不留意的时候，它们才会重新出现，并像一辆汽车那样擦伤你的大腿。"他的另一首诗《而诗如画是她的名字》可以充当这一自我转换过程的范例。

　　你不能再那样说它了。

为美操心,你必须

到户外去,进入林间空地。

暂且休息。任何发生在你身上的有趣之事

当然均可。比这更多的要求将是奇怪的

对于你,拥有如此多情人的你,

人们仰望你,心甘情愿

为你做事,可你认为

那并不正确,如果他们真的认识你……

自我分析到此为止。现在,

关于要在你的诗画中放些什么:

鲜花总是好的,尤其是飞燕草。

你曾经认识的男孩的名字和他们的雪橇,

流星焰火是好的——它们依然存在吗?

有许多其他东西和我提到的那些

具有同样的品质。现在你必须

找到一些紧要的词语,和大量低调的,

发音沉闷的词语。她靠近我

让我买她的桌子。突然街道上满是

香蕉和日本乐器的铿锵声。

单调的圣约播散在周围。他的头

紧锁在我的头里。我们是一副跷跷板。

应该写下来,这一切如何影响你

在你写诗的时候:

一个几近空虚的头脑的极端禁欲

与它的欲望那繁茂的卢梭式叶簇相冲突

想要在呼吸之间进行通信,若只是为了

他者和他们想要理解你和遗弃你的欲望

为了其他的通讯中心,以便理解

能够开始，并在这么做的同时破灭。

　　这首诗从事实开始，关于"要在你的诗画中放些什么"；然后继续以极其戏剧化和充满情感的调子展开，如"她靠近我/让我买她的桌子"；随后，"街道上满是香蕉和日本乐器的铿锵声"。诗进展到结尾，事实让位给了对事物真意的近乎主显节的领悟。记者的不偏不倚类似于"一个几近空虚的头脑的极端禁欲"和画家的"自我克制"。"繁茂的卢梭式叶簇"指的是艺术家想要与观者、记者想要与读者沟通的欲望，只为了他者和他们想要理解你的欲望而作的沟通，既是记者的需要，也是阿什贝利诗学策略的一个模型。诗的开端所声称的"你不能再那样说它了"，指的是美国诗歌必须达到一种新的境界，去观照和谈论这个世界，最大限度地减少主观思想，达到极端禁欲的程度。阿什贝利强调要从客观出发，比如库尔贝令人满意的现实形象，安东尼·卡洛的基本而原始之物，但是艺术家不应在此停止，而是必须继续前行，向幻象攀登。阿什贝利从客观转向主观的方法不是剥离现实，反而是给它增添东西；画面不再是各种表现力竞争的战场，而是一个考古学现场，依附着来自各种文明的对象，令人吃惊地并存着。

　　阿什贝利与另一位具象画家费尔菲尔德·波特保持了终生不渝的友谊。诗人自己亦曾涉猎艺术创作，早在 1948 年，他的一幅拼贴作品就出现在《哈佛倡导者》的封面上。他也是许多艺术作品的主题，作者包括安迪·沃霍尔、拉里·里弗斯、珍妮·弗里林彻、阿历克斯·卡茨、菲利浦·皮尔斯坦等。阿什贝利赞赏关注日常事物的"房子周围的秘密语言"，这种品质也存在于约瑟夫·康奈尔、查尔斯·伊伏斯、玛丽安妮·摩尔的身上，当然也有波特。在这种朴素的崇高中有着某种属于美国传统的东西。阿什贝利曾经对之进行过描绘，他自己也是其中的一部分："在我们的艺术中，借用摩尔小姐有用的短语来说，我们想要超越'构造的神秘'，进入存在的神秘,后者拥有自己的构造规律。"波特不仅给阿什贝利画了像,还写了有关他的诗歌的文章。他自己就是一个活跃的、富有洞察力的批评家,偶尔也写作诗歌。他在 1961 年就"早期的阿什贝利"作过这样的评论:"阿什贝利的语言是不透明的;你无法透过它看见任何多过你透过湿壁画所看见的东西。有关抽象绘画的最有趣的东西是它的主题,你也是这样被阿什贝利简单句子的神秘的清晰性所捕获,与意义的真实相比,其中词语拥有更多客观的真实。你就像回到了一年级,准备学习阅读一样。"

波特的认识无疑有其精当之处,他明确指出,阿什贝利使用语言的方式有别于功能化的使用方式,而是使语言本身成了某种近乎客观的存在。反过来,在阿什贝利评论波特的文章中,也约略可以见出这种客观化的思想轨迹。相比于在各种思想中穿行游戏,阿什贝利更喜欢"尊重事物本身"这样的说法,这更近似于威廉斯那个著名的口号,"思想只在事物之中"或"除了事物别无思想"。

我们前面简单提到过,阿什贝利乃至整个纽约诗派与抽象表现主义有着千丝万缕的联系和交互影响,而波特的绘画却重视具象。那么,诗人为什么偏爱这样一位并非主流的画家呢? 我想,这绝不仅仅是出于个人情感。阿什贝利谦逊地认为,波特仅仅是跻身美国天才之列的最后的不可知论者,这个行列从爱默生、梭罗到惠特曼和狄金森,再延续到华莱士·史蒂文斯和玛丽安妮·摩尔。波特深受大家喜爱却难以谈论的绘画是潜藏在他的观念、对话、诗歌、存在方式下面的智力织物的一部分。在上面所提到的作家所处的经典美国传统中,它们是智性的,因为它们里面没有任何能够从其他部分中分离出来的思想。它们就是思想,或者是意识、光,任何东西。思想围绕着它们,但是没有也不能将自己挤进艺术的存在之中,就像荒野围绕着史蒂文斯田纳西的坛子,一件人工之物,却悖论般地比它周围凌乱的荒野更为自然,并且从这荒野中取得了支配地位。

波特对作为社会学的艺术深怀恐惧，如果艺术仅仅是为了演示一个思想，就会丧失其被当作艺术对待的权利，因为这样一来，艺术就把一种严重的分裂引进了只能是整体的东西。思想在艺术中没有独立的生命，没有任何能够从整体的"真实"中抽离出来的自治权。波特倡导用关注事实来抵抗一般性，认为美学是把人同事实联系起来的东西，它是反典型的。主题和思想仅仅是艺术作品中众多同等重要的要素之一，正如阿什贝利在上面的诗中所言，"任何发生在你身上的有趣之事／当然均可。比这更多的要求将是奇怪的"，"有许多其他东西和我提到的那些／具有同样的品质"。阿什贝利注意到，波特的画中缺乏信息，在许多情况下，就像 11 月的天空，在干净光秃的光中，不再被罗曼蒂克的叶子所遮蔽。波特不会为了避开汉普顿夏天雾蒙蒙的白光而旅行到光线更好的地方去作画，因为他的责任在于画下他在汉普顿偶然碰到的一切，这里面没有赞同，有的只是对事物的尊重。主题并不是刻意追求而至的，而应该是纯然碰见的，他按照事物的本然去描绘它们。他相信，秩序来自对无秩序的追求，最真实的秩序是你已经发现在那里的东西，一旦你尝试有所安排，你就注定会失败。阿什贝利提醒我们，要理解波特的画，我们必须准备好去发现已经存在的秩序，而不是应该存在的秩序。①

波特早年对现代艺术的发现是通过印象派。他相信印象派的革命意味着艺术的价值是内在的，对于他来说，印象主义的本质在于颜料和色彩，而非轮廓和阴影。与内在的光相比，轮廓不那么重要，因为光里面包含着物质和重量。可以说，印象派以绘画的方式重新创造了真实的存在。波特认为维亚尔代表了印象主义"自然的"完美。他从委拉斯开兹那里认识到了非个人性。委拉斯开兹任其自然地对待事物，那不是复制自然，而是不把自我强加给自

---

① John Ashbery：*Reported Sightings*，Harvard University Press，1991，p.317.

然;向自然打开自己,而不是扭曲自然。波特声称,出于同样的原因,他过去非常非常喜欢陀思妥耶夫斯基,现在他更喜欢托尔斯泰,对于他,托尔斯泰就和委拉斯开兹一样。

波特从维亚尔和委拉斯开兹身上看到了至高无上的艺术个性,这使得他们能够平衡自己对媒介的爱与对视觉真实的爱,以至于能够同时尊重两者的固有个性。波特的理想是“一个强大又并非自我主义的人”,也正源于此,他喜欢维亚尔胜过了博纳尔。博纳尔任性而暧昧的笔触无论如何被动,都会将自身强加在真实的结构之上。波特不喜欢刻意的扭曲,他称之为“做作”;他同样也不喜欢华丽,他称之为“表演”。后印象派,尤其塞尚,将自我过于强烈地施予自然的个性与结构之上,他认为他们的艺术代表了从印象派和维亚尔的下滑。从塞尚到二战之间的整个艺术阶段,波特都常用负面的词来加以描述。他认为它过于“观念化”,与思想纠缠过紧。只有在抽象表现主义出现之后,我们才再次拥有了一种象征派那样的绘画,才能同时既是主观的,又尊重自己的媒介。是维亚尔将印象派有关色彩与颜料的发现组织成了一个一致的整体。维亚尔比莫奈更连贯更有序,他对传统透视的守护,他具有革新性的对颜料的物理特性的重视和非凡的色彩感,对整体、独特和世界之存在的尊重,这种种的保守主义,波特也同样经历过。波特非常喜欢德库宁,他认为,德库宁代表了最后能接触到的欧洲传统。在德库宁的尾波里崛起的波普和极少主义艺术家,其表达方式都有相当的造作和言过其实,而波特的守旧和沉默寡言在这种氛围中便成了一种积极的力量。尽管他很早就被维亚尔所吸引,但仅仅是在 1950 年以后,维亚尔的影响才在他的作品中变得鲜明可见,我们可以从那种舒适的、中产阶级的家庭生活的室内景象中见出这种痕迹:他利用房间的水平和垂直线条以及画面中央的桌子来组织起整体;他在桌子上散放一些物件,在桌子后安置一个人物,或在桌上放一盏灯;他喜欢透过门窗玩味外面的风景。最为关键的是，维亚尔教会了他如何做到自然。波特曾经说，他喜欢维亚尔的地方在于，他所做的看似平凡，实则无处不非凡。波特接纳了维亚尔的全部主题：风景、室内、静物和肖像。和维亚尔一样，这些主题材料始终是从熟悉和切近的事物中选择而来，他的家人和朋友，长岛和缅因的风光。从来没有"画室"主题，比如摆设好的静物或做好姿势的模特。他想避免准备和安排好的东西。他的人物总是放松的，静止，安静，无论是摆好姿势的，还是毫无准备的。一切都是自然而然的，处于常态，尽可能直率，体现出的心理状态也总是直接、温暖而单纯的。真正的主题是整个场景和其中独特的光的效果。这种主题与他的形式感协同创造出了灿烂的"非个人性"和"低调陈述"，画面洋溢着微妙、柔和而明亮的感觉。艺术无关于法度和有序，而首先在于本能和生命。正如另一位纽约派诗人詹姆斯·斯凯勒所言，当抽象绘画大部分走向精确计算的布局时，最好的具象画家得益于自然的不可预期性。在自然中，一件东西的正确位置就在你发现它的地方。结构是即兴创作，是在画的过程中形成的，而不是一个要长出肉来的骨架。

尽管波特的主要艺术态度是法国式的或地中海式的，他成熟期的作品依然需要放在美国艺术语境里加以考量。最为明显的是，它们与霍默和霍珀所代表的美国具象主义倾向有关。波特始终在思考的是"一幅画拥有多少光"，正是波特的户外光将他与这两位画家关联起来：那是北方的光，单调、猛烈、清澈，像刀子一样。这并不是说波特受了霍默或霍珀的影响，而是这三个具象主义者发现了同样的东西。波特自己曾经谈到，他更喜欢画空气而不是空间，他给我们带来的是支持生命所必需的空气，闪耀着色彩和经验的直接感。在他之前，我们是无法获得这种美妙的视觉经验的。他的绘画充满欢乐的色彩，他擅长描绘身边的日常生活景象：缅因海岛上的农舍，穿红色外套准备外出的女儿伊丽莎白，冬天灿烂的暴风雪，正从厨房里走出来的女儿和另一个正在照看炉火的女儿……这一切,都不是刻意寻求而来,而纯然是日常发生的事情。波特重视真实更甚于结构原则,在绘画的生命和结构原则之间作选择的话,他宁可放弃原则。他甚至认为,某种程度的不规范对于画面的"生命"是必不可少的。一次,他固执地拒绝去掉偶然落到画面上的一滴油彩,这使得买主深感困扰,可他说这样做就等于是从一张可爱的脸上除掉一颗小痣。这个细节透露出波特重视偶然性更胜于规则,这一点和阿什贝利的诗学理念是完全一致的。整个后现代主义都主张要悬置意义和价值,因为意义来自人为的选择。真正的意义恰恰是随机性和原则的混合物。

在抽象绘画居于支配性地位的美国艺术现场中,波特的写实绘画显得不那么现代。作为革新者,他的原创性近乎危险地显得老派,但正是这种不考虑进步与否,只专注于自己的工作,反而无形中破除了艺术进化论的迷障,尽管同时也造成了艺术史上定位的困难。任何无法明确贴上标签的创造,都会面临同样的尴尬。早在1934年,波特便开始收集德库宁的作品。当时,德库宁是个极其非正统的具象画家,他和法国内景主义画家爱德华·维亚尔对波特的创作起到了重要影响。正是抽象绘画的手段使得波特能够创作出既现代又传统的作品,这在他看来是完美的。波特极其关心现实主义与抽象之间的密切关系,他相信,在成功的艺术中,两者是互相依存的,最好的抽象艺术能传达出压倒一切的现实感。一些伟大的抽象表现主义画家赞赏波特的艺术,原因就在于,波特在作品中巧妙地将平面图案和"满幅"式构图(其中任何元素都同等重要)与再现性形象结合起来,同时又揭示出一种超越有形世界之上的真实;波特的色彩也具有抽象绘画的高调性。阿什贝利曾说到,波特所居地的位置类似于他在当代绘画中的位置:1949年他带全家从纽约搬到南汉普顿,在汉普顿成为今天的艺术聚居区之前;他的住处既不靠近海洋,也不靠近时髦的土豆地,而是靠近城镇主要十字路口的一所宽敞、舒适的老房子。对于艺术现场,他既邻近，又有一点疏离，但从来没有回避。他的绘画也许同样如此，里面没有规则，没有思想，只有对象和材料，像人一样，以某种神秘的方式组合起来。他只是组合，从不创造。他给我们留下的只是本能，生活本身则成了一系列的即兴。在这个过程当中，生活当然有改善自身的可能，但永远不会达到无须即兴的程度。在艺术越来越悲惨地依赖格言、教条、宣言的时代，他激烈地保卫不去待见这些规约的权利。也许，这种即兴性也正是吸引阿什贝利的地方。

在评论 R. B.基塔伊的文章前面，阿什贝利先是引用了基塔伊自己的一段话作为题记："我们在城市中迷路了；我们迷失在书中，迷失在思想中；我们总是在我们的生活中寻找意义，仿佛知道我们一旦发现了意义能用它来干什么……没有任何直率的东西了。减少复杂性是一个策略。"①单纯是理想，而复杂才是现实。这段话概括的是我们时代的总体精神状况，可感的事物在不断减少，而抽象之思不断增多。具体到艺术领域，艺术理论远远多过甚至淹没作品的趋势越来越明显，作品日益成为某种理论的实验品，诗也成了关于诗的玄学抽象。事物分崩离析，中心不复存在，这是叶芝早就注意到并向我们做出过警示的，一种可怕的美已经诞生。艾略特对此的反应则是借《荒原》中的人物发出感叹："我可以连接起虚无与虚无。"生活模仿艺术，有时带着灾难性的后果。世界自身，却恰恰不是一把画出来的小提琴和桌子上的一个瓶子，世界变得不可黏合了。面对这种改变了的真实，艾略特在《荒原》里的应对之策显得有些懦弱，凭借其技艺和学问，这首长诗实现的效果仅仅在于它拼贴起了一系列幻觉的随机碎片，用以支撑起自己的废墟，其全部意义在于这些碎片的相邻性。它暗示着，从此开始，意义必须将现代经验的随机性和不连续性考虑在内，除此之外无从给出意

① John Ashbery: Reported Sightings, Harvard University Press, 1991, p.301.

义让人信任的定义。但是艾略特到此却步了,他从这个令人不快甚至恐惧的发现前面转身回去了,尽管其晚期的《四个四重奏》在其表面的谨严下面存在着有意图的混乱。可深渊已经打开,任何怀着严肃渴望的艺术在面对真实时不得不考虑下面的事实——拿阿什贝利的话讲,真实已经逃脱了透视与逻辑的律法,自然不会采取十四行或奏鸣曲的形式。①

1968年,阿什贝利在耶鲁艺术学院的一次名为《无形的先锋派》的讲座中,曾经回顾道,迟至20世纪40年代他还是个大学生时,当时只存在传统的体制化艺术与文学,除了少数几个试图模仿法国超现实效果的诗人,几乎就没有任何的实验性诗歌。绘画领域的情况也相差无几,杰克逊·波洛克还没有被大众传媒发现,尽管1949年的《生活》杂志确曾刊登过一篇有关波洛克的文章,展示了他的几幅大画幅的滴画,却带有讽刺意味地发问:波洛克究竟是不是最伟大的在世的美国画家? 这种装饰性的热情与当下《时代》与《生活》这样的大众传媒对任何新尝试的欢迎迥然有别。诗歌没有这样的幸运。音乐的境况同样如此,很难相信,都到了1945年了,作为一个已被接受且身后获得巨大成功的实验作曲家,巴托克还死于完全的赤贫;到了60年代中期,勋伯格这样应该备受尊重的作曲家还被认为是个疯子。是什么原因使得一个完全不被接受的艺术家一下子广受欢迎,中间不经过一个吸收消化的阶段,阿什贝利没有深入分析。50年代,先锋派在美国的存在还没有确切的证据,实验就是置身最危险的边缘,哪怕温和地偏离常规,也是在拿自己的艺术生命在冒险。波洛克这样的画家用尽一生所有来赌博,来证明他是美国最伟大的画家,因为如果他不是,他就什么都不是,他的滴画就会变成随机的胡乱泼洒,和一个粗心的油漆工没有区别。然而,这种可能一生虚度的危险却悖论般地

① John Ashbery: *Reported Sightings*, Harvard University Press, 1991, p.302.

使他的作品充满了巨大的激动，那是与可怕的偶然性的赌博。最为不顾一切的东西在某种程度上便是美的，不顾一切使得实验艺术变得很美，就像宗教是美的，因为它们很有可能是建立在虚无之上。

如果我们知道上帝存在，我们全都会信他，可万一这一切仅仅是玩笑呢？波洛克绘画中的这种怀疑因素恰恰使得他的作品富有生机。即便他的作品现在为所有《生活》杂志的读者所接受，它们依然是悬而未决的。它们还没有凝定为杰作。尽管有公众的接受，怀疑依然存在。也许正是因为有怀疑，才有接受，脆弱性反而使得它有被爱的可能。

也许有人认为，传统艺术比实验艺术更为冒险，它不能为其追随者提供非常确实的保证。既然传统始终在时尚之外，它就更加危险，也比实验艺术更有价值。这可能是真实的，事实上，我们时代的某些伟大艺术家感到有必要弃绝他们早年的实验，以便拯救它们。现代艺术博物馆在展出达达与超现实主义时，曾赞美毕卡比亚初期作品，却恶意地宣称他的晚期作品"不值得严肃对待"。同样的例子还有德·基里科，有很多人感觉他背叛了自己最好的艺术趣味。情况也许确实如此，但就毕卡比亚的情况来说，驱使他成为一个不那么"有魅力"的画家的好奇心，恰恰是引领他最初在达达中探险的同一种力量。正是这种精神，连同他的作品本身，是富有意义的。这种判断也可以应用到德·基里科与杜尚身上。基里科从 20 世纪最伟大的画家，过渡成了一个反复无常的坏画生产者，拒绝听到任何人赞美他早期的创作，但是他这么做时带着如许的复仇色彩，以至于他的行为几乎可以成为典范了。而杜尚的沉默对于整个一代年轻艺术家来说，也是毫无疑问的典范。未来将对过去进行复仇，未来的行为将决定自己的过去，使之成为痛苦的悔恨或痛苦的荣光。

好的先锋艺术将继续活着，因为单凭它要努力拼搏以持存这个事实,它就会继续保持活力。但是好的传统艺术随时可能会消失,一旦传统奠定。德·基里科的晚期绘画就可以归之为好的传统艺术,同时也是坏的艺术,因为它们所拥抱的那个传统当中,没有任何他毕生所求的东西;他之所以接受它,是因为作为一个先锋艺术家,他觉得只有不可接受性才是可接受的。与其相反的画家,如托马斯·哈特·本顿,波洛克的老师。在最好的情况下,他是个比晚期德·基里科更好的画家,却是个糟糕的艺术家,因为他接受了可以接受的。《生活》杂志几乎每个月都有一篇关于本顿的文章,向他的追随者们展示他为新邮局或图书馆制作的壁画。这表明,本顿的作品如果没有人接受就不能继续存活。而波洛克的艺术是无法被接受所毁灭的,因为它本质上具有不可接受性。先锋艺术被大众传媒迅速接受、一夜间备受赞美而没有经过一个客观报导的过程,这是极其危险的。它意味着被迅速地抛弃和贬低,此外无他。当一个电视主持人拿起一本实验性诗集,用几分钟便把它从头到尾读过一遍,其目的仅仅是对诗的贬损。人类至高的精神奥秘能够被没有任何训练和准备的人短时间内读完,显然是不可能的,只可能是对诗的一种轻蔑。

　　从 20 世纪开端,我们就能发现,先锋艺术遭受忽略的时长呈现缩短的趋势。毕加索在只有十几个收藏家知道之前,他成熟的佳作至少已画出有十年之久了。波洛克的潜伏期更短一些。从他之后,这样的时期逐年缩短,以至于目今显得只是分分钟的时间。一个重要的先锋艺术家不被承认,已经不再可能,或似乎不再可能。足够糟糕的是,他的创造性生命周期也相应缩短了,因为他一旦被发现,他就不再有趣了。迪兰·托马斯总结过,他曾经是幸福而无名的,如今他悲惨无比,到处受到欢呼。

　　我不敢肯定"媒体"要为此负全责。20 世纪最初几十年的事件,归结起来证明,先锋派是一种英雄,而英雄,是人人都想要做的。我们都必须是第一个吃螃蟹的人,而实验艺术做了这第一个,即便这第一次的尝试可能会被未来所扬弃。所以便有了这种悖论般的说法——实验是最安全的。只有少数德·基里科这样的艺术家认识到这种主张的荒谬之处，于是他拒绝自己的天才，生产出糟糕可憎的艺术，以便其他众多艺术家不至于跟从他的道路。

那么，先锋艺术家如何保持其先锋性，如何避免以独眼马换瞎马？阿什贝利继续说，对我们社会庸常价值的反抗，例如嬉皮士运动，似乎暗示着唯一的出路是加入一个并行社群，其态度、语言和装扮恰恰是它所反抗的社群的逆反。就美国艺术情况而言，他们需要加入一个集团，一个思想不同于欧洲的传统。另一方面，也许大众传媒时代恰恰是年轻艺术家最为激动的时代，他们必须更艰苦地奋斗以保持自己的个性，更甚于他们与忽略和敌意作斗争。

在中国的情况有所不同，大众传媒对先锋文艺的敌意和漠视依然是主要的问题。在大众传媒所代表的小市民意识形态与国家美学的合围中，文艺何为，文艺如何保持其本己的属性和自律性，可能依然是个严肃的话题。就诗歌而言，受到大众传媒和主流意识形态欢迎的诗人，或者本身就是媚俗的或被阉割的，或者将面临被庸俗化和阉割的危险。迅速走红的诗歌肯定是有问题的。

如果大众喜欢我的艺术，我便可以认为自己的艺术是糟糕的，因为公众意见总是从拒绝原创的新事物开始的。事实是这样吗？

阿什贝利这样回答：答案也许不是去拒绝自己已经完成的工作，也不是被迫采取一个倒退的立场，而仅仅是考虑到，如果自己的作品自动被人们接受，其中便应该存在着一种可以加以改善的可能性。见惯不惊、任何实验均可被接受的当下世界，颇类似于米达斯王的点金手，它强加给先锋艺术的实际上是个伪装的福音。这是以前的艺术家没有机会享受到的，因为它在设置困境的同时也指明了脱出困境的道路——那便是，趋向一种既不接受也不拒绝被接受的态度，而是独立于这一切。从前，先锋艺术家无须面对被整合进他们所处时代的艺术这一问题，因为这种承认通常发生在他们漫长事业期的末尾,那时,他们的艺术方向早就已经确立了。这种整合或认可提前发生,可以用坏脾气的发作来对付它,就好比有关勋伯格的一个可能是杜撰的故事:当有人终于学会弹奏他的小提琴协奏曲时,勋伯格大发雷霆离开音乐厅,发誓再写一首谁也弹奏不出来的曲子。

今天,先锋派已经走完了全程,想要进行实验的艺术家再次面临一个死胡同,除非其置身于喧嚣欢呼的群众中,就像在真空中进行创作一样。真空和喧嚣都不是适合发现的理想气氛,然而两者又都导向发现,因为它们强迫艺术家采取其从未想象过的步骤,艺术家的优势在于对等在前面的危险有着更为充分的意识。

主要参考书刊目录

《体验与诗》,狄尔泰著,胡其鼎译,北京:生活·读书·新知三联
　　书店,2003 年。

《从现代主义到后现代主义》,柳鸣九主编,北京:中国社会科学出
　　版社,1994 年。

《象征主义·意象派》,黄晋凯等主编,北京:中国人民大学出版
　　社,1989 年。

《现代主义》,布雷德伯里、麦克法兰著,胡家峦等译,上海:上海外
　　语教育出版社,1992 年。

《花非花——象征主义诗学》,柳杨编译,北京:旅游教育出版社,
　　1991 年。

《现代派论·英美诗论》,袁可嘉,北京:中国社会科学出版社,
　　1985 年。

《欧美现代派文学概论》,袁可嘉,桂林:广西师范大学出版社,
　　2003 年。

《科学与诗》,瑞恰慈著,徐葆耕编,北京:清华大学出版社,
　　2003 年。

《文学批评原理》,瑞恰慈著,杨自伍译,南昌:百花洲文艺出版社,
　　1997 年。

《文学理论》,雷·韦勒克著,刘象愚等译,北京:生活·读书·新
　　知三联书店,1984 年。

《美国当代文学》，丹尼尔·霍夫曼主编，北京：中国文联出版公司，1985 年。

《诗歌与哲学是近邻——结构—解构诗论》，郑敏，北京：北京大学出版社，1999 年。

《思维·文化·诗学》，郑敏，郑州：河南人民出版社，2004 年。

《西方文论与中国文学》，周发祥，南京：江苏教育出版社，1997 年。

《现代性的五副面孔》，马泰·卡林内斯库著，顾爱彬等译，北京：商务印书馆，2004 年。

《现代主义的政治》，雷蒙德·威廉斯著，阎嘉译，北京：商务印书馆，2002 年。

《自反性现代化》，乌尔里希·贝克等著，赵文书译，北京：商务印书馆，2001 年。

《纯粹现代性批判》，大卫·库尔珀著，臧佩洪译，北京：商务印书馆，2004 年。

《现代性的碎片》，戴维·弗里斯比著，卢晖临等译，北京：商务印书馆，2003 年。

《完美的罪行》，让·博德里亚尔著，王为民译，北京：商务印书馆，2002 年。

《文化批评的观念》，理查德·沃林著，张国清译，北京：商务印书馆，2001 年。

《非人》，让-弗朗索瓦·利奥塔著，罗国祥译，北京：商务印书馆，2001 年。

《全球时代》，马丁·阿尔布劳著，高湘泽等译，北京：商务印书馆，2001 年。

《跨越后现代的分界线》，艾尔伯特·鲍尔格曼著，孟庆时译，北京：商务印书馆，2003 年。

《现代性与矛盾性》，齐格蒙特·鲍曼著，邵迎生译，北京：商务印书馆，2003 年。

《先锋派理论》，彼得·比格尔著，高建平译，北京：商务印书馆，2002 年。

《主体的退隐》，彼得·毕尔格著，陈良梅等译，南京：南京大学出版社，2004 年。

《启蒙运动与现代性》，詹姆斯·施密特编，徐向东等译，上海：上海人民出版社，2005 年。

《反思现代性》，S. N.艾森斯塔特著，旷新年等译，北京：生活·读书·新知三联书店，2006 年。

《重写现代性》，李惠国等主编，北京：社会科学文献出版社，2001 年。

《后现代性》，大卫·莱昂著，郭为桂译，长春：吉林人民出版社，2004 年。

《后现代社会理论》，乔治·瑞泽尔编，谢立中等译，北京：华夏出版社，2003 年。

《后现代主义的承诺与危险》，米勒德·J·艾利克森著，叶丽贤、苏欲晓译，北京：北京大学出版社，2006 年。

《超越解构》，大卫·雷·格里芬等著，鲍世斌等译，北京：中央编译出版社，2002 年。

《后现代科学》，大卫·雷·格里芬编，马季方译，北京：中央编译出版社，2004 年。

《后现代精神》，大卫·雷·格里芬编，王成兵译，北京：中央编译出版社，1998 年。

《后现代宗教》，大卫·雷·格里芬著，孙慕天译，北京：中国城市出版社，2003 年。

《过程神学》，小约翰·B.科布等著，曲跃厚译，北京：中央编译出版社，1999 年。

《后现代状态》，让·弗朗索瓦·利奥塔尔著，车槿山译，北京：生活·读书·新知三联书店，1997 年。

《互文性研究》，蒂费纳·萨莫瓦纳著，邵炜译，天津：天津人民出版社，2003 年。

《新历史主义与文学批评》，张京媛编，北京：北京大学出版社，1993 年。

《理性与启蒙》，江怡主编，北京：东方出版社，2004 年。

《资本主义文化矛盾》，丹尼尔·贝尔著，赵一凡等译，北京：生活·读书·新知三联书店，1989 年。

《后现代主义与文化理论》，杰姆逊著，唐小兵译，北京：北京大学出版社，1997 年。

《晚期资本主义的文化逻辑》，詹明信，北京：生活·读书·新知三联书店，1997 年。

《走向后现代主义》，佛克马等编，王宁等译，北京：北京大学出版社，1991 年。

《后现代主义的突破》，王潮选编，兰州：敦煌文艺出版社，1996 年。

《后现代主义文化与美学》，王岳川等编，北京：北京大学出版社，1992 年。

《后现代主义的幻象》，特里·伊格尔顿著，华明译，北京：商务印书馆，2002 年。

《我们的后现代的现代》，沃尔夫冈·韦尔施著，洪天富译，北京：商务印书馆，2004 年。

《后现代主义文化》，史蒂文·康纳著，严忠志译，北京：商务印书馆，2004 年。

《杰姆逊文集》（四卷本），王逢振主编，北京：中国人民大学出版社，2004 年。

《语言的牢笼·马克思主义与形式》，杰姆逊著，钱佼汝等译，南昌：百花洲文艺出版社，1995 年。

《后现代性导论》，约瑟夫·纳托利著，潘非等译，南京：江苏人民出版社，2004 年。

《后现代转向》，斯蒂芬·贝斯特等著，陈刚等译，南京：南京大学出版社，2002年。

《后现代性及其缺憾》，齐格蒙·鲍曼著，郇建立等译，上海：学林出版社，2002年。

《后现代性的哲学话语》，汪民安等主编，杭州：浙江人民出版社，2000年。

《疯癫与文明》，福柯著，刘北成、杨远婴译，北京：生活·读书·新知三联书店，1999年。

《规训与惩罚》，福柯著，刘北成、杨远婴译，北京：生活·读书·新知三联书店，1999年。

《福柯集》，杜小真编选，上海：上海远东出版社，2003年。

《S/Z》，罗兰·巴特著，上海：上海人民出版社，2000年。

《一个解构主义者的文本》，罗兰·巴特著，汪耀进等译，上海：上海人民出版社，1996年。

《神话——大众文化诠释》，罗兰·巴特著，许蔷蔷等译，上海：上海人民出版社，1999年。

《书写与差异》，德里达著，张宁译，北京：生活·读书·新知三联书店，2001年。

《瓦尔登湖》，亨利·梭罗著，徐迟译，长春：吉林人民出版社，1997年。

《沙乡年鉴》，奥尔多·利奥波德著，侯文蕙译，长春：吉林人民出版社，1997年。

《寂静的春天》，蕾切尔·卡逊著，吕瑞兰等译，长春：吉林人民出版社，1997年。

《封闭的循环》，巴里·康芒纳著，侯文蕙译，长春：吉林人民出版社，1997年。

《增长的极限》，丹尼斯·米都斯等著，李宝恒等译，长春：吉林人民出版社，1997年。

《只有一个地球》，芭芭拉·沃德等著，长春：吉林人民出版社，
　　1997年。

《我们共同的未来》，世界环境与发展委员会著，王之佳等译，长春：
　　吉林人民出版社，1997年。

《多少算够》，艾伦·杜宁著，毕聿译，长春：吉林人民出版社，
　　1997年。

《自然的终结》，比尔·麦克基本著，孙晓春等译，长春：吉林人民
　　出版社，2000年。

《我们的国家公园》，约翰·缪尔著，郭名倞译，长春：吉林人民出
　　版社，1999年。

《哲学走向荒野》，霍尔姆斯·罗尔斯顿Ⅲ著，刘耳等译，长春：吉
　　林人民出版社，2000年。

《自然之死》，卡洛琳·麦茜特著，吴国盛等译，长春：吉林人民出
　　版社，1999年。

《新文明的路标》，万以诚等选编，长春：吉林人民出版社，2000年。

《现代文明的生态转向》，杨通进等编，重庆：重庆出版社，2007年。

《自然与人文》（上下卷），鲁枢元主编，上海：学林出版社，2006年。

《未来的灾难》，皮特·布鲁克史密斯著，马永波译，海口：海南出
　　版社，1999年。

《自然的控制》，威廉·莱斯著，岳长龄等译，重庆：重庆出版社，
　　1993年。

《生态文明与马克思主义》，李惠斌等主编，北京：中央编译出版
　　社，2008年。

《对生命的敬畏》，施韦泽著，陈泽环译，上海：上海人民出版社，
　　2007年。

《以敞开的感官享受世界》，托恩·勒迈尔著，施辉业译，桂林：广
　　西师范大学出版社，2009年。

《人类与自然世界》，基思·托马斯著，宋丽丽译，南京：译林出版

社,2008 年。

《环境美学》,卡尔松著,杨平译,成都：四川人民出版社,2006 年。

《自然与景观》,卡尔松著,陈李波译,长沙：湖南科学技术出版社,
2006 年。

《人道主义的僭妄》,埃伦费尔德著,李云龙译,北京：国际文化出
版公司,1988 年。

《自然的理由——生态学马克思主义研究》,奥康纳著,唐正东等
译,南京：南京大学出版社,2003 年。

《生态主义导论》,巴克斯特著,曾建平译,重庆：重庆出版社,
2007 年。

《消费社会》,波德里亚著,刘成富、全志刚译,南京：南京大学出版
社,2000 年。

《大失控与大混乱》,布热津斯基著,潘嘉玢、刘瑞祥译,北京：中国
社会科学出版社,1994 年。

《人与自然》,狄特富尔特等编,周美琪译,北京：生活·读书·新
知三联书店,1993 年。

《绿色政治思想》,多布森著,郇庆治译,济南：山东大学出版社,
2005 年。

《自然辩证法》,恩格斯著,于光远等译,北京：人民出版社,
1984 年。

《世界又热又平又挤》,弗里德曼著,王玮沁等译,长沙：湖南科学
技术出版社,2009 年。

《濒临失衡的地球——生态与人类精神》,戈尔著,陈嘉映等译,北
京：中央编译出版社,1997 年。

《生态伦理——精神资源与哲学基础》,何怀宏主编,保定：河北大
学出版社,2002 年。

《环境伦理学——环境哲学导论》,贾丁斯著,林官明等译,北京：
北京大学出版社,2002 年。

《自然与权力——世界环境史》，拉德卡著，王国豫等译，保定：河北大学出版社，2004 年。

《我们的家园——地球》，拉夫尔著，夏坤堡等译，北京：中国环境科学出版社，1993 年。

《环境伦理学》，罗尔斯顿著，杨通进译，北京：中国社会科学出版社，2000 年。

《创造中的上帝，生态的创造论》，莫尔特曼著，隗仁莲等译，北京：生活·读书·新知三联书店，2002 年。

《复杂思想：自觉的科学》，莫兰著，陈一壮译，北京：北京大学出版社，2001 年。

《还自然之魅：对生态运动的思考》，莫斯科维奇著，庄晨燕等译，北京：生活·读书·新知三联书店，2005 年。

《大自然的权利》，纳什著，杨通进译，青岛：青岛出版社，1999 年。

《生态哲学》，萨克塞著，文韬等译，北京：东方出版社，1991 年。

《自然的经济体系——生态思想史》，沃斯特著，侯文蕙译，北京：商务印书馆，1999 年。

《在现代和后现代之间》，王晓华，哈尔滨：黑龙江人民出版社，2006 年。

《生态批评》，王晓华，哈尔滨：黑龙江人民出版社，2007 年。

《西方生命美学局限研究》，王晓华，哈尔滨：黑龙江人民出版社，2005 年。

《西方美学中的身体意象》，王晓华，北京：人民出版社，2016 年。

《身体美学导论》，王晓华，北京：中国社会科学出版社，2016 年。

《身体诗学》，王晓华，北京：人民出版社，2018 年。

《欧美生态批评》，王诺，上海：学林出版社，2008 年。

《欧美生态文学》，王诺，北京：北京大学出版社，2003 年。

《生态与心态》，王诺，南京：南京大学出版社，2007 年。

《自然与人文：生态批评学术资源库》，鲁枢元主编，上海：学林出版社，2006 年。

《当代生态文明视野中的美学与文学》，曾繁仁主编，郑州：河南人
　　民出版社，2006 年。

《英国生态文学》，李美华，上海：学林出版社，2008 年。

《美国生态文学》，夏光武，上海：学林出版社，2009 年。

《西方生态批评研究》，胡志红，北京：中国社会科学出版社，
　　2006 年。

《美国文学中的生态思想研究》，朱新福，苏州：苏州大学出版社，
　　2006 年。

《寻归荒野》，程虹，北京：生活・读书・新知三联书店，2001 年。

《生态美学及其在当代中国的建构》，张华，北京：中华书局，
　　2006 年。

《为美而死》，艾米莉・狄金森著，马永波译，哈尔滨：哈尔滨出版
　　社，2005 年。

《我为美而死：艾米莉・狄金森诗文录》，马永波、杨于军译，北京：
　　商务印书馆，2024 年。

《美国的文明》，爱默生著，孙宜学译，桂林：广西师范大学出版社，
　　2002 年。

《心灵的感悟》，爱默生著，李磊、文小勇译，北京：当代世界出版
　　社，2002 年。

《灵魂的时刻：惠特曼散文选》，马永波译，广州：花城出版社，
　　2017 年。

《我所触摸的事物：华莱士・史蒂文斯诗文录》，马永波译，北京：
　　商务印书馆，2018 年。

《白鲸》，赫尔曼・麦尔维尔著，马永波译，长沙：湖南人民出版社，
　　2017 年。

《我走过一条隐秘的小径》，远人，杭州：浙江工商大学出版社，
　　2018 年。

《山水课》,萧英杰,杭州：浙江工商大学出版社,2018 年。

《1940 年后的美国诗歌》,马克·斯特兰德编,马永波译,北京：北京师范大学出版社,1999 年。

《1970 年后的美国诗歌》,安德雷·考德拉斯拉库编,马永波译,北京：北京师范大学出版社,2000 年。

《1950 年后的美国诗歌：革新者和局外人》,温柏格编,马永波译,石家庄：河北教育出版社,2003 年。

《英国当代诗选》,莫里森编,马永波译,石家庄：河北教育出版社,2003 年。

《约翰·阿什贝利诗选》,约翰·阿什贝利编,马永波译,石家庄：河北教育出版社,2003 年。

《阿什贝利自选诗集》,约翰·阿什贝利编,马永波译,北京：人民文学出版社,2019 年。

《诗人与画家》,奥登等著,马永波译,济南：山东画报出版社,2006 年。

The Origins of Modernism, Stan Smith, Harvester Wheatsheaf, 1994.

Process and Reality, Alfred North whitehead, New York：The Free Press，1978.

Writing the Environment, Richard Kerridge & Neil Sammells, London and New York：Zed Books Ltd, 1995.

Beyond Nature Writing：Expanding the Boundaries of Ecocriticism, Edited by Karla Armbruster and Kathleen R. Wallace, Charlottesville：University Press of Virginia, 2001.

The Ecocriticism Readers, Athens and London：The University of Georgia Press, 1996.

The Green Studies Reader, Edited by Laurence Coupe, London and New York: Routledge, 2000.

The song of the Earth, Jonathan Bate, London: Picador, 2000.

The Treasure of the Humble, Maurice Maeterlinck, Amsterdam: Fredonis Books, 1897.

The Buried Temple, Maurice Maeterlinck, Amsterdam: Fredonis Books, 1902.

W. H. Auden: Collected Poems, Edited by Edward Mendelson, New York: Vitage International, 1991.

W. H. Auden: The Critical Heritage, John Hoffenden, London: Routledge & Kegan, 1983.

Auden's Apologies for Poetry, Lucy McDiarmid, New Jersey: Princeton University Press, 1990.

W. B. Yeats: A New Biography, A. Norman Jeffares, London: Arrow Books Limited, 1988.

Critical Essays on W. B. Yeats, Richard J. Finneran, Boston: G. K. Hall & Co, 1986.

Literary Essays of Ezra Pound, Edited by T. S. Eliot, London: Faber and Faber Limited, 1954.

The Cantos, Ezra Pound, New York: New Direction, 1998.

Personae: The Collected Poems of Ezra Pound, New York: Boni & Liveright, 1926.

Ezra Pound and the Visual Culture of Modernism, Rebecca Beasley, New York: Cambridge University Press, 2007.

The Modern Portrait Poem, Frances Dickey, Charlottesville: University of Virginia Press, 2012.

Wallace Stevens: *Collected Poetry and Prose*, New York: The Library of America, 1997.

William Carlos Williams, Paterson, New York: New Direction,

1992.

The Visual Text of William Carlos Williams, Henry M. Sayre, Chicago: University of Illinois Press, 1983.

Looking Up, Dave Smith, Baton Rouge: Louisiana State University Press, 2022.

Hawks on Wires, Dave Smith, Baton Rouge: Louisiana State University Press, 2011.

The Wick of Memory, Dave Smith, Baton Rouge: Louisiana State University Press, 2000.

Floating on Solitude, Dave Smith, Chicago: University of Illinois Press, 1997.

Fate's Kite, Dave Smith, Baton Rouge: Louisiana State University Press, 1996.

The Roundhouse Voices, Dave Smith, New York: HarperCollins, 1985.

In the House of the Judge, Dave Smith, New York: Harper & Row, 1983.

Hunting Men: Reflections on a Life in American Poetry, Dave Smith, Baton Rouge: Louisiana State University Press, 2006.

Local Assays: On Contemporary American Poetry, Dave Smith, Chicago: University of Illinois Press, 1985.

The Angelic Orders, T. R. Hummer, Baton Rouge: Louisiana State University Press, 1982.

The Passion of the Right-angled Man, T. R. Hummer, Chicago: University of Illinois Press, 1984.

Lower-Class Heresy, T. R. Hummer, Chicago: University of Illinois Press, 1987.

The Eighteen-Thousand-Ton Olympic Dream Poems, T. R.

Hummer, New York: William Morrow & Co, 1990.

Walt Whitman in Hell, T. R. Hummer, Baton Rouge: Louisiana State University Press, 1996.

Useless Virtues, T. R. Hummer, Baton Rouge: Louisiana State University Press, 2001.

The Infinity Sessions, T. R. Hummer, Baton Rouge: Louisiana State University Press, 2005.

Bluegrass Wasteland, T. R. Hummer, Lancashire: Arc Publications, 2005.

Ephemeron, T. R. Hummer, Baton Rouge: Louisiana State University Press, 2012.

Skandalon, T. R. Hummer, Baton Rouge: Louisiana State University Press, 2014.

Eon, T. R. Hummer, Baton Rouge: Louisiana State University Press, 2018.

After the Afterlife, T. R. Hummer, Cincinnati: University of Cincinnati Press, 2018.

The Muse in the Machine: Essays on Poetry And the Anatomy of the Body Politic, T. R. Hummer, Athens: University of Georgia Press, 2006.

Available Surfaces: Essays on Poesis, T. R. Hummer, Ann Arbor: University of Michigan Press, 2012.

Each Leaf Shines Separate, Rosanna Warren, New York: W. W. Norton, 1984.

Stained Glass, Rosanna Warren, New York: W. W. Norton, 1993.

Departure, Rosanna Warren, New York: W. W. Norton, 2003.

Ghost in a Red Hat, Rosanna Warren, New York: W. W.

Norton，2011.

So Forth，Rosanna Warren，New York：W. W. Norton，2020.

Fables of the Self: Studies in Lyric Poetry，Rosanna Warren，
New York：W. W. Norton，2008.

Fables of Representation (*Essays*)，Paul Hoover，Ann Arbor：
University of Michigan Press，2004.

Postmodern American Poetry (*Anthology*)，Paul Hoover，New
York：W. W. Norton，2013.

后　　记

　　以诗歌对个人经验进行非个人化的处理,是我一直坚持的原则。只有写下自己正在经历的事物,才能让诗真实。呈本真状态的事物都是诗。透过自我和文化的双重迷障,分辨出真实,是这个时代真正诗人不可推卸的责任。突破时间的线性结构的局限,让事物的各个侧面同时呈现,是沉重而美丽的工作。我在 20 世纪90 年代主要的诗学追求就是"求真",这是我的客观化诗学的前提。

　　我相信,从抵抗异化开始的写作,如果不破除写作本身对写作者的异化,如果不对我们所置身的环境抑或世界与宇宙贡献出正向的光照,其实就大大有违我们的初衷了。写下诗歌本身不是目的,目的是与更大的一个存在取得联系。起初的自我表达是对他者和世界的寻求,其后是置身于文化与历史之中,而最终,则是超越文化与历史的横向运动,而化入神性维度的垂直升腾。这横向与纵向的交叉点,就是诗歌所应在的位置。

　　从 1990 年起,我开始转向对西方后现代文学特别是英美后现代诗歌的研究。经过近八年的努力,于 1999 年在北京师范大学出版社出版了《1940 年后的美国诗歌》和《1970 年后的美国诗歌》两本译著。两书厚达 1228 页,是中国迄今最为全面的介绍美国后现代主义诗歌的阶段性成果。其后,在 2003 年,我又在河北教育出版社出版了三部后现代诗歌译著,分别为《1950 年后的美国诗歌:

革新者和局外人》《约翰·阿什贝利诗选》和《英国当代诗选》,总页码达到 1 872 页,基本完成了对英美后现代诗歌的总体介绍,扭转了我国对后现代主义的介绍中只偏重小说和文论的现状,使学界有了可供研究与阐释或作为例证的文本资料,亦使写作界能得以窥见后现代主义诗歌的本来面目,扩大了汉语诗学界的文化视野。

在这近二十年的学术生涯中,尤其在我写作博士论文《九叶诗派与西方现代诗学》的过程中,我发现了西方社会中围绕主客观分裂所带来的一系列问题,比如主观过度膨胀对客观的侵吞和覆盖,由此导致的人对自然生态环境的破坏,对自然的剥削性经济利用。针对这种危机,西方的后现代主义所采取的对策是对逻各斯中心主义的解构和颠覆,这种解构性写作对于文化祛魅无疑起到了哥白尼式的作用。从 80 年代后期,这种解构的后现代主义传入了中国。但是由于中国文化对经验性的偏好和功利性诉求,以及超验维度支撑的缺失,造成了对后现代主义的接受仅仅停留在初级的解构层面,对这之后更为重要的建构的后现代鲜有关注和学术转化。而本书的重点之一就在于探讨建设性的后现代对处理当代中国经验中的意义与影响,并从此过渡到超越旧主体论的生态诗学整体观。

本书并非仅仅出于为自己的学术思考开启新的增长点,而更多是源于一种信念:人与自然、人与人本应是一个和谐的因缘整体,是一种存在论上的共在关系。事物从来不是孤立的,而总是互相指引的,总是有因缘的,这种因缘联系就是海德格尔所言之“世界境域”。人与物都处于这个世界境域之中,而通过艺术,尤其是通过诗歌,可以敞开作为事物可靠性来源的这个意义场域,亦即通过艺术“接近”物本身。而人类只有学会尊重事物本身,不以自己的呼吸去干扰物的物性,才能重新置身于万物的整体关联之中,为人类自身的可持续性拓展空间。此间呈现的,并不仅仅是学术的考量,更是对笔者信念的一种检验。本书尽管只是一种近乎哲学的思考，不是具体的方略，但是相信观念的转变将带来一系列深刻而长远的变化。

借此，我要郑重感谢南京著名艺术家陈国欢先生，多年来一起写诗论艺的好友王冰、仝晓锋、邓荣成、王建民、庄伟杰、梅尔、远人、萧英杰等，他们一贯的支持和鼓励是我前行的动力。感谢老友王晓华教授，他杰出而深刻的思考每每带给我激励和启示。感谢内子陈光玲女士及爱子马原，没有他们所营造的和谐环境，我的学术研究不可能如此专注。感谢我所任教的南京理工大学相关领导和同事的帮助。

诸多材料与思考还未及融会，有待来日，在此恳请读者、专家多多指正。另一个需要说明的是，本书没有开列全部的参考资料，因为其写作时间跨度近二十年，其间我完整阅读和翻阅过部分章节的书，除却中文书不算，仅英文电子书和纸本书至少有三千种，一一开列只会浪费版面，故仅只略为示例。

2023 年 9 月 17 日，于南京孝陵卫罗汉巷